古典名著释读丛书

兰陵笑笑生与《金瓶梅》

（增订本）

王平 著

中州古籍出版社
·郑州·

目 录

导　言　1

第一章　《金瓶梅》的作者、成书时间与版本　7

一　《金瓶梅》的早期传播及其成书与作者问题……………………7
二　关于《金瓶梅》作者的几种代表性观点…………………………19
三　关于"《金瓶梅》作者丁惟宁说"的几点思考……………………27
四　关于《金瓶梅》的版本………………………………………………42

第二章　《金瓶梅》的时代特征　51

一　文化裂变孕育的畸形儿……………………………………………52
二　饮食描写的时代特征………………………………………………63
三　性描写的社会环境与时代因素……………………………………74

第三章　《金瓶梅》的创作主旨　83

一　劝善戒淫………………………………………………………………83
二　暴露黑暗………………………………………………………………91

| 三　苦孝与泄愤 | 103 |
| 四　色空观念 | 109 |

第四章　《金瓶梅》的人物形象 | 121

一　西门庆	121
二　潘金莲	133
三　其他女性形象	145
四　其他男性形象	160

第五章　《金瓶梅》与民俗文化 | 177

一　《金瓶梅》与运河文化	177
二　《金瓶梅》与巫卜文化	184
三　《金瓶梅》与婚俗文化	197

第六章　《金瓶梅》的叙事艺术 | 213

一　辐射式的叙事结构	213
二　叙事的"时间倒错"及其意义	222
三　第一回宗教描写的叙事功能	235
四　张竹坡的叙事理论	245

第七章　《金瓶梅》的艺术成就 | 259

| 一　人物塑造 | 259 |

二 情节构成 ························· 277
三 讽刺手法 ························· 299
四 语言艺术 ························· 316

第八章 《金瓶梅》的方言之争 | 337

一 《金瓶梅》方言的复杂性 ························· 338
二 《金瓶梅》的语音、词汇与语法系统 ························· 342
三 《金瓶梅》南北方言例谈 ························· 346

第九章 《金瓶梅》的传播与影响 | 357

一 传播与接受中的价值取向 ························· 357
二 传播者、传播内容、传播受众与传播效果 ························· 378
三 20世纪的传播媒介及海外传播 ························· 397
四 《金瓶梅》的影响 ························· 420

主要征引文献 | 434

后　记 | 439

导　言

《金瓶梅》自问世之初，便成为一部颇有争议的小说。直至今日，这一争议并未根本消除。一部文学作品存在争议，是件好事，关键在于争议的焦点是什么。毫无疑问，《金瓶梅》饱受非议的根本原因在于其描写内容的淫秽。对于这一点，没有必要为其辩护，因为这是事实。然而，所谓瑕不掩瑜，正如黑格尔的著名比喻"不能把孩子和洗澡水一起倒掉"，绝不能因为其中的瑕疵，便将其视为毒草或"恶之花"而抛弃。那么，这样说有什么原因吗？理由当然有很多，这正是本书所要回答解决的问题。作为导言，仅对《金瓶梅》的多重价值稍作论述，以说明何以称其为"明代四大奇书"，何以视其为具有里程碑式的古典小说名著。

《金瓶梅》具有多方面的价值。

首先是其社会认识价值。《金瓶梅》表现的社会生活面十分广阔，上至朝廷政务，下至市井猥谈，均有细致描写。对各个社会阶层人物的精神面貌刻画得惟妙惟肖。五四新文化运动的许多代表性人物对此有深刻认识。1917年钱玄同先生在《与陈独秀书》中说："我以为元明以来的词曲小说，在《中国文学史》里面，必须要详细讲明，并且不可轻视。要认作当时极有价值的文学才是。"[①]在《寄胡适之先生》中说："《金瓶梅》一书，断不可与一切专谈淫猥之书同日而语。此书为一种骄奢淫佚、不知礼仪廉耻之腐败社会写照。观其书中所叙之人，无论官绅男女，面子上是老爷、太太、小姐，而一开口、一动作，无一非

[①] 钱玄同. 与陈独秀书 [G] //黄霖. 金瓶梅资料汇编. 北京：中华书局，1987：345.

极下作极无耻之语言之行事,正是今之积蓄不义钱财而专事打扑克、逛窑子、讨小老婆者之真相。"① 鲁迅先生更是做了高度概括:"作者之于世情,盖诚极洞达,凡所形容,或条畅,或曲折,或刻露而尽相,或幽伏而含讥,或一时并写两面,使之相形,变幻之情,随在显见,同时说部,无以上之。""故就文辞与意象以观《金瓶梅》,则不外描写世情,尽其情伪,又缘衰世,万事不纲,爰发苦言,每极峻急,然亦时涉隐曲,猥黩者多。"② 稍后到1933年7月,郑振铎在《文学》第1期刊文,认为《金瓶梅》是一部"很伟大的写实小说","反映的是一个真实的中国的社会",高度赞扬了《金瓶梅》杰出的现实主义成就。他说:"在《金瓶梅》里所反映的是一个真实的中国的社会。这社会到了现在,似还不曾成为过去。要在文学里看出中国社会的潜伏的黑暗面来,《金瓶梅》是一部最可靠的研究资料。""《金瓶梅》的社会是并不曾僵死的,《金瓶梅》的人物们是至今还活跃于人间的,《金瓶梅》的时代,是至今还顽强的生存着。""然而这书是三百五六十年前的著作!到底是中国社会演化得太迟钝呢?还是《金瓶梅》的作者的描写,太把这个民族性刻画得入骨三分,洗涤不去?"③

历史有惊人的相似之处,虽然已经过去了数十年,但以上诸位大家所说的话并未过时。《金瓶梅》所揭示的社会乱象,尤其是官商勾结、贪贿风行的社会风气至今仍令人有如在目前之感。《金瓶梅》对社会丑恶现象所做的揭露与针砭,至今仍让人禁不住拍案叫绝,这正是《金瓶梅》最重要的价值所在。

其次是其伦理教化价值。从《金瓶梅》的情节结构来看,西门庆、潘金莲、李瓶儿、庞春梅等男女主人公皆因放纵欲望,终致败亡,这已是作者"独罪财色"的创作本意。《金瓶梅》以西门庆、潘金莲等人物形象作为反面人物告诫世人,而并非让世人以其为效法榜样。西门庆的由盛转衰,向人们传递了这样一

---

① 钱玄同. 寄胡适之先生 [G] //黄霖. 金瓶梅资料汇编. 北京:中华书局,1987:345-346.

② 鲁迅. 中国小说史略 [M]. 北京:东方出版社,1996:142,144.

③ 郑振铎. 谈《金瓶梅词话》[J]. 文学,1933 (1).

个信息,即"财色"诱人亦害人。正如张竹坡评语所说:"此回总结'财色'二字利害,故'二八佳人'一诗,放于西门泄精之时,而积财积善之言,放于西门一死之时。西门临死嘱敬济之言,写尽痴人,而许多账本,总示人以财不中用,死了带不去也。"① 早在20世纪初,就有人指出了《金瓶梅》的劝惩价值,梦生在1914年《雅言》第一卷第七期《小说丛话》中说:

> 《金瓶梅》乃一最佳最美之小说,以其笔墨写下等社会、下等人物,无一不酷似故。若以《金瓶梅》为不正经,则大误。《金瓶梅》乃一惩劝世人、针砭恶俗之书。若以《金瓶梅》为导淫,则大误。……《金瓶梅》开卷以酒色财气作起,下却分四段以冷热分疏财色二字,而以酒气穿插其中,文字又工整,又疏宕,提纲挈领,为一书之发脉处,真是绝奇绝妙章法。写"财"之势力处,足令读者伤心;写"色"之利害处,足令读者猛省;写看破财色一段,痛极快极,真乃作者一片婆心婆口。读《金瓶梅》者,宜先书万遍,读万遍,方足以尽惩劝,方不走入迷途。②

再次,《金瓶梅》的审美艺术价值亦不容忽视。《金瓶梅》的出场人物大大小小有四百余人,其中不乏有血有肉、性格鲜明、栩栩如生的人物形象,如西门庆、潘金莲、李瓶儿、庞春梅、吴月娘、宋惠莲、陈敬济、应伯爵、韩道国等。明代谢肇淛《金瓶梅跋》指出:"譬之范工抟泥,妍媸老少,人鬼万殊,不徒肖其貌,且并其神传之。信稗官之上乘,炉锤之妙手也。"③ 与《三国志演义》《水浒传》《西游记》相比,《金瓶梅》从复杂的现实生活出发,情节纵横交错,形成了一种辐射式结构。从全书来看,总的是写西门庆一家的兴衰,其中以西门庆为中心,形成一条主线,由此辐射到吴月娘、潘金莲、李瓶儿、庞春梅等,他们在一个家庭内矛盾纠葛、联成一体。这个家庭又与市井、商场、官府等相关联。《金瓶梅》的讽刺手法运用得更为巧妙成熟,既有比较直白的讽

---

① 兰陵笑笑生. 金瓶梅 [M]. 济南:齐鲁书社,1991:1269.

② 梦生. 小说丛话 [G] //黄霖. 金瓶梅资料汇编. 北京:中华书局,1987:337.

③ 谢肇淛. 金瓶梅跋 [G] //黄霖. 金瓶梅资料汇编. 北京:中华书局,1987:4.

刺，使人感到滑稽可笑；也有深藏不露的讽刺，让人感到含蓄幽默；还有似褒实贬的反讽，令人玩味深思。《金瓶梅》运用纯熟的白话口语，无论是叙述、描写，还是议论、对话，都十分细致生动传神。最早为《金瓶梅》作序的欣欣子便称赞《金瓶梅》"语句新奇，脍炙人口"，多用"市井之常谈，闺房之碎语"①。这些特点具体表现在细腻周密的白话叙述、鲜活传神的口语对话、活泼俏皮的俗语运用等几个方面。

至于《金瓶梅》的淫秽描写，应当从传统文化观念与时代思潮的冲突裂变中去寻找根源。明代中叶的社会时尚和社会思潮对传统文化观念造成了一定的冲击，但并没有从根本上否定传统伦理道德观念，尤其是节欲适度、纵欲恶报、万恶淫为首等观念深深地扎根于人们的头脑之中。在现实生活中，人们不顾一切地去寻欢作乐、聚敛财富，直至放纵性欲，但是，内心深处又认为这些行为不可取。《金瓶梅》的作者把握住了人欲横流的时代特点是其敏感之处，但是他又试图用传统的伦理观念批判否定这一社会现象。正是这种两难的处境，使小说的性描写呈现出了畸形的特征。

《金瓶梅》既然取得了如此显著的成就，理应扩大其受众群体，并使读者对其有一比较客观公正的认识。正是出于这一目的，本书对《金瓶梅》的基本情况做了分析评述。全书分为九章，第一章介绍《金瓶梅》的作者、成书时间及版本问题。这虽然是文本之外的情形，但能够帮助读者对《金瓶梅》的基本状况有所了解。第二章分析《金瓶梅》的时代特征。只有把握住了产生《金瓶梅》的那个时代的社会风貌，才能够对《金瓶梅》有一个正确的认识。第三章讨论《金瓶梅》的创作主旨。《金瓶梅》的立意在于"独罪财色"，这是理解《金瓶梅》的关键。第四章评论《金瓶梅》的人物形象。毫无疑问，《金瓶梅》的人物尤其是女性形象描写个性鲜明，贴近生活，特别真实。第五章阐述了《金瓶梅》与民俗文化的关系。《金瓶梅》是中国世情小说的开山之作，巧妙地

---

① 欣欣子.金瓶梅词话序[M]//兰陵笑笑生.金瓶梅词话.香港：太平书局，1982：4-8.

将民俗事象融入小说之中,构成了一幅色彩斑斓的民俗画卷。第六章集中分析《金瓶梅》的叙事艺术。《金瓶梅》以家庭生活为素材,不仅头绪繁多,而且非常琐细。作者运用高超的叙事技巧,使全书结构完整,情节紧凑,细节逼真。第七章评价《金瓶梅》的艺术成就。除了叙事艺术之外,《金瓶梅》的人物塑造、情节构成、讽刺技巧、语言艺术等方面也均令人称道,值得后人借鉴。第八章对《金瓶梅》的方言问题进行了剖析,指出了《金瓶梅》方言十分复杂,其原因在于故事发生地是多种方言的汇集之地。第九章论述了《金瓶梅》的传播影响。通过其传播中的价值取向,可以看出接受群体对《金瓶梅》的基本判断,从而相信这部经典小说的生命力永远不会衰竭。

与其他长篇章回小说相比,《金瓶梅》在社会上流传有限,许多读者或许无法读到原著。为了便于读者阅读,本书在涉及《金瓶梅》的有关人物情节时,尽可能多地引用原文,以加强感性认识。学术界普遍认为,《金瓶梅》的版本有万历词话本、崇祯绣像本、张竹坡评点本三个系统,在引用《金瓶梅》原文时,最为理想的当然是以原刊本为依据。但因条件所限,无法做到,只好退而求其次。故本书所引用词话本原文均据香港太平书局1982年影印本,所引用张竹坡评点本原文均据齐鲁书社1991年王汝梅等校点本。个别明显错误,则参考其他版本加以订正。特此说明。

第一章 《金瓶梅》的作者、成书时间与版本

《金瓶梅》是中国古代小说史上一部具有里程碑意义的长篇章回小说，但是其作者、成书时间及版本等问题却困扰着一代代学人，究其原因，不外乎主客观两个方面。如果说资料的匮乏与零乱是其客观原因，那么理解认识方面的偏差则是其主观原因。应当承认，文献资料是解决问题的主要依据，但对文献资料的理解认识也不可忽视。只有客观公正地辨析现有文献资料，才有可能不断向最终解决这些问题的方向靠拢。

一 《金瓶梅》的早期传播及其成书与作者问题

《金瓶梅》究竟成书于何时，它的作者又是谁，这两个问题困扰了人们多年。这两个问题之所以难以解决，不仅有资料缺乏的客观原因，也有认识上的主观原因。要想彻底解决这两个问题，继续挖掘有关资料固然十分必要，但对

现有资料进行实事求是的综合分析,尤其是从传播角度来加以观照,或许能够有一个更为接近真实的认识。

(一)《金瓶梅》的早期传播与成书时间

《金瓶梅》的早期传播是通过人与人之间的交流进行的,这些最早看到或听到《金瓶梅》的接受者所透露出的信息,是我们了解其成书时间的重要依据。明代万历二十四年(1596),著名文人袁宏道给其好友著名书画家董其昌写了一封信,信中说:"《金瓶梅》从何得来?伏枕略观,云霞满纸,胜于枚生《七发》多矣。后段在何处?抄竟当于何处倒换?幸一的示。"① 这是我们今天所知道的有关《金瓶梅》流传的有年代可考的最早的记载。尽管这封信篇幅不长,却给我们提供了许多重要信息:第一,最迟在万历二十四年(1596),《金瓶梅》已经在社会上开始流传。第二,当时是以抄本的形式流传着,而且流传的范围极其有限,像袁宏道如此有名气的文人,都不知道其来源。第三,袁宏道虽然仅仅看了前段,但已经赞不绝口,认为其要远远胜过枚乘的《七发》。

与这一记载密切相关的是袁宏道的弟弟袁中道在《游居柿录》中的一段话:"往晤董太史思白,共说诸小说之佳者。思白曰:'近有一小说,名《金瓶梅》,极佳。'予私识之。后从中郎真州,见此书之半,大约模写儿女情态俱备,乃从《水浒传》潘金莲演出一支。"② 这里说到的董太史思白,即董其昌;中郎即袁宏道。那么,袁中道是何时见的董其昌呢?台湾学者魏子云先生认为袁中道从乃兄袁宏道在真州是万历二十五年至万历二十六年(1597—1598),因此袁中道与董其昌见面的时间应在万历二十五年(1597)之前。与前所引袁宏道给董其昌的信相对照,可以进一步证实,董其昌是较早拥有《金瓶梅》的少数人之一,并认为《金瓶梅》"极佳"。董其昌只对袁中道提到了《金瓶梅》,但并没有拿给他看。袁中道后来在真州才从其兄袁宏道处看到了"全书之半"。言外之意,经过了将近两年的时间,袁宏道仍然未能拥有全书。

---

① 袁宏道. 与董思白书[G]//黄霖. 金瓶梅资料汇编. 北京:中华书局,1987:227.

② 袁中道. 游居柿录[G]//黄霖. 金瓶梅资料汇编. 北京:中华书局,1987:229.

以后袁宏道又多次提到《金瓶梅》，如在给谢肇淛的信中说："《金瓶梅》料已成诵，何久不见还也？……蒲桃社光景，便已八年……"① 袁宏道与兄袁宗道、弟袁中道及友人江盈科、潘士藻、谢肇淛等在京结蒲桃社是万历二十七年（1599）的事，八年后应是万历三十四年（1606）。袁宏道称"久不见还"，看来所借时间非止数日。但这时袁宏道似乎仍然只有全书的一部分，谢肇淛在《金瓶梅跋》中说道："余于袁中郎得其十三，于丘诸城得其十五，稍为厘正，而阙所未备，以俟他日。"② 从1596年到1606年，十年的时间过去了，袁宏道依然未能得到全书，这不仅是一个十分有趣的现象，而且是一个值得深思的问题。尽管如此，袁宏道仍然对《金瓶梅》给予很高的评价，在《觞政·十之掌故》中说："诗余则柳舍人、辛稼轩等，乐府则董解元、王实甫、马东篱、高则诚等，传奇则《水浒传》《金瓶梅》等为逸典。不熟此典者，保面瓮肠，非饮徒也。"③ 显然已将《金瓶梅》与许多著名作家作品相提并论了。

还有两条资料也应引起足够的重视，一是屠本畯在《山林经济籍》中所说："往年予过金坛，王太史宇泰出此，云以重赀购抄本二帙。予读之，语句宛似罗贯中笔。复从王征君百谷家，又见抄本二帙，恨不得睹其全。"④ 王宇泰即王肯堂，王百谷即王穉登。据刘辉先生考证，屠本畯见到王肯堂的抄本约在万历二十年至万历二十一年（1592—1593），若此说能够成立，则比袁宏道见到《金瓶梅》的时间还要早三四年。但屠本畯同样"不得睹其全"，只是说"书帙与《水浒传》相埒"，又说"王大司寇凤洲先生家藏全书，今已失散"。二是薛冈在《天爵堂笔余》中所说："往在都门，友人关西文吉士以抄本不全《金瓶梅》见示，余略览数回，……后二十年，友人包岩叟以刻本全书寄鄙斋，予得尽

---

① 袁宏道. 与谢在杭书［G］//黄霖. 金瓶梅资料汇编. 北京：中华书局，1987：228.

② 谢肇淛. 金瓶梅跋［G］//黄霖. 金瓶梅资料汇编. 北京：中华书局，1987：4.

③ 袁宏道. 觞政［G］//朱一玄. 明清小说资料选编. 济南：齐鲁书社，1989：614.

④ 屠本畯. 山林经济籍［G］//黄霖. 金瓶梅资料汇编. 北京：中华书局，1987：231.

览。"① 有研究者指出，薛冈见刻本的时间大约在万历四十七年（1619），那么他见文吉士抄本应在万历二十七年（1599），该抄本也是一不全抄本。种种迹象使我们不能不产生这样一种看法，即《金瓶梅》还未全部写完时，已经开始在有限的人群中如董其昌、袁宏道、袁中道、刘承禧、王穉登、王肯堂、屠本畯、丘志充、谢肇淛、沈德符、文吉士、薛冈等人中流传开了。

关于《金瓶梅》的成书时间，沈德符《万历野获编》中的一段话也常被人们所引用。这段话说，袁宏道《觞政》以《金瓶梅》配《水浒传》为外典，但自己"恨未得见"。万历三十四年（1606），沈德符在京城里遇见了袁宏道，他问袁宏道是否有全书，袁宏道回答说："第睹数卷，甚奇快，今惟麻城刘涎白承禧家有全本，盖从其妻家徐文贞录得者。"又过了三年，即万历三十七年（1609），袁中道进京参加考试，"已携有其书"，他便借来抄写了一部并带回了家乡。这段话与谢肇淛《金瓶梅跋》所说基本一致，但也有一些细微区别，按照沈德符的说法，万历三十四年（1606）时，袁宏道不仅没有《金瓶梅》全书，甚至也没有读过全书，但他知道刘承禧家有全书。再一个重要信息是，到了万历三十七年（1609），袁中道也有全书了。

沈德符接着又说，他将此书带回家乡后，他的朋友著名文学家冯梦龙"见之惊喜"，怂恿书商出重价购刻。另一友人马仲良"时榷吴关"，也劝他满足书商的要求。但沈德符认为，这类书必定会有人刊刻，一旦刊刻后，就会"坏人心术"，因此他将此书"固箧之"。令他始料未及的是，"未几时，而吴中悬之国门矣"②。从一般情理上看，这部"悬之国门"的《金瓶梅》应是最早的刻本。问题在于，沈德符所说的"未几时"究竟是什么时间。鲁迅先生《中国小说史略》称"万历庚戌（1610），吴中始有刻本"，就是依据沈德符的这段话，并且将"未几时"定为一年。但据李时人先生考证，马仲良榷吴关的时间为万历四十一年至万历四十二年（1613—1614），因此，这一刻本只能出现在1614

---

① 薛冈. 天爵堂笔余 [G] //黄霖. 金瓶梅资料汇编. 北京：中华书局，1987：235.

② 沈德符. 万历野获编 [G] //黄霖. 金瓶梅资料汇编. 北京：中华书局，1987：3.

年之后。而我们今天所能见到的《金瓶梅词话》卷首有东吴弄珠客的序言,该序言写于万历丁巳年(1617),与万历四十二年(1614)仅仅相隔三年,因而有理由认为,这一丁巳年的刻本即使不是初刻本,也是与初刻本相距时间不长的一个刻本。

(二) 如何理解"成书"问题

沈德符的上述记载为我们了解《金瓶梅》抄本、刻本的情况提供了重要信息,但他的另一段话又使人们对《金瓶梅》成书时间的认知陷入了迷雾之中。他说:"闻此(指《金瓶梅》)为嘉靖间大名士手笔,指斥时事,如蔡京父子则指分宜、林灵素则指陶仲文、朱勔则指陆炳,其他各有所属云。"根据这段话,在很长一段时间内,人们认为《金瓶梅》应成书于嘉靖年间。直至20世纪30年代,这一看法才发生了动摇。

实际上明清两代的许多人都主张"成书于嘉靖说",除了沈德符外,前面提到的屠本畯、谢肇淛以及众多清人都持此说。近代学者蒋瑞藻、现代学者冯沅君、龙传仕、徐朔方、朱星、周钧韬、刘辉、陈诏、卜键等依然坚持此说。其主要论据一是明人笔记的记载不应轻易推翻;二是书中的许多内证如佛道二教的活动,海盐腔及〔山坡羊〕等小令的流行,太监、皇庄、女番子、金华酒、书帕等均为嘉靖朝事。卜键《金瓶梅作者李开先考》① 一书根据小说中写的都是嘉靖时事,其中的戏曲演出无万历剧目、声腔无昆曲,从而判断该书"写作在嘉靖末年并基本完成于这一时期"。

1932年在山西介休发现了一部明万历丁巳刻本《新刻金瓶梅词话》,很快引起了人们的研究兴趣。第二年郑振铎先生发表《谈〈金瓶梅词话〉》一文,认为"把《金瓶梅词话》的时代放在明万历间,当不会是很错误的"②。吴晗先生在《〈金瓶梅〉的著作时代及其社会背景》一文中,通过对明代一些典章器物的考证,进一步认为成书时间"大约是在万历十年到三十年这二十年

---

① 卜键. 金瓶梅作者李开先考 [M]. 兰州:甘肃人民出版社,1988.

② 郑振铎. 谈《金瓶梅词话》[J]. 文学,1933 (1).

(1582—1602)中"①。1982年美国汉学家马泰来先生在《麻城刘家与〈金瓶梅〉》一文中认为《金瓶梅》成书于万历十一年（1583）之前②，1988年鲁歌、马征先生在《〈金瓶梅〉作者王穉登考》一文中认为在万历十九至二十五年（1591—1597）之间③，香港学者梅节先生1990年在《〈金瓶梅〉成书的上限》一文中认为在万历五年至万历十年（1577—1582）之间④。1999年许建平《金学考论》一书从七个方面论证《金瓶梅》成书于万历六年至万历十一年（1578—1583）之间。⑤

黄霖先生的考证更为具体，1982年他在《〈忠义水浒传〉与〈金瓶梅词话〉》一文中，就《金瓶梅词话》抄万历十七年（1589）前后刻印的《忠义水浒传》的事实说明："《金瓶梅词话》的成书时间当在万历十七年至二十四年（1589—1596）之间，换句话说，就在万历二十年（1592）左右。"第二年在《〈金瓶梅〉作者屠隆考》中通过考察小说的干支年月和人物生肖，认为作者可能就是在万历二十年（1592）动于创作的。两年后又在《〈金瓶梅〉成书问题三考》一文中提出了五条证据，其中关于"残红水上漂"四段曲子见于万历时期编成的《群音类选》《南词韵选》《南宫词纪》中，流行于万历年间，以及《别头巾文》见于万历年间编成的《开卷一笑》两条更有说服力。⑥

还有一种折中的观点认为成书在嘉靖与万历之间。1957年张鸿勋在《试谈〈金瓶梅〉的作者、时代、取材》一文中认为嘉靖说与万历说"没有多大的出入，既然确切的年代无法知道，那么它大约的年代就在16世纪上叶，再具体地

---

① 吴晗.《金瓶梅》的著作时代及其社会背景 [J]. 文学季刊，1933（创刊号）.

② 马泰来. 麻城刘家和《金瓶梅》[J]. 中华文史论丛，1982（1）.

③ 鲁歌，马征.《金瓶梅》作者王穉登考 [J]. 社会科学研究，1988（4）.

④ 梅节.《金瓶梅》成书的上限 [M]//金瓶梅研究：第一辑. 南京：江苏古籍出版社，1990.

⑤ 许建平. 金学考论 [M]. 石家庄：河北教育出版社，1999.

⑥ 黄霖.《金瓶梅》成书问题三考，[J]. 复旦学报，1985（4）.

说，是在嘉靖与万历之间"①。1981年杜维沫的《谈谈〈金瓶梅词话〉的成书及其他》②等也从不同角度重申了这一观点。1999年潘承玉《金瓶梅新证》一书认为,《金瓶梅》一书所写的时代,是佛教由长期失势转而得势,道教由长期得势转失势的时代。因而,小说反映的不仅是嘉靖朝的历史或万历朝的历史,而是从嘉靖中期至万历前期这一时间跨度大得多的历史,小说最后定稿于万历十七年（1589）以后。③

上述种种观点之所以各执一词,关键在于对"成书"一词的理解不够一致。"成书"者,书已完成之谓也。而这一完成过程并不像今天的人们想象的那样简单：某一天忽然一部完完整整的《金瓶梅》摆在了人们面前。那么,何时可以算作书已完成？这里有两个问题需要搞清,一是以小说只写出了一部分但已在社会上流传为准,还是以小说全部完成并有正式文本流传为准？二是假如小说已经完成,但作者或拥有者没有公之于世,而在若干年后拿出一部小说并宣称这是很早以前就完成的一部小说,那么谁来证明这一点呢？对这些问题没有统一认识,争来争去自然没有结果。按照一般的理解,只有作品全部完成并已在社会上公开传播,才可以说该小说已经成书。如果人们能够接受这一原则,那么《金瓶梅》的成书时间问题也就可以有一结论了。

事实是,在万历丁巳刻本之前,尽管很多人都提到了此书,但真正见到全书的只有沈德符在《万历野获编》所说,万历三十七年（1609）"小修上公车,已携有其书",但仍少五十三至五十七回。这时距万历四十五年（1617）丁巳刻本不过八年。万历三十四年（1606）丙午袁宏道只是读了数卷,虽然他说到"今惟麻城刘涎白承禧家有全本",但距刊刻时间不会太久,否则他肯定要设法借来抄阅。再按之沈德符非常肯定的说法,"此等书必遂有人版行"。依据当时的刻印技术水平,一部百万字的著作从雕版到印刷,也非短时间所能办到。因

---

① 张鸿勋. 试谈《金瓶梅》的作者、时代、取材[C]//兰州大学社会科学论文集. 1957.

② 杜维沫. 谈谈《金瓶梅词话》的成书及其他[J]. 文献：第七辑, 1981 (1).

③ 潘承玉. 金瓶梅新证[M]. 合肥：黄山书社, 1999.

此有理由认为，全书的完成就在万历三十四年（1606）前后。而此前种种关于《金瓶梅》的信息，只能说明《金瓶梅》正处于尚不成熟的创作过程之中。

（三）《金瓶梅》作者问题

最早提及《金瓶梅》作者的仍然是袁中道、屠本畯、谢肇淛、沈德符等人。袁中道在《游居柿录》中说："旧时京师，有一西门千户，延一绍兴老儒于家。老儒无事，逐日记其家淫荡风月之事。"屠本畯在《山林经济籍》中说："相传嘉靖时，有人为陆都督炳诬奏，朝廷藉其家。其人沉冤，托之《金瓶梅》。王大司寇凤洲先生家藏全书，今已失散。"谢肇淛在为《金瓶梅》作的跋语中说："相传永陵中有金吾戚里，凭怙奢汰，淫纵无度，而其门客病之，采摭日逐行事，汇以成编，而托之西门庆也。"沈德符在《万历野获编》中说"闻此为嘉靖间大名士手笔"。不难看出，这些最早读过《金瓶梅》的文人对该书作者是何人都十分茫然，且说法极不一致。其内中原因不外乎以下两点：一、确实不知道作者为谁；二、知道作者为某某，但出于微妙原因而不便说明。但假如是后者，又会让人感到不解，莫非几个人都已经事先商定好，从而取得了一致口径来为作者保密？再一个可能就是他们确实不知道作者究竟是谁，如果真是如此，那么作者的名气也就不会太大，换句话说，不太可能是所谓的"大名士"。

万历丁巳刻本《金瓶梅词话》卷首有一篇署名"欣欣子"的序言，开头便说："窃谓兰陵笑笑生作《金瓶梅传》……"这便是作者为"兰陵笑笑生"的由来。值得注意的是，在此刻本之前，并没有人提到过"兰陵笑笑生"。这位"笑笑生"是刻书者随意杜撰出来的呢？抑或确有所指？假如是后者，所指又是何意呢？有意思的是，尽管该刻本提出了"兰陵笑笑生"，但当时并没有引起人们的重视。更多的人却津津乐道于作者为著名文人王世贞，康熙十二年（1673）宋起凤在其《稗说》中便明确此说，康熙乙亥（1695）谢颐（即张潮）在《批评第一奇书金瓶梅叙》中又说道："《金瓶》一书，传为凤洲门人之作也。或云即凤洲手。"① 清代评点家张竹坡及清人的许多笔记如《寒花庵随笔》《秋水轩笔记》又提出所谓"苦孝说",认为《金瓶梅》是王世贞为报父仇而作。实际上持王世贞说的这些人们是根据屠本畯和沈德符其词引申而来,并没有可靠的资料予以证实。这就是说,明清两代对《金瓶梅》的作者始终没有搞清,对所谓"兰陵笑笑生"也未给予特别的关注。

20世纪以来,《金瓶梅》的作者问题成为学术界关注的热点问题,其中集体创作说与个人创作说之争异常激烈。早在20世纪40年代,赵景深、冯沅君先生就透露出"集体累积说"的想法。1954年潘开沛在《光明日报》上撰文首次明确提出"集体创作说"②,1980年赵景深先生撰文认为"《金瓶梅词话》是民间的集体创作","《金瓶梅词话》以前,应该有一本金瓶梅说唱词话。后来却把这一部金瓶梅说唱词话改写为《金瓶梅词话》,只不过是保留了词话的名称,实际上只是普通的小说。"③ 1986年王利器先生撰文对"大名士"之说加以驳斥,认为"《金瓶梅词话》当亦出自书会中人之手耳。以此,在书中保存着许多说唱话本的家风"。④ 同年,徐朔方先生在《〈论金瓶梅成书及其他〉自序》中说道:"《金瓶梅词话》存在着如此众多的破绽、矛盾、错乱、前后脱节或重复。比所有的长篇小说都更为严重(这是以前的研究者所未曾指出的),这表明它是未经认真整理的一部世代累积型集体创作。"但徐朔方先生又认为《金瓶梅词话》有一位"写定者",这位"写定者或写定者之一是李开先或他的崇信者"。⑤

---

① 谢颐.批评第一奇书金瓶梅叙[M]//朱一玄.明清小说资料选编.济南:齐鲁书社,1989:621.

② 潘开沛.《金瓶梅》的产生和作者[J].光明日报,1954-08-29.

③ 赵景深.评朱星同志金瓶梅三考[J].上海师范学院学报,1980(4).

④ 王利器.《金瓶梅词话》成书新证[M]//刘辉,杜维沫.金瓶梅研究集.济南:齐鲁书社,1988:14.

⑤ 徐朔方.《论金瓶梅成书及其他》自序[M]//刘辉,杜维沫.金瓶梅研究集.济南:齐鲁书社,1988:17.

这种"集体创作"再加一"写定者"的观点受到不少研究者的认同。2000年王汝涛、刘家骥先生提出自己的见解，即"《金瓶梅》是由众说唱人底本拼合，兰陵笑笑生写定的"。他们列举了五条理由，第一，《金瓶梅词话》中"说唱人遗留的痕迹太多了，且不说大量的诗、词、散曲充斥书中，用以代言，迹象更明显的是紧急时刻，书中人却大唱其曲……其实都是说书艺人为了使听众提神而加的手段"。其次，书中的所谓别字是"俚俗之人（说书人）的用字习惯"。再次，写定者的学问不高，历史事件错误太多，官制、地名隶属，宋制、明制杂糅。第四，全书水平不一致。后二十回大约是另一人提供的底本，写定者笑笑生既不能彻底替他改写，就只能保留了前后不相称的面目。第五，援引傅憎享先生的观点，从"情欲描写移植错位"断定非文士所作，《金瓶梅词话》是说书人述录的，是向说听的话本归化，呈俗文化形态。①

当然，更多的研究者依然坚持"个人创作说"，他们认为，明代几位著名文人在提到《金瓶梅》时，均感到非常新鲜，而非累积已久。再者，《金瓶梅》具有较为完整的艺术结构、一以贯之的思想和统一的文学风貌。还有，如果《金瓶梅》是累积型的创作，为何在此之前没有类似内容的作品流传？于是根据自己掌握的材料和对这些材料的理解，在作者问题上提出了众多的人选，其中又有南北方的不同。如王世贞、屠隆、王稚登、徐渭、汤显祖、冯梦龙、沈德符、李渔等为南方人说；李开先、贾三近、李先芳、冯惟敏、谢榛、贾梦龙、丁惟宁等为北方人说。

（四）解决作者问题的基础

尽管对《金瓶梅》作者的争论异常激烈，很难取得共识，但有关作者的几个基本问题谁也无法绕开，为大家所公认。这几个问题是：第一，如何理解"兰陵笑笑生"；第二，究竟是集体创作还是个人创作；第三，作者或写定者应是北方人还是南方人。在无法令人信服地解决作者问题的情况下，对上述几个

---

① 王汝涛，刘家骥. 也谈《金瓶梅》的作者 [M] //王平. 金瓶梅文化研究：第三辑. 北京：华艺出版社，2000：46.

问题做些综合分析，或许也不无益处。

"兰陵笑笑生"是万历丁巳本《金瓶梅词话》卷首欣欣子序言所提出的作者，但这只不过是一个符号而已。如果一定要在"兰陵"或"笑笑生"上做文章，以寻找出作者的真实姓名或真实身份，那恐怕也只能是掷光阴于虚牝了。因为《金瓶梅》的作者本来就不想透露自己的身份，否则明代的那几位著名文人也不会丝毫不知作者的情况。但是，从另一个角度考虑，"兰陵笑笑生"又不会是"欣欣子"或刻书者信口所言，也就是说，这一符号里面总要有某种含义，于是研究者们提出了不同的理解。有人认为兰陵是地名，或在山东峄县，或在江苏武进。有人认为兰陵是指美酒，有人认为是指作者隐居之处而拟化的山名。结合欣欣子既不愿透露作者的姓名，又想在这一符号中隐藏一定的含义，倒不妨从荀况被贬兰陵这一历史事件去考虑。这就是说，《金瓶梅》的作者或写定者是一位不得志之人，但"笑笑生"一名又表现出其笑对人生的态度。既不得志又能笑对人生，这大概也较符合《金瓶梅》一书的立意本旨吧。

关于集体创作还是个人创作，两说似乎都有道理，但双方却未能换位思考，也就是说，在回答不同观点者的论据以说服对方时，尤其是说服不了对方时，不能客观公正地接受某些事实。如持"集体创作说"的理由主要是许多地方保留有说唱者的语气，每回都插入诗、词、散曲，行文粗疏重复，采录、抄袭他人作品极多等，这是无法回避的事实。造成这种现象的原因可以有两个：第一，的确是说唱者所创作，但却并不一定是"集体创作"，出于某一位说唱者之手也并非没有可能。第二，是许多说唱者的集体创作，而且累积了多时。但第二种说法马上会遇到"个人创作说"的严重挑战。因为《金瓶梅词话》尽管粗疏，但毕竟具有较为完整的艺术结构、一以贯之的思想和统一的文学风貌等。如何面对这一挑战呢？最明智的选择当然是放弃第二种说法，而保留第一种观点。

现在再来看"个人创作说"，持这一观点的主要理由除了刚刚提到的"完整""统一"外，还有就是明代一些著名文人对该书的反应均是首次所闻，而非世代累积。这里有必要将"集体创作"与"世代累积"加以区分，集体创作不一定非要世代累积，也可以是同时的几个人所共同创作。如果不把采录、抄袭他人的作品等同于"世代累积",那么种种迹象表明,《金瓶梅词话》世代累积成书的可能性不大。但问题在于,虽然该书基本上"完整""统一",然而行文中也的确有粗疏重复的缺陷,而且还有其他许多浅薄之处。因此,又有必要将"个人创作说"与"大名士说"相区别。"个人创作"不等于一定就是指"大名士",甚至可以肯定地说,此书绝非出自"大名士"。于是,问题就较为清楚了,《金瓶梅》应出自某位下层文人或如有人所说"书会中人"之手,这位作者或写定者不仅熟悉各类说唱文体,而且对社会的方方面面尤其是市井生活都有较为深入的了解。

那么,这位文人或书会中人究竟是北方人还是南方人呢?研究者们曾尝试着运用多种方法来探析这一问题,其中最常用的是分析小说所运用的语言。分析语言又可以分别从词汇、语法和语音入手,正如许多研究者所指出的那样:《金瓶梅词话》所运用的语言词汇涉猎的地域相当广泛,按照由北至南的次序,既有北京官话,也有雁北方言;既有秦晋方言,也有冀鲁方言;既有鲁南方言,也有徐州方言;既有吴语方言,也有广东四邑甚至川北一带的方言。造成这一现象的原因可从主客观两个方面寻找。从主观方面来看,或许是作者走南闯北,能够随心所欲地融会各地方言词汇;从客观方面来看,或许作者所生活的地域环境就带有这种语言特点。然而,如果从语音和语法方面来分析,问题可能就会更加清楚一些。有关《金瓶梅词话》语音研究的论著不是太多,其中张鸿魁先生的专著《金瓶梅语音研究》① 受到研究者的较为普遍的首肯,该书详细考察了《金瓶梅词话》的各种语音特点,进而认为作者应为北方人。有关《金瓶梅词话》语法方面的论著略多,其中朱德熙先生的论文《汉语方言里的两种反复问句》② 更有说服力,该文发现《金瓶梅词话》第五十三回至五十七回中的反复问句只用"可 VP"(如:你可去?)结构,而其他各回基本上只使用"VP 不 VP"(如:你去不去?)的结构。而恰恰是北方地区多使用"VP 不 VP",南

---

① 张鸿魁. 金瓶梅语音研究 [M]. 济南:齐鲁书社,1996.
② 朱德熙. 汉语方言里的两种反复问句 [J]. 中国语文,1985(1).

方地区多使用"可VP"。从而断定,五十三回至五十七回应出自南方人之手,其他各回则应出自北方人之手。如果再结合其词汇方面的特点,问题似乎就更加清晰了:这位作者即使不是北方人,也应曾在北方长期生活过,而且他生活的地域环境应是南北交会、交通便利之处。假如再从小说所描写的生活习俗、故事内容等来考察,那么作者或写定者所生活的地域就呼之欲出了。简言之,这位作者或写定者应是明万历年间较长时期生活在运河临清一带的一位普通文人。

二 关于《金瓶梅》作者的几种代表性观点

"兰陵笑笑生"是万历丁巳本《金瓶梅词话》卷首欣欣子序言所提出的作者。这位"兰陵笑笑生"究竟何许人也?自明清以来,学者们对其真实姓名进行了旷日持久的争论。吴敢先生在其《金瓶梅研究史》中列举了广有影响的六种观点,笔者完全赞同,兹参考吴敢先生大作简述如下。①

(一)王世贞及其门人说

学术界普遍认为现存最早《金瓶梅词话》是1617年的万历丁巳刻本,该本廿公《金瓶梅跋》首句便说:"《金瓶梅传》,为世庙时一巨公寓言。"明沈德符《万历野获编》说是"嘉靖间大名士手笔"②。也就是说,兰陵笑笑生是明嘉靖间的一位"巨公""大名士",明代嘉靖间可称得上"巨公""大名士"的人为数甚多,而"王世贞说"来源最早,影响最大。明屠本畯《山林经济籍》说:"王大司寇凤洲先生家藏全书,今已失散。"③ 可见王世贞是最早拥有《金瓶梅》手抄本的人之一。清康熙十二年(1673)宋起凤在《王弇洲著作》中明白写道:

---

① 吴敢. 金瓶梅研究史 [M]. 郑州:中州古籍出版社,2015:111-116.
② 沈德符. 万历野获编 [G] //黄霖. 金瓶梅资料汇编. 北京:中华书局,1987:3.
③ 屠本畯. 山林经济籍 [G] //黄霖. 金瓶梅资料汇编. 北京:中华书局,1987:231.

"世知《四部稿》为弇州先生平生著作,而不知《金瓶梅》一书,亦先生中年笔也。"① 清人谢颐撰于康熙三十四年(1695)《批评第一奇书金瓶梅叙》亦云:"《金瓶》一书,传为凤洲门人之作也,或云即凤洲手。"②

王世贞(1526—1590)字元美,号凤洲,又号弇州山人,太仓(今属江苏)人,明代著名文学家、史学家,官至刑部尚书。人们之所以推测王世贞为《金瓶梅》作者,与当时的一段传闻有关。相传王世贞的父亲王忬藏有宋人《清明上河图》,内阁首辅严嵩酷爱古董,闻听此信,便向王忬索要此图。王忬既舍不得给他,又不敢得罪于他,无奈之下以一张《清明上河图》赝品应付了事。不料真相败露,严嵩大怒,于是加害于王忬。王世贞一心为父报仇,但严嵩已死,闻听严嵩之子严世蕃喜看淫秽小说,于是写就《金瓶梅》送给严世蕃,而在书稿每一页的页脚都涂上了少量的砒霜。严世蕃得到《金瓶梅》后爱不释手,沾着唾沫一页一页翻看,当全书看完之后,严世蕃也毒发身亡。

1933年10月10号《文学季刊》创刊号刊发了吴晗针对此传说的文章《〈金瓶梅〉的著作时代及其社会背景》,吴晗经过仔细考证后发现,王世贞的父亲并没有得到过《清明上河图》,而严嵩的儿子严世蕃也并非死于中毒。20世纪30年代,鲁迅、郑振铎等学者从《金瓶梅》用的是山东方言,以江苏太仓人王世贞不会说山东话而否定王世贞说,认为王世贞不可能是《金瓶梅》的作者。

1979年,河北师大原校长朱星先生发表《〈金瓶梅〉的作者究竟是谁》③,重新主张王世贞说,并列举出十条理由:第一,王世贞是"嘉靖间大名士";第二,他能写小说,另有小说传世;第三,他有能力个人完成鸿篇巨制;第四,他有完成大作的足够时间;第五,他是大官僚,所以能写出官场大场面;第六,《金瓶

---

① 宋起凤. 王弇洲著作[G]//黄霖. 金瓶梅资料汇编. 北京:中华书局,1987:236.

② 谢颐. 批评第一奇书金瓶梅叙[G]//黄霖. 金瓶梅资料汇编. 北京:中华书局,1987:4.

③ 朱星. 金瓶梅的作者究竟是谁[J]. 社会科学战线,1979(3).

梅》中的地名与王世贞经历相合；第七，他崇信佛道，正是《金瓶梅》所宣扬的；第八，他好色醉酒，具有写作《金瓶梅》的情怀；第九，他祖籍山东，又做官山东，具有运用山东方言的条件；第十，他知识面广，能写出《金瓶梅》这样的百科全书。

1999年，许建平出版《金学考论》①，发表《王世贞与著作权》等系列论文，以四个外证、七个内证进一步论证《金瓶梅》作者是王世贞。他详细考证了明沈德符在《万历野获编》中记载的《金瓶梅》由手抄本到刻本的过程，判定《金瓶梅》手抄全本源于王世贞抄本，再往上就无法"追查"了；此外，《金瓶梅》中曾出现"三七"这味药材，但彼时"三七"并不为世人所知——除了王世贞，因为它的发现者、明朝医学家李时珍将其编写入《本草纲目》并交予王世贞题序，《金瓶梅》书成流传之时，《本草纲目》尚未刊行。此后，霍现俊《〈金瓶梅〉发微》②、周钧韬《周钧韬金瓶梅研究文集》③再次力主此说。

近年来，浙江学者陈明达在《〈金瓶梅〉作者蔡荣名考》一文中指出，以王世贞晚年的精神状态和身体状况写出《金瓶梅》煌煌大作似不可能，认为《金瓶梅》真正的执笔者是在王世贞私家花园"住读"两年的后辈蔡荣名，而王世贞在创作《金瓶梅》的过程中担任了"制片人""导演""发行人"的角色。蔡荣名（1559—？）字去疾，别字簸凡，明黄岩人。出身书香门第，习研古诗文。曾祖父蔡余庆，进士出身，曾任汀州知府。祖父蔡绍科，举人，曾任大理知府。叔父蔡宗明，进士出身，官至礼部郎中。蔡荣名少小聪慧异常，17岁时考中头名秀才。但他我行我素，偏激狂傲，不耐繁文缛节，多次赴省试均未中举。于是就纵情诗酒，醉中成诗。著有《太极注》《芙蓉亭诗钞》。蔡荣名于24岁北上拜谒王世贞，深受赏识，延为上宾，留住在府。陈明达从八个方面考证：第一，书中大量独特的黄岩方言证实只有黄岩人才能写得出来。第二，蔡

---

① 许建平. 金学考论 [M]. 石家庄：河北教育出版社，1999.
② 霍现俊.《金瓶梅》发微 [M]. 北京：中国社会科学出版社，2002.
③ 周钧韬. 周钧韬金瓶梅研究文集 [M]. 长春：吉林人民出版社，2010.

荣名的出身、经历和秉性符合写作《金瓶梅》的身份;《芙蓉亭诗钞》更是提供了直接的证据。第三,王世贞鼎力相助蔡荣名完成写作《金瓶梅》。王世贞诗"袖携天台石,吐作弇山云""两年两扣先生门,沾沾所见惬所闻"及蔡荣名《弇山行》证实,《金瓶梅》初稿是蔡荣名的,也是蔡荣名在弇山园两年之后定稿的。第四,王世贞"袖携天台石";欣欣子序"吾友笑笑生为此,爱馨平日所蕴者,著斯传";《金瓶梅》第三十六回,蔡状元道:"学生蔡蕴,贱号一泉。""泉",水源也,黄岩话"水""书"同音,均念"xu"。意思就是蔡蕴书源也。三者均指《金瓶梅》书稿出处,证实笑笑生就是蔡荣名。第五,"兰陵笑笑生"出自王世贞诗"吾怜蔡去疾,不去陶陶酒人疾"中的"陶陶酒人",兰陵指代酒。"欣欣子"的"欣欣"出自王世贞诗"沾沾所见惬所闻"中的"沾沾"。第六,"欣欣子书于明贤里之轩"。"欣欣"的第二个含义是"欣欣向荣",所以,整个署名隐含"荣名闲里书之于轩"。第七,《金瓶梅》跋中的"巨公"指张居正。王世贞与张居正是同年,要影射张居正,必须让作者隐姓埋名,所以托名"兰陵笑笑生"。第八,历来许多学者不解的疑惑在蔡荣名身上都能找到答案。如"三七""凤城""芙蓉亭"等的出处。① 此说有待得到进一步证实。

(二) 贾三近说

贾三近(1534 — 1592)字德修,号石葵,别号石屋山人,明代山东峄县人,24岁举山东乡试省魁,隆庆进士,后任兵部右侍郎。吴敢先生指出这是20世纪80年代《金瓶梅》作者新人第一说,倡论者为张远芬,其《金瓶梅新证》② 提出十条证据:第一,兰陵是山东峄县,贾三近是峄县人;第二,他有资格被称为"嘉靖间大名士";第三,小说的成书年代与贾三近的生活时代正相契合;第四,他是正三品大官,其阅历足可创作《金瓶梅》;第五,小说中有大量峄县、北京、华北方言,贾三近分别在这些地区居住过;第六,小说中有几篇高水平奏章,贾三近正精于此道;第七,小说中有些人物事件类似贾三近的;

---

① 邹德浩. http://www.china.com.cn/culture/txt/2009-03/19/content-17469973.htm.

② 张远芬. 金瓶梅新证 [M]. 济南:齐鲁书社,1984.

第八，小说多有戏曲描写，贾三近有此生活积累；第九，他曾十年在家闲居，有创作的时间保证；第十，他写过小说。郑庆山、冯传梅、高念卿、王冠才、马森、程冠军等学者撰文支持此说。李锦山、李时人、徐建华、郑培凯、齐沛、宁源伟、孟宪章、鲁歌、刘辉、许建平等学者撰文提出异议。尤其是李时人先生《贾三近作〈金瓶梅〉说不能成立：兼谈我们应该注意考证的态度和方法问题》① 一文全面否定了张远芬的论据，并对其考证方法提出了批评。

而许志强先生认为，《金瓶梅》作者应是贾三近的父亲贾梦龙，因为他的生卒年代与《金瓶梅》成书时代特点吻合，他创作的诗词可在《金瓶梅》中找到。

(三) 屠隆说

屠隆（1542—1605），字长卿，一字纬真，号赤水、鸿苞居士，浙江鄞县人。明代文学家、戏曲家。万历五年中进士，曾任礼部主事、郎中等官职，为官清正，关心民瘼，后罢官回乡。此说为黄霖先生率先提出，他发表了《〈金瓶梅〉作者屠隆考》② 一系列文章，提出七条依据：第一，小说第五十六回的《哀头巾诗》《祭头巾文》，出自《开卷一笑》，作者即屠隆；第二，小说有不少浙江方言，与屠隆籍贯相合；第三，屠隆祖籍武进，古称兰陵；第四，屠隆潜心佛道，与小说主旨一致；第五，屠隆以"淫纵"罢官，坚持写作"淫雅杂阵"，其情欲观正是小说的思想倾向；第六，屠隆具备创作《金瓶梅》的生活基础与文学素养；第七，屠隆与刘承禧、王世贞关系密切，此两人均有《金瓶梅》抄本全稿，当为屠隆所赠。台湾学者魏子云先生发表多篇文章支持该说，刘孔伏、潘良炽、李燃青、吕珏等学者撰文亦表赞同。郑闰先生出版《金瓶梅和屠隆》③ 一书，指出屠隆曾任清河县令，写过小说，其完成《金瓶梅》的时间是

---

① 李时人. 贾三近作《金瓶梅》说不能成立：兼谈我们应该注意考证的态度和方法问题 [J]. 徐州师范学院学报，1983 (4).

② 黄霖.《金瓶梅》作者屠隆考 [J]. 复旦学报，1983 (3).

③ 郑闰. 金瓶梅和屠隆 [M]. 上海：学林出版社，1994.

万历十七年夏。张惠英女士为此说撰文补正。徐朔方先生针对该说发表《〈《金瓶梅》作者屠隆考〉质疑》①等文,提出了不同意见。张远芬先生认为屠隆充其量是"陋儒补以入刻"的第五十三至五十七回的作者,而不是全书的作者。顾国瑞、刘辉、郑庆山、张庆善、宋谋玚等学者亦撰文对此说提出讨论。该说是近年论据较为有力、论证比较合理的观点之一。

(四) 李开先说

李开先(1502—1568),章丘人,字伯华,号中麓子、中麓山人及中麓放客。明嘉靖八年(1529)进士,历任户部主事、吏部考功司主事、稽勋司员外、文选司郎中、太常寺少卿提督四夷馆。嘉靖二十年(1541),目睹朝政腐败,抨击夏言内阁,被罢官。他壮年归田,不肯趋附权贵,所以只能闲居终老。此说始于孙楷第,有孙楷第致胡适信为证。②中国社会科学院文学研究所《中国文学史》③的一条脚注,是存疑的语气,1979年重印时便把"李开先的可能性较大"一句删除。据说这一条脚注系吴晓铃所加。吴晓铃1982年6月在美国印第安纳大学发表《〈金瓶梅〉作者新考》讲演时重申此说。④徐朔方《〈金瓶梅〉的写定者是李开先》⑤认为《金瓶梅》的写定者是李开先,其理由是:第一,长期阅历使他对官场内幕有深刻了解;第二,他是传奇《宝剑记》《登坛记》《断发记》的作者,又是《市井艳词》及带有市井趣味的《打哑禅》《园林午梦》《搅道场》《乔坐衙》《昏厮迷》《三枝花大闹土地堂》等六种院本的作者和改编整理者。他的《诗禅》《词谑》都流露了对词曲等市井文学的极深的爱好和修养;第三,李开先被称为"嘉靖八子"之一,同"嘉靖间大名士手笔"

---

① 徐朔方.《〈金瓶梅〉作者屠隆考》质疑 [J]. 杭州大学学报, 1984 (3).

② 耿云志. 胡适遗稿及秘藏书信 [M]. 合肥: 黄山书社, 1994.

③ 中国社会科学院文学研究所. 中国文学史 [M]. 北京: 人民文学出版社, 1963: 949.

④ 《金瓶梅》的作者是李开先: 吴晓铃在美讲学时提出的新见解 [N]. 香港: 大公报, 1982-06-12 (14).

⑤ 徐朔方.《金瓶梅》的写定者是李开先 [J]. 杭州大学学报, 1980 (1).

的说法不谋而合;第四,作品本身证明它同李开先的关系密切,如小说第七十回俳优在朱太尉府唱《正宫端正好》《滚绣球》《倘秀才》《煞尾》等曲,这原是李开先《宝剑记》传奇第五十出的原文。再如李开先《词谑》评论各家套曲,全折选录,不加贬语的元人杂剧只有十余套,其中有《玉箫女两世姻缘》《宋太祖龙虎风云会》各一折,它们在《金瓶梅》第四十一回、第七十一回也曾分别全文引录;第五,《宝剑记》《金瓶梅》对水浒故事的改编在思想倾向上颇有近似之处;第六,《金瓶梅》欣欣子序与李开先的同乡姜大成《宝剑记后序》都是作者友人的代言,用意极其相似。王利器、赵景深、杜维沫及日本学者日下翠等撰文支持此说。朱星、郑庆山、王辉斌等持否定意见。卜键先生《金瓶梅作者李开先考》[1] 一书,从《宝剑记》与《金瓶梅》、李开先与西门庆、清河寓意、兰陵意旨等诸多内证,以及个人素质、作文风格、交游类群等一些作者资质方面进行论证,集此说为大成。

(五) 徐渭说

徐渭(1521—1593),山阴(今浙江绍兴)人。初字文清,后改字文长,号天池山人等。明代文学家、书画家、军事家。与解缙、杨慎并称"明代三大才子"。

他开创了青藤画派,在中国绘画史上具有极其重要的地位,他又是明代一流戏曲作家,著有《四声猿》《歌代啸》等反映现实的杂剧作品。

最早透露这一信息的是明袁中道《游居柿录》。1939年英国学者阿瑟·戴维·韦利在英译本《金瓶梅》引言中首次提出,60年后,潘承玉《金瓶梅新证》[2] 对此说做了较为全面的论证,第一,他认为《金瓶梅》的作者除了是位小说家,必定还是一位娴熟的戏曲作家、画家和幕客。因为《金瓶梅》中,涉及小曲27支、小令59支、散套20套30种,涉及《西厢记》《两世姻缘》等戏剧作品24部;作者难掩戏曲创作的冲动,以"曲"代之,创作出众多戏曲;

---

[1] 卜键. 金瓶梅作者李开先考 [M]. 兰州:甘肃人民出版社,1988.

[2] 潘承玉. 金瓶梅新证 [M]. 合肥:黄山书社,1999.

《金瓶梅》在人物描写上惟妙惟肖,巧妙运用了绘画中的白描技法;《金瓶梅》作者运用了部分非文学性应用文体,其中多为官场用文。第二,作者非嘉靖或者万历年代人物,应当是一位生平跨嘉靖、隆庆、万历三朝而主要生活在嘉靖朝的人。因为《金瓶梅》所写年代是由佛教长期失势转而得势,道教长期得势转而失势的时代。小说所反映的时代跨嘉靖、隆庆、万历三朝而以嘉靖朝为主,全书定稿约在万历十七年后。第三,关于小说的地理原型,潘承玉也做了新的考证。通过对小说文本与明朝史实的研究,潘承玉提出《金瓶梅》中所描写的地理原型非山东清河,而是浙江绍兴。根据以上几点,既是绍兴人,又集画家、戏剧家和幕客为一体,种种线索集中于一人,这便是明朝绍兴大名士徐渭。潘承玉还研究了《金瓶梅》的抄本,认为董其昌是流传线索中的中心人物,而陶望龄是传递抄本的关键人物,而"陶望龄手上的《金瓶梅》来自徐渭,而且极可能就是徐渭的原稿"。

(六) 王穉登说

王穉登(1535—1612),字百谷,号半偈长者、青羊君、广长庵主等。先世江阴人,后移居吴门(今江苏苏州)。明嘉靖末年入太学,万历时曾召修国史。万历十四年(1586)与屠隆、汪道昆、王世贞等组织"南屏社",广交朋友,人称"侠士"。

此说由鲁歌、马征提出,在《〈金瓶梅〉及其作者探秘》[①] 一文中列举十三条根据:第一,王穉登最先有《金瓶梅》抄本,而且是有抄本者之中唯一具有作者资格的人;第二,他是武进人,而武进古称"兰陵";第三,他对屠隆人品不满,因选其《哀头巾诗》《祭头巾文》入小说,以示讥刺;第四,《金瓶梅》中的诗词曲与王穉登所辑《吴骚集》相似;第五,王穉登《全德记》中某些内容、用语与《金瓶梅》中的写法相同或相似;第六,他的诗文与《金瓶梅》诗文一脉相通;第七,王穉登的阅历使他能够熟悉《金瓶梅》中的吴语、北京话、山东话、山西话等一系列方言;第八,他与《金瓶梅》均有中原正统观而鄙视

---

① 鲁歌,马征.《金瓶梅》及其作者探秘 [M]. 西安:华岳文艺出版社,1989.

南方人;第九,他符合"嘉靖间大名士""世庙时一巨公"的记载;第十,他是王世贞的门客,故以《金瓶梅》小说"指斥时事",为王世贞之父报仇;第十一,《金瓶梅》中王招宣一家是王稺登家"族豪"丑类原型的艺术再现;第十二,《金瓶梅》三次引用他感触深刻的诗句"侯门一入深似海,从此萧郎是路人";第十三,《金瓶梅》小说反映出的作者模样正与他的情况相符。孙逊先生撰文认为此说影响较大,王汝涛先生提出质疑。近年鲁歌先生的观点发生了很大变化,认为作者是江苏武进民间才人。

此外还有汤显祖说、冯梦龙说、李先芳说、沈德符说、李渔说、赵南星说、卢楠说、李贽说、冯维敏说、谢榛说、薛应旗说、臧晋叔说、金圣叹说、田艺蘅说、王采说、唐寅说、李攀龙说、萧鸣凤说、胡忠说、丁惟宁说等,不一而足。

三 关于"《金瓶梅》作者丁惟宁说"的几点思考

自20世纪末以来,不少研究者先后提出了《金瓶梅》作者为丁惟宁的论点,依笔者浅见,这些论述很有价值,应当给予充分关注。但平心而论,还有一些疑点需要进一步挖掘资料,缜密思考,寻找出合理的解释。笔者见闻寡陋,就此一说做了下述几点思考,以期引起方家关注,共同攻克这一难题。

(一) 董其昌与《金瓶梅》

在《金瓶梅》的早期传播过程中,董其昌(1555—1636)是一位重要人物,有必要对其与《金瓶梅》的关系作一番细致梳理。董其昌与《金瓶梅》的关系有以下资料:

1. 袁宏道(1568—1610)读了董其昌的《金瓶梅》抄本后,于万历二十四年(1596)致函询问:"《金瓶梅》从何得来?伏枕略观,云霞满纸,胜于枚生《七发》多矣。后段在何处?抄竟当于何处倒换?幸一的示。"①

---

① 袁宏道. 与董思白书 [G] //黄霖. 金瓶梅资料汇编. 北京:中华书局,1987:227.

此信可证董其昌在万历二十四年（1596）已拥有《金瓶梅》抄本，但应该只有"前段"，不然，袁宏道不会问"后段在何处？抄竟当于何处倒换"。其次，这是袁宏道致董其昌的私人信函，因此董其昌应当是最早得知袁宏道对《金瓶梅》基本态度之人。再次，袁宏道称"抄竟当于何处倒换"，说明袁宏道已经拥有《金瓶梅》前段的抄本。

2. 袁中道（1570—1626）在其日记《游居柿录》万历四十二年（1614）记道："往晤董太史思白，共说诸小说之佳者。思白曰：'近有一小说，名《金瓶梅》，极佳。'予私识之。后从中郎真州，见此书之半，大约模写儿女情态俱备，乃从《水浒传》潘金莲演出一支。所云'金'者，即金莲也；'瓶'者，李瓶儿也；'梅'者，春梅婢也。旧时京师，有一西门千户，延一绍兴老儒于家。老儒无事，逐日记其家淫荡风月之事，以西门庆影其主人，以余影其诸姬。琐碎中有无限烟波，亦非慧人不能。追忆思白言及此书曰：'决当焚之。'以今思之，不必焚，不必崇，听之而已。焚之亦自有存之者，非人力所能消除。但《水浒》崇之则诲盗；此书诲淫，有名教之思者，何必务为新奇，以惊愚而蠹俗乎？"①

黄霖先生考定袁中道从乃兄袁宏道在真州是万历二十五年（1597）至万历二十六年（1598）间，因此袁中道与董其昌见面的时间应在万历二十五年之前，与袁宏道致董其昌函的时间相一致。从此记载可知董其昌先是说《金瓶梅》"极佳"，同时又说"决当焚之"。尽管这是近二十年后袁中道追忆董其昌语，但仍可说明董其昌对《金瓶梅》的态度是比较矛盾和复杂的。其次，董其昌说"近有一小说"，可见为时不会太久，且董其昌应当知其根底，但又闭口不谈作者为谁。

3. 《金瓶梅词话》"东吴弄珠客序"落款题"万历丁巳季冬东吴弄珠客漫书于金阊道中"。有几点可证这位"东吴弄珠客"即为董其昌。其一，弄珠楼原址位于旧时平湖县城东门外的东湖之中，始建于明嘉靖中叶。万历三十四年（1606）夏，平湖知县萧鸣甲在原基础上增建而成弄珠楼，成为浙西名景。

---

① 袁中道. 游居柿录 [G] //黄霖. 金瓶梅资料汇编. 北京：中华书局，1987：229.

弄珠楼落成之际，萧鸣甲念及董其昌与平湖的因缘，向时任湖广提学副使的董氏索墨。他欣然应允，除题匾"弄珠楼"外，又赋《寄题萧使君"弄珠楼"诗》二首助兴。清张云锦撰《东湖弄珠楼志》六卷（清乾隆鲍询、王瑛等刻本）亦有相关记载，当年弄珠楼有石刻董其昌七律二首，乾隆间已无存。诗云："壁间妙迹思翁字，颗颗明珠未寂寥。三尺青珉惊羽化，只今愁唱弄珠谣。"董氏还以飞白体署弄珠楼，更题拱间曰："晴川历历汉阳树，芳草萋萋鹦鹉洲。"由此可知，董其昌与"弄珠"一词有着密切关联。其二，"万历丁巳"即万历四十五年（1617），此时董其昌的确是在"金阊道中"。据当时民间的写本《黑白传》《民抄董宦事实》可知，万历四十四年（1616），董其昌遭遇一次"民变"，惶惶然避难于苏州、镇江、丹阳、吴兴等地半年不得安身，此即所谓"民抄董宦"案。董其昌心神不定，居无定所，完全符合"漫书于金阊道中"情形。其三，从"东吴弄珠客序"可知，这位"东吴弄珠客"十分清楚袁宏道对《金瓶梅》的赞赏，所谓"袁石公亟称之"，但又说"亦自寄其牢骚耳，非有取于《金瓶梅》也"，"不然，石公几为导淫宣欲之尤矣"！而"东吴弄珠客"本人对《金瓶梅》的态度也很矛盾复杂，既称之为"秽书"，又说"作者亦自有意，盖为世戒，非为世劝也"。"若有人识得此意，方许他读《金瓶梅》也。"这种态度与袁宏道致董其昌函及袁中道《游居柿录》所记完全一致。

4. 董其昌与丁惟宁（1542—1611）、丁耀亢（1599—1669）父子交往密切。这里有必要旧话重提，即1990年2月发现于山东诸城的一封信，杨国玉先生曾就此信撰文辨证，笔者同意其基本观点，但关键是此信是否真实。正如杨国玉先生文中所说："可惜，诸城新发现的这封信是丁氏后人于清同治五年（1866）录藏的一份抄件，而非董思白手迹，使我们失去了从其书体特征上判断是否出自董氏之手的重要线索。或许也正因为这个重要因素的缺失，引起了一些学者的质疑。黄霖、陈诏二位先生分别讲论、撰文，提出了多方面证据，对以上问题给予了全面否定。他们的观点在当时产生的影响相当大，此后，这封信便似乎从人们的视野中'淡出'了。"① 我们不妨再对这封信做些分析。如果此信是赝品，那么造假者是谁？其动机为何？杨国玉在本文后记中说道："这封信的发现者是多年来一直致力于《醒世姻缘传》研究并提出作者'丁耀亢说'的张清吉先生。据张先生函告：1987年秋，他在诸城博物馆查找有关丁耀亢的资料时，在一大堆纸色发黄、多为破碎的字画、遗墨等物中捡得此信，于是即将内容抄录下来。因当时尚未涉足《金瓶梅》研究，故对信中的'弄珠客思白'字眼未予格外注意。到1990年2月，在南京参加海峡两岸明清小说学术研讨会期间，方知'弄珠客'为《金瓶梅》的序作者署名。但会后再去诸城搜觅原件，被告知那堆文稿已在当年年底打扫卫生时清除掉了。后来，张先生当时所抄录的信文即在一些学者中传抄开来。原件不存，确是一件非常遗憾的事情！笔者以为，对于这封信的内容，不宜轻易否定，而应该采取理性、审慎的态度予以进一步的深入辨析。"

为了便于分析，不妨将此信全文照录如下：

> 侍御公帏下：京师嗟阔，斗转数匝。邮筒相问，共觞梦求，痛何以堪！公退林泉，羲皇是敦，而虞卿蕉尾之效高邈，吾之知也。公之奇书，楚人椟中物，郑人岂识之哉！思白咏诵，契杜樊川所云"一杯宽幕席，五字弄珠玑"也。嘱予固箧，懔从命，无敢稍违也。帛轴二，歙砚、湘管各一遗公，驿至否？金阊颙望意系。顿首。弄珠客思白上。丙午清和望日。

收信人为丁惟宁，信的内容符合丁惟宁的生平经历，无须赘言。信的撰写者署名"弄珠客思白"，文中又自称"思白"，写于"丙午清和望日"即明万历三十四年（1606）四月十五日。如果此信系伪造，关键在于"弄珠客思白"五字。但信的正文中已出现"思白"两字，因此只有"弄珠客"三字有造假的必要。我们现在不妨先不理会这三个字，那么信中的"公之奇书""嘱予固箧""懔从命，无敢稍违也"应做何解释呢？一般的诗文称不上是"奇书"，也没有

---

① 杨国玉.《金瓶梅》研究的新起点："弄珠客思白"致丁惟宁书札辩证[J]. 河北工程大学学报，2001（1）.

必要"固箧"。此信的前半部分显然是客套话、寒暄语,自"公之奇书"以下,才是致函的本意。依笔者陋见,事情原委应是董其昌于万历二十四年(1596)将《金瓶梅》借与袁宏道传抄后,引起许多文人的关注,远在五莲的丁惟宁闻知此情,致函叮嘱。董其昌此信正是对此叮嘱的答复。所谓"楚人棱中物,郑人岂识之哉"即指一般读者只是看到《金瓶梅》淫秽的一面,而未能体会作者戒世的良苦用心。这与"东吴弄珠客序"中的观点完全一致。

还应注意的是,信中说"思白咏诵,契杜樊川所云'一杯宽幕席,五字弄珠玑'也"。而且写这封信函的同年——万历三十四年(1606)夏,正是平湖知县萧鸣甲向董其昌索墨之时,亦即董其昌与"弄珠"二字发生密切关联之际,看来,董其昌对"弄珠"二字特别感兴趣。或许就在此时,董其昌才用"弄珠客"名号,十一年后为《金瓶梅》作序也就沿用了此号。当然,这一切要以此信的真实性为基础,否则便全部冰消瓦解。

5. 那么,董其昌何时得到《金瓶梅》抄本的呢?这是"丁惟宁说"的关键所在,其中有一条线索值得关注,即嘉靖四十年(1561)进士、延宁兵备副使、诸城人陈烨所撰《东武西社八友歌》。诗中有"董生文学已升堂,志高不乐游邑庠,云间孤鹤难颉颃""聪明才隽丁足当,弹琴伯牙字锺王,蔚如威凤云间翔"等句。"董生"即董其昌,"聪明才隽"之"丁"即丁惟宁。因在八人中董其昌年纪最少,故陈烨称其为"董生",又因董其昌已于1589年中进士,故有"董生文学已升堂"之句。据丁纪范《九老全图》跋知,东武西社成立于万历二十三年(1595),董其昌应当到诸城与会。① 是否此次诸城之行董其昌得到了《金瓶梅》不全之抄本,然后回到南方的第二年便将《金瓶梅》半部抄本借给了袁宏道,需要认真考虑。

丁耀亢在其诗集《逍遥游》卷二《江游》"己卯春夏"题记中说:"忆昔己未渡江,负笈云间,从董玄宰、乔剑浦两先生游。庚申,傲石虎丘,与陈古白、赵凡夫结山中社。去今三十年,少年诗文无足存者。自己卯避地,溯海而淮而

---

① 张清吉.《金瓶梅》奥秘探索[M].郑州:中州古籍出版社,2000:3-4.

江，既不得南枝，蜡屐倦游，止于白下。纪其所见，积箧中遂成帙。然雪鸿留迹，蕉鹿迷痕，无益也。存之志慨尔。"① 丁耀亢去江南拜见董其昌等人是"己未"年，即万历四十七年（1619），丁耀亢年二十一。庚申（1620）岁暮，丁耀亢自江南返回诸城。此次丁耀亢去江南前后不过一年有余，此时"东吴弄珠客序"已完成，但未提及刊行之事。是否因为董其昌的《金瓶梅》来自诸城丁惟宁，才有丁耀亢此次短暂的江南之行，去董其昌处商定《金瓶梅》刊行之事，值得推敲。

（二）丁耀亢、《续金瓶梅》及《三降尘寰诗》

1. 康熙四年乙巳（1665）八月，67岁的丁耀亢因作《续金瓶梅》被逮入狱，经友人傅掌雷、龚鼎孳、刘正宗等全力援救，于当年腊月获释。出狱后作《漫成次友人韵》诗八首②，其第六首云：

> 老夫傲岸耽奇癖，捉笔谈天山鬼惊。
> 误读父书成赵括，悔违母教失陈婴。
> 非前湖海多风雨，强向丘园剪棘荆。
> 征室何如宣室诏，九霄星斗似知名。

此诗的颔联用了两个典故，"误读父书成赵括"见《史记·廉颇蔺相如列传》。战国时赵奢为赵国名将，其子赵括"自少时学兵法，言兵事，以天下莫能当。尝与其父奢言兵事，奢不能难，然不谓善"。蔺相如称其"徒能读其父书传，不知合变也"。③ 果然在长平战役中，赵括被秦击败身死。后人多以"赵括"喻指夸夸其谈而无实际本领的人。丁耀亢此处用这一典故，是说自己因"误读父书"而遭牢狱之灾。赵括读其父之书而只会纸上谈兵，说明读的是兵书；丁耀亢读了父亲的书而作《续金瓶梅》被逮入狱，显然丁耀亢所读父书，理应与《续金瓶梅》相关。

---

① 李增坡，张清吉. 丁耀亢全集 [M]. 郑州：中州古籍出版社，1999：667.
② 李增坡，张清吉. 丁耀亢全集 [M]. 郑州：中州古籍出版社，1999：479.
③ 司马迁. 史记 [M]. 上海：上海古籍出版社，1997：1876.

"悔违母教失陈婴"见《史记·项羽本纪》:"陈婴者,故东阳令史,居县中,素信谨,称为长者。东阳少年杀其令,相聚数千人,欲置长,无适用,乃请陈婴。婴谢不能,遂强立婴为长,县中从者得二万人。少年欲立婴便为王,异军苍头特起。陈婴母谓婴曰:'自我为汝家妇,未尝闻汝先古之有贵者。今暴得大名,不祥。不如有所属,事成犹得封侯,事败易以亡,非世所指名也。'婴乃不敢为王。谓其军吏曰:'项氏世世将家,有名于楚。今欲举大事,将非其人不可。我倚名族,亡秦必矣。'于是众从其言,以兵属项梁。"① 项梁立熊心为楚怀王,陈婴任上柱国,封五县。项梁死后,陈婴随项羽征战,项羽死后陈婴降汉,汉高祖六年十二月封堂邑侯。陈婴因为听从了母亲的劝阻,得以封侯,功成名就。丁耀亢悔恨自己未能听从母亲教诲,不仅未能赢得功名,反而招来灾难。丁耀亢罹祸是因写《续金瓶梅》,那么,丁母的教诲也应与《续金瓶梅》有关。换言之,丁耀亢的母亲似了解丁耀亢作《续金瓶梅》的内情,不然便不会阻止丁耀亢写作此书。

2.《续金瓶梅》卷首有以"西湖钓史"之名号所作的序,认为《金瓶梅》乃"言情之书,情至则流,易于败检而荡性。今人观其显不知其隐;见其放不知其止;喜其夸不知其所刺。蛾油自溺,鸩酒自毙。袁石公先叙之矣,作者之难于述者之晦也"。又说:"今天下小说如林,独推三大奇书,曰《水浒》《西游》《金瓶梅》者,何以称夫?《西游》阐心而证道于魔,《水浒》戒侠而崇义于盗,《金瓶梅》惩淫而炫情于色。此皆显言之,夸言之,放言之,而其旨则在以隐、以刺、以止之间。唯不知者曰怪,曰暴,曰淫,以为非圣而畔道焉,乌知夫稗官野史足以翊圣而赞经者。""《续金瓶梅》者,惩述者不达作者之意,遵今上圣明颁行《太上感应篇》,以《金瓶梅》为之注脚……而其旨一归之劝世。"②《续金瓶梅后集》"凡例"也明确说道:"坊间禁刻淫书,近作仍多滥秽。兹刻一遵今上颁行《太上感应篇》,又附以佛经、道箓,方知作书之旨,无

---

① 司马迁. 史记 [M]. 上海:上海古籍出版社,1997:204.

② 丁耀亢,等. 金瓶梅续书三种 [M]. 济南:齐鲁书社,1988:3.

非赞助圣训，不系邪说导淫。"① 总体来看，在朝廷、坊间都在禁毁《金瓶梅》之时，丁耀亢却对《金瓶梅》有如此评价，并将《金瓶梅》作为顺治皇帝颁行《太上感应篇》的注脚，以达到为《金瓶梅》正名的目的。这些都可看出丁耀亢与众不同的态度，应当引起充分注意。

《续金瓶梅后集》"凡例"又说："前集中年月、事故或有不对者，如应伯爵已死，今言复生，曾误传其死，一句点过。前言孝哥年已十岁，今言七岁离散出家，无非言幼小孤孀，存其意，不顾小失也。客中并无前集，迫于时日，故或错讹，观者略之。"② 由此可见，丁耀亢不仅对《金瓶梅》十分熟悉，而且可以根据需要修正、改动《金瓶梅》的某些情节。所谓"客中并无前集"，说明他完全根据记忆创作《续金瓶梅》，表明了他对《金瓶梅》的熟悉程度非同一般。

3. 丁耀亢的诗词留存甚多，其中涉及《金瓶梅》的诗作也是重要线索。如作于康熙六年（1667）的《登超然台谒苏文忠公有感》："穆陵霸气尚纵横，台畔遗文记典刑。物有可观皆可乐，人能超世始超名。旧河沙岸翻为谷，官署归鸦不入城。我著《瓶梅》君咏桧，古今分谤愧先生。"③ 苏轼曾作《王复秀才所居双桧》诗。诗云："凛然相对敢相欺，直干凌空未要奇。根到九泉无曲处，世间惟有蛰龙知。"副相王珪向神宗诬告称："陛下飞龙在天，轼以为不知己，而求之地下之蛰龙，非不臣而何？"神宗却回答曰："诗人之词，安可如此论？彼自咏桧，何预朕事？"丁耀亢将自己作《续金瓶梅》而入狱与苏轼作咏桧诗而遭诬陷相提并论，在愤懑不平中，还透露出一丝自豪与欣慰，表明丁耀亢对因作《续金瓶梅》而带来的牢狱之灾并不感到后悔。

丁耀亢的这种感受保持了相当长的时间，在同一年作的《梅花禅偈二首》中，把《金瓶梅》隐藏在诗句之中："梅花扫尽留月明，月明金瓶一样同。"④

---

① 丁耀亢，等. 金瓶梅续书三种［M］. 济南：齐鲁书社，1988：5-6.
② 丁耀亢，等. 金瓶梅续书三种［M］. 济南：齐鲁书社，1988：5.
③ 李增坡，张清吉. 丁耀亢全集［M］. 郑州：中州古籍出版社，1999：524.
④ 李增坡，张清吉. 丁耀亢全集［M］. 郑州：中州古籍出版社，1999：557.

虽然因《续金瓶梅》遭受了那么多痛苦,但丁耀亢依然对"金瓶梅"三字充满了感情。第二年丁耀亢作《中秋前一夜梦龚芝麓同游》诗:"竹林客散叹离居,梦里笛声到故庐。珠海光潜因瘗砚,《瓶梅》香尽久焚书。秋风锦字无鸿雁,明月空梁有珮琚。千里相思难命驾,当时挥泪忆停车。"①"《瓶梅》香尽久焚书",对《金瓶梅》的评价非常之高。

4. 《金瓶梅词话》的最后一回出现了两句诗:"三降尘寰人不识,倏然飞过岱东峰。"② 这两句诗有何含义?"岱东峰"即泰山以东的山峰,究竟指哪座山峰?似乎为了回答这一问题,丁耀亢在《续金瓶梅》第六十二回中讲了一段仙家因果:

> 当初东汉年间,辽东三韩地方,有一邑名野鹤县,出了一个神仙。在华表庄,名丁令威,学道云游在外,久不回乡。到了晋末,南北朝大乱,辽东为乌桓所据,杀亡大半,人烟稀少。忽然华表石柱上,有三丈余高,落下一只朱顶雪衣的仙鹤来,终日不去,引得左近人民去观看,他也不飞不起。那些俗子村夫,还将砖石弓矢去伤他,他安然不动,那砖石弓矢也不能近他。人人敬他是仙人托化,来此度人。果然到了八月中秋,半夜子时,长唳一声,化一道人,歌曰:"有鸟有鸟丁令威,去家千岁今来归。城郭如故人民非,何不学仙家累累。"向街头大叫,说:"五百年后,我在西湖坐化。"后来南宋孝宗末年,临安西湖有一匠人善于锻铁,自称为丁野鹤。弃家修行,至六十三岁,向吴山顶上结一草庵,自称紫阳道人。庵门外有一铁鹤。时有群儿相戏,说谁能使铁鹤飞去就是神仙。只见丁道人从旁说:"我要骑他上天,等我叫他先飞,我自骑去。"因将手一挥,那铁鹤即时起舞,空中回旋不去。丁道人却向庵中淋浴一毕,留诗曰:"懒散六十三,妙用无人识。顺逆两相忘,虚空镇常寂。"书毕,盘足而化。群儿见丁道人骑鹤过江去了。至今紫阳庵有丁仙遗身塑像,又留下遗言说:"五百年

---

① 李增坡,张清吉. 丁耀亢全集 [M]. 郑州:中州古籍出版社,1999:603.

② 兰陵笑笑生. 金瓶梅 [M]. 香港:太平书局,1982:2738.

后，又有一人，名丁野鹤，是我后身，来此相访。"后至明末，果有东海一人，名姓相同，来此罢官而去，自称紫阳道人。①

丁耀亢讲述完丁令威转世故事后，写下了《三降尘寰诗》："坐见前身与后身，身身相见已成尘。亦知华表空留语，何待西湖始问津。丁固松风终是梦，令威鹤背未为真。还如葛井寻圆泽，五百年来共一人。"并在《续金瓶梅》卷末绘了一帧《丁紫阳鹤化前身》图。《金瓶梅词话》说"三降尘寰人不识，倏然飞过岱东峰"，显然即指丁令威"三降尘寰"的传说，每降一次尘寰暗喻一代人。"岱东峰"不是别处，正是丁耀亢的家乡九仙山。丁令威第一次坐化转世为丁纯，第二次坐化转世为丁惟宁，第三次坐化转世为丁耀亢。上述诗中所谓"坐见前身与后身""身身相见已成尘"，说明丁耀亢与其父丁惟宁两代人是"身身相见"。

可以与此相证的是，丁耀亢在《仲夏自山中复过沙鹤村立先柱史墓碑》诗中说："孙枝渐远家声在，华表难忘忆祖丘。"② 在《自少林寺回东武止于石佛寺》诗中说："归来非梦仍疑梦，莫认辽阳丁令公。"③《金瓶梅》与《续金瓶梅》同时引用丁令威的传说，也应引起足够的关注。

5. 有意思的是，丁惟宁及其友人在许多诗中都将丁惟宁喻为白鹤或仙鹤，即以五莲丁公石祠内石碑诗为例。

丁惟宁：七律·山中即事二首其二

凤翾高骞侍从班，羽仪方仰忽投闲。

削成丘壑疑天外，领就烟霞出世间。

永誉自了高月旦，神游从此托仙山。

独发千里瞻依在，遥见云头鹤往还。

丁惟宁闲居在九仙山下，遥想千里之外的"凤翾""羽仪"，自己却如云间白

---

① 丁耀亢，等.金瓶梅续书三种[M].济南：齐鲁书社，1988：636-637.
② 李增坡，张清吉.丁耀亢全集[M].郑州：中州古籍出版社，1999：587.
③ 李增坡，张清吉.丁耀亢全集[M].郑州：中州古籍出版社，1999：464.

鹤,自由往还。

王化贞:七律·送丁先生藏主山中

先生乘鹤五云中,华表归来憩此宫。
烟横野岫闲清昼,花落幽庭任晚风。
犹有姓名传太史,可能杖屦对青峰。
千秋俎豆人如在,不与平泉金品同。

王化贞与丁惟宁交游甚笃,此诗首联便将丁惟宁比作丁令威,发人深省。

王穉登:赠丁道枢九仙五莲胜概遥寄小诗一首

万叠层峦瑞气浓,胜游何日循长风?
云藏香阁古今在,地产瑶华原黑重。
春雪游渐归别涧,晓岚横翠接群峰。
昼眠梦晤安期语,翘首瀛洲鹤使逢。

王穉登与丁惟宁也是好友,此诗尾联将丁惟宁比作仙鹤,希望与其在仙境中相逢。

广陵后学魏天斗:寄题柱史丁先生大隐祠

先生耽隐入深崖,东海风清钓渭台。
心赏已孤天外事,文章岂羡洛中才?
泉鸣涧石遗珂迹,月满松萝得句怀。
莫讶千秋高士逝,数声白鹤下凡来。

海上后学乔师稷:题丁侍御先生祠

旧掌乌名绣斧寒,高风今于画图看。
扶将鸠杖闲骢马,披得羊裘挂豸冠。
华表不归丁令鹤,东武空说九仙峦。
已知世德清如水,玉树森森秀可餐。

此两诗虽为稍晚的文人所作,但更加明确地将丁惟宁与丁令威化鹤之事相联系,可以见出当时文人对丁惟宁化白鹤所持的认同态度。

(三)《金瓶梅》抄本的早期传播

1. 就目前所见资料来看,早期拥有《金瓶梅》抄本的诸人中,袁宏道的抄本来自董其昌,袁中道、谢肇淛、沈德符等人的抄本又来自袁宏道,这些应该没有什么疑问。因此,董其昌的抄本来源至关重要,上文已经探讨了董其昌与诸城丁惟宁的关系。如果要证明董其昌的抄本确实来源于诸城丁惟宁,还需要考察其他几位拥有《金瓶梅》抄本者的情形。据各类记载可知,徐阶、刘承禧、王世贞、王宇泰、文在兹、王穉登、丘志充也都被认为拥有《金瓶梅》的抄本,但实际情形还应做认真分析。

徐阶(1503—1583)为松江华亭人,与董其昌同里。但徐阶去世时,董其昌才29岁,所以董其昌与徐阶后人交往的可能性更大。沈德符《万历野获编》引袁宏道语云:"今唯麻城刘延白承禧家有全本,盖从其妻家徐文贞录得者。"① 袁宏道如何得知刘承禧家有全本,还应追寻到其致董其昌函。袁宏道既然致函询问董其昌,《金瓶梅》"后段在何处",董其昌理应做出回答。不妨做一个推测,徐阶之孙徐元春乃刘承禧岳父,刘承禧家的抄本虽然来自徐家,但应是徐阶后人所有。从袁宏道称徐阶谥号"文贞"可知,此时徐阶应已去世。不排除是徐阶后人从董其昌处得到抄本,又为刘承禧所抄录。

2. 王世贞(1526—1590)虽然也来过诸城,且与丁惟宁有交往,但其"家藏全书"的疑问最大。《东武诗存》中收有王世贞的《诸城山行》一诗,陈烨、丁惟宁编撰的万历《诸城县志》收录王世贞的《拟古乐府琅邪王歌》八首,《过诸城题公署屏》诗二首。丁耀亢《述先德谱序》记载了丁惟宁与王世贞的交游史实:"(先大人惟宁)能诗,不苦吟,亦不存稿。弇州先生(王世贞)为青州兵宪,巡诸邑,观兵海上,相与咏和,每为听赏。"② 王世贞为青州兵备副使是在嘉靖三十六年(1557)至嘉靖三十八年(1559)间,直至王世贞于万历

---

① 沈德符. 万历野获编 [G] //黄霖. 金瓶梅资料汇编. 北京:中华书局,1987:230.
② 丁耀亢. 述先德谱序 [M] //李增坡,张清吉. 丁耀亢全集. 郑州:中州古籍出版社,1999:289.

十八年（1590）去世，《金瓶梅》是否已经成书，都很难断定，因此说他的《金瓶梅》抄本来自丁惟宁显然没有说服力。谢肇淛《金瓶梅跋》所说"唯弇州家藏者最为完好"①，屠本畯《山林经济籍》所谓"王大司寇凤洲先生家藏全书，今已失散"②，均可理解为王世贞后人家中曾藏有其书，但只是传闻而已。

3. 屠本畯《山林经济籍》又云："往年予过金坛，王太史宇泰出此，云以重资购抄本二帙。"③ 屠本畯与王宇泰何时在金坛相见，关系到《金瓶梅》的早期传播情形，值得做些考察。屠本畯本人生卒年不详，主要活动于明万历年间（1573—1620），曾以父荫任太常寺典簿、礼部郎中、两淮运司同知，后移福建任盐运司同知。《山林经济籍》系其罢官里居时编著，约于万历四十一年（1613）刊刻。

王肯堂（1549—1613），字宇泰，一字损仲，又字损庵，号念西居士，又号郁冈斋主。明代金坛（今属江苏）人。生于嘉靖二十八年（1549），卒于万历四十一年（1613）。《明史》有传，附于其父王樵传后。王肯堂万历七年（1579）中举，万历十七年（1589）中进士，从此步入仕途，选庶吉士、授检讨。万历二十年（1592），因上书抗御倭寇事，被诬以"浮躁"降职，引疾归。万历三十四年（1606），吏部侍郎杨时乔保荐，补南京行人司副。万历四十年（1612），改迁福建布政司右参政。万历四十一年（1613）得允告老回乡金坛，旋病逝。王肯堂自万历十七年（1589）中进士后离开金坛，至万历二十年（1592）回到家乡。万历三十四年（1606）再次离开金坛，万历四十一年（1613）回到家乡不久即病逝。明代修史之事由翰林院负责，称翰林为"太史"，屠本畯与王肯堂见面是在金坛，且称其为"太史"，显然是在万历二十年（1592）至万历三十四年（1606）之间。董其昌将《金瓶梅》抄本借给袁宏道是在万历二十四年（1596）前，袁宏道时在吴县，此时王肯堂亦在金坛。王肯堂喜交游，与董其昌

---

① 谢肇淛. 金瓶梅跋 [G] //黄霖. 金瓶梅资料汇编. 北京：中华书局，1987：4.
② 屠本畯. 山林经济籍 [G] //黄霖. 金瓶梅资料汇编. 北京：中华书局，1987：231.
③ 屠本畯. 山林经济籍 [G] //黄霖. 金瓶梅资料汇编. 北京：中华书局，1987：231.

为同年进士,且曾与其论书画。因此,王肯堂的《金瓶梅》抄本应与董其昌有一定关系。

4. 薛冈《天爵堂笔余》云:"往在都门,友人关西文吉士以抄本不全《金瓶梅》见示,余略览数回。……后二十年友人包岩叟以刻本全书寄敝斋,予得尽览。"① 文在兹是万历二十九年(1601)进士,初授翰林院庶吉士,薛冈"往在都门"见到他出示抄本的时间,应在万历二十九年(1601)之后。但文在兹的《金瓶梅》抄本是否源于董其昌,尚有疑问。因为董其昌万历十七年(1589)举进士,授翰林院庶吉士,万历二十年(1592),授翰林院编修。万历二十二年(1594),皇长子朱常洛出阁讲学,充任讲官。万历二十六年(1598),任湖广按察司副使。万历三十二年(1604),出任湖广提学副使。也就是说,文在兹在京为官时,董其昌已离开京城。

5. 王穉登与丁惟宁交往密切,最为有力的证据是五莲丁公石祠内王穉登题"羲黄上人"匾额及其诗作一首(见前引)。从诗意来看,王穉登应该来过五莲九仙山,最后两句"昼眠梦晤安期语,翘首瀛洲鹤使逢",表明了对丁惟宁的思念之情。既然称丁惟宁为"羲黄上人",王穉登来五莲当然是在丁惟宁罢归山居之时。屠本畯《山林经济籍》云:"复从王征君百谷家又见抄本二帙,恨不得睹其全。"② 可见王穉登所藏《金瓶梅》抄本也是不全之抄本,与董其昌、王肯堂、丘志充等人所藏《金瓶梅》相一致,这应是《金瓶梅》早期流传的真实情形。

6. 谢肇淛(1567—1624)《金瓶梅跋》云:"余于袁中郎得其十三,于丘诸城得其十五。"③ 谢肇淛所谓"于丘诸城得其十五",表明他是在诸城从丘志充处得到《金瓶梅》抄本的。有资料可证谢肇淛曾来过诸城,万历《诸城县志》收录谢肇淛写于万历三十一年(1603)的七律《秋日客诸城同茞伯王明府登超

---

① 薛冈.天爵堂笔余[G]//黄霖.金瓶梅资料汇编.北京:中华书局,1987:235.

② 屠本畯.山林经济籍[G]//黄霖.金瓶梅资料汇编.北京:中华书局,1987:231.

③ 谢肇淛.金瓶梅跋[G]//黄霖.金瓶梅资料汇编.北京:中华书局,1987:4.

然台》：

> 一片秋光爽色开，况逢仙令共登台，
> 城连平楚天边去，云涌群山海上来。
> 潍水尚寒高鸟尽，穆陵无恙夜乌哀。
> 尊前欲洒千秋泪，往事残碑伴绿苔。

谢肇淛于万历三十一年（1603）来到诸城，他的《金瓶梅》"于丘诸城得其十五"，可以断定即此时此地所抄。

据《丘氏族谱》记载，丘志充字介子，号六区，万历三十八年（1610）进士，授工部都水司主事，后任河南省汝宁知府，又升山西怀来道道员。因是诸城人，故被谢肇淛称为"丘诸城"，又因曾当过工部都水司主事，故沈德符称为"丘工部"。丘志充是丁惟宁的表侄，且丘、丁两家世代有姻亲关系。所以丘志充的《金瓶梅》来自丁惟宁有一定根据。

沈德符《万历野获编》说："中郎又云，尚有名《玉娇李》者，亦出此名士手，与前书各设报应因果。武大后世化为淫夫，上烝下报；潘金莲亦作河间妇，终以极刑；西门庆则呆憨男子，坐视妻妾外遇，以见轮回不爽。中郎亦耳剽，未之见也。去年抵辇下，从丘工部六区（自注：志充）得寓目焉，仅首卷耳……而贵溪分宜相构亦暗寓焉。至嘉靖辛丑庶常诸公，则直书姓名，尤可骇怪，因弃置不复再展，然笔锋恣横酣畅，似尤胜《金瓶梅》。丘旋出守去，此书不知落何所。"① 袁宏道听说有《玉娇李》一书，与《金瓶梅》为同一作者。沈德符在丘志充处见到过此书，但仅有首卷。内容与《金瓶梅》相连接，又暗寓夏言（贵溪）、严嵩（分宜）争斗事，且直接书写嘉靖辛丑庶常诸公，可见此书作者对朝廷政事十分熟悉。联系丁惟宁的仕途遭遇，亦有符合之处。《玉娇李》作为《金瓶梅》的续书，"与前书各设报应因果"，是否使丁耀亢因此受到启发，在改朝换代之际作《续金瓶梅》，与前集亦互为因果，这一问题也值得深入探讨。

---

① 沈德符.万历野获编［G］//黄霖.金瓶梅资料汇编.北京：中华书局，1987：230-231.

以上对"《金瓶梅》作者丁惟宁说"的某些论据做了辨证。笔者认为,董其昌、丁耀亢、《续金瓶梅》及《金瓶梅》抄本的早期流传都是外证,至于《金瓶梅》中的某些内证,还可再做进一步探析。

四 关于《金瓶梅》的版本

《金瓶梅》先有抄本流传,在北京、麻城、诸城、金坛、苏州等地传抄,约经二三十年的传抄后始有刊本。明清时期《金瓶梅》刊印本共有三种系统:《新刻金瓶梅词话》(简称词话本)、《新刻绣像批评金瓶梅》(简称崇祯本或绣像本)、《张竹坡批评第一奇书金瓶梅》(简称张评本)。王汝梅先生是《金瓶梅》研究领域的著名学者,2015年齐鲁书社出版了他的大作《金瓶梅版本史》,笔者有幸获王先生惠赠一册,沐手拜读,获益甚巨。关于《金瓶梅》的版本问题,王汝梅先生的大作已有系统论述,兹对王先生大作的内容简述如下。

(一)抄本

根据有关文献记载,《金瓶梅》问世之初,仅在少数文人之间辗转相抄,因此,抄本是《金瓶梅》的早期存在形式。但有一共同之处,即早期的抄本都非全帙。明代万历二十四年(1596),袁宏道致董其昌信中说:"《金瓶梅》从何得来?伏枕略观,云霞满纸,胜于枚生《七发》多矣。后段在何处?抄竟当于何处倒换?幸一的示。"[①] 这说明《金瓶梅》当时是以抄本的形式在文人间流传着,袁中道在《游居柿录》中说:"往晤董太史思白,共说诸小说之佳者。思白曰:'近有一小说,名《金瓶梅》,极佳。'予私识之。后从中郎真州,见此书之半,大约模写儿女情态俱备,乃从《水浒传》潘金莲演出一支。"[②] 与袁宏道给董其昌的信相对照,可以进一步证实,董其昌是较早拥有《金瓶梅》抄本的少数文人之一。

---

① 袁宏道.与董思白书[G]//黄霖.金瓶梅资料汇编.北京:中华书局,1987:227.

② 袁中道.游居柿录[G]//黄霖.金瓶梅资料汇编.北京:中华书局,1987:228.

以后袁宏道在给谢肇淛的信中说:"《金瓶梅》料已成诵,何久不见还也?……蒲桃社光景,便已八年……"① 可知谢肇淛曾向袁宏道借阅《金瓶梅》,说明袁宏道亦有了《金瓶梅》抄本。谢肇淛在《金瓶梅跋》中说道:"余于袁中郎得其十三,于丘诸城得其十五,稍为厘正,而阙所未备,以俟他日。"② 丘诸城即丘志充,这表明丘志充也是不全抄本拥有者。屠本畯在《山林经济籍》中说:"往年予过金坛,王太史宇泰出此,云以重赀购抄本二帙。予读之,语句宛似罗贯中笔。复从王征君百谷家,又见抄本二帙,恨不得睹其全。"③ 王宇泰即王肯堂,王百谷即王穉登。屠本畯"恨不得睹其全",说明王肯堂、王穉登所存抄本亦不完整。薛冈在《天爵堂笔余》中说:"往在都门,友人关西文吉士以抄本不全《金瓶梅》见示,余略览数回,……后二十年,友人包岩叟以刻本全书寄鄙斋,予得尽览。"④ 文吉士抄本也是一不全抄本。综上所述,早期拥有《金瓶梅》不全抄本者,为董其昌、袁宏道、袁中道、王穉登、王宇泰、屠本畯、丘志充、谢肇淛、文在兹、薛冈等人,他们的抄本都非全帙,那么,《金瓶梅》完整抄本出现于何时呢?沈德符《万历野获编》揭示了答案:"袁宏道《觞政》以《金瓶梅》配《水浒传》为外典,予恨未得见。丙午,遇中郎京邸,问曾有全帙否?曰:第睹数卷,甚奇快。今惟麻城刘涎白承禧家有全本,盖从其妻家徐文贞录得者。又三年,小修上公车,已携有其书,因与借抄挈归。"⑤ 这里所说的"丙午",即万历三十四年(1606),袁宏道已明确说麻城刘承禧家有全本。这与万历二十四年(1596)袁宏道看到半部《金瓶梅》整整相距十年。此后又过了十一年,万历丁巳年(1617),《金瓶梅词话》刻本问世。

(二) 词话本系统

词话本系统现存《新刻金瓶梅词话》有欣欣子序、廿公跋、东吴弄珠客序。

---

① 袁宏道. 与谢在杭书 [G] //黄霖. 金瓶梅资料汇编. 北京:中华书局,1987:228.

② 谢肇淛. 金瓶梅跋 [G] //黄霖. 金瓶梅资料汇编. 北京:中华书局,1987:3.

③ 屠本畯. 山林经济籍 [G] //黄霖. 金瓶梅资料汇编. 北京:中华书局,1987:231.

④ 薛冈. 天爵堂笔余 [G] //黄霖. 金瓶梅资料汇编. 北京:中华书局,1987:235.

⑤ 沈德符. 万历野获编 [G] //黄霖. 金瓶梅资料汇编. 北京:中华书局,1987:230.

不少学者认为这是最早刻本。吴晓铃《〈金瓶梅词话〉最初刊本问题》、魏子云《金瓶梅的问世与演变》、马泰来《诸城丘家与金瓶梅》论著中均持这种观点。

词话本刊本今存四种：国内存一种，日本存三种。国内存藏本《新刻金瓶梅词话》第五十二回缺二叶，日本人长泽规矩也认为是词话本原版。日本日光山轮王寺慈眼堂藏本第五回末叶有十一行与日本德山毛利氏栖息堂藏本不同。栖息堂藏本第五回末叶有八行用《水浒传》文字刻印配补。日本京都大学附属图书馆藏词话本残存二十三回（实存七个整回和十六个残回）。对这四种现存词话本，学者多认定为同版。

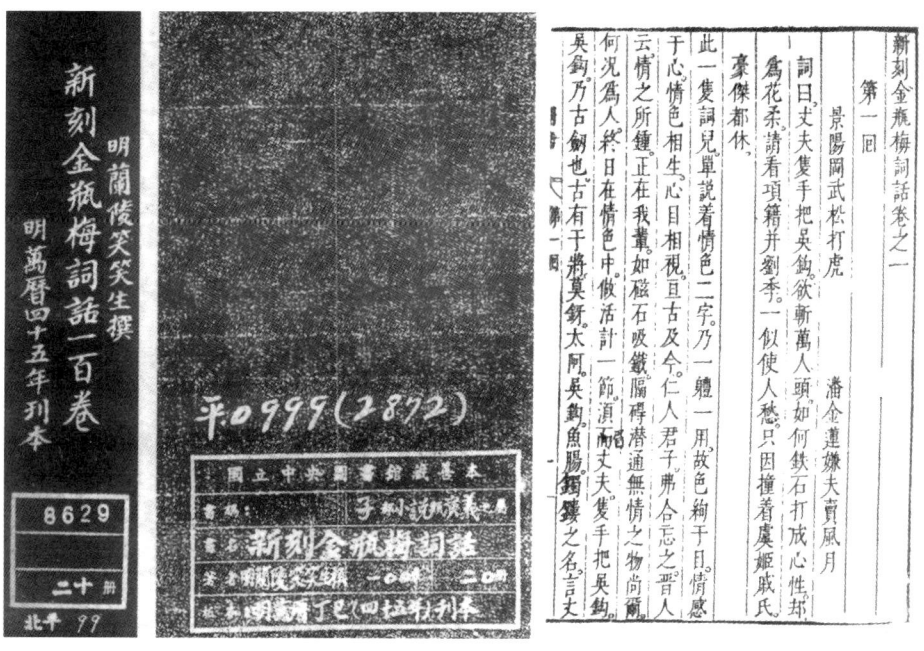

原北平图书馆藏本（现藏台北"故宫博物院"）[①]

万历丁巳（1617）序本《新刻金瓶梅词话》，1932年北图购藏本日本日光山轮王寺慈眼堂藏本、日本京都大学附属图书馆藏本（残）。1931年在山西介

---

① 史小军，罗志欢. 金瓶梅版本知见录［M］. 北京：国家图书馆出版社，2016：5.

休发现,后藏入北平图书馆,由古佚小说刊行会据以影印 104 部。此词话本现藏台北"故宫博物院"。

(三) 崇祯本系统

崇祯(1628—1644)刻本《新刻绣像批评金瓶梅》,二十卷一百回(与词话本分十卷不同)。卷首有东吴弄珠客序,无欣欣子序,也无廿公跋(原刊本无,翻刻本有)。有插图二百幅,题刻工姓名:刘应祖、刘启先、黄子立、黄汝耀等。这些刻工活跃在崇祯年间,是新安(今安徽歙县)木刻名手。这种刻本避崇祯帝朱由检讳。据以上两点和崇祯本版式字体风格,一般认为这种本子评刻在崇祯年间,简称崇祯本(包括清初翻刻的崇祯本系统的版本在内)。

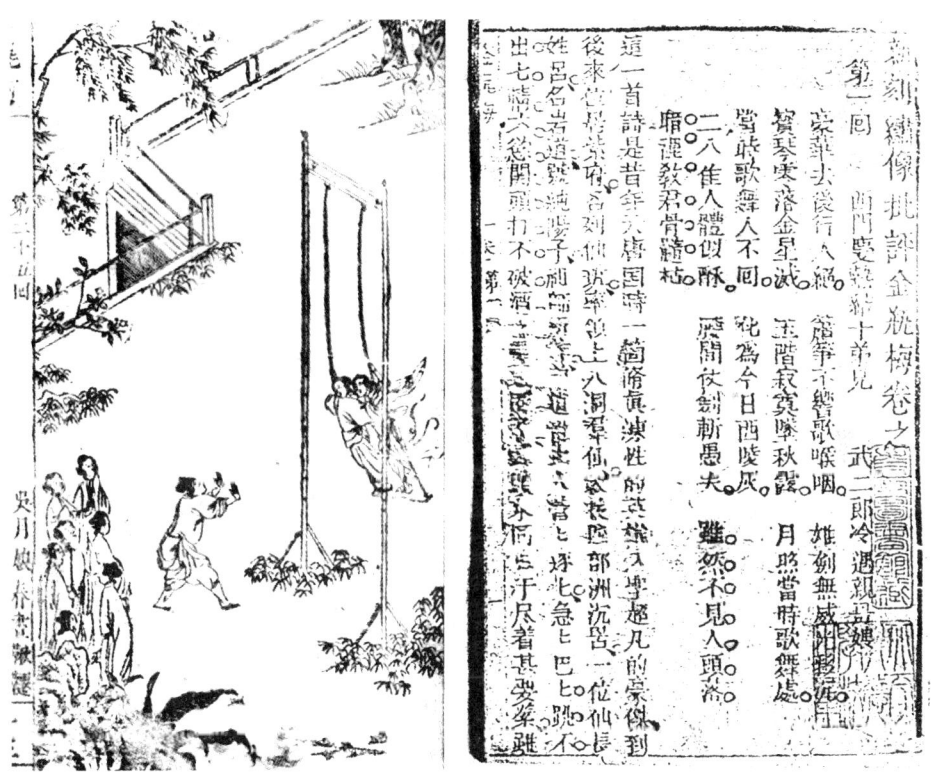

首都图书馆藏本①

---

① 史小军,罗志欢. 金瓶梅版本知见录 [M]. 北京:国家图书馆出版社,2016:42.

现今存世的十几部崇祯本系统的本子类别不同。从版式上可分两类。以北京大学图书馆藏本为代表是一类,每半叶十行,行二十二字,东吴弄珠序四叶,扉页失去,无欣欣子序、廿公跋。回前诗词前有"诗曰"或"词曰"。日本天理图书馆藏本,上海图书馆藏甲、乙两本,天津图书馆藏本,残存四十七回本等,均属此类。另一类以日本内阁文库藏本为代表,每半叶十一行,行二十八字。扉页题《新镌绣像批评原本金瓶梅》。无欣欣子序,有东吴弄珠客序、廿公跋。回首诗词前多无"诗曰"或"词曰"二字。首都图书馆藏本、日本东京大学东洋文化研究所藏本,依版式特征与日本内阁本相近或相同。崇祯诸本多有眉批和夹批,各本眉批刻印行款不同。北大图藏本、上图甲本以四字一行为主,也有少量二字一行的。上图乙本、天津图藏本以二字一行为多。内阁本眉批三字一行。首图本无眉批,有夹批。

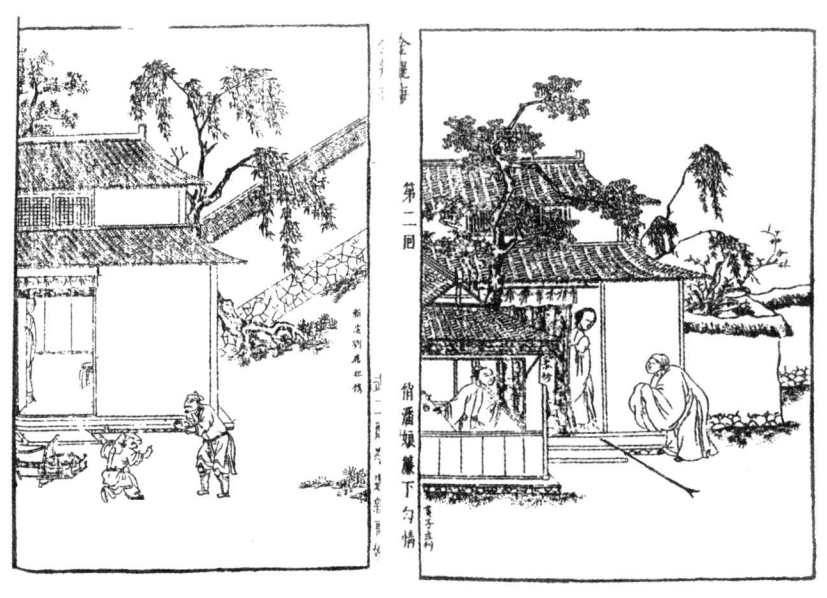

王孝慈旧藏本第一回第二幅图题署"新安刘应祖镌" 　王孝慈旧藏本第二回第一幅图题署"黄子立刻"

王孝慈旧藏本[①]

---

① 史小军,罗志欢. 金瓶梅版本知见录[M]. 北京:国家图书馆出版社,2016:41.

王孝慈旧藏本为学界所特别关注。原藏插图二册二百幅。1933年北平古佚小说刊行会影印词话本中有附图，即据王氏藏本影印。第一回第二幅图"武二郎冷遇亲哥嫂"栏内右侧题署"新安刘应祖镌"六字，为现存其他崇祯本图所无。图精致，署刻工姓名多。第一回回目"西门庆热结十弟兄"，现存多数本子与之相同。只有上图乙本、天津图藏本作"西门庆热结十兄弟"。据插图与回目，此本可能是崇祯本的原刊本。北大图藏本以原刊本为底本翻印，为现存较完整的崇祯本，图与正文刊印精良，眉批、夹批比其他崇祯本多，眉批与正文句对应，无错位乱置之处。

崇祯本与词话本之间的关系，学术界有不同看法。一种看法认为词话本（十卷）刊刻在前，崇祯本（二十卷本）在后，崇祯本是词话本的评改本，二者是母子关系。魏子云、黄霖等持此意见。另一种看法认为二者是平行关系，认为两种版本是从两个不同的底本而来。韩南《金瓶梅的版本及其他》、梅节《全校本金瓶梅词话》中说明了这种看法。浦安迪在《明代小说四大奇书》中也持二者为平行无直接关系说。崇祯本版刻上保留的词话本的遗迹很多，足以说明崇祯本与词话本的亲缘关系，平行无直接关系说似不能成立。

(四)《张竹坡批评第一奇书金瓶梅》（简称张评本）

张评康熙本今存两种版式：

1. 张评康熙本甲种，卷首谢颐序署"康熙岁次乙亥清明中浣，秦中觉天者谢颐题于皋鹤堂"。扉页上端无题。框内右上方："彭城张竹坡批评金瓶梅"，中间："第一奇书"，左下方："本衙藏板翻刻必究"。有摹刻崇祯本图二百幅，另装二册。书口为"第一奇书"，无鱼尾。正文半叶十行，行二十二字。正文内有眉批、旁批、行内夹批。正文第一回前有《竹坡闲话》等总评文字（缺《第一奇书非淫书论》《凡例》）。每回前有回评。回评列回目前，另排叶码。正文回目另叶刻印。回前评与正文不相连接，有的回评末有"终"字或"尾"字，表明回评完。这样刻印易装订不带回前评语的本子。六函共三十六册。刻印精良。日本鸟居久靖氏谓"此书居于第一奇书中的善本"。吉林大学图书馆藏有此种版本一部。

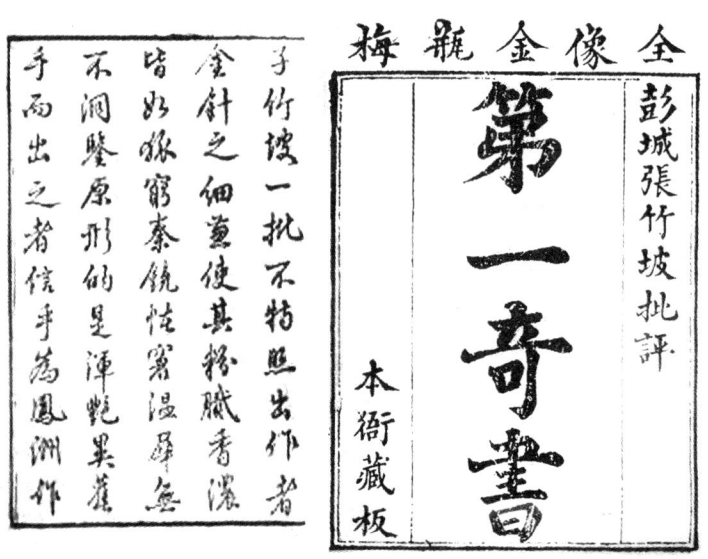

本衙藏板本影印本　线装二十四册①

2. 张评康熙本乙种，与上书同板，不带回前评语。只是在装订时未装入各回的回前评语。首都图书馆藏有此种版本。

以张评本前为祖本翻刻，产生出两种系列的翻刻本：有回前评语本有全像金瓶梅本衙藏板本、影松轩本、四大奇书第四种本、袖珍本等。无回前评语本有在兹堂本、无牌记本（扉页框内左下无"在兹堂"三字，有漶漫痕迹，其余各款同在兹堂本）、皋鹤草堂梓行本等。

满文译本《金瓶梅》，据张评本译小说正文。康熙四十七年（1708），由户曹郎中和素译。四十卷一百回。无插图，序与正文每页均为九行，竖刻，从左至右读。国内现存完整的四十卷本两部、残本三部、精抄本一部、精抄残存五回本一部。美国普林斯顿大学葛思德图书馆藏一部。

---

① 史小军，罗志欢. 金瓶梅版本知见录[M]. 北京：国家图书馆出版社，2016：68.

（五）20 世纪后期至今出版情况

自 1949 年至今，中国大陆出版了三大系统、十余种版本的《金瓶梅》。

1. 词话本系统：

（1）《新刻金瓶梅词话》，1957 年经毛泽东批准同意，文学古籍刊行社根据 1933 年 10 月北京古佚小说刊行会影印本印出，两函二十一册，印数 2000 部，每部定价 40 元，发行对象是各省省委书记、副书记，各部正副部长以及少数高级人士，编号登记。

（2）《金瓶梅词话》，戴鸿森校点，人民文学出版社 1985 年 5 月出版，删节本，全三册，删去 19161 个字，印量 1 万册。

（3）《金瓶梅》，文学古籍刊行社根据 1957 年影印本重印，1988 年 4 月版，线装，未标印数。发行对象为专业研究人员。

（4）《金瓶梅词话标注》，白维国、卜键校注，岳麓书社 1995 年 8 月出版，全四册，印数 3000 册。底本是日本大安株式会社影印本，删节本。

（5）《金瓶梅词话》，陶慕宁校注本，删节 4300 字，人民文学出版社 2000 年 10 月出版。

（6）《刘心武评点金瓶梅》，漓江出版社 2012 年 11 月出版，删节一万余字。

2. 崇祯本系统：

（1）《新刻绣像批评金瓶梅》，北京大学出版社根据北大图书馆藏本影印，1988 年 8 月出版。发行对象为副教授以上研究人员，编号登记。

（2）《新刻绣像批评原本金瓶梅》，《李渔全集》第十二、十三、十四卷收录，张兵、顾越点校，黄霖审定，浙江古籍出版社 1991 年 8 月出版，印数 3500 册。底本是日本内阁文库藏本，有删节。

（3）《金瓶梅》崇祯本会校足本，王汝梅会校，齐鲁书社 1989 年 6 月版。这是崇祯本问世以来第一次出版的排印本。一字未删，200 幅插图照原版印刷。也属内部发行，主要供学术界使用。1990 年 2 月，由三联书店（香港）有限公司与齐鲁书社联合重印。

3. 张评本系统:

(1)《张竹坡批评第一奇书金瓶梅》,王汝梅、李昭恂、于凤树校点,齐鲁书社1987年1月出版,全二册,印数1万册,底本是张评本清康熙间刊本(甲种)。删10385字。2011年9月重印。

(2)《金瓶梅会评会校本》,秦修容整理,中华书局1998年3月出版。

(3)《皋鹤堂批评第一奇书金瓶梅》,王汝梅校注。吉林大学出版社1994年10月版,印数3000册,全二册,每回有校记、注释。底本是吉林大学图书馆藏张评覆刻本(乙本)。

4. 港台出版情况:

1978年台湾联经出版事业公司以朱墨二色套印万历丁巳本《金瓶梅词话》,还原原尺寸大小,所缺第五十二回两叶用日本大安本配补。但该本并非直接据当时已归还并藏于台北"故宫博物院"的古佚小说刊行会本的底本照相分色制版,而是用傅斯年藏古佚小说刊行会本放大成原本尺寸复印两份,一作原文,一据台北"故宫博物院"藏原本描抄朱墨评改,整理后影印。所以出现正文虚浮湮漶、朱文移位、变形、错写的现象。1982年香港中华书局以"太平书局"名义据1955年印本印行,此"太平本"营销海内外并被大量盗印。香港学者梅节先生穷多年之力,校理成定本《梦梅馆校本金瓶梅词话》,由香港星海文化出版有限公司1987年初版,1993年出版重校本,1999年完成第三次校订,台湾里仁书局2012年出版修订版。《会评会校金瓶梅》,刘辉、吴敢辑校,香港天地图书有限公司1998年初版,2010年5月修订本第二版。

但由于种种原因,《金瓶梅》至今在大陆仍不允许全文公开出版,也不允许普遍发行,较之其他古典小说名著,其传播范围受到了影响。

第二章 《金瓶梅》的时代特征

尽管学者们对《金瓶梅》的成书时间始终存有争议,但根据袁宏道万历二十四年(1596)给董其昌的信可知,此时《金瓶梅》已在社会上开始流传,也就是说其创作时间应不晚于万历中期,而这时正是王守仁心学及其左派思潮盛行的时期。《金瓶梅》在取材上一改以往章回小说只瞩目于帝王将相、英雄豪杰的做法,从《水浒传》中抽出西门庆、潘金莲的故事演为数十万言的巨制,仅从这一点来看,已不难发现王学左派所给予的影响。《金瓶梅》全书的立意是"独罪财色二字",但在具体描写过程中,又流露出对人的主体意识的肯定和赞赏,这正是此一时期王学左派思想的生动表现。王学强调人的主体意识,但主体意识中势必含有人的种种欲望,如果说《西游记》对人的这些欲望还力主"事上磨练"和以"求放心"克服之,《金瓶梅》则只能诉诸因果宿命观念。因此《金瓶梅》的劝惩效果远不如其所展示的人的财色欲望,这也是人们往往将其视为"诲淫"之作的原因。但实际上《金瓶梅》的作者一方面受到王学左派思想的影响,看到了人的主体意识、人的欲望的强盛,并在小说中做了极为充分的描写;另一方面,又如颜山农所强调的那样:"第过而不留,勿成固我而已。"西门庆、潘金莲、李瓶儿、庞春梅等人正因为没能做到"过而不留",所以最终死于非命。应当指出的是,这种"欲与理"的矛盾既是以往文学作品中

"情与理"矛盾的延续,又是一种突破,因为它赤裸裸地将人们本性中的原始欲望挖掘了出来。如果没有王学左派思潮的影响,这一突破是不可能实现的。但对这种欲望如何认识和处理,《金瓶梅》又退回到了传统伦理道德的樊篱之中,这也正是王学左派自身的局限性所在。

一 文化裂变孕育的畸形儿

16世纪的明代中叶是文化发生分化与裂变的时期,在两千多年的封建文化体系中,开始外化出某些新的文化因素。这些新的文化因素与旧有的文化体系发生了矛盾和冲突,给予了旧有的文化体系一定的冲击。但是,一方面由于旧有文化体系的强大,另一方面由于新文化因素只发生在个别的领域,因此,新旧文化力量的对比仍然是悬殊的。在旧有文化体系的挤压下,新的文化因素便呈现出了扭曲、变形的情景。产生于这一时期的长篇小说《金瓶梅》从内容到表现手法都受到文化分化与裂变的深刻影响而表现出畸形状态:它所刻画的主要人物西门庆、潘金莲等是畸形的,它所描绘的社会环境是畸形的,它所运用的描写手法同样也是畸形的。

(一)《金瓶梅》中西门庆的畸形特征

关于《金瓶梅》中的人物形象,张竹坡有一段尖锐的评论:"西门是混账恶人,吴月娘是奸险好人,玉楼是乖人,金莲不是人,瓶儿是痴人,春梅是狂人,敬济是浮浪小人,娇儿是死人,雪娥是蠢人,宋惠莲是不识高低的人,如意儿是个顶缺之人。若王六儿与林太太等,直与李桂姐辈一流,总是不得叫作人。而伯爵、希大辈皆是没良心之人。兼之蔡太师、蔡状元、宋御史皆是枉为人也。"[1]虽然这些评论基本上仍出于旧的道德伦理观念,却也从某种程度上把握住了这些人物性格的主要特征。尽管其中某些人带有新的文化因素,却仍然是

---

[1] 张竹坡. 批评第一奇书金瓶梅读法 [M] //兰陵笑笑生. 金瓶梅. 济南:齐鲁书社,1991:35.

一群具有畸形特征的人。造成他们性格畸形的原因不是某些偶然因素，而是基于文化的分化与裂变。

明代中叶，随着商品经济的发展，商贾阶层的势力有所增长，他们在社会生活中的地位也大为提高，金钱的作用日益显示着巨大的威力。本是"破落户地主"出身的西门庆，清醒地认识到了这一点，于是便竭尽全力攫取钱财。如果西门庆依靠行商坐贾和深谙经营之道而发家致富，那么他便成为一位纯粹的资产者前驱的典型。然而，小说向我们展示的是完全相反的情况。

从一开始，西门庆就没有打算把全部精力和本领投入到经营活动之中。他"发迹有钱"之后，"专在县里管些公事，与人把揽说事过钱"。① 他和知县相公过从甚密，并且又与东京杨提督结了亲家。由于这门亲事，西门庆得以结交当朝权贵蔡京、蔡攸、李邦彦、蔡一泉、宋御史等人。他对这些达官显宦全力展开金钱攻势：多次给蔡京送厚礼，以金银、珠宝、美女同蔡京的大管家翟谦结亲，花巨资为宋御史置酒宴迎黄太尉。当巡盐御史蔡一泉与宋御史路经西门庆家时，西门庆一次酒席就用掉白银一千两，另外还有酒、羊、丝、缎及金银、酒具、盘筷之类的馈赠。此举"哄动了东平府，大闹了清河县"②，蔡御史感激涕零地说道："贤公盛情盛德，此心悬悬。……倘我后日有一步寸进，断不敢有辜盛德。"③

西门庆的这些银钱并没有白费，他很快得到了回报。大学士蔡京为西门庆封官加爵，并收其为义子；右相李邦彦使西门庆从党案罪罚中得以解脱；蔡御史提前批给西门庆盐引三万引；宋御史放掉杀人犯苗青，开脱了西门庆贪赃枉法之罪；临清钞官钱老爷为西门庆偷税漏税大开方便之门……这一切使西门庆更加认清了经商对权势的依赖性，认清了政治地位对经济活动的重要性，促使他走上了亦官亦商的道路，凭借政治权势获取更多的利润。一旦成为官商，便

---

① 兰陵笑笑生. 金瓶梅 [M]. 济南：齐鲁书社，1991：15.

② 兰陵笑笑生. 金瓶梅 [M]. 济南：齐鲁书社，1991：718.

③ 兰陵笑笑生. 金瓶梅 [M]. 济南：齐鲁书社，1991：723.

只能与封建政治联姻，这样以来，不仅不能促使资本主义生产关系进一步发展，促使商品经济更加繁荣，反而会扼制商品经济的正常进行，使真正的商贾阶层失去竞争力，处于软弱无力、孤立无援的地位。

除西门庆之外，《金瓶梅》还写了其他几位大大小小的官商：如西门庆的亲家乔大户，"买官让官"的"揽头"李三、黄四，凭借济南兵马制置的势力"开大店"的陈敬济，接替西门庆官位、为朝廷经营古器的张二官等。他们因为有了官府的支持，买卖越做越大，金钱越挣越多。相反，那些与官府无甚交往的商贾却总是受到欺侮敲诈。开药铺的蒋竹山由于西门庆的暗算而被提刑院"痛责三十大板"，人财两空。开酒楼的杨家兄弟由于提刑院长官何千户、张二官对陈敬济的徇私袒护而"家产尽绝"。事实证明，商品经济仍处于封建政治的控驭之下，商贾的地位及其利益仍得不到法律的保证。在这种情况下，畸形的商贾如西门庆之辈便应运而生了。

造成这一现象的根本原因就在于文化分化与裂变的不平衡。虽然经济领域出现了一些新的因素，商品经济有了一定的发展，但是，商贾阶层并未在政治领域占有一席之地，并未提出自己独立的政治要求。这与欧洲16世纪文艺复兴运动中的资产阶级有很大不同，他们在与封建势力进行激烈的斗争中，有着自己的政治目标。他们发起宗教改革运动，首先摧毁了封建制度的主要支柱教会；他们发起文艺复兴运动，形成了人文主义为特征的资产阶级思想体系。而16世纪的中国商贾阶层面对封建政治的强大势力，却只能委曲求全，甚至于像西门庆那样，与封建政治势力结为一体。中国商贾阶层的先天不足既与其成分的复杂有关，也与几千年"重农轻商"的传统观念有关。不要说其他阶层的人，就是商贾本人也总感到自己所从事的职业并不那么光彩。更何况商贾队伍的成员极其复杂，既有小商小贩，又有官僚贵族，难以形成一股统一的强劲有力的政治力量。

西门庆的畸形特征不仅表现在攫取财富的手段方式上，还表现在攫取财富的目的上。尽管他也用一部分金钱作为扩大经营的资本，但是大量的金钱被他用于个人的享乐和官场上的贿赂。他不惜花费巨资扩建自己的豪华住宅，他经常举办大小宴会吃喝玩乐,他的一妻五妾穿金戴银。富比公侯家眷,他出入娼妓之家赏赐有加。在官场上他更是肆意挥霍,动辄千金相赠,从不含糊。西门庆的这种消费观点表明,像西门庆这样的商贾从来就不相信凭借自己的经济实力能够夺得本阶层的政治权利,西门庆可以富埒王侯,但内心深处仍然以自己为商贾而感羞愧不安。他希望儿子长大之后"挣个文官","不要学你家老子,做个西班出身,虽有兴头,却没十分尊重"。① 他对蔡状元、安进士等科举出身的官员极尽讨好奉承之能事,都表明传统观念对他的深重影响。

明代中叶以王学左派为主的异端思潮有力地冲击了宋明理学,反对禁欲主义、要求个性解放成为强劲有力的时代思潮。与此同时,传统伦理道德观念并没有消除殆尽。妇女地位由于经济、政治、法律等条件的限制,也并没有真正得到提高。这一文化裂变造成了西门庆在婚姻和妇女问题上的畸形特征。西门庆不仅不受禁欲主义的束缚,而且走上了纵淫无度的极端。一妻五妾之外,还有仆妇宋惠莲、贲四嫂、王六儿、丫鬟春梅、迎春、绣春、兰香,奶子如意儿,妓女李桂姐、吴银儿、郑爱月,贵妇林太太等,供他泄欲。他可以不计较孟玉楼是寡妇,潘金莲、李瓶儿是有夫之妇,而统统娶回家中为妾。然而,他与这么多的女人发生性关系,并不是出自爱情,或者说主要不是出自爱情,而是把对方当作泄欲的工具。就连他最喜爱的潘金莲、李瓶儿,也难幸免。西门庆不但没有像《牡丹亭》中的柳梦梅、"三言"中的卖油郎那样,在反禁欲主义思潮中获得美满的爱情婚姻,反而落了个纵欲而亡的可悲下场,这就是文化裂变造成的结果。

(二)《金瓶梅》中的女性畸形形象

潘金莲这个在《金瓶梅》中地位仅次于西门庆的女人,是一个非常容易引起争议的人物。作者从道德观念出发,有意把她写成一个歹毒的荡妇,但在无意中又不时流露出对她的同情甚至欣赏。今天的人们在评论潘金莲时,也往往陷入两难的处境之中。究其原因,就是因为潘金莲本身便是一个具有畸形性格

---

① 兰陵笑笑生. 金瓶梅 [M]. 济南:齐鲁书社,1991:838.

特征的人物形象。

应当承认,在要求个性解放、反对禁欲主义方面,潘金莲是得风气之先的。她被张大户不怀好意地配嫁给武大之后,心中十分不满,常常抱怨。然而当时虽然有个性解放的异端思潮,却没有相应的婚姻制度保证个性的解放,"嫁鸡随鸡,嫁狗随狗"仍然是女子必须遵奉的戒律。于是,潘金莲只能以一种畸形的方式表示自己的不满与抗争。她"每日打发武大出门,只在帘子下嗑瓜子儿,一径把那一对小金莲故露出来,勾引浮浪子弟"①。当她"看了武松身材凛凛,相貌堂堂",便生了爱慕之心,千方百计挑逗武松。遭到武松严词拒绝之后,她那被压抑的不满情绪更加激烈起来。一旦"嘲风弄月的班头,拾翠寻香的元帅"西门庆出现在她的面前,她便毫不犹豫地投入到了西门庆的怀抱之中。当时的婚姻制度不可能允许女子首先向丈夫提出离婚的要求,潘金莲只能暗地里与西门庆幽会偷欢。奸情被发觉之后,她的畸形性格也发展到了极端,竟然亲手药死了武大,跌入了罪恶的渊薮之中。

同样,个性解放的异端思潮、尊重妇女的先进思想并未能动摇男子为核心的社会结构和一夫多妻的婚姻制度。潘金莲在做了西门庆的第四个小妾之后,被遗弃或遭失宠的危险接踵而来。她虽然对自己的才貌颇具信心,但残酷的现实却不断向她证明,这种危险时时存在。于是,她的性格向着更加畸形的方向发展:一方面为了取得西门庆的欢心,她心甘情愿成为西门庆的玩物,成为西门庆泄欲的工具。尽管有时她也表示反感,但更多的时候她欣然接受。她在获得自己性欲满足的同时,也付出了巨大的牺牲。另一方面,为了得到西门庆的专宠,她不惜折磨他人,甚至谋害无辜者的生命,李瓶儿、官哥儿、宋惠莲便先后成为她谋害的对象。她不想也不可能同西门庆进行正面的顶撞冒犯,因为西门庆是一家之主,是绝对的权威。但是她可暗地里向西门庆进行报复。当西门庆在外眠妓宿娼、数日不归时,当西门庆私通仆妇、冷落自己时,潘金莲便也以畸形的方式进行了报复。她与小厮琴童暗中私通,用她的话说:"左右皮靴

---

① 兰陵笑笑生.金瓶梅[M].济南:齐鲁书社,1991:34.

儿没番正，你要奴才老婆，奴才暗地里偷你的小娘子，彼此换着做。"① 西门庆贪欲丧命不久，潘金莲便与陈敬济勾搭成奸，很快又在王婆之子王潮儿身上寻求满足。人性觉醒的社会思潮与僵死落后的规范文化极不和谐，从而造成了潘金莲的畸形性格。

《金瓶梅》中另一个主要人物李瓶儿，在没有成为西门庆的第五个小妾之前，与潘金莲有着大体相似的婚变经历。潘金莲因家中贫穷被卖到王招宣府里习学弹唱，后又被转卖给张大户家，成为张大户的暗妾。李瓶儿虽然名为大名府梁中书的内妾，但因梁中书正室性甚嫉妒，所以她只能在外边书房内住，与暗妾也相差无几。潘金莲对"一味老实，人物猥琐""三寸丁，谷树皮"的丈夫武大不满；李瓶儿对"成日放着正事儿不理，在外边眠花卧柳"的丈夫花子虚同样不满。为了嫁给西门庆，潘金莲狠心毒死了武大，李瓶儿虽未如此狠毒，却也故意让花子虚受气，很快便使花子虚染病在身，一命呜呼。李瓶儿与潘金莲一样，都是文化裂变造成的畸形女人。

然而在成为西门庆的第五个小妾之后，李瓶儿的畸形特征与潘金莲有了不同的表现。她不是像潘金莲那样，争风吃醋，恶语伤人，更不像潘金莲那样私通仆人，勾搭女婿。她在经历了几次不满意的婚姻之后，对西门庆产生了无法抑制的好感。与西门庆的几次幽会，使她真正领略到了男女风情的滋味，她再也不能失去西门庆这个男人了。尽管西门庆故意冷落她，进门后三天三夜不理睬她，初次见面便是马鞭伺候，但李瓶儿毫无怨恨之心，只是悔恨自己不该招赘蒋竹山。她对西门庆的其他妻妾俯首低眉，谦恭礼让。她把自己的贵重首饰通通毁掉，按众妻妾穿戴的样式重新打造，并将一部分首饰送给众妻妾。面对潘金莲的忌恨凌辱，她忍气吞声，委曲求全。甚至自己的儿子受到了摧残，她也只是背着人流泪，不肯向西门庆哭诉一个字。如果说为了实现自己的目标，潘金莲使自己的性格不断向恶的方向发展，那么，李瓶儿则更多地使自己的性格向传统伦理道德观念回归。李瓶儿性格的畸形更多地来源于传统道德观念的

---

① 兰陵笑笑生. 金瓶梅 [M]. 济南：齐鲁书社，1991：384.

挤压，在她生命的最后时刻，她陷入了有罪的自我谴责状态之中。对西门庆本人，她更是百依百顺，她毫无保留地把自己的钱物交给了西门庆，她随时准备满足西门庆的性欲要求，她把自己全部托付给了西门庆。为了追求自己的理想婚姻，反而丧失了自己生存的权利，李瓶儿的畸形性格显然也是文化裂变所造成的。

《金瓶梅》以三个女人的名字命名，除潘金莲、李瓶儿之外，这第三个女人便是庞春梅。春梅在西门庆家中的地位虽低，不过是众多丫鬟婢女中的一个，但她的心性却并不低，在某些方面，甚至超出金莲、瓶儿。她在西门庆和众妻妾面前，不卑不亢，经常使个小性儿。第七十六回通过潘金莲之口写出了春梅的强烈自尊心："你还问春梅哩，她饿的只有一口游气儿，那屋里躺着不是？带今日三四日没吃点汤水儿了，一心只要寻死在那里。说他大娘，对着人骂了他奴才，气生气死，整哭了三四日了。"西门庆听了后，不但没有斥责春梅之意，反而"慌过这边屋里，……叫着他，只不作声，推睡，被西门庆双关抱将起来。那春梅从酪子里伸腰，一个鲤鱼打挺，险些儿没把西门庆扫了一交"。① 西门庆温语相劝，她毫无顾忌地将吴月娘埋怨了一场。她对"奴才"这一身份极为不满，处处显示出做人的尊严。教弹唱的李铭借着酒意把她的手"略按重了些"，便"被他千忘八、万忘八，骂的李铭拿着衣服往外走不迭"。② 又对潘金莲、李瓶儿、孟玉楼、宋惠莲等人告状道："我不是那不三不四的邪皮行货，教你这忘八在我手里弄鬼，我把忘八脸打绿了！"③ 李铭是李娇儿的兄弟，俗语说"不看僧面看佛面"，但春梅并不考虑这些，为维护自己的人格不惜开罪于他人。第七十五回春梅要请申二姐唱《挂真儿》，申二姐正在上房陪伴着大妗子吴氏、西门大姐等人，不肯动身，言语中又颇有蔑视春梅之意，传到春梅耳中之后，她"三尸神暴跳，五脏气冲天，一点红从耳畔起，须臾紫遍了双腮，众人拦阻不

---

① 兰陵笑笑生. 金瓶梅 [M]. 济南：齐鲁书社，1991：1205.

② 兰陵笑笑生. 金瓶梅 [M]. 济南：齐鲁书社，1991：345.

③ 兰陵笑笑生. 金瓶梅 [M]. 济南：齐鲁书社，1991：346.

住,一阵风走到上房里,指着申二姐一顿大骂""把申二姐骂的睁睁的,敢怒而不敢言"。① 西门庆死后,吴月娘要将春梅卖掉,而且不许带一件衣服。春梅"听见打发他,一点眼泪也没有",也不去拜辞月娘众人,"头也不回,扬长决裂,出门去了"。②

春梅贱为奴婢,而有上述不同凡响的表现,显然是因为受到了异端思潮中的民主意识、平等观念的影响。然而,传统的主仆尊卑等级观念并未从她心中真正消除。她尊重直接的主人潘金莲,心甘情愿为潘金莲做任何事情。第八十二回潘金莲与陈敬济幽会,被她撞见,她恐怕"羞了他,连忙倒退回身子"。金莲向春梅说情,让她千万休对人说,春梅回答道:"好娘,说那里话。奴伏侍娘这几年,岂不知娘心腹,肯对人说!"金莲犹不放心,让她当即与陈敬济"睡一睡"。尽管春梅"把脸羞的一红一白",但还是依允了金莲。③ 潘金莲被吴月娘赶出家门,在王婆家待聘。春梅听知这一消息,再三恳求周守备要将金莲娶来。金莲被武松杀死,她"整哭了两三日,茶饭都不吃",不断派人打听凶犯的行踪,又命人将金莲尸首装殓入葬,请和尚早晚替金莲念些经忏。为了替金莲报仇,她又让周守备将孙雪娥买回,故意让雪娥遭受凌辱。她贵为守备夫人之后,重游旧家池馆,也不忘与潘金莲往昔之情。对自己和金莲的共同情人陈敬济,她更是时刻不能忘怀,又为陈敬济娶妻,又为陈敬济谋职。甚至她纵欲好淫也是潘金莲教唆所致。春梅既有不甘于做奴才的心气,却又处处表现为忠心不二的奴婢,她的畸形性格特征乃是新旧文化碰撞的结果。

(三)《金瓶梅》中的畸形家庭环境

作为中国第一部以家庭生活为题材的长篇小说,《金瓶梅》的主要社会环境便是西门庆的家庭。这个家庭在某种程度上打破了旧有的规范,然而新的家庭规范又没有健全,因此是一个畸形的家庭。其畸形的原因乃在于财色之欲向孝

---

① 兰陵笑笑生. 金瓶梅 [M]. 济南:齐鲁书社,1991:1167.

② 兰陵笑笑生. 金瓶梅 [M]. 济南:齐鲁书社,1991:1363.

③ 兰陵笑笑生. 金瓶梅 [M]. 济南:齐鲁书社,1991:1325.

悌信义的挑战，而等级尊卑观念依然顽强存在。几种力量相互作用，遂造成了一个畸形的家庭环境。

传统的中国家庭非常重视血缘纽带关系，内有父母兄弟，外有远近亲戚，甚至于数世同堂，数支合居。然而西门庆父母早亡，且无兄弟，与他最相亲密的所谓十兄弟也都非同宗同族之人。因此对西门庆来说，就不存在什么孝悌问题。西门庆的正室是吴月娘，但是西门庆真正宠爱的是潘金莲、李瓶儿、孟玉楼。因为在他看来，名分不过是虚名而已，财色才是实实在在的东西。潘金莲虽无钱财但姿色超群，又会迎欢卖俏，最受西门庆喜爱。他将金莲偷娶到家后，在极幽僻的花园内收拾三间楼房让她居住。"用十六两银子，买了一张黑漆欢门描金床，大红罗圈金帐幔，宝象花拣妆，桌椅锦杌，摆设齐整。"他把大娘子吴月娘房里的丫头春梅叫到金莲房内服侍金莲。"却用五两银子另买一个小丫头，名唤小玉，伏侍月娘。又替金莲六两银子买了一个上灶丫头，名唤秋菊。"① 西门庆刚娶回金莲，"就在妇人房中宿歇，如鱼似水，美爱无加"。因此潘金莲"恃宠生娇，颠寒作热，镇日夜不得个宁静"②。后来潘金莲还曾"当家管理银钱"③。李瓶儿不仅有姿色，而且还为西门庆带来一大批钱财，所以更为西门庆所宠爱。西门庆的这种宠爱在李瓶儿弥留之际表现得特别强烈。当李瓶儿向西门庆交代后事时，西门庆发自内心地说道："我西门庆那世里绝缘短幸，今世里与你做夫妻不到头。疼杀我也，天杀我也！"瓶儿死后，西门庆"在房里离地跳的有三尺高，大放声号哭"，"嗑伏在她身上，挝脸儿那等哭"，④ 连吴月娘也有些不耐烦了，数落了他几句。西门庆对李瓶儿的感情态度，超过了对正室的情感。

吴月娘虽贵为正室，但她却缺少应有的权威。按照传统的道德规范，"妾之

---

① 兰陵笑笑生.金瓶梅［M］.济南：齐鲁书社，1991：145.

② 兰陵笑笑生.金瓶梅［M］.济南：齐鲁书社，1991：167.

③ 兰陵笑笑生.金瓶梅［M］.济南：齐鲁书社，1991：1222.

④ 兰陵笑笑生.金瓶梅［M］.济南：齐鲁书社，1991：942.

事女君与妇之事舅姑等"①,然而西门庆的五个妾对吴月娘并未表现出应有的敬重,将家中闹得个"家反宅乱",吴月娘也束手无策,空自嗟叹而已。第三十二回潘金莲故意将李瓶儿之子官哥儿举得高高的,吴月娘明知是被唬着了,但当西门庆问起此事时,她"一字也没对西门庆说",显然有惧怕金莲之意。第三十五回金莲与玉楼说笑,吴月娘问她们笑什么,她二人"嘻嘻哈哈,只顾笑成一块",根本不把月娘放在眼中。第四十三回当着吴月娘的面,金莲向西门庆"假做乔妆",又哭又闹,吴月娘只能在旁赔笑相劝,还让金莲匀匀脸去,以防别人看见。就连地位最低下的孙雪娥与仆妇宋惠莲打骂,吴月娘也只能骂上两句:"你每都没些规矩儿,不管家里有人没人,都这等家反宅乱。等你主子回来,我对你主子说不说。"② 似乎她本人还算不上主子,没有管教妾婢的权力。

吴月娘之所以树立不起应有的权威,原因仍在于西门庆以财色为取舍标准。在西门庆看来,月娘虽是名分上的正妻,但她一是姿色稍逊,二是不善风月,还经常正儿八经地劝西门庆不要做贪财好色的事体。因此西门庆对她并无多少情感与尊重。对月娘的规劝他认为不过是"醋话儿",当着妾婢众人,骂月娘是"不贤良的淫妇",一年四季,西门庆极少到月娘房中歇宿。金莲、玉楼等人自然不把月娘放在眼中了。

西门庆家有近二十个佣人,与西门庆都无宗族关系,完全建立在金钱买卖与雇佣关系之上。丫鬟、小厮、奶子或是买来,或是别人赠送,主管傅铭、乐工李铭、西宾温秀才等按月支付雇用银两。韩道国、甘出身、崔本经营各类铺面,西门庆与他们订了按股分利的合同。维系主仆之间关系的是金钱利益而非忠义观念。西门庆在世之日,这些仆人、伙计便不断干些欺主背恩之事,一旦西门庆死去,或拐财远遁,或欺侮主人。第八十一回韩道国听说西门庆已死,也不去西门庆家,直接回到自己家中,与老婆王六儿商议。王六儿道:"如今他已是死了,这里无人,咱和他有甚瓜葛?……倒不如一狠二狠,把他这一千两,

---

① 仪礼·丧服[M]//吴树平,等.十三经全文标点本.北京:燕山出版社,1991:612.
② 兰陵笑笑生.金瓶梅[M].济南:齐鲁书社,1991:405.

咱雇了头口，拐了上东京，投奔咱孩儿那里。"韩道国还思前顾后："争奈我受大官人好处，怎好变心的，没天理了？"王六儿回答得十分干脆："自古有天理倒没饭吃哩！他占用着老娘，使他这几两银子不差甚么。"① 两口子商议妥当，连夜拐财而逃。

另一仆人来保"也安心要和他一路"，"暗暗船上搬了八百两货物，卸在店家房内"，然后"把事情都推在韩道国身上"。② 他公然不把月娘放在眼中，"嘲话调戏，两番三次"。月娘"心里也气得没入脚处，只得交他两口子搬离了家门"，来保便"大剌剌和他舅子开起个布铺来"。至于西门庆结交的那群酒肉朋友，更无信义可谈。西门庆刚刚死去，应伯爵等便投靠了张二官，"无日不在他那边趋奉，把西门庆家中大小之事，尽告诉与他"，甚至怂恿张二官娶回潘金莲。③

尽管西门庆的家庭在财色的驱使之下，呈现出了许多特异之处，但是西门庆一家之主的绝对权威却丝毫没有动摇。他对丫鬟仆人动辄打骂，第二十五回西门庆为给男宠报仇，将仆人平安儿"打的皮开肉绽，满腿血淋"，将小厮画童儿"掺的杀猪儿似怪叫"。甚至对妻妾他也是任意凌辱，随意打骂。第十一回西门庆在金莲的调唆下，"走到后边厨房里，不由分说，向雪娥踢了几脚"，大骂一通，"打的雪娥疼痛难忍"。雪娥气愤不过，向月娘哭诉，被金莲听到后又告了一状。西门庆"一阵风走到后边，采过雪娥头发来，尽力拿短棍打了几下"。金莲私通琴童，西门庆不仅把琴童打了三十大棍，而且要严惩金莲。金莲虽只挨了一个耳刮子，却也"吓的战战兢兢，浑身无了脉息"，受尽了羞辱。在这个家中，以强凌弱、恃宠压人，成了普遍现象。这个家庭虽然在某种程度上打破了传统伦理观念，然而又绝无民主平等可言。西门庆的家庭的确是一个不伦不类的畸形家庭。

---

① 兰陵笑笑生. 金瓶梅 [M]. 济南：齐鲁书社，1991：1314.

② 兰陵笑笑生. 金瓶梅 [M]. 济南：齐鲁书社，1991：1319.

③ 兰陵笑笑生. 金瓶梅 [M]. 济南：齐鲁书社，1991：1307.

二 饮食描写的时代特征

饮食是人类生活中最基本也是最重要的内容之一,作为折射与反映社会生活的文学作品,自然也会有许多关于饮食的描写。可以毫不夸张地说,在所有的古代文学作品中,都没有像《金瓶梅》那样,如实地描绘出了毫无节制的食欲狂求,广泛地揭示出了饮食与权力、财色的密切关系,真实地反映出了饮食礼仪规范的牢固约束力。如此频繁、如此细致、如此广泛地来描写种种饮食活动,这绝非是一种偶然现象,而是独特的时代氛围使然。历史与现实往往有着惊人的相似之处,从中不难发现这种描写对于当代社会的警示意义。

(一) 饮食与权力

《金瓶梅》紧合着时代的节拍,直言不讳地描写了人们的种种情欲,食欲则是这种种欲望中的一类。小说的每回之中几乎都有饮食场面的描写,无论是什么时间,无论在什么场合,都离不开吃饭饮酒。小说开卷第一回便有两处重要的饮食场面描写,一是玉皇庙内西门庆等十人结拜兄弟:

> 不一时,吴道官又早叫人把猪羊卸开,鸡鱼果品之类整理停当,俱是大碗大盘摆下两桌。西门庆居于首席,其余依此而坐,吴道官侧席相陪。须臾,酒过数巡,众人猜枚行令,耍笑哄堂。①

西门庆结交的这几个兄弟,是一伙不折不扣的酒肉朋友,开口闭口离不开吃喝。当应伯爵听西门庆说要让花子虚入伙时,马上笑着说:"哥快叫那个大官儿邀他去,与他往来了,咱到日后敢又有一个酒铺儿。"西门庆也不由得笑骂道:"傻花子,你敢害馋痨痞哩,说着的是吃。"② 西门庆因故中途离开,"单留下这几个嚼倒泰山不谢土的,在庙留连痛饮","散时也有二更多天气"。③

---

① 兰陵笑笑生. 金瓶梅 [M]. 济南:齐鲁书社,1991:26.
② 兰陵笑笑生. 金瓶梅 [M]. 济南:齐鲁书社,1991:19.
③ 兰陵笑笑生. 金瓶梅 [M]. 济南:齐鲁书社,1991:28.

二是武大郎家中安排酒饭款待武松："无非是些鱼肉果菜点心之类。"武大郎虽然不过是一个卖炊饼的小贩，与西门庆家不能相比，但安排一个小小的酒席，似乎也不在话下。

西门庆在未发家之前，已经是家宴不断，如第十回"妻妾玩赏芙蓉亭"、第十五回"佳人笑赏玩灯楼"。除在家中宴饮之外，妓院酒楼也是西门庆常来常往之处。第十一回"西门庆梳笼李桂姐"写西门庆等人在花子虚家饮酒未毕，又来到李家勾栏。"虔婆让三位上首坐了。一面点茶，一面打抹春台，收拾酒菜。少顷，掌上灯烛，酒肴罗列。桂姐从新房中打扮出来，旁边陪坐。免不得姐妹两个金樽满泛，玉阮同调，歌唱递酒。"①

再如第十五回"狎客帮嫖丽春院"写西门庆等人在元宵之夜来到妓院饮酒作乐："桂姐满泛金杯，双垂红袖，肴烹异品，果献时新，倚翠偎红，花浓酒艳。酒过两巡，桂卿、桂姐一个弹筝，一个琵琶，两个弹着，唱了一套《霓景融合》。"② 当西门庆发家之后，其大吃大喝更是一发而不可收。第三十一回"西门庆开宴为欢"写西门庆既得子又加官，"到了上任日期，在衙门中摆大酒席桌面，出票拘集三院乐工承应，吹打弹唱"。③ 官哥儿做满月时，西门庆一连摆了四天酒席：第一天"在前边大厅上摆设宴席，请堂客饮酒"，先是吴月娘在卷棚摆茶，然后大厅上，"屏开孔雀，褥隐芙蓉，上座"。西门庆到午后时分来家，家中安排一食盒酒菜，邀了应伯爵和陈敬济。第二天，"西门庆在大厅上锦屏罗列，绮席铺陈，请官客饮酒"。④

再如第四十二回"逞豪华门前放烟火"，元宵之夜，西门庆家中请了周守备娘子、荆都监母亲、荆太太、张团练娘子、夏提刑娘子等堂客，由吴月娘作陪。西门庆则在狮子楼与应伯爵等人饮酒作乐，回家时已有三更时分。次日，家中

---

① 兰陵笑笑生. 金瓶梅 [M]. 济南：齐鲁书社，1991：176.
② 兰陵笑笑生. 金瓶梅 [M]. 济南：齐鲁书社，1991：237.
③ 兰陵笑笑生. 金瓶梅 [M]. 济南：齐鲁书社，1991：465.
④ 兰陵笑笑生. 金瓶梅 [M]. 济南：齐鲁书社，1991：465-471.

再次大摆酒席，宴请乔太太等堂客。"前边卷棚内，安放四张桌席摆茶，每桌四十碟，都是各样茶果、细巧油酥之类"。过了一会儿，又早在前厅摆放桌席齐整。"厨役上来献小割烧鹅，赏了五钱银子。比及割凡五道，汤陈三献，戏文四折下来，天色已晚。""月娘又在后边明间内，摆设下许多果碟儿，留后坐，四张桌子都堆满了。"又吃了一回酒，直至三更天气才散。①《金瓶梅》如此放开手脚地大书特书西门庆家的暴食暴饮，这是以往说部中从来未有过的现象。造成这种现象的重要原因，便是对无限膨胀的人欲的一种真实反映。

明代中叶，随着商品经济的发展，商贾阶层的势力有所增长，社会地位也有所提高。但是，他们在政治领域尚未立住脚跟，面对强大的封建政治势力，只能委曲求全。西门庆清醒地认识到了这一点，所以他千方百计地与官府相交往，而饮酒吃喝便成为这种交往的重要方式之一。这样一来，饮食便与权力紧紧结合在了一起。

西门庆通过吃喝与清河县大大小小的官员打得火热；不仅如此，他还以豪华的美酒佳肴与达官显要拉上了关系。第三十六回西门庆宴请蔡状元和安进士，酒饭之外，还特意安排了戏子伺候。第二天，西门庆又在家中摆酒款待，并送给每人一份丰厚的礼物。这仅仅是初试锋芒，第四十九回巡按宋御史与蔡御史要来清河县，西门庆深知这两位朝廷显贵的重要，便全力以赴地准备起来："门首搭照山彩棚，两院乐人奏乐，叫海盐戏并杂耍承应。"进到西门庆家，"只见五间厅上，湘帘高卷，锦屏罗列，正面摆两张吃看桌席，高顶方糖，定胜簇盘，十分齐整"。"茶汤献罢，阶下箫韶盈耳，鼓乐喧阗，动起乐来。西门庆递酒安席已毕，下边呈献割道。说不尽肴列珍馐，汤陈桃浪，端的歌舞声容，食前方长。两位轿上跟从人每位五十瓶酒，五百点心，一百斤熟肉，都领下去。家人、吏书、门子人等，另在厢房中管待，不必细说。当日西门庆这席酒，也费够千两金银。"②

---

① 兰陵笑笑生. 金瓶梅 [M]. 济南：齐鲁书社，1991：645-646.

② 兰陵笑笑生. 金瓶梅 [M]. 济南：齐鲁书社，1991：718.

这还不算,宋御史临行时,"西门庆早令手下把两张桌席连金银器,已都装在食盒内,共有二十抬,叫下人夫伺候。宋御史的一张大桌席,两坛酒,两牵羊,两封金丝花,两匹段红,一副金台盘,两把银执壶,十个银酒杯,两个银折盂,一双牙箸。蔡御史的也是一般的。"① 宋御史走后,西门庆令左右重新安放桌席,摆设珍馐果品上来,两人继续饮酒,至掌灯时分,西门庆把蔡御史"让至翡翠轩,那里又早湘帘低簌,银烛荧煌,设下酒席"。蔡御史又与两个妓女饮酒作乐。这种豪华的酒食靡费,可谓闻所未闻,感动得宋、蔡两位御史连声称谢不已。宋御史表示"余容图报不忘也"。蔡御史则表示道:"休说贤公华札下临,只盛价有片纸到,学生无不奉行。"② 其后他们也果然履行了自己的许诺。西门庆成功地达到了寻找政治靠山的目的。

西门庆尝到了结交官府的甜头,只要权贵们开口,他是有求必应。第六十五回宋御史委托西门庆款待钦差殿前六黄太尉,西门庆虽然正忙乱着给李瓶儿办丧事,但还是倾其全力大事准备:

> 西门庆次日,家中厨役落作治办酒席,务要齐整。大门上扎七级彩山,厅前五级彩山。十七日,宋御史差委两员县官来观看宴席,厅正面屏开孔雀,地匝氍毹,都是锦绣桌帏,妆花椅垫。黄太尉便是肘件、大饭、簇盘、定胜、方糖,吃看大插桌,观席两张小插桌,是巡抚、巡按陪坐。两边布按三司有桌席列坐。其余八府官,都在厅外棚内,两边只是五果五菜平头桌席。③

> ……太尉正席坐下,巡按下边主席,其余官员并西门庆等各依次第坐了。教坊伶官递上手本,奏乐,一应弹唱,队舞各有节次,极尽声容之盛。当宴搬演《裴晋公还带记》。一折下来,厨役割献烧鹿、花猪,百宝攒汤,大饭烧卖。

---

① 兰陵笑笑生. 金瓶梅 [M]. 济南:齐鲁书社,1991:719.

② 兰陵笑笑生. 金瓶梅 [M]. 济南:齐鲁书社,1991:724.

③ 兰陵笑笑生. 金瓶梅 [M]. 济南:齐鲁书社,1991:989.

正如应伯爵对西门庆所说:"虽然你这席酒替他赔几两银子,到明日休说朝廷一位钦差殿前大太尉来咱家坐一坐,只这山东一省官员,并巡抚、巡按人马散级,也与咱门户添许多光辉。"① 西门庆借助饮食勾结上了官府,成为地方上炙手可热的人物。

(二) 饮食与财色、礼仪

晚明还是一个放纵性欲的时代,"人情以放荡为快,世风以侈靡相高"②。为了与宋明理学的禁欲主义相抵制,晚明著名思想家、王学左派代表人物李贽公开宣称:"如好货,如好色,如勤学,如进取,如多积金宝,如多买田宅为子孙谋,博求风水为儿孙福荫,凡世间一切治生产业等事,皆其所共好而共习,共知而共言,是真迩言也。"③ 这种大胆的言论固然有个性解放的因素,但也不可避免地助长了欲望的放纵。

在所有的欲望中,食与色最基本,联系也最密切。《金瓶梅》中总是把饮酒吃喝与放纵性欲紧密相连,尤其是西门庆,在每次玩弄女性时,都离不开美酒佳肴。第三回西门庆与潘金莲勾搭成奸,依赖得便是那桌酒食:"睃那粉头时,三盅酒下肚,烘动春心,又自两个言来语去,都有意了,只低了头,不起身。"④

第十三回西门庆与李瓶儿初次幽会,更是以酒为媒:"灯烛下,早已安派一桌齐整酒肴果菜,壶内满贮香醪。""两个于是并肩叠股,交杯换盏,饮酒作一处。迎春旁边斟酒,绣春往来拿菜儿。吃得酒浓时,锦帐中香熏鸳被,设放珊瑚,两个丫鬟抬开酒桌,拽上门去了。两人上床交欢。"⑤ 从此一发而不可收。第十四回李瓶儿到西门庆家作客,当着吴月娘等人的面,便与西门庆"你一杯,

---

① 兰陵笑笑生. 金瓶梅 [M]. 济南:齐鲁书社,1991:987.
② 张瀚. 松窗梦语 [M]. 上海:上海古籍出版社,1986:123.
③ 李贽. 答邓明府 [M] // 李贽. 焚书. 北京:社会科学文献出版社,2000:36.
④ 兰陵笑笑生. 金瓶梅 [M]. 济南:齐鲁书社,1991:75.
⑤ 兰陵笑笑生. 金瓶梅 [M]. 济南:齐鲁书社,1991:205-206.

我一盏"地饮起酒来。"吃来吃去，吃的妇人眉黛低横，秋波斜视。"正所谓"风流茶说合，酒是色媒人"。可见酒与色的关系多么密切。

西门庆以酒壮胆，甚至与招宣府的林太太勾搭成奸："须臾大盘大碗，就是十六碗美味佳肴。旁边银烛高烧，下边金炉添火。交杯一盏，行令猜枚，笑雨嘲云。酒为色胆。看看饮至莲露已沉，窗月倒影之际，一双竹叶穿心，两个芳情已动，文嫂已过一边，连次呼酒不至。西门庆见无人，渐渐促席而坐，言颇涉邪……"① 第七十八回两人再次偷情，林太太"房里安放桌席。须臾，丫鬟拿酒菜上来，杯盘罗列，肴馔堆盈，酒泛金液，茶烹玉芷。妇人玉手传杯，秋波送意，猜枚掷骰，笑语哄春。话良久，意洽情浓，不多时，目邪心荡。……酒酣之际，两个共入里间房内"②。

西门庆贪欲丧命，仍然与酒色相关。他与王六儿尽兴纵欲之后，又连饮了十数杯，吃得酩酊大醉，酣睡如雷。潘金莲却不肯放过他，终于使他呜呼哀哉，断气身亡。

具有讽刺意味的是，西门庆借酒玩弄女性的伎俩，潘金莲也学到了手，依样画葫芦地干了起来。第十二回西门庆泡在妓院中，半月不曾回家，"金莲归到房中，捱一刻似三秋，盼一时如半夏。知道西门庆不来家，把两个丫头打发睡了，推往花园中游玩，将琴童叫进房，与他酒吃。把小厮灌醉了，掩上房门，褪衣解带，两个就干做一处"③。第二十四回潘金莲与女婿陈敬济借着敬酒，干脆在西门庆面前打情骂俏起来：

> 却说西门庆，席上见女婿陈敬济没酒，吩咐潘金莲去递一巡儿。这金莲连忙下来，满斟杯酒，笑嘻嘻递与敬济，说道："姐夫，你爹吩咐好歹饮奴这杯酒儿。"敬济一壁接酒，一面把眼儿斜溜妇人，说："五娘请尊便，等儿子慢慢吃。"妇人将身子把灯影着，左手执酒，刚待的敬济将手来接，

---

① 兰陵笑笑生. 金瓶梅 [M]. 济南：齐鲁书社，1991：1057-1058.

② 兰陵笑笑生. 金瓶梅 [M]. 济南：齐鲁书社，1991：1248.

③ 兰陵笑笑生. 金瓶梅 [M]. 济南：齐鲁书社，1991：185.

右手将他手背只一捻。这敬济一面把眼瞧着众人,一面在下戏把金莲小脚儿踢了一下……两个在暗地里调情玩耍,众人倒不曾看出来。①

《金瓶梅》开头便议论了"酒色财气"四者之间的关系,酒色关系已如上述,那么,酒与财的关系又有何表现呢?可以发现,无论是行贿受贿,还是经商买卖,都离不开饮酒吃喝。似乎只有酒酣耳热之后,才是谈论金钱的最佳时间。

第六回西门庆要贿赂团头何九,便将何九请到一个小酒店里,并吩咐酒保取瓶好酒来。"何九心中疑忌,想道:'西门庆自来不曾和我吃酒,今日这杯酒必有蹊跷。'"果然如其所料,"两个饮够多时,只见西门庆向袖子里摸出一锭雪花银子,放在面前"。② 几杯酒下肚,才拿出银子买通仵作,隐瞒武大被害真相。第九回西门庆为感谢李外传给他传递消息,请他在酒楼上饮酒,把五两银子送他。这时西门庆尚未发家,不过是小打小闹而已。第四十七回"西门庆枉法受赃",他已经毫无顾忌地放开手脚大干了。他收了苗青一千两银子的贿赂,要免掉其贪财害主的罪名。但此事必须与上司夏提刑取得一致,于是他便将夏提刑请到家中:

> 须臾,两个小厮用方盒摆下各样鸡、蹄、鹅、鸭、鲜鱼下饭。先吃了饭。收了家伙去,就是吃酒的各样菜蔬出来,小金把钟儿,银台盘儿,慢慢斟劝。饮酒中间,西门庆方提起苗青的事来……③

吃过这席酒,自然没有办不成的事。晚明社会的现实情形便是如此,饮食与权力、财色有着密不可分的关联,因为归根结底它们都是人欲的具体表现,永无止境的欲望把它们自然而然地联系在了一起。

晚明社会出现的某些新文化因素虽然给了了旧有的文化体系一定的冲击,但一方面由于旧有文化体系的强大,另一方面由于新文化因素只发生在个别领

---

① 兰陵笑笑生. 金瓶梅 [M]. 济南:齐鲁书社,1991:565.
② 兰陵笑笑生. 金瓶梅 [M]. 济南:齐鲁书社,1991:101.
③ 兰陵笑笑生. 金瓶梅 [M]. 济南:齐鲁书社,1991:698.

域，因此，新旧文化力量的对比仍然是悬殊的，传统的礼仪规范依然有着巨大的影响，这在《金瓶梅》中有着生动的表现。

尽管西门庆不惜花费巨资宴请各级官员，但在大大小小的官员面前，他必须唯唯诺诺，俯首听命。第三十一回西门庆做了理刑副千户后首次设宴请客。当两位太监刘公公、薛公公来到时，"慌的西门庆穿上衣，仪门迎接"。因为他们虽已离宫在家，但毕竟是皇帝跟前的人。所以，不仅西门庆对他们毕恭毕敬，就是地方上的一班头面人物周守备、荆都监、夏提刑等也要让他们坐个首席。点唱曲子时，"周守备先举手让两位内相，说：'老太监，盼咐赏他二人唱哪套词儿？'刘太监道：'列位请先。'周守备道：'老太监，自然之理，不必过谦。'"① 在他们看来，老太监的地位理应在他们之上。

第四十九回"请巡按屈体求荣"更可见出这一点。西门庆为讨好朝廷中的两位权贵，做了充分的准备。在酒席上，更是"鞠恭展拜，礼容甚谦"。"当下蔡御史让宋御史居左，他自在右，西门庆垂首相陪。"宋御史坐了没多大会儿，就要离开，慌得西门庆再三固留。通过这些描写不难看出，商人的金钱虽多，但在权力面前还得俯首称臣。

西门庆的家庭既在某种程度上打破了旧有的规范，但等级尊卑观念依然顽固存在，这在饮食方面表现得十分明显。第十回"妻妾玩赏芙蓉亭"，西门庆陷害武松得手后，十分高兴，在家中安排酒席庆贺："请大娘子吴月娘、第二李娇儿、第三孟玉楼、第四孙雪娥、第五潘金莲，合家欢喜饮酒。""当下西门庆与吴月娘居上，其余多两旁列坐，传杯弄盏，花簇锦攒。"② 第二十一回"吴月娘扫雪烹茶"，李娇儿等人聚钱请西门庆和吴月娘："当下李娇儿把盏，孟玉楼执壶，潘金莲捧菜，李瓶儿陪跪。头一钟，先递了西门庆。……从新又满满斟了一盏，请月娘转上，递与月娘。""良久，递毕。月娘转下来，令玉箫执壶，亦斟酒与众姊妹回酒。惟孙雪娥跪着接酒，其余都平叙姊妹之情。于是西门庆与

---

① 兰陵笑笑生. 金瓶梅[M]. 济南：齐鲁书社，1991：472-473.

② 兰陵笑笑生. 金瓶梅[M]. 济南：齐鲁书社，1991：160-161.

月娘居上座,其余李娇儿、孟玉楼、潘金莲、李瓶儿、孙雪娥并西门大姐,都两边打横。"①

西门庆的妻妾到别人家做客,也谨守各自的名分。第四十一回"两孩儿联姻共笑嬉"中,吴月娘众人到乔大户家定亲:"须臾,吃了茶到厅,屏开孔雀,褥隐芙蓉,正面设四张桌席。让月娘坐首席;其次就是尚举人娘子、吴大妗子、朱台官娘子、李娇儿、孟玉楼、潘金莲、李瓶儿;乔大户娘子,关席座位。旁边放一桌,是段大姐、郑三姐,共十一位。"② 从表面上来看,西门庆的家庭似乎是一个完全遵循封建礼仪的规规矩矩的家庭,实际上却并非如此。

通过以上现象可以得出这样一个结论,饮食文化中的礼仪规范似乎具有更为牢固的权威性和约束力。尽管在其他方面可以打破传统道德规范的束缚,但饮食礼仪却不允许随意破坏。由此可以看出,晚明社会的许多方面虽然已经发生了变化,但像饮食礼仪这样一些由来已久的行为规范,却还继续为人们所遵循,即使如西门庆之流也不能例外。

(三) 饮食描写的时代气息与当代意义

明代中叶,王守仁开创的"王学"十分盛行。但王守仁年寿不永,嘉靖八年(1529)58岁时便离开人世,其"致良知"说在门人中形成了不同的派别:即以王畿、王艮为代表的左派,以聂豹、罗洪先为代表的右派和以邹守益、欧阳德为代表的正统派。由于王学左派最适合王学的发展方向及时代需求,因此在明后期成为社会思想的主潮。王艮(1483—1541)及其弟子皆出身贫寒,或为煮盐灶丁,或为樵夫陶匠,故而"时时不满其师说",表现出了与王学不同的特色。王艮从要求个体人格的平等、尊严和独立的角度提出了"尊身立本"的思想。他说:"身与道原是一件。至尊者此道,至尊者此身。尊身不尊道,不谓之尊身;尊道不尊身,不谓之尊道。须道尊身尊,才是至善。"③ 这里所说的

---

① 兰陵笑笑生. 金瓶梅 [M]. 济南:齐鲁书社,1991:327-328.

② 兰陵笑笑生. 金瓶梅 [M]. 济南:齐鲁书社,1991:612.

③ 黄宗羲. 泰州学案 [M] //黄宗羲. 明儒学案. 北京:中华书局,1985:716.

"道"即"百姓日用之道",所说的"身"即活生生的人。因此,他对人的价值高度重视,为维护个人生存的权利、人格的尊严,他提出了"明哲保身论"。他把王守仁所说的"良知"看作现成良知,"强调'当下现成',视工夫为本体之障碍而加以抛弃,并直接把吾心的自然流行当作本体与性命。因此,在这派儒者中流行着王守仁所谓'人人心中有个圣人'的观点。他认为,由于良知是现成的,所以若不悟得'有即无',便不能悟得良知真体。因此,他们提倡所谓'直下承当''直下之信''一了百当'的顿悟,而排斥渐修。……所以,他们轻视工夫,动辄随任纯朴的自然性情,或者随任知解情识,从而陷入任情悬空之弊,以至于产生蔑视人伦道德和世之纲纪的风潮"①。

黄宗羲曾说:"泰州(王艮)之后,其人多能以赤手搏龙蛇,传至颜山农、何心隐一派,遂复非名教之所能羁络矣。"② 颜山农认为道在于纯任率性之自在,只有在放逸时方可用戒慎恐惧的工夫,他以闻见、道理、格式为魔障。他常说:"人之好贪财色,皆自性生。其一时之所为,实是天机所发,不可壅阏之。第过而不留,勿成固我而已。"③ 这种思想已具有积极肯定人的自然性情,摆脱名教束缚,进而发展为异端的趋向。其弟子何心隐(1517—1579)认为,人心不能无欲,孔孟所说的无欲,实非无欲而是寡欲。他认为君臣、父子、昆弟、夫妇之间,人与人之间的关系是朋友的关系,彼此是平等的;士、农、工、商,也应当是平等的。他特别指出,农工商贾并不低下,"农工之超而为商贾","商贾之超而为士","士之超而为圣贤"④。他对民众的欲求或者生活寄予同情,主张把人们从严酷的传统和名教的束缚中解放出来。他们"以化俗为己任,随机指点农工商贾,从之游者千余。秋成农隙,则聚徒谈学,一村既毕,又之一

---

① 冈田武彦.王阳明与明末儒学[M].上海:上海古籍出版社,2000:104.
② 黄宗羲.泰州学案序[M]//黄宗羲.明儒学案.北京:中华书局,1985:705.
③ 王世贞.嘉隆江湖大侠[M]//何心隐.何心隐集:附录.北京:中华书局,1960:143.
④ 何心隐.答作主[M]//何心隐.何心隐集.北京:中华书局,1960:53.

村,前歌后答,弦诵之声,洋洋然也"①。结果被执政者诬为以讲学为名,鸠聚徒众,讥切时政而被弹压。李贽(1527—1602)大倡异端之说,对程朱理学乃至于孔子、孟子都提出了激烈的批评。他提出了"人必有私说":"夫私者,人之心也。人必有私,而后其心乃见;若无私,则无心矣。"② 他又倡言"穿衣吃饭,即是人伦物理。除却穿衣吃饭,无伦物矣"③。他进一步指出"民情之所欲"即为"至善"。他提出了"童心说",认为童心是绝假纯真的最初一念,亦即真心。他说:"不必矫情,不必违性,不必昧心,不必抑志。直心而动,是为真佛。"④ 越是读书知理,就越失去童心。他声称,戏曲小说是人情的真实描述,即童心本来面目的描述,其文字是"真文",而对《六经》《论语》《孟子》反而抱有怀疑。⑤ 李贽尊重人的自然性情,曾对人说:"酒色财气,一切不碍。"⑥ 李贽之后,汤显祖提出的"至情说",公安派提出的"性灵说",都是"童心说"的继承与发展,对明后期的小说创作产生了极大影响。

《金瓶梅》饮食描写具有鲜明的时代气息,这些描写肯定了欲望的合理性,这在当时仍具有一定的积极意义。但同时应当看到,无限膨胀的欲望以及扭曲的人际关系,也势必会造成社会的腐败和堕落。无须讳言,就饮食方面来看,当今社会与《金瓶梅》所描写的情形有许多相似之处。这就需要引起我们的高度警觉,以自觉的意识和清醒的头脑寻找出应对之策。否则,其后果必然是欲望膨胀而道德沦丧。

---

① 黄宗羲. 泰州学案 [M] //黄宗羲. 明儒学案. 北京:中华书局,1985:720.

② 李贽. 德业儒臣后论 [M] //李贽. 藏书. 北京:中华书局,1974:544.

③ 李贽. 答邓石阳 [M] //李贽. 焚书. 北京:中华书局,1975:4.

④ 李贽. 为黄安二上人三首,失言三首 [M] //李贽. 焚书. 北京:中华书局,1975:82.

⑤ 李贽. 童心说 [M] //李贽. 焚书. 北京:中华书局,1975:98-99.

⑥ 黄宗羲. 邹颖泉传 [M] //黄宗羲. 明儒学案:江右王门学案一. 北京:中华书局,1985:347.

三　性描写的社会环境与时代因素

毋庸讳言，性描写是《金瓶梅》最引人注目的重要特征之一，在全书约80万字的内容中，有将近两万字描述了赤裸裸的性行为。有人还做过统计，全书写两性行为的达105处之多，其中描绘较为详细者有36处，一般描述者有近70处。对这些性描写进行客观的分析评价是《金瓶梅》研究无法回避的话题。笔者认为首先应当认真分析《金瓶梅》性描写所表现的基本特点，其次需要考察《金瓶梅》性描写产生的社会环境及时代因素，最后还应对《金瓶梅》的性描写给予客观的价值评判。

（一）《金瓶梅》性描写的基本特点

关于《金瓶梅》性描写的基本特点，许多学者发表了高论。杜贵晨先生认为"全书所有主要的故事，无不围绕'情色'二字展开"，故事因"情色"而起，因"情色"而展开，因"情色"而终。西门庆的活动范围，"百分之七八十的篇幅都是写他在女人中鬼混"。从而认定"《金瓶梅》是中国第一部自觉以'情色'角度认真探讨人生问题的长篇小说"，因而，它"首先是一部情色小说，然后才是世情、家庭或社会小说"。① 周钧韬先生认为："《金瓶梅》不是写社会黑暗、官场腐败的反封建反腐败的政治小说，也不是写新兴商人悲剧的经济小说。《金瓶梅》是一部性小说，是全方位揭示晚明社会性纵欲风气的性小说。"并解释说："我也不赞同将《金瓶梅》说成是淫书、秽书、黄色书。因为这些字（词），含有强烈的贬义，带有浓重的情感色彩。而'性'是个中性字，没有贬褒，不带情感色彩。因此，称《金瓶梅》是性书、性小说，比较科学。

---

① 杜贵晨. 关于"伟大的色情小说《金瓶梅》"：从高罗佩如是说谈起 [J]. 明清小说研究，2009（1）.

我认为,《金瓶梅》作者的创作命意是写性,主体内容和题材都是写性。"①

两位学者都敏锐地强调了《金瓶梅》"情色小说"或"性小说"的性质,但笔者认为,更重要的是应当如何揭示出《金瓶梅》性描写所具有的基本特点。不错,性描写的确是《金瓶梅》突出内容之一,然而不难看出,《金瓶梅》的作者并非从主观上肯定赞美这种人欲。小说开卷伊始便引用了吕洞宾的诗句:"二八佳人体似酥,腰间仗剑斩愚夫;虽然不见人头落,暗里教君骨髓枯。"然后解释道:

> 单道世上人,营营逐逐,急急巴巴,跳不出七情六欲关头,打不破酒色财气圈子。到头来同归于尽,着甚要紧。虽是如此说,只这酒色财气四件中,惟有"财色"二者更为利害。怎见得他的利害?假如一个人到了那穷苦的田地,受尽无限凄凉,耐尽无端懊恼,晚来摸一摸米瓮,苦无隔宿之炊,早起看一看厨前,愧没半星烟火,妻子饥寒,一身冻馁,就是那粥饭尚且艰难,那讨余钱沽酒!更有一种可恨处,亲朋白眼,面目寒酸,便是凌云志气,分外消磨,怎能够与人争气!……如今再说那色的利害。请看如今世界,你说那坐怀不乱的柳下惠、闭门不纳的鲁男子,与那秉烛达旦的关云长,古今能有几人?至如三妻四妾,买笑追欢的,又当别论。还有那一种好色的人,见了个妇女略有几分颜色,便百计千方偷寒送暖,一到了着手时节,只图那一瞬欢娱,也全不顾亲戚的名分,也不想朋友的交情。起初时,不知用了多少滥钱,费了几遭酒食。正是:三杯茶作合,两盏色媒人。到后来情浓事露,甚有斗狠杀伤,性命不保,妻孥难顾,事业成灰。就如那石季伦泼天豪富,为绿珠命丧图圄;楚霸王气概拔山,因虞姬头悬垓下。真所谓:"生我之门死我户,看得破时忍不过"。这样人岂不是受那色的利害处?

说便如此说,这"财色"二字,从来只没有看得破的。若有那看得破

---

① 周钧韬.《金瓶梅》是一部性小说:兼论《金瓶梅》对晚明社会性纵欲风气的全方位揭示 [J]. 内江师范学院学报, 2012 (7).

的，便见得堆金积玉，是棺材内带不去的瓦砾泥沙；贯朽粟红，是皮囊内装不尽的臭污粪土；高堂广厦，玉宇琼楼，是坟山上起不得的享堂；锦衣绣袄，狐服貂裘，是骷髅上裹不了的败絮。即如那妖姬艳女，献媚工妍，看得破的，却如交锋阵上，将军叱咤献威风；朱唇皓齿，掩袖回眸，懂得来时，便是阎罗殿前鬼判夜叉增恶态。罗袜一弯，金莲三寸，是砌坟时破土的锹锄；枕上绸缪，被中恩爱，是五殿下油锅中生活。只有那《金刚经》上两句说得好，他说道："如梦幻泡影，如电复如露。"见得人生在世，一件也少不得，到了那结束时，一件也用不着。随着你举鼎荡身的神力，到头来少不得骨软筋麻。由着你铜山金谷的奢华，正好时却又要冰消雪散。假饶你闭月羞花的容貌，一到了垂眉落眼，人皆掩鼻而过之。比如你陆贾、隋何的机锋，若遇着齿冷唇寒，吾未如之何也已。倒不如削去六根清净，披上一领袈裟，参透了空色世界，打磨穿生灭机关，直超无上乘，不落是非窠，倒得个清闲自在，不向火坑中翻筋斗也。正是：三寸气在千般用，一日无常万事休。①

由于《金瓶梅》作者希望通过这部小说让人们认识到"财色"二者的利害，所以，在故事情节及具体描写中，都力图证明色欲对人的危害。宋培宪先生指出："在这样一部全方位展现当时社会各阶层人物的心态、情状、生存状态的长篇小说中，光是直接写到的人物的死亡就有近三十个，约占整个人物数量的百分之三还要多；而在这样一部既非如《三国演义》那样以写军事斗争为主，也不像《水浒传》那样意在展示英雄传奇，更不是《西游记》那样以描摹神魔故事为题材的专写凡人俗事的说部中，接二连三地写到了这么些个人物的死亡，还是多多少少让人有些诧异的！而这近三十个鲜活生命的转瞬之间的烟消云散，即使不是全部，也绝对是极大比数地因'性'而死，这的确不能不引起我们的注意和深思。""然则，不论书中人物的死法有何不同，但绝大多数人物之死都与'性'字有着或直接或间接的关系，则又是不争的事实。在这二十六个人物

---

① 兰陵笑笑生.金瓶梅[M].济南：齐鲁书社，1991：11-13.

中，除了战死的周秀和善终而亡的吴月娘之外，即便包括陈敬济的母亲张氏和西门庆家的傅伙计在内的所有其他人物的死，也都可以说是与'性'事具有千丝万缕、扯不断理还乱般的联系。"① 小说的几位主人公皆因纵欲而亡，更加证明了性事的可怕和危害。

在具体描写中，《金瓶梅》只是注重纯粹客观机械的性行为描写，极少揭示人物精神的感受。还经常将性爱当作调侃嘲讽的对象，如第八回"烧夫灵和尚听淫声"中所写：

> 原来妇人卧房与佛堂止隔一道板壁。有一个僧人先到，走在妇人窗下水盆里洗手，忽听见妇人在房里颤声柔气，呻呻吟吟，哼哼唧唧，恰似有人交媾一般。遂推洗手，止住脚听。只听得妇人口里喘声呼叫："达达，你只顾搗打到几时？只怕和尚来听见。饶了奴，快些丢了罢！"西门庆道："你且休慌！我还要在盖子上烧一下儿哩！"不想都被这秃厮听了个不亦乐乎。落后众和尚到齐了，吹打起法事来，一个传一个，都知妇人有汉子在屋里，不觉都手之舞之，足之蹈之。临佛事完满，晚夕送灵化财出去，妇人又早除了孝髻，换一身艳服，在帘里与西门庆两个并肩而立，看着和尚化烧灵座。王婆舀浆水，点一把火来，登时把灵牌并佛烧了。那贼秃冷眼瞧见帘子里一个汉子和婆娘，影影绰绰，并肩站着。想起白日里听见那些勾当，只顾乱打鼓搗钹不住。被风把长老的僧伽帽刮在地下，露出青旋旋光头，不去拾，只顾搗钹打鼓，笑成一块。王婆便叫道："师父，纸马已烧过了，还只顾搗打怎的？"和尚答道："还有纸炉盖子上没烧过。"西门庆听见，一面令王婆快打发衬钱与他。长老道："请斋主娘子谢谢。"妇人道："干娘说免了罢。"众和尚道："不如饶了罢。"一齐笑的去了。正是：隔墙须有耳，窗外岂无人！有诗为证：淫妇烧灵志不平，阇黎窃壁听淫声。果

---

① 宋培宪.《金瓶梅》中的人物之死与"性"：兼及小说的定性问题 [J]. 辽东学院学报，2014（5）.

然佛法能消罪，亡者闻之亦惨魂。①

更为严重的，某些性变态、性虐待的描写，作者也不加选择地统统展示于世人面前。这些描写所造成的效果，只能让人们感到人性的丑恶与龌龊，与肯定人欲的社会思潮背道而驰。因此，可以说丑化与畸形是《金瓶梅》性描写的基本特点。

(二)《金瓶梅》畸形性描写的原因

《金瓶梅》中畸形性描写这一特征出现的原因，应当从传统文化观念与时代思潮的冲突裂变中去寻找。明代中叶的社会时尚和社会思潮对传统文化观念形成了一定的冲击，但并没有从根本上否定传统伦理道德观念，尤其是节欲适度、纵欲恶报、万恶淫为首等观念深深地扎根于人们的头脑之中。在现实生活中，人们不顾一切地去寻欢作乐，聚敛财富，直至放纵性欲。但是，内心深处又认为这些行为不可取。《金瓶梅》的作者把握住了人欲横流的时代特点是其敏感之处，但是他又试图用传统的伦理观念批判否定这一社会现象。正是这种两难的处境，使小说的性描写呈现出了畸形的特征。

儒家思想是传统文化观念的主导，早期的儒家思想并不否认两性关系的合理性，孔子认为，"饮食男女，人之大欲存焉"②。《周礼·地官·媒氏》对男女之事的规矩也比较宽松："中春之月，令会男女，于是时也，奔者不禁。"③ 但是到了程朱理学时代，性欲的禁忌则异常严酷起来。程朱理学最重要的一个命题便是"存天理，灭人欲"，其实质是对人的自然本性的异化，是对人性的压抑，既违反人的本性，又违反社会发展规律。明代前期，程朱理学依然占据统治地位，甚至把禁欲主义推向了灭绝人性的地步。明中叶随着社会经济的发展和理学思想的变化，情况有了显著不同。鲁迅先生对此有一段中肯的论述：

> 故就文辞与意象以观《金瓶梅》，则不外描写世情，尽其情伪，又缘衰世，万事不纲，爱发苦言，每极峻急，然亦时涉隐曲，猥黩者多。后或略

---

① 兰陵笑笑生. 金瓶梅 [M]. 济南：齐鲁书社，1991：141-142.

② 礼记 [M] //吴树平，等. 十三经全文标点本. 北京：燕山出版社，1991：765.

③ 周礼 [M] //吴树平，等. 十三经全文标点本. 北京：燕山出版社，1991：419.

其他文，专注此点，因予恶谥，谓之"淫书"；而在当时，实亦时尚。成化时，方士李孜、僧继晓已以献房中术骤贵，至嘉靖间而陶仲文以进红铅得幸于世宗，官至特进光禄大夫柱国少师少傅少保礼部尚书恭诚伯。于是颓风渐及士流，都御史盛端明、布政使参议顾可学皆以进士起家，而俱藉"秋石方"致大位，瞬息显荣。世俗所企羡，侥幸者多竭智力以求奇方，世间乃渐不以纵谈帏闼方药之事为耻。风气既变，并及文林，故自方士进用以来，方药盛，妖心兴，而小说多神魔之谈，且每叙床笫之事也。①

《金瓶梅》之所以被视为诲淫之书而屡遭禁毁，原因就在于它毫不顾忌地、细致具体地将"性"公开裸露在了世人面前。在谈"性"色变的封建社会中，它敢于做如此大胆的性描写，是因为受到了新的文化因素的影响。这种新的文化因素首先表现在社会环境方面，上自帝王高官，下至文人士子，都不避讳男女性事，普通市民自然亦受其影响。性在社会生活中，从皇帝、大臣到士大夫，从巨商大贾到百工杂居的市井小巷，成为一个时髦的公开谈论的话题。文人们不仅亲身参与到这性放纵的行列，而且还作为一种风流韵事，形诸笔墨并加以歌颂。传统的禁欲防线被这股纵欲放荡的洪流彻底冲垮了。

从时代文化思潮来看，此时正是王学左派、异端思想风行之时。异端思潮的代表人物李贽从人的自然欲望出发，把人的自然需要当作解决一切社会问题的根据。他认为："不必矫情，不必违性，不必昧心，不必抑志。直心而动，是为真佛。"② 所谓"直心而动"，就是让人们破除传统道德观念的束缚，大胆追求个人的幸福。他提出了"人必有私说"："夫私者，人之心也。人必有私，而后其心乃见；若无私，则无心矣。"③

李贽还认为，至高无上的道就在"百姓日用"之"迩言"中，"如好货，如好色，如勤学，如进取"。他把好货、好色与勤学、进取都看作是人的自然要求，

---

① 鲁迅. 中国小说史略 [M]. 北京：中华书局，2010：113.

② 李贽. 为黄安二上人三首，失言三首 [M] //李贽. 焚书. 北京：中华书局，1975：82.

③ 李贽. 德业儒臣后论 [M] //李贽. 藏书. 北京：中华书局，1974：544.

所谓"穿衣吃饭,即是人伦物理"①。这些言论立足于人的自然属性,反对传统的伦理道德观念,具有解放人性的意义。李贽所生活的年代(1527—1602)与小说《金瓶梅》创作的年代基本一致,李贽的思想观点反映了那一时代的社会思潮。《金瓶梅》在这种社会时尚和社会思潮的影响下,才有可能如此大胆地裸露人欲。

如果说嘉靖时期的淫秽小说如《如意君传》等还比较少见,那么万历之后此类小说则一发不可收拾,至明清易代之际先后出现了数十种。《绣榻野史》《浪史》《痴婆子传》《僧尼孽海》《龙阳逸史》《昭阳趣史》《宜春香质》《弁而钗》《怡情阵》等便是其中的代表。这种情况的出现正像研究者们所反复强调的那样,是人欲横流的社会风气使然,但由王学左派发展而来的异端思潮改变了人们的价值观念,对此也起了推波助澜的作用。如《浪史》的作者又玄子说:"《浪史》风月,正使无情者见之还为有情","情先笃于闺房,扩而充之,为真忠臣、真孝子,未始不在是也"。②为《绣榻野史》作序的憨憨子说得更为直接:"余将止天下之淫,而天下已趋矣,人必不受;余以诲之者止之,因其势而利导焉,人不必不变也。"③沃焦山人从阅读心理上对此类小说给予了肯定:"虽所谓真洁高逸之辈,未尝一回读,不神驰心移,情思萌动。"④

《金瓶梅》的作者一方面受到王学左派的影响,看到了人的主体意识、人的欲望的强盛,并在小说中做了极为充分的描写;另一方面,又如颜山农所强调的那样:"第过而不留,勿成固我而已。"⑤ 西门庆、潘金莲、李瓶儿、庞春梅等人正因为没能做到"过而不留",所以最终死于非命。应当指出的是,这种"欲与理"的矛盾既是以往文学作品中"情与理"矛盾的延续,又是一种突破,因为它赤裸裸地将人们本性中的原始欲望挖掘了出来。如果没有王学左派思潮

---

① 李贽. 答邓明府 [M] //李贽. 焚书. 北京:中华书局,1975:4.

② 又玄子. 浪史序 [M] //陈大康. 明代小说史. 上海:上海文艺出版社,2000:474.

③ 憨憨子. 绣榻野史序 [M] //陈大康. 明代小说史. 上海:上海文艺出版社,2000:474.

④ 沃焦山人. 春梦琐言序 [M] //陈大康. 明代小说史. 上海:上海文艺出版社,2000:474.

⑤ 王世贞. 嘉隆江湖大侠 [M] //何心隐. 何心隐集:附录. 北京:中华书局,1960:143.

的影响，这一突破是不可能实现的。但对这种欲望如何认识和处理，《金瓶梅》又退回到了传统伦理道德的樊篱之中，这也正是王学左派自身的局限性所在。

可见在人们的价值观念中，已将情欲、美色放在了重要位置，尽管某些艳情小说也打出了劝惩的旗帜，但却显得那么软弱无力。《金瓶梅》的创作实践昭示了这样一个道理：文化发生分化与裂变的时期，往往会产生一些畸形的作品。尽管这些作品是畸形儿，却给文学领域注入了生机和活力。

(三)《金瓶梅》性描写的价值与意义

性和性爱是人类生活最基本的内容之一，它维系着人类和人类文化的生存和发展。在中国乃至世界文学史上，性描写一直是客观存在的现象。对《金瓶梅》的性描写，不能仅仅从道德的层面予以评价，而应当置于更为宽广的文化视野中去评判。

首先，要分清整体与局部的关系。《金瓶梅》中比较露骨的性描写毕竟所占比例有限，这与《绣榻野史》《浪史》《痴婆子传》等纯粹以性描写为唯一内容的小说有着本质的区别。不少研究者和读者认为，如果将《金瓶梅》中比较露骨的性描写文字删掉，并不影响对全书的阅读和对小说主旨的把握，许多《金瓶梅》节本的出版也证明了这一点。当然，这是从消极层面的一种评判，还不能从积极意义上说明《金瓶梅》性描写的价值。

其次，《金瓶梅》受到了社会及时代的影响，在书中描写了性行为，这本身就体现着鲜明的时代意识，使后代的读者能够真切地了解当时的社会和人情。从小说发展的历史来看，在《金瓶梅》之前，还没有哪部小说敢于如此赤裸裸地将男女性事形诸笔墨。当然，大胆裸露性行为本身并不值得提倡，但程朱理学统治数百年，已建构了以制欲、压制情欲为中心的一整套性的伦理观念，甚至把禁欲主义推向了灭绝人性的地步之际，《金瓶梅》敢于突破这一禁区，肯定世俗男女自然情欲的不可遏制，其人性启蒙意义仍然不应低估。在《金瓶梅》中，我们可以看到，性成为几乎所有人行动的内驱力，不仅小说中的次要人物，如王六儿、林太太等性交易的目的很明确，而且它的主要人物，性本身就是终极目的。西门庆、潘金莲等以追求性享乐、性满足为行为准则，以最原始的本能欲望，以一种畸形的形式去冲开禁欲主义的樊篱。虽然这是一种过正的矫枉，但这场纵欲洪流的背后所蕴藏的真正价值——人欲的不可抗拒，则是不可低估的。

再次，《金瓶梅》以家庭生活为主要素材，生养子孙后代是家庭生活的重要内容，因此西门庆、李瓶儿、吴月娘都非常重视子嗣之事，这也是传统性文化的唯一意向。但与此同时，西门庆、潘金莲以及众多女性并没有把繁衍后代看得那么重要，性享乐、性满足反而成为他们第一位的追求。这在一定意义上肯定了情欲的正当性和不可抑制性，强调了人的自然天性是不可抗拒的，从这一点来看，也表现出了《金瓶梅》某种新的价值观念。

最后，由于《金瓶梅》的性描写超越了传统"性文化"关于两性的伦理、道德、社会的义务和责任，所以，它在价值取向上便有了审美意义。这样，《金瓶梅》的性描写就并非可有可无，而是小说整体的有机而不可分割的组成部分。除了部分韵文游离主题，属于文人无聊的陈词滥调，似可删汰外，大部分性欲文字，对于刻画人物形象，塑造人物性格，揭示人物的深层心理，深化主题，推进情节的发展，展示作者的心态和时代的社会心理，都有不可或缺的重要作用。

当然，虽然《金瓶梅》的性描写有上述积极意义，但其不足与局限也是不容忽视的。作为文学作品，其内容固然应当源于生活但也应当高于生活，但不分美丑地将原生态的生活景象一股脑儿展示给读者，绝不是最优秀的文学作品。《金瓶梅》赤裸裸的性描写同样不可避免地产生了种种问题和偏差，某种程度上降低了其美学品格。例如部分与小说主旨无关的性描写，完全为写性而写性，与故事情节、人物形象等没有丝毫关系，特别是那些细致描写性交具体过程，并对这种性行为极度渲染的内容，对小说的美学品位造成了极大伤害。《金瓶梅》的性描写缺乏精神上的升华和人格的完善，过多地展示了人的生物本能，将人等同于其他动物，过分强调人的原始本能，反而使人性有所失落。《金瓶梅》的性描写还带有性别歧视的不足，男性成为绝对的性主体，女性则成为被侮辱、被玩弄的对象。

总之，《金瓶梅》的性描写既有其积极的意义和价值，也存在种种失误和偏差，从而影响了其思想和艺术品位。但瑕不掩瑜，从整体上来说，《金瓶梅》仍不失为一部伟大的文学名著。

第三章 《金瓶梅》的创作主旨

自《金瓶梅》问世以来，关于其创作主旨的讨论便十分活跃，吴敢先生在其《金瓶梅研究史》中指出，传统的说法有"寓意说""世戒说""讽劝说""诲淫说""复仇说""苦孝说""财色说"等。① 20世纪以来，除以上诸说之外，又提出了许多新的见解。应当看到，作为一部长篇章回小说，《金瓶梅》的创作主旨不可能是单一的和单向的。笔者以为《金瓶梅》的创作主旨可以从作者与人生、作者与社会、作者与自身、作者与哲理等四个层面去把握，劝善戒淫是作者对人生层面问题的思考，暴露黑暗是作者对社会层面问题的思考，苦孝与泄愤是作者对自身层面问题的思考，色空观念则是作者对哲理层面问题的思考。以下分别做一简要论述。

一 劝善戒淫

人生在世，七情六欲在所难免，如何克制欲望，多做善事，是摆在每个人面前的一大难题。尤其是明代中叶，人欲横流，人心不古，劝善戒淫也就成为

---

① 吴敢. 金瓶梅研究史 [M]. 郑州：中州古籍出版社，2015：161.

当时文学作品的创作主旨之一。张竹坡指出《金瓶梅》一书"独罪财色",应当说是很有见地的观点。

(一)儒学价值观与小说创作主旨

受到儒家文化的影响,劝善惩恶成为中国古代小说较为普遍的创作主旨。在儒家看来,伦理道德是人首要的、最为迫切的需要。孔子提出了以"仁"为核心、以"礼"为规范的道德体系。他认为:"民之于仁也,甚于水火。水火,吾见蹈而死者矣,未见蹈仁而死者也。"① "志士仁人,无求生以害仁,有杀身以成仁。"② 在富贵和仁义道德相矛盾时,儒家的态度是:"富与贵是人之所欲也;不以其道得之,不处也。贫与贱,是人之所恶也,不以其道得之,不去也。"③ "不义而富且贵,于我如浮云。"④ 甚至当生命与道德不可兼得时,儒家的态度也是以道德为重。孔子曰:"朝闻道,夕死可矣。"⑤ 孟子曰:"生亦吾所欲也,义亦吾所欲也,二者不可得兼,舍生而取义者也。"⑥ 在早期儒家学者看来,伦理道德是区别人与禽兽的重要标志,是人自然而然的要求。这正如孟子所说:"人之有道也,饱食、暖衣、逸居而无教,则近于禽兽。"⑦ 因此,人应当把讲求伦理道德视为自觉的要求,"见贤思齐焉,见不贤而内自省也"⑧,"理义之悦我心,犹刍豢之悦我口"⑨。

儒学以伦理道德为核心的价值观,决定了其伦理教化的文学观。儒家六经

---

① 论语[M]//吴树平,等.十三经全文标点本.北京:燕山出版社,1991:2078.
② 论语[M]//吴树平,等.十三经全文标点本.北京:燕山出版社,1991:2074.
③ 论语[M]//吴树平,等.十三经全文标点本.北京:燕山出版社,1991:2007.
④ 论语[M]//吴树平,等.十三经全文标点本.北京:燕山出版社,1991:2024.
⑤ 论语[M]//吴树平,等.十三经全文标点本.北京:燕山出版社,1991:2008.
⑥ 孟子[M]//吴树平,等.十三经全文标点本.北京:燕山出版社,1991:2244.
⑦ 孟子[M]//吴树平,等.十三经全文标点本.北京:燕山出版社,1991:2194.
⑧ 论语[M]//吴树平,等.十三经全文标点本.北京:燕山出版社,1991:2009.
⑨ 孟子[M]//吴树平,等.十三经全文标点本.北京:燕山出版社,1991:2243.

之首的《周易·贲》便指出:"观乎天文,以察时变;观乎人文,以化成天下。"① 孔子论《诗》,特别强调其"兴、观、群、怨"的教化作用,认为可以"迩之事父,远之事君"②。荀子论《乐》,也强调"声乐之入人也深,其化人也速",提出以乐"制欲"而达到天下"大齐""合同"。③ 汉人毛亨作《诗大序》指出:"正得失,动天地,感鬼神,莫近于诗。先王以是经夫妇,成孝敬,厚人伦,美教化,移风俗。"④ 后世儒家学者更为简明扼要地用"文以载道"四字表述了这一文学观。

小说创作虽被封建正统文人视为"小道",不能"登大雅之堂",但依然受到了儒家文学观的深刻影响。汉代桓谭是较早论及小说功能的学者。他在《新论》中说道:"若其小说家,合丛残小语,近取譬论,以作短书,治身理家,有可观之辞。"⑤ 所谓"可观之辞",就是指有一定的伦理教化功能。稍后的班固在《汉书·艺文志·小说家》中说:"小说家者流,盖出于稗官。街谈巷语,道听涂说者之所造也。……闾里小知者之所及,亦使缀而不忘。如或一言可采,此亦刍荛狂夫之议也。"⑥ 虽然鄙视小说,但也指出了其"一言可采"的教化作用。至唐代,长孙无忌在《隋书·经籍志·小说家》中说:"儒、道、小说,圣人之教也,而有所偏。……若使总而不遗,折之中道,亦可以兴化致治者矣。"⑦ 将小说的教化作用看得比较重要。刘知几在《史通·杂述》⑧ 中对以往的小说析为十流,并以儒家价值观为标准,对各类小说进行了评价。他认为某些"杂记"有惩恶劝善的作用,应予以肯定;许多"琐言""无益风规,有伤

---

① 周易[M]//吴树平,等.十三经全文标点本.北京:燕山出版社,1991:27.

② 论语[M]//吴树平,等.十三经全文标点本.北京:燕山出版社,1991:2086.

③ 王先谦.荀子集解[M].北京:中华书局,1988:380.

④ 孔颖达.毛诗正义[M].北京:中华书局,1957:41-42.

⑤ 侯忠义.中国文言小说参考资料[G].北京:北京大学出版社,1985:4.

⑥ 班固.汉书[M].北京:中华书局,2000:1377-1378.

⑦ 魏征.隋书[M].北京:中华书局,2000:680.

⑧ 刘知几撰,浦起龙释.史通通释:上册[M].上海:上海古籍出版社,1978:275.

名教",应予以贬斥。宋以后人们虽然开始注意了小说的多种功能，但伦理教化作用始终放在首位。明人胡应麟便说道："小说者流，或骚人墨客游戏笔端，或奇士洽人搜罗宇外，记述见闻，无所回忌，覃研理道，务极幽深。……总之有补于世，无害于时。"① 明代著名小说家冯梦龙也认为："六经国史而外，凡著述皆小说也。而尚理或病于艰深，修词或伤于藻绘，则不足以触里耳而振恒心。此《醒世恒言》四十种所以继《明言》《通言》而刻也。明者，取其可以导愚也；通者，取其可以适俗也；恒则习之而不厌，传之而可久。三刻殊名，其义一耳。"②

(二) 惩恶戒淫在《金瓶梅》中的表现

首先，《金瓶梅》作者在全书开头便旗帜鲜明地阐明了其惩恶戒淫主旨。万历词话本以一首词开篇："丈夫只手把吴钩，欲斩万人头，如何铁石打成心性，却为花柔。请看项籍与刘季，一似使人愁，只因撞着虞姬戚氏，豪杰都休。"紧接着解释道：

> 此一只词儿，单说着情色二字，乃一体一用。故色绚于目，情感于心，情色相生，心目相视，亘古及今，仁人君子弗合忘之。晋人云：情之所钟，正在我辈，如磁石吸铁，隔碍潜通。无情之物尚尔，何况为人，终日在情色中做活计一节。须眉丈夫只手把吴钩，吴钩，乃古剑也。古有干将、莫邪、太阿、吴钩、鱼肠、蠋镂之名。言丈夫心肠如铁石，气概贯虹霓，不免屈志于女人。……

> 说话的，如今只爱说这情色二字。做甚？故士矜才则德薄，女衍色则情放。若乃持盈慎满，则为端士淑女，岂有杀身之祸？今古皆然，贵贱一般。如今这一本书，乃虎中美女，后引出一个风情故事来。一个好色的妇女，因与了破落户相通，日日追欢，朝朝迷恋。后不免横尸刀下，命染黄泉，永不得着绮穿罗，再不能施朱傅粉。静而思之，着甚来由，况这妇人

---

① 胡应麟. 少室山房笔丛 [M]. 上海：上海书店出版社，2001：283.
② 冯梦龙. 醒世恒言序 [M] //醒世恒言. 济南：齐鲁书社，1993：1.

他死有甚事？贪他的，断送了六尺之躯；爱他的，丢了泼天哄产业，惊了东平府，大闹了清河县。端的不知谁家妇女？谁的妻小？后日乞何人占用？死于何人之手？正是：说时华岳山峰歪，道破黄河水逆流。①

先以项羽、刘邦为例，告诫人们不要贪近女色。然后说明《金瓶梅》一书讲述的也是因好色而倾家荡产、命丧黄泉的故事。

崇祯绣像本第一回做了修改，但仍然明确宣告了惩恶戒淫的创作主旨：

> 二八佳人体似酥，腰间仗剑斩愚夫。
>
> 虽然不见人头落，暗里教君骨髓枯。
>
> 这一首诗，是昔年大唐国时，一个修真炼性的英雄，入圣超凡的豪杰，到后来位居紫府，名列仙班，率领上八洞群仙，救拔四部洲沉苦一位仙长，姓吕名岩，道号纯阳子祖师所作。单道世上人，营营逐逐，急急巴巴，跳不出七情六欲关头，打不破酒色财气圈子。到头来同归于尽，着甚要紧！……
>
> 说话的为何说此一段酒色财气的缘故？只为当时有一个人家，先前恁地富贵，到后来煞甚凄凉，权谋术智，一毫也用不着，亲友兄弟，一个也靠不着，享不过几年的荣华，倒做了许多的话靶。内中又有几个斗宠争强，迎奸卖俏的，起先好不妖娆妩媚，到后来也免不得尸横灯影，血染空房。
>
> 正是：善有善报，恶有恶报；天网恢恢，疏而不漏。②

作者唯恐人们不理解其良苦用心，因此不惜花费许多笔墨，反复说明全书的主旨就在于惩恶戒淫。

其次，从人物形象来看，作者对所有贪色好淫的人物都给予了否定。正如张竹坡所评："西门是混帐恶人，吴月娘是奸险好人，玉楼是乖人，金莲不是人，瓶儿是痴人，春梅是狂人，敬济是浮浪小人，娇儿是死人，雪娥是蠢人，宋惠莲是不识高低的人，如意儿是个顶缺之人。若王六儿与林太太等，直与李

---

① 兰陵笑笑生. 金瓶梅词话 [M]. 香港：太平书局，1982：21-25.

② 兰陵笑笑生. 金瓶梅 [M]. 济南：齐鲁书社，1991：10-13.

桂姐辈一流,总是不得叫作人。"① 不仅《金瓶梅》中的男主人公西门庆、陈敬济因纵欲而亡,潘金莲、李瓶儿、庞春梅等几位女主人公亦因纵欲而亡,从而彰显了其惩恶戒淫的创作主旨。

(三) 古今论者对惩恶戒淫主旨的评论

万历丁巳刻本《金瓶梅词话》卷首有"欣欣子序""东吴弄珠客序",都认为《金瓶梅》的主旨在于劝惩。"欣欣子序"说:

> 窃谓兰陵笑笑生作《金瓶梅传》,寄意于时俗,盖有谓也。人有七情,忧郁为甚。上智之士,与化俱生,雾散而冰裂,是故不必言矣。次焉者,亦知以理自排,不使为累。惟下焉者,既不能了于心胸,又无诗书道腴可以拨遣,然则不致于坐病者几希。吾友笑笑生为此,爰罄平日所蕴者,著斯传,凡一百回。其中语句新奇,脍炙人口,无非明人伦,戒婬奔,分淑慝,化善恶,知盛衰消长之机,取报应轮回之事。如在目前始终,如脉络贯通,如万系迎风而不乱也。使观者庶几可以一哂而忘忧也。②

关于"欣欣子"究竟为谁,研究者争议颇大。有人认为"兰陵笑笑生"与"欣欣子"为同一人,但《序》中既然说:"吾友笑笑生为此,爰罄平日所蕴者著斯传,凡一百回。"可见"欣欣子"是"兰陵笑笑生"的朋友,而非同一人。从《序》的内容看,"欣欣子"不仅是作者的挚友,且深知作者著《金瓶梅》的动机和意图。在欣欣子看来,《金瓶梅》"寄意于时俗,盖有谓也","无非明人伦,戒婬奔,分淑慝,化善恶,知盛衰消长之机,取报应轮回之事"。也就是说,劝惩乃是《金瓶梅》的创作主旨。

"东吴弄珠客序"云:

> 《金瓶梅》,秽书也。袁石公亟称之,亦自寄其牢骚耳,非有取于《金

---

① 张竹坡. 批评第一奇书金瓶梅读法 [M] //兰陵笑笑生. 金瓶梅. 济南:齐鲁书社,1991:35.

② 欣欣子. 金瓶梅词话序 [M] //兰陵笑笑生. 金瓶梅词话. 香港:太平书局,1982:3-5.

瓶梅》也。然作者亦自有意，盖为世戒，非为世劝也。如诸妇多矣，而独以潘金莲、李瓶儿、春梅命名者，亦楚《梼杌》之意也。盖金莲以奸死，瓶儿以孽死，春梅以淫死，较诸妇为更惨耳。借西门庆以描画世之大净，应伯爵以描画世之小丑，诸淫妇以描画世之丑婆、净婆，令人读之汗下。盖为世戒，非为世劝也。余尝曰：读《金瓶梅》而生怜悯心者，菩萨也；生畏惧心者，君子也；生欢喜心者，小人也；生效法心者，乃禽兽耳。余友人褚孝秀，偕一少年，同赴歌舞之筵，衍至《霸王夜宴》，少年垂涎曰："男儿何可不如此！"孝秀曰："也只为这乌江，设此一着耳。"同座闻之，叹为有道之言。若有人识得此意，方许他读《金瓶梅》也。不然，石公几为导淫宣欲之尤矣！奉劝世人，勿为西门庆之后车，可也。①

东吴弄珠客认为《金瓶梅》的作者"盖为世戒，非为世劝也"，即以西门庆诸人为警示来告诫世人，而不是让人们去效法他们。

康熙年间满文本《金瓶梅序》也肯定了《金瓶梅》的劝惩主旨："西门庆虑遂谋中，逞一时之巧，其势及至省垣，而死后尸未及寒，窃者窃，离者离，亡者亡，诈者诈，出者出，无不如灯消火灭之烬也。其附炎趋势之徒，亦皆陆续无不如花残木落之败也。其报应轻重之称，犹戥秤毫无高低之差池焉。"②

20世纪以来，许多评论者延续了《金瓶梅》的主旨是"讽世"之说，如梦生在1914年《雅言》第一卷第七期《小说丛话》中说：

> 《金瓶梅》乃一最佳最美之小说，以其笔墨写下等社会、下等人物，无一不酷似故。若以《金瓶梅》为不正经，则大误。《金瓶梅》乃一惩劝世人、针砭恶俗之书。若以《金瓶梅》为导淫，则大误。……《金瓶梅》开卷以酒色财气作起，下却分四段以冷热分疏财色二字，而以酒气穿插其中，文字又工整，又疏宕，提纲挈领，为一书之发脉处，真是绝奇绝妙章

---

① 东吴弄珠客. 金瓶梅词话序［M］//兰陵笑笑生. 金瓶梅词话. 香港：太平书局，1982：17-19.

② 佚名. 满文本金瓶梅序［G］//黄霖. 金瓶梅资料汇编. 北京：中华书局，1987：5-6.

法。写"财"之势力处，足令读者伤心；写"色"之利害处，足令读者猛省；写看破财色一段，痛极快极，真乃作者一片婆心婆口。读《金瓶梅》者，宜先书万遍，读万遍，方足以尽惩劝，方不走入迷途。①

1936年上海新文化书社再版本《古本金瓶梅》，前有观海道人所撰序言，落款时间为大明嘉靖三十七年（1548），显系伪托。该序也再三强调了《金瓶梅》的劝惩主旨："子不观乎书中所纪之人乎？某人者，邪淫昏妄，其受祸终必不免，甚且殃及妻孥子女焉。某人者，温恭笃行，其获福终亦可期，甚且泽及亲邻族党焉。此报施之说，因果昭昭，固尝详举于书中也。至于前之所以举其炽盛繁华者，正所以显其后之凄凉寥寂也；前之所以详其势焰熏天者，正所以证其后之衰败不堪也。一善一恶，一盛一衰，后事前因，历历不爽，此正所以警惕乎恶者，奖励乎善者也。"②

21世纪初张锦池先生发表《论〈金瓶梅〉的结构方式与思想层面》一文，也同样强调了这一主旨："《金瓶梅》写故事的由来和结局，是以'悌'起、以'孝'结，反映了作者用以'讽世'的主要思想武器是'仁'和'天理'，属小说的哲理层面。"③ 指出了《金瓶梅》"讽世"的依据是儒家的伦理道德观念。2005年张进德先生发表《略论〈金瓶梅词话〉的教化倾向》一文，指出《金瓶梅》所流露出的浓厚的教化倾向并非文学史上的孤立现象，而是中国古典小说的共同特征，有着深刻、复杂的思想文化背景。教化意识给小说带来的成功是客观存在的：《金瓶梅》的思想价值与其教化主旨相依相附，教化倾向的客观存在使得《金瓶梅》的流传有了堂而皇之的理由，使作品的创作意图更加彰显。然而，《金瓶梅》中的教化意识也给小说艺术上带来了某种缺憾，有些教化文字几乎成了艺术上的赘疣。受其影响，在后世的小说创作中出现了"教化变异"

---

① 梦生. 小说丛话 [G] //黄霖. 金瓶梅资料汇编. 北京：中华书局，1987：337.
② 襟霞阁主. 古本金瓶梅序 [G] //黄霖. 金瓶梅资料汇编. 北京：中华书局，1987：12.
③ 张锦池. 论《金瓶梅》的结构方式与思想层面 [J]. 求是学刊，2001（1）

的情况,即借教化之名行宣淫之实,使作品的实际描写与作者的自我标榜南辕北辙。①

二 暴露黑暗

《金瓶梅词话》卷首还有一篇"廿公跋",该跋语称:"《金瓶梅传》,为世庙时一巨公寓言,盖有所刺也。然曲尽人间丑态,其亦先师不删《郑》《卫》之旨乎!中间处处埋伏因果,作者亦大慈悲矣。今后流行此书,功德无量矣。不知者竟目为淫书,不惟不知作者之旨,并亦冤却流行者之心矣。特为白之。"②虽然极其简短、精练,但十分明确地指出了《金瓶梅》的创作主旨是"曲尽人间丑态",可谓画龙点睛之笔。明人谢肇淛《金瓶梅跋》也认为《金瓶梅》的主旨在于暴露社会种种丑恶:"其中朝野之政务,官私之晋接,闺闼之媟语,市里之猥谈,与夫势交利合之态,心输背笑之局,桑中濮上之期,尊罍枕席之语,驵侩机械意智,粉黛之自媚争妍,狎客之从谀逢迎,奴怡之稽唇淬语,穷极境象,駴意快心。譬之范工抟泥,妍媸老少,人鬼万殊,不徒肖其貌,且并其神传之。信稗官之上乘,炉锤之妙手也。"③确如前人所说,《金瓶梅》的确以如椽之笔,对社会各个层面、各个领域的黑暗现实都做了全面而深刻的暴露,概括起来有以下几个方面。

(一)对官场黑暗的暴露

首先,《金瓶梅》无情地揭露了奸佞小人把持朝政、为所欲为的黑暗现实。第四十九回写蔡京颠倒黑白,迫害贤良:

> 却表巡按曾公见本上去不行,就知道二官打点了,心中忿怒。因蔡太师所陈七事,内多舛讹,皆损下益上之事,即赴京见朝复命,上了一道表

---

① 张进德. 略论《金瓶梅词话》的教化倾向 [J]. 明清小说研究,2005 (4)

② 廿公. 金瓶梅词话跋 [M] //兰陵笑笑生. 金瓶梅词话. 香港:太平书局,1982:15-16.

③ 谢肇淛. 金瓶梅跋 [G] //黄霖. 金瓶梅资料汇编. 北京:中华书局,1987:3.

章。极言天下之财贵于通流,取民膏以聚京师,恐非太平之治。民间结粜俵籴之法不可行,当十大钱不可用,盐钞法不可屡更。"臣闻民力殚矣,谁与守邦?"蔡京大怒,奏上徽宗天子,说他大肆倡言,阻挠国事。将曾公付吏部考察,黜为陕西庆州知州。陕西巡按御史宋盘,就是学士蔡攸之妇兄也。太师阴令盘就劾其私事,逮其家人,锻炼成狱,将孝序除名,窜于岭表,以报其仇。①

第三十回写蔡京身为太尉,公然卖官鬻爵。小说写道:

> 少顷,太师出厅。翟谦先禀知太师,然后令来保、吴主管进见,跪于阶下。翟谦先把寿礼揭帖呈递与太师观看,来保、吴主管各抬献礼物。但见:黄烘烘金壶玉盏,白晃晃减靶仙人。锦绣蟒衣,五彩夺目;南京纻缎,金碧交辉。汤羊美酒,尽贴封皮;异果时新,高堆盘盒。如何不喜!便道:"这礼物决不好受的,你还将回去。"慌的来保等在下叩头,说道:"小的主人西门庆,没甚孝意,些小微物,进献老爷赏人。"太师道:"既是如此,令左右收了。"旁边祗应人等,把礼物尽行收下去。太师又道:"前日那沧州客人王四等之事,我已差人下书,与你巡抚侯爷说了。可见了分上不曾?"来保道:"蒙老爷天恩,书到,众盐客就都放出来了。"太师又向来保说道:"累次承你主人费心,无物可伸,如何是好?你主人身上可有甚官役?"来保道:"小的主人一介乡民,有何官役?"太师道:"既无官役,昨日朝廷钦赐了我几张空名告身札付,我安你主人在你那山东提刑所,做个理刑副千户,顶补千户贺金的员缺,好不好?"来保慌的叩头谢道:"蒙老爷莫大之恩,小的家主举家粉首碎身,莫能报答!"于是唤堂候官抬书案过来,即时金押了一道空名告身札付,把西门庆名字填注上面,列衔金吾卫衣左所副千户、山东等处提刑所理刑。又向来保道:"你二人替我进献生辰礼物,多有辛苦。"因问:"后边跪的是你甚么人?"来保才待说是伙计,那吴主管向前道:"小的是西门庆舅子,名唤吴典恩。"太师道:"你既是西门

---

① 兰陵笑笑生.金瓶梅[M].济南:齐鲁书社,1991:716.

庆舅子，我观你倒好个仪表。"唤堂候官取过一张札付："我安你在本处清河县做个驿丞，倒也去的。"那吴典恩慌的磕头如捣蒜。又取过一张札付来，把来保名字填写山东郓王府，做了一名校尉。俱磕头谢了，领了札付。吩咐明日早晨，吏、兵二部挂号，讨勘合，限日上任应役。又吩咐翟谦西厢房管待酒饭，讨十两银子与他二人做路费，不在话下。①

对此作者直接痛斥道："那时徽宗，天下失政，奸臣当道，谗佞盈朝，高、杨、童、蔡四个奸党，在朝中卖官鬻狱，贿赂公行，悬秤升官，指方补价。夤缘钻刺者，骤升美任；贤能廉直者，经岁不除。以致风俗颓败，赃官污吏，遍满天下，役烦赋兴，民穷盗起，天下骚然。不因奸臣居台辅，合是中原血染人。"②

其次，《金瓶梅》讥讽了大大小小官员贪污受贿、以权谋私的丑恶行径。第十八回"赇相府西门脱祸"写杨戬被弹劾，西门庆亦被列为同党。西门庆派人送给祥和殿学士兼礼部尚书蔡攸白米五百石，送给当朝右相、资政殿大学士兼礼部尚书李邦彦五百两金银。李邦彦"即令左右抬书案过来，取笔将文卷上西门庆名字改作贾廉，一面收上礼物去"③，西门庆因而躲过一劫。

第四十九回"请巡按屈体求荣"写西门庆宴请蔡、宋两个御史，仅一席酒便费够千两金银。接下来详细描写了西门庆行贿的情景：

> 西门庆早令手下，把两张桌席连金银器，已都装在食盒内，共有二十抬，叫下人夫伺候。宋御史的一张大桌席、两坛酒、两牵羊、两封金丝花、两匹段红、一副金台盘、两把银执壶、十个银酒杯、两个银折盂、一双牙箸。蔡御史的也是一般的。都递上揭帖。宋御史再三辞道："这个，我学生怎么敢领？"因看着蔡御史。蔡御史道："年兄贵治所临，自然之道，我学生岂敢当之！"西门庆道："些须微仪，不过侑觞而已，何为见外？"比及二官推让之次，而桌席已抬送出门矣。宋御史不得已，方令左右收了揭帖，向

---

① 兰陵笑笑生. 金瓶梅 [M]. 济南：齐鲁书社，1991：452-453.
② 兰陵笑笑生. 金瓶梅 [M]. 济南：齐鲁书社，1991：453.
③ 兰陵笑笑生. 金瓶梅 [M]. 济南：齐鲁书社，1991：271.

西门庆致谢说道:"今日初来识荆,既扰盛席,又承厚贶,何以克当?余容图报不忘也。"因向蔡御史道:"年兄还坐坐,学生告别。"于是作辞起身。西门庆还要远送,宋御史不肯,急令请回,举手上轿而去。西门庆回来,陪侍蔡御史,解去冠带,请去卷棚内后坐。因吩咐把乐人都打发散去,只留下戏子。西门庆令左右重新安放桌席,摆设珍羞果品上来,二人饮酒。蔡御史道:"今日陪我这宋年兄坐便僭了,又叨盛筵并许多酒器,何以克当?"西门庆笑道:"微物惶恐,表意而已!"因问道:"宋公祖尊号?"蔡御史道:"号松原。松树之松,原泉之原。"又说起:"头里他再三不来,被学生因称道四泉盛德,与老先生那边相熟,他才来了。他也知府上与云峰有亲。"西门庆道:"想必翟亲家有一言于彼。我观宋公为人有些蹊跷。"蔡御史道:"他虽故是江西人,倒也没甚蹊跷处。只是今日初会,怎不做些模样!"说毕笑了。西门庆便道:"今日晚了,老先生不回船上去罢了。"蔡御史道:"我明早就要开船长行。"西门庆道:"请不弃在舍留宿一宵,明日学生长亭送饯。"蔡御史道:"过蒙爱厚。"因吩咐手下人:"都回门外去罢,明早来接。"众人都应诺去了,只留下两个家人伺候。西门庆见手下人都去了,走下席来,叫玳安儿附耳低言,如此这般:"即去院里坐名叫了董娇儿、韩金钏儿两个,打后门里用轿子抬了来,休交一人知道。"那玳安一面应诺去了。……

西门庆饮酒中间因题起:"有一事在此,不敢干渎。"蔡御史道:"四泉,有甚事只顾吩咐,学生无不领命。"西门庆道:"去岁因舍亲在边上纳过些粮草,坐派了些盐引,正派在贵治扬州支盐。望乞到那里青目青目,早些支放就是爱厚。"因把揭帖递上去,蔡御史看了。上面写着:"商人来保、崔本,旧派淮盐三万引,乞到日早掣。"蔡御史看了笑道:"这个甚么打紧。"一面把来保叫至跟前跪下,吩咐:"与你蔡爷磕头。"蔡御史道:"我到扬州,你等径来察院见我。我比别的商人早掣一个月。"西门庆道:"老先生下顾,早放十日就够了。"蔡御史把原帖就袖在袖内。①

---

① 兰陵笑笑生. 金瓶梅 [M]. 济南:齐鲁书社,1991:719-721.

蔡御史、宋御史两位朝廷命官，与西门庆搞起了赤裸裸的权钱交易、权色交易。

朝廷高官公然以权谋私，下面各级官吏同样如此。第二十六回"来旺儿递解徐州，宋惠莲含羞自缢"，写潘金莲挑唆西门庆陷害来旺儿，于是西门庆设下计谋，说来旺儿持刀觅夜杀害家主。西门庆先差玳安送了一百石白米与夏提刑、贺千户。二人受了礼物，夏提刑"即令左右选大夹棍上来，把来旺儿夹了一夹，打了二十大棍，打的皮开肉绽，鲜血淋漓。分付狱卒，带下去收监"①。结果来旺儿被押解回徐州，宋惠莲含恨悬梁自缢。西门庆担心宋家人闹事，于是恶人先告状：

> 一面差家人递了一纸状子，报到县主李知县手里，只说本妇因本家请堂客吃酒，他管银器家伙，因失落一件银钟，恐家主查问见责，自缢身死。又送了知县三十两银子。知县自恁要作分上，胡乱差了一员司吏带领几个仵作来看了。自买了一具棺材，讨了一张红票，贲四、来兴儿同送到门外地藏寺。与了火家五钱银子，多架些柴薪。才待发火烧毁，不想他老子卖棺材宋仁打听得知，走来拦住叫起屈来。说他女儿死的不明白，称西门庆因倚强奸他："我女贞节不从，威逼身死。我还要抚按告状，谁敢烧化尸首！"众火家都乱走了，不敢烧。贲四、来兴少不的把棺材停在寺里来回话。②

西门庆既知道向官员行贿，他本人一旦权力在手，也同样大肆收受贿赂。第四十七回"苗青贪财害主，西门枉法受赃"，写"苗青乃扬州苗员外家人，因为在船上与两个船家杀害家主，撺在河里，图财谋命。如今见打捞不着尸首，他原跟来的一个小厮安童，与两个船家当官三口执证着他。这一拿去，稳定是个凌迟罪名"③。但苗青通过王六儿送给西门庆一千两银子后，西门庆便与夏提刑商量，西门庆和夏提刑各分得五百两银子，首犯苗青得以逍遥法外。

---

① 兰陵笑笑生. 金瓶梅 [M]. 济南：齐鲁书社，1991：394.
② 兰陵笑笑生. 金瓶梅 [M]. 济南：齐鲁书社，1991：406.
③ 兰陵笑笑生. 金瓶梅 [M]. 济南：齐鲁书社，1991：695.

（二）对商场黑暗的暴露

《金瓶梅》生动地描写了明代商人的生活与商场的争斗，揭露了官商勾结的内幕，揭示了普通商人所受的欺凌和无奈。西门庆除正常的经营之外，借助打通关节，向官员行贿，而得以偷税漏税，牟取暴利。钞关是明代征收商业税的机构，嘉靖时全国设有七个钞关，临清钞关是其中之一，《金瓶梅》不止一次提到临清钞关。第五十八回，韩道国从杭州购置一万两银子的缎绢货物，直抵临清钞关，派手下人来向西门庆报信。西门庆马上写了一封信给钞关司职官吏钱老爷，附上五十两银子，求他"过税之时，青目一二"。待韩道国回来，西门庆问及此事，韩道国说：

"全是钱老爹这封书，十车货少使了许多税钱。小人把缎箱两箱并一箱，三停只报了两停，都当茶叶、马牙香柜上税过来了。通共十大车货，只纳了三十两五钱钞银子。老爹接了报单，也没差巡拦下来查点，就把车喝过来了。"西门庆听言,满心欢喜,因说:"到明日,少不得重重买一份礼谢他。"①

按照明朝税制,大致为三十税一,价值万两的缎绢货物,至少应纳税三百两。结果韩道国只纳税三十两五钱银子,加上行贿的五十两及事后的谢资,西门庆实际花销不过白银百两,少交税金二百两。第六十回,来保二十辆大车的南京货物也到钞关,派人来取"车税银两"。西门庆又写了私人书信给钞关的谢主事,同时送上百两银子、"羊酒金缎礼物",请求"此货过税,还望青目一二",西门庆又少交纳四五百两税金。除偷税漏税之外,西门庆还放高利贷,商人李三、黄四,承揽了朝廷的香蜡生意,因缺乏本钱,只好向西门庆借贷。说好借一千五百两,每月五分行利,相当于六分的年息。西门庆凭借这些手段,迅速积累了大量财富。

那些没有官府做靠山的商人,则只能受尽欺凌,任人宰割。第十九回"草里蛇逻打蒋竹山",写西门庆听说李瓶儿招赘了蒋竹山,十分恼怒。他找了两个光棍草里蛇鲁华和过街鼠张胜,让他们去收拾蒋竹山。小说写道:

> 这竹山正受了一肚气,走在铺子小柜里坐的,只见两个人进来,吃的浪浪跄跄,楞楞睁睁,走在凳子上坐下。先是一个问道:"你这铺中有狗黄没有?"竹山笑道:"休要作戏。只有牛黄,那有狗黄?"又问:"没有狗黄,你有冰灰也罢,拿来我瞧,我要买你几两。"竹山道:"生药行只有冰片,是南海波斯国地道出的,那讨冰灰来?"那一个说道:"你休问他,量他才开了几日铺子,那里有这两桩药材?只与他说正经话罢。蒋二哥,你休推睡里梦里。你三年前死了娘子儿,问这位鲁大哥借的那三十两银子,本利也该许多,今日问你要来了。俺们才进门就先问你要,你在人家招赘了,初开了这个铺子,恐怕丧了你行止,显的俺们没阴骘了。故此先把几句风话来教你认范。你不认范,他这银子你少不得还他。"竹山听了,吓了个立睁,说道:"我并没有借他甚么银子。"那人道:"你没借银,却问你

---

① 兰陵笑笑生. 金瓶梅 [M]. 济南:齐鲁书社,1991:871.

讨？自古苍蝇不钻那没缝的蛋，快休说此话！"竹山道："我不知阁下姓甚名谁，素不相识，如何来问我要银子？"那人道："蒋二哥，你就差了！自古于官不贫，赖债不富。想着你当初不得地时，串铃儿卖膏药，也亏了这位鲁大哥扶持，你今日就到这田地来。"这个人道："我便姓鲁，叫作鲁华，你某年借了我三十两银子，发送妻小，本利该我四十八两，少不的还我。"竹山慌道："我那里借你银子来？就借你银子，也有文书保人。"张胜道："我张胜就是保人。"因向袖中取出文书，与他照了照。把竹山气的脸腊查也似黄了，骂道："好杀才狗男女！你是那里捣子，走来吓诈我！"鲁华听了，心中大怒，隔着小柜，飕的一拳去，早飞到竹山面门上，就把鼻子打歪在半边，一面把架上药材撒了一街。竹山大骂："好贼捣子！你如何来抢夺我货物？"因叫天福儿来帮助，被鲁华一脚踢过一边，那里再敢上前。张胜把竹山拖出小柜来，拦住鲁华手，劝道："鲁大哥，你多日子也耽待了，再宽他两日儿，教他凑过与你便了。蒋二哥，你怎么说？"竹山道："我几时借他银子来？就是问你借的，也等慢慢好讲，如何这等撒野？"张胜道："蒋二哥，你这回吃了橄榄灰儿——回过味来了。你若好好早这般，我教鲁大哥饶让你些利钱儿，你便两三限凑了还他，才是话。你如何把硬话儿不认，莫不人家就不问你要罢？"那竹山听了道："气杀我，我和他见官去！谁借他甚么钱来！"张胜道："你又吃了早酒了！"不提防鲁华又是一拳，仰八叉跌了一交，险不倒栽入洋沟里，将发散开，巾帻都污浊了。竹山大叫"青天白日"起来，被保甲上来，都一条绳子拴了。①

两个无赖明显在敲诈蒋竹山，但官府收了西门庆的贿赂后，不但不惩罚两个无赖，反而将蒋竹山痛打一顿。小说接着写道：

  早有人把这件事报与西门庆知道，即差人吩咐地方，明日早解提刑院。这里又拿帖子，对夏大人说了。次日早，带上人来，夏提刑升厅，看了地方呈状，叫上竹山去，问道："你是蒋文惠？如何借了鲁华银子不还，反行

---

① 兰陵笑笑生. 金瓶梅［M］. 济南：齐鲁书社，1991：287-289.

毁打他？甚情可恶！"竹山道："小人通不认的此人，并没借他银子。小人以理分说，他反不容，乱行踢打，把小人货物都抢了。"夏提刑便叫鲁华："你怎么说？"鲁华道："他原借小的银两，发送丧妻，至今三年，延挨不还。小的今日打听他在人家招赘，做了大买卖，问他理讨，他倒百般辱骂小的，说小的抢夺他的货物。见有他借银子的文书在此，这张胜就是保人，望爷察情。"一面怀中取出文契，递上去。夏提刑展开观看，写道：

> 立借票人蒋文惠，系本县医生，为因妻丧，无钱发送，凭保人张胜，借到鲁华名下白银三十两，月利三分，入手用度。约至次年，本利交还，不致少欠。恐后无凭，立此借票存照。

夏提刑看了，拍案大怒道："可又来，见有保人、借票，还这等抵赖。看这厮咬文嚼字模样，就象个赖债的。"喝令左右："选大板，拿下去着实打。"当下三四个人，不由分说，拖翻竹山在地，痛责三十大板，打的皮开肉绽，鲜血淋漓。一面差两个公人，拿着白牌，押蒋竹山到家，处三十两银子交还鲁华。不然带回衙门收监。

那蒋竹山打的两腿剌八着，走到家哭哭啼啼哀告李瓶儿，问他要银子，还与鲁华。又被妇人啐在脸上，骂道："没羞的忘八，你递甚么银子在我手里，问我要银子？我早知你这忘八砍了头是个债桩，就瞎了眼也不嫁你这中看不中吃的忘八！"那四个人听见屋里嚷骂，不住催逼叫道："蒋文惠既没银子，不消只管挨迟了，趁早到衙门回话去罢。"竹山一面出来安抚了公人，又去里边哀告妇人。直蹶儿跪在地上，哭哭啼啼说道："你只当积阴骘，四山五舍斋佛布施这三十两银子罢！不与这一回去，我这烂屁股上怎禁的拷打？就是死罢了。"妇人不得已拿出三十两雪花银子与他，当官交与鲁华，扯碎了文书，方才完事。

这鲁华、张胜得了三十两银子，径到西门庆家回话。西门庆留在卷棚下，管待二人酒饭。把前事告诉了一遍。西门庆满心大喜说："二位出了我这口气，足够了。"鲁华把三十两银子交与西门庆，西门庆那里肯收："你二人收去，买壶酒吃，就是我酬谢你了。后头还有事相烦。"二人临起身谢了又谢，拿着银子，自行耍钱去了。①

《金瓶梅》通过这些描写，暴露了明中叶商场的黑暗和普通商人的不幸。

（三）对人际关系黑暗的暴露

《金瓶梅》以西门庆为中心，描写了层层人际关系。西门庆与各级官员交往密切，都是为了一己之利。应伯爵、常峙节、花子虚等结拜兄弟千方百计讨好西门庆，一旦西门庆命丧黄泉，这些结拜兄弟便露出了真实嘴脸。西门庆雇佣的伙计及仆人也都心怀鬼胎，西门庆死后，其财产被其伙计仆人拐骗盗取。西门庆的妻妾之间更是钩心斗角、充满敌意。

夏提刑是与西门庆交往最为频繁的官员，他掌管提刑院，与西门庆是同僚。按照职责，他们应当共同维护地方治安。但他专为贪图西门庆的贿赂，对西门庆无不言听计从，做了许多坏事。第十九回"草里蛇逻打蒋竹山"，夏提刑接了西门庆的帖子，便按照西门庆的旨意，将蒋竹山痛打三十大板，又逼迫蒋竹山还钱。第二十六回"来旺儿递解徐州"，"西门庆先差玳安送了一百石白米与夏提刑、贺千户"，"夏提刑即令左右选大夹棍上来，把来旺儿夹了一夹，打了二十大棍，打的皮开肉绽，鲜血淋漓"。可以看出，夏提刑与西门庆之间就是赤裸裸的金钱关系。

西门庆与他的结拜兄弟都是唯利是图之徒，无信义可谈。应伯爵是西门庆最要好的结拜兄弟，是西门庆家酒席上的常客，无论是节庆喜丧之日，或是聚亲会友，几乎每宴必到；有时即使与西门庆书房闲坐，也总待排出酒肴让他吃了才去。他深知西门庆喜乐好闹的性格，因此总是用他那张如簧之舌说笑话、耍贫嘴，逗得西门庆乐得不知所以。西门庆最与他相得，把他视为知己，凡事最爱听他的。他几日不来，就要使小厮去叫，待他也极为慷慨。但是，西门庆一死，应伯爵立刻改换了门庭，又投靠了张二官。无日不在他那边趋奉，把西门庆家中大小之事，尽告诉与他。他撺掇张二官娶了西门庆第二房妾李娇儿，还劝说张二官娶潘金莲。

---

① 兰陵笑笑生.金瓶梅[M].济南：齐鲁书社，1991：289-291.

吴典恩也是西门庆的结拜兄弟，第三十一回写他为了做驿丞，向西门庆借钱：

> 且说吴典恩那日走到应伯爵家，把做驿丞之事，再三央及伯爵，要问西门庆借银子，上下使用，许伯爵十两银子相谢，说着跪在地下。慌的伯爵拉起，说道："此是成人之美，大官人携带你得此前程，也不是寻常小可。"因问："你如今所用多少够了？"吴典恩道："不瞒老兄说，我家活人家，一文钱也没有。到明日上任参官赘见之礼，连摆酒，并治衣类鞍马，少说也得七八十两银子。如今我写了一纸文书在此，也没敢下数儿。望老兄好歹扶持小人，事成恩有重报。"伯爵看了文书，因说："吴二哥，你借出这七八十两银子来也不够使。依我，取笔来写上一百两。恒是看我面，不要你利钱，你且得手使了。到明日做了官，慢慢陆续还他也不迟。俗语说得好：借米下得锅，讨米下不得锅。哄了一日是两晌。"吴典恩听了，谢了又谢。于是把文书上填写了一百两之数。①

西门庆果然慷慨解囊，立即借给他一百两银子，而且不要利息。但吴典恩后来却忘恩负义，恩将仇报。第九十五回"玳安儿窃玉成婚，吴典恩负心被辱"，写平安儿见财起心，偷了当铺的一副金头面、一副镀金钩子去嫖娼，被吴典恩捉住。平安儿认的是吴典恩，以为撒个谎一定会放过他。不料吴典恩喝令左右动刑，平安儿只好说了实话。吴典恩威逼平安儿承认玳安儿与吴月娘有奸，要提吴氏、玳安、小玉审问。吴月娘让傅伙计去说情，又被吴典恩骂了个狗血喷头。幸好庞春梅出面相助，让周守备处置了吴典恩，此事才得以平息。

韩道国是西门庆在生意上雇佣的主要伙计，他为了讨好西门庆，以便骗取钱财，竟然不惜将自己的女儿送给蔡京管家翟谦为妾，任凭老婆王六儿与西门庆胡搞乱来。西门庆也十分相信他，但他和来保外出进布，返回清河时听到了西门庆已死的消息。他骗过来保，卖了一千两银子的货物，投奔了东京女儿爱

---

① 兰陵笑笑生. 金瓶梅 [M]. 济南：齐鲁书社，1991：461-462.

姐家。①

来保深得西门庆的信任,大大小小的事情都派他完成。来保为西门庆立下了汗马功劳,西门庆对他也是赞誉有加,重加赏赐。然而西门庆一死,来保便暴露了其市侩本质,先是骗得了八百两银子的货物,又酒后调戏吴月娘,在进京路上借机奸耍了迎春、玉箫两个丫鬟。再后来找茬寻衅,逼着吴月娘让其另立门户,唆使妻子惠祥又哭又闹。另外两个小厮来兴儿和玳安儿,分别与奶妈如意儿和丫鬟小玉勾搭成奸。平安儿更是盗财嫖娼,给吴月娘惹了大麻烦。

西门庆一妻五妾之间充满了矛盾与敌意,尤其是潘金莲与李瓶儿可以说是水火不能相容。李瓶儿"禀性柔婉",但潘金莲却将她视为劲敌,丝毫不讲什么"仁义""谦让"。她工于心计、阴险毒辣、步步进逼,李瓶儿则只能忍气吞声。她被潘金莲欺负了也不敢向西门庆吐露一声,害怕遭到更为严厉的报复。为了少挨潘金莲的骂,她违心地劝西门庆到潘金莲房里去。第六十一回写她又一次硬把西门庆推到潘金莲那边睡去后,忍不住伤心地哭了。"这瓶儿起来,坐在床上,迎春伺候他吃药。拿起那药来,止不住扑簌簌从香腮边滚下泪来,长吁了一口气,方才吃那盏药。正是:心中无限伤心事,付与黄鹂叫几声。"②但李瓶儿母子二人最终也未能逃过潘金莲的狠毒计谋。

吴月娘是西门庆的续弦妻子,她嫁给西门庆时,西门庆已有李娇儿、孙雪娥两房小妾,不久又纳孟玉楼、潘金莲、李瓶儿为妾,吴月娘对此无法阻拦。西门庆奸淫他人妻女、蓄养外室、偷弄侍童、青楼嫖妓,恪守"既嫁从夫"训诫的吴月娘也只能听之任之。为了维护自身的利益,她与潘金莲明争暗斗,相互对骂。第七十五回写道:"金莲在那边屋里只顾坐的,要等西门庆一答儿往前边去,今日晚夕要吃薛姑子符药,与他交媾,图壬子日好生子。见西门庆不动身,走来掀着帘儿叫他说:'你不往前边去,我等不得你,我先去也。'西门庆

---

① 兰陵笑笑生. 金瓶梅[M]. 济南:齐鲁书社,1991:1313.

② 兰陵笑笑生. 金瓶梅[M]. 济南:齐鲁书社,1991:905.

道:'我儿,你先走一步儿,我吃了这些酒就来。'"① 为此事,吴月娘和潘金莲公开吵闹起来。西门庆在世时,潘金莲闹得家反宅乱。但西门庆死后,吴月娘还是将潘金莲逐出了家门。

李娇儿本来是勾栏妓女,被西门庆勾搭上成为其第二房妾。孟玉楼、潘金莲、李瓶儿先后来到西门庆家,李娇儿就被闲置起来,只能与吴月娘、孙雪娥相伴。她为人量小猥琐,不善合群,每当西门庆众妻妾聚会宴乐时,她往往不能欢处。

孙雪娥是西门庆第四房妾。她原来是西门庆元配陈氏的陪床丫头,因稍有姿色,二十来岁年纪,又善做五鲜原汤,西门庆便在娶潘金莲之前,与她戴了髻,排行第四。她劳作事多,享用、娱乐事少,单管率领家人媳妇厨中上灶,打发各房伙食。她与潘金莲、庞春梅是死对头,潘金莲入门不久,因她开了春梅一句"想汉子"的玩笑,便与潘金莲、庞春梅结了仇。两人不时挑唆西门庆对孙雪娥大打出手。

通过以上论述可以看出,《金瓶梅》对社会黑暗进行了不遗余力的揭露和抨击,正如前人所说:"《金瓶梅》的中心思想,在于讽世,在于暴露资产阶级的丑态。它描写上至朝廷下至奴婢的腐败;它描写人情的险恶,世态的炎凉;它描写富贵是人之所好,美色是人之所爱。它描写嫉妒,它描写愤恨,它描写谄佞,它描写刁滑,总之是把整个的现实社会,为之露骨的摄出。""是一部大胆的、写实的、平凡的、琐屑的家庭小说、社会小说、人情小说","是更深刻更现实的代言者"。②

三 苦孝与泄愤

"苦孝说"与"泄愤说"由来已久,二者之间有着密切关联,都是从作者

---

① 兰陵笑笑生. 金瓶梅[M]. 济南:齐鲁书社,1991:1172-1173.
② 阿丁.《金瓶梅》之意识及技巧[G]//周钧韬. 金瓶梅资料续编:1919—1949. 北京:北京大学出版社,1991:169-170.

自身的创作动机立论。认为作者创作《金瓶梅》乃是为报家仇,进而推论作者因为对种种社会丑恶极为不满,从而作此书以泄心中郁闷。二者相比,"泄愤说"似乎更有道理。

(一)"苦孝说"

"苦孝说"与《金瓶梅》作者问题相关联,明代廿公在《金瓶梅词话跋》中指出作者"为世庙时一巨公"①;明人沈德符在《万历野获编》卷二十五中则说:"闻此为嘉靖间大名士手笔,指斥时事,如蔡京父子则指分宜,林灵素则指陶仲文,朱勔则指陆炳,其他各有所属云。"② 与王世贞同时代且与之有交往的屠本畯在《山林经济籍》卷八说:"王大司寇凤洲先生家藏全书。"并特意指出"相传为嘉靖时,有人为陆都督炳诬奏,朝廷籍其家,其人沉冤,托之《金瓶梅》。"③ 明代文学家谢肇淛则说:"此书向无镂版,抄写流传,参差散失,唯弇州家藏者完好。"④

《金瓶梅》作者为"王世贞说"于清初开始流行起来,宋起凤在康熙十二年(1673)的《稗说》卷三中云:"世知《四部稿》为弇州先生平生著作,而不知《金瓶梅》一书亦先生中年笔也。"⑤ 谢颐《批评第一奇书金瓶梅叙》进一步坐实了《金瓶梅》作者为王世贞,其序云:

《金瓶》一书,传为凤洲门人之作也,或云即凤洲手。然洒洒洋洋一百回内,其细针密线,每令观者望洋而叹。今经张子竹坡一批,不特照出作者金针之细,兼使其粉腻香浓,皆如狐穷秦镜,怪窘温犀,无不洞鉴原形,的是浑《艳异》旧手而出之者,信乎为凤洲作无疑也。然后知《艳异》亦淫,以其异而不显其艳;《金瓶》亦艳,以其不异则止觉其淫。故悬

---

① 廿公. 金瓶梅词话跋 [M]//兰陵笑笑生. 金瓶梅词话. 香港:太平书局,1982:15.

② 沈德符. 万历野获编 [G]//黄霖. 金瓶梅资料汇编. 北京:中华书局,1987:3.

③ 屠本畯. 山林经济籍 [G]//黄霖. 金瓶梅资料汇编. 北京:中华书局,1987:231.

④ 谢肇淛. 金瓶梅跋 [G]//黄霖. 金瓶梅资料汇编. 北京:中华书局,1987:4.

⑤ 宋起凤. 王弇洲著作 [G]//黄霖. 金瓶梅资料汇编. 北京:中华书局,1987:236.

鉴燃犀，遂使雪月风花，瓶罄箧梳，陈茎落叶诸精灵等物，妆娇逞态，以欺世于数百年间，一旦潜形无地，蜂蝶留名，杏梅争色，竹坡其碧眼胡乎！向弄珠客教人生怜悯畏惧心，今后看官睹西门庆等各色幻物，弄影行间，能不怜悯，能不畏惧乎？其视金莲当作敝履观矣。不特作者解颐而谢觉，今天下失一《金瓶梅》，添一《艳异编》，岂不大奇！时康熙岁次乙亥清明中浣，秦中觉天者谢颐题于皋鹤堂。①

康熙乙亥即康熙三十四年（1695），是年张竹坡完成了《金瓶梅》的评点，并提出了"苦孝说"：

> 夫人之有身，吾亲与之也。则吾之身，视亲之身为生死矣。若夫亲之血气衰老，归于大造，孝子有痛于中，是凡为人子者所同，而非一人独具之奇冤也。至于生也不幸，其亲为仇所算，则此时此际，以至千百万年，不忍一注目，不敢一存想，一息有知，一息之痛为无已，呜呼，痛哉！痛之不已，酿成奇酸，海枯石烂，其味深长。是故含此酸者，不敢独立默坐，苟独立默坐，则不知吾之身、吾之心、吾之骨肉，何以栗栗焉如刀斯割、如虫斯噬也。悲夫！天下尚有一境，焉能使斯人悦耳目、娱心志，一安其身也哉？苍苍高天，茫茫厚地，无可一安其身，必死乃庶几矣。然吾闻死而有有知之说，则奇痛尚在，是死亦无益于酸也。然则必何如而可哉？必何如而可，意者生而无我，死而亦无我。夫生而无我，死而亦无我，幻化之谓也。推幻化之谓，既不愿为人，又不愿为鬼，并不愿为水石。盖为水为石，犹必流石人之泪矣。呜呼！苍苍高天，茫茫厚地，何故而有我一人，致令幻化之难也？故作《金瓶梅》者，一曰含酸，再曰抱阮，结曰幻化，且必曰幻化孝哥儿，作者之心，其有余痛乎！则《金瓶梅》当名之曰"奇酸志""苦孝说"。呜呼？孝子孝子，有苦如是！②

---

① 谢颐. 批评第一奇书金瓶梅叙［G］//黄霖. 金瓶梅资料汇编. 北京：中华书局，1987：4.

② 张竹坡. 苦孝说［M］//兰陵笑笑生. 金瓶梅. 济南：齐鲁书社，1991：19.

张竹坡明确指出，"其亲为仇所算"，"痛之不已，酿成其酸"，"《金瓶梅》当名之曰'奇酸志''苦孝说'"。在《金瓶梅》第一百回夹批中，张竹坡又说："作者固自有沉冤莫伸，上及其父母，下及其昆弟，有千秋莫解之冤，而提笔作此，以仇所仇之人也。"① 张竹坡的观点得到许多人认同，康熙时的文学家谢颐公开赞同王世贞说。佚名的《寒花庵随笔》还把此传说编成了曲折动听的故事，流传甚广，影响甚大，另有《缺名笔记》《秋水轩笔记》《茶香室丛钞》等也都认为《金瓶梅》为王世贞所作。还有后来的蒋瑞藻的《小说考证》，也是持此观点。清乾隆时，顾公燮在《消夏闲记摘抄》卷上《作金瓶梅缘起——王凤洲报父仇》一节里有较为详细的描写："忬子凤洲世贞痛父冤死，图报无由。一日偶谒世蕃。世蕃问：坊间有好看小说否？答曰：有。又问：何名？仓卒之间，凤洲见金瓶中供梅，遂以《金瓶梅》答之。但字迹漫灭，容抄正送览。退而构思数日，借《水浒传》西门庆故事为蓝本。缘世蕃居西门，乳名庆，暗讥其闺门淫放。而世蕃不知，观之大悦，把玩不置。相传世蕃最喜修脚。凤洲重赂修工，乘世蕃专心阅书，故意微伤脚迹，阴搽烂药，后渐溃腐，不能入直。独其父嵩在阁，年衰迟钝，票本拟批，不称上旨。上寝厌之，宠日以衰。御史邹应龙等乘机劾奏，以至于败。噫，怨毒之于人，甚矣哉。"② 稍后的李慈铭、梁章钜等人也持此观点。

"苦孝说"显然是建立在某些传闻之上，不少学者已力证其非，但因为其与"泄愤说"相关联，所以仍有一些学者支持这一观点，如平子（即狄葆贤）在1904年《新小说》第八号《小说丛话》中发表了与张竹坡相近的观点，他说：

> 《金瓶梅》一书，作者抱无穷冤抑，无限深痛，而又处黑暗之时代，无可与言，无从发泄，不得已藉小说以鸣之。其描写当时之社会情状，略见一斑。然与《水浒传》不同：《水浒》多正笔，《金瓶》多侧笔；《水浒》

---

① 兰陵笑笑生. 金瓶梅 [M]. 济南：齐鲁书社，1991：1574.

② 顾公燮. 消夏闲记摘抄 [G] //朱一玄. 明清小说资料选编. 济南：齐鲁书社，1990：634.

多明写，《金瓶》多暗刺；《水浒》多快语，《金瓶》多痛语；《水浒》明白畅快，《金瓶》隐抑凄恻；《水浒》抱奇愤，《金瓶》抱奇冤。处境不同，故下笔亦不同。①

天僇生（即王钟麒）1907 年在《月月小说》第二卷《中国三大家小说论赞》中也说：

> 时则若王氏之《金瓶梅》。元美生长华阀，抱奇才，不可一世，乃因与杨仲芳结纳之故，致为严嵩所忌，戮及其亲，深极哀痛，无所发其愤。彼以为中国之人物、之社会，皆至污极贱，贪鄙淫秽，靡所不至其极，于是而作是书。盖其心目中，固无一人能少有价值者。彼其记西门庆，则言富人之淫恶也；记潘金莲，则伤女界之秽乱也；记花子虚、李瓶儿，则悲友道之衰微也；记宋惠莲，则哀谀佞之为祸也；记蔡太师，则痛仕途黑暗，贿赂公行也。嗟乎！嗟乎！天下有过人之才人，遭际浊世，把弥天之怨，不得不流而为厌世主义，又从而摹绘之，使并世之恶德，不能少自讳匿者，是则王氏著书之苦心也。轻薄小儿，以其善写淫媟也宝之，而此书遂为老师宿儒所垢病，亦不察之甚矣。②

(二)"泄愤说"

"泄愤说"也由张竹坡提出，与"苦孝说"一脉相承，《竹坡闲话》③ 从几个方面论述了此说。首先，张竹坡认为，《金瓶梅》是"仁人志士、孝子悌弟不得于时，上不能问诸天，下不能告诸人，悲愤鸣邑，而作秽言以泄其愤也"。自古以来，不平则鸣、发愤著书便是文人创作的重要动机。所谓"不得于时"，可从两方面理解，一是作者怀才不遇，生不逢时；二是社会黑暗，百事不纲。既无法问诸天，亦不能告诸人，只能作秽言以泄其愤、丑其仇。虽然一吐胸中块垒，但仍不能一畅心志，所以其言固然十分峻疾，而内心愈加悲凉。既然如此，

---

① 狄葆贤. 小说丛话 [M]//黄霖. 金瓶梅资料汇编. 北京：中华书局，1987：303.
② 王钟麒. 中国三大家小说论赞 [G]//黄霖. 金瓶梅资料汇编. 北京：中华书局，1987：319.
③ 张竹坡. 竹坡闲话 [M]//兰陵笑笑生. 金瓶梅. 济南：齐鲁书社，1991：8-11.

作者又何必著《金瓶梅》呢？张竹坡又进一步做了分析，作者既为仁人志士、孝子悌弟，如果不作此秽言，亲人之仇何以处之？而且为父兄报仇即是为天下伸张正义。再者，除了以秽言泄愤之外，也实在没有其他选择。"展转以思，惟此不律可以少泄吾愤，是用借西门氏以发之。"

其次，张竹坡认为，父子兄弟是伦常之中最真诚的关系。"君臣、朋友、夫妇，可合而成；若夫父子、兄弟，如水同源，如木同本，流分枝引，莫不天成。"但在现实中竟然有假父、假子、假兄、假弟之辈。为了牟取富贵，而假者可真；为了躲避贫贱，而真者亦假。然而富贵贫贱，并非一成不变，"今日真者假，而明日假者真"。因财色故，遂乱真假。所以作者著此《金瓶梅》独罪财色。

再次，张竹坡由此引申到《金瓶梅》对社会不辨真假的批判。"故其开卷，即以'冷热'为言，煞末'真假'为言。其中假父子矣，无何而有假母女；假兄弟矣，无何而有假弟妹；假夫妻矣，无何而有假外室；假亲戚矣，无何而有假孝子。满前役役营营，无非于假景中提傀儡。"《金瓶梅》深刻地揭露了虚假的社会对真情的戕害，仁人志士、孝子悌弟虽欲忠孝而不得。只能作《金瓶梅》以泄其愤，"作者固自有志，耻作荆、聂，寓复仇之义于百回微言之中，谁为刀笔之利不杀人于千古哉！此所以有《金瓶梅》也"。

最后，张竹坡说明了评点《金瓶梅》的用意："我喜其文之洋洋一百回，而千针万线，同出一丝，又千曲万折，不露一线。闲窗独坐，读史、读诸家文，少暇，偶一观之曰：如此妙文，不为之递出金针，不几辜负作者千秋苦心哉！久之心恒怯焉，不敢遽操管以从事。盖其书之细如牛毛，乃千万根共具一体，血脉贯通，藏针伏线，千里相牵，少有所见，不禁望洋而退。迩来为穷愁所迫，炎凉所激，于难消遣时，恨不自撰一部世情书，以排遣闷怀。几欲下笔，而前后拮构，甚费经营，乃搁笔曰：'我且将他人炎凉之书，其所以前后经营者，细细算出，一者可以消我闷怀，二者算出古人之书，亦可算我今又经营一书。我虽未有所作，而我所以持往作书之法，不尽备于是乎！然则我自做我之《金瓶梅》，我何暇与人批《金瓶梅》也哉！'"

在张竹坡看来，《金瓶梅》的创作主旨乃为"泄愤""解颐而自快"，所谓"泄愤"，主要是指小说作者站在儒家伦理道德的立场上，对以西门庆为代表的生活黑暗面，对"颠倒真假，冷热无定"的社会风气的诅咒与讥讽。作者面对污浊不堪的社会现实，无力回天，只能以此发泄满腔愤懑，求得内心平静。作者最终还是寄希望于善恶有报，正如结尾诗所说：

> 阅阅遗书思惘然，谁知天道有循环。
> 西门豪横难存嗣，敬济颠狂定被歼。
> 楼月善良终有寿，瓶梅淫佚早归泉。
> 可怪金莲遭恶报，遗臭千年作话传。①

四 色空观念

色空观念是佛教的重要观念之一。佛教认为有情的组织是由"色、受、想、行、识"五种因素积聚而成，是为"五蕴"。其中色蕴相当于物质现象，它包括"四大"（地、水、火、风）和由"四大"所组成的感觉器官以及感觉的对象，总括了时间和空间的一切现象。佛教大乘空宗认为"五蕴"和合的人我以及"五蕴"在本质上是空的，世界上的万物只是一种假象而已。这种观念与传统的"生死无常""人生如梦"的意识相结合，遂对文学创作给予深刻影响。

《金瓶梅》与《红楼梦》堪称中国小说史上的两枝奇葩，有趣的是，它们都是以家庭生活为题材的世情小说，其作者都以色空观念来指导自己的创作。比较一下二者色空观念的异同，我们便可以发现，《红楼梦》为什么能够超越《金瓶梅》而进入到一个更高的审美层次之中，《红楼梦》为什么比《金瓶梅》更具有震撼人心的悲剧力量，《红楼梦》为什么比《金瓶梅》更易引发人们对人生的思考。

（一）家庭、家族的盛衰与色空观念

若从家庭、家族的盛衰消长来看，《金瓶梅》也好，《红楼梦》也好，都贯

---

① 兰陵笑笑生. 金瓶梅 [M]. 济南：齐鲁书社，1991：1579-1580.

穿着盛极必衰的色空观念，但是造成盛衰的原因，二者却截然不同。

《红楼梦》中贾府的盛主要是依靠政治的原因，是凭借着文治武功的封赏。《金瓶梅》中西门庆家的盛则是凭借着金钱的势力，靠着牟财娶妇、经商放债、收受贿赂等精明的手段。这些都是尽人皆知的事实，毋庸赘述。由于他们兴盛发家的原因不同，故而他们由盛转衰的原因也不相同。西门庆家的由盛转衰至为简单明了，这便是作为一家之主的西门庆"贪欲丧命"。西门庆一死，一个有万贯家财、数十口人的官商之家，顷刻间支离破碎，人财两空，真可谓"盛由一人，败由一人"。西门庆家的由盛转衰，向人们传递了这样一个信息，即"财色"诱人亦害人。正如张竹坡七十九回回首总评所说："此回总结'财色'二字利害，故'二八佳人'一诗，放于西门泄精之时，而积财积善之言，放于西门一死之时。西门临死嘱敬济之言，写尽痴人，而许多账本，总示人以财不中用，死了带不去也。"① 因此，西门庆家由盛转衰的原因是十分显明的，其中预示的道理也是非常确定的，是人们可以理解和把握的，在某种意义上说，也是人们可以防止的。这也正是作者向世人进的箴言。

相比之下，贾府的由盛转衰就远非如此简单划一、清晰可辨了。究竟是什么原因造成了贾府的由盛转衰呢？在前八十回中，至少可以发现两明一暗三方面的原因。第二回冷子兴演说荣国府时有一句名言，这就是"百足之虫，死而不僵"。它告诉我们，《红楼梦》所叙故事伊始，贾府"已不及先年那样兴盛"："如今生齿日繁，事务日盛，主仆上下，安富尊荣者尽多，运筹谋划者无一；其日用排场费用，又不能将就省俭，如今外面的架子虽未甚倒，内囊却也尽上来了。"② 冷子兴的所指可以说是贾府衰落的原因之一。这实际上是一个无法避免的两难问题。作为贵族官宦之家，必然"生齿日繁，事务日盛"，这甚至可以说是兴盛的标志。不讲究排场，就称不上是钟鸣鼎食之家；"将就省俭"，就显示不出大家风范。在这种环境中生活的贵族后代，难免不"安富尊荣"，而且这四

---

① 兰陵笑笑生. 金瓶梅 [M]. 济南：齐鲁书社，1991：1269.

② 曹雪芹，高鹗. 红楼梦 [M]. 济南：山东文艺出版社，1993：24.

个字也往往被贵族之家引为自豪,并不见得就是坏事。这样看来,贾府的由盛转衰实在是合乎规律的一个运作过程。

问题还并非仅在于此,正如冷子兴紧接下去的一番评论:"这还是小事。更有一件大事:谁知这样钟鸣鼎食之家,翰墨诗书之族,如今的儿孙,竟一代不如一代了!"① 这可以说是贾府衰落的原因之二。这更是一个无法挽回的难题。一方面封建教育从内容到形式都日益显示出其虚伪与僵化,安富尊荣的贵族子弟们早已将其置之脑后,只知求仙访道、寻欢作乐、奢侈靡费、醉生梦死,从而促使了封建家庭的衰落。另一方面,新生的个性解放思潮、初步的民主思想,逐渐浸润到贵族子弟之中,孕育了一批封建礼教、封建专制的叛逆者,他们从另一个角度也同样促使了封建家族的衰落。

上述使贾府衰落的两个原因虽无法避免,但尚能让人把握,所以作为旁观者的冷子兴能够觑得真、道得明,一番演说便切中了要害。然而贾府之所以衰落还有更隐晦也更深刻的原因。这些原因不仅无法避免,而且让你不能明说,只能心领神会,以暗示的手法去表现,即朝廷内部的倾轧,瞬息万变的政治风云。

早在第二十二回中元春的灯谜便已透出不祥之兆。元春得宠,是贾家兴盛的政治保证;她的短寿也必然使贾家"回首相望已化灰"。而元春为何短寿?这其中也颇有些难言之隐。到了第七十五回,甄家犯罪被抄暗示着贾府的未来命运。尽管贾母勉强宽解:"咱们别管人家的事,且商量咱们八月十五日赏月是正经。"② 但仍难免"兔死狐悲,物伤其类"的感慨。中秋庆团圆时,贾母联想当年的时光,"到今夜男女三四十个,何等热闹。今日就这样,太少了"。③ 第七十六回"凸碧堂品笛感凄清",贾母的伤感进一步深重,"可见天下事总难十全","说毕,不觉长叹一声"。当听到悲怨的笛声时,"贾母年老带酒之人,听

---

① 曹雪芹,高鹗. 红楼梦 [M]. 济南:山东文艺出版社,1993:25.

② 曹雪芹,高鹗. 红楼梦 [M]. 济南:山东文艺出版社,1993:946.

③ 曹雪芹,高鹗. 红楼梦 [M]. 济南:山东文艺出版社,1993:954.

此声音，不免有触于心，禁不住堕下泪来"。① 贾母的心事究竟是什么呢？作者虽未明言，但联系前面甄家被抄的消息，以及贾珍开夜宴时听到的异兆悲音，便能够领悟到个中的消息。

曹雪芹不愧是一位高手，他用扑朔迷离之笔隐而不露地暗示着贾府衰落的政治原因，这就造成了更大的恐惧和忧患效果。封建专制的残酷狠毒与变幻不定足令人不寒而栗，一旦卷入朝廷政治漩涡之中，命运便难以自行把握。贾府的兴衰自然而然地与朝廷政治发生了关联，其由盛转衰也就愈加难以估摸。时时存有不祥的预感，终日在战战兢兢中过活，说不定什么时候灾难便会降临到自己头上，这就更易产生人生如梦的幻灭感。曹雪芹的这些隐衷在后四十回中被和盘托出。"锦衣军查抄宁国府"与元妃的薨逝不能说没有关系，贾母祷天消祸、明大义散余资，无可奈何之际，只好乞救于神灵。同样是家庭的衰落，同样是色空观念，《金瓶梅》写得质实故可切实地把握，甚至于设法避免。《红楼梦》则写得空灵，故难以把握更无法避免。因此，两者色空观念所造成的艺术力量是不同的，给人们所带来的美感体验也是不同的。

（二）人物命运与色空观念

若从主要人物的命运来看，《金瓶梅》也好，《红楼梦》也好，都贯穿着人生如梦的色空观念，但由色至空的过程，二者却大相径庭。

西门庆的一生，是纵欲的一生。他得到了、占有了他所有想得到的女人。他偷娶了潘金莲，逼占了李瓶儿，拥有一妻五妾之后，仍不能满足他的淫欲。仆妇宋惠莲、如意儿、王六儿、贲四嫂，妓女李桂姐、郑爱月，乃至有身份的林太太，都先后成为他泄欲的玩物。

西门庆的一生，是聚敛财富的一生。他家中本来"算不得十分富贵"，仅是"清河县中一个殷实的人家"，但只为他"生来秉性刚强，作事机深诡谲，又放官吏债，就是那朝中高、杨、童、蔡四大奸臣，他也有门路与他浸润，所以专

---

① 曹雪芹，高鹗. 红楼梦 [M]. 济南：山东文艺出版社，1993：960.

在县里管些公事，与人把揽说事过钱"①，因此很快就暴富起来。他通过牟财娶妇的方式，先后从孟玉楼和李瓶儿那里获得了大笔财富。他通过经商放债，动辄就可牟取千两白银。他通过收受贿赂，举手之间就捞取了成百上千的银两。从他出场的27岁，到33岁亡身，仅仅六年时间，已拥有了近十万两的巨资。

西门庆的一生，是为所欲为的一生。他的目的几乎全都可以达到。他本是一介乡民，向蔡京行贿后就得到了理刑副千户的官职。在蔡京庆寿诞之际，他送了二十余杠各色礼物，拜蔡京为义父，不久便升任了提刑所正千户。他结交的十兄弟全都对他唯命是从，阿谀奉承。他几乎没有遇到过什么不顺心的事，唯一的一次险情，由于他买通了当朝右相、资政殿大学士兼礼部尚书李邦彦，将西门庆之名改为贾廉，便轻而易举地化险为夷。官哥儿和李瓶儿的相继去世，是他一生中最为痛心的事，但他并未因此对人生心灰意冷，而是继续走纵欲敛财的老路，直到丧命。

西门庆的一生是至死都没有觉悟的一生，浑浑噩噩、寻欢作乐的一生，并未品尝到人生的痛苦与不幸。他的由色至空并未符合"苦、集、灭、道"的"四圣谛"。他所贪恋的财色反过来恰恰置他于死命，他的死是自作自受。因而他的由色至空反映的是乐极生悲、物极必反的一般规律。对于他的由色至空，人们不感到奇怪，也不会震惊，甚至会产生某种快感，认定他的结局必然如此。正如作者在全书开头所说："单道世上人，营营逐逐，急急巴巴，跳不出七情六欲关头，打不破酒色财气圈子，到头来同归于尽，着甚要紧。"②

与西门庆相比，贾宝玉的一生则是充满苦恼的一生，与佛教的"苦谛"几近一致。对贾宝玉来说，生老病死的自然之苦还在其次，爱别离苦、求不得苦、怨憎会苦、五取蕴苦无情地折磨着他，熬煎着他，使他深谙了人生的大不幸。宝玉生活在大观园的女儿群中，无论众姊妹也好，众丫鬟也好，他都以爱心体贴她们，爱护她们。他希望这种纯洁无瑕的世界能够永恒，因而他"喜聚不喜

---

① 兰陵笑笑生. 金瓶梅 [M]. 济南：齐鲁书社，1991：15.
② 兰陵笑笑生. 金瓶梅 [M]. 济南：齐鲁书社，1991：11.

散","生怕一时散了添悲;那花只愿常开,生怕一时谢了没趣;只到筵散花谢,虽有万种悲伤,也就无可如何了"。① 他愈怕散,而散的现实却一步步向他逼来。当他听到黛玉《葬花吟》中"一朝春尽红颜老,花落人亡两不知"等句时,他便预感到了散的痛苦和悲哀:"试想林黛玉的花颜月貌,将来亦到无可寻觅之时,宁不心碎肠断!既黛玉终归无可寻觅之时,推之于他人,如宝钗、香菱、袭人等,亦可到无可寻觅之时矣。宝钗等终归无可寻觅之时,则自己又安在哉?且自身尚不知何在何往,则斯处、斯园、斯花、斯柳,又不知当属谁姓矣!——因此一而二,二而三,反复推求了去,真不知此时此际欲为何等蠢物,杳无所知,逃大造,出尘网,使可解释这段悲伤。"② "爱别离"给他带来的竟是这种对人生的深沉思考和无可排遣的苦恼。当众姊妹、众丫鬟风流云散时,他也只好悬崖撒手,回归到虚无的大荒山中了。

宝玉生活在优裕的家庭环境之中,物质财富的占有欲在他来说几乎等于零,但他仍有强烈的"求不得"之苦。宝玉最大的追求是个性的自由,他无视封建宗法的等级规定,力求自由平等的人际关系。在大观园内,他从来不摆贾府第一公子的架子,"连那些毛丫头的气都受的"。地位最低贱的唱戏的女孩子顶撞他,他不仅不去难为她,反而自觉无趣,"讪讪的,红了脸"。他尊重丫鬟们的个性,维护她们的权利,希望她们能获得人身自由。然而这一愿望根本无法实现。身患重病的晴雯被拖出怡红院,当着母亲的面,宝玉不敢说一句求情的话,只有在王夫人走后,他才倒在床上号啕大哭。在大观园外,他与情趣相投的秦钟、蒋玉菡、柳湘莲结为挚友,而不计较这些人的身份地位。但是,他的行动却处处受到限制甚至于惩罚。因为与蒋玉菡平等交往,贾政恨之入骨,将他往死里痛打一顿。去看望袭人、去祭奠金钏儿,都要偷偷摸摸地瞒着众人。他希望与志同道合的林妹妹结为百年之好,但家长却为他安排了另外的婚配对象。他在政治上、经济上没有任何权力,不能按照自己的志趣去选择生活道路和生

---

① 曹雪芹,高鹗.红楼梦[M].济南:山东文艺出版社,1993:410.
② 曹雪芹,高鹗.红楼梦[M].济南:山东文艺出版社,1993:372.

活方式。对这种个性的不自由他有着强烈的感受，他曾对柳湘莲说："我只恨我天天圈在家里，一点儿做不得主，行动就有人知道，不是这个拦就是那个劝的，能说不能行。虽然有钱，又不由我使。"① 宝玉的追求与残酷的现实尖锐对立，因而他的"求不得"之苦是无可排解的，当追求的一切都化为泡影时，他也只好遁入空门了。

宝玉想做的事不能自由自在地去做，他不想做的事却又被逼迫着去做；他愿意交往的人不允许他去交往，他不愿相见的人却被逼迫着去相见，这种"怨憎会"之苦也在无情地折磨着宝玉。贾政虽是他亲生的父亲，但却是他最不愿相见的人，只要一听说贾政叫他，"好似打了个焦雷，登时扫去兴头，脸上转了颜色"，"一步挪不了三寸，蹭到这边来"。② 路上遇见父亲，便像老鼠见了猫儿一般，"不觉的倒抽了一口气"。尽管他极不情愿与父亲相见，但在家长的绝对权威下，只要贾政一声命令，他就必须乖乖地赶去应命。以至于薛蟠也掌握了这一诀窍，假冒贾政之命去叫宝玉，宝玉果然慌不迭地跑了出来。他最讨厌读书应举之事，但慑于贾政的威逼，又不能不去应付。听到贾政要考他学业，"便如孙大圣听见了紧箍咒一般，登时四肢五内一齐皆不自在起来"。"更有时文八股一道，因平素深恶此道，原非圣贤之制撰，焉能阐发圣贤之微奥，不过作后人饵名钓禄之阶"，"偶一读之，不过供一时之兴趣"。③ 他最憎恨贾雨村之流的国贼禄鬼，但出于贾政的命令又不能不去相见，一面还抱怨道："有老爷和他坐着就罢了，回回定要见我。"当史湘云劝他："也该常常的会会这些为官做宰的人们，谈谈讲讲些仕途经济的学问，也好将来应酬世务，日后也有个朋友。"他当即下了逐客令："姑娘请别的姊妹屋里坐坐，我这里仔细污了你知经济学问的。"④ 话虽如此说，他还是不得不穿好衣服去见他并不想见的人。无论从血缘

---

① 曹雪芹，高鹗. 红楼梦 [M]. 济南：山东文艺出版社，1993：598.

② 曹雪芹，高鹗. 红楼梦 [M]. 济南：山东文艺出版社，1993：306.

③ 曹雪芹，高鹗. 红楼梦 [M]. 济南：山东文艺出版社，1993：598.

④ 曹雪芹，高鹗. 红楼梦 [M]. 济南：山东文艺出版社，1993：423.

关系上讲，还是从封建伦理秩序讲，父子都是最为密切、最为重要的人际关系，宝玉恰恰在这层关系上构成了"怨憎会"之苦，这实在是难以挣脱的一具桎梏。

与西门庆的至死不悟相反，宝玉具有极强的灵性与慧根，对人生的种种苦恼他十分敏感，"无故寻愁觅恨"的性格使他常常陷入深深的思索与反省之中。他"时常没有人在跟前，就自哭自笑的；看见燕子就和燕子说话，河里看见了鱼就和鱼说话，见了星星月亮，他不是长吁短叹的，就是咕咕哝哝的"。① 第二十二回"听曲文宝玉悟禅机"和第三十六回"识分定情悟梨香院"，集中描写了宝玉的悟性。从小小的矛盾纠纷中，他悟到了"从前碌碌却因何？到如今回头试想真无趣"；从龄官拒绝他演唱"袅晴丝"，他悟到了"人生情缘，各有分定"，"从此后，只好各人得各人的眼泪罢了"。对于人生的结局，宝玉也不止一次地思索过，他曾多次向黛玉表白："你死了，我做和尚！"② 他与袭人谈论到死的问题时说："人谁不死，只要死的好。……比如我此时若果有造化，该死于此时的，趁你们在，我就死了，再能够你们哭我的眼泪流成大河，把我的尸首漂起来，送到那鸦雀不到的幽僻之处，随风化了，自此再不要托生为人，就是我死的得时了。"③"等我有一日化成了飞灰，——飞灰还不好，灰还有形有迹，还有知识。——等我化成一股轻烟，风一吹便散了的时候，你们也管不得我，我也顾不得你们了。那时凭我去，我也凭你们爱哪里去就去了。"④ 当黛玉真正死了之后，宝玉"不但厌弃功名仕进，竟把那儿女情缘也看淡了好些"，看破了红尘，斩断了尘缘，终于完成了由色悟空的转变。

显然，宝玉的由色至空既非乐极生悲，也非物极必反，而是在无可奈何下的一种精神解脱。他的由色至空不能仅仅归因于他个人，而是冷酷无情的现实人生对个性压抑摧残的结果。对于宝玉的由色悟空，人们会受到强烈的震动，

---

① 曹雪芹，高鹗. 红楼梦 [M]. 济南：山东文艺出版社，1993：458.

② 曹雪芹，高鹗. 红楼梦 [M]. 济南：山东文艺出版社，1993：401.

③ 曹雪芹，高鹗. 红楼梦 [M]. 济南：山东文艺出版社，1993：468.

④ 曹雪芹，高鹗. 红楼梦 [M]. 济南：山东文艺出版社，1993：255.

并因此对人生进行更为深入的思考，去认识和把握人生的真谛，去探索解除种种人生苦恼的方法。

（三）"色"的内涵与"空"的结局

若从"色"的实质内涵和"空"的结局程度来看，《红楼梦》与《金瓶梅》有着更为明显的不同。《金瓶梅》可以说是"独罪财色"的檄文，《红楼梦》则是美好情感遭到毁灭的哀歌；《金瓶梅》以轮回转世预告着下一个色空过程，《红楼梦》则以涅槃圆寂宣告了身心俱灭的彻底死亡。

《金瓶梅》色空观念的"色"，作者在开卷伊始就反复做了交代："这酒色财气四件中，惟有'财色'二者更为利害。""说便如此说，这'财色'二字，从来只没有看得破的，若有那看得破的，便见得堆金积玉，是棺材内带不去的瓦砾泥沙；贯朽粟红，是皮囊内装不尽的臭污粪土。……只有那《金刚经》上两句说得好，他说道：'如梦幻泡影，如电复如露。'"①《金瓶梅》全书也正是以此为立意主旨。财色当着人生在世时，一件也少不得；到了那结果时，一件也用不着。"倒不如削去六根清净，披上一领袈裟，参透了空色世界，打磨穿生灭机关，直超无上乘，不落是非窠，倒得个清闲自在，不向火坑中翻筋斗也。"② 这就是财色皆空的道理。对于这种财色无法伴人常存，"一旦无常万事休"的色空观念，人们是容易理解的，甚至可以说是尽人皆知的事实。问题在于人们明知如此，却又难以抵制其诱惑，直到生命结束也未能觉悟，西门庆便是一例。《金瓶梅》的作者就是要以西门庆为法，警醒世人，毋蹈覆辙。

《金瓶梅》在将财色视为罪恶渊薮的同时，也否定了男女之情有纯洁与美好的一面。在《金瓶梅》作者看来，情与淫没有什么区别，因而书中大量充斥的是淫的裸露，而极少有对情的赞美。李瓶儿是西门庆的宠妾，她的死使西门庆几乎寝食俱废，直到入葬之后，还"不忍遽舍，晚夕还来李瓶儿房中，要伴灵宿歇"。白日间供养茶饭，"他便对面和他同吃。举起箸儿来：'你请些饭吃！'

---

① 兰陵笑笑生. 金瓶梅 [M]. 济南：齐鲁书社，1991：11-12.

② 兰陵笑笑生. 金瓶梅 [M]. 济南：齐鲁书社，1991：13.

行如在之礼。丫鬟养娘都忍不住掩泪而哭"①。这似乎是肯定西门庆与李瓶儿的真情了。然而就在李瓶儿病重之际，西门庆仍与王六儿、潘金莲肆意淫乐；在李瓶儿的灵床前，西门庆又与奶妈如意儿勾搭成奸。作者似乎唯恐人们被西门庆的情感所动心，及时地将其淫欲的丑行凸现出来，实际上是在向人们宣告，西门庆只有淫欲，并没有多少真情；或者说他仅有的那点真情，也几乎全被淫欲吞噬了。

《红楼梦》色空观念的"色"与《金瓶梅》迥然有异。也是在全书的开头，作者就声明这部书是"大旨谈情"。在色与空之间，作者特意加入了一个"情"字，所谓"因空见色，由色生情，传情入色，自色悟空"，"情"成为全书描写的主体。与西门庆的"淫"相对，贾宝玉是一个真正的"情种"。他对林黛玉的痴情，对众姊妹、众丫鬟的至情，乃至于对世间万物的"情不情"，是那么执着纯洁无私。难怪脂砚斋评语称其为"欲演出真情种"②"情痴之至文"③。作者对情与淫的界限把握得非常准确严格，对于情给予了由衷的赞美，对于淫则给予无情的讥讽嘲弄。因而脂砚斋不无感慨地批道：

> 余叹世人不识情字，常把淫字当作情字，殊不知淫里无情，情里无淫；淫必伤情，情必戒淫；情断处淫生，淫断处情生。三姐项下一横是绝情，乃是正情；湘莲万根皆消是无情，乃是至情。生为情人，死为情鬼，故结句曰"来自情天，去到情地"，岂非一篇情文字？再看他书，则全是淫，不是情了。④

然而《红楼梦》的动人之处、深刻之处不仅仅在于它热情讴歌了至情、真情、痴情，如果如此，它也不过是第二部《牡丹亭》罢了。它的最伟大处乃在

---

① 兰陵笑笑生. 金瓶梅 [M]. 济南：齐鲁书社，1991：986.
② 曹雪芹，高鹗. 红楼梦 [M]. 济南：山东文艺出版社，1993：715.
③ 曹雪芹，高鹗. 红楼梦 [M]. 济南：山东文艺出版社，1993：226.
④ 曹雪芹，高鹗. 红楼梦 [M]. 济南：山东文艺出版社，1993：831.

于宣告了真情的毁灭,也就是脂砚斋指出的,"作者是欲天下人共来哭此情字"①。作者由情悟空,悲悼的是自己美好理想的毁灭。"厚地高天,堪叹古今情不尽,痴男怨女,可怜风月债难偿"——太虚幻境中的这副对联道出了作者的内心情感。肯定真情、追求至情,却又不能不承认它们在残酷的现实面前无法实现,于是就使《红楼梦》具有震撼人心的悲剧力量。

值得指出的是,这种美好情感毁灭的原因,不仅仅是封建礼教、封建专制的摧残。假若仅有外来的压力,最起码宝玉是不会屈服的。他在遭到一番痛打后,仍表示"就便为这些人死了,也是情愿的",便是明证。最让宝玉感到痛心的是,他所尊重、体贴、同情的姊妹丫鬟们对他也不理解。第二十二回中,宝玉出于好意调解湘云与黛玉之间的纠葛,谁知却遭到了两人的抢白。于是他"细想自己原为她二人,怕生隙恼,方在中调和,不想并未调和成功,反已落了两处的贬谤。正合着前日所看《南华经》上,有'巧者劳而智者忧,无能者无所求,饱食而遨游,泛若不系之舟';又曰'山木自寇,源泉自盗'等语。因此越想越无趣"②。宝玉尊重女性的泛爱意识的确出于真情,却又很难让人接受和理解。再如第五十七回,宝玉看紫鹃穿得少,"便伸手向她身上抹了抹",结果却招致紫鹃的一顿指责:"从此咱们只可说话,别动手动脚的,一年大,二年小的,叫人看着不尊重。""宝玉见了这般景况,心中忽浇了一盆冷水一般,只瞅着竹子,发了一回呆","一时魂魄失守心无所知,随便坐在一块山石上出神,不觉滴下泪来。直呆了五六顿饭工夫,千思万想,总不知如何是可"③。自己的真情竟然不能被视为知音的人所理解,还有比这更令人感到悲哀的吗?宝玉因而心灰意冷,打破情关,由情悟空,也就是必然的了。

不仅财色利禄诸色归"空",甚至于美好的情感也同归于"空",遂使《红楼梦》色空之"空",无论从程度上还是从形式上都远远超过了《金瓶梅》。

---

① 曹雪芹,高鹗. 红楼梦 [M]. 济南:山东文艺出版社,1993:123.

② 曹雪芹,高鹗. 红楼梦 [M]. 济南:山东文艺出版社,1993:293-294.

③ 曹雪芹,高鹗. 红楼梦 [M]. 济南:山东文艺出版社,1993:716.

《金瓶梅》的"空"以普静法师幻度孝哥儿为结局。孝哥儿乃西门庆托生,孝哥儿遁入空门便可使西门庆得到超生,其他人物也一一蒙普静法师荐拔而得以重新为人。因此,《金瓶梅》是以善恶报应、轮回转世作为"空"的形式,这一色空过程的结束预示着下一色空过程的开始,周而复始,永无已时。《红楼梦》则不然,尽管曹雪芹没有完成全书,但从前面的叙述描写中,已不难见出它的"空"乃是"看破的,遁入空门;痴迷的,枉送了性命。好一似食尽鸟投林,落了片白茫茫大地真干净"①!宝玉属于看破红尘、遁入空门一类。这里没有善恶报应,也没有轮回转世。宝玉的遁入空门是对烦恼、欲望、生死统统断灭的涅槃,他的肉体生命虽然仍存,但他的烦恼欲望已彻底死亡。他领略了红尘中的荣华富贵,也尝尽了"美中不足,好事多魔"的滋味,最终不过是到头一梦,万境归空。这种人生的大彻大悟使《红楼梦》成为一部真正意义上的悲剧,贾宝玉也成为一位最具个性的悲剧角色。

---

① 曹雪芹,高鹗. 红楼梦 [M]. 济南:山东文艺出版社,1993:77.

第四章 《金瓶梅》的人物形象

《金瓶梅》刻画了上至朝廷下至市井的各色人物,他们均源自现实生活,性格鲜明,栩栩如生。通过这些人物形象,生动具体地展示了明代中叶的社会情形,表现了人生的种种幸与不幸,揭示了人性的丑陋与悲哀。

一 西门庆

毫无疑问,西门庆乃是《金瓶梅》中地位最重要的人物,也理所当然地成了人们关注和研究的热点。清初张竹坡说他是混账恶人,现代有学者认为"西门庆是16世纪中国的新兴商人","是在朝向第一代商业资产阶级蜕变的父祖";"如果中国的历史继续按照自己的方向正常运转,他们就将是两千年中国封建社会的掘墓人"[1]。有学者认为西门庆"是十六世纪的新型流氓,是中国封建官僚制度下产生的新丑,并非什么资产阶级的新秀"[2]。有人认为"《金瓶梅》通过

---

[1] 卢兴基. 论《金瓶梅》: 16世纪一个新兴商人的悲剧 [J]. 中国社会科学, 1987 (3).

[2] 石钟扬. 致命的狂欢: 石钟扬说《金瓶梅》: 品读潘金莲与西门庆 [M]. 西安: 陕西人民出版社, 2006: 3.

西门庆的商业活动展示了16世纪后期中国商业活动和商业经济的特殊性","西门庆既是中国古代社会前资本主义时期商人形象的展现,又是具有商人、恶霸、暴发户、官僚等封建特色的非完全资本主义商人"①。还有人认为,西门庆是一个典型的市侩,是一个商人、官僚、恶霸三位一体的人物,他用钱来买权,又用权来疯狂地搜刮财富,无所顾忌,无恶不作,不择手段,没有任何的制度和法律的约束。笔者则认为,以上诸说都有其道理,但又都不够全面。西门庆是商人,但又不是循规蹈矩、合法经营的商人;西门庆是流氓,但又不是寻衅斗殴、赤裸上阵的流氓。他是特殊时代造成的典型人物,是传统文化与时代意识碰撞孕育而成的畸形儿。《金瓶梅》"独罪财色二字",贪财好色是西门庆的主要特征。

(一) 作为商人的西门庆精明能干、生财有道

西门庆本是"破落户地主"出身,最初只是"县门前开着个生药铺",但他仅仅用了七年的时间,就成为清河县首屈一指的巨富。小说第六十九回媒婆文嫂向林太太夸说西门庆的家财,"县门前,西门大老爹,如今在提刑院做掌刑千户,家中放官吏债,开四五处铺面,缎子铺、生药铺、绸绢铺、绒线铺,外边江湖又走标船,扬州兴贩盐引,东平府上纳香蜡,伙计主管约有数十。……家中田连阡陌,米烂陈仓,……端的朝朝寒食,夜夜元宵"②。第七十九回西门庆临终前向陈敬济吩咐道:"我死后,缎子铺是五万银子本钱……贲四绒线铺,本银六千五百两;吴二舅绸绒铺是五千两……李三、黄四身上还欠五百两本钱、一百五十两利钱未算,讨来发送我。你只和傅伙计守着家门这两个铺子罢。印子铺占用银二万两,生药铺五千两,韩伙计、来保松江船上四千两。……前边刘学官还少我二百两,华主簿少我五十两,门外徐四铺内,还欠我本利三百四十两。"③ 如此算来,西门庆死前的商业资产总值折合白银近十万两,这还不算

---

① 焦佳佳.《金瓶梅》中西门庆经济活动研究 [D]. 西安:陕西理工学院,2014.
② 兰陵笑笑生. 金瓶梅 [M]. 济南:齐鲁书社,1991:1052-1053.
③ 兰陵笑笑生. 金瓶梅 [M]. 济南:齐鲁书社,1991:1288-1289.

房产等固定资产。西门庆所从事的商业活动充分展现了明代中叶新兴商人的经营活动，展示了他们通过独特敛财方式走向成功的道路。同时，他们的商业经营活动也明显存在着问题与不足。其生财之道值得推敲。

应当承认，西门庆十分精明能干，其经营理念也极为灵活，采取了"合伙经营""股份制激励""多元投资""市场配置资源"等多种经营方式，所以，经商盈利是其发家致富的渠道之一。一开始西门庆的商业资产资本并不充足，他聘请了一位傅伙计负责生药铺的日常管理经营，他本人对药铺的管理并不多加干涉，唯一做的就是每天晚上去和这位伙计算账，记录当天收支的情况。第五十八回西门庆与乔大户合伙经营缎子铺，聘用伙计崔本、甘出身，由应伯爵作保制定合同。规定"得利十分为率：西门庆三分，乔大户分三分，其余韩道国、甘出身与崔本三分均分"①。这样一来，股东既得了大头，也照顾到了伙计的利益，把盈利和伙计的切身利益挂上了钩，调动了伙计经营的积极性和责任心。因此，缎子铺开业的第一天，"伙计攒账，就卖了五百余两银子"。②

西门庆懂得以钱生钱的道理，善于扩大再经营和多种经营。自西门庆从孟玉楼和李瓶儿那里积累了大量资本后，就连续开了几家经营不同商品的店铺。他和乔大户合开的缎子铺，最先投入的资金才一千两，后来他靠贩盐赚的钱从杭州和南京进了一万多两银子的货物，缎子铺开张没多久就净赚了六千两银子。获得的纯利又被他分别用于从湖州和松江进货，就这样本利越滚越大，到西门庆临死时，仅缎子铺就达到了"五万两银子的本钱"。所以，他的店铺越来越多，从最初的一间药铺发展到后来的四五处铺子，其中包括缎子铺、生药铺、绸绢铺、绒线铺等。

西门庆既从事长途贩运，同时又设店经营，即行商和坐贾兼而有之。行商的主要方式是在"外边江湖上又走标船"，"标船"是专门从事商货运输的船队，需要有相当雄厚的资本和魄力的人才能胜任，这样做的好处是直接从产地

---

① 兰陵笑笑生. 金瓶梅 [M]. 济南：齐鲁书社，1991：859.

② 兰陵笑笑生. 金瓶梅 [M]. 济南：齐鲁书社，1991：892.

采购，中间不经过客贩，获利就更可观。他不但扩大再经营，还善于抓住机遇，套购外地客人的滞销货、放高利贷、开当铺，同时在江湖上走标船，因此经商规模越来越大，积聚了大量的商业利润。

第十六回西门庆正在李瓶儿家，仆人玳安来报告说："家中有三个川广客人，在家中坐着，有许多细货，要科兑与傅二叔。只要一百两银子。押合同，约八月中找完银子。"① 第三十三回有个湖州姓何的客商，因有急事要回家去，有五百两银子的丝线要脱手。帮闲应伯爵来牵线，西门庆硬把价钱压到四百五十两。通过这些方式西门庆又获得了意外的利益。

西门庆还利用资本运营谋取利润，开当铺也是资本运营的主要方式之一。典当行业，一般当东西的主儿，是无力再赎回的，假如能赎回，也是变相的高利贷，所当物品往往不及价值的十之四五。西门庆几次借高利贷给李三、黄四做生意，贷款利息都是每月五分行利。第四十三回写道："正值李智、黄四关了一千两香蜡银子，贲四从东平府押了来家。应伯爵打听得知，亦走来帮扶交纳。西门庆令陈敬济拿天平在厅上兑明白，收了。黄四又拿出四锭金镯儿来，重三十两，算一百五十两利息之数，还欠五百两，就要捣换了合同。"② 他们之间的交易一直做到西门庆死。

利用官府关系以牟取暴利是西门庆的看家本领，第四十八回来保说："太师老爷新近条陈了七件事，旨意已是准行。如今老爷亲家户部侍郎韩爷题准事例：在陕西等三边开引种盐，各府州郡县，设立义仓，官粜粮米。令民间上上之户，赴仓上米，讨仓钞，派给盐引支盐。旧仓钞七分，新仓钞三分。咱旧时和乔亲家爹，高阳关上纳的那三万粮仓钞，派三万盐引，户部坐派。如今蔡状元又点了两淮巡盐，不日离京，倒有好些利息。"③

所谓"蔡老爹巡盐下场"，即指曾受西门庆热情款待的状元蔡蕴被任命为两

---

① 兰陵笑笑生. 金瓶梅 [M]. 济南：齐鲁书社，1991：243.

② 兰陵笑笑生. 金瓶梅 [M]. 济南：齐鲁书社，1991：635.

③ 兰陵笑笑生. 金瓶梅 [M]. 济南：齐鲁书社，1991：713.

淮巡盐御史，到扬州主持盐政。明代盐政所得款项主要用于边防武备开支，政府鼓励富商大户交粮纳款，以换取仓钞；再按仓钞发派运售食盐的许可证盐引。无盐引而经销食盐属于贩"私盐"，要受法律严惩。由于盐政败坏，商人纳粮后，手握仓钞却支不出食盐，导致仓钞贬值，几乎成为废纸，大大影响了商人纳粮的积极性。来保所说蔡、韩所奏盐政改革一事，是对明代补救盐政措施的影射。其中规定握有仓钞者可派给盐引、赴场支盐，虽非全额支给，但毕竟有了松动。这给西门庆带来了可乘之机。

蔡状元荣任巡盐御史，到扬州上任途中，再次来到西门庆家。西门庆不惜重金摆宴召妓，款待蔡御史，乘机提出了支盐请求：

> 西门庆饮酒中间因题起："有一事在此，不敢干渎。"蔡御史道："四泉有甚事只顾分付，学生无不领命。"西门庆道："去岁因舍亲在边上纳过些粮草，坐派了些盐引，正派在贵治扬州支盐。望乞到那里青目青目，早些支放，就是爱厚。"因把揭帖递上去。蔡御史看了，上面写着："商人来保、崔本，旧派淮盐三万引，乞到日早掣。"蔡御史看了笑道："这个甚么打紧！……我到扬州，你等径来察院见我。我比别的商人早掣一个月。"西门庆道："老先生下顾，早放十日就够了。"蔡御史把原帖就袖在袖内。①

紧俏商品上市，时间是非常关键的。早十天与晚十天，价格大不相同。西门庆正是靠着结交官员、变相行贿等手段，早早支出食盐，运到湖州、南京发卖，得了个好价钱，获利十倍。

（二）作为市侩的西门庆聚财之道十分奸诈

同时必须看到，西门庆绝非完全依赖经商发家致富，而是兼之以非商业手段才完成了原始资本的积累。《金瓶梅》第一回说他"作事机深诡谲，又放官吏债……专在县里管些公事，与人把揽说事过钱"②。所谓"放官吏债"，即把国家财产拿出来放债，收取利息。又"把揽说事过钱"，即替人打官司，替别人说

---

① 兰陵笑笑生. 金瓶梅 [M]. 济南：齐鲁书社，1991：721.

② 兰陵笑笑生. 金瓶梅 [M]. 济南：齐鲁书社，1991：15.

情或办事，从中收取别人的感谢费。

通过婚姻来谋取大笔的嫁资是西门庆积累原始资本的又一手段，他想方设法先后娶了富孀孟玉楼、太监侄媳李瓶儿。孟玉楼的前夫是布商，家道殷实，"手里有一份好钱。南京拔步床也有两张。四季衣服，插不下手去，也有四五只箱子。金镯银钏不消说，手里现银子也有上千两。好三梭布也三二百筒"①。西门庆娶了孟玉楼，这些财产自然也尽入西门庆囊中。

李瓶儿18岁时卖与大名府梁中书为妾，趁梁山好汉攻打大名府时，她随身带了一百颗西洋大珠、二两重一对鸦青宝石，与养娘一道，来东京投亲。年近花甲的花太监由御前值班升任广南镇守，得知李瓶儿美貌性和，因侄儿花子虚尚未配妻室，就使媒婆说亲，娶为正室。花太监死后，全部家产都落在了花子虚手里。第十四回写花子虚吃了家财官司，李瓶儿拜托西门庆打点平息，"搬出六十锭大元宝，共计三千两……四箱柜蟒衣玉带，顶帽绦环，都是值钱珍宝之物"，当晚都让西门庆搬运到了自己家中。② 第十六回写花子虚死后，西门庆在李瓶儿家饮酒作乐，李瓶儿对西门庆说道："奴这床后茶叶箱内，还藏三四十斤沉香，二百斤白蜡，两罐子水银，八十斤胡椒。你明日都搬出来，替我卖了银子，凑着你盖房子使。"③ 可见，西门庆从李瓶儿处得到了巨额财富。

牟取外财是西门庆积聚资本的又一方式。亲家陈洪东窗事发，西门庆的女婿陈敬济前来避难，带来许多箱笼，第十七回写道：

> 打马一直到家，只见后堂中秉着灯烛，女儿女婿都来了，堆着许多箱笼床帐家伙，先吃了一惊，因问："怎的这咱来家？"女婿陈敬济磕了头，哭说："近日朝中，俺杨老爷被科道官参论倒了。圣旨下来，拿送南牢问罪。门下亲族用事人等，都问拟枷充军。昨日府中杨干办连夜奔来，透报与父亲知道。父亲慌了，教儿子同大姐和些家伙箱笼，且暂在爹家中寄放，

---

① 兰陵笑笑生. 金瓶梅 [M]. 济南：齐鲁书社，1991：117.

② 兰陵笑笑生. 金瓶梅 [M]. 济南：齐鲁书社，1991：216.

③ 兰陵笑笑生. 金瓶梅 [M]. 济南：齐鲁书社，1991：242.

躲避些时。他便起身往东京我姑娘那里，打听消息去了。待事宁之日，恩有重报，不敢有忘。"①西门庆把箱笼细软都收拾月娘上房来，又得到一笔意外之财。

第八十六回陈敬济因偷金莲、春梅事发被打，在傅伙计面前哭诉道："老伙计，你不知道，我酒在肚里，事在心头。俺丈母听信小人言语，骂我一篇是非。就算我合了人，人没合了我？好不好，我把这一窝子老婆都刮剌了，到官也只是后丈母通奸，论个不应罪名。如今我先把你家女儿休了，然后一纸状子告到官，再不，东京万寿门进一本，你家里收着我家许多金银箱笼，都是杨戬应没官赃物。好不好，把你这几间业房子都抄没了，老婆便当官办卖。"②后来他在打西门大姐时又说："你家收着俺许多箱笼，因此起的大产业！"③可见陈敬济带来的这些家财数目相当可观。

西门庆通过官场的关系和行贿以偷税漏税，牟取暴利。明代征收商业税的机构叫钞关，嘉靖时全国设有七个钞关，临清钞关是其中之一，《金瓶梅》不止一次提到临清钞关。第五十八回写韩道国从杭州购置一万两银子的缎绢货物，直抵临清钞关，派手下人来向西门庆报信。西门庆马上写了一封信给钞关司职官吏钱老爷，附上五十两银子，求他"过税之时，青目一二"。按照明朝税制，大致为三十税一，价值万两的缎绢货物，至少应纳税三百两。结果韩道国只纳税三十两五钱银子，加上行贿的五十两及事后的谢资，西门庆实际花销不过白银百两，少交税金二百两。第六十回写道："那时，来保南京货船又到了，使了后生王显上来取车税银两。西门庆这里写书，差荣海拿一百两银子，又具羊酒金缎礼物谢主事：'就说此货过税，还望青目一二。'"④西门庆又少交纳四五百两税金。正是凭借这些方式，西门庆迅速积累了大量财富。

---

① 兰陵笑笑生. 金瓶梅 [M]. 济南：齐鲁书社，1991：258.

② 兰陵笑笑生. 金瓶梅 [M]. 济南：齐鲁书社，1991：1369-1370.

③ 兰陵笑笑生. 金瓶梅 [M]. 济南：齐鲁书社，1991：1412.

④ 兰陵笑笑生. 金瓶梅 [M]. 济南：齐鲁书社，1991：891.

（三）作为恶人的西门庆攫取财富的手段极为歹毒

西门庆通过女婿陈敬济，攀上了"东京八十万禁军杨提督的亲家"陈洪，由杨戬又得以结识蔡京的管家翟谦，由此顺利走上了官商合一、亦官亦商之路。翟谦好色，西门庆便把王六儿之女送给翟谦做妾，借以与翟谦成为至交。时机成熟后，西门庆派来保、吴主管进京，通过翟谦打通关节。翟谦将西门庆的寿礼揭帖呈递与太师观看，"但见：黄烘烘金壶玉盏，白晃晃减靰仙人。锦绣蟒衣，五彩夺目；南京纻缎，金碧交辉。汤羊美酒，尽贴封皮；异果时新，高堆盘盒。如何不喜……"蔡太师心喜之下又向来保说道："累次承你主人费心，无物可伸，如何是好？你主人身上可有甚官役？"来保道："小人的主人一介乡民，有何官役？"太师道："既无官役，昨日朝廷钦赐了我几张空名告身札付，我安你主人在你那山东提刑所，做个理刑副千户，顶补千户贺金的员缺，好不好？"① 至此西门庆已为官商一体迈出了第一步。

第三十六回写蔡京假子、新科状元蔡蕴及进士安凤山回籍省亲，路过清河县，西门庆闻讯立即行动起来。他以隆重的仪式迎他们，安排酒食并送以厚礼。这为后来蔡蕴再次路过清河并下榻西门庆府第做了铺垫，也为西门庆勾结权贵打下了基础。朝廷采集花石纲，派黄太尉迎取"卿云万态奇峰"，路过清河，西门庆又耗巨资大宴各路权臣。如此热情好客、仗义疏财，地方大小官吏对他刮目相看，艳羡不已。自此以后，凡路过此地的达官贵人无不在此下宴，似乎已成惯例。通过几次贿赂打点，他最终成了山东提刑所理刑千户，"居五品大夫之职"。"每日骑着大白马，头戴乌纱，身穿五彩洒线揉头狮子补子员领，四指大宽萌金茄楠香带，粉底皂靴，排军喝道，张打着大黑扇，前呼后拥，何止十数人跟随，在街上摇摆。"② 西门庆终于成了一名实力雄厚、上通朝廷、下通市井、呼风唤雨的官商。

明代中叶以后，中国封建社会长期奉行的"重农抑商"政策受到了强烈冲

---

① 兰陵笑笑生. 金瓶梅 [M]. 济南：齐鲁书社，1991：452.

② 兰陵笑笑生. 金瓶梅 [M]. 济南：齐鲁书社，1991：465.

击,商贾阶层所拥有的金钱力量足以对封建等级秩序构成破坏。随着经济的发展、城市工商业的兴盛,官员阶层对这种金钱力量,也不得不屈尊迎合。蔡御史受到西门庆优厚的款待,便对其种种要求一口应承。蔡京位极人臣,权倾朝野,但收了西门庆的厚礼之后,便送给西门庆从五品衔的理刑副千户。西门庆送给蔡京重礼为其祝寿,并拜蔡京为义父,结果他受到了超越满朝文武官员的礼遇。在商人金钱的锈蚀下,政治权力已失去了其原有的权威。成为官商的西门庆勾结官府、打击同行以至于行贿受贿、贪赃枉法,完全违背了经商的原则。

蒋竹山在李瓶儿的帮助下开了一家中药店,西门庆便唆使地痞流氓无赖,多次到蒋竹山的药店闹事,还伪造借款凭据,硬赖他欠账不还并诉之官府,把蒋竹山打个半死,迫使他拆了药铺。

西门庆谋得提刑副千户之职后,接手的第一个案子是车淡等人状告王六儿与小叔子的通奸案。他与提刑千户夏延龄沆瀣一气,颠倒黑白,吃了原告吃被告。西门庆初试锋芒,便达到了自己的目的,既捞到了钱财,又树立了自己的权威。西门庆主持开堂审理的第二个案子便是苗青案,他表现得更为凶狠贪婪、为所欲为。苗青本是扬州富商苗天秀的家奴,因被怀疑与主母有奸情被痛打一顿,差一点被驱逐出府。苗天秀上东京汴梁探亲,在清河县的陕湾,苗青伙同船上的两个艄子陈三、翁八谋害苗天秀,在夜里陈三将苗天秀脖颈刺了一刀,推下水中,翁八将家僮安童一棍打翻水中,然后三人将钱物分了。安童被人救上岸后,偶然之中,发现陈三、翁八两人穿着主人的衣裳,就击鼓鸣冤。夏提刑立即将陈三、翁八缉捕到案,二人又将苗青供出。苗青则躲到王六儿的隔壁乐三娘子家中,求乐三娘子帮忙。乐三娘子知道王六儿与西门庆的关系,拿着五十两银子和两套缎子衣服找到王六儿,王六儿见钱眼开,满口答应。谁知王六儿给西门庆说情后,西门庆深知案情重大,让王六儿将礼物退回。苗青只好倾其所有,给西门庆送了一千两银子,于是西门庆贪赃枉法,给苗青出主意,让其赶快回原籍扬州。西门庆要与夏提刑平分赃款,将夏提刑请到家中:

饮酒中间,西门庆方题起苗青的事来,道:"这厮昨日央及了个士夫,再三来对学生说,又馈送了些礼在此。学生不敢自专,今日请长官来,与长官计议。"于是,把礼帖递与夏提刑。夏提刑看了,便道:"恁凭长官尊意裁处。"西门庆道:"依着学生,明日只把那个贼人、真赃送过去罢,也不消要这苗青。那个原告小厮安童,便收领在外,待有了苗天秀尸首,归结未迟。礼还送到长官处。"夏提刑道:"长官,这就不是了。长官见得极是,此是长官费心一番,何得见让于我?决然使不得。"彼此推辞了半日,西门庆不得已,还把礼物两家平分了,装了五百两在食盒内。夏提刑下席来,作揖谢道:"既是长官见爱,我学生再辞,显的迂阔了。盛情感激不尽,实为多愧。"又领了几杯酒,方才告辞起身。西门庆随即差玳安拿食盒,还当酒抬送到夏提刑家。夏提刑亲在门上收了,拿回帖,又赏了玳安二两银子,两名排军四钱,俱不在话下。①

两人商量好后,将陈三、翁八一顿大刑伺候,将二人问成强盗杀人罪,将苗青定为被诬同谋,实属无辜。安童不服,上告到开封府黄通判,黄通判立即让安童将诉状往巡按山东察院里投下。巡按御史曾孝序"极是个清廉正气的官"②,接案后"复提出陈三、翁八审问,俱执称苗青主谋之情。曾公大怒,差人行牌,星夜往扬州提苗青去了。一面写本参劾提刑院两员问官受赃卖法"③。

西门庆闻讯当即派来保找蔡京的管家翟谦活动求情,"一日等的翟管家写了回书,与了五两盘缠,与夏寿取路回山东清河县。来到家中,西门庆正在家耽心不下,那夏提刑一日一遍来问信。听见来保二人到了,叫至后边问他端的。来保对西门庆悉把上项事情诉说一遍,道:'翟爹看了爹的书,便说:"此事不打紧,教你爹放心。见今巡按也满了,另点新巡按下来了。况他的参本还未到,等他本上时,等我对老爷说了,随他本上参的怎么重,只批该部知道,老爷这里再拿帖儿吩咐兵部余尚书,只把他的本立了案不覆上去,随他有拨天关本事也无妨。'西门庆听了,方才心中放下。因问:'他的本怎还不到?'来保道:

---

① 兰陵笑笑生. 金瓶梅 [M]. 济南:齐鲁书社,1991:698.

② 兰陵笑笑生. 金瓶梅 [M]. 济南:齐鲁书社,1991:701.

③ 兰陵笑笑生. 金瓶梅 [M]. 济南:齐鲁书社,1991:703.

'俺们一去时，昼夜马上行去，只五日就赶到京中，可知在他头里。俺每回来，见路上一簇响铃驿马，背着黄色袱，插着两根雉尾、两面牙旗，怕不就是巡按衙门进送实封才到了。'西门庆道：'得他的本上的迟，事情就停当了。我只怕去迟了。'"① 后来蔡京寻个机会将曾孝序革职为民贬到岭南。

（四）作为好色的西门庆欲壑难填，荒淫无度

张竹坡在《金瓶梅杂录》中列举了西门庆奸淫过的妇女和娈童名单：

> 李娇儿、卓丢儿、孟玉楼、潘金莲、李瓶儿、孙雪娥、庞春梅、迎春、秀春、兰香、宋惠莲、来爵媳妇惠元、王六儿、贲四嫂、如意儿、林太太、李桂姐、吴银儿、郑月儿、何千户娘子蓝氏、王三官娘子黄氏锦云、书童、王经。②

从以上名单不难看出，西门庆是一个不折不扣的好色之徒，欲壑难填，荒淫无度。

西门庆原配夫人是"微末"出身的陈氏，后娶清河县左卫吴千户之女为继室，先后又纳李娇儿、孙雪娥、孟玉楼为妾。为满足自己的色欲，他谋杀了武大郎，将潘金莲纳为小妾。他气死了花子虚，痛打了蒋竹山，将李瓶儿据为己有。这么多妻妾供其淫乐还嫌不足，他又诱奸了仆妇宋惠莲，支走了来旺儿，最后将宋惠莲逼死。他先后又以种种手段霸占了丫鬟春梅、奶娘如意儿；在外长期包占伙计之妻王六儿，私通贵夫人林太太，还常去烟花柳巷，简直就是一个不折不扣的色情狂。这些女人统统成为他泄欲的工具，极少有什么感情可言儿。西门庆凭其财势和手段勾引女人，一旦得逞，便为所欲为，任意摆布，稍有不遂，则训斥打骂，甚至体罚折磨，直到她们彻底驯服为止。

李瓶儿原是西门庆结义兄弟花子虚的妻子，由于花子虚整日在妓院鬼混，使得李瓶儿满腔怨愤。西门庆借机博得李瓶儿的欢心，后又勾搭成奸。西门庆承诺，在讨她做妾前先给她盖好房子，打通他们两家毗邻的花园，使李瓶儿死

---

① 兰陵笑笑生. 金瓶梅 [M]. 济南：齐鲁书社，1991：712-713.

② 兰陵笑笑生. 金瓶梅 [M]. 济南：齐鲁书社，1991：5-6.

心塌地依赖于他。花子虚一死，她就迫不及待地想嫁进西门庆家来。就在此时，西门庆因杨戬被弹劾而陷入一场讼狱之中，无暇顾及李瓶儿，街头郎中蒋竹山乘机做了李瓶儿的倒插门女婿。西门庆官司平息后，闻听此事，不禁勃然大怒。即刻动用流氓打手，勾结官府，把蒋竹山打了个半死。在李瓶儿走投无路时，西门庆故意冷淡、嘲讽她，当李瓶儿要自尽时，他竟把绳子丢在她的面前，说我倒要看看你是怎么上吊的。使得李瓶儿求生不得，欲死不能。西门庆仍不罢休，逼李瓶儿脱光衣服下跪，稍一犹豫，即以皮鞭抽打，直到她彻底驯服为止。由此可见，他对妻妾甚至所喜悦的女人，也毫无真情可言，他不过是一个"打老婆的班头，坑妇女的领袖"而已。

为霸占宋惠莲而陷害来旺儿，西门庆更是凶相毕露、阴险残暴。开始时栽赃陷害，以夤夜杀害家主的罪名把来旺儿逮捕入狱。接着送一百石白米与夏提刑、贺千户，二人受了礼物，断来旺儿欺心背主，使其无处申诉。宋惠莲之父宋仁为女报仇，赴县衙控诉。"这西门庆不听万事皆休，听了心中大怒，骂道：'这少死光棍，这等可恶！'即令小厮：'请你姐夫来写帖儿。'就差来安儿送与李知县。随即差了两个公人，一条索子把宋仁拿到县里，反问他打纲诈财，倚尸图赖。当厅一夹二十大板，打的鲜血顺腿淋漓。写了一纸供状，再不许到西门庆家缠扰。并责令地方火甲，眼同西门庆家人，即将尸烧化讫。那宋仁打的两腿棒疮，归家着了重气，害了一场时疫，不上几日，呜呼哀哉死了。"①

西门庆的好色达到了令人难以置信的程度，将玩弄女性视为其生命的终极目标和日常生活的主要内容。月娘曾经劝说道："哥，你天大的造化，生下孩儿。你又发起善念，广结良缘，岂不是俺一家儿的福分！只是那善念头怕他不多，那恶念头怕他不尽。哥，你日后那没来回没正经养婆娘、没搭煞贪财好色的事体少干几桩儿，却不攒下些阴功，与那小孩子也好！"西门庆笑道："你的醋话儿又来了。却不道天地尚有阴阳，男女自然配合。今生偷情的、苟合的，都是前生分定，姻缘簿上注名，今生了还，难道是生剌剌胡挡乱扯歪厮缠做的？

---

① 兰陵笑笑生. 金瓶梅 [M]. 济南：齐鲁书社，1991：409.

咱闻那佛祖西天，也止不过要黄金铺地，阴司十殿，也要些楮镪营求。咱只消尽这家私广为善事，就使强奸了姮娥，和奸了织女，拐了许飞琼，盗了西王母的女儿，也不减我泼天的富贵。"月娘笑道："狗吃热屎，原道是个香甜的；生血掉在牙儿内，怎生改得！"① 可见其色胆包天的本性。但最终他也恰恰死于好色之上，这正是其必然的命运结局。

二 潘金莲

《金瓶梅》中潘金莲这一文学形象虽然来自《水浒传》，但却发生了重大变化。在王婆的撮合下，她与西门庆勾搭成奸，毒死亲夫武大郎，这些情节均与《水浒传》无异。但此后在《金瓶梅》中，潘金莲没有立即被武松杀死，而是做了西门庆的第四个小妾，从而更充分地展示了她复杂的性格和命运，成为中国小说史上最受人瞩目同时也备受争议的女性形象之一。有人将其视为淫荡而歹毒的女性典型；有人认为她是"以性为命""为爱而亡"的悲剧人物；有人认为她是一位争取个性自由、具有独立意识的新女性典型。笔者以为，只有从小说的实际描写和小说所产生的时代文化背景两个方面去分析把握，才能更准确地评价《金瓶梅》中潘金莲这一形象。

《金瓶梅》开篇即云："如今再说那色的厉害……有那一种好色的人，见了个妇女略有几分颜色，便百计千方偷寒送暖。一到了着手时节，只图那一瞬欢娱，也全不顾亲戚的名分，也不想朋友的交情……到后来情浓事露，甚而斗狠杀伤，性命不保，妻孥难顾，事业成灰。就如那石季伦泼天富贵，为那绿珠命丧图圄；楚霸王气概拔山，因虞姬头悬垓下……即如那妖姬艳女，献媚工妍，看得破的，却如交锋阵上将军叱咤献威风；朱唇皓齿，掩袖回眸，懂得时，便是阎罗殿前鬼判夜叉增恶态；罗袜一弯，金莲三寸，是砌坟时破土的锹锄；

---

① 兰陵笑笑生. 金瓶梅 [M]. 济南：齐鲁书社，1991：842-843.

枕上绸缪，被中恩爱，是五殿下油锅中生活。"① 作者显然是要通过小说告诫世人，克制欲望，警惕美色。潘金莲正是在这样一种思想指导下塑造出来的人物形象。

(一) 潘金莲的身世与婚姻

《金瓶梅》首先写出了潘金莲的卑微身世与不幸婚姻，她本是清河县南门外潘裁缝的女儿，排行第六，小名六姐。天生一副好姿色，又缠得一双好小脚。在她九岁时，潘裁缝因病身亡。做娘的度日不过，便把金莲卖在城里王招宣府中，习学弹唱。这金莲不仅模样好，人也机灵聪明，学啥会啥，学啥像啥。到十五岁时，描鸾绣凤，品竹弹丝，会弹一手好琵琶。王招宣死后，潘姥姥把女儿要了出来，以三十两白银转手卖给了张大户。十八岁的潘金莲出落得脸似三

---

① 兰陵笑笑生. 金瓶梅 [M]. 济南：齐鲁书社，1991：12.

月桃花,身如出水芙蓉,杏眼动人心魄,细眉弯弯,把个张大户馋得如同饥饿极了的猫见了鱼。只因为当时主家婆余氏凶狠如虎,张大户才不敢轻易沾腥。但有一日,邻家嫁女,余氏赴席。张大户暗暗把金莲叫到房中,遂心收用了。余氏发现后,咒骂丈夫,苦打金莲。张大户挨骂已是家常便饭,可就是舍不得小金莲。张大户见家里容不得金莲,又不愿让她从自己的魔爪下走脱,于是心生诡计,把她白白地送给住着他房子、诨名"三寸丁谷树皮"的武大为妻。之后,张大户每当武大出外卖炊饼时,就踅入房中与潘金莲厮会。待张大户死后,余氏就将她内心的愤怒一股脑儿地发泄在金莲身上,把她和武大一起赶了出去。

毫无疑问,故事至此,潘金莲是一个受侮辱、被玩弄的女性。她被张大户赏给了武大郎做妻,对这桩婚姻她极为不满。她不甘心嫁给这样一个面貌丑陋的男人,常常抱怨:"普天世界断生了男子,何故将奴嫁与这样个货?……却嫁了他!是好苦也!"常无人处唱个〔山坡羊〕为证:

想当初,姻缘错配奴,把他当男儿汉看觑。不是奴自己夸奖,她乌鸦怎配鸾凰对。奴真金子埋在土里,他是块高号铜,怎与俺金色比。他本是块顽石,有甚福抱着我羊脂玉体,好似粪土上长出灵芝。奈何?随他怎样,到底奴心不美。听知,奴是块金砖,怎比泥土基。①

这首曲子一方面表露了潘金莲对自己容貌的自信,另一方面也表白了她的婚姻观念,即容貌上应当相匹配。然而现实情形却相差甚远,因此她内心十分不满。

对于潘金莲的婚姻不幸,《金瓶梅》作者感叹道:"但凡世上妇女,若自己有些颜色,所禀伶俐,配个好男子便罢了,若是武大这般,虽好杀,也未免有几分憎嫌。"② 潘金莲对婚姻的不满,可以说是受时代思潮的影响而产生的朦胧的爱情自主意识,这一意识在遇到武松时有了明显的流露。第一回这样写道:

妇人独自在楼上陪武松坐的。看了武松身材凛凛,相貌堂堂,又想他

---

① 兰陵笑笑生. 金瓶梅 [M]. 济南:齐鲁书社,1991:33.

② 兰陵笑笑生. 金瓶梅 [M]. 济南:齐鲁书社,1991:33.

打死了那大虫，毕竟有千百斤气力，口中不说，心下思量道："一母所生的兄弟，怎生我家那身不满尺的丁树，三分似人，七分似鬼，奴那世里遭瘟，撞着他来？如今看起武松这般人物壮健，何不叫他搬来我家住？想这段姻缘却在这里了。"①

这一念头虽不合伦理，却表现了其真性情的一面。武松临行之前，严词告诫潘金莲说：

"嫂嫂是个精细的人，不必要武松多说，我的哥哥为人质朴，全靠嫂嫂做主。常言：'表壮不如里壮。'嫂嫂把得家定，我哥烦恼做甚么？岂不闻古人云：'篱牢犬不入。'"那妇人听了这句话，一点红从耳边起，须臾紫涨了面皮，指着武大骂道："你这个混沌东西。有甚言语在别处说，来欺负老娘！我是个不带头巾的男子汉，叮叮当当响的婆娘！拳头上也立得人，胳膊上走得马，不是那腥臊血搦不出来鳖！老娘自从嫁了武大，真个蚂蚁不敢入屋里来，甚么篱笆不牢犬儿钻得入来？你休胡言乱语，一句句都要下落！丢下一块瓦砖儿，一个个也要着地！"武松笑道："若得嫂嫂做主，最好。只要心口相应。既然如此，我武松都记得嫂嫂说的话了，请过此杯。"那妇人一手推开酒盏，一直跑下楼来，走到在胡梯上发话道："既是你聪明伶俐，恰不道长嫂为母。我初嫁武大时，不曾听得有甚小叔，那里走得来？是亲不是亲，便要做乔家公。自是老娘晦气了，偏撞着这许多鸟事！"一面哭下楼去了。②

武松虽然给潘金莲敲了警钟，但潘金莲那不满于婚姻现状的内心却无法按捺下去了。

按照传统的道德规范，女子应当"嫁鸡随鸡，嫁狗随狗"。但明代中后期，这一观念受到了质疑和冲击，初步的自主平等意识在市民阶层中渐渐蔓延。潘金莲生活在市井之中，也自然而然受到这一观念的浸润和影响。她不甘于任人

---

① 兰陵笑笑生. 金瓶梅［M］. 济南：齐鲁书社，1991：35.

② 兰陵笑笑生. 金瓶梅［M］. 济南：齐鲁书社，1991：49-50.

玩弄，也不甘于与武大厮守终生。所以当遇到"张生般的庞儿，潘安的貌儿，可意的人儿"，"风流浮浪，语言甜净"，一表人物的西门庆时，便不顾一切地投入到了西门庆的怀抱之中。但是，社会现实是非常残酷的，它让你有了朦胧的自主爱情意识，却并未给予你一条合理的解脱之路。于是，潘金莲便一步步坠入罪恶的深渊。无论如何，她与西门庆合谋毒死武大，都是赤裸裸的犯罪。

（二）为维护私欲而阴险歹毒

潘金莲不像孟玉楼和李瓶儿，能为西门庆带来一笔可观的财产，她只能靠自己的姿色和心机赢得地位。对于正房吴月娘，她先是采取了刻意奉承的策略，而对于其他女性，除庞春梅外，则统统视为敌人和对手。为了自身的地位和利益，她便用尽一切手段与其他妻妾仆妇明争暗斗，甚至不惜以他人生命为代价。在笼络住西门庆的同时，她使出浑身解数，打压吴月娘、排挤孙雪娥、拉拢孟玉楼、打击李瓶儿。在妻妾争宠中，充分显示了她的狡诈、泼辣、凶残、歹毒。她搬弄是非、争风吃醋，闹得家反宅乱，一日也不得清闲。潘金莲所做的最为险恶的事是害死官哥儿、李瓶儿和宋惠莲。

李瓶儿不仅容貌姣好，性格温顺，还为西门庆带来一笔家财，尤其是生了儿子官哥，使西门庆对她格外宠爱。潘金莲于是开始散布谣言，说孩子的爹不知是谁。看到大家为李瓶儿的分娩忙进忙出时，她心里十分地不舒坦，在一旁不怀好意地说："耶哫哫，紧着热刺刺的挤了一屋子的人，也不是养孩子，都看着下象胆哩！"① 紧接着便处心积虑地设计加害于官哥儿，进而危害李瓶儿。她训练了一只雪狮子猫，用红绢裹肉，令它扑而挝食，终于得隙扑到了官哥的身上，将官哥吓得风搐起来，不久夭亡。李瓶儿受了这一精神打击，一病不起，潘金莲便乘胜追击，逐日指桑骂槐，气得她病上加病，又不敢和她争执，不久也一命呜呼。

宋惠莲是又一个被潘金莲视为劲敌的女性。潘金莲听了来兴之言，知道宋惠莲的丈夫来旺儿狂言骂她，心中恼的要不得。便设计要加害来旺儿、宋惠莲

---

① 兰陵笑笑生.金瓶梅[M].济南：齐鲁书社，1991：456.

夫妻二人。她对西门庆说:"见有来兴儿亲自听见。思想起来,你背地图他老婆,他便背地要你家小娘子。你的皮靴儿没反正,那厮杀你便该当,与我何干?连我一例也要杀。趁早不为之计,夜头早晚,人无后眼,只怕暗遭他毒手。"① 西门庆听后极是生气,先把与来旺儿偷情的孙雪娥毒打了一顿。后来又询问来旺儿的老婆宋惠莲。宋惠莲说:"阿呀,爹!你老人家没的说,他是没有这个话,我就替他赌了大誓。他酒便吃两盅,敢恁七个头八个胆,背地里骂爹?又吃纣王水土,又说纣王无道,他靠那里过日子?爹你不要听人言语。我且问爹,听见谁说这个话来?"② 西门庆告诉她是来兴。宋惠莲又说:"来兴儿因爹叫俺这一个买办,说俺们夺了他的,不得赚些钱使,结下这仇恨儿,平空拿这血口喷他,爹就信了。他有这个欺心的事,我也不饶他。爹,你依我,不要教他在家里,与他几两银子本钱,教他信信脱脱,远离他乡做买卖去。他出去了,早晚爹和我说句话儿,也方便些。"③ 西门庆果然按照宋惠莲的主意,打发来旺儿去东京办事。

岂料这事早传到潘金莲的耳朵里,她问西门庆:"明日打发谁往东京去?"西门庆告诉她是来旺儿等人。潘金莲道:"随你心下,我说的话儿,你不依,倒听那奴才淫妇一面儿言语。他随问怎的,只护他的汉子。那奴才有话在先,不是一日儿了。左右破着老婆丢与你,坑了你这银子,拐的往那头里停停脱脱去了,看哥哥两眼儿空哩。你的白丢了罢了,难为人家一千两银子,不怕你不赔他。我说在你心里,也随你。老婆无故只是为他。不争你贪他这老婆,你留他在家里不好,你就打发他出去做买卖也不好。你留他在家里,早晚没这些眼防范他;你打发他外边去,他使了你本钱,头一件,你先说不得他。你若要他这奴才老婆,不如先把奴才打发他离门离户。常言道:剪草不除根,萌芽依旧生;

---

① 兰陵笑笑生. 金瓶梅 [M]. 济南:齐鲁书社,1991:385.

② 兰陵笑笑生. 金瓶梅 [M]. 济南:齐鲁书社,1991:385-386.

③ 兰陵笑笑生. 金瓶梅 [M]. 济南:齐鲁书社,1991:386.

剪草若除根，萌芽不再生。就是你也不担心，老婆他也死心塌地。"①

西门庆如醉方醒，遂改变了主意，按照潘金莲说的"剪草除根"，设计坑陷来旺儿。来旺儿被陷害，送进了官府严刑拷打。宋惠莲得知后，唯一的办法就是央求西门庆，她对西门庆说："你好歹看奴之面，奈何他两日，放他出来。随你教他做买卖，不教他做买卖也罢。这一出来，我教他把酒断了，随你去近到远使他，他敢不去？再不你若嫌不方便，替他寻上个老婆，他也罢了。我常远不是他的人了。"西门庆听了，喜不自胜，说："我的心肝，你话是了。我明日买了对过乔家房，收拾三间房子与你住，搬你那里去，咱两个自在玩耍。"② 二人商量已定。到晚上，西门庆果然要陈敬济写帖子往夏提刑处说，要放来旺儿出来。

可是事情早已传到潘金莲那里，潘金莲绝对不会放过宋惠莲。她走到西门庆跟前，先阻止陈敬济写帖子，问西门庆："你教陈姐夫写甚么帖子？"西门庆说："我想把来旺儿责打与他几下，放他出来罢。"潘金莲道："你空耽着汉子的名儿，原来是个随风倒舵顺水推舟的行货子！我那等对你说的话儿，你不依，倒听那贼奴才淫妇话儿。随你怎的逐日沙糖拌蜜与她吃，她还只疼她的汉子。依我，如今把那奴才放出来，你也不好要他这老婆了，教他奴才好借口。你放在家里，不荤不素，当做甚么人儿看成？待要把她做你小老婆，奴才又见在，待要说道奴才老婆，你见把他逗的怎没张致的，在人跟前上头上脸，有些样儿！就算另替那奴才娶一个，着你要了他这老婆，往后倘忽你两个坐在一答里，那奴才或走来跟前回话，或做甚么，见了有个不气的？老婆见了他，站起来是，不站起来是？先不先，只这个就不雅相。传出去，休说六邻亲戚笑话，只家中大小，把你也不着在意里。正是上梁不正下梁歪。你既要干这营生，不如一狠二狠，把奴才结果了，你就搂着他老婆也放心。"③ 西门庆果然听从了潘金莲，

---

① 兰陵笑笑生. 金瓶梅 [M]. 济南：齐鲁书社，1991：387.

② 兰陵笑笑生. 金瓶梅 [M]. 济南：齐鲁书社，1991：395.

③ 兰陵笑笑生. 金瓶梅 [M]. 济南：齐鲁书社，1991：397.

把原来要写的放来旺儿出来的帖子改为了狠狠打他的帖子。来旺儿差点被活活打死，宋惠莲则含恨自缢而死。

潘金莲意识到西门庆在这件事上理亏，对于已经死去、再也无法跟她争宠的宋惠莲仍然不肯放过，满口"淫妇""死了堕阿鼻地狱""阴山背后永世不得超生"的加以诅咒。当她知道西门庆还收藏着宋惠莲的鞋子后，马上大哭大闹："你看他还大张鸡儿呢。瞒着我黄猫黑尾，你干的好茧儿！来旺儿媳妇子的一只臭蹄子，宝上珠也一般，收藏在藏春坞雪洞儿里拜帖匣子内，搅着些字纸和香儿一处放着。甚么罕稀物件，也不当家化化的！怪不的那贼淫妇死了，堕阿鼻地狱。"① 大声喊道："取刀来，等我把淫妇鞋剁作几截子，掠到茅司里去！叫贼淫妇阴山背后，永世不得超生！"②

潘金莲对正室吴月娘也由拉拢利用发展到公然挑战。第七十五回，潘金莲指望西门庆来她屋里睡觉。按照历法，那是个受孕的吉日，她为此已事先备下了一帖受孕的符药：

> 金莲在那边屋里只顾坐的，要等西门庆一答儿往前边去，今日晚夕要吃薛姑子符药，与他交媾，图壬子日好生子。见西门庆不动身，走来掀着帘儿叫他说："你不往前边去，我等不得你，我先去也。"西门庆道："我儿，你先走一步儿，我吃了这些酒就来。"那金莲一直往前去了。月娘道："我偏不要你去，我还和你说话哩。你两人合穿着一条裤子也怎的？强汗世界，巴巴走来我屋里，硬来叫你。没廉耻的货，只你是他的老婆，别人不是他的老婆？你叫！贼皮搭行货子，怪不的人说你。一视同仁，都是你的老婆，休要显出来便好。就吃他在前边把拦住了，从东京来，通影边儿不进后边歇一夜儿，叫人怎么不恼你？冷灶着一把儿，热灶着一把儿才好，通叫他把拦住了，我便罢了，不和你一般见识，别人他肯让的过？口儿内虽故不言语，好杀他心儿里也有几分恼。今日孟三姐在应二嫂那里，通一

---

① 兰陵笑笑生. 金瓶梅［M］. 济南：齐鲁书社，1991：430.
② 兰陵笑笑生. 金瓶梅［M］. 济南：齐鲁书社，1991：431.

日没吃甚么儿，不知掉了口冷气，只害心凄恶心。来家，应二嫂递了两盅酒，都吐了。你还不往屋里瞧他瞧去？"①

吴月娘虽为正室妻子，但潘金莲为了自身利益，不惜公然与其反目，挑战吴月娘正妻的权威，跟她进行了一场激烈的辩驳，气得吴月娘"两只胳膊都软了，手冰冷的"②。

孙雪娥原来是西门庆元配陈氏的陪床丫头，因有姿色，二十来岁年纪，又善做五鲜原汤，西门庆便在娶潘金莲之前，与她戴了髻，排行第四。她单管率领家人媳妇厨中上灶，打发各房伙食。第十七回写潘金莲与孙雪娥结怨：

> 话说潘金莲在家恃宠生骄，颠寒作热，镇日夜不得个宁静。性极多疑，专一听篱察壁。那个春梅，又不是十分耐烦的。一日，金莲为些零碎事情，不凑巧骂了春梅几句。春梅没处出气，走往后边厨房下去，捶台拍凳，闹狠狠的模样。那孙雪娥看不过，假意戏他道："怪行货子！想汉子，便别处去想，怎的在这里硬气？"春梅正在闷时，听了这句，不一时暴跳起来："那个歪斯缠我哄汉子？"雪娥见他性不顺，只做不听得。春梅便使性，做几步走到前边来，一五一十，又添些话头，道："他还说娘教爹收了我，悄一帮儿哄汉子。"挑拨与金莲知道。金莲满肚子不快活。因送吴月娘出去送殡，起身早些，有些身子倦，睡了一觉，走到亭子上。只见孟玉楼摇飐的走来，笑嘻嘻道："姐姐如何闷闷的不言语？"金莲道："不要说起，今早倦的了不得。三姐你在那里去来？"玉楼道："才到后面厨房里走了走来。"金莲道："他与你说些甚么来？"玉楼道："姐姐没言语。"金莲心虽怀恨，口里却不说出。③

自此潘金莲、庞春梅便和孙雪娥结了仇。"次日，也是合当有事。西门庆许下金莲，要往庙上替他买珠子穿箍儿戴。早起来，等着要吃荷花饼、银丝鲊汤，使

---

① 兰陵笑笑生. 金瓶梅 [M]. 济南：齐鲁书社，1991：1172-1173.

② 兰陵笑笑生. 金瓶梅 [M]. 济南：齐鲁书社，1991：1182.

③ 兰陵笑笑生. 金瓶梅 [M]. 济南：齐鲁书社，1991：167-168.

春梅往厨下说去。那春梅只顾不动身。金莲道：'你休使他。有人说我纵容他，教你收了，俏成一帮儿哄汉子。百般指猪骂狗，欺负俺娘儿们。你又使他后边做甚么去？'西门庆便问：'是谁说的？你对我说。'妇人道：'说怎的！盆罐都有耳朵，你只不叫他后边去，另使秋菊去便了。'这西门庆遂叫过秋菊，吩咐他往厨下对雪娥说去。约有两顿饭时，妇人已是把桌儿放了，白不见拿来。急的西门庆只是暴跳。妇人见秋菊不来，使春梅：'你去后边瞧瞧那奴才，只顾生根长苗的不见来。'春梅有几分不顺，使性子走到厨下。只见秋菊正在那里等着哩，便骂道：'贼奴才，娘要卸你那腿哩！说你怎的就不去了。爹等着吃了饼，要往庙上去。急的爹在前边暴跳，叫我采了你去哩！'这孙雪娥不听便罢，听了心中大怒，骂道：'怪小淫妇儿！马回子拜节——来到的就是？锅儿是铁打的，也等慢慢儿的来，预备下熬的粥儿又不吃，忽剌八新兴出来要烙饼做汤。那个是肚里蛔虫！'"① 庞春梅气狠狠地回来告诉了西门庆，这西门庆听了大怒，走到后边厨房里，不由分说，对孙雪娥又打又骂。孙雪娥气得在厨房里两泪悲流，放声大哭。潘金莲向西门庆不断说孙雪娥的坏话，使孙雪娥的地位与其他妻妾日益悬殊，彻底败在了潘金莲手下。

至于像秋菊等地位低贱的丫鬟，潘金莲更是极尽摧残折磨之能事，动辄惩罚秋菊顶着石头跪在院中，甚至用指甲把秋菊的脸颊弄得稀烂。她在苦苦等待西门庆时，便以虐待迎儿发泄心中的压抑和怨恨。这种种恶行，充分暴露了潘金莲人性中丑陋的一面，无论如何不值得人们同情和宽恕。

（三）为放纵性欲而心理扭曲

潘金莲"从九岁卖在王招宣府里，习学弹唱，闲常又教他读书写字。他本性机变伶俐，不过十二三，就会描眉画眼，傅粉施朱，品竹弹丝，女工针指，知书识字，梳一个缠髻儿，着一件扣身衫子，做张做致，乔模乔样"②。后来被再次卖给张大户，进一步被侮辱玩弄，也领略了所谓的"男女风情"，这些都为

---

① 兰陵笑笑生. 金瓶梅 [M]. 济南：齐鲁书社，1991：170.
② 兰陵笑笑生. 金瓶梅 [M]. 济南：齐鲁书社，1991：32.

她放纵性欲打下了基础。"西门庆自娶了玉楼在家，燕尔新婚，如胶似漆。又遇陈宅使文嫂儿来通信，六月十二日就要娶大姐过门。西门庆促忙促急攒造不出床来，就把孟玉楼陪来的一张南京描金彩漆拔步床陪了大姐。三朝九日，足乱了一个月多，不曾往潘金莲家去。把那妇人每日门儿倚遍，眼儿望穿。"① 只要西门庆外出，她便"挨一日似三秋，盼一夜如半夏"②。

为了笼络住西门庆之心，也为了发泄自身的淫欲，潘金莲的心理发生了严重扭曲。对西门庆的什么要求她都尽力满足，百依百顺，"比娼妓尤盛"，"屈身忍辱，无所不至"。与西门庆一起摆弄淫具、制作绫带、按春宫图行房、施展枕边风月。她还配合西门庆偷人，为偷李瓶儿牵线搭桥、搭梯望风；在她眼皮底下奸要春梅。她明知西门庆与宋惠莲、王六儿、如意儿等有奸情，也放任不管。用她自己的话说："你主子既爱你（如意儿），常言船多不碍港，车多不碍路，那好做恶人？你只不犯着我，我管你怎的？"③

她的这种扭曲心理达到了无以复加的地步。当她偷听到西门庆夸李瓶儿身体白净时，"就暗暗将茉莉花蕊儿搅酥油定粉，把身上都搽遍了，搽的白腻光滑，异香可掬，欲夺其宠"④。吴月娘说她是"拦霸汉子""无一日不可无汉子"。西门庆在外寻花问柳、动辄数日不归时，潘金莲"欲火难禁三丈高"，看到"玳瑁猫交欢"都"芳心迷乱"，于是与琴童苟且，与女婿陈敬济乱伦。第十八回陈敬济初遇潘金莲时，"猛然一见，不觉心荡目摇，精魂已失"。作者说他们是"五百年冤家今朝相遇，三十年恩爱一旦遭逢"⑤。后来他们一有机会就嘲戏调笑，偷偷地你捏我一把，我踢你一脚，有一两次陈敬济"把小丈母便揪住了亲嘴"。西门庆死后，潘金莲即与陈敬济打得火热，"色胆如天怕甚事"。两

---

① 兰陵笑笑生. 金瓶梅 [M]. 济南：齐鲁书社，1991：132.

② 兰陵笑笑生. 金瓶梅 [M]. 济南：齐鲁书社，1991：135.

③ 兰陵笑笑生. 金瓶梅 [M]. 济南：齐鲁书社，1991：1142.

④ 兰陵笑笑生. 金瓶梅 [M]. 济南：齐鲁书社，1991：445.

⑤ 兰陵笑笑生. 金瓶梅 [M]. 济南：齐鲁书社，1991：32.

人在库房中、花园里私会,甚至大白天隔着窗扇也会云雨一番,又要春梅与陈敬济奸耍。被王婆领去变卖后,她依然淫欲成性,"依旧打扮乔眉乔眼,在帘下看人",晚间反而拿王婆的儿子王潮儿来解渴。①

西门庆以潘金莲为玩物,潘金莲则反将西门庆作泄欲工具。第七十九回写西门庆在外搞了王六儿回来,潘金莲明明见其瘫软无力,却给他灌下过量的淫药,"晚夕不管好歹,还骑在他身上……(使西门庆)死而复苏者数次"。弄得他"精尽继之以血,血尽出其冷气",当下昏死过去。② 西门庆病入膏肓之际,吴神仙说:"官人乃是酒色过度,肾水竭虚,太极邪火聚于欲海,病在膏肓,难以治疗。"③ "到了正月二十一日,五更时分,相火烧身,变出风来,声若牛吼一般,喘息了半夜,挨到巳牌时分,呜呼哀哉断气身亡。"④ 小说突出描写了潘金莲扭曲的性欲,一切都是为了满足自己的欲望而已。

潘金莲扭曲的性欲既有人性"恶"的一面,也有明中叶社会的原因。随着商品经济的逐渐繁荣,人们的欲望日益膨胀。异端思潮的代表人物李贽大倡异端之说,对程朱理学乃至于孔子、孟子都提出了激烈的批评。他提出了"人必有私说":"夫私者,人之心也。人必有私,而后其心乃见;若无私,则无心矣。"⑤ 他又倡言"穿衣吃饭,即是人伦物理。除却穿衣吃饭,无伦物矣"⑥。他进一步指出"民情之所欲"即为"至善"。他提出了"童心说",认为童心是绝假纯真的最初一念,亦即真心。他说:"不必矫情,不必违性,不必昧心,不必抑志。直心而动,是为真佛。"⑦《金瓶梅》全书的立意是"独罪财色二字",但在具体描写过程中,又流露出对人的主体意识的肯定和赞赏。王守仁心学强

---

① 兰陵笑笑生. 金瓶梅 [M]. 济南:齐鲁书社,1991:1376.

② 兰陵笑笑生. 金瓶梅 [M]. 济南:齐鲁书社,1991:1277.

③ 兰陵笑笑生. 金瓶梅 [M]. 济南:齐鲁书社,1991:1287.

④ 兰陵笑笑生. 金瓶梅 [M]. 济南:齐鲁书社,1991:1289.

⑤ 李贽. 德业儒臣后论 [M] // 李贽. 藏书. 北京:中华书局,1974:544.

⑥ 李贽. 答邓石阳 [M] // 李贽. 焚书. 北京:中华书局,1975:4.

⑦ 李贽. 为黄安二上人三首,失言三首 [M] // 李贽. 焚书. 北京:中华书局,1975:82.

调人的主体意识，但主体意识中势必含有人的种种欲望，应当指出的是，这种"欲与理"的矛盾既是以往文学作品中"情与理"矛盾的延续，又是一种突破，因为它赤裸裸地将人们本性中的原始欲望挖掘了出来。如果没有王学左派思潮的影响，这一突破是不可能实现的。但对这种欲望如何认识和处理，《金瓶梅》又退回到了传统伦理道德的樊篱之中，这也正是王学左派自身的局限性所在。

三　其他女性形象

除潘金莲之外，李瓶儿、庞春梅、吴月娘、孟玉楼、李娇儿、孙雪娥等是《金瓶梅》中的重要女性人物，也是十分复杂的人物形象。有人认为她们是堕落女性的典型，有人认为她们是被社会扭曲了的女性形象代表，有人认为她们是悲剧人物，也有人认为她们是个性解放的先驱。她们都有几分姿色，都有鲜明的个性，但又都有致命的弱点和扭曲的心灵，特殊的社会环境造成了她们的畸形性格。张竹坡在《批评第一奇书金瓶梅读法》中说道：

> 《金瓶》内，正经写六个妇人，而其实止写得四个：月娘、玉楼、金莲、瓶儿是也。然月娘则以大纲故写之；玉楼虽写，则全以高才被屈，满腹牢骚，故又另出一机轴写之，然则以不得不写。写月娘，以不肯一样写；写玉楼，是全非正写也。其正写者，惟瓶儿、金莲。然而写瓶儿，又每以不言写之。夫以不言写之，是以不写处写之。以不写处写之，是其写处单在金莲也。单写金莲，宜乎金莲之恶冠于众人也。吁！文人之笔，可惧哉！①

（一）李瓶儿

《金瓶梅》以潘金莲、李瓶儿与庞春梅三个女性的名字命名，可见这三人在《金瓶梅》中的重要地位。李瓶儿是正月十五日元宵时出生，恰巧那日人家送来一对鱼瓶儿，因此取名叫瓶姐，长大后人们皆称瓶儿。瓶儿长到十六七岁便如

---

① 兰陵笑笑生. 金瓶梅 [M]. 济南：齐鲁书社，1991：28.

花似玉、娇小玲珑。十八岁时与大名府梁中书为姜，中书夫人嫉妒心最强，凡是丈夫喜欢的小妾、婢女，便百般刁难，寻出根由，毒打至死，埋入后花园。梁中书见夫人不容，又十分喜欢瓶儿，便把她安排在外边书房住，并派养娘服侍。政和三年正月上元之夜，梁中书偕夫人登翠云楼观灯。梁山泊英雄趁机混进城来，烧了翠云楼。梁中书多亏手下将士拼命保护，才逃了一条命。李逵挥动两把大板斧，杀进梁中书府宅，把宅中老小杀个干干净净。中书夫人躲进后花园得以幸存。李瓶儿见火光冲天，杀声不绝，便随身带了一百颗西洋大珠、二两重一对鸦青宝石，与养娘一道，上东京投亲。李瓶儿虽为梁中书内妾，实是外房。因祸得福，就因为住在外边书房，才躲过一场灾难，保全了一条性命。

正值朝廷重用太监，年近花甲的花太监由御前值班升任广南镇守，得知李瓶儿美貌性和，因侄儿花子虚尚未配妻室，就使媒婆说亲，娶为正室。花太监广南上任，只带瓶儿随任，在广南住了半年有余，便体虚染疾，告老还乡，回老家清河县城买了一所宅院住下。这宅院就在西门庆家隔壁，两家后花园仅一墙之隔。花太监回乡不久，便重疾不治而死。一份大好家财落到花子虚手里。这花子虚虽非名门，却如同纨绔，花钱如流水。每月伙同朋友吃喝嫖赌，又入了西门庆等十人的结拜兄弟会，每月会在一处，叫上几个唱曲弹弦的妓儿，或上勾栏，或去酒馆，花攒锦簇，畅杯玩耍，只图快乐。这十兄弟会中，就西门庆和花子虚算得上财主，其余数人，像应伯爵、谢希大，穷得叮当响，整日地寻来，邀着上馆逛院，干手沾芝麻，白吃白喝，白玩白捞。西门庆时常在外玩乐，心中还惦着家中妻妾，这花子虚却是越旬半月不归，真的把瓶儿当花瓶儿摆在家中、丢在一旁了。

花太监在世时与李瓶儿关系暧昧，死后极大一份家财就交在了李瓶儿手中。西门庆发现花子虚有一个如此美色的娇妻之后，便怦然心动，处心积虑地要把她纳为己有。李瓶儿早就对丈夫终日在外吃喝嫖赌、不务正业心怀不满，在西门庆勾搭引诱下，李瓶儿自然而然地便投入到了西门庆的怀抱之中，将家中贵重财宝悄悄转移到了西门庆家中。花子虚的叔伯兄弟们为家财诉讼，官府将花子虚拘入狱中，为了救出花子虚，李瓶儿又花银子又卖房，等花子虚回家一看，家徒四壁，空空如也。花子虚一气之下，命归西天。李瓶儿巴不得花子虚死去，很快便与西门庆议就了过门之事。就在此时，朝廷内部发生争执，西门庆亲家陈洪的同党杨戬被参事发，西门庆也在查办之列。西门庆自身难保，终日将大门紧闭，把迎娶李瓶儿之事放在了脑后。李瓶儿不知就里，相思成疾，正好遇见郎中蒋竹山，便招赘蒋竹山做了夫婿。西门庆渡过难关后，闻听此事，不由大怒，指使两个恶徒将蒋竹山痛打一顿。李瓶儿此时才知道蒋竹山是个"中看不中吃蜡枪头、死王八"，一心还在西门庆身上，最终仍归入西门庆之宅。

由此可见，在来到西门庆家之前，李瓶儿与潘金莲的经历有颇多相似之处。幼年的潘金莲先后被卖给招宣府和张大户，后来名义上嫁给武大，实际上仍被张大户玩弄。李瓶儿则先嫁给"夫人性甚嫉妒"的梁中书为妾，"只在外边书房内住"；后来名义上嫁给了花子虚，但实际上"和他另一间房里睡着"，而被其叔公花太监霸占；再嫁给蒋竹山，蒋又是个"中看不中吃蜡枪头、死王八"。李瓶儿与潘金莲都有几分姿色，李瓶儿"甚是白净，五短身材，瓜子面儿，细弯弯两道眉儿"①，"身软如棉花，好风月"②。她们都对自己婚姻的不幸极度不满，都投入到了西门庆的怀抱之中。潘金莲与西门庆合谋害死了亲夫武大，李瓶儿则帮助西门庆气死了亲夫花子虚，赶走了蒋竹山。

另一方面，她们两人又有许多不同，潘金莲在招宣府家是丫鬟，在张大户家是小妾，没有获得任何钱财。而李瓶儿则先是地位煊赫的蔡太师女婿、大名府梁中书小妾，后来出逃时，竟能"带了一百颗西洋大珠，二两重一对鸦青宝石"；再嫁给花太监之侄花子虚，花太监乃"御前班直，升广南镇守"，家中有的是钱财宝物，死后的家财都留给了花子虚和李瓶儿。西门庆不仅迷恋李瓶儿的白嫩软绵，更贪恋李瓶儿家的富有。尤其是李瓶儿为西门庆生了个传宗接代的官哥儿后，更是深得西门庆宠爱。李瓶儿来到西门庆家也确实心满意足，指望"团圆几年"，"做夫妻一场"，她力求与西门庆的各个妻妾处好关系。尽管

---

① 兰陵笑笑生. 金瓶梅 [M]. 济南：齐鲁书社，1991：199.

② 兰陵笑笑生. 金瓶梅 [M]. 济南：齐鲁书社，1991：210.

潘金莲视她为眼中钉、肉中刺，但李瓶儿却忍气吞声、处处避让。但这一切都无济于事，因为她的存在，直接威胁到了潘金莲，潘金莲必欲将其置于死地，方可罢休。

潘金莲在毒害亲夫之后，依然能够忘情地与西门庆寻欢作乐。李瓶儿则不然，花子虚阴魂不散，时时出现在她的眼前。她精神受到折磨，做梦时"见花子虚从前门外来，身穿白衣，恰活时一般。见了李瓶儿，厉声骂道：'泼贼淫妇，你如何抵盗我财物与西门庆！如今我告你去也。'被李瓶儿一手扯住他衣袖，央及道：'好哥哥，你饶恕我则个。'"① 官哥夭折后，她的病情不断加重，恍惚之间几次三番觉得花子虚来同她算账。沉重的罪恶感已经把她的精神压垮，直至死去也未能解脱。

李瓶儿的性格与潘金莲也有所不同，她"禀性柔婉"。吴月娘说她"好个温克性儿"，西门庆说她"好性儿，有仁义"，仆人小厮也说她"性格儿这一家子都不如他，又有谦让，又和气"。但是，这种温克谦让在险恶的环境中就等同于软弱无能，"人为刀俎，我为鱼肉"，只能任人宰割。潘金莲早已将李瓶儿视为劲敌，丝毫不讲什么"仁义""谦让"。她工于心计、阴险毒辣、步步进逼，李瓶儿则只能忍气吞声。她被潘金莲欺负了也不敢向西门庆吐露一声，害怕遭到更为严厉的报复。为了少挨潘金莲的骂，她违心地劝西门庆到潘金莲房里去。第六十一回写她又一次硬把西门庆推到潘金莲那边睡去后，"李瓶儿起来，坐在床上，迎春伺候他吃药。拿起那药来，止不住扑簌簌香腮边滚下泪来，长吁一口气，方才吃了那盏药。正是：心中无限伤心事，付与黄鹂叫几声"②。

李瓶儿对西门庆的情感与潘金莲也有所不同，潘金莲与西门庆之间只有赤裸裸的欲望，以至于在西门庆濒临死亡时，潘金莲还要在他身上尽情放纵，以满足自己的欲望。李瓶儿不像潘金莲那样无情无义，她与西门庆尽管也有生理上的欲求，但她嫁给西门庆后，其情则专一真诚。临终时她"双手搂抱着西门

---

① 兰陵笑笑生. 金瓶梅 [M]. 济南：齐鲁书社，1991：881-882.

② 兰陵笑笑生. 金瓶梅 [M]. 济南：齐鲁书社，1991：905.

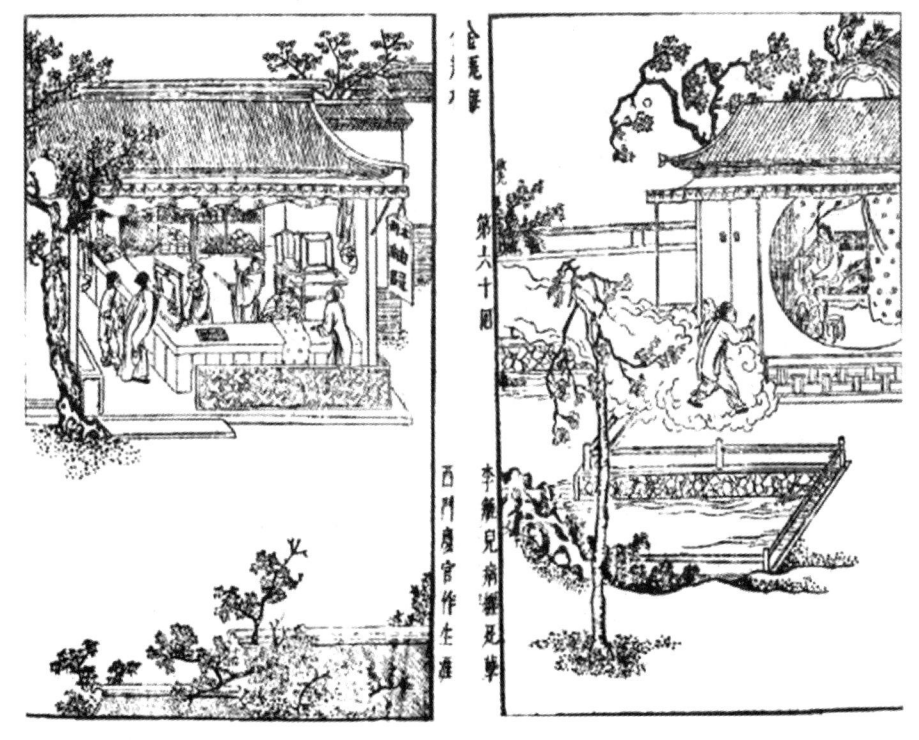

庆的脖子，呜呜咽咽悲哭，半日哭不出声，说道：'我的哥哥，奴承望和你白头相守，谁知奴今日死去也。趁奴不闭眼，我和你说几句话儿。你家事大，孤身无靠，又没帮手，凡事斟酌，休要那一冲性儿。……你又居着个官，今后也少要往那里去吃酒，早些儿来家，你家事要紧，比不的有奴在，还早晚劝你，奴若死了，谁肯苦口说你？'西门庆听了，如刀剜心肝相似，哭道：'我的姐姐，你所言我知道，你休挂虑我了。我西门庆那世里绝缘短幸，今世里与你做夫妻不到头，疼杀我也，天杀我也！'"① 这番对话真实地揭示了李瓶儿和西门庆的内心。李瓶儿临终前，把身边的贴身丫头迎春、绣春，奶子如意儿，一一安排妥帖，就是从小跟她而如今攀附新人的冯妈妈，赶来占便宜的王姑子，乃至久

---

① 兰陵笑笑生. 金瓶梅 [M]. 济南：齐鲁书社，1991：939-940.

已不来的干女儿吴银儿,都留下了纪念物品及银两。这些细节都表现了李瓶儿人性善良的一面。

(二) 庞春梅

庞春梅是一个性格鲜明而又充满矛盾的女性,她虽然只是西门家中的一个丫鬟,但极有个性,聪明、高傲、逞强、泼辣。庞春梅与潘金莲、李瓶儿一样,早年也有着凄凉的经历,周岁死娘,三岁死爹,十五岁时又赶上黄河泛滥,饿殍遍野,叔叔庞员外从洪水中好不容易才把她抢救出来,但庞员外却被洪水淹没了。幸好她命不该绝,被好人救出沧州地界,过南皮,上运河,到临清,进入清河县城,由薛嫂领着以银卖十六两银子卖给西门庆家做了丫鬟。潘金莲来到西门庆家后,西门庆特意把她从吴月娘那儿调到潘金莲屋中。潘金莲也十分喜爱她:"不令他上锅抹灶,只叫他在房中铺床叠被,递茶水,衣服首饰拣心爱的与他,缠得两只脚小小的。"① 立即成了一个身份特殊的丫头。

小说第十回写她:"本聪慧,喜谑浪,善应对,生的有几分颜色。西门庆甚是宠他。"② 潘金莲心知肚明,主动腾空让西门庆"收用"了她。庞春梅知恩必报,与潘金莲结为死党,对潘金莲言听计从,又几乎丧失了自己的人格和尊严。她与潘金莲沆瀣一气,连档结帮,霸道一方,使得人人都怕她。因得宠于西门庆,连孙雪娥这样的"主子"也不放在眼里,该嚷就嚷,该骂就骂。"激打孙雪娥"是她与潘金莲合伙完成的第一个行动,孙雪娥是西门庆前妻陈氏带过来的陪房丫头,虽然被西门庆收用了,但因姿色稍逊,所以并不得宠,只在厨房打理伙食。春梅瞧不起她,她也风言风语地说春梅坏话。于是春梅故意向孙雪娥寻衅,然后与金莲合谋激怒西门庆,引得西门庆把雪娥痛打一顿。

第二十二回写李娇儿的兄弟李铭在西门庆家教春梅等丫鬟弹唱。一次教演春梅弹琵琶。"李铭也有酒了,春梅袖口子宽,把手兜住了,李铭把他手拿起,略按重了些。被春梅怪叫起来,骂道:'好贼忘八!你怎的捻我的手调戏我?贼

---

① 兰陵笑笑生. 金瓶梅 [M]. 济南: 齐鲁书社, 1991: 164.

② 兰陵笑笑生. 金瓶梅 [M]. 济南: 齐鲁书社, 1991: 164.

少死的忘八,你还不知道我是谁哩!一日好酒好肉,越发养活的你这忘八圣灵儿出来了,平白捻我的手来了!贼忘八,你错下这个锹撅了!你问声儿去,我手里你来弄鬼?爹来家等我说了,把你这贼忘八,一条棍撑的离门离户,没你这忘八,学不成唱了?愁本司三院寻不出忘八来!撅臭了你这忘八了。'被他千忘八,万忘八,骂的李铭拿着衣服往外走不迭。"①

第七十二回"潘金莲抠打如意儿"也是由春梅挑动而起。春梅要洗衣裳,使秋菊问如意儿借棒槌。这如意儿正与迎春捶衣,不与她,潘金莲听到后开口便骂:"贼淫妇怎的不与!你自家问他要去,不与,骂那淫妇不妨事。"这春梅一冲性子,就一阵风走来李瓶儿那边,说道:"那个是外人也怎的?棒槌借使使就不与。如今这屋里又钻出个当家的来了。"如意儿赶忙解释,不想潘金莲随即跟了来,将如意儿骂了个狗血喷头。如意儿稍一还嘴,潘金莲"听了心头火起,粉面通红,走向前一把手把老婆头发扯住,只用手抠他腹。亏得韩嫂儿向前劝开了"②。春梅与潘金莲之所以对如意儿恨之入骨,说到底就是担心如意儿勾引住西门庆。

第七十五回写庞春梅詈骂申二姐,如意儿和迎春请潘姥姥、春梅吃酒,春梅道:"只说申二姐会唱的好《挂真儿》,使个人往后边去叫他来,好歹教他唱个咱们听。"于是使春鸿去吴月娘屋中叫申二姐来,申二姐正伴着大妗子、大姐、三个姑子、玉箫在上房里吃茶,并未把春梅放在眼里,开口道:"你春梅姑娘他稀罕,怎的也来叫我?有郁大姐在那里,也是一般。我这里唱与大妗奶奶听哩。"春鸿回来告诉春梅后,"这春梅不听便罢,听了三尸神暴跳,五脏气冲天,一点红从耳畔起,须臾紫遍了双腮。众人拦阻不住,一阵风走到上房里,指着申二姐一顿大骂道:'你怎么对着小厮说我那里又钻出个大姑娘来了,稀罕他也来叫我?你是甚么总兵官娘子,不敢叫你!俺们在那毛里夹着,是你抬举起来,如今从新又出来了?你尤非只是个走千家门、万家户,贼狗攘的瞎淫妇!

---

① 兰陵笑笑生. 金瓶梅 [M]. 济南:齐鲁书社,1991:345.

② 兰陵笑笑生. 金瓶梅 [M]. 济南:齐鲁书社,1991:1100-1101.

你来俺家才走了多少时儿，就敢恁量视人家？你会晓的甚么好成样的套数儿，左右是那几句东沟篱、西沟坝，油嘴狗舌，不上纸笔的那胡歌野词，就拿班做势起来！俺家本司三院唱的老婆，不知见过多少，稀罕你。韩道国那淫妇家兴你，俺这里不兴你。你就学与那淫妇，我也不怕。你好不好趁早儿去，贾妈妈与我离门离户。'"① 把申二姐骂得睁睁的，敢怒而不敢言。

她与陈敬济的隐情暴露，被月娘赶出家门，但她绝不服软。第八十五回"吴月娘识破奸情，春梅姐不垂别泪"写道：

> 那薛嫂走了两步，又回来说："我险些儿忘了一件事，刚才我出来，大娘又使丫头绣春叫我进去，叫我晚上来领春梅，要打发卖他。说他与你们做牵头，和他娘通同养汉。"敬济道："薛妈，你就领在家。我改日到你家见他一面，有话问他。"那薛嫂说毕，回家去了。果然到晚夕月上的时分，走来领春梅。到月娘房中，月娘开口说："那咱原是你手里十六两银子买的，你如今拿十六两银子来就是了。"分付小玉："你看着，到前边收拾了，叫他蜇身儿出去，休要带出衣裳去了。"……那春梅在旁，听见打发他，一点眼泪也没有。见妇人哭，说道："……自古好男不吃分时饭，好女不穿嫁时衣。"……春梅当下拜辞妇人、小玉，洒泪而别。……这春梅跟定薛嫂，头也不回，扬长决裂，出门去了。②

庞春梅如此强势，对潘金莲却言听计从，第八十二回"陈敬济弄一得双"写潘金莲与陈敬济正在楼上淫乱时，"不防春梅正上楼来，拿盒子取茶叶看见。两个凑手脚不迭，都吃了一惊。春梅恐怕羞了他，连忙倒退回身子，走下胡梯。慌的敬济兜小衣不迭，妇人穿上裙子，忙叫春梅：'我的好姐姐，你上来，我和你说话。'那春梅于是走上楼来。金莲道：'我的好姐姐，你姐夫不是别人，我今叫你知道了罢。俺两个情孚意合，拆散不开。你千万休对人说，只放在你心里。'春梅便说：'好娘，说那里话。奴伏侍娘这几年，岂不知娘心腹，肯对人

---

① 兰陵笑笑生. 金瓶梅[M]. 济南：齐鲁书社，1991：1166-1167.

② 兰陵笑笑生. 金瓶梅[M]. 济南：齐鲁书社，1991：1362-1363.

说!'妇人道:'你若肯遮盖俺们,趁你姐夫在这里,你也过来和你姐夫睡一睡,我方信你。你若不肯,只是不可怜见俺每了。'那春梅把脸羞的一红一白,只得依他。卸下湘裙,解开裤带,仰在凳上,尽着这小伙儿受用。""自此以后,潘金莲便与春梅打成一家,与这小伙儿暗约偷期,非只一日,只背着秋菊。"①

更令人不可思议的是,在她做了周守备的小妾后,依然与陈敬济暗中往来。第九十七回"假弟妹暗续鸾胶,真夫妇明谐花烛"写"敬济在府中与春梅暗地勾搭,人都不知。或守备不在,春梅就和敬济在房中吃饭吃酒,闲时下棋调笑,无所不至。守备在家,便使丫头小厮拿饭往书院与他吃。或白日里,春梅也常往书院内,和他坐半日,方归后边来。彼此情热,俱不必细说"②。她贪淫不已,最后患"骨蒸痨病症",死于十九岁的奸夫周义身上,亡年仅二十九岁。

庞春梅又是一个很讲情义的女子,成为守备夫人后,还不忘旧情。潘金莲被武松杀死后,暴尸街头,春梅得知,就出钱让人把潘金莲埋葬在永福寺,并于岁时前往哭祭。来到旧家池院不忘祭奠西门庆,对吴月娘也有情有义。春梅短暂的一生向世人证明,她是一个自主平等的时代意识与传统的道德观念相碰撞的悲剧人物,她的强烈个性与传统的主仆观念相互纠缠,个性张扬与放纵性欲相互交融。纵欲成为她实现自身价值的唯一方式,她的死向世人宣告贪色纵欲的结局只能是走向死亡。

(三)吴月娘

吴月娘是《金瓶梅》中一位地位比较重要的女性人物,她是清河县左卫吴千户之女,排行第三,上有两个哥哥。第一个未婚夫在她未嫁前因病死去,紧接着父母先后病故。尽管她早年也遭遇了一些坎坷,但与潘金莲、李瓶儿、庞春梅三人不同,二十四岁时经人说合做了西门庆的续弦妻子,而不是小妾或婢女。小说第二十九回"吴神仙冰鉴定终身"借吴神仙之口说她:"面如满月,家

---

① 兰陵笑笑生.金瓶梅[M].济南:齐鲁书社,1991:1325-1326.

② 兰陵笑笑生.金瓶梅[M].济南:齐鲁书社,1991:1527.

道兴隆；唇若红莲，衣食丰足，必得贵而生子；声响神清，必益夫而发福。"①第四十六回"妻妾戏笑卜龟儿"又借卜龟儿卦的老婆子说她："为人一生有仁义，性格宽洪，心慈好善，看经布施，广行方便。一生操持，把家做活，替人顶缸受气，还不道是。"② 由此看来，吴月娘似乎是一个地地道道的贤妻良母。然而清人张竹坡却不这样认为，他说"作者写月娘之罪，纯以隐笔"③，更进一步说她是"奸险好人"④。实际上吴月娘就是一个性格十分复杂的人物形象，她既要恪守三从四德、节妇烈女的品行，严酷的社会现实又迫使她心性扭曲，狭隘嫉妒，虚伪冷漠，最终也没有从根本上摆脱悲剧的命运。

《仪礼·丧服·子夏传》："妇人有三从之义，无专用之道。故未嫁从父，既嫁从夫，夫死从子。"⑤《周礼·天官·九嫔》："九嫔掌妇学之法，以教九御：妇德、妇言、妇容、妇功。"⑥ 这就是所谓的三从四德，是汉代儒家根据"内外有别""男尊女卑"的原则，对妇女在道德、行为、修养方面的规范要求。

吴月娘是西门庆的续弦妻子，确实履行了"既嫁从夫"的训诫，西门庆曾向李瓶儿夸赞吴月娘："俺吴家的这个拙荆，他倒好性儿哩！不然，手下怎生容得这些人？"⑦ 从客观效果来看，吴月娘的顺从确实助长了西门庆的放纵，但这并非是吴月娘未能尽到妻子应有的责任，而是传统礼教造成的必然恶果。吴月娘嫁给西门庆时，西门庆已有李娇儿、孙雪娥两房小妾，不久又纳孟玉楼、潘金莲、李瓶儿为妾，吴月娘对此无法阻拦。西门庆奸淫他人妻女、蓄养外室、偷弄侍童、青楼嫖妓，恪守"既嫁从夫"训诫的吴月娘也只能听之任之。西门庆所说的"好性儿"、卜龟儿卦老婆子所谓的"性格宽洪"，实际上是对男尊女

---

① 兰陵笑笑生. 金瓶梅 [M]. 济南：齐鲁书社, 1991：440.

② 兰陵笑笑生. 金瓶梅 [M]. 济南：齐鲁书社, 1991：684.

③ 兰陵笑笑生. 金瓶梅 [M]. 济南：齐鲁书社, 1991：32.

④ 兰陵笑笑生. 金瓶梅 [M]. 济南：齐鲁书社, 1991：35.

⑤ 仪礼 [M] //吴树平, 等. 十三经全文标点本. 北京：燕山出版社, 1991：611.

⑥ 周礼 [M] //吴树平, 等. 十三经全文标点本. 北京：燕山出版社, 1991：401.

⑦ 兰陵笑笑生. 金瓶梅 [M]. 济南：齐鲁书社, 1991：243.

卑礼教的赞美。

　　细细分析，吴月娘也有自己的苦恼。第二十回写吴月娘与西门庆闹别扭，吴月娘向孟玉楼众人说道："我开口，又说我多管；不言语，我又憋的慌。"孟玉楼劝她与西门庆和解，吴月娘说："孟三姐，你休要起这个意。我又不曾和他两个嚷闹。……他背地对人骂我不贤良的淫妇，我怎的不贤良？如今耸七八个在屋里，才知道我不贤良？自古道：'顺情说好话，干直惹人嫌。'我当初说着拦你，也只为好来。你既收了他许多东西，又买他房子，今日又图谋他老婆，就着官儿也看乔了。何况他孝服不满，你不好娶他的。谁知道人在背地里，把圈套做的成成的，每日行茶过水，只瞒我一个儿，把我合在缸底下。今日也推在院里歇，明日也推在院里歇，谁想他只当把个人儿歇了家里来。端的好在院里歇，他自吃人在他根前那等花丽狐哨，乔龙画虎的，两面刀哄他，就是千好万好了。似俺每这等依老实，苦口良言，着他理你理儿？你不理我，我想求你？一日不少我三顿饭，我只当没汉子，守寡在这里。随我去，你每不要管他。"①这或许是传统礼教制约下，吴月娘唯一能够采取的抗争方式。

　　李瓶儿过门时，吴月娘本来就有气，唱曲的又偏偏唱了《喜得功名遂》，其中有"天之配合，一对儿如鸾似凤"，"永团圆，世世夫妻"的唱词。潘金莲乘机挑拨说："大姐姐，你听唱的小老婆，今日不该唱这一套，他做了一对鱼水团圆，世世夫妻，把姐姐放到那里？"

　　　　那月娘虽故好性儿，听了这两句，未免有几分恼在心头。又见应伯爵、谢希大这伙人，见李瓶儿出来上拜，恨不的生出几个口来，夸奖奉承说道："我这嫂子，端的寰中少有，盖世无双。休说德性温良，举止沉重，自这一表人物，普天之下也寻不出来。那里有哥这样大福？俺每今日得见嫂子一面，明日死也得好处！"因唤玳安儿："快请你娘回房里，只怕劳动着，倒值了多的！"吴月娘众人听了，骂扯淡轻嘴的囚根子不绝。良久，李瓶儿下来，四个唱的见他手里有钱，都乱趋奉着他，娘长娘短，替他拾花翠，叠

---

① 兰陵笑笑生.金瓶梅[M].济南：齐鲁书社，1991：307-308.

衣裳，无所不至。①

吴月娘见此情景，更加闷闷不乐。吴大舅劝她："自古痴人畏妇，贤女畏夫。三从四德，乃妇道之常。今后他行的事，你休要拦他，料姐夫他也不肯差了。落得做好好先生，才显出你贤德来。"月娘道："早贤德好来，不教人这般憎嫌。他有了他富贵的姐姐，把我这穷官儿家丫头只当亡故了的算帐。你也不要管他，左右是我，随他把我怎么的罢。贼强人，从几时这等变心来！"说着，月娘就哭了。吴大舅道："姐姐，你这个就差了。你我不是那等人家，快休如此。你两口儿好好的，俺每走来也有光辉些。"② 这些细节都真实地揭示了吴月娘的内心苦闷。

在这样一种社会环境中，吴月娘的性格也发生了扭曲。为了维护自身的利益，她与潘金莲明争暗斗，相互对骂。第七十五回写道："金莲在那边屋里只顾坐的，要等西门庆一答儿往前边去，今日晚夕要吃薛姑子符药，与他交媾，图壬子日好生子。见西门庆不动身，走来掀着帘儿叫他说：'你不往前边去，我等不得你，我先去也。'西门庆道：'我儿，你先走一步儿，我吃了这些酒就来。'"为此事，吴月娘和潘金莲公开吵闹起来。两人争斗的结果，是吴月娘占了上风。西门庆死后不久，吴月娘以潘金莲和女婿陈敬济通奸为由，把潘金莲赶出了家门。

吴月娘对钱财和后嗣格外看重，这恰恰反映了当时的社会现实。西门庆尽管家财万贯，但随意挥霍，不计后果，作为家庭主妇，吴月娘不能不考虑到今后的家计生存。所以，李娇儿也好，李瓶儿也好，只要能够带来钱财，吴月娘便不计较其他。潘金莲既无钱财，还惹是生非，难怪吴月娘要与她争吵。有无子嗣，是能否稳定家庭地位和权威的重要因素，吴月娘千方百计祈求生子，在薛姑子的帮助下，终于生了孝哥儿。金兵侵犯中原，吴月娘与几个男女仆从领着十五岁的孝哥儿逃难。在郊外永福寺中，普静禅师超度幽魂，荐拨超生，吴

---

① 兰陵笑笑生. 金瓶梅 [M]. 济南：齐鲁书社，1991：311-312.

② 兰陵笑笑生. 金瓶梅 [M]. 济南：齐鲁书社，1991：312.

月娘方才醒悟，愿送孝哥儿拜师出家，法名"明悟"。尽管吴月娘七十岁善终，但夫死子无，凄凉残局显示了她的悲剧命运。

（四）孟玉楼、李娇儿、孙雪娥

孟玉楼原是布贩子杨宗锡之妻，丈夫死后，身边无子女，守寡一年多，便由媒婆薛嫂向西门庆说娶，成为西门庆的第三房妾。她带来了"手里一分好钱"及两张南京拔步床、头面衣服、首饰绢绸之类，约有二十余担，因此颇受西门庆宠爱。更重要的是，孟玉楼为人谨慎，性情温和，喜怒不形于色，与众妻妾都相安无事。西门庆死后，孟玉楼与吴月娘相守，寡居一年余。当李知县之子李衙内托媒人来说亲时，孟玉楼虽然十分同意，但依然笑道："妈妈休得乱说。且说你衙内今年多大年纪？原娶过妻小没有？房中有人也无？姓甚名谁？有官身无官身？从实说来，休要捣谎。"① 可见她的稳重谨慎。吴月娘待她也十分友善，"但是他房中之物，尽数都交他带去"②。李衙内之父升为严州通判，孟玉楼与李衙内也来到严州。陈敬济早先曾拾得孟玉楼的一枚金簪，闻听孟玉楼嫁给了李衙内，便欲借机去威吓引诱她。但孟玉楼对李衙内感情很深，反而将陈敬济设计拘住，痛打一顿。陈敬济向严州知府供述说孟玉楼带了许多赃物，李通判因此受到知府斥责，回到家中，杖打衙内三十大板，并逼着李衙内休掉孟玉楼。通判夫人再三求情，李衙内与孟玉楼两人得以回李家原籍枣强县家里攻读度日。

关于孟玉楼，清代评点家张竹坡给予了较高评价，在《批评第一奇书金瓶梅读法》中说道：

> 内中独写玉楼有结果，何也？盖劝瓶儿、金莲二妇也。言不幸所天不寿，自己虽不能守，亦且静处金闺，令媒妁说合事成，虽不免扇坟之诮，然犹是孀妇常情。及嫁，而纨扇多悲，亦须宽心忍耐，安于数命。此玉楼俏心疼，高诸妇一着。春梅一味托大，玉楼一味胆小，故后日成就，春梅

---

① 兰陵笑笑生. 金瓶梅 [M]. 济南：齐鲁书社，1991：1438
② 兰陵笑笑生. 金瓶梅 [M]. 济南：齐鲁书社，1991：1442.

毕竟有失身受嗜欲之危，而玉楼则一劳而永逸也。①

张竹坡还指出，孟玉楼是《金瓶梅》作者的自喻，在《竹坡闲话》中说："《金瓶梅》，何为而有此书也哉？曰：此仁人志士孝子悌弟，不得于时，上不能问诸天，下不能告诸人，悲愤鸣呼，而作秽言以泄其愤也。虽然，上既不可问诸天，下亦不能告诸人，虽作秽言以丑其雌，而吾所谓悲愤鸣呼者，未尝便谦然于心，解颐而自快也。夫终不能一畅吾志，是其言愈毒而心愈悲，所谓含酸抱阮，以此，固知玉楼一人，作者之自喻也。"②

关于李娇儿、孙雪娥，张竹坡在《批评第一奇书金瓶梅读法》中有如下评论：

李娇儿、孙雪娥，要此二人何哉？写一李娇儿，见其未遇金莲、瓶儿时，早已嘲风弄月，迎奸卖俏，许多不肖事，种种可杀。是写金莲、瓶儿，乃实写西门之恶；写李娇儿，又虚写西门之恶。写出来的既已如此，其未写出来的时，又不知何许恶端不可问之事于从前也。作者何其深恶西门之如是！至孙雪娥，出身微贱，分不过通房，何其必劳一番笔墨写之哉？此又作者菩萨心也。夫以西门之恶，不写其妻作倡，何以报恶人？然既立意另一花样写月娘，断断不忍写月娘至于此也。玉楼本是无辜受毒，何忍更令其顶缸受报？李娇儿本是娼家，瓶儿更欲用之孽报于西门生前，而金莲更自有冤家债主在，且即使之为娼，于西门何损？于金莲似甚有益，乐此不苦，又何以言报也？故用写雪娥以至于为娼，以总张西门之报，且暗结宋惠莲一段公案。至于张胜、敬济后事，则又情因文生，随手收拾。不然，雪娥为娼，何以结果哉？③

张竹坡的评论有一定道理，李娇儿、孙雪娥本是无足轻重之人，作者花费许多笔墨描写两人是为了实写西门庆之恶与报应。李娇儿本来是勾栏妓女，被

---

① 兰陵笑笑生. 金瓶梅［M］. 济南：齐鲁书社，1991：34.
② 兰陵笑笑生. 金瓶梅［M］. 济南：齐鲁书社，1991：8.
③ 兰陵笑笑生. 金瓶梅［M］. 济南：齐鲁书社，1991：29.

西门庆勾搭上成为其第二房妾。孟玉楼、潘金莲、李瓶儿先后来到西门庆家，李娇儿就被闲置起来，只能与吴月娘、孙雪娥相伴。她为人量小猥琐，不善合群，每当西门庆众妻妾聚会宴乐时，她往往不能欢处。

李娇儿与吴月娘的二哥吴二舅旧有首尾，又因吴月娘不管事务，家中出入银钱都在她手中。西门庆刚刚猝死，吴月娘"跌倒在床上"，李娇儿赶月娘昏沉，房内无人，箱子开着，暗暗拿了五锭元宝，往她屋去了。趁众人忙于西门庆祭灵出殡之机，在吴二舅眼皮底下，暗暗将财物偷转给妓家旧院。李娇儿偷盗被春梅看破举发，她反寻着由头与吴月娘大吵大闹，寻死觅活，月娘无奈，只得打发她归于妓院，财物尽与之。正如张竹坡所说："娇儿色中之财，看其在家管库，临去拐财可见。"① 李娇儿在西门庆刚刚死去便"盗财归丽院"，后来由应伯爵做牵头，改嫁大街上另一个西门庆式的富户张懋德，做了他二房娘子。这些确实成了对西门庆的极大报应。

孙雪娥是西门庆的第三房妾。她原来是西门庆元配陈氏的陪床丫头，因稍有姿色，二十来岁年纪，又善做五鲜原汤，西门庆便在娶潘金莲之前，与她戴了髻，排行第四。她劳作事多，享用娱乐事少，单管率领家人媳妇厨中上灶，打发各房伙食。她与潘金莲、庞春梅是死对头，潘金莲入门不久，因她开了春梅一句"想汉子"的玩笑，便与潘金莲、庞春梅结了仇。一日，西门庆宿于潘金莲房中，早晨起来要吃荷花饼、银丝鲊汤，雪娥一时赶造不及，被春梅骂将起来，潘金莲便撺掇西门庆将她狠打一顿。

西门庆与宋惠莲有奸，孙雪娥把两人的奸情透露给了来旺儿，来旺儿醉后大骂西门庆。然而她自己与来旺儿私会之事被丫环小玉撞见，西门庆将她一顿狠打，"拘了她的头面衣服，只教他伴着家人媳妇上灶，不许他见人"②。西门庆死后，潘金莲、庞春梅与陈敬济的奸情暴露，孙雪娥便撺掇吴月娘打发他们出门，并率丫鬟媳妇棒打陈敬济，终于得报前仇。后来她携财跟来旺儿私奔，

---

① 兰陵笑笑生. 金瓶梅[M]. 济南：齐鲁书社，1991：29.

② 兰陵笑笑生. 金瓶梅[M]. 济南：齐鲁书社，1991：385.

被拘捕后官卖到周守备府，落到了庞春梅的手里，即刻被庞春梅掠去头面花翠衣裳，下厨为奴。以后又因春梅要在守备府中安插陈敬济，恐孙雪娥知情举发，便把她卖到了临清酒家为娼。守备府周秀的亲随张胜包下了她，张胜杀死陈敬济，孙雪娥见张胜被杖杀，担心自己受牵连被捉，便自缢身亡。

四　其他男性形象

西门庆之外，《金瓶梅》还描写了上至朝廷命臣、下至市井无赖等大大小小数十个男性人物形象。根据这些人物的社会地位，可将他们分为上层、中层和底层三个类型，蔡京、李邦彦、蔡蕴、宋御史、夏提刑等为上层人物，应伯爵、陈敬济、谢希大等西门庆的亲友为中层人物，韩道国、来保、玳安、来旺儿等西门庆的伙计仆人为底层人物。清代评点家张竹坡在《批评第一奇书金瓶梅读法》中对这些人物形象给予了一针见血的批评，他说道："伯爵、希大辈，皆是没良心的人。兼之蔡太师、蔡状元、宋御史，皆是枉为人也。"① 确如张竹坡所说，这些人物形象或贪腐成性，或寡廉鲜耻，或见钱眼开，或忘恩负义，"皆是枉为人也"。

（一）上层人物形象

《金瓶梅》所描写人物形象中地位最高的当属蔡京、李邦彦之流，他们沆瀣一气、狼狈为奸、徇私枉法、卖官鬻爵、无所不为。《金瓶梅》第十七回、第十八回写杨戬犯罪，西门庆的亲家陈洪和他本人都被列为杨戬亲党。西门庆闻讯后立即派家人来保、来旺儿带着金银宝玩去东京打点，疏通关节。两人先去拜见蔡京之子祥和殿学士兼礼部尚书蔡攸，送上白米五百石。蔡攸便让管家高安带两人去见右相李邦彦。小说这样写道：

> 高安就在旁边递了蔡攸封缄，并礼物揭帖，来保下边就把礼物呈上。邦彦看了说道："你蔡大爷分上，又是你杨老爷亲，我怎么好受此礼物？况

---

① 兰陵笑笑生. 金瓶梅 [M]. 济南：齐鲁书社，1991：35.

你杨爷,昨日圣心回动,已没事。但只手下之人,科道参语甚重,一定问发几个。"即令堂候官取过昨日科中送的那几个名字与他瞧。上面写着:"王黼名下书办官董升,家人王廉,班头黄玉,杨戬名下坏事书办官卢虎,干办杨盛,府掾韩宗仁、赵弘道,班头刘成,亲党陈洪、西门庆、胡四等,皆鹰犬之徒,狐假虎威之辈。乞敕下法司,将一干人犯,或投之荒裔以御魍魉,或置之典刑,以正国法。"来保见了,慌的只顾磕头,告道:"小人就是西门庆家人,望老爷开天地之心,超生性命则个!"高安又替他跪禀一次。邦彦见五百两金银,只买一个名字,如何不做分上?即令左右抬书案过来,取笔将文卷上西门庆名字改作贾廉,一面收上礼物去。邦彦打发来保等出来,就拿回帖回学士,赏了高安、来保、来旺一封五两银子。①

白米五百石、白银五百两就使西门庆逃脱了灭顶之灾。

西门庆尝到了攀附朝廷权贵的甜头,一心要与蔡京蔡太师拉上关系。他先派来旺儿去杭州为蔡京置办了生辰衣服,然后派吴主管和来保去东京送生辰担。小说十分生动地描写了送礼场面:

> 少顷,太师出厅。翟谦先禀知太师,然后令来保、吴主管进见,跪于阶下。翟谦先把寿礼揭帖呈递与太师观看,来保、吴主管各抬献礼物。但见:黄烘烘金壶玉盏,白晃晃减靸仙人;锦绣蟒衣,五彩夺目;南京纻缎,金碧交辉;汤羊美酒,尽贴封皮;异果时新,高堆盘盒。如何不喜!便道:"这礼物决不好受的,你还将回去。"慌的来保等在下叩头,说道:"小的主人西门庆,没甚孝意,些小微物,进献老爷赏人。"太师道:"既是如此,令左右收了。"旁边祗应人等,把礼物尽行收下去。太师又道:"前日那沧州客人王四等之事,我已差人下书,与你巡抚侯爷说了。可见了分上不曾?"来保道:"蒙老爷天恩,书到,众盐客就都放出来了。"太师又向来保说道:"累次承你主人费心,无物可伸,如何是好?你主人身上可有甚官役?"来保道:"小人的主人一介乡民,有何官役?"太师道:"既无官役,

---

① 兰陵笑笑生. 金瓶梅 [M]. 济南:齐鲁书社,1991:270-271.

昨日朝廷钦赐了我几张空名告身札付，我安你主人在你那山东提刑所，做个理刑副千户，顶补千户贺金的员缺，好不好？"来保慌的叩头谢道："蒙老爷莫大之恩，小的家主举家粉首碎身，莫能报答！"于是唤堂候官抬书案过来，即时签押了一道空名告身札付，把西门庆名字填注上面，列衔金吾卫衣左所副千户、山东等处提刑所理刑。又向来保道："你二人替我进献生辰礼物，多有辛苦。"因问："后边跪的是你甚么人？"来保才待说是伙计，那吴主管向前道："小的是西门庆舅子，名唤吴典恩。"太师道："你既是西门庆舅子，我观你倒好个仪表。"唤堂候官取过一张札付："我安你在本处清河县做个驿丞，倒也去的。"那吴典恩慌的磕头如捣蒜。又取过一张札付来，把来保名字填写山东郓王府，做了一名校尉。俱磕头谢了，领了札付。吩咐明日早晨，吏、兵二部挂号，讨勘合，限日上任应役。又吩咐翟谦西厢房管待酒饭，讨十两银子与他二人做路费，不在话下。①

蔡京身居百官之首，公然收受贿赂，卖官鬻爵，难怪赃官污吏，遍满天下，夤缘钻刺者，骤升美任，贤能廉直者，经岁不除。

新科状元蔡蕴曾先后三次与西门庆相会，第三十六回写蔡状元衣锦还乡，与进士安忱路过济州清河，蔡京的管家翟谦在给西门庆的书信中写道："外新状元蔡一泉，乃老爷之假子，奉敕回籍省视，道经贵处，仍望留之一饭，彼亦不敢有忘也。"翟谦还特意叮嘱："只怕蔡老爷回乡，一时缺少盘缠，烦老爷这里多少只顾借与他。写书去，翟老爷那里如数补还。"西门庆连忙回复道："你多上复翟爹，随他要多少，我这里无不奉命。""蔡状元在东京，翟谦已预先和他说了：'清河县有老爷门下一个西门千户，乃是大巨家，富而好礼。亦是老爷抬举，见做理刑官。你到那里，他必然厚待。'这蔡状元牢记在心，见西门庆差人远来迎接，又馈送如此大礼，心中甚喜。"②

西门庆深谙官场规则，向两位新贵送上了厚礼：蔡状元是金缎一端，领绢

---

① 兰陵笑笑生. 金瓶梅 [M]. 济南：齐鲁书社，1991：452-453.
② 兰陵笑笑生. 金瓶梅 [M]. 济南：齐鲁书社，1991：549-551.

二端，合香五百，白金一百两。安进士是色缎一端，领绢一端，合香三百，白金三十两。蔡状元后出任巡盐御史，与山东巡按宋御史同日路经清河：

> 西门庆知了此消息，与来保、贲四骑快马先奔来家，预备酒席。门首搭照山彩棚，两院乐人奏乐，叫海盐戏并杂耍承应。原来宋御史将各项伺候人马都令散了，只用几个蓝旗清道官吏跟随，与蔡御史坐两顶大轿，打着双檐伞，同往西门庆家来。当时哄动了东平府，大闹了清河县，都说："巡按老爷也认的西门大官人，来他家吃酒来了。"慌的周守备、荆都监、张团练，各领本哨人马把住左右街口伺候。西门庆青衣冠带，远远迎接。两边鼓乐吹打，到大门首下了轿进去。宋御史与蔡御史都穿着大红獬豸绣服，乌纱皂履，鹤顶红带，从人执着两把大扇。只见五间厅上湘帘高卷，锦屏罗列。正面摆两张吃看桌席，高顶方糖，定胜簇盘，十分齐整。二官揖让进厅，与西门庆叙礼。蔡御史令家人具赘见之礼：两端湖绸、一部文集、四袋芽茶、一方端溪砚。宋御史只投了个宛红单拜帖，上书"侍生宋乔年拜"。向西门庆道："久闻芳誉。学生初临此地，尚未尽情，不当取扰。若不是蔡年兄邀来进拜，何以幸接尊颜？"慌的西门庆倒身下拜，说道："仆乃一介武官，属于按临之下。今日幸蒙清顾，蓬荜生光。"于是鞠恭展拜，礼容甚谦。宋御史亦答礼相还，叙了礼数。当下蔡御史让宋御史居左，他自在右，西门庆垂首相陪。茶汤献罢，阶下箫韶盈耳，鼓乐喧阗，动起乐来。西门庆递酒安席已毕，下边呈献割道。说不尽肴列珍羞，汤陈桃浪，端的歌舞声容，食前方丈。两位轿上跟从人，每位五十瓶酒、五百点心、一百斤熟肉，都领下去。家人、吏书、门子人等，另在厢房中管待，不必细说。当日西门庆这席酒，也费够千两金银。……西门庆早令手下，把两张桌席连金银器，已都装在食盒内，共有二十抬，叫下人夫伺候。宋御史的一张大桌席、两坛酒、两牵羊、两封金丝花、两匹段红、一副金台盘、两把银执壶、十个银酒杯、两个银折盂、一双牙箸。蔡御史的也是一

般的。①

西门庆的厚礼很快便有了回报,一方面极大地提高了自己的社会地位,另一方面西门庆与亲家乔大户手中握有旧派淮盐盐引三万引,希望得到蔡御史的照顾。蔡御史笑道:"这个甚么打紧!"答应西门庆随到随批,比别的商人提前一个月掣盐。

(二) 中层人物形象

西门庆身边有许多酒肉朋友,其中最为重要的当属应伯爵。他"原是开绸缎铺应员外的第二个儿子,落了本钱,跌落下来,专在本司三院帮嫖贴食"②。应伯爵虽然是一个典型的市侩,游手好闲,不务正业,但并不是概念性的人物,而是一个有血有肉、栩栩如生的艺术形象。

应伯爵有着狡狯奸猾的天性,深知只有讨好西门庆,才能得到实惠。他比西门庆还要大几岁,却口口声声赶着西门庆叫"哥",显然是不愿意也没能力担当大哥的责任。他揸合西门庆与揽头李智、黄四合伙包揽香蜡,从中也可分得份银。③ 西门庆所做的每一件事,他都极力帮衬;西门庆吃用的东西,他都"喝彩不已"。他是西门庆家酒席上的常客,无论是节庆喜丧之日,或是聚亲会友,几乎每宴必到;有时即使与西门庆书房闲坐,也总待排出酒肴让他吃了才去。他深知西门庆喜乐好闹的性格,因此总是用他那张如簧之舌说笑话、耍贫嘴,逗得西门庆乐得不知所以。有时,他还故意做出种种难看的吃相来:抢果子、捞蜜饯、赌誓输酒。他惯以朋友义气标榜自己,对西门庆说:"比来相交朋友,做甚么? 哥若有使令去处,兄弟情愿火里火去,水里水去。"④ 因此,西门庆最与他相得,把他视为知己,凡事最爱听他的。他几日不来,就要使小厮去叫,待他也极为慷慨。

---

① 兰陵笑笑生. 金瓶梅 [M]. 济南:齐鲁书社,1991:718-719.

② 兰陵笑笑生. 金瓶梅 [M]. 济南:齐鲁书社,1991:14.

③ 兰陵笑笑生. 金瓶梅 [M]. 济南:齐鲁书社,1991:570.

④ 兰陵笑笑生. 金瓶梅 [M]. 济南:齐鲁书社,1991:251.

应伯爵是个非常聪明机智之人，擅长讲笑话、打圆场，替许多人当说客。他会用脑思考，还会替别人着想，能体恤小优儿，知道他们忌喝残酒。他懂得生活，晓得怎样把鲥鱼切成几份分别享用，吃到"牙缝里也是香的"。他替人向西门庆说情、借银、谋职，自然自己也落得好处。

应伯爵非常明白说话的技巧，不论面对什么样的人物，什么样的场合，他总能够逢场作戏、触景生情。但他对西门庆又并非总是曲意奉承、低声下气，甚至有时话说得很难听，从中不难看到他内心的痛苦和良知。例如应伯爵夸奖李瓶儿："我这嫂子，端的寰中少有，盖世无双。休说德性温良，举止沉重，自这一表人物，普天之下也寻不出来。那里有哥这样大福？俺每今日得见嫂子一面，明日死也得好处！"① 赞扬李瓶儿"德性温良，举止沉重"，显然是假话反话。李瓶儿死后，应伯爵前去吊孝，哭李瓶儿是"有仁义的嫂子"，也是对西门庆和李瓶儿的反讽。西门庆不择手段地奸娶了结拜兄弟花子虚的妻子，并吞占了一笔不小的财产。西门庆既不仁也不义，应伯爵借哭李瓶儿对西门庆做了讥讽。

应伯爵还具有同情之心，小说第五十六回，写应伯爵被常峙节的困苦家境所打动，急急忙忙带他去向西门庆借钱度日：

> 应伯爵挨到身边坐下，乘闲便说："常二哥那一日在哥席上求的事情，一向哥又没的空，不曾说的。常二哥被房主催逼慌了，每日被嫂子埋怨，二哥只麻作一团，没个理会。如今又是秋凉了，身上皮袄儿又当在典铺里。哥若有好心，常言道：救人须救急时无，省的他嫂子日夜在屋里絮絮叨叨。况且寻的房子住着，也是哥的体面。因此，常二哥央小弟特地来求哥，早些周济他罢。"西门庆道："我曾许下他来，因为东京去，费的银子多了，本待等韩伙计到家，和他理会。如今又怎的要紧？"伯爵道："不是常二哥要紧，当不的他嫂子聒絮，只得求哥早些便好。"西门庆踌躇了半晌道："既这等，也不难。且问你，要多少房子才够住？"伯爵道："他两口儿，也

---

① 兰陵笑笑生. 金瓶梅 [M]. 济南：齐鲁书社，1991：311-312.

得一间门面、一间客坐、一间床房、一间厨灶——四间房子，是少不得的。论着价银，也得三四个多银子。哥只早晚凑些，教他成就了这桩事罢。"西门庆道："今日先把几两碎银与他拿去，买件衣服，办些家活，盘搅过来，待寻下房子，我自兑银与你成交，可好么？"两个一齐谢道："难得哥好心。"西门庆便叫书童："去对你大娘说，皮匣内一包碎银取了出来。"书童应诺。不一时，取了一包银子出来，递与西门庆。西门庆对常峙节道："这一包碎银子，是那日东京太师府赏封剩下的十二两，你拿去好杂用。"打开与常峙节看，都是三五钱一块的零碎纹银。常峙节接过放在衣袖里，就作揖谢了。西门庆道："我这几日不是要迟你的，你又没曾寻的。只等你寻下，待我有银，一起兑去便了。"常峙节又称谢不迭。三个依旧坐下，伯爵便道："多少古人轻财好施，到后来子孙高大门闾，把祖宗基业一发增的多了。悭吝的，积下许多金宝，后来子孙不好，连祖宗坟土也不保。可知天道好还哩！"西门庆道："兀那东西，是好动不喜静的，怎肯埋没在一处！也是天生应人用的，一个人堆积，就有一个人缺少了。因此积下财宝，极有罪的。"①

应伯爵临走前对西门庆发的这番议论，是对为富不仁者的警告和诅咒，是他内心逆反心理的真实流露。

当然，如同所有的市井帮闲一样，应伯爵也有着其唯利是图、自私自利的人格特征，这集中表现在西门庆死后。第八十回写西门庆头七，应伯爵等七人每人凑了一钱银子，办了一桌祭礼，但目的是"少不的还讨了他七分银子一条孝绢来"②。张二官顶了西门庆的缺，"应伯爵无日不在他那边趋奉，把西门庆家中大小之事，尽告诉与他"。他撺掇张二官娶了西门庆第二房妾李娇儿，还劝说张二官娶潘金莲："难得你娶过他这个人来家，也强似娶个唱的。当时西门庆大官人在时，为娶他，不知费了许多心。大抵物各有主，也说不的，只好有福

---

① 兰陵笑笑生. 金瓶梅 [M]. 济南：齐鲁书社，1991：827-826.

② 兰陵笑笑生. 金瓶梅 [M]. 济南：齐鲁书社，1991：1298.

的匹配，你如有了这般势耀，不得此女貌，同享荣华，枉自有许多富贵。我只叫来爵儿密密打听，但有嫁人的风缝儿，凭我甜言美语，打动春心，你却用几百两银子，娶到家中，尽你受用便了。"难怪作者议论道："看官听说，但凡世上帮闲子弟，极是势利小人。当初西门庆待应伯爵如胶似漆，赛过同胞弟兄，那一日不吃他的，穿他的，受用他的。身死未几，骨肉尚热，便做出许多不义之事。正是画虎画皮难画骨，知人知面不知心。"①

陈敬济是西门庆家中的另一位男性主人，他是西门庆之婿，因父亲陈洪遭难携财随妻来岳父家避居。陈敬济是一个典型的纨绔子弟，小说突出描写了他的贪色与无能。在放纵淫欲方面与西门庆颇为相似，但在商业经营、贪缘而上方面却远远不如西门庆。他最突出的特点是见色如命，从家庭伦理关系来讲，潘金莲、李瓶儿、孟玉楼是其岳母，但陈敬济对她们无不垂涎欲滴，尤其是对潘金莲，稍有间隙，便公然挑逗。第十八回"见娇娘敬济销魂"中，陈敬济第一次看见潘金莲，"不觉心荡目摇，精魂已失。正是五百年冤家相遇，三十年恩爱一旦遭逢"。②第十九回他得到机会便与潘金莲打情骂俏起来："惟有金莲，且在山子前花池边，用白纱团扇扑蝴蝶为戏。不妨敬济悄悄在他背后戏说道：'五娘，你不会扑蝴蝶儿，等我替你扑。这蝴蝶儿忽上忽下，心不定，有些走滚。'那金莲扭回粉颈，斜瞅了他一眼，骂道：'贼短命，人听着，你待死也！我晓得你也不要命了。'那敬济笑嘻嘻扑近他身来，搂他亲嘴。被妇人顺手只一推，把小伙儿推了一交。却不想玉楼在玩花楼远远瞧见，叫道：'五姐，你走这里来，我和你说话。'金莲方才撇了敬济，上楼去了。原来两个蝴蝶没曾捉得住，到订了燕约莺期，则做了蜂须花嘴。正是：狂蜂浪蝶有时见，飞入梨花没处寻。"③

此后陈敬济与潘金莲越来越大胆，直至达到目的。第五十三回写道："且说

---

① 兰陵笑笑生. 金瓶梅［M］. 济南：齐鲁书社，1991：1307-1308.

② 兰陵笑笑生. 金瓶梅［M］. 济南：齐鲁书社，1991：276.

③ 兰陵笑笑生. 金瓶梅［M］. 济南：齐鲁书社，1991：283-284.

陈敬济因与金莲不曾得手，耐不住满身欲火。见西门庆吃酒到晚还未来家，依旧闪入卷棚后面，探头探脑张看。原来金莲被敬济鬼混了一场，也十分难熬，正在无人处手托香腮，沉吟思想。不料敬济三不知走来，黑影子里看见了，恨不的一碗水咽将下去。就大着胆，悄悄走到背后，将金莲双手抱住，便亲了个嘴，说道：'我前世的娘！起先吃孟三儿那冤儿打开了，几乎把我急杀了。'金莲不提防，吃了一吓。回头看见是敬济，心中又惊又喜，便骂道：'贼短命，闪了我一闪，快放手，有人来撞见怎了！'敬济那里肯放，便用手去解他裤带。金莲犹半推半就，早被敬济一扯扯断了。金莲故意失惊道：'怪贼囚，好大胆！就这等容容易易要奈何小丈母！'敬济再三央求道：'我那前世的亲娘，要敬济的心肝煮汤吃，我也肯割出来。没奈何，只要今番成就成就。'金莲桃颊红潮，情动久了，初还假做不肯……"①

陈敬济不仅挑逗潘金莲，对李瓶儿、孟玉楼也想入非非。第二十五回写吴月娘率众妇在花园打秋千，叫陈敬济在下送秋千。陈敬济"把李瓶儿裙子掀起，露出他大红底衣，推了一把。李瓶儿道：'姐夫，慢慢着些！我腿软了。'敬济道：'你老人家原来吃不得紧酒。'"② 他拾到孟玉楼的一枚金簪，就打起了坏主意，当后来孟玉楼嫁与李衙内时，陈敬济便欲以此物为证见，"只说玉楼先与他有了奸，与了他这根簪子，不合又带了许多东西嫁了李衙内，都是昔日杨戬寄放金银箱笼，应没官之物。那李通判一个文官，多大汤水！听见这个利害口声，不怕不叫他儿子双手把老婆奉与我。我那时娶将来家，与冯金宝做一对儿，落得好受用"③。西门庆死后，陈敬济更加肆无忌惮，与潘金莲、庞春梅日日鬼混，甚至弄出了两个私生子。

除了贪色，陈敬济可谓一无所长。第九十二回写他带了五百两银子，与光棍杨大郎来到临清贩布。临清是个热闹繁华大码头，杨大郎领着陈敬济"游娼

---

① 兰陵笑笑生. 金瓶梅 [M]. 济南：齐鲁书社，1991：790-791.

② 兰陵笑笑生. 金瓶梅 [M]. 济南：齐鲁书社，1991：378.

③ 兰陵笑笑生. 金瓶梅 [M]. 济南：齐鲁书社，1991：1451.

楼,登酒店",花一百两银子将粉头冯金宝娶回家中,陈敬济的母亲张氏被活活气死。

他敲诈孟玉楼不成而被陷严州府,货物也被杨大郎骗走。一路乞讨,回到家里。看到妻子西门大姐被冯金宝欺侮,他反而殴打妻子,致使西门大姐含恨自缢而死。吴月娘率领家人小厮、丫鬟媳妇将陈敬济和冯金宝打了个臭死,并将其告入官衙。陈敬济"没高低使钱",仍被捉拿到县衙,判了绞罪。陈敬济又凑了一百两银子送给知县,才改判为"准徒五年,运灰赎罪"。① 他去杨大郎家追问货物下落,杨大郎的弟弟杨二风反而向他要人。他坐吃山空,终于沦为乞丐。

走投无路的陈敬济遇到了其父陈洪的故交王杏庵,好心送给他衣帽银钱,让他做个小买卖。但陈敬济"不消两日,把身上棉衣也输了,袜儿也换嘴来吃了,依旧原在街上讨吃"。② 王杏庵再次接济了他,不料没有几天,他又将钱物挥霍一空。王杏庵只好将他领到晏公庙荐作道士,但他不守本分,又勾搭上了冯金宝,把师父的钱财都偷骗花光了。被无赖刘二讹诈后,在守备府幸好得遇庞春梅,才免受许多皮肉之苦。庞春梅此时已是周守备的正房娘子,对陈敬济旧情难忘,假称陈敬济是其表弟,千方百计找到陈敬济并留在身边暗续鸾胶。周守备不知就里,对陈敬济关怀备至,既为他挣个一官半职,又为他娶了葛员外的女儿为妻。在庞春梅的帮助下,陈敬济在临清码头上开了个大酒店,生意兴隆,他却又勾搭上了韩爱姐。然而,好景不长,他终于在与庞春梅偷情时被周守备亲随张胜撞着,手起刀落,落了个赤条条身首分家的下场,年尚不足二十七岁。

如果说西门庆凭着自己的本事,由破落户人家挣得了一份家业,最终却因贪色而死。那么陈敬济却是将一份家业败坏净尽,最终也因贪色而死。由此不难看出,小说"独罪财色二字"的创作宗旨。

---

① 兰陵笑笑生. 金瓶梅 [M]. 济南:齐鲁书社,1991:1463.

② 兰陵笑笑生. 金瓶梅 [M]. 济南:齐鲁书社,1991:1470.

(三) 底层人物形象

《金瓶梅》描写了许多社会底层人物，韩道国是其中比较重要的一位。他是西门庆在生意上雇佣的主要伙计，是一个为了钱财而不知羞耻的小人。第三十三回写西门庆计划在狮子街开个绒线铺子，需要找个伙计，应伯爵向他推荐了韩道国："原是绒线行，如今没本钱，闲在家里。说写算皆精，行止端正。再三保举。改日领他来见我，写立合同。"① 不久应伯爵带着韩道国来见西门庆，"其人五短身材，三十年纪，言谈滚滚，满面春风。西门庆即日与他写立合同。同来保领本钱雇人染丝，在狮子街开张铺面，发卖各色绒丝"②。在应伯爵和西门庆的眼里，韩道国似乎是一个精明强干、品行端方之人，但实际上他和他老婆王六儿都不是什么正经人。

> 且说西门庆新搭的开绒线铺伙计，也不是守本分的人。姓韩名道国，字希尧，乃是破落户韩光头的儿子。如今跌落下来，替了大爷的差使，亦在郓王府做校尉。见在县东街牛皮小巷居住。其人性本虚飘，言过其实，巧于词色，善于言谈。许人钱，如捉影捕风；骗人财，如探囊取物。街上人见他是般说谎，自从西门庆家做了买卖，手里财帛从容，新做了几件虼蟬皮，在街上撮着肩膊儿就摇摆起来。人见了不叫他个韩希尧，只叫他做"韩一摇"。他浑家乃是宰牲口王屠妹子，排行六儿，生的长挑身材，瓜子面皮，紫膛色，约二十八九年纪。身边有个女孩儿，嫡亲三口儿度日。他兄弟韩二，名二捣鬼，是个要钱的捣子，在外另住。旧与这妇人有奸，赶韩道国不在家，铺中上宿，他便时常走来与妇人吃酒，到晚夕刮涎就不去了。不想街坊有几个浮浪子弟，见妇人搽脂抹粉，打扮的乔模乔样，常在门首站立睃人。人略逗他逗儿，又臭又硬，就张致骂人。因此街坊这些小伙子儿，心中有几分不愤，暗暗三两成群，背地讲论，看他背地与什么人有首尾。那消半个月，打听出与他小叔韩二这件事来。原来韩道国这间屋

---

① 兰陵笑笑生.金瓶梅[M].济南：齐鲁书社，1991：494.
② 兰陵笑笑生.金瓶梅[M].济南：齐鲁书社，1991：495.

门面三间，房里两边都是邻舍，后门通水塘。这伙人，单看韩二进去，或夜晚扒在墙上看觑，或白日里暗使小猴子在后塘推道捉蛾儿，单等捉奸。不想那日二捣鬼打听他哥不在，大白日装酒和妇人吃，醉了，倒插了门，在房里干事。不妨众人睃见踪迹，小猴子扒过来，把后门开了，众人一齐进去，掇开房门。韩二夺门就走，被一少年一拳打倒拿住。老婆还在炕上，慌穿衣不迭。一人进去，先把裤子撦在手里。都一条绳子拴出来。须臾，围了一门首人，跟到牛皮街厢铺里，就烘动了那一条街巷。①

从这一件事就不难看出韩道国及其老婆王六儿、韩二的真实嘴脸。

更为令人不齿的是，韩道国为了讨好西门庆，以便骗取钱财，竟然不惜将自己的女儿送给蔡京管家翟谦为妾，任凭老婆王六儿与西门庆胡搞乱来。韩道国得知老婆王六儿与西门庆勾搭成奸之后，不但不生气，反而说道："等我明日往铺子里去了，他若来时，你只推我不知道，休要怠慢了他，凡事奉承他些儿。如今好容易赚钱，怎么赶的这个道路！"② 后来西门庆使一百二十两银子买了一所房子让韩道国夫妇居住，"西门庆但来他家，韩道国就在铺子里上宿，教老婆陪他自在顽耍"③。韩道国还恬不知耻地要向西门庆表示感谢，在家中摆了酒席请西门庆赴宴。他说："小人承老爹莫大之恩，一向在外，家中小媳妇承老爹照顾，王经又蒙抬举，叫在宅中答应，感恩不浅。前日哥儿没了，虽然小人在那里，媳妇儿因感了些风寒，不曾往宅里吊问的，恐怕老爹恼。今日一者请老爹解解闷，二者就恕俺两口儿罪。"④ 酒席散后，韩道国又主动去铺子里休息，留下老婆与西门庆尽兴玩耍。

韩道国的无耻还表现在他忘恩负义、见钱眼开、坑蒙拐骗方面。他和来保外出进布，返回清河时听到了西门庆已死的消息。他骗过来保，卖了一千两银

---

① 兰陵笑笑生. 金瓶梅 [M]. 济南：齐鲁书社，1991：502-503.

② 兰陵笑笑生. 金瓶梅 [M]. 济南：齐鲁书社，1991：575.

③ 兰陵笑笑生. 金瓶梅 [M]. 济南：齐鲁书社，1991：583.

④ 兰陵笑笑生. 金瓶梅 [M]. 济南：齐鲁书社，1991：900.

子的货物,上东京找女儿爱姐去了。① 蔡京等一伙奸佞事败之后,韩道国一家没了靠山,在临清码头遇见了开酒店的陈敬济,韩爱姐与陈敬济又勾搭在一起。接着,"韩道国免不得又交老婆王六儿又招个别的熟人儿,或是商客来屋里走动,吃茶吃酒。这韩道国先前尝着这个甜头,靠老婆衣饭肥家,况王六儿年纪虽半,风韵犹存,恰好又得他女儿来接代,也不断绝这样行业,如今索性大做了","爱姐一心想着敬济,推心中不快,三回五次不肯下楼来,急的韩道国要不的",干脆又让王六儿接客。② 陈敬济被张胜杀死,韩爱姐要为陈敬济守寡,韩道国和王六儿跟着何官人往湖州去了。春梅因纵欲染病而亡,韩爱姐无依无靠,去湖州寻找父母,在徐州遇见叔叔韩二,找到了韩道国。"不上一年,韩道国也死了。"③ 王六儿就配了韩二,种田过日。爱姐出家做了尼姑,三十一岁以疾终。

韩道国的一生是明代中叶社会底层市民生活的生动写照,金钱至上的价值观念和社会现实,使人们抛弃了传统的道德理念和人生信条,唯利是图、贪婪金钱将人的性格扭曲,他的种种丑行恰恰暴露了社会的畸形。

西门庆家有许多家人,其中来保、来旺儿、玳安等比较重要。来保深得西门庆的信任,大大小小的事情都派他去做。第十四回花子虚吃了官司,李瓶儿央求西门庆托人说情,西门庆便派来保去东京打点,开脱了花子虚。第十七回西门庆的亲家陈洪被朝廷查办,"西门庆不看万事皆休,看了耳边厢只听飕的一声,魂魄不知往那里去了。就是:惊伤六叶连肝肺,吓坏三毛七孔心。当下即忙打点金银宝玩,驮装停当,把家人来保、来旺叫到卧房中,悄悄吩咐,如此这般:'雇头口星夜上东京,打听消息。不消到你陈亲家老爹下处。但有不好声色,取巧打点停当,速来回报。'又与了他二人二十两银子,绝早五更雇脚夫起

---

① 兰陵笑笑生. 金瓶梅 [M]. 济南:齐鲁书社,1991:1313.
② 兰陵笑笑生. 金瓶梅 [M]. 济南:齐鲁书社,1991:1543-1544.
③ 兰陵笑笑生. 金瓶梅 [M]. 济南:齐鲁书社,1991:1571.

程，上东京去了，不在话下"①。胆大妄为的西门庆此次却吓破了胆，可见此事非同小可。西门庆首选来保去处置，可见西门庆对来保的信任和倚重。来保果然没有让西门庆失望，且看书中的描写：

> 来保等二人把礼物打在身边，急来到蔡府门首。旧时干事来了两遍，道路久熟，立在龙德街牌楼底下，探听府中消息。少顷，只见一个青衣人，慌慌打府中出来，往东去了。来保认得是杨提督府里亲随杨干办，待要叫住，问他一声事情如何，因家主不曾分付，以此不言语，放过他去了。迟了半日，两个走到府门前，望着守门官深深唱个喏："动问一声，太师老爷在家不在？"那守门官道："老爷朝中议事未回。你问怎的？"来保又问道："管家翟爷，请出来，小人见见，有事禀白。"那官吏道："管家翟叔，也不在了。"来保见他不肯实说，晓得是要些东西，就袖中取出一两银子递与他。那官吏接了，便问："你要见老爷，要见学士大爷？老爷便是大管家翟谦禀，大爷的事便是小管家高安禀，各有所掌。况老爷朝中未回，止有学士大爷在家。你有甚事，我替你请出高管家来，禀见大爷，也是一般。"这来保就借情道："我是提督杨爷府中，有事禀见。"官吏听了，不敢怠慢，进入府中。良久，只见高安出来。来保慌忙施礼，递上十两银子，说道："小人是杨爷的亲，同杨干办一路来见老爷讨信。因后边吃饭，来迟了一步，不想他先来了，所以不曾赶上。"高安接了礼物，说道："杨干办只刚才去了，老爷还未散朝。你且待待，我引你再见见大爷罢。"②

蔡攸见有"白米五百石"的厚礼，不好拒绝，将此事推给了右相李邦彦。来保反应敏捷，马上说道："小的不认的李爷府中，望爷怜悯，看家杨老爷分上。"于是蔡攸不仅写了书信，还差管家高安一同前往。"那高安承应下了，同来保去了府门，叫了来旺，带着礼物，转过龙德街，径到天汉桥李邦彦门首。正值邦彦朝散才来家，穿大红绉纱袍，腰系玉带，送出一位公卿上轿而去。回

---

① 兰陵笑笑生. 金瓶梅 [M]. 济南：齐鲁书社，1991：261.
② 兰陵笑笑生. 金瓶梅 [M]. 济南：齐鲁书社，1991：268-269.

到厅上,门吏禀报说:'学士蔡大爷差管家来见。'先叫高安进去,说了回话,然后唤来保、来旺进见,跪在厅台下。高安就在旁边递了蔡攸封缄,并礼物揭帖,来保下边就把礼物呈上。邦彦看了说道:'你蔡大爷分上,又是你杨老爷亲,我怎么好受此礼物?况你杨爷,昨日圣心回动,已没事。但只手下之人,科道参语甚重,一定问发几个。'即令堂候官取过昨日科中送的那几个名字与他瞧。上面写着:'王黼名下书办官董升,家人王廉,班头黄玉,杨戬名下坏事书办官卢虎,干办杨盛,府掾韩宗仁、赵弘道,班头刘成,亲党陈洪、西门庆、胡四等,皆鹰犬之徒,狐假虎威之辈。乞敕下法司,将一干人犯,或投之荒裔以御魑魅,或置之典刑,以正国法。'来保见了,慌的只顾磕头,告道:'小人就是西门庆家人,望老爷开天地之心,超生性命则个!'高安又替他跪禀一次。邦彦见五百两金银,只买一个名字,如何不做分上?即令左右抬书案过来,取笔将文卷上西门庆名字改作贾廉,一面收上礼物去。邦彦打发来保等出来,就拿回帖回学士,赏了高安、来保、来旺一封五两银子。"[1] 来保既深谙世情,随处打点,又能够见机行事,灵活多变,充分显示出了其聪明干练的特点。为蔡京贺寿送礼是来保为西门庆办的又一件要事,同样表现出了来保的灵活机敏。

来保为西门庆讨来了山东提刑所理刑副千户的从五品官,西门庆自然喜出望外,此后对来保更加欣赏重用。乔大户为被监禁的盐商王四锋向西门庆求情,西门庆依然派来保奔京城跑关系,请太师释放了王四锋等人。李桂姐受案件牵连,西门庆还是派来保去京城说情。西门庆被曾御史所参,依旧是来保赴京求告蔡太师,使主人躲过一劫,还带来了支取盐引的生财之道。不仅如此,来保还与韩道国一起远涉扬州,为主人走标船长途贩运丝绸。来保为西门庆立下了汗马功劳,西门庆对他也是赞誉有加,重加赏赐。

然而西门庆一死,来保便暴露了其市侩本质,先是骗得了八百两银子的货物,又酒后调戏吴月娘,在进京路上借机奸耍了迎春、玉箫两个丫鬟。再后来

---

[1] 兰陵笑笑生. 金瓶梅 [M]. 济南:齐鲁书社,1991:270-271.

找茬寻衅，逼着吴月娘让其另立门户，唆使妻子惠祥又哭又闹。"月娘见他骂大骂小，寻由头儿和人嚷，闹上吊；汉子又两番三次，无人处在根前无礼，心里也气得没入脚处，只得交他两口子搬离了家门。这来保就大剌剌和他舅子开起个布铺来，发卖各色细布，日逐会亲友，行人情，不在话下。"① 来保就是这样一个十分精明又非常势利的社会底层人物，是明代中期下层市民的典型代表。

由以上论述可以看出，无论是上层人物、中层人物，还是社会底层人物，都带有鲜明的时代特征，表现出了明代中叶社会现实的真实情形。

---

① 兰陵笑笑生. 金瓶梅 [M]. 济南：齐鲁书社，1991：1319.

第五章 《金瓶梅》与民俗文化

《金瓶梅》的故事发生地紧靠运河，因此小说中有许多运河民俗文化内容。《金瓶梅》以家庭生活为主要素材，衣食住行、婚丧嫁娶、信仰禁忌等各种民俗现象对于小说的情节、人物具有重要意义。本章就《金瓶梅》与运河文化、巫卜文化、婚俗文化之间的关系进行分析，同时与其他小说做些比较，以期更好地把握《金瓶梅》在民俗文化方面表现出来的突出特征。

一 《金瓶梅》与运河文化

《金瓶梅》的内容从《水浒传》中潘金莲与西门庆的故事生发而来，其故事发生地本来在阳谷县，但《金瓶梅》却将故事发生地移到了清河县。小说表面上写宋朝时事，实际上描写的是明中叶的社会现实。清河县在明代与东平府并不相属，但小说又让清河县隶属于东平府，并将临清放在一条线上。所有这一切，都是出于一个目的，那就是让故事尽量靠近运河，因为故事只有在运河一带展开，才能使其内容更加丰富多彩，更加富有时代气息，更便于展现当地的社会风貌，也更符合刻画人物的需要。

（一）明清运河文化的特点

所谓运河文化，是一种带有区域性特征的文化。中国大运河是世界上开凿时间最早、流程最长的一条人工运河。它始创于春秋时期,至元世祖至元三十年(1293),终于完成了由杭州至北京纵贯南北的人工大运河。明清两代不断整修运河,运河管理更是日臻完善。大运河的贯通,极大地促进了整个运河区域社会经济环境的改善,使运河区域成为新的经济带,同时也形成了颇具特色的运河文化。

首先,由于交通的便利,运河区域的工商业相对其他地区要发达得多。在沿运河地区尤其是运河两岸城镇,商业气息尤为浓厚,一大批官私工商业如造船业、瓷器业、酿造业、纺织业、印刷业、造纸业,蓬勃兴起。各种商业店铺数不胜数,南来北往的商贾将各种商品输送到城镇市场。如棉纺织业,明中期之前,山东西部的棉纺织业远落后于江南地区。明中期后,情况发生了变化。东昌府所属各州县的棉纺织生产迅速普及,已由自经性生产向商品性生产方面转化。再如砖瓦窑业,永乐年间,朝廷于运河一线建立了许多窑厂,烧制的砖瓦专供修筑长城和营造北京宫殿之用。其中临清便是当时全国规模最大的官窑制砖厂,由官府调发的"二百"窑户组成,"岁额城砖百万"①。朝廷"差工部侍郎一员于临清管理烧造,提督收放"②。据实地考察,分布在临清的西南及东南运河两岸地带的明代砖窑遗址不下二百座,排列十分密集。官府对砖的制作规格和烧造质量要求极为严格。据《明会典》记载,临清窑厂烧造的砖分"城砖、副砖、券砖、斧刃砖、线砖、平身砖、望板砖、方砖"八个品种。使用临清砖修建的北京宫殿城陵,历经数百年仍坚固完好。③

其次,随着农业与手工业的发展,明代运河地区的商品经济空前繁荣。运河沟通了南北两地的经济交流,市场规模明显扩大,城镇商贸兴盛。自明永乐初京杭大运河全线贯通后,运河成为沟通南北经济的主要通道。通过运河,"燕

---

① 临清市人民政府.临清州志[M].济南:山东地图出版社,2001:341.
② 申时行,等.明会典[M]//《续修四库全书》编委会.《续修四库全书》第792册.上海:上海古籍出版社,2013:294.
③ 安作璋.中国运河文化史[M].济南:山东教育出版社,2001:1177-1178.

赵、秦晋、齐梁、江淮之货，日夜商贩而南；蛮海、闽广、豫章、南楚、瓯越、新安之货，日夜商贩而北"①。运河北部地区输出的主要是棉花、麦豆及干鲜果品，运河南部地区输出的主要是棉布、丝绸、铁器、瓷器、纸张、茶叶等。临清位于山东鲁西北卫河与运河的交汇地，是连接直隶、河南与山东三省的水陆中枢。明景泰年间已初显繁荣景象："薄海内外，舟航之所毕由……商贾萃止，骈樯列肆，云蒸雾渤。"② 正德以后，临清的商业区由内城扩展到外城，城区达到了"延袤二十里，跨汶（即运河）、卫二水"③ 的规模，成为当时北方地区最大的中转贸易市场。嘉靖、隆庆、万历时期，临清是大宗干鲜果品的集散码头，江南出产的棉布、丝绸主要通过运河北销，仅临清一地便集中了布店 73 家、绸缎店 32 家、杂货店 65 家、纸店 24 家、典当铺百余家、粮店百余家、瓷器店数十家。④ 绸缎年进销量在百万匹左右⑤，大量的布绸贸易使临清有"冠带衣履天下"⑥ 的美誉。来自闽广、江浙、两湖、山陕等地的商人活跃在临清市场上，使临清的旅馆业也特别兴盛，城内大大小小的客店有数百家。商贸的繁盛促进了临清关税的增长，万历时期，临清钞关的关税额达到八万余两，为全国各大钞关税额之首。⑦

再次，运河文化具有包容性和开放性，东昌、临清一带的许多文人对明中叶兴起的心学能够迅速接受，如穆孔晖、王道、张后觉、孟秋四人便是其中的代表。⑧ 穆孔晖，东昌府人。受到王守仁的赏识而被录取为举人，后在南京曾亲聆王守仁讲学。在学术思想上他继承了王守仁的"良知说"，把心学和佛学中

---

① 李鼎. 借箸编 [M] //李长卿集：卷十九. 明万历十四年刻本

② 临清市人民政府. 临清州志 [M]. 济南：山东地图出版社，2001：124.

③ 临清市人民政府. 临清州志 [M]. 济南：山东地图出版社，2001：30.

④ 明神宗万历实录：卷三七六 [M]. 台北："中央研究院"历史语言研究所，1965.

⑤ 临清市人民政府. 临清州志 [M]. 济南：山东地图出版社，2001：112.

⑥ 陈梦雷. 东昌府风俗考 [M] //古今图书集成：卷二五四. 台北：鼎文书局，1977：2366.

⑦ 安作璋. 中国运河文化史 [M]. 济南：山东教育出版社，2001：1186-1188.

⑧ 安作璋. 中国运河文化史 [M]. 济南：山东教育出版社，2001：1216-1218.

的"顿悟说"结合起来,反对程朱理学所宣扬的"天理至上"等观点。王道,东昌府武城县人。师承王守仁而有所创新,认为"性生于气",否定了程朱理学"理在气先"的观点。张后觉,东昌府茌平县人,王守仁的再传弟子。嘉靖后期,任山东提学佥事的邹善、万历初任东昌知府的罗汝芳,两人都是王学的倡导者,先后在济南、东昌建立书院,均聘请张后觉担任主讲。因此张后觉培养了众多弟子,影响极大。他的思想与王学左派基本一致,主张"现成良知说"。孟秋,东昌府茌平人。他是张后觉的学生,主张"致良知说",反对将天理人欲对立起来,在东昌一带有较大影响。从总体上来说,王学尤其是王学左派的学说,一方面将人们从僵化的程朱理学中解放出来,另一方面也助长了人欲横流的社会风气。

(二)《金瓶梅》与临清运河文化

王汝梅先生曾经指出:"对《金瓶梅》地理环境描写的感受理解,正像对人物的评价那样,学者们的见解是不同的。"他列举了"徐州说"(一丁)、"扬州说"(陈诏)、"徐州说"、"淮安说"以及阎增山等的"临清说"。然后通过实地考察,将与《金瓶梅》有关的临清明代文化遗存做了采访摘要。① 王汝梅先生分别对有关砖厂、钞关、晏公庙等的遗迹、文献记载与《金瓶梅》的描写一一做了比较,发现这些遗迹是扬州、淮安、徐州等地所没有的。这说明《金瓶梅》故事发生地与临清有着密切关系。

实际上《金瓶梅》有多处直接写到临清,如第九十二回"陈敬济被陷严州府,吴月娘大闹授官厅":"这杨大郎到家收拾行李,跟着陈敬济从家中起身,前往临清马头上寻缺货去。到了临清,这临清闸上,是个热闹繁华大马头去处,商贾往来之所,车辆辐辏之地,有三十二条花柳巷,七十二座管弦楼。"② 第九十三回"王杏庵义恤贫儿,金道士娈淫少弟"写陈敬济流落在清河,其父故交

---

① 王汝梅.《金瓶梅》地理环境与临清[M]//马鲁奎.《金瓶梅》与运河名城临清.香港:天马图书有限公司,2008:38.

② 兰陵笑笑生.金瓶梅[M].济南:齐鲁书社,1991:1450.

王杏庵多次接济他,但他很快便挥霍一空,最终王杏庵只好让他去晏公庙安身,王杏庵对陈敬济说道:"此去离城不远,临清马头上,有座晏公庙,那里鱼米之乡,舟船辐辏之地,钱粮极广,清幽潇洒,庙主任道士,与老拙相交极厚,他手下也有两三个徒弟徒孙。我备份礼物,把你送与他做个徒弟出家,学些经典吹打,与人家应福,也是好处。"①

更为重要的是,《金瓶梅》有不少地方明写清河,暗写临清。如关于砖厂的描写,清河从未有烧制皇砖之事,而临清却是明清两代大型御砖生产基地。北京的许多建筑所使用的砖料,都是临清烧制的。自明永乐初,临清便建立了官窑,最兴盛的时期有三百八十四个窑厂,每年生产御砖一千一百五十二万块。②《金瓶梅》虽然有时也将清河、临清以至于东平等地相混淆,但以临清为故事发生地的轴心,当是无可置疑的。

《金瓶梅》与临清运河文化的密切关系可以从两个方面看出,一是小说中有关商业活动的描写,一是有关运河交通便利的描写。小说写临清的大码头客商云集,热闹非凡。货船一到码头,商贩门便"打着银两远接","迎着客货而买"③。临清的广济闸大桥下,有"无数舟船停泊"④。西门庆亦官亦商,生活在一个商业气息相对浓厚的环境之中,而靠近运河便是最好的选择。小说第六十九回文嫂对林太太说道:西门庆"开四五处铺面、缎子铺、生药铺、绸绢铺、绒线铺。外边江湖又走标船,扬州兴贩盐引,东平府上纳香腊"⑤。以店铺形式进行商业活动,是运河岸边临清商界的一大特色。前引《明神宗万历实录》卷三七六对当时的临清商铺有粗略的统计,其中布店 73 家、缎店 32 家、杂货店 65 家。所经营的货物,除棉花外,多贩自外地。第六十回便有西门庆店铺开张

---

① 兰陵笑笑生. 金瓶梅 [M]. 济南:齐鲁书社,1991:1471.

② 傅崇兰. 中国运河城市发展史 [M]. 成都:四川人民出版社,1985:299.

③ 兰陵笑笑生. 金瓶梅 [M]. 济南:齐鲁书社,1991:1312.

④ 兰陵笑笑生. 金瓶梅词话 [M]. 香港:太平书局,1982:2551.

⑤ 兰陵笑笑生. 金瓶梅 [M]. 济南:齐鲁书社,1991:891-892

的描写:"那时来保南京货船又到了,使了后生王显上来取车税银两。西门庆这里写书,差荣海拿一百两银子,又具羊酒金缎礼物谢主事……家中收拾铺面完备,又择九月初四日开张,就是那日卸货,连行李共装二十大车。……甘伙计与韩伙计都在柜上发卖,一个看银子,一个讲说价钱。崔本专管收生活。……那日新开张,伙计攒帐,就卖了五百余两银子。"①

除了西门庆之外,小说还写到了南方商人在运河一带的经商活动,最典型的例子便是第三十三回中的湖州客人何官儿,他有五百两丝线因故急着脱手。西门庆用四百五十两银子买了下来,在狮子街的空房里开了个绒线铺。明代中后期南方商人到临清经商者非常之多,这是因为当时的临清是最为活跃的商贸基地。谢肇淛(1567—1624)26岁中进士后,先后做过湖州推官、东昌知府,他对临清商人的情况比较熟悉。在其《五杂俎》卷十四中有这样一段话:"州县有土著人少而客居多者,一概禁之,将空其国矣。"② 然后举临清为例:"山东临清,十九皆徽商占籍,商亦籍也。"可见当时的临清聚集了大量的南方商人。

临清依靠运河交通的便利,成为沟通南北的枢纽。西门庆到南方采办货物,都是沿运河船运。第六十七回写西门庆吩咐韩道国与来保拿四千两银子去松江贩布,给崔本两千两银子去湖州买绸子,"过年赶头水船来"。③ 第八十一回接着写韩道国与来保拿着西门庆的四千两银子到了扬州,"且不置货,成日寻花问柳,饮酒宿妇"。④ 直到初冬天气方才往各处购买布匹,然后打包上船,沿运河来到临清闸上。由于当时河南、山东大旱,不收棉花,布价昂贵,每匹布加三利息,各处乡贩都在临清一带码头迎着客货而买。韩道国见有利可图,便自作主张先卖了一千两布货。

临清钞关是明代七大钞关之一,据《明会典》卷三五记载,万历初年,临

---

① 兰陵笑笑生.金瓶梅 [M].济南:齐鲁书社,1991:1312.

② 谢肇淛.五杂俎 [M].上海:上海书店出版社,2001:289.

③ 兰陵笑笑生.金瓶梅 [M].济南:齐鲁书社,1991:1006.

④ 兰陵笑笑生.金瓶梅 [M].济南:齐鲁书社,1991:1310.

清钞关收税八万余两，名列各钞关之首。小说第五十八回写道：韩道国在杭州置了一万两银子的缎绢货物，直抵临清钞关，但因缺少税钞银两，不能装载进城。西门庆于是给钞关上的钱老爷写了一封信，又送了五十两银子，结果十大车货，只纳了三十两五钱钞银子。那位钱老爷"也没差巡栏下来查点，就把车喝过来了"。西门庆非常高兴，说道："到明日，少不的重重买一份礼谢他。"①从此以后，临清钞关的钱老爷成了西门庆的好友。第七十七回写崔本购置了两千两银子的湖州绸缎货物，来到临清码头，西门庆又写信给钱老爷，烦他青目。第八十一回，虽然西门庆已死，但其伙计不知，还希望西门庆给钱老爷写信，以便少纳税钱。

临清还成为官员过往驻足之地，因而给西门庆交通官府提供了便利条件。第三十六回"翟管家寄书寻女子，蔡状元留饮借盘缠"写道："一日，西门庆使来保往新河口，打听蔡状元船只，原来就和同榜进士安忱同船。这安进士亦因家贫未续亲，东也不成，西也不就，辞朝还家续亲，因此二人同船来到新河口，来保拿着西门庆拜帖来到船上见，就送了一份下程……"蔡状元"见西门庆差人远来迎接，又馈送如此大礼，心中甚喜。次日就同安进士进城来拜"。西门庆盛情款待二人，蔡状元也不见外，开口向西门庆索要钱财："学生此去回乡省亲，路费缺少。"西门庆慷慨应允："蔡状元是金缎一端，领绢二端，合香五百，白金一百两。安进士是色缎一端，领绢一端，合香三百，白金三十两。"② 西门庆的这些钱财没有白花，很快便得到了回报。

第四十九回"请巡按屈体求荣，遇番僧现身施药"，蔡状元新点了两淮巡盐，要途经清河上任。西门庆闻听此信，立即做好迎接的准备。"留下来保家中定下果品，预备大桌面酒席，打听蔡御史船到。一日，来保打听得他与巡按宋御史船，一同京中起身，都行至东昌府地方，使人来家通报。这里西门庆就会夏提刑起身。来保从东昌府船上，就先见了蔡御史，送了下程。然后西门庆与

---

① 兰陵笑笑生. 金瓶梅 [M]. 济南：齐鲁书社，1991：871.

② 兰陵笑笑生. 金瓶梅 [M]. 济南：齐鲁书社，1991：551-555.

夏提刑出郊五十里，迎接到新河口，地名百家村。先到蔡御史船上拜见了，备言宴请宋公之事。"① 在蔡御史的疏通下，宋御史果然也欣然赴西门庆之约。两位御史同时成为西门庆的座上宾，"当时哄动了东平府，大闹了清河县"。西门庆这次的馈赠更为慷慨："宋御史的一张大桌席，两坛酒，两牵羊，两封金丝花，两匹缎红，一副金台盘，两把银执壶，十个银酒杯，两个银折盂，一双牙箸。蔡御史的也是一般的。"② 做了这些铺垫之后，西门庆在酒席上提出了早些支放盐引的要求，蔡御史当时就答应比别的商人早掣一个月。西门庆的目的达到了。

根据这些描写，可以说《金瓶梅》的作者或写定者对运河临清一带非常熟悉。《金瓶梅》的作者或写定者始终是一个悬案，上述情形可以视为考定作者或写定者的一条重要线索。

二 《金瓶梅》与巫卜文化

《金瓶梅》中有许多民间信仰描写，对于刻画人物性格、推动情节进展起到了重要作用。巩聿信在《论〈金瓶梅〉中的数术文化描写》③ 一文中对《金瓶梅》中的占卜术和方术曾做了一个统计，其中占卜术包括相面术三处、算命术五处、龟卜术二处、相思卦一处、祭本命星坛一处、演禽星一处、圆梦一处、看风水多处、查历忌多处、谶语多处。方术包括丽发术、回背术、求子术、收惊、烧纸献神、天心五雷等。除了占卜方术之外，还有祭祀、婚丧嫁娶等种种信仰风俗描写，《金瓶梅》可称得上是一部民间信仰的百科全书。

（一）《金瓶梅》之前小说中的巫卜描写

在《金瓶梅》之前，长篇章回小说中也有不少巫卜描写，如《三国志演

---

① 兰陵笑笑生．金瓶梅 [M]．济南：齐鲁书社，1991：717．
② 兰陵笑笑生．金瓶梅 [M]．济南：齐鲁书社，1991：719．
③ 巩聿信：论《金瓶梅》中的数术文化描写 [C] //王平．金瓶梅文化研究：第二辑．北京：中国文联出版社，1999：190．

义》《水浒传》中就有多处写到星相、先兆、谶语等。这些巫卜方式主要为上层社会所重视，带有浓厚的神秘色彩，是天人感应思想的体现。其功能则主要是强化小说的创作主旨，或突出人物的聪明才智。《三国志演义》中以"夜观星相"来预言政事及人物吉凶成为常见的方式，而且每言必中，从无差错。第十四回有一大段关于曹魏代汉而有天下的预示，就采用了星相的方式。侍中太史令王立私谓宗正刘艾曰："吾仰看天文，自去春太白犯镇星于斗牛，过天津，荧惑又逆行，与太白会天关。金火交会，必有新天子出。吾观大汉气数将终，晋、魏之地，必有兴者。"又密奏献帝曰："天命有去就，五行不常盛。代火者土也，代汉而有天下者当在魏。"① 这一段议论主要是为了证明曹魏代汉乃是天意，尽管从道德情感上否定曹魏代汉，但天意不可违，于是作者通过巫卜，似乎找到了一条摆脱历史与道德相悖的途径。

《三国志演义》有两处诸葛亮运用巫卜的描写。一是第四十九回"七星坛诸葛祭风"，二是第一百三回"五丈原诸葛禳星"。祭风和禳星都源于古人对自然的崇拜和天人感应观念。诸葛亮祭风时称他学过奇门遁甲天书，可以呼风唤雨，然后筑了七星坛，分列了苍龙、玄武、白虎、朱雀等二十八宿四方之神，按六十四卦布了黄旗。他"沐浴斋戒，身披道衣，跣足散发"，"缓步登坛，观瞻方位已定，焚香于炉，注水于盂，仰天暗祝"。② 诸葛亮的这些做法与民间祭祀风神有关。春秋战国以来，中原地区多把风神归于星辰，《尚书·洪范》曰："星有好风。"唐孔颖达传认为，这里"星"指"箕星"，又称"箕斗""斗宿"，为二十八宿中东方苍龙七宿之一，共有星四颗，因其成簸箕形，故能"主簸扬，能致风气"③。秦汉以来，祀风伯被纳入了国家祀典。《汉书·郊祀志》载，秦

---

① 罗贯中. 三国志演义 [M]. 济南：山东文艺出版社，1991：126.
② 罗贯中. 三国志演义 [M]. 济南：山东文艺出版社，1991：501.
③ 孔颖达. 尚书正义 [M] // 吴树平，等. 十三经注疏整理本. 北京：北京大学出版社，2000：382.

时"雍有二十八宿、风伯、雨师之属,百有余庙"①。《唐会要》卷二二载:"天宝四载七月二十七日敕:风伯雨师,济时育物,并宜升入中祀。仍令诸郡各置一坛。"② 不过古代更多的是为免遭风灾而祭风神以止风,诸葛亮祭风则是为求得东南风。

诸葛亮禳星与民间星占风俗相关。小说首先写"孔明扶病出帐,仰观天文,十分惊慌"。对姜维说道:"吾见三台星中,客星倍明,主星幽隐,相辅列曜,其光昏暗。天象如此,吾命可知!"③ 于是安排了祈禳北斗的仪式。星占术是古代占术的一种,据传轩辕氏就曾设星官。《周礼·春官·宗伯》亦云:"保章氏掌天星,以志日月星辰之变动,以观天下之迁,辨其吉凶;以星土辨九州岛之地,所封之域皆有力量,以观妖祥。"④ 《后汉书·严光传》载严光与光武帝刘秀同榻而卧,足加于帝腹,太史便急奏"客星犯御座"。⑤ 这条记载与诸葛亮所观天象有相似之处。诸葛亮之所以祈禳北斗,是因为北斗之神专司寿夭,北斗七星分掌诸生辰,人们只要敬奉本命辰之星,便可获得神佑。诸葛亮在帐中分布七盏大灯,即象征北斗七星。内安本命灯一盏,即象征本命辰之星。因魏延将本命灯扑灭,遂使祈禳失败。以上两处描写既突出了诸葛亮非同一般的聪明才智和鞠躬尽瘁、死而后已的精神,又有将其神化的一面。显然这些描写是为了烘托诸葛亮的形象,对巫卜术做了肯定性的描写。

《三国志演义》中许多人物将死之时都有凶兆预示,如第九回董卓自郿坞回京接受汉献帝禅让帝位,其九十余岁的老母说道:"吾近日肉颤心惊,恐非吉兆。"董卓"行不到三十里,所乘之车,忽折一轮,卓下车乘马。又行不到十

---

① 班固. 汉书 [M]. 北京:中华书局,1962:1206-1207.

② 王溥. 唐会要 [M]. 北京:中华书局,1955:426.

③ 罗贯中. 三国志演义 [M]. 济南:山东文艺出版社,1991:1067.

④ 周礼 [M] // 吴树平,等. 十三经全文标点本. 北京:燕山出版社,1991:451.

⑤ 范晔. 后汉书 [M]. 北京:中华书局,1965:2764.

里,那马咆哮嘶喊,掣断辔头"。"次日,正行间,忽然狂风骤起,昏雾蔽天"。① 这种种迹象都是不祥之兆,很快董卓便被吕布杀死,从而证明逆贼之亡乃是上天的旨意。不仅凶事会有先兆出现,吉祥之事同样如此。第三十二回写道:"丕初生时,有云气一片,其色青紫,圆如车盖,覆于其室,终日不散。有望气者密谓操曰:'此天子气也,令嗣贵不可言。'"② 后来曹丕果然称帝。第五十三回关羽前取长沙,刘备和诸葛亮随后接应。"正行间,青旗倒卷,一鸦自北南飞,连叫三声而去。"刘备问:"此应何祸福?"诸葛亮袖占一课,曰:"长沙郡已得,又主得大将。午时后便见分晓。"③ 果然很快便接到了关羽的捷报,已经拿下长沙郡,并得到黄忠、魏延两员大将。这些吉兆也充分证明了一切成败都在天意掌握之中。

梦兆在《三国志演义》中也多次出现,第三十八回吴太夫人病危时对周瑜、张昭说道:"长子策生时,吾梦月入怀;后生次子权,又梦日入怀。卜者云:'梦日月入怀者,其子大贵。'不幸策早丧。今将江东基业付权,望公等同心助之,吾死不朽矣。"④ 第六十三回刘备与庞统取雒城时,刘备对庞统说道:"吾夜梦一神人,手执铁棒击吾右臂,觉来犹自臂疼。此行莫非不佳?"⑤ 庞统求胜心切,不信此兆,结果死于落凤坡下。这些征兆无一例外皆全部兑现,从而说明天人感应的事实。

谶语或童谣也带有前兆的意味,第九回董卓进长安后的当夜,听到有数十小儿于郊外作歌:"千里草,何青青。十日上,不得生!"⑥ 暗示了董卓将遭不测。第六十三回庞统未死之前,东南便有童谣云:"一凤并一龙,相将到蜀中。

---

① 罗贯中. 三国志演义 [M]. 济南:山东文艺出版社,1991:79.

② 罗贯中. 三国志演义 [M]. 济南:山东文艺出版社,1991:330.

③ 罗贯中. 三国志演义 [M]. 济南:山东文艺出版社,1991:541.

④ 罗贯中. 三国志演义 [M]. 济南:山东文艺出版社,1991:390.

⑤ 罗贯中. 三国志演义 [M]. 济南:山东文艺出版社,1991:645.

⑥ 罗贯中. 三国志演义 [M]. 济南:山东文艺出版社,1991:79.

第五章 《金瓶梅》与民俗文化

才到半路里,凤死落坡东。风送雨,雨送风,隆汉兴时蜀道通。蜀道通时只有龙。"① 预示了庞统的不幸。第八十回华歆等一班文武大臣劝献帝禅位,以谶语为据:"鬼在边,委相连。当代汉,无可言。言在东,午在西;两日并光上下移。"② 所谓"鬼在边,委相连",即"魏"字。"言在东,午在西",即"许"字。"两日并光上下移",即"昌"字,意为魏将在许昌接受汉禅。如果说星相、先兆是天意的表现,那么这些谶语则是人心的反映。天意、人心不可违抗,是贯穿《三国志演义》全书的一个重要思想。

《水浒传》中也有许多前兆和谶语的描写,第六十回晁盖带领众好汉去打曾头市,宋江与众头领"就山下金沙滩饯行。饮酒之间,忽起一阵狂风,正把晁盖新制的认军旗半腰吹折。众人见了,尽皆失色"。③ 宋江、吴用都认为这是不祥之兆,劝晁盖改日出军。但晁盖执意要去,果然不幸中箭身亡。第一回张天师祈禳瘟疫,龙虎山伏魔殿中的石碣碑后凿着"遇洪而开"四个大字。洪太尉看后大喜,命众人将石板揭开,"只见一道黑气,从穴里滚将起来,掀塌了半个殿角。那道黑气直冲上半天里,空中散作百十道金光,望四面八方去了"。④ 这一谶语使梁山好汉的出现染上了神秘的天命色彩。第五回鲁智深大闹五台山后,智真长老送他四句偈言:"遇林而起,遇山而富;遇水而兴,遇江而止。"⑤ 预示了鲁智深后来的经历遭遇。第三十九回蔡九知府收到蔡京家书,中有童谣曰:"耗国因家木,刀兵点水工。纵横三十六,播乱在山东。"⑥ 黄文炳解释说:"'耗国因家木',耗散国家钱粮的人,必是家头着个木字,明明是个宋字。第二句'刀兵点水工',兴起刀兵之人,水边着个工字,明是个江字。这个人姓宋名

---

① 罗贯中. 三国志演义 [M]. 济南:山东文艺出版社,1991:646.

② 罗贯中. 三国志演义 [M]. 济南:山东文艺出版社,1991:813.

③ 施耐庵. 水浒传 [M]. 济南:山东文艺出版社,1995:1019.

④ 施耐庵. 水浒传 [M]. 济南:山东文艺出版社,1995:12.

⑤ 施耐庵. 水浒传 [M]. 济南:山东文艺出版社,1995:83.

⑥ 施耐庵. 水浒传 [M]. 济南:山东文艺出版社,1995:651.

江,又作下反诗,明是天数。"①虽然是黄文炳有意陷害宋江,但这四句童谣也的确反映了实际情况。可以看出,这些谶语、童谣的作用也在于证明一切皆由天定。

(二)《金瓶梅》中的相术描写

与《三国志演义》和《水浒传》相比,《金瓶梅》中的巫卜描写发生了很大变化,星相、先兆、谶语等明显减少,社会上流行的相术、占卜、魇胜等则大量出现,其在小说中主要是完成叙事功能,而不再仅仅是证明一切皆为天意。《金瓶梅》中的巫卜描写可以分为两种情形:一是抄引各种巫卜之书,这些抄引的内容很好地表现了人物的性格特征。二是作者根据各种需要进行独创,更可看出作者的良苦用心。其特点是琐细详尽、真实自然,这既符合《金瓶梅》的整体风格,又显示了作者对运用这些巫卜描写以达到创作目的的重视。

关于第一种情形,陈东有先生曾撰文论述了第二十九回和第九十六回中的相术,认为:"《词话》如此照搬抄引相术材料,而这种抄引又是十分的内行,抄引的断语与作品中的人物、情节密切相吻合,进而必然地成为全书情节框架和人物性格命运的高度概括,令人难以相信作者会是'大名士'之流,倒是书会才人之辈,常与市民中三教九流相识,具这般本事,才会有此等独特而又俚俗的文心妙思。"②巩聿信先生则指出:"《词话》中的数术描写有它不可替代的艺术价值,但这并不是说这类描写就已十分精当、完美无缺。客观上说,这些描写还相当粗糙,主要表现在:大量的数术描写多抄自当时社会上流行的数术资料,如相术断语多抄自《神异赋》《麻衣相心》《女人凶相歌》等,算命断语多抄自《子平真铨》《三命通会》《滴天髓原注》等,历忌之术多参照当时通行的历书及阴阳秘书,等等。作者多是照抄照搬,保留原始状态,并没有进行精细的艺术加工使之改头换面或脱胎换骨。其明显的艺术缺陷是:对情节发展、

---

① 施耐庵. 水浒传 [M]. 济南:山东文艺出版社,1995:652.
② 陈东有.《金瓶梅词话》相面断语考辨 [M] //金瓶梅研究:第四辑. 南京:江苏古籍出版社,1993:132.

人物刻画没什么作用的材料没有加以剔除,也一并搬进来,造成文字描写的冗长、臃肿。"①

两位先生的观点显然有不尽一致之处。笔者认为,《金瓶梅词话》在抄引相术断语时,巩聿信先生所指出的那些缺陷还不是十分明显。如第二十九回吴神仙为西门庆等人相面时,抄引的相术断语与小说的需要还是基本吻合的,对人物命运和结局的预示起到了重要作用,读者阅读时也会对这些断语表示出极大的兴趣。巩先生所指出的问题较多地表现在算命术方面,算命术即推八字,以求卦人的出生年月日时为四柱,每柱配上天干、地支各一字,共八个字,八字排出后,即根据八字之间五行生克等变化关系,推断吉凶祸福。第十二回"潘金莲私仆受辱,刘理星魇胜求财",详细叙写了刘瞎子用八字为潘金莲算命的过程。潘金莲的八字是"庚辰年,庚寅月,乙亥日,己丑时",刘瞎子根据潘金莲的八字推断她"一生不得夫星济,子上有些妨碍";又说她:"子平虽取煞印格,只吃了亥中有癸水,庚中又有癸水,水太多了,冲动了,只一重己土,官煞混杂。论来,男人煞重掌威权,女子煞重必刑夫。所以主为人聪明机变,得人之宠。只有一件,今岁流年甲辰,岁运并临,灾殃立至。命中又犯小耗勾绞,两位星辰打搅,虽不能伤,却主有比肩不和,小人嘴舌,常沾些啾唧不宁之状。"② 这一推断中夹杂了一些推八字的术语,略有芜杂之嫌,但毕竟预示了潘金莲的命运。第七十九回吴神仙为病入膏肓的西门庆推算流年吉凶说道:"白虎当头,丧门坐命,神仙也无解,太岁也难推。造物已定,神鬼莫移。"③ 虽然抄了算命术的断语,但确实道出了西门庆必死无疑的结局。第九十一回孟玉楼要改嫁李衙内,请算命先生推算年命是否有妨碍。算命先生推算说:"直到四十一岁才有一子送老。一生好造化,富贵荣华无比。"因孟玉楼比李衙内大了六岁,

---

① 巩聿信.论《金瓶梅》中的数术文化描写 [C] // 王平. 金瓶梅文化研究:第二辑. 北京:中国文联出版社,1999:190.

② 兰陵笑笑生. 金瓶梅 [M]. 济南:齐鲁书社,1991:198-197.

③ 兰陵笑笑生. 金瓶梅 [M]. 济南:齐鲁书社,1991:1287.

请算命先生改小几岁,先生道:"既要改,就改做丁卯三十四岁罢。……丁火庚金,火逢金炼,定成大器,正合得着。"① 通过算命先生的推算预示了孟玉楼的未来。这些应当说还是基本成功的。

相比之下,第二十九回吴神仙为西门庆推八字,第六十一回黄先生为李瓶儿算命,讲述了大量五行相克的道理,就有些过于琐碎了。巩聿信先生指出:"就其断语来说,乍一看,行话满纸,但仔细分析,却非精当之论。尤其是断语与八字本身脱节之处甚多。按命书讲,八字中日柱天干代表自己。第二十九回西门庆八字中,壬生酉月,干透辛金,为典型的正印格,但作者却断为伤官格,并引徐子平'伤官伤尽复生财,财旺生官福转来'之语来验证伤官格为富贵之命。这是作者为配合作为小说人物的西门庆的命运而引抄而来的相关断语,而非从所列西门庆八字中分析而得的结论。断语中,大运排法亦明显错误。……由此可见,作者虽对那些浅俗流行的数术类型非常熟悉,但对那些艰深难懂、专业化程度较高的类型并不甚精通。作者主要是在根据小说描写的需要抄引数术断语,而不是也不能够从所引的八字、体相、卦象等出发作恰如其分的精当分析,也没能对其进行去粗取精的适当艺术加工。"②

笔者认为,问题不在于断语与八字本身脱节,也不在于"不能够从所引的八字、体相、卦象等出发作恰如其分的精当分析",因为作者的目的是借此完成小说的叙事,如果作者一字不动地抄引算命书,或不顾小说的实际需要而大讲特讲子平术,尽管讲得十分准确,但仍然是一种不折不扣的赘笔。同时也不能苛求作者完全抛开算命书的现成断语,独自再编创一套话语来满足小说创作的需要。换句话说,作者能够将当时人们所熟知的算命术语巧妙地运用到小说创作之中,十分难能可贵,关键在于对所使用的材料应有所取舍。如第四十七回东京报恩寺僧人对苗天秀说:"员外左眼眶下有一道死气,主不出此年当有大

---

① 兰陵笑笑生. 金瓶梅 [M]. 济南:齐鲁书社,1991:1441.
② 巩聿信. 论《金瓶梅》中的数术文化描写 [C] // 王平. 金瓶梅文化研究:第二辑. 北京:中国文联出版社,1999:191.

灾。你有如此善缘与我，贫僧焉敢不预先说知。今后随其甚事，切无出境。戒之，戒之。"① 这一段相面描写着墨不多，却预示了后面的情节进展，发挥了应有的叙事功能，这正是《金瓶梅》相面描写的成功之处。

(三)《金瓶梅》中的占卜描写

如果说《金瓶梅》中的相术描写是以抄引相术断语为主，算命术描写也存在同样的问题，那么占卜描写就基本上是根据小说的需要而进行的独创了。"占卜"是影响人类最深刻的习俗之一，"占"即观察兆象，"卜"即用火灼甲骨取兆，据说早在伏羲、黄帝时已经流行。后来占卜术日渐繁杂，诸如蓍占、易占、占梦、占星、望气、签占、牌占、金钱卜、鬼卜、米卜等不一而足。《金瓶梅》多处写到了占卜，如第八回"潘金莲永夜盼西门庆，烧夫灵和尚听淫声"，潘金莲将武大毒死之后，本以为西门庆很快就会将自己娶回家中。但西门庆却忙于娶孟玉楼，把潘金莲放在了一边。潘金莲"盼不见西门庆来到，骂了几句负心贼。无情无绪，闷闷不语，用纤手向脚上脱下两只红绣鞋儿来，试打一个相思卦"。② 小说虽然没有交代相思卦的结果，但通过这一描写，已足可见潘金莲思念西门庆的内心。用绣鞋占卦是明清时期女子思念丈夫或情人时的一种占卜方式，《聊斋志异·凤阳士人》中吕湛恩注引《春闺秘戏》说："夫外出，以所著履卜归，俯则否。名占鬼卦。"③ 明代民歌《哎呀呀》也有以绣鞋占卦的内容。可见这是明清时期女子常用的占卦方式。

再如第四十六回"元夜游行遇雪雨，妻妾笑卜龟儿卦"，这段描写的目的十分明确，即充分揭示吴月娘、孟玉楼、李瓶儿等人的不同性格，并暗示她们今后的命运。为达此目的，作者不惜花费较多的笔墨，以至于这一回的字数明显地超出了其他各回。书中所写龟卜方式，与古代烧灼龟甲以观兆象不同，而是

---

① 兰陵笑笑生.金瓶梅 [M].济南：齐鲁书社，1991：689.
② 兰陵笑笑生.金瓶梅 [M].济南：齐鲁书社，1991：132.
③ 任笃行辑校.全校会注集评聊斋志异 [M].济南：齐鲁书社，2000：275.

"把灵龟一掷，转了一遭儿住了"①，再看卦贴儿上画的图形以断休咎。不管何种方式，都与动物崇拜有关。古人认为龟是长寿的动物，灵异通神。《艺文类聚》引《孙氏瑞应》称："龟者神异之介虫也，玄彩五色，上隆象天，下平象地，生三百岁，游于蕖叶之上，三千岁尚在蓍丛之下，明吉凶，不偏不党，唯义是从。"② 据《周礼》等书记载，周代即设有专管六龟之属的官员，汉代以后，龟卜之事渐不为官府所办，至唐而泯灭。但从《金瓶梅》可知，龟卜以另一种方式仍在民间流行。

卜龟儿卦的老婆子为吴月娘卜了个属龙的女命，然后说："这位当家的奶奶是戊辰生，戊辰己巳大林木。为人一生有仁义，性格宽洪，心慈好善，看经布施，广行方便。一生操持，把家做活，替人顶缸受气。还不道是。喜怒有常，主下人不足。正是：喜乐起来笑嘻嘻，恼将起来闹哄哄。别人睡到日头半天还未起，你老早在堂前转了，梅香洗铫铛，虽是一时风火性，转眼却无心，和人说也有，笑也有。只是这疾厄宫上着刑星，常沾些啾唧。亏你这心好，济过来了，往后有七十岁活哩。"③ 孟玉楼深知月娘最大的愿望就是生子，因此让老婆子算一下月娘命中是否有子。婆子道："往后只好招个出家的儿子送老罢了，随你多少也存不的。"④ 这些话语完全出自老婆子之口，其中不乏有对月娘的阿谀奉承，但正是这些话语揭示出了月娘给外人的假象。如"看经布施，广行方便"，实际上月娘看经完全有着自己的功利性和明确的目的，那就是求得子嗣。所谓"喜怒有常，主下人不足"，实际上是对月娘无法控制家庭局面的反讽。尤其是说月娘"只好招个出家的儿子送老"，明确地预示了后来的情节。

再看孟玉楼的卦帖儿更加符合其命运："一个女人配着三个男人，头一个小帽商旅打扮，第二个穿红官人，第三个是秀才。也守着一库金银，左右侍从服

---

① 兰陵笑笑生. 金瓶梅 [M]. 济南：齐鲁书社，1991：684.
② 欧阳询，等. 艺文类聚 [M]. 上海：上海古籍出版社，1999：1718.
③ 兰陵笑笑生. 金瓶梅 [M]. 济南：齐鲁书社，1991：684.
④ 兰陵笑笑生. 金瓶梅 [M]. 济南：齐鲁书社，1991：685.

侍。"婆子道："你为人温柔和气，好个性儿。你恼那个人也不知，喜欢那个人也不知，显不出来。一生上人见喜，下钦敬，为夫主宠爱。只一件，你饶与人为了美，多不得人心。命中一生替人顶缸受气，小人驳杂，饶吃了还不道你是。你心地好了，虽有小人也拱不动你。"① 不仅指出了孟玉楼的性格特征，而且暗示着孟玉楼后来再嫁。李瓶儿的卦帖儿是："上面画着一个娘子，三个官人，头一个官人穿红，第二个官人穿绿，第三个穿青。怀着个孩儿，守着一库金银财宝，旁边立着个青脸獠牙红发的鬼。"婆子道："这位奶奶，庚午辛未路旁土。一生荣华富贵，吃也有，穿也有，所招的夫主都是贵人。为人心地有仁义，金银财帛不计较，人吃了、转了他的，他喜欢；不吃他、不转他倒恼。只是吃了比肩不知的亏，凡事恩将仇报。"② 这些都基本符合李瓶儿的性格特征，尤其是说李瓶儿"今年计都星照命，主有血光之灾，仔细七八月不见哭声才好"③，更是明白无误地预示了李瓶儿的结局。

除了相面术、算命术、占卜术之外，《金瓶梅》还有魇胜术、驱邪术、祭本命、查历忌、看风水等多处巫卜描写，这些描写拓展了小说的表现手法，增强了小说的表现力，细致自然。

第十二回潘金莲对刘瞎子的推算深信不疑，送给刘瞎子一两银子和两件首饰，求他用魇胜术"回背回背"。魇胜术是一种巫术，以某种具有魔力的物品来趋吉避邪。刘瞎子让潘金莲"用柳木一块，刻两个男女人形，书着娘子与夫主生辰八字，用七七四十九根红线扎在一起，上用红纱一片，蒙在男人眼中，用艾塞其心，用针钉其手，下用胶粘其足，暗暗埋在睡的枕头内。又朱砂书符一道烧灰，暗暗搅茶内。若得夫主吃了茶，到晚夕睡了枕头，不过三日，自然有验"④。刘瞎子还能够讲出一番道理："用纱蒙眼，使夫主见你一似西施娇；用

---

① 兰陵笑笑生. 金瓶梅 [M]. 济南：齐鲁书社，1991：685.

② 兰陵笑笑生. 金瓶梅 [M]. 济南：齐鲁书社，1991：686.

③ 兰陵笑笑生. 金瓶梅 [M]. 济南：齐鲁书社，1991：686.

④ 兰陵笑笑生. 金瓶梅 [M]. 济南：齐鲁书社，1991：196-197.

艾塞心，使他心爱到你；用针钉手，随你怎的不是，使他再不敢动手打你；用胶粘足者，使他再不往那里胡行。"潘金莲一一如法炮制，"过了一日两，两日三，似水如鱼，欢会异常"。① 但这种效果只是暂时的，没有多久，西门庆就旧态复萌了。通过这些描写，生动地刻画了潘金莲的个性。

第六十二回李瓶儿病情不断恶化，常常出现幻觉，西门庆请来五岳观潘道士为李瓶儿驱邪。潘道士焚符遣将，拘来当坊土地、本家六神，查考有何邪祟。结果李瓶儿是为宿世冤恩诉于阴曹，并非邪祟所致。这就说明官哥儿和李瓶儿之死都是花子虚的冤魂在作祟。潘道士又为李瓶儿祭本命星，"到三更天气，建立灯坛完备。潘道士高坐在上，下面就是灯坛，按青龙、白虎、朱雀、玄武，上建三台华盖；周列十二宫辰；下首才是本命灯，共合二十七盏"。"那潘道士在法座上披下发来，仗剑，口中念念有词。望天罡，取真炁，布步罡，蹑瑶坛"。"大风吹过三次，忽一阵冷气来，把李瓶儿二十七盏本命灯尽皆刮灭"。然后对西门庆说："定数难逃，不能搭救了。"② 这番描写，如临其境，如闻其声，为李瓶儿之死蒙上了一层厚厚的阴影，具有震撼人心的力量。

李瓶儿死后，通过一系列宗教活动渲染了西门庆家的热闹兴头，刻画了人物的性格特征。先是请阴阳徐先生来"看时批书"，借所谓的《阴阳秘书》交代了李瓶儿的前生和来世。李瓶儿前生是滨州王家的一位男子，因打死了怀胎母羊，今世为女人属羊。"虽招贵夫，常有疾病，比肩不和，生子夭亡，主生气疾，而死前九日魂去，托生河南汴梁开封府袁家为女，艰难不能度日。后耽搁至二十岁，嫁一富家，老少不对，终年享福，寿至四十二岁，得气而终。"③ 道教有《阴阳正要三元备要百镇秘书》，云石居道人撰，今存清乾隆年间刻本，这里所说的《阴阳秘书》，或许即指此书。借助道教法术渲染了李瓶儿的悲剧命运。紧接着西门庆又请韩画士为李瓶儿画像，吴月娘却说："成精鼓捣，人也不

---

① 兰陵笑笑生. 金瓶梅 [M]. 济南：齐鲁书社，1991：197.

② 兰陵笑笑生. 金瓶梅 [M]. 济南：齐鲁书社，1991：937-938.

③ 兰陵笑笑生. 金瓶梅 [M]. 济南：齐鲁书社，1991：944.

知死到那里去了,又描起影来了。"潘金莲说得更为露骨:"那个是他的儿女,画下影,传下神,好替他磕头礼拜!到明日六个老婆死了,画六个影才好。"①

李瓶儿刚死,王姑子便念《密多心经》《药师经》《解冤经》《楞严经》并《大悲中道神咒》,请引路王菩萨与她接引冥途。② "首七"时,报恩寺十六众上僧做水陆道场,诵《法华经》,拜三昧水忏。"玉皇庙吴道官来上纸吊孝,就揽二七经。"③ 不仅佛教各派经典杂陈,佛教、道教也不分彼此,将悲痛的丧事写得如此阔绰热闹,与后面西门庆之死形成了鲜明的对比。李瓶儿死后吴月娘和潘金莲为她穿衣服,潘金莲要给李瓶儿穿一双"大红遍地金高底鞋儿",月娘说:"不好,倒没的穿到阴司里,教他跳火坑。"然后给瓶儿穿了双"紫罗遍地金高底鞋"。④ 潘金莲是从不信阴间地狱的,但吴月娘却十分相信地狱之说。

查历忌在《金瓶梅》中出现多次,有趣的是潘金莲成为看历忌的能手,其为情节服务、刻画人物的用意更为明显。第三回王婆为帮助西门庆勾搭潘金莲,请潘金莲缝制送终衣服,让潘金莲查看历日。潘金莲看了之后说道:"明日是破日,后日也不好,直到外后日,方是裁衣日期。"但王婆为了尽快达到目的,"一把手取过历头来挂在墙上,便道:'若得娘子肯与老身做时,就是一点福星,何用选日。老身也曾央人看来,说明日是个破日,老身只道裁衣日,不用破日,我不忌他。'那妇人道:'归寿衣服,正用破日便好。'"⑤ 这次看忌日,成功地刻画了王婆老奸巨猾的性格。

再如第五十二回为官哥儿剃头看历日,潘金莲选了庚戌日,结果官哥儿被吓得怪声哭喊起来。吴月娘发现潘金莲会看历日,便问她几时是壬子日。因为薛姑子嘱咐吴月娘要在壬子日吃药才能够怀孕。但当潘金莲问吴月娘为何要查

---

① 兰陵笑笑生. 金瓶梅 [M]. 济南:齐鲁书社,1991:954.

② 兰陵笑笑生. 金瓶梅 [M]. 济南:齐鲁书社,1991:943.

③ 兰陵笑笑生. 金瓶梅 [M]. 济南:齐鲁书社,1991:958.

④ 兰陵笑笑生. 金瓶梅 [M]. 济南:齐鲁书社,1991:943.

⑤ 兰陵笑笑生. 金瓶梅 [M]. 济南:齐鲁书社,1991:68.

壬子日时,她只是含糊其辞。通过这一次看历日,刻画了吴月娘阴冷的性格。

三 《金瓶梅》与婚俗文化

在中国古代长篇章回小说中,以较多笔墨描写婚俗始于《金瓶梅》,继之以《醒世姻缘传》和《红楼梦》。三部小说都以家庭生活为素材,婚俗描写则成为重要内容之一。婚俗描写在三部小说中表现出不同的特征,有着不同的功能。这些婚俗描写对刻画人物性格、表达创作主旨、构思故事情节都起到了重要作用。通过比较三部小说在婚俗描写方面的异同,也可为解决某些悬而未决的问题提供一定的线索。

古代婚俗通行"六礼",《礼记·昏义》曰:"昏礼者,将合二姓之好,上以事宗庙,而下以继后世也,故君子重之。是以昏礼纳采、问名、纳吉、纳征、请期,皆主人筵几于庙,而拜迎于门外,入,揖让而升,听命于庙,所以敬慎重正昏礼也。"[1] 所谓"纳采",即男家请媒人到女家提亲,若女方同意议婚,则男方再去女家求婚,俗称"说媒"。所谓"问名",即男家托媒人询问女方名字和出生年月日时辰,请阴阳先生占卜男女双方的生辰八字,以定婚姻吉凶,俗称"讨八字"。所谓"纳吉",即卜得吉兆后,男家备礼复至女家决定婚约,俗称"小聘""送定""过定""定聘"等。所谓"纳征",即男女两家缔结婚姻后,男家将聘礼送往女家,俗称"大聘""纳币""过大礼",送过彩礼后,婚姻才算正式生效。所谓"请期",即男家备礼征求女家对结婚日期的意见,俗称"提日子""送日头"。所谓"亲迎",即迎娶新娘的仪式,因地区不同而各异,或用花轿,或用喜车,或新郎亲往女家迎娶,或出男家遣迎亲队伍迎娶,新郎则在家等候。车轿来到男家后,又有迎轿、下轿、祭拜天地、拜堂、行合卺礼、入洞房等程序。"六礼"始于周代,其后一直延续下来,但具体实行时却

---

[1] 孔颖达. 礼记正义 [M] //李学勤. 十三经注疏整理本. 北京:北京大学出版社,2000:1888.

繁简不同。《金瓶梅》《醒世姻缘传》主要以市井或乡绅生活为描写对象,故事发生地在北方;《红楼梦》则主要描写贵族家庭,故事发生地以南方为主。因此三者在婚俗描写方面便有了不同的特征,表现出了不同的功能。

(一)《金瓶梅》所写婚俗的特征

《金瓶梅》在婚俗描写方面最突出的特点,便是几乎专写寡妇再嫁,通过细致逼真的婚俗描写反映了时代风气的变化,同时对刻画人物性格、展示人物命运也有着重要作用。西门庆有一妻五妾,对正室夫人的婚嫁只是轻描淡写地一带而过,但娶孟玉楼、潘金莲、李瓶儿却用墨甚多。自南宋至明代中期,理学盛行,寡妇守节被大力提倡。撰修于弘治年间的《明会典》载:"凡民间寡妇,三十以前夫亡守志、五十以后不改节者,旌表门闾,除免本家差役。"[①] 反之,如果寡妇改嫁,几乎没有什么婚礼可言,一般也不能坐轿。但《金瓶梅》却完全打破了这一常规,尤其是孟玉楼的先后两次再嫁,两次改嫁的程序都与正常婚嫁相差无几,作者对此并无贬斥之意。由此不难看出时代风气发生了明显变化,以及作者心目中孟玉楼非同一般的地位。

孟玉楼本来是"贩布杨家的正头娘子",家里颇为富有,"不料他男子汉去贩布,死在外边。他守寡了一年多,身边又没子女"。这些不是可有可无的赘笔,而是强调了孟玉楼是正常人家出身,其改嫁也是合乎情理之事。第七回"薛媒婆说娶孟三儿,杨姑娘气骂张四舅"整整一回讲述娶孟玉楼之事。在娶进西门庆家门之前,西门庆与孟玉楼没有苟且偷情之事,因此与明媒正娶相差无几,但又充分显示了其中的金钱交换意味。先是西门庆带着礼物,由薛媒婆领着,来孟玉楼前夫的姑姑杨姑娘家"提亲"。送杨姑娘"一段尺头""四盘羹果",外加三十两白银,允诺成亲后再给七十两。这可视为"纳采",实际上是用金钱买通杨姑娘。第二天又到孟玉楼家"相亲",送去"锦帕二方,宝钗一对,金戒指六个"。同时西门庆与孟玉楼相互询问了年庚,相当于"问名"和"纳吉"。五月二十四日"送聘礼",即"纳征"。六月二日成亲的前一天送嫁

---

① 申时行,等. 明会典[M]//王云五. 万有文库. 上海:商务印书馆,1936:1826.

妆,张四和杨姑娘争执不休。"薛嫂儿见他二人嚷做一团,领率西门庆家小厮伴当,并发来众军牢,赶人闹里,七手八脚将妇人床帐、装奁、箱笼,扛的扛,抬的抬,一阵风都搬去了。""到六月初二日,西门庆一顶大轿,四对绛纱灯笼,他小叔杨宗保头上扎着髻儿,穿着青纱衣服,骑在马上,送他嫂子成亲。西门庆答贺了他一匹锦缎,一柄玉绦儿。兰香、小鸾两个丫头都跟了来,铺床叠被。"① 孟玉楼不仅坐着大轿,西门庆还亲自前往迎娶,甚至前夫家还遣人送亲。与"六礼"相比,不仅没有从简,还增加了"送嫁妆""铺床""谢亲"等环节。一位寡妇再婚,却如此隆重,大操大办,一方面可以见出西门庆对孟玉楼那份家产的重视,另一方面也可见出孟玉楼在西门庆心目中的地位。

西门庆死后,众妻妾风流云散,只有孟玉楼安心等待,终于等到了李衙内的眷顾。第九十一回"孟玉楼爱嫁李衙内,李衙内怒打玉簪儿"不厌其烦地叙写了孟玉楼再嫁李衙内的过程,对孟玉楼的命运再次给予肯定。清明节时李衙内在郊外看见了孟玉楼,顿生爱恋之心,便委托官媒婆陶妈妈到吴月娘处提亲。那天孟玉楼见了李衙内,也有相许之意。所以媒人一说,正合孟玉楼心意。但孟玉楼并未轻易答应,而是详细询问了李衙内的情形:"今年多大年纪?原娶过妻小没有?房中有人也无?姓甚名谁?有官身无官身?"② 当这一切都感到满意后,她才将生辰八字给了媒人。按照"幼嫁随亲,再嫁由身"的婚俗,孟玉楼有权决定自己的婚姻大事。孟玉楼比李衙内大六岁,媒婆感到不太稳妥,于是请算命先生瞒了三岁。李衙内对年龄却毫不在意,立即选定了行礼、过门的日子。"四月初八日,县中备办十六盘羹果茶饼,一副金丝冠儿,一副金头面,一条玛瑙带,一副玎当七事,金镯银钏之类,两件大红宫锦袍儿,四套妆花衣服,三十两礼钱,其余布绢棉花,共约二十余抬。两个媒人跟随,廊吏何不畏押担,到西门庆家下了茶。""到晚夕,一顶四人大轿,四对红纱灯笼,八个皂吏跟随来娶。玉楼戴着金梁冠儿,插着满头珠翠、胡珠子,身穿大红通袖袍儿……媒

---

① 兰陵笑笑生. 金瓶梅 [M]. 济南:齐鲁书社,1991:128.

② 兰陵笑笑生. 金瓶梅 [M]. 济南:齐鲁书社,1991:1438.

人替他戴上红罗销金盖袱,抱着金宝瓶,月娘守寡出不的门,请大姨送亲,送到知县衙里来。"① 当年是嫁给西门庆,如今是从西门庆家嫁出,而且比当年还要红火热闹隆盛,其中意味不言自明。

《金瓶梅》刻画了众多男男女女的形象,其中孟玉楼是绝无仅有的例外。张竹坡在《金瓶梅寓意说》中曾这样评说:"至其写玉楼一人,则又作者经济学问,色色自喻皆到。试细细言之:玉楼簪上镌'玉楼人醉杏花天',来自杨家,后嫁李家,遇薛嫂而受屈,遇陶妈妈而吐气,分明为杏无疑,杏者,幸也。身毁名污,幸此残躯留于人世。而住居臭水巷,盖言无妄之来,遭此荼毒,污辱难忍,故著书以泄愤。"② 或许这些解释有些勉强,但透过孟玉楼两次改嫁的婚俗描写,的确表现了作者对这一人物的好感。

若与西门庆娶潘金莲和李瓶儿相比,这一点就更加明显。在娶她们两人之前,先写了西门庆与她们的偷情,这已与孟玉楼不同。至于婚嫁过程不仅十分简单,而且是偷偷摸摸。第九回的回目"西门庆偷娶潘金莲,武都头误打李皂隶"说得很明白,是偷娶潘金莲。既没有媒人提亲,更用不着相亲、送聘礼,"当晚就将妇人箱笼,都打发了家去"。"到次日初八,一顶轿子,四个灯笼,妇人换了一身艳色衣服,王婆送亲,玳安跟轿,把妇人抬到家中来。"③ 西门庆没有去迎亲,但毕竟还安排了迎亲的花轿和接送之人。娶李瓶儿又有所不同了。李瓶儿的丈夫花子虚因气丧命后,李瓶儿一心一意要嫁给西门庆,两人不止一次地商量此事。就在两人打得火热时,西门庆的亲家陈洪忽然出了意外事故,西门庆把娶李瓶儿之事放在了一边。等到危机过后,听说李瓶儿招赘了蒋竹山,西门庆不由得大怒,想方设法收拾了蒋竹山。李瓶儿后悔莫及,不改初衷仍要嫁西门庆。西门庆说道:"既是如此,我也不得闲去,你对他说,甚么下茶下礼?拣个好日子,抬了那淫妇来罢。""次日,雇了五六副杠,整抬运四五日。"

---

① 兰陵笑笑生. 金瓶梅 [M]. 济南:齐鲁书社,1991:1442-1443.

② 兰陵笑笑生. 金瓶梅 [M]. 济南:齐鲁书社,1991:16.

③ 兰陵笑笑生. 金瓶梅 [M]. 济南:齐鲁书社,1991:144.

"择了八月二十日，一顶大轿，一匹缎子，四对红灯笼，派定玳安、平安、画童、来兴四个跟轿。约后响时分，方娶妇人过门。""妇人轿子落在大门首，半日没个人出去迎接。""西门庆正因旧恼在心，不进他房去。""一般三日摆大酒席，请堂客会亲吃酒，只是不往他房里去。"① 这种不成体统的婚礼，烘托了李瓶儿尴尬凄凉的命运。

潘金莲在西门庆死后，也有再嫁的机会，但与孟玉楼的命运相比，相差何止十万八千里。吴月娘发现了她和陈敬济的淫乱关系后，让王婆领她出去，"或聘嫁，或打发，叫他吃自在饭去罢。……如今随你聘嫁，多少儿交得来，我替他爹念个经儿，也是一场勾当"。② 显然潘金莲不是自己做主再嫁，而是被吴月娘转手卖掉。潘金莲在王婆家失去了人身自由，陈敬济要和她见面，必须要征得王婆的同意。王婆则奇货可居，将她变成了敛钱的工具，开口便要一百两银子，否则免谈。潘金莲也并非没人惦念，首先是陈敬济一心一意要娶她，但实在拿不出这么多钱，于是急忙去东京筹措。其次是庞春梅三番五次请求周守备将她娶回，但总因价格高没有谈妥。就在这时，武松为兄报仇杀死了潘金莲。

孟玉楼、潘金莲、李瓶儿三人虽然都是以寡妇身份嫁给西门庆，同样都是妾的身份，但通过上述不同的婚俗描写，生动而形象地刻画了她们不同的性格和命运。

(二)《醒世姻缘传》所写婚俗的特征

受到《金瓶梅》的影响，《醒世姻缘传》以两世姻缘作为情节框架，关注的是家庭婚姻问题。其婚俗描写继承发展了《金瓶梅》，既真实又夸张，具有浓厚的讽刺意味。对重视人品才华的婚姻观给予了肯定，对父母包办的婚姻规则给予了批评，借助婚俗描写表明了作者的婚姻观念。

《金瓶梅》中西门庆娶孟玉楼、李瓶儿十分看重两人家中的钱财，《醒世姻缘传》第十八回"富家显宦倒提亲，上舍官人双出殡"通过提亲的婚俗，讽刺

---

① 兰陵笑笑生. 金瓶梅 [M]. 济南：齐鲁书社，1991：292-293.

② 兰陵笑笑生. 金瓶梅 [M]. 济南：齐鲁书社，1991：1374.

了只看重钱财的婚姻观。晁源的妻子计氏死后，又有许多媒婆来给他提亲："每日阵进阵出，俱来与晁大舍提亲，也不管男女的八字合得来合不来，也不管两家门第攀得及攀不及，也不论班辈差与不差，也不论年纪若与不若，只凭媒婆口里说出便是。"① 八字、门第、班辈、年龄本来应是媒人说合的基本条件，但媒婆为了赚取钱财，就顾不得许多，只是信口开河。秦家使来的媒婆说："待姑娘今日过了门，我明日就与你姑爷纳一个中书。"唐家使来的媒婆说："待你姑爷清晨做了女婿，我赶饭时就与他上个知府。"② 晁源拿不定主意选哪一位，于是请人作为男方的媒人前去相亲。两家虽然没有同意，但知道晁家在当地是有钱的乡宦，便都管待了媒人酒饭，给每位媒人一百个铜钱的赏钱。晁源看好了秦家的小姐，秦家也贪图晁家的钱财，但是秦小姐得知晁源的丑行后，宁肯剪了头发做尼姑也不同意这门婚事。

第三十七回"连春元论文择婿，孙兰姬爱俊招郎"则与此相反，通过择婿这一婚俗肯定了重视人品的婚姻观。举人连春元为自己的女儿择婿并不看重门第家产，而是看中人品。他看到薛如卞"清秀聪明"，尽管薛家不是当地人，他认为只要不回原籍，"可以招他为婿，倒也是个门楣"。连举人的夫人开始还不放心，及见面后，也十分满意。择婿更加重视本人的才华容貌，至于其他条件就不那么重要了。正如回前诗所说："愚夫择配论田庄，计量牛羊合困仓。那怕喑聋兼跛躄，只图首饰与衣裳。豪杰定人惟骨相，英雄论世只文章。谁知倚时风尘女，尚识侪中拔俊郎？"③ 在作者看来，只有愚夫才将钱财作为选择配偶的唯一条件，有远见的英雄豪杰则以容貌才华作为标准。薛如卞和连小姐成婚后，果然恩恩爱爱，幸福美满。

父母之命和媒妁之言是旧时婚姻的重要条件，《金瓶梅》所写婚俗，很少提及父母之命，媒妁之言则较多涉及，且持赞同态度。《醒世姻缘传》对父母之命

---

① 西周生. 醒世姻缘传 [M]. 济南：齐鲁书社，1993：133.
② 西周生. 醒世姻缘传 [M]. 济南：齐鲁书社，1993：133.
③ 西周生. 醒世姻缘传 [M]. 济南：齐鲁书社，1993：280-281.

给儿女婚姻造成的危害做了批判。薛素姐之所以许配给狄希陈，完全是双方父母一手包办。本来薛教授要求狄家的女儿巧姐与儿子再冬做媳妇，为了证实自己的诚意，这才要"先把素姐许了希哥"，双方换了亲。素姐早就与狄希陈不和，曾对母亲说道："我不知怎么，但看见他，我便要生起气来，所以我不耐烦见他！""他要做了我的女婿我白日里不打死他，我夜晚间也必定打死他，出我这一口气！"① 这足以说明两人性格的不协调。但在"父母之命""换亲"等婚俗的制约下，不考虑青年男女本人的意见，强行缔结了这段婚约。

为防止狄希陈在外寻花问柳，当狄希陈十六岁时，狄婆子便急忙与他完婚。第四十四回"梦换心方成恶妇，听撒帐早是痴郎"细致入微地描写了两家成亲的过程。首先是"聘礼"极其全面：狄家给薛家送的聘礼有首饰、尺头、绢发、两只牝牡大羊、鹅鸭鸡鸽等。古人往往以雁为聘礼，认为雁如果失去配偶，终生不再配对，取其贞洁之义。后因雁不易得到，改用鹅或羊代替。这里不仅有两只大羊，而且还有鹅鸭鸡鸽等，以说明狄家对这一姻缘的重视。

与《金瓶梅》相比，《醒世姻缘传》所写婚礼极其隆重，"上头""送嫁妆""铺床""迎亲""揭盖头""谢亲"等婚俗，一应俱全。二月初十日狄希陈的母亲去给新娘素姐"上头"，"到了吉日时，请素姐出去，穿着大红装花吉服，官绿装花绣裙，环佩七事，恍如仙女临凡。见了婆婆的礼，面向东南，朝了喜神的方位，坐在一只水桶上面。狄婆子把他脸上十字缴了两线，上了鬏髻，戴了排环首饰，又与婆婆四双八拜行礼"。② "上头"即改变女子幼年的发式，把头发绾成一个髻，以此表示女子已为成人。往往是婚前数日，男家主妇亲自为未过门的媳妇上头。"喜神"又名"吉神"，成婚时，新人坐立须正对喜神所在之方位，以求一生多喜乐。喜神所在方位变幻不定，随时辰不同而有所不同，此时喜神在东南方，故"面向东南"。"坐水桶"，又名"子孙桶"，取早生贵子、生活富裕之意，一般由娘家陪送。

---

① 西周生. 醒世姻缘传 [M]. 济南：齐鲁书社，1993：195.
② 西周生. 醒世姻缘传 [M]. 济南：齐鲁书社，1993：337.

到了十五这一天,"狄家门上结了彩,里外摆下酒席"。"薛家也从清早门上吊了彩,摆设妆奁"。"将近傍午,叫了许多人,抬了桌子,前边鼓乐引导,家人薛三省、薛三槐压礼。""连举人的娘子合薛婆子两顶轿子先到。狄婆子迎到里面,见过礼让过了茶。狄希陈出来见丈母。""薛婆子合连婆子都往狄希陈屋里与他铺床摆设。"① "铺床"又称"铺房",在婚礼前一天,女家将新房中的家具器物送到男家,铺设布置妥当。宋司马光《书仪·昏仪》:"前期一日,女氏使人张其婿之室。"自注:"俗谓之'铺房',古虽无之,然今世俗所用,不可废也。"② 可见,这一习俗出现于北宋年间,沿袭至明清。

第二天五更,"只见外边鼓乐到门","吉辰已到,请催新人上舆。狄希陈簪花挂红,乘马前导,素姐彩轿紧随,连夫人合相栋宇娘子二轿随后,薛如卞、薛如兼都公服乘马,送他姐姐。新人到了门,狄家门上挂彩,地下铺毡。新人到了香案前面,狄婆子用箸揭挑了盖头"。③ "迎亲"即新郎前往女家迎娶新娘的仪式,古代迎亲都在黄昏,《金瓶梅》所写的几处迎亲也都是傍晚,这从"洞房花烛夜,金榜题名时"的谚语中也可看出。但这里却是清晨"五更",后面《红楼梦》写贾琏偷娶尤二姐是五更,但宝玉和宝钗成亲时又在傍晚。"挑盖头"是婚礼中的重要仪式,源于东汉。唐杜佑《通典》卷五十九载:"拜时之妇,礼经不载。自东汉魏晋咸有此事,按其仪或时属艰虞,岁遇良吉,急于嫁娶,权为此制,以纱縠幪女氏之首而夫氏发之,因拜舅姑,便成妇道,六礼悉舍,合卺复乖。"④ 原来用纱巾蒙住头、脸只是权宜之计,后世则沿袭下来。但由谁来揭盖头,各地风俗并不一致。宋吴自牧《梦粱录·嫁娶》载新郎、新娘拜堂时,"并立堂前,遂请男家双全女亲,以秤或用机杼挑盖头"。⑤ 此处是由

---

① 西周生. 醒世姻缘传 [M]. 济南:齐鲁书社,1993:338.
② 司马光. 书仪 [M]. 北京:中华书局,1985:33.
③ 西周生. 醒世姻缘传 [M]. 济南:齐鲁书社,1993:341.
④ 杜佑. 通典 [M]. 北京:中华书局,1988:1682.
⑤ 孟元老. 东京梦华录:外四种 [M]. 北京:文化艺术出版社,1998:299.

狄婆子用箸来揭挑盖头。

送亲的人离开时，狄家给每位"送了一柄真金蜀扇、一枚桂花香牌、一个月白秋罗汗巾、一个白玉巾结"。"收拾叫狄希陈去薛家谢亲，一对果盒，用彩楼罩着，一副桌面，五方定肉，用食盒抬了，先用鼓乐导引，后面狄希陈衣巾乘马，送到丈人家里。薛教授仍旧穿了那套行头，接进客舍。狄希陈见过了礼，拜了祖先，上席饮酒。"① 这种谢亲仪式并不多见，由此可以看出两家对这一姻缘的高度重视。

虽然婚礼无可挑剔，但依然不能避免父母包办婚姻所酿成的恶果，就在婚礼进行之中，素姐暴虐粗野的性格就突然显露出来。首先是对"撒帐"婚俗的描写："只见那宾相手里拿了个盒底，里面盛了玉谷、栗子、枣儿、荔枝、圆眼，口里念道……将手连果子带五谷抓了满满的一把往东一撒，说道……"② 按照民间风俗，"撒帐歌"共九句，每句前以"撒帐东""撒帐西""撒帐南""撒帐北"开头，本来应当都是祝福新郎、新娘和谐美满、早生贵子之辞。但这位宾相"费了二三日的整工夫，从新都编了新诗来这里撒帐"，其实是些不堪入耳的粗俗话。素姐当时就翻了脸，骂道："你们耳朵不聋，任凭叫这个野牛在我房里胡说白道的，是何道理？替我掐了那野牛的脖子，撵他出去！"那宾相往外飞跑，说道："好俺妈！我宾相做到老了，没见这们一位烈燥的性子。"③

其次是"娘家送饭"，新婚第一天，按照民间习俗，女方要给已嫁的女儿送去饭菜。薛婆子趁送饭之际解劝女儿，谁知女儿索性骂了起来，并说不许狄希陈进入新房之中："他们要敲门打户的，惹的我不耐烦了，我开了门，爽利打几下子给他！"④ 到三日回门时，薛婆子等又再三劝导，素姐说："我不知怎么，

---

① 西周生. 醒世姻缘传 [M]. 济南：齐鲁书社，1993：343.
② 西周生. 醒世姻缘传 [M]. 济南：齐鲁书社，1993：341.
③ 西周生. 醒世姻缘传 [M]. 济南：齐鲁书社，1993：342.
④ 西周生. 醒世姻缘传 [M]. 济南：齐鲁书社，1993：343.

见了他,我那心里的气不知从那里来,恨不得一口吃了他的火势!"①

狄希陈也曾有过自己的初恋和意中人,他到济南参加府学考试时,意外地结识了卖唱的孙兰姬,两人情投意合,难舍难分。按照一位尼姑的说法,"他两个是前世少欠下的姻缘,这世里补还。还不够,他也不去,还够了,你扯着他也不住"。狄希陈的母亲担心两人以后不再分开,尼姑又说道:"不相干,不相干,只有二日的缘法就尽了,三年后还得见一面,话也不得说一句了。"② 把男女爱情视为前世姻缘,这是婚姻观念中的重要内容,但是这种缘分又无法持久,于是世上恩爱夫妻少。前世怨仇须来世相报,这也是一种姻缘,因此悍妇便不可避免地出现了。这正是小说所要传达的主旨。

(三)《红楼梦》所写婚俗的特征

《红楼梦》对《金瓶梅》《醒世姻缘传》都有所借鉴和发展,其中宝、黛的爱情悲剧建立于"还泪说"之上,从这一点看,与《醒世姻缘传》两世欠债复仇的结构颇为相似。前八十回着重写宝玉和黛玉的相互磨合,后四十回才写到了他们爱情的悲剧。在前八十回中,虽有几处写到了婚俗,但主要是起到一种铺垫作用,或是为了表明贾家主子们的淫乱,或是表明倚仗权势霸婚的恶习,或是表明家长包办儿女婚姻的危害。

与《金瓶梅》中西门庆娶孟玉楼、李瓶儿相似,《红楼梦》写了贾琏娶尤二姐做二房,由贾珍"做主替聘"。尤二姐虽然原已许配给张华,但张家遭官司败落了,于是贾珍"使人将张华父子叫来,逼勒着与尤老娘写退婚书",不难看出贾珍的霸道与荒唐。"使人看房子打首饰,给二姐置买妆奁及新房中应用床帐等物。不过几日,早将诸事办妥。""遂择了初三黄道吉日,迎娶二姐过门。"③ "至初二日,先将尤老和三姐送入新房。""至次日五更天,一乘素轿,将二姐抬来。各色香烛纸马,并铺盖以及酒饭,早已备得十分妥当。一时,贾琏素服坐

---

① 西周生. 醒世姻缘传 [M]. 济南:齐鲁书社,1993:348.

② 西周生. 醒世姻缘传 [M]. 济南:齐鲁书社,1993:309.

③ 曹雪芹,高鹗. 红楼梦 [M]. 济南:山东文艺出版社,1991:818-819.

了小轿而来，拜过天地，焚了纸马。"① 然后入了洞房。需要注意的是，同样是娶侧室，尤二姐虽然是初嫁，但乘的是两人抬的素轿，贾琏穿得也是素服，而且本人不去亲迎。而在《金瓶梅》中，西门庆娶孟玉楼，却是用花轿、穿艳服，而且亲自去迎接。如果说尤二姐婚姻极其草率，但又要拜天地、焚纸马，这些习俗《金瓶梅》《醒世姻缘传》中都没有写到，或许是南北婚俗不同所致。通过这些婚俗描写，不难看出尤二姐婚姻的不伦不类，也讽刺了贾琏、贾珍等人的好色轻浮。

第七十二回"来旺妇倚势霸成亲"。来旺媳妇倚仗是凤姐的陪房，要娶彩霞为儿媳。贾琏说道："我明儿做媒打发两个有体面的人，一面说一面带着定礼去，就说我的主意。他十分不依，叫他来见我。"② 显示了贾琏的蛮横无理。这时管家林之孝把旺儿之子吃酒赌钱、无所不为的情形告诉了贾琏，劝贾琏不要管这事。但凤姐却"已命人唤了彩霞之母来说媒。那彩霞之母满心纵不愿意，见凤姐亲自和他说，何等体面，便心不由意的满口应了出去"。彩霞既与贾环有旧，又听说"旺儿之子酗酒赌博，而且容颜丑陋，一技不知"，"生恐旺儿仗凤姐之势，一时做成终身为患，不免心中急躁"。③ 但也只能听从父母之命，任人摆布。可见由谁做媒对婚姻所起的重要作用，青年男女自身没有任何婚姻自主的权利。

第七十九回"薛文起悔娶河东狮，贾迎春误嫁中山狼"、第八十回"懦弱迎春肠回九曲，姣怯香菱病入膏肓"，通过婚俗描写揭示了迎春婚姻的不幸和香菱婚姻的可悲。迎春的婚姻完全是其父贾赦一手包办，孙绍祖"祖上系军官出身，乃当日宁、荣府中之门生，算来亦系世交"。此人"现袭指挥之职，生得相貌魁梧，体格健壮，弓马娴熟，应酬权变，年纪未满三十，且又家资饶富，现在兵

---

① 曹雪芹，高鹗. 红楼梦 [M]. 济南：山东文艺出版社，1991：820-821.

② 曹雪芹，高鹗. 红楼梦 [M]. 济南：山东文艺出版社，1991：909.

③ 曹雪芹，高鹗. 红楼梦 [M]. 济南：山东文艺出版社，1991：912-913.

部候缺题升"。① 对于这样一位人物,贾家意见并不一致。"贾母心中却不十分称意,想来拦阻亦恐不听,儿女之事自有天意前因,况且他是亲父主张,何必出头多事,为此只说'知道了'三字,余不多及。""贾政又深恶孙家,虽是世交,当年不过是彼祖希慕荣、宁之势,有不能了结之事才拜在门下的,并非诗礼名族之裔,因此倒劝谏过两次,无奈贾赦不听,也只得罢了。"既然贾母和贾政都不同意,其中自有缘故,唯有贾赦"见是世交之孙,且人品家当都相称合,遂青目择为东床娇婿"。② 按照婚俗习惯,儿女婚事只能由父母做主,作为一家之长的贾母都无法劝阻,更不要说迎春本人了。结果孙绍祖"一味好色,好赌酗酒,家中所有的媳妇、丫头将及淫遍"。又说是贾赦用了他五千两银子,把迎春"准折"卖给了他,"论理我和你父亲是一辈,如今强压我的头,卖了一辈。又不该作了这门亲,倒没的叫人看着赶势利似的"。③ 最终酿成了迎春的婚姻悲剧。

薛蟠与夏金桂的婚姻虽然是薛蟠本人所决定,但他之所以看上夏家小姐,主要是因为两家乃"通家来往""门当户对",对这位夏小姐的人品没有丝毫了解。谁知这位夏小姐从小娇生惯养,"竟酿成个盗跖的性气。爱自己尊若菩萨,窥他人秽如粪土;外具花柳之姿,内秉风雷之性"。见"薛蟠气质刚硬,举止骄奢,若不趁热灶一气炮制熟烂,将来必不能自竖旗帜矣。又见有香菱这等一个才貌俱全的爱妾在室,越发添了'宋太祖灭南唐'之意,'卧榻之侧岂容他人酣睡'之心"。④ 自从来到薛家后,就没有肃静过一天,终于将香菱折磨至死。薛蟠虽然后悔莫及,但也无可奈何了。

在前八十回铺垫的基础上,后四十回通过婚俗描写讲述了宝玉、黛玉、宝钗之间的爱情婚姻悲剧。宝玉虽然是贾家的公子,但他的婚事只能由家长包办。

---

① 曹雪芹,高鹗. 红楼梦 [M]. 济南:山东文艺出版社,1991:1007.
② 曹雪芹,高鹗. 红楼梦 [M]. 济南:山东文艺出版社,1991:1007.
③ 曹雪芹,高鹗. 红楼梦 [M]. 济南:山东文艺出版社,1991:1022.
④ 曹雪芹,高鹗. 红楼梦 [M]. 济南:山东文艺出版社,1991:1011.

围绕宝玉的婚事，贾家的家长们在不同范围内多次商量，唯独不听宝玉的意见。第一次是贾母与贾政商量，贾母的意见是"也别论远近亲戚，什么穷啊富的，只要深知那姑娘的脾性儿好、模样周正的就好"。贾政则认为宝玉自己要首先学好，不然"反倒耽误了人家的女孩儿"。贾母听了这话，"心里却有些不喜欢，便说道：'论起来，现放着他们做父母的，那里用我去操心。但我只想宝玉这孩子从小跟着我，未免多疼他一点儿，耽误了他成人的正事也是有的。只是我看他那生来的模样儿也还齐整，心性儿也还实在，未必一定是那种没出息的，必至糟蹋了人家的女孩儿。'"① 贾母尽管心疼宝玉，但也承认只有父母才能决定宝玉婚姻大事。第二次是贾政的门客王尔调给宝玉提亲，说的是邢夫人的亲戚张家小姐。贾政告诉了王夫人，王夫人与贾母、邢夫人等商量此事，因张家要求女婿过门赘在他家，贾母一口拒绝。第三次是贾母、王夫人、邢夫人一起去凤姐处探视巧姐的病情，凤姐说道："现放着天配的姻缘，何用别处去找？……一个'宝玉'，一个'金锁'，老太太怎么忘了？"她的话一说出，"贾母笑了，邢、王二夫人也都笑了"。② 三人的会心之笑，说明她们早已有同样的想法，只是等待时机而已。

家长们已经思虑成熟，宝玉却依然被蒙在鼓里。第八十五回宝玉给贾母等人说那块玉夜间发光，凤姐说："这是喜信发动了。"宝玉问："什么喜信？"③ 她们急忙遮掩了过去。虽然此事连袭人都已知道，但唯独瞒着宝玉。显然宝玉的婚事完全由家长们讨论决定，宝玉本人根本没有参与的权力。认真分析起来，家长们倒也不是完全不听儿女的意见，如薛姨妈应了宝玉的亲事后，就问宝钗愿意不愿意。宝钗反正色地对母亲道："妈妈这话说错了，女孩儿家的事情是父亲做主的。如今我父亲没了，妈妈应该做主的，再不然问哥哥。怎么问起我

---

① 曹雪芹，高鹗. 红楼梦 [M]. 济南：山东文艺出版社，1991：1060.

② 曹雪芹，高鹗. 红楼梦 [M]. 济南：山东文艺出版社，1991：1067-1068.

③ 曹雪芹，高鹗. 红楼梦 [M]. 济南：山东文艺出版社，1991：1072.

来?""宝钗自从听此一说,把'宝玉'两字自然更不提起了。"① 这一问一答显示了宝钗深受封建礼教的熏陶,自觉维护"父母之命"婚俗的性格特征,因此家长对她十分放心。但宝玉就不同了,家长们知道他心中只有林妹妹,而林妹妹又没被家长们看好,所以一定要瞒着宝玉,不允许他本人参与。但最终却酿成了一场婚姻悲剧。

宝玉身上的那块玉不知为何突然丢失,荣国府上下闹了个不亦乐乎,宝玉也因失玉而疯癫,"终日懒怠走动,说话也糊涂了"②。听算命的人说"要娶了金命的人帮扶他,必要冲冲喜才好,不然只怕保不住"。③ 但一来宝钗的哥哥薛蟠尚在狱中,二来元春才死,宝玉"应照已出嫁的姐姐有九个月的功服",按照婚俗规定,宝玉、宝钗此时不宜成亲。为了缓解宝玉的病情,还要赶在贾政动身赴任之前,因此贾母主张要冲冲喜,"即挑了好日子,按着咱们家分儿过了礼。赶着挑个娶亲日子,一概鼓乐不用,倒按宫里的样子,用十二对一灯,一乘八人轿子抬了来,照南边规矩拜了堂,一样坐床撒帐,可不是算娶了亲么。……一概亲友不请,也不排筵席,待宝玉好了过了功服,然后再摆席请人"④。所谓"冲喜",即举行象征性的婚礼以驱除邪祟,化凶为吉。这一风俗明代已经流行,《醒世恒言·乔太守乱点鸳鸯谱》的故事情节就源于"冲喜","刘妈妈揭起帐子,叫道:'我的儿,今日娶你媳妇来家冲喜,你须挣扎精神则个。'"⑤贾母想用冲喜的方法救治宝玉,又担心宝玉心中只有黛玉,无奈之下,只好按照凤姐的主意,使用"掉包计",结果适得其反。正如袭人所担心的那样:"如今和他说要娶宝姑娘,竟把林姑娘撂开,除非是他人事不知还可;若稍明白些,

---

① 曹雪芹,高鹗. 红楼梦 [M]. 济南:山东文艺出版社,1991:1174-1175.
② 曹雪芹,高鹗. 红楼梦 [M]. 济南:山东文艺出版社,1991:1174.
③ 曹雪芹,高鹗. 红楼梦 [M]. 济南:山东文艺出版社,1991:1182.
④ 曹雪芹,高鹗. 红楼梦 [M]. 济南:山东文艺出版社,1991:1183.
⑤ 冯梦龙. 醒世恒言 [M]. 济南:齐鲁书社,1993:95.

只怕不但不能冲喜，竟是催命了！"①

宝玉和宝钗的婚礼虽然仅仅是"冲冲喜"，但贾府的家长们又均按照正式婚礼的程序举行。凤姐夫妇做媒，薛姨妈让薛蝌将泥金庚帖送给贾琏，交换了生辰八字。凤姐"将过礼的物件都送与贾母过目"，金珠首饰共八十件，妆蟒四十匹，各色绸缎一百二十匹，四季衣服共一百二十件，只是"没有预备羊、酒"。② 到成亲时，凤姐又说："咱们南边规矩要拜堂的。""傧相赞礼，拜了天地。请出贾母受了四拜，后请贾政夫妇登堂，行礼毕，送入洞房。还有坐床撒帐等事，俱是按金陵旧例。"③ 依照婚礼习俗，这些仪式一旦举行，就意味着婚姻已成事实。由此不难看出家长们急于将生米做成熟饭，让宝玉无法反悔。但"那新人坐了床便要揭起盖头的"，宝玉迟早要知道新娘的身份，所以"揭盖头"这一婚俗就成为关键的细节。与《醒世姻缘传》不同，这儿有意让宝玉自己来揭，从而造成了扣人心弦的艺术效果。当宝玉要动手去揭开时，"反把贾母急出一身冷汗来"。但盖头是迟早要揭的，其结果可想而知：宝玉揭了盖头，"睁眼一看，好像宝钗，心里不信，自己一手持灯一手擦眼，一看可不是宝钗么！……宝玉发了一回怔……自己反以为是梦中了"④。家长们没有达到自己的目的，反而毁害了三位青年。通过这些婚俗描写展示了一场感人肺腑的爱情婚姻悲剧，这应当是后四十回比较成功的描写之一。

以上三部小说的婚俗描写，在整个明清小说中极有代表性，从中可以发现几个不一致处：第一，迎亲时间。《金瓶梅》中娶孟玉楼、潘金莲、李瓶儿均是黄昏，《醒世姻缘传》是清晨五更时分。《红楼梦》娶尤二姐也是五更，但宝玉、宝钗的婚礼却是晚间，其中原因耐人寻味。第二，迎亲人员。《金瓶梅》《醒世姻缘传》都写到新郎亲自去迎接新娘，或在自己家中等候，但《红楼梦》

---

① 曹雪芹, 高鹗. 红楼梦 [M]. 济南：山东文艺出版社, 1991：1184.
② 曹雪芹, 高鹗. 红楼梦 [M]. 济南：山东文艺出版社, 1991：1194.
③ 曹雪芹, 高鹗. 红楼梦 [M]. 济南：山东文艺出版社, 1991：1201.
④ 曹雪芹, 高鹗. 红楼梦 [M]. 济南：山东文艺出版社, 1991：1201-1202.

娶尤二姐，贾琏既没有亲迎，也没在新房中等候，而是素服乘小轿自来。第三，花轿与素轿。《金瓶梅》《醒世姻缘传》中都是彩轿，唯独《红楼梦》中娶尤二姐是素轿。第四，拜堂。只有《红楼梦》写到了拜堂、烧纸马。贾母还特别提到"照南边规矩拜了堂"，看来当时只有南方才有拜堂、烧纸马的风俗。第五，谢亲。《金瓶梅》中，孟玉楼出嫁后的第三天，她的姑姑和两个嫂子来到西门庆家，西门庆送了七十两银子、两匹尺头。《醒世姻缘传》中是狄希陈到薛家表示感谢，《红楼梦》则是宝玉、宝钗"回九"，即新婚后的第九天新郎、新娘去新娘家答谢。显然，这些不同的婚俗描写反映了三部小说故事发生地的不同，以此为线索，或可解决某些悬而未决的问题。

第六章 《金瓶梅》的叙事艺术

《金瓶梅》人物众多,情节细致,头绪纷繁,但其在叙事方面却取得了极高的艺术成就。这主要表现在独特的辐射式叙事结构、巧妙的叙事时间安排、灵活的宗教描写叙事等方面。与《三国志演义》《水浒传》《西游记》不同,《金瓶梅》开创了辐射式的叙事结构,其后的《醒世姻缘传》《红楼梦》《歧路灯》《儿女英雄传》等都深受其影响。从叙事时间来看,《金瓶梅》成功地运用了"时间倒错"的手法,其中的宗教描写也具有了一定的叙事功能。清初张竹坡对《金瓶梅》的叙事特征做出了精辟论述,值得后人借鉴。

一 辐射式的叙事结构

在中国古代章回小说史上,《红楼梦》的叙事结构既头绪纷繁,又主次分明,取得了叙事结构的最高成就,可称之为"网络式"叙事结构,兹不赘述。除《红楼梦》之外,《金瓶梅》《醒世姻缘传》《歧路灯》和《儿女英雄传》可以称得上是中国古代章回小说中最重要的几部世情小说。比较它们在叙事结构上的异同,可以看出《金瓶梅》在叙事结构方式上的贡献及对后几部小说的影响。同时后几部小说在叙事结构方式上也有所发展和提高,从而使中国古代章回小说的叙事艺术不断完善。

(一) 以人物为中心的辐射式结构

《金瓶梅》的叙事结构可以称之为辐射式结构，即以一个主要人物为中心，由内向外逐层展开辐射。《金瓶梅》的主要人物是西门庆，由西门庆一方面向内辐射至其妻妾、奴仆，一方面向外辐射至其结拜的众弟兄、官员、商贾乃至妓女、牙婆、和尚、道士等三教九流，从而展示了丰富多彩的社会画卷。反过来看，西门庆又是全书的焦点和核心，几乎每一个人、每一件事都与他有关。全书讲述的就是西门庆发迹、纵欲、暴死及遭报应的故事，简而言之，就是西门庆的一部传记故事。在这个大故事中，虽然有许多具有独立性的小故事，但它们都从属于同一个大故事，都服从于同一个结构之道，即贪财好色终将遭到报应。因而各个事件之间都具有内在的必然联系，其顺序不可以颠倒置换。《金瓶梅》可分为以下九个结构单元：

1. 从第一回至第十二回为第一个结构单元，以西门庆偷娶潘金莲为核心事件，中间穿插娶孟玉楼、梳笼李桂姐之事。

2. 从第十三回至第二十回为第二个结构单元，以西门庆娶李瓶儿为核心事件，中间穿插西门庆贿赂相府得以脱祸之事。

3. 从第二十一回至第二十六回为第三个结构单元，以西门庆与宋惠莲偷情为核心事件。

4. 从第二十七回至第三十五回为第四个结构单元，以西门庆与潘金莲淫乱为核心事件，中间穿插西门庆生子加官之事。

5. 从第三十六回至第四十六回为第五个结构单元，以西门庆与官场上的勾结以及众妻妾的争风吃醋为主要事件。

6. 从第四十七回至第六十三回为第六个结构单元，主要讲述西门庆官运亨通，与此相映照的却是李瓶儿之死。

7. 从第六十四回至第七十九回为第七个结构单元，主要讲述西门庆无法克制的淫欲和最终纵欲而亡。

8. 从第八十回至第九十一回为第八个结构单元，主要讲述众妻妾各自结局，西门庆家树倒猢狲散。

9. 从第九十二回至第一百回为第九个结构单元,以陈敬济穷困潦倒为核心事件,中间穿插春梅等人的结局。

可以看出,前七个结构单元全部都是以西门庆为叙述焦点,且几乎每一回都是以西门庆为核心串联起其他人物和事件。全书第一个登场的人物便是西门庆:

> 话说大宋徽宗皇帝政和年间,山东省东平府清河县中,有一个风流子弟,生得状貌魁梧,性情潇洒,饶有几贯家资,年纪二十六七。这人复姓西门,单讳一个庆字。①

然后由西门庆引出了应伯爵、谢希大、祝实念、孙天化、吴典恩等结拜兄弟,引出了他的家庭:女儿西门大姐、女婿陈敬济、继室吴月娘及二房李娇儿、三房卓丢儿。更值得玩味的是还由他引出了武松、武大郎及潘金莲,潘金莲挑逗武松碰钉子实际上是为西门庆与潘金莲的奸情而做的铺垫,武松、武大郎兄弟二人也就成了烘托西门庆的陪衬式人物。

全书众多的人物和事件都围绕西门庆展开,甚至都为表现西门庆而设置。如第七回"薛媒婆说娶孟三儿,杨姑娘气骂张四舅"、第十二回"潘金莲私仆受辱,刘理星魇胜求财",两回都是在西门庆偷娶潘金莲的核心事件中穿插进一些次要事件。前者叙西门庆娶孟玉楼之事,是为了表明西门庆财色两不耽误,诚如张竹坡回首所评:"本意为西门贪财处,写出一玉楼来,则本意原不为色。故虽有美如此,而亦淡然置之。见得财的厉害,比色更厉害些,是此书本意也。"② 后者叙西门庆梳笼李桂姐之事,是为了表明西门庆淫乱无度,所以张竹坡评道:"此回写桂姐在院中,纯是写西门。见得才遇金莲,便娶玉楼,才有春梅,又迷桂姐,无一底止,必至死而后已也。"③

---

① 兰陵笑笑生. 金瓶梅 [M]. 济南:齐鲁书社,1991:13.
② 兰陵笑笑生. 金瓶梅 [M]. 济南:齐鲁书社,1991:109.
③ 兰陵笑笑生. 金瓶梅 [M]. 济南:齐鲁书社,1991:178.

再如第五个结构单元,以较多的笔墨叙述了西门庆家众妻妾的争风吃醋,似乎与西门庆关系不大,实际上皆与西门庆有关。对此张竹坡在第四十回前有一段非常透彻的评点:

> 此回小文为下回愤深作引也。盖金莲之愤,何止此日起!然金莲生日,西门乃在玉皇庙宿。玉皇庙却是为瓶儿生子。则金莲此夕已十二分不快。乃抱孩儿时,月娘之言,西门之爱,俱如针刺眼,争之不得,为无聊之极思,乃妆丫鬟以邀之也。虽暂分一夕之爱,而愤已深矣,宜乎后文再奈不得也,文字无非情理,情理便生出章法,岂是信手写去者?①

西门庆家庭内部如此,西门庆家庭之外同样如此。第十七回"宇给事劾倒杨提督,李瓶儿许嫁蒋竹山"似乎与西门庆无关,实际上全是写西门庆。这位杨提督即西门庆亲家陈洪的同党,三家可谓一荣俱荣,一损俱损。因此机警的西门庆一闻此讯,立即停止了花园工程,又派家人来保、来旺去东京打探消息,并且把娶李瓶儿之事也丢在了脑后。更值得玩味的是,西门庆不惜花五百两银子到县中丞行房里,抄录了一张东京行下来的文书邸报,宇给事的奏本也全从西门庆眼中传达出来,所以仍然是围绕西门庆展开的情节。由于西门庆顾不上娶李瓶儿,使李瓶儿寂寞难耐,遂将蒋竹山招赘在家。这一切也是因西门庆而起。

最后两个结构单元虽然西门庆已经死去,但仍然是由西门庆延伸而来,是西门庆死后所受到的报应。最受他宠爱的潘金莲先后与陈敬济、王潮儿淫乱,最后被武松杀死。李娇儿盗财归丽春院,韩道国拐财远遁,汤来保欺主背恩,来旺儿盗拐孙雪娥,孟玉楼嫁给李衙内,春梅纵欲而亡,他唯一的儿子孝哥儿也被幻度出家。《金瓶梅》全书的叙事结构就是这样,既围绕西门庆展开又围绕他做出了收拢。

上述九个结构单元具有内在的逻辑联系,因而其顺序不可任意颠倒置换。从大的方面来说,西门庆的发迹、纵欲必须在其暴亡、遭报应之前,其中有着

---

① 兰陵笑笑生.金瓶梅[M].济南:齐鲁书社,1991:598.

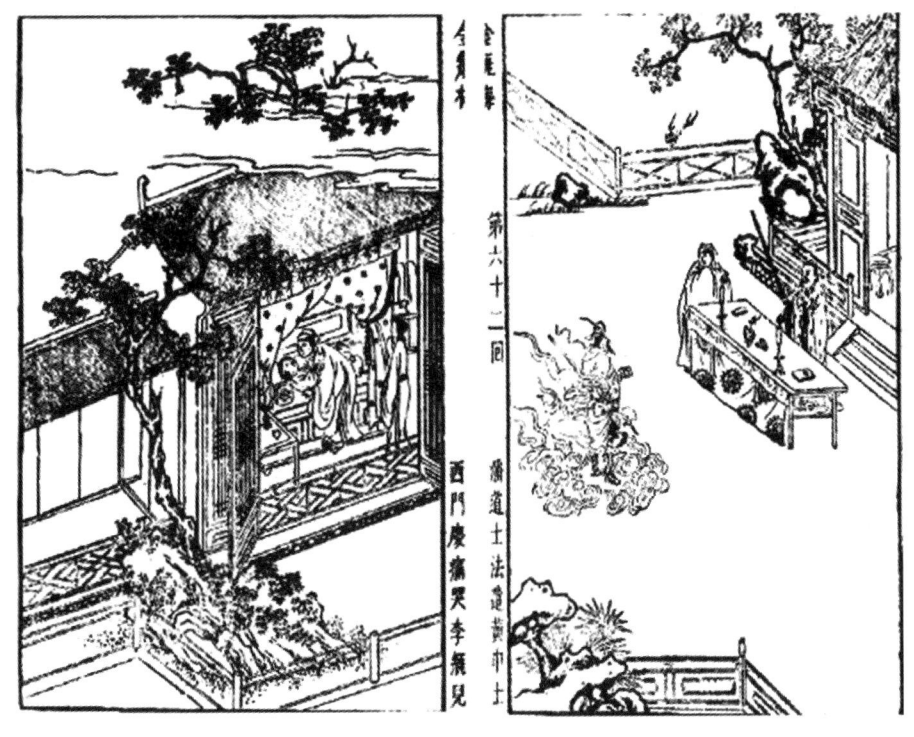

因果关系。再进一步来看，无论是潘金莲还是李瓶儿，她们与西门庆的关系都有一个逐渐发生、发展、演变的过程，其顺序也不可改变。如李瓶儿与西门庆之间便经过了由热到冷，再由冷到热的变化。西门庆的纵欲也是一日胜过一日，先是家中妻妾，继而家中的仆妇，继而妓院中的妓女，继而招宣府的贵夫人，直至一命呜呼。《金瓶梅》就是这样一部结构严谨的小说，正如张竹坡在"竹坡闲话"中所说："我喜其文之洋洋一百回，而千针万线，同出一丝，又千曲万折，不露一线。……盖其书之细如牛毛，乃千万根共具一体，血脉贯通，藏针伏线，千里相牵。"① 可以这样说，这"同出一丝"即紧紧围绕西门庆的人生轨迹，这"共具一体"即都归结于西门庆一人之身。

---

① 兰陵笑笑生. 金瓶梅[M]. 济南：齐鲁书社，1991：10-11.

受到《金瓶梅》的影响,《歧路灯》也运用了辐射式的结构模式。以谭绍闻这一主要人物为中心,以其活动经历为线索,联系各种事件,广泛描写了丰富多彩的社会生活,形成了典型的辐射式叙事结构。

(二) 以情节为中心的辐射式结构

《醒世姻缘传》也采用了辐射式的单体结构,但与《金瓶梅》又有所不同,它不是以某一人物为辐射源向外围辐射,而是以情节主线为主干,不时向外分出一些枝杈。《醒世姻缘传》的结构之道在于说明"前世既已造业,后世必有果报"①,因而全书的主线由前后两世姻缘构成。在讲述这条主线时,又常常插入与主线具有这样或那样关联的其他人物和情节。所以东岭学道人说:"乍视之似有支离烦杂之病,细观之前后钩锁,彼此照应,无非劝人为善,禁人为恶,闲言冗语,都是筋脉,所云天衣无缝,诚无忝焉。"②

根据全书的主线,《醒世姻缘传》可分为前后两个部分,前二十二回为前世姻缘,由三个结构单元组成:从第一回至第三回为第一个结构单元,主要讲述晁源射死狐仙,埋下祸根。从第四回至第十三回为第二个结构单元,主要讲述晁源纵妾虐妻,逼死计氏。从第十四回至第二十二回为第三个结构单元,主要讲述晁源及珍哥等先后死去,托生来世。

后七十八回为后世姻缘,可分为五个结构单元:从第二十三回至第三十二回为第一个结构单元,主要讲述明水镇风气的日益败落,是前后两个部分的过渡。从第三十回至第四十三回为第二个结构单元,主要讲述狄希陈的恶劣行径。从第四十四回至第七十八回为第三个结构单元,主要讲述童寄姐虐待狄希陈。从第八十八回至第一百回为第五个结构单元,主要讲述薛素姐虐待狄希陈恶贯满盈,遭到报应。

两个部分的关联在于,前世的晁源、计氏、狐仙、珍哥分别变为来世的狄希陈、童寄姐、薛素姐、珍珠,于是冤冤相报,无有已时。全书一个突出的特

---

① 西周生. 醒世姻缘传 [M]. 济南:齐鲁书社,1993:2.
② 西周生. 醒世姻缘传 [M]. 济南:齐鲁书社,1993:2.

点便是非常注重主线的时间顺序,例如第一回中晁源请人喝酒是十一月初六日,商定十一月十五日去打猎,接下来便是做各种准备。十五日打猎时,射死了狐仙,晁源因此染病在身,第二回便写晁源治病。第三回紧接着是除夕之夜,晁源和珍哥同做了一样的怪梦,珍哥醒后便感到头疼难忍。初一早晨,晁源刚要上马,就像被人用力推了一下,头上肿得像桃一般。初二只好请医生看病。由于时间线索非常清晰,所以各结构单元的位置不能够随意调换,显示出了单体式结构的鲜明特点。

但是这条主线又常常分出一些枝杈,如前一部分中的第五回"明府行贿典方州,戏子恃权驱吏部"便讲述了晁源的父亲向太监王振行贿,谋得了知州之事。再如第二十二回"晁宜人分田睦族,徐大尹悬扁旌贤",讲述了晁夫人将自家田地分给族人因而受到县尹表彰之事。再如后一部分开头的两回"绣江县无偿薄俗,明水镇有古淳风""善气世回芳淑景,好人天报太平时",夸赞了明水镇的淳朴古风。第六十七回"艾回子打脱主顾,陈少潭举荐良医"讲述了艾前川、赵杏川等人的故事。严格说来,这些穿插都具有相对的独立性,与主线的关联不是多么明显,但却与作者"劝人为善,禁人为恶"的创作主旨紧密相关。因此,这是一种比较特殊的辐射式单体结构。

《醒世姻缘传》的结构还有一点值得注意,即前一部分中的人物除了托生者外,还有一些在后一部分中依然出现,如第三十二回"女菩萨贱粜赈饥,众乡宦愧心慕义"、第四十六回"徐宗师岁考东昌,邢中丞赐环北部"、第四十七回"因诈钱牛栏认犊,为剪恶犀烛降魔"、第四十九回"小秀才毕姻恋母,老妇人含饴弄孙"等便都以前一部分的人物为主要讲述对象,而且这几回在后一部分中的情形十分特殊。第三十一回和第三十三回讲述的都是发生在明水镇的事,中间却插入了发生于武城县晁夫人赈饥的第三十二回。从第四十六回到第五十四回的结构就更为奇特,交叉讲述了武城和明水两地的故事。第四十六回和第四十七回讲述晁家之事,第五十回又回到狄家。从第九十回到第九十四回的结构也是如此交叉进行。从叙事时间上来说,这是一种平叙方式;从叙事结构上来说,这便是一种单体式的辐射结构,所讲述的晁家之事,实际上都是由主线辐射而来。

（三）以人物命运为中心的辐射式结构

《儿女英雄传》的结构之道在于将英雄至性与儿女真情相融合，刻画出几位集"儿女"与"英雄"于一身的人物来。正如开场诗所说："儿女无非天性，英雄不外人情；最怜儿女最英雄，才是人中龙凤。"① 按照这一结构之道，全书应以十三妹为核心人物，因为只有十三妹才最合乎作者心目中"儿女英雄"的标准。因此作者在全书的结尾说道："此书原为十三妹而作，到如今书中所叙，十三妹大仇已报，母亲去世，孤仃一人无处归着，幸遇邓、褚等位替安公子玉成其事，这就是此书初名《金玉缘》的本旨。"② 但实际上作者将安骥、张金凤及安水心等人都视为了"儿女英雄"，如第十四回开头写道："却说安老爷认定天理人情，抛却功名富贵，顿起一片儿女英雄念头，挂冠不仕，要向海角天涯寻着那十三妹，报他这番恩义。"③ 按照这种理解，作者将全书分为了"五番"，即五个结构单元。

1. 从第一回至第十二回为第一个结构单元，主要讲述十三妹即何玉凤的英雄本色，而以安、张两家父子婆媳完聚作为结束。所以作者在第十二回结尾说道："也因这第十二回是个小团圆，正是《儿女英雄传》的第一番结束也。"④

2. 从第十三回至第二十二回为第二个结构单元，主要讲述安水心寻找何玉凤，而以全家与何玉凤一同返京结束。所以作者在第二十三回的开头说道："这部《儿女英雄传》的书演到这个场中，后文便是弓砚双圆的张本，是书里的一个大节目，俗话就叫作'书心儿'。"⑤

3. 从第二十三回至第二十八回为第三个结构单元，主要讲述安骥、何玉凤、

---

① 文康. 儿女英雄传 [M]. 济南：齐鲁书社，1990：1.
② 文康. 儿女英雄传 [M]. 济南：齐鲁书社，1990：1042.
③ 文康. 儿女英雄传 [M]. 济南：齐鲁书社，1990：255.
④ 文康. 儿女英雄传 [M]. 济南：齐鲁书社，1990：412.
⑤ 文康. 儿女英雄传 [M]. 济南：齐鲁书社，1990：467.

张金凤的儿女真情，故作者在第二十八回的结尾写道："天下哪里有这样的人家？这般的乐事？岂还算不得个欢喜团圆？不道那燕北闲人还有大半部文章，这《儿女英雄传》才演到第三番结束。"①

4. 从第二十九回至第三十六回为第四个结构单元，主要讲述安骥在何玉凤、张金凤的激励之下，一举成名。故作者在第二十九回开头说道："这部书前半部演到龙凤和配，弓砚双圆。看事迹，已是笔酣墨饱；论文章，毕竟不曾写到安龙媒正传。不为安龙媒立传，则自第一回'隐西山闭门课骥子'起，至第二十八回'宝砚雕弓完成大礼'，皆为无谓陈言，便算不曾为安水心立传。如许一部大书，安水心其日之精、月之魄、木之本、水之源也，不为立传，非龙门世家体例矣。燕北闲人知其故，故前回书既将何玉凤、张金凤正传结束清楚，此后便要入安龙媒正传。"②

5. 从第三十七回至第四十回为第五个结构单元，主要讲述安骥的官场仕途，最后以皆大欢喜结束。故作者在第三十七回开头说道："上回书交代到安公子及第荣归，作了这部评话的第四番结束，这段文章自然还该有个不尽余波。"③

由以上论述不难看出，《儿女英雄传》是作者主观结构意识非常鲜明的一部小说。作者划分结构单元的依据是人物的聚散离合及遭遇命运，这五个结构单元不仅具有时间上的前后顺序，而且有着严密的内在逻辑性。作者在指出每一个结构单元具有相对独立性的同时，总不忘强调它与前后情节的关联。由于安水心官场失意，才有安骥携银援父，险遭不测，幸遇十三妹，不仅得救，且与张金凤喜结良缘。十三妹恰好就是安水心世交的女儿，深知十三妹不幸命运的安水心下决心要寻找十三妹。费尽一番周折终于找到了十三妹，安水心等人又千方百计为十三妹安排了一个美满的婚姻。这一目的达到后，便是安骥下帷苦读，功成名就，夫贵妻荣。安水心夫妻二人也寿登期颐，子贵孙荣。以上事件

---

① 文康. 儿女英雄传 [M]. 济南：齐鲁书社，1990：624.

② 文康. 儿女英雄传 [M]. 济南：齐鲁书社，1990：629.

③ 文康. 儿女英雄传 [M]. 济南：齐鲁书社，1990：866.

因果相续，不容颠倒，是典型的单体式结构。

《儿女英雄传》对于主要人物和次要人物的关系处理得妥当而周密，正如作者在第三十三回开头所说："这书虽说是种消闲笔墨，无当于文，也要小小有些章法。譬如画家画树，本干枝节，次第穿插，布置了当，仍须渲染烘托一番，才有生趣。如书中的安水心、佟孺人，其本也；安龙媒、金、玉姊妹，其干也，皆正文也。邓家父女、张老夫妻、佟舅太太诸人，其枝节也，皆旁文也。这班人自开卷第一回直写到上回，才算一一的穿插布置妥帖，自然还须加一番烘托渲染，才完得这一篇造因结果的文章。"① 安水心夫妇、安骥、张金凤、何玉凤是全书的主要人物，但在某一结构单元中仍有主次之分。如在第一单元中，安水心夫妇的地位远不如十三妹、安骥、张金凤重要；在第二单元中安水心、十三妹的地位又比其他人显得重要一些；在第三单元中，安骥、张金凤及何玉凤成为最重要的人物；在第四、第五两个单元中，安水心夫妇及安骥的地位更突出一些。至于次要人物，情况也各不相同。如第二个结构单元中的邓九公便是一位举足轻重的角色，张老夫妻则自始至终起着点缀的作用。

《儿女英雄传》融侠义、世情、才子佳人等类型小说为一体，在叙事结构方面也体现出这一特点。故事线索按照世情小说的写法来组织；同时又以人物为描写重点，与英雄侠义小说相类似；至于男女人物的聚散离合，则与才子佳人小说相一致。但总体来说，《儿女英雄传》以单体式的叙事结构实现了其结构之道。

二 叙事的"时间倒错"及其意义

中国古代章回小说在篇幅大体相似的情况下，或讲述百余年之事，或讲述数十年之事；有时一天之事用一回甚至几回讲述，有时数年之事几句话便一带而过。这种现象在叙述学理论中称之为"时间倒错"。《金瓶梅》在"时间倒

---

① 文康. 儿女英雄传 [M]. 济南：齐鲁书社，1990：740.

错"上的基本特征及其功能意义从时距、预叙、频率三个方面得到了具体的体现。

法国学者克利斯蒂安·麦茨曾指出:"叙事作品是一个具有双重时间性的序列","所讲述的事情的时况和叙述的时况（所指的时况和能指的时况）。这个二元性不仅可以造成时况上的扭曲——这在叙事作品中司空见惯，例如主人公三年的生活用小说中的两句话或者电影中几个'反复'剪接的镜头来概括——，而且，更根本的是，我们由此注意到，叙事作品的功能之一即是把一个时况兑现在另一个时况当中"①。作为书面文学叙事作品的小说，也必然要涉及上述两种时况，即"故事的时况"与"叙事的时况"。所谓"故事的时况"，即小说所讲述的那个或真或假的故事的实际时间；所谓"叙事的时况"，是指该故事在小说文本中所呈现的时间状态。我们可以发现，这两种时间有着明显区别。法国叙事学家日奈特将二者的不一致称为"时间倒错"，其区别主要表现在"时距""顺序"和"频率"等几个方面。②《金瓶梅》叙事的"时间倒错"上承《三国志演义》《水浒传》，下启《儒林外史》《红楼梦》，在中国章回小说的发展中具有独特的意义。

（一）时距

在叙事学中，故事时间与叙事时间长短的比较叫作"时距"，它表现为四种基本形式，即省略、概述、场景和停顿。这四种时距的交叉变化，便构成了小说的节奏。所谓"省略"，即指故事时间无限长于叙事时间，或者说叙事时间几乎为零。日奈特认为："从时间角度讲，对省略的分析就在于研究被省略掉的故

---

① 克利斯蒂安·麦茨.论电影的指事作用［M］//张寅德.叙事学研究.北京：中国社会科学出版社，1989：194.

② 杰拉尔·日奈特.论叙事文话语［M］//张寅德.叙事学研究.北京：中国社会科学出版社，1989：196.

事时况。这里，首先要知道这段时长是否有所交代（确定的省略和不确定的省略）。"① 其次，从形式角度还应区分出"明示的省略""暗示的省略"和"假设的省略"。明示的省略常常出现"过了几年"之类的话，因而非常接近快速的概述。暗示的省略则不露声色，我们只能根据某个时间上的空白去推断。假设的省略是一种形式最隐蔽的省略，我们无法确定其位置，只能从某段追述中去捕捉。所谓"概述"，即指"在文本中把一段特定的故事时间压缩为表现其主要特征的较短的句子，故事的实际时间长于叙事时间"②。日奈特认为，"一直到十九世纪末，概略始终是两个场景之间最平常的过渡形式，犹如舞台的'背景'，因此是小说体叙事文的最好的连接组织。一部小说的基本节奏就在于概略和场景的相互交替"③。所谓"场景"，一般是指与故事时间等同的人物对话。"停顿"则指叙述时间无限制的延长，如静态的描写、叙述者的议论等，这时故事时间近似于零。

中国古代长篇章回小说长则叙近百年之事，如《三国志演义》；短则叙数十年之事，如《金瓶梅》《红楼梦》。且大都是按照时间的顺序进行讲述。按照常理，以大体相同的篇幅叙述长短不一的故事，自然是故事时间长的其叙事中的省略就多；反之，则叙事中的省略就少。但把《三国志演义》和《金瓶梅》做一番比较，就会发现实际情形并非如此。

《三国志演义》共一百二十回，故事时间为一百一十一年，《金瓶梅》共一百回，故事时间为二十余年。前者平均每回就要讲述一年的事，后者平均每五回才讲述一年的事。但具体到某一回，其叙事时间却有很大的差异。《三国志演义》第一回开始于汉灵帝建宁二年（169），第二回便叙述到汉灵帝中平六年

---

① 杰拉尔·日奈特. 论叙事文话语 [M] //张寅德. 叙事学研究. 北京：中国社会科学出版社，1989：221.

② 罗钢. 叙事学导论 [M]. 昆明：云南人民出版社，1994：148.

③ 杰拉尔·日奈特. 论叙事文话语 [M] //张寅德. 叙事学研究. 北京：中国社会科学出版社，1989：219.

（189）。也就是说仅仅两回便讲述了21年的事。这其中肯定有概述，当然也必定有省略。我们来看下面一段文字：

> 建宁二年四月癸巳，帝御温德殿，方升座，殿角狂风骤起，只见一条大青蛇，从梁上飞将下来，蟠于椅上。帝惊倒，左右急救入宫，百官俱奔避。须臾蛇不见了。忽然大雷大雨，加以冰雹，落到半夜方止，坏却房屋无数。建宁四年二月，洛阳地震；又海水泛滥，沿海居民，尽被大浪卷入海中。光和元年，雌鸡化雄；六月丁丑黑气十余丈，飞入温德殿中；秋七月，有虹见于玉堂；五原山岸，尽皆崩裂。①

建宁二年为公元169年，光和元年为公元178年，这就是说，这短短的几句便讲述了九年的事。我们可以这样认为，建宁三年、熹平元年至六年共七年的事被叙述者省略了。虽然省略的时间很多，却都是暗示的省略。在叙述"桃园三结义"时，时间虽然很紧凑，但仍然有省略："来日，收拾军器，但恨无马匹可乘。正思虑间，人报有两个客人，引一伙伴当，赶一群马，投庄上来。"②"正思虑间"，竟思虑了多久，叙述者虽然没有交代，但其中肯定有时间的省略。另外，明示的省略也偶尔使用，如"不数日""过了数日"等。再如第八回"卓偶染小疾，貂蝉衣不解带，曲意逢迎，卓心愈喜"。然后叙述者讲述了董卓与吕布因为貂蝉而积怨之事。接下来叙述者写道："卓疾既愈，入朝议事。布执戟相随……"③董卓究竟病了多久，叙述者没有交代，但其中也必定有时间的省略。

第二十一回袁术死时为建安四年（199），至第三十二回袁绍之死为建安七年（202），十回讲述了三年的事。在这十回中，如同前面那种大的省略已不复存在，但仍有暗示的省略，如第二十二回中的一段：

> 建安五年元旦朝贺，见曹操骄横愈甚，感愤成疾。帝知国舅染病，令

---

① 罗贯中. 三国志演义［M］. 济南：山东文艺出版社，1991：2-3.
② 罗贯中. 三国志演义［M］. 济南：山东文艺出版社，1991：6.
③ 罗贯中. 三国志演义［M］. 济南：山东文艺出版社，1991：72.

随朝太医前去医治。此医乃洛阳人，姓吉，名太，字称平，众人皆呼为吉平，当时名医也。平到董承府用药调治，旦夕不离，常见董承长吁短叹，不敢动问。时值元宵，吉平辞去，承留住，二人共饮。①

从元旦到元宵，叙述者用了暗示的省略。总体来看，《三国志演义》中暗示的省略要远远多于明示的省略。相比之下，《金瓶梅》的叙事速度要慢得多，从第一回到第七十九回"西门庆贪欲丧命"，这七十九回书讲述了六七年的事，也就是说平均十一回讲述一年的事。后二十一回则讲述了十五年的事，平均一回多讲述一年的事。但我们可以发现前七十九回中的省略并不见得就少。如前两回中就有以下几处省略：

1. 九月廿五日，西门庆与吴月娘商议结拜兄弟之事，"话休饶舌。捻指过了四五日，却是十月初一日"。② 这儿省略了五天。

2. 十月初二日，西门庆叫家人来保、来兴等将猪、羊、酒及五钱银子送到玉皇庙。"须臾，过了初二。次日初三早，……"③ 这儿省略了一天。

3. "却说光阴过隙，又早是十月初十外了。一日，西门庆正使小厮请太医……"④ 这儿明示的省略为七天，另外还有暗示的省略。因为这儿所说的"一日"，并不一定就是十一日或十二日，但也不会相距太久。

4. 西门庆在大街上见到武松的当日，清河县知县"便参武松做了巡捕都头"。"却说武松一日在街上闲行……"⑤，从武松做都头到在街上闲行的这一日，其中也有暗示的省略。以上是第一回中的省略。

5. 武松见到武大的当天，便搬到了哥哥家中，"话休絮烦。自从武松搬来

---

① 罗贯中. 三国志演义 [M]. 济南：山东文艺出版社, 1991：229.

② 兰陵笑笑生. 金瓶梅 [M]. 济南：齐鲁书社, 1991：20.

③ 兰陵笑笑生. 金瓶梅 [M]. 济南：齐鲁书社, 1991：22.

④ 兰陵笑笑生. 金瓶梅 [M]. 济南：齐鲁书社, 1991：28.

⑤ 兰陵笑笑生. 金瓶梅 [M]. 济南：齐鲁书社, 1991：31.

哥家里住……"①，这里有明示的不确定的省略。

6. "有话即长，无话即短。不觉过了一个月有余，看看十一月天气，连日朔风紧起，只见四下彤云密布，又早纷纷扬扬，飞下一天瑞雪来。"② 这儿有一个多月的明示的省略。

7. "这武松自从搬离哥家，捻指不觉雪晴过了十数日光景。"③ 这里有十几天明示的省略。

8. 武松受知县委派去东京后，"白驹过隙，日月如梭，才见梅开腊底，又早天气回阳。一日，三月春光明媚时分……"④ 这里有三个多月暗示的省略。

以上是第二回中的省略。从九月廿五日到第二年三月，在这半年中共有八处省略，最少的省略为一天，最多的省略则有三个多月。由此可见，《金瓶梅》叙事速度之所以比《三国志演义》慢，关键不在于省略的多少，而取决于场面描写的细致。

《三国志演义》第三十八回"定三分隆中决策"是决定三分天下的关键一回，刘备与诸葛亮的对话也是《三国志演义》中最详尽的对话描写之一，但充其量不过寥寥几百字。第四十三回"诸葛亮舌战群儒"更是《三国志演义》中的重头戏，但也仅用了多半回。至于日常饮食起居，《三国志演义》很少述及。这正是它能用一百二十回的篇幅讲述一百余年三国纷争的原因。

《金瓶梅》则不同，它将大量笔墨用于日常生活的叙述上，以此来刻画人物，表现世态人情。如第二十八回围绕着潘金莲丢失的一只绣鞋便整整写了一回。再如第三十三回"陈敬济失钥罚唱"，陈敬济向潘金莲讨还钥匙这样一件小事，却写得非常细致。至于概述，《三国志演义》显然要多于《金瓶梅》。在停顿方面，两部小说有所不同。《三国志演义》中叙述者往往借助"后人有诗曰"

---

① 兰陵笑笑生.金瓶梅［M］.济南：齐鲁书社，1991：43.
② 兰陵笑笑生.金瓶梅［M］.济南：齐鲁书社，1991：44.
③ 兰陵笑笑生.金瓶梅［M］.济南：齐鲁书社，1991：48.
④ 兰陵笑笑生.金瓶梅［M］.济南：齐鲁书社，1991：51.

的形式进行议论，《金瓶梅》则常常用一段韵文来写景状物。这种形式显然是从《水浒传》和《西游记》继承而来。

（二）预叙

在叙述学中，提前讲述某个后来才发生的事件的逆时序称为"预叙"。预叙有明示与暗示之别，明示的预叙清楚地交代出在某一具体时间之后发生的某一件事；暗示的预叙只隐约地预示人物未来的命运和结局。预叙还有内在式和外在式的区别，发生在第一叙事时间以内的为内在式，发生在第一叙事时间以外的为外在式。在预叙中经常使用的还有"重复预叙"，即第一次表现某一个即将在以后的时间内反复发生的事件时，便对此后该事件的重复发生给以预告。在中国古代章回小说中，预叙的使用极为普遍。

《三国志演义》《水浒传》中的预叙经常以伏笔的形式出现，或是对后来情节的提示，或是对后来情节的重复，或是对人物命运的暗示。《金瓶梅》则更多地运用占卜来做暗示的预叙。张竹坡在第二十九回前的总评中说道："此回乃一部大关键也。上文二十八回一一写出来之人，至此回方一一为之遥断结果。盖作者恐后文顺手写去，或致错乱，故一一定其规模，下文皆照此结果此数人也。此数人之结果完，而书亦完矣。直谓此书至此结亦可。"[①] 第二十九回之所以如此重要，就是因为此回以相面这一预叙方式在为小说中的人物"遥断结果"，这便是"吴神仙冰鉴定终身"。借助相面占卜来预示人物将来之命运，这是《金瓶梅》的一个独创。

吴神仙的占卜既有对眼前事件的预示，如说西门庆"旬日内必定加官"，"今岁间必生贵子"，李瓶儿"山根青黑，三九前后定见哭声"，大姐"不过三九，当受折磨"等。又有对将来事件的预示，如说西门庆"中岁必然多耗散"，吴月娘"必得贵而生子"，孟玉楼"到老无灾，大抵年宫润秀"，潘金莲"唇中短促，终须寿夭"，孙雪娥"后来必主凶"，春梅"必得贵夫而生子，早年必戴珠冠"等。这种预示与当前诸人的情形有着较大的差距，所以吴月娘有些怀疑，

---

① 兰陵笑笑生. 金瓶梅 [M]. 济南：齐鲁书社，1991：432.

认为有三个人相得不对：一是李瓶儿怀着身孕，而非实疾；二是大姐不会受什么折磨；三是春梅不会有夫人之分。吴月娘的怀疑，也正是读者的疑问，由此造成了悬念。

与此回相映照，第四十六回再次以占卜来预示人物的命运，这便是"妻妾戏笑卜龟儿"。这次不是相面，而是卜龟儿。被占卜者仅有月娘、玉楼、瓶儿三人。占卜中特别点明月娘"往后只好招个出家的儿子送老罢了。随你多少也存不的"①，暗示了孝哥将来出家的命运，同时又对吴神仙所说的"必得贵而生子"做了补充。对李瓶儿又一次明确指出"主有血光之灾，仔细七八月不见哭声才好"②。张竹坡在此回的总评中说道："此回自吴神仙后又是一番结果也。"③ 指明了两回的内在联系。他又说道："卜龟儿，止月娘、玉楼、瓶儿三人，而金莲之结果，却用自己说出，明明是其后事，一毫不差。而看者止见其闲话，又照管上文神仙之相，合成一片。至于春梅，乃用迎春等三人同时一衬。其独出之致，前程若龟鉴，文字变动之法如此。否则，一齐卜龟，不与神仙之相重复刺眼乎？"④ 相面与卜龟虽有联系，但绝不雷同，将两者合而观之，清晰地预示了人物的命运。

《金瓶梅》也经常运用重复预叙的方式，如第六回写西门庆与潘金莲勾搭成奸，"自此和妇人情沾意密，常时三五夜不归去，把家中大小丢得七颠八倒，都不欢喜"。⑤ 这就意味着在以后相当长的时间里，潘金莲和西门庆都在肆无忌惮地鬼混，武松为兄复仇也就势在必行。再如第十二回潘金莲痛骂李桂姐，不防李娇儿在窗外偷听，"见金莲骂他家千淫妇万淫妇，暗暗怀恨在心。从此二人结

---

① 兰陵笑笑生.金瓶梅 [M].济南：齐鲁书社，1991：685.

② 兰陵笑笑生.金瓶梅 [M].济南：齐鲁书社，1991：686.

③ 兰陵笑笑生.金瓶梅 [M].济南：齐鲁书社，1991：667.

④ 兰陵笑笑生.金瓶梅 [M].济南：齐鲁书社，1991：668.

⑤ 兰陵笑笑生.金瓶梅 [M].济南：齐鲁书社，1991：103.

仇，不在话下"。① 张竹坡评道："未入私仆，先安败露之因，此谓之预补法。"② 张竹坡所说的"预补法"，实际就是预叙。"自此为始，每夜妇人便叫琴童进房如此。未到天明，就打发出来。"③ 这一重复预叙说明两人的淫乱不是一天两天。第二十二回宋惠莲与西门庆有了奸情后，"这妇人每日在那边，或替他造汤饭，或替他做针指鞋脚，或跟着李瓶儿下棋，常贼乖趋附金莲"。④ 这一预叙告诉人们，宋惠莲在以后的日子里，越来越张扬，最后终于遭到了暗算。

《金瓶梅》的叙述者有时直接出面向读者讲述后事，这是比较特殊的预叙方式。如第三十一回西门庆慷慨地借给吴典恩一百两银子，这时叙述者说道："看官听说，后来西门庆死了，家中时败势衰，吴月娘守寡，被平安儿偷盗出解当库头面，在南瓦子里宿娼，被吴驿丞拿住，痛刑拶打，教他指攀月娘与玳安有奸，要罗织月娘出官，恩将仇报，此系后事，表过不提。"⑤ 叙述者在这儿将六十余回之后的事预叙出来，目的在于揭示出人情的冷暖，正如张竹坡所说："又明插后事，乃作者著书之意也。"⑥

再如第四十九回曾巡按被蔡京治罪，黜为陕西庆州知州。"太师阴令盘就劾其私事，逮其家人，锻炼成狱，将孝序除名，窜于岭表，以报其仇。此系后事，表过不提。"⑦ 这一预叙讲述的是另一线索之事，可视为外在式的预叙。同一回中，西门庆托蔡御史关照苗青之事，蔡御史一口应承。叙述者说道："看官听说：后来宋御史往济南去，河道中又与蔡御史会在那船上，公人扬州提了苗青来，蔡御史说道：'此系曾公手里案外的，你管他怎的？'遂放回去了。"然后又

---

① 兰陵笑笑生. 金瓶梅 [M]. 济南：齐鲁书社，1991：185.
② 兰陵笑笑生. 金瓶梅 [M]. 济南：齐鲁书社，1991：185.
③ 兰陵笑笑生. 金瓶梅 [M]. 济南：齐鲁书社，1991：185.
④ 兰陵笑笑生. 金瓶梅 [M]. 济南：齐鲁书社，1991：343.
⑤ 兰陵笑笑生. 金瓶梅 [M]. 济南：齐鲁书社，1991：464.
⑥ 兰陵笑笑生. 金瓶梅 [M]. 济南：齐鲁书社，1991：464.
⑦ 兰陵笑笑生. 金瓶梅 [M]. 济南：齐鲁书社，1991：716.

接到现在，"当日西门庆要送至船上，蔡御史不肯"。① 将后来发生的事顺便插在此处，填补了以后叙事的空白。在第七十四回的最后，叙述者说道："今月娘怀孕，不宜令僧尼宣卷，听其死生轮回之说。后来感得一尊古佛出世，投胎夺舍，幻化而去，不得承受家缘，盖可惜哉！"张竹坡评道："明明结出。"② 的确如此，叙述者的这一预叙把月娘及孝哥儿的结局和盘托出。但这并不等于取消了读者的期待心理，读者反而更想知道孝哥为什么好端端地会出家，增强了小说的吸引力。

日常生活的安排有时也通过人物之口预叙出来，如第三十五回西门庆对白赉光说道："明日管皇庄薛公公家请吃酒，路远去不成。后日又要打听新巡按。又是东京太师老爷四公子又选了驸马，童太尉侄男天胤新选上大堂，指挥使金书管事。两三层都要贺礼。这连日通辛苦的了不得。"③ 既概述了西门庆与官府的密切联系，又婉言拒绝了白赉光。更典型的是第六十二回李瓶儿临终之时对后事的安排，她将西门庆打发走之后，分别嘱咐了王姑子、冯妈妈、如意儿、迎春、绣春等人。第二天一早，又嘱咐了吴月娘。叙述者说道："看官听说：只这一句话，就感触月娘的心来。后次西门庆死了，金莲就在家中住不牢者，就是想着李瓶儿临终这句话。"④ 这一预叙充分表现了李瓶儿的性格特征，并为后来的情节发展做了交代。再如第六十九回，西门庆初调林太太时，要敬林太太一杯酒。这时文嫂在旁插口说道："老爹且不消递太太酒，这十一月十五日是太太生日，那日送礼来与太太祝寿就是了。"西门庆心领神会，马上说道："阿呀，早时你说！今日是初九，差六日，我在下已定来与太太登堂拜寿。"⑤ 这就为再调林太太做了预示。

---

① 兰陵笑笑生. 金瓶梅 [M]. 济南：齐鲁书社，1991：725.

② 兰陵笑笑生. 金瓶梅 [M]. 济南：齐鲁书社，1991：1152.

③ 兰陵笑笑生. 金瓶梅 [M]. 济南：齐鲁书社，1991：530.

④ 兰陵笑笑生. 金瓶梅 [M]. 济南：齐鲁书社，1991：936.

⑤ 兰陵笑笑生. 金瓶梅 [M]. 济南：齐鲁书社，1991：1057.

暗示的预叙还有一种形式，即将以后才发生的重大事件先在前面安排一些伏笔，如李瓶儿之子官哥儿因被狮子猫惊吓而死，早在此之前，已经多处提到官哥儿胆小，提到潘金莲驯养狮子猫扑食。再如第七十六回王婆来看潘金莲，潘金莲问了一句："你儿子有了亲事未？"这句看似无意的问话，实际上为后来潘金莲与王潮儿的奸情做了暗示。第八十四回普净法师要化吴月娘之子孝哥儿做徒弟，吴月娘说道："小儿还小，今才不到一周岁儿，如何来得？"法师道："你只许下，我如今不问你要，过十五年才问你要哩。"张竹坡评道："非结十五年，乃开下十六回之事也。"① 这一预叙既暗示了孝哥儿将来的出家，又为下文做了铺垫。

（三）频率

叙述频率是叙述时间性的又一个方面，日奈特将其区分为单一性叙述、重复性叙述和综合性叙述三种类型。单一性叙述是指讲述一次发生过一次的事或讲述若干次发生过若干次的事，重复性叙述是指讲述若干次发生过一次的事，综合性叙述是指讲述一次发生过若干次的事。

讲述一次发生过一次的事，是一种最常见的叙述形式，无须赘言。但讲述若干次发生过若干次的事，则是一种比较独特的叙述形式。这种形式在《三国志演义》《水浒传》《西游记》中使用得都非常频繁，如三让徐州、三顾茅庐、三气周瑜、七擒孟获、六出祁山、九伐中原、三打祝家庄、两赢童贯、三败高俅、尸魔三戏唐三藏、孙行者三调芭蕉扇等，都属于这种叙述形式。《金瓶梅》则有了新的变化，除第五十五回"西门庆两番庆寿旦"、第六十九回"招宣府初调林太太"、第七十八回"林太太鸳帏再战"等与上述所举例子相同外，还有两种比较特殊的单一性叙述。一是西门庆和某一女子不计其数而又重复再三的淫乱，并无任何新鲜内容，叙述者却不厌其烦地多次讲述，目的显然在于更好地刻画出西门庆纵欲贪色的性格特征。二是近似的人物、近似的事件多次出现。正如张竹坡在《批评第一奇书金瓶梅读法》中所说：

---

① 兰陵笑笑生. 金瓶梅[M]. 济南：齐鲁书社，1991：1350.

《金瓶梅》妙在善于用犯笔而不犯也。如写一伯爵，更写一希大，然毕竟伯爵是伯爵，希大是希大，各人的身份，各人的谈吐，一丝不紊。写一金莲，更写一瓶儿，可谓犯矣，然又始终聚散，其言语举动，又各各不乱一丝。写一王六儿，偏又写一贲四嫂。写一李桂姐，偏又写一吴银姐、郑月儿。写一王婆，偏又写一薛媒婆、一冯妈妈、一文嫂儿、一陶媒婆。写一薛姑子，偏又写一王姑子、刘姑子。诸如此类，皆妙在特特犯手，却又各各一款，绝不相同也。①

张竹坡特别强调了这些人物的同中有异，但他们在异中也有相同的一面，否则就失去了比较的基础。对他们的这些相同之处，叙述者运用了单一性叙述的方式，这样才能够使读者明白，这类人物、这类事件并非偶然现象，而是社会上普遍存在的现实。

重复性叙述也是章回小说常用的叙述方式，在故事中发生过一次的事，在小说中却反复讲述若干次，这种叙述方式可以取得某种特殊效果。《三国志演义》《水浒传》中或是不同的人物反复讲述同一事情，或是同一人物反复讲述同一事情，或是某一人物反复讲述自己曾经做过的同一事情。由于《金瓶梅》主要描写妻妾之间的钩心斗角，所以其大量的重复性叙述是某人背后重述另一人所做之事，以此来制造矛盾、拨弄是非。如第十一回西门庆让秋菊到厨房对孙雪娥说要吃荷花饼、银丝鲊汤，约有两顿饭时也不见拿来，又让春梅去催。春梅走去骂了秋菊几句，这下惹恼了孙雪娥，对着春梅破口大骂。春梅回来向西门庆和潘金莲重述了孙雪娥所骂的话。"西门庆听了大怒，走到后面厨房里，不由分说，向雪娥踢了几脚，骂道：……"②

类似的重复性叙述可以说不胜枚举，最典型的要数第二十五回。来旺儿一天喝醉了酒，对一伙家人小厮骂起了西门庆，不想被来兴儿听见，便对潘金莲和孟玉楼一五一十地重述了一遍。孟玉楼问潘金莲，西门庆与宋惠莲是否有奸

---

① 兰陵笑笑生. 金瓶梅［M］. 济南：齐鲁书社，1991：38.

② 兰陵笑笑生. 金瓶梅［M］. 济南：齐鲁书社，1991：171.

情，潘金莲便将西门庆与宋惠莲在藏春洞中的事告诉了孟玉楼。西门庆晚上回家后，看见潘金莲泪流满面，"问其所以"，潘金莲又对西门庆将来旺儿所骂的话重述了一遍。可以发现，重复性叙述主要出现在前八十回，后二十回则明显减少。这也是《金瓶梅》前八十回叙事节奏较慢的重要原因。所谓综合性叙述就是把若干次类似的事件用一次叙述行为来承担，这种叙述方式有三种表现形式：一是作为某次具体叙述的背景，二是作为对以往事情的总结，三是作为对未来事情的提示。《三国志演义》和《水浒传》中的综合性叙述都比较多见，但在《金瓶梅》中却明显减少。有些发生多次的事在一次讲述完毕之后，后面还会再次提及。

第六回武大被害死以后，西门庆"自此和妇人情沾意密，常时三五夜不归去，把家中大小丢得七颠八倒，都不欢喜"。① 这一综合性叙述是对以往事情的总结，但后来又多次写到两人的淫乱。至于家中如何"七颠八倒"，后面也未做交代。再如第十八回由于潘金莲的挑拨，"自是以后，西门庆与月娘尚气，彼此觌面都不说话。月娘随他往那房里去，也不管他；来迟去早，也不问他；或是他进房中取东取西，只教丫头上前答应，也不理他。两个都把心来冷淡了"。② 这一综合性叙述同样是对以往事情的总结，然而西门庆和月娘的关系到后来也并未更加紧张。接下来写潘金莲又用了综合性叙述："且说潘金莲自西门庆与月娘尚气之后，见汉子偏听，以为得志。每日抖擞着精神，妆饰打扮，希宠市爱。"③ 这一综合性叙述带有提示性质，为后来勾搭陈敬济做了铺垫。同样的综合性叙述在第六十回又出现了一遍："话说潘金莲见孩子没了，每日抖擞精神，百般称快。"④ 实际上潘金莲"抖擞精神"并非一朝一夕，她情绪不振的时候很

---

① 兰陵笑笑生. 金瓶梅 [M]. 济南：齐鲁书社，1991：103.
② 兰陵笑笑生. 金瓶梅 [M]. 济南：齐鲁书社，1991：279.
③ 兰陵笑笑生. 金瓶梅 [M]. 济南：齐鲁书社，1991：279.
④ 兰陵笑笑生. 金瓶梅 [M]. 济南：齐鲁书社，1991：890.

少。再如第十一回的结尾处，写西门庆"每日大酒大肉，在院中玩耍，不在话下"。① 虽然叙述者说了："不在话下"，但紧接着在下一回便详细讲述了西门庆在院中淫乱的情形。由此可见《金瓶梅》中的综合性叙述与《三国志演义》《水浒传》有所不同，这也是世情小说的普遍特征。

三 第一回宗教描写的叙事功能

就目前所掌握的资料来看，《金瓶梅》的版本主要有万历词话本与崇祯绣像本、张竹坡评点本等三个系统。本节从强化题旨、结构照应、人物刻画等三个方面，对崇祯本《金瓶梅》第一回宗教现象的叙事功能做了分析。这些宗教性描写是词话本第一回所没有的，从而证明崇祯本对词话本所做的删补修改，目的在于使小说的主旨更为鲜明、叙事结构更为紧凑、人物形象更为生动。

（一）强化题旨

《金瓶梅词话》卷首有所谓"四贪词"，劝人不要贪图酒色财气。其"色""财"二首分别曰："休爱绿鬓美朱颜，少贪红粉翠花钿。损身害命多娇态，倾国倾城色更鲜。莫恋此，养丹田。人能寡欲寿长年。从今罢却闲风月，纸帐梅花独自眠。""钱帛金珠笼内收，若非公道少贪求。亲朋道义因财失，父子怀情为利休。急缩手，且抽头。免使身心昼夜愁。儿孙自有儿孙福，莫与儿孙作远忧。"②

两首词主要从人情世故方面劝诫世人。其中的"色"词与词话本第一回"景阳冈武松打虎，潘金莲嫌夫卖风月"开场词略有不同。第一回开场词曰："丈夫只手把吴钩，欲斩万人头。如何铁石，打成心性，却为花柔？请看项籍并刘季，一死使人愁。只因撞着，虞姬戚氏，豪杰都休。"③ 如果说"四贪词"的

---

① 兰陵笑笑生. 金瓶梅 [M]. 济南：齐鲁书社，1991：177.
② 兰陵笑笑生. 金瓶梅词话 [M]. 香港：太平书局，1982：24-25.
③ 兰陵笑笑生. 金瓶梅词话 [M]. 香港：太平书局，1982：21.

"色"词是从养生敛欲方面进行说教,那么开场词则主要针对的是"情色"二字,所谓:"色绚于目,情感于心,情色相生,心目相视。亘古及今,仁人君子,弗合忘之。晋人云:情之所钟,正在我辈。如磁石吸铁,隔碍潜通。无情之物尚尔,何况为人。"①

这段议论说明了"因色生情""情色相生"的道理,警告世人不要被"情"所迷惑。也就是说,作者认为西门庆及众女性并非仅仅是放纵性欲,其中还有"情"的成分在内。再看下面的一段话:"如今这一本书,乃虎中美女,后引出一个风情故事来。一个好色的妇女,因与了破落户相通,日日追欢,朝朝迷恋,后不免尸横刀下,命染黄泉,永不得着绮穿罗,再不能施朱傅粉。静而思之,着甚来由。况这妇人,他死有甚事?贪他的断送了堂堂六尺之躯,爱他的丢了泼天哄产业,惊了东平府,大闹了清河县。"② 这段议论更为明确地将西门庆的衰败归咎于潘金莲等所谓的女色,尤其是"况这妇人,他死有甚事?"两句,意为一个女人死了没有什么可惋惜的,但一个男人因为贪爱女子,断送了堂堂身躯,丢了自己的家业,那就太不值得了。这就显露了作者心目中女人是祸水的传统观念。

崇祯本第一回则做了彻底改动,其本质乃是用宗教观念来提升小说的宗旨。具体来说,就是以道教的修身养性和佛教的色空观念警示世人,而不再坚持女人是万恶之源的观念。正如张竹坡第一回回前评所说:"开讲处几句话头,乃一百回的主意。一部书总不出此几句……"③ 又说:"开卷一部大书,乃用一律、一绝、三成语、一谚语尽之,而又入四句偈作证,则可云《金瓶梅》已告完矣。"④ 张竹坡的这种说法虽然有些夸大其词,几首诗歌、几句谚语也难以概括全书一百回的内容,但崇祯本的确在这方面花费了不少心思,尽量使第一回出

---

① 兰陵笑笑生. 金瓶梅词话 [M]. 香港:太平书局,1982:21.
② 兰陵笑笑生. 金瓶梅词话 [M]. 香港:太平书局,1982:25.
③ 兰陵笑笑生. 金瓶梅 [M]. 济南:齐鲁书社,1991:1.
④ 兰陵笑笑生. 金瓶梅 [M]. 济南:齐鲁书社,1991:10.

现的佛道教义成为贯穿全书的主旨。

张竹坡所说的"一绝",即唐代道士吕岩的一首绝句,见于《全唐诗》卷八五八,题为《警世》。诗曰:"二八佳人体似酥,腰间仗剑斩凡夫。虽然不见人头落,暗里教君骨髓枯。"① 崇祯本《金瓶梅》引用这首诗时做了一处改动,将"凡"字改成了"愚"字。虽然仅仅是一字之差,却可以看出改动者的用意。如果说"凡夫"还有为情所动的可能,那么"愚夫"就是不辨真伪,误以色为情。这就在"情"与"色"的关系上,特别突出了"色"的危害。这一改动尽管还带有女人是祸水的痕迹,但已将所谓的"情"完全抛开了。吕岩被道教奉为"仙",在社会上具有广泛的影响和威望,因此他的诗就更具有警示作用。可以看出,崇祯本在小说开头便苦心孤诣地将道教教义作为了全书的主旨。

崇祯本第一回还有一明显不同,即在突出"色"的危害的同时,还强调了"财"的危害性,并且将"财"的危害性放在了"色"之前。开卷伊始就反复做了交代:"这酒色财气四件中,惟有'财色'二者更为利害。怎见得他的利害?假如一个人到了那穷苦的田地,受尽无限凄凉,耐尽无端懊恼,晚来摸一摸米瓮,苦无隔宿之炊,早起看一看橱前,愧没半星烟火,妻子饥寒,一身冻馁,就是那粥饭尚且艰难,那讨余钱沽酒?更有一种可恨处,亲朋白眼,面目寒酸,便是凌云志气,分外消磨,怎能够与人争气!"然后才说到色的利害。"说便如此说,这'财色'二字,从来只没有看得破的,若有那看得破的,便见得堆金积玉,是棺材内带不去的瓦砾泥沙;贯朽粟红,是皮囊内装不尽的臭污粪土。……只有那《金刚经》上两句说得好,他说道:'如梦幻泡影,如电复如露。'见得人生在世,一件也少不得;到了那结果时,一件也用不着。……倒不如削去六根清净,披上一领袈裟,参透了空色世界,打磨穿生灭机关,直超无上乘,不落是非窠,倒是个清闲自在,不向火坑中翻筋斗也。"②

对《金刚经》中"如梦幻泡影,如电复如露"这两句话,张竹坡评道:

---

① 彭定求. 全唐诗 [M]. 北京:中华书局,1960:9702.

② 兰陵笑笑生. 金瓶梅 [M]. 济南:齐鲁书社,1991:11-12.

第六章 《金瓶梅》的叙事艺术　237

"是一部大主意、大结果、大解脱,所以有普净也。"①《金刚经》是佛教重要经典,因用金刚比喻智慧,有能断烦恼的功用,故名。《金刚经》认为世界上一切事物空幻不实,"实相者则是非相",认为应"离一切诸相"而"无所住",即对现实世界不应执着或留恋。由此可见崇祯本以佛教色空教义讲明了著书旨意,显示了与词话本的明显不同。

色空观念是佛教的重要观念之一。佛教认为有情的组织是由"色、受、想、行、识"五种因素积聚而成,是为"五蕴"。其中包含相当于物质现象,它包括"四大"(地、水、火、风)和由"四大"所组成的感觉器官以及感觉的对象,总括了时间和空间的一切现象。佛教大乘空宗主张"五蕴"和合的人我以及"五蕴"在本质上是空的,世界上的万物只是一种假象而已。这种观念与传统的"生死无常""人生如梦"的意识相结合,遂对文学创作给予深刻影响。无论是词话本还是崇祯本,全书都是以此为立意主旨。财色当着人生在世时,一件也少不得;到了那结果时,一件也用不着。"倒不如削去六根清净,披上一领袈裟,参透了空色世界,打磨穿生灭机关,直超无上乘,不落是非窠,倒得个清闲自在,不向火坑中翻筋斗也"。这就是财色皆空的道理。对于这种财色无法伴人常存,"一旦无常万事休"的色空观念,人们是容易理解的,甚至可以说是尽人皆知的事实。问题在于人们明知如此,却又难以抵制其诱惑,直到生命结束也未能觉悟,西门庆便是一例。《金瓶梅》的作者就是要以西门庆为法,警醒世人,毋蹈覆辙。

《金瓶梅》中西门庆家的兴盛是凭借着金钱的势力,靠着谋财娶妇、经商放债、收受贿赂等精明的手段。西门庆一死,有万贯家财、数十口之家的一个官商之家,顷刻间支离破碎,人财两空,真可谓"盛由一人,败由一人"。西门庆家的由盛转衰,向人们传递了这样一个信息,即"财色"诱人亦害人。正如张竹坡评语所说:"此回总结'财色'二字利害,故'二八佳人'一诗,放于西门泄精之时,而积财积善之言,放于西门一死之时。西门临死嘱敬济之言,写

---

① 兰陵笑笑生. 金瓶梅 [M]. 济南:齐鲁书社,1991:12.

尽痴人，而许多账本，总示人以财不中用，死了带不去也。"① 因此，西门庆家由盛转衰的原因是十分显明的，其中包含的道理也是非常确定的，是人们可以理解和把握的。在某种意义上说，也是人们可以防止的，这也正是作者向世人进的箴言。《金瓶梅》可以说是独罪财色的檄文，为了突出这一主旨，所以崇祯本在第一回便直接借用了佛道二教的教义。有人认为，崇祯本第一回开头的这段说教并不高明，但实际上《金瓶梅词话》从总体布局上也是以色空观念为指导，只是由于故事是从《水浒传》脱胎而来，因此开卷第一回未能将这一主旨明确点出。崇祯本则开宗明义，旗帜鲜明地突出了这一点。尤其是在人欲横流的明代后期，在人们无所顾忌的追欢逐乐之际，或许只有用宗教教义警醒世人才会奏效。

（二）结构照应

崇祯本第一回把词话本的"景阳冈武松打虎"改为了"西门庆热结十兄弟"，目的是让主人公西门庆尽早登场。西门庆正式登场所做的第一件事，便是"热结十兄弟"。值得注意的是，为这次结拜，作者特意引出了两座寺庙。西门庆与应伯爵、谢希大商量在何处举行结拜仪式，应伯爵问道："到那日，还在哥这里，是还在寺院里好?"谢希大说："咱这里无过只两个寺院，僧家便是永福寺，道家便是玉皇庙。这两个去处，随分那里去罢。"西门庆道："这结拜的事，不是僧家管的，那寺里和尚，我又不熟，倒不如玉皇庙，吴道官与我相熟，他那里又宽广，又幽静。"② 细心玩味便不难发现，对应伯爵提出的第一种选择，即在西门庆家中举行结拜仪式，西门庆和谢希大根本没有理睬，而是直接选择了寺庙。可见作者要急于引出这两座寺庙，张竹坡评道："玉皇庙、永福寺，须记清白，是一部起结也，明明说出全以二处作终结的柱子。"③

张竹坡的评点很有道理，这可从两点看出：第一，结拜兄弟并非一定要在

---

① 兰陵笑笑生. 金瓶梅 [M]. 济南：齐鲁书社，1991：1269.

② 兰陵笑笑生. 金瓶梅 [M]. 济南：齐鲁书社，1991：19.

③ 兰陵笑笑生. 金瓶梅 [M]. 济南：齐鲁书社，1991：19.

道教庙观之中举行，我们不妨看一下《水浒传》和《三国志演义》中的描写。百回本《水浒传》第九十三回"混江龙太湖小结义，宋公明苏州大会垓"，写李俊、童威、童猛要与费保等四个江湖好汉结拜为兄弟，"四个好汉见说大喜，便叫宰了一口猪，一腔羊，置酒设席，结拜李俊为兄"。① 《三国志演义》第一回"桃园结义"："次日，于桃园中备下乌牛白马祭礼等项。三人焚香再拜而说誓曰。"② 可见结拜兄弟不拘何处都可，并无地点要求。第二，既然要在玉皇庙中举行，又将永福寺顺手带出，其用意也十分明显，即造成前后呼应的叙述效果；其后，玉皇庙和永福寺便多次出现，成为照应全书的重要环境。

就在这第一回中，玉皇庙还与李瓶儿、潘金莲和庞春梅的出场密切相连，张竹坡评道："玉皇庙，诸人出身也。故瓶儿以玉皇庙邀子虚上会时出，金莲以玉皇庙玄坛座下之虎出，而春梅又以天福来送玉皇庙会分，月娘叫大丫头时出。然则，三人俱发源于玉皇庙也。"③ 需要补充的是，前后几次玉皇庙的出现，与李瓶儿的关系更为密切。第一回中，因为原来十兄弟中的卜志道已死，西门庆提议让花子虚顶替。又特别盼咐去花家送信的玳安，如果花子虚不在家，就对李瓶儿说。张竹坡一针见血指出："巧出瓶儿，此沉吟之故也，所以必拉他上会。"④ 花子虚果然如约赴会。第三十九回"寄法名官哥穿道服，散生日敬济拜冤家"，因为李瓶儿生了儿子官哥儿，西门庆在玉皇庙许下一百二十分醮。正月初九日为官哥儿在玉皇庙寄名、打醮，一派热闹景象。张竹坡指出："玉皇庙，两番描写，俱是热闹时候。即后文荐亡，亦是热闹之时，特特与永福寺对照也。"⑤ "有玉皇庙之热，方有永福寺之冷。"⑥ 第六十三回"韩画士传真作遗

---

① 施耐庵. 水浒传 [M]. 济南：山东文艺出版社，1995：1468.

② 罗贯中. 三国志演义 [M]. 济南：山东文艺出版社，1991：8.

③ 兰陵笑笑生. 金瓶梅 [M]. 济南：齐鲁书社，1991：715.

④ 兰陵笑笑生. 金瓶梅 [M]. 济南：齐鲁书社，1991：19.

⑤ 兰陵笑笑生. 金瓶梅 [M]. 济南：齐鲁书社，1991：582.

⑥ 兰陵笑笑生. 金瓶梅 [M]. 济南：齐鲁书社，1991：585.

爱，西门庆观戏动深悲"，西门庆为李瓶儿大办丧事，玉皇庙吴道官"前来上纸吊孝，就揽二七经"。有意思的是，做水陆道场的是报恩寺而不是永福寺的僧人，因此有理由认为，凡是写热闹处，总是在玉皇庙，而冷落处，则一定是永福寺。但热中有冷，为官哥儿寄名，并未能让官哥儿平安无事，为李瓶儿大办丧事，也无法使李瓶儿起死回生。

永福寺第一次正面出现，是第四十九回"请巡按屈体求荣，遇梵僧现身施药"。西门庆为蔡御史送行来到永福寺，长老道坚介绍说："这座寺原是周秀老爹盖造，长住里没钱粮修理，丢得坏了。"① 西门庆当即表示要资助长老修葺寺院。在永福寺的大禅堂中，西门庆遇到了一位番僧，得到了滋补之药，成为他纵欲丧生的重要原因。不仅是西门庆，其他人物也都与永福寺密切相关，所以张竹坡说："至于永福寺，金莲埋于其中，春梅逢故主于其内，而月娘、孝哥俱于永福寺讨结果。独于瓶儿未有永福寺之瓜葛也，不知其于此回内，已为瓶儿结果于永福寺之因矣。何则？瓶儿病以梵僧药，药固用永福寺中求得，然则瓶儿独早结于永福寺矣。故玉皇庙、永福寺是一部大起结。"②

对永福寺做全面介绍是第五十七回"闻缘簿千金喜舍，戏雕栏一笑回嗔"，需要指出的是，由于这一回据沈德符《万历野获编》所记，乃一"陋儒"所补，因此对永福寺盛衰史的描述与第四十九回不符。前面已交代永福寺乃周秀的香火院，此回开头却说起建自梁武帝普通二年，"开山是那万回老祖"。万回老祖圆寂后，寺院便衰败下来。后有一位道长老卓锡于此，面壁九年，突发念头，要修复寺院。于是道坚长老变成了道长老，他来西门庆家化缘重修寺院，这才勉强与前文所写相连接。刚刚得子的西门庆正在兴头上，不仅自己捐了五百两，还表示要向其他人化缘，助成这件善事。这一番叙述虽然尽量使西门庆与永福寺发生关联，但仍然留下了漏洞。因为只有让永福寺是周守备的香火院，才能使前后情节相联系。因此张竹坡评道："此回单为永福寺作地。何则？永福

---

① 兰陵笑笑生. 金瓶梅 [M]. 济南：齐鲁书社，1991：726.
② 兰陵笑笑生. 金瓶梅 [M]. 济南：齐鲁书社，1991：715.

寺，金、瓶、梅归根之所。不写为守备香火，则金莲亦不能葬此，春梅亦不来此。使止写守备香火，而西门无因，不几无因，而果顾客失主乎？故用千金喜舍，总为后文众人俱归于此也。如瓶儿死于番僧药，而药由永福寺。金莲、敬济葬于寺中，春梅逢月娘于寺内，而玉楼又因永福寺见李衙内。是众人齐归于此，实同散于此也。"①

第八十九回"清明节寡妇上新坟，永福寺夫人逢故主"，吴月娘、孟玉楼等人与春梅重逢于永福寺。作者先从月娘等人眼中，写出永福寺的齐整威严。吴大舅向月娘说这是周守备的香火院，西门庆曾舍几百两银子重修佛殿，于是月娘和众人一起进寺院饮茶休息。又见到了长老道坚，道坚再次对月娘等人说这是周秀的香火院，于是与第四十九回前后照应。就在这时，已是周守备宠妾的春梅来了。寺中从长老到众僧，无不毕恭毕敬。春梅并不到寺院，而是径奔金莲坟前烧香祭奠，放声大哭。祭奠之后春梅才来寺内，长老殷勤接待，却将月娘等人放在一边。春梅与月娘等人相见，十分谦恭。作者有意渲染她对潘金莲的忠心，着力刻画其有情有义，反衬出月娘的刻薄寡恩。

上述与玉皇庙、永福寺有关的情节，崇祯本和词话本的描写基本相同，只是回目稍有差异而已。由于崇祯本在第一回中就将这一座道观、一座寺院巧妙带出，因而比词话本前后衔接更为紧密贯通。

（三）刻画人物

崇祯本第一回还借助玉皇庙中道教神仙的画像，成功地刻画了应伯爵这一人物的性格特征。在吴道官的陪同下，西门庆与应伯爵等人观看玉皇庙内的画像："上面挂的是昊天金阙玉皇上帝，两边挂着的紫府星官，侧首挂着便是马、赵、温、黄四大元帅。"白赉光见马元帅三只眼，便对常峙节说道："哥，这却是怎的说？如今世界，开只眼闭只眼儿便好，还经得多出只眼睛看人破绽哩！"应伯爵听见，走过来道："呆兄弟，他多只眼儿看你倒不好么？"众人笑了。②

---

① 兰陵笑笑生. 金瓶梅 [M]. 济南：齐鲁书社，1991：834.

② 兰陵笑笑生. 金瓶梅 [M]. 济南：齐鲁书社，1991：23.

马元帅亦称"灵官马元帅""三眼灵光""华光天王""马天君"等,玉帝封其为"火部兵马大元帅",与赵公元帅、温琼元帅和关圣帝君并称道教"护法四元帅"。民间传说他有三只眼,分别为火之精、火之星、火之阳,故俗称"马王爷三只眼"。白赉光本来是说社会上见不得人的丑事太多了,人们只好睁一只眼闭一只眼,装作看不见罢了。但是应伯爵却另有他意,将话题转到了西门庆身上。意谓如果西门庆能够多多看顾众弟兄,大伙都有好处。此话一出,众人心领神会,所以都笑了起来。寥寥数语表现出了应伯爵的狡黠,及其与西门庆结拜兄弟的真实意图。

常峙节又指着温元帅说道:"二哥,这个通身蓝的,却也古怪,敢怕是卢杞的祖宗?"所谓温元帅相传为浙江温州人,名琼,字子玉。其母曾夜梦"火精"降神于腹,怀孕而生温琼。二十余岁时举进士不第,乃抚几叹道:"生不能致君泽民,死当为泰山神,以除天下恶厉。"死后变化为青面赤发之神,玉帝封为"亢金大神"。① 因其蓝面赤发,所以常峙节说他"通身蓝的"。机敏的应伯爵马上又找到了话题,以温元帅通身蓝色为调侃对象讲了个笑话,"说的众人大笑"。这一笑话其实是应伯爵拿自己的帮闲身份作调侃对象,目的是让西门庆高兴。从中也不难见出应伯爵可怜而又可笑的处境。紧接着是黑脸的赵玄坛元帅,"身边画着一个大老虎"。白赉光指着道:"哥,你看这老虎,难道是吃素的,随着人不妨事吗?"应伯爵笑道:"你不知,这老虎是他一个亲随的伴当儿哩。"谢希大伸着舌头道:"这等一个伴当随着我,一刻也成不的。不怕他要吃我么!"应伯爵对西门庆说:"这等,亏他怎地过来!"西门庆还没有明白其中的含义,应伯爵道:"子纯,一个要吃他的伴当随不的,似我们这等七八个要吃你的随你,却不吓死了你罢了。"② 应伯爵心中十分清楚,包括自己在内的追随西门庆左右的所谓"伴当儿",实际上不过都是一只只吃人的老虎,只要主人稍有疏忽,这些老虎便会将主人吃掉。应伯爵的这个笑谈犹如一个响卜,后来果然变成了

---

① 锺肇鹏. 道教小辞典 [M]. 上海:上海辞书出版社,2001:64.
② 兰陵笑笑生. 金瓶梅 [M]. 济南:齐鲁书社,1991:24.

事实。

由这只老虎引出了景阳冈上的"吊睛白额老虎",当听说县里出五十两赏钱捉拿老虎时,白赉光说道:"咱今日结拜了,明日就去拿他,也得些银子使。"西门庆道:"你性命不值钱么?"白赉光笑道:"有了银子,要性命怎的!"① 众人齐笑起来。应伯爵紧接着讲了个要钱不要命的笑话,说得众人哈哈大笑。在一次次笑声中形容毕肖地描画出了这群结拜兄弟视金钱如生命的内心世界。应当指出的是,所谓的道教四大护法元帅,有不同的说法,一般指马、温、赵、关,关即关羽。也有说是指马超、赵云、吕布(温侯)、关羽,但如果是指这四人,所谓"三只眼""蓝面"等就对不上号了。崇祯本说四大元帅为马、温、赵、黄,如果按后一说法,"黄"可以指黄忠,如果按前一种说法,黄指何人,就不得而知了。

吴道官所安排的结拜兄弟的仪式,按道教祈祷的规定进行,其中一项是要焚烧疏纸。所谓疏纸,就是向天祈祷的疏文,文后要写上每一个人的名字,这就关系到谁先谁后的问题。按照民间习俗,结拜兄弟时以年龄长幼为序。在西门庆等十人中,明明应伯爵年龄最长,但他一定要让西门庆做老大。应伯爵说得好:"如今年时,只好叙些财势,那里好叙齿?若叙齿,还有大如我的哩。且是我做大哥,有两件不妥:第一,不如大官人有威有德,众弟兄都服你;第二,我原叫应二哥,如今居长,却又要叫应大哥了,倘或有两个人来,一个叫'应二哥',一个叫'应大哥',我还是应'应二哥'应'应大哥'呢?"② 结果西门庆做了大哥。花子虚虽然有钱,也只做了四哥。

应伯爵是《金瓶梅》中十分重要的一位人物,但在词话本中,直至第十回才首次登场。崇祯本则在第一回中就通过宗教描写刻画了其复杂的性格,生动形象,为后面这一人物的发展奠定了基础。

---

① 兰陵笑笑生. 金瓶梅 [M]. 济南:齐鲁书社,1991:25.
② 兰陵笑笑生. 金瓶梅 [M]. 济南:齐鲁书社,1991:25.

四　张竹坡的叙事理论

金圣叹、毛宗岗、张竹坡的叙事理论有许多相通之处，尤其是对小说整体结构特征的见解可以说毫无二致。但与《水浒传》《三国志演义》相比，无论是成书过程，还是叙事方式，《金瓶梅》毕竟具有其独特性。张竹坡根据评点对象的这一特点，在继承并发展金圣叹、毛宗岗理论的基础上，提出了自己的一套叙事理论。

张竹坡（1670—1698），名道深，字自得，号竹坡，铜山（今江苏徐州）人。他称《金瓶梅》为"第一奇书"，于康熙三十四年（1695）刊刻了《皋鹤堂批评第一奇书金瓶梅》，这是流传最广、影响最大的一种本子。由于张竹坡清楚地认识到了《金瓶梅》的独特性，因此在评点体例上除了《序》《凡例》《读法》及眉批、旁批、夹批等与金圣叹、毛宗岗相同之外，又增加了《杂录》《竹坡闲话》《冷热金针》《〈金瓶梅〉寓意说》《苦孝说》《第一奇书非淫书论》《第一奇书金瓶梅趣谈》等总评文字。张竹坡评点《金瓶梅》的目的，在《竹坡闲话》《第一奇书非淫书论》中说得很清楚：

> 然则《金瓶梅》，我又何以批之也哉？我喜其文之洋洋一百回，而千针万线，同出一丝，又千曲万折，不露一线。闲窗独坐，读史、读诸家文，少暇，偶一观之曰：如此妙文，不为之递出金针，不几辜负作者千秋苦心哉！①

> 予小子悯作者之苦心，新同志之耳目，批此一书其"寓意说"内，将其一部奸夫淫妇，悉批作草木幻影；一部淫词艳语，悉批作起伏奇文。②

由此可以看出，张竹坡最为看重的是《金瓶梅》的细密结构和深刻寓意，这既是其叙事理论与金圣叹、毛宗岗的不同之处，又是其叙事理论的精华所在，

---

① 兰陵笑笑生.金瓶梅［M］.济南：齐鲁书社，1991：10.
② 兰陵笑笑生.金瓶梅［M］.济南：齐鲁书社，1991：20.

故本节将从叙事逻辑、角色功能、叙事修辞等几个方面对其叙事理论做一分析。

(一) 关于叙事逻辑

任何叙事作品都必须服从一定的逻辑制约，否则便无法让人读懂。然而，当代中外不少学者却认为中国古代章回小说的事件单元之间缺乏逻辑联系；或者仅承认总结构虽具有整体性，但"次结构"即"段"与"段"之间不讲究逻辑联系。① 当我们认真探讨金圣叹、毛宗岗、张竹坡等古代小说评点家的评点时，却不难发现，他们都指出了古代小说的叙事逻辑问题。尤其是张竹坡，他在《第一奇书凡例》中说道："《水浒》是现成大段毕具的文字，如一百八人，各有一传，虽有穿插，实次第分明，故圣叹只批其字句也。若《金瓶》，乃隐大段精彩于琐碎之中，只分别字句，细心者皆可为，而反失其大段精彩。然我后数十回内，亦随手补入小批，是故欲知文字纲领者看上半部，欲随目成趣知文字细密者看下半部，亦何不可！"② 张竹坡认识到《金瓶梅》与《水浒传》有着明显的不同，这就是《金瓶梅》细节琐碎，头绪繁多，但却绝非没有内在的逻辑性。张竹坡所说的"纲领"，实际上指的就是叙事逻辑问题。他首先分析了《金瓶梅》在事件与事件转换时的逻辑关系。

《批评第一奇书金瓶梅读法》中说："读《金瓶梅》，须看其入笋处。如玉皇庙讲笑话，插入打虎；请子虚，即插入后院紧邻；六回金莲才热，即借嘲骂处插入玉楼；借问伯爵连日那里，即插入桂姐；借盖卷棚即插入敬济；借翟管家插入王六儿；借翡翠轩插入瓶儿生子；借梵僧药，插入瓶儿受病；借碧霞宫插入普净；借上坟插入李衙内；借拿皮袄插入玳安、小玉。诸如此类，不可胜数，盖其用笔不露痕迹处也。其所以不露痕迹处，总之善用曲笔、逆笔，不肯另起头绪用直笔、顺笔也。夫此书头绪何限？若一一起之，是必不能之数也。"③ 张竹坡所说的这几处"插入"，都是生活中自然而然相互生发之事，其

---

① 林岗.叙事文结构的美学观念：明清小说评点考论 [J].文学评论，1999 (20).
② 兰陵笑笑生.金瓶梅 [M].济南：齐鲁书社，1991：2.
③ 兰陵笑笑生.金瓶梅 [M].济南：齐鲁书社，1991：27.

连接转换丝毫不露痕迹，它们遵循的是生活的自然逻辑。但是，正因其不露痕迹，人们反而误以为事件单元之间缺乏逻辑联系，这实在是辜负了小说作者的良苦用心。张竹坡以"入笋"之喻所说的这几处"插入"，各有各的特点，张竹坡在夹批、旁批中做了具体的说明。

第一回"西门庆热结十兄弟"，因卜志道已去世，西门庆便想起了隔壁的花子虚，命玳安儿去请，并特别叮嘱："你二爹若不在家，就对他二娘说罢。"张竹坡夹批道："巧出瓶儿，此沉吟之故也，所以必拉他上会。"① 目的是要引出瓶儿，却由西门庆沉吟带出。一会儿，玳安儿回来说，花子虚果然不在家，张竹坡又批道："此作者为要出瓶儿也，若说真个不在家，岂不大呆。"② 花子虚正巧不在家，于是瓶儿合情合理地登场，张竹坡特别欣赏的是其巧妙而不露痕迹。还是在这一回，西门庆在玉皇庙中结拜兄弟，谈笑间吴道官说起了景阳冈上的老虎，遂引出了后半回武松与武大的相逢。这一转换幅度虽大，但却十分自然，所以张竹坡以赞赏的口吻批道："武二已出，故且用不着药引子也。然而卸脱处又绝不苟。"③

第六回西门庆与潘金莲勾引成奸的叙事序列已经完成，于是叙述者借潘金莲责骂西门庆转入了下一个序列。潘金莲"因见西门庆两日不来，就骂：'负心的贼，如何撇闪了奴？又往那家另续上心甜的了？把奴冷丢，不来揪采！'"张竹坡在此夹批道："不知者止云写金莲恶，知者则云玉楼已来了也。"④ 下面第八回果然开始讲述孟玉楼之事。由潘金莲转向孟玉楼，其间有着内在的逻辑，这就是潘金莲所说西门庆又"另续上心甜的了"。

以上几例是以未雨绸缪来引起下一件事，有时则又借助余波微澜过渡到后事，如关于宋惠莲死后的那只绣鞋就是如此。在第二十八回的回评中张竹坡说

---

① 兰陵笑笑生. 金瓶梅 [M]. 济南：齐鲁书社，1991：19.

② 兰陵笑笑生. 金瓶梅 [M]. 济南：齐鲁书社，1991：20.

③ 兰陵笑笑生. 金瓶梅 [M]. 济南：齐鲁书社，1991：29.

④ 兰陵笑笑生. 金瓶梅 [M]. 济南：齐鲁书社，1991：104.

道:"人知此回为写金莲之恶,不知是作者完一事之结尾,渡一事之过文也。盖特地写一惠莲,忽令其烟消火灭而去,不几嫌笔墨直截,故又写一遗鞋,使上文死去惠莲,从新在看官眼中一照,是结尾也。因金莲之脱鞋,遂使敬济得花关之金钥,此文章之渡法也。"[①] 张竹坡明确指出了这一回的衔接过渡作用,为使宋惠莲不要去得太急迫,所以要写她留下的一只绣鞋;然后再通过潘金莲丢失的一只绣鞋引起下文。

可以看出,《金瓶梅》与《三国志演义》《水浒传》及《西游记》有所不同,事件与事件之间的首尾相接完全在不知不觉中进行,有时还将若干个事件穿插在一起。这表现出了古代章回小说叙事逻辑的新特点,张竹坡则准确地揭示出了这一特点。

事件与事件之间不仅存在着接续的关系,有时还存在着相互包容的关系,即在一个大的叙事序列之中,往往包含着一些小的叙事序列,而且这些小的叙事序列是大的叙事序列的组成部分,具有一定的功能。只有把它们之间的关系搞清楚,才能够在纷繁的头绪中寻出眉目并把握其严谨的逻辑性。如关于玉箫和书童私通之事,是一个小的叙事序列,它从属于潘金莲与吴月娘之间的矛盾冲突这一大的叙事序列。张竹坡在《批评第一奇书金瓶梅读法》中说得很有道理:

> 《金瓶》有特特起一事、生一人,而来既无端,去亦无谓,如书童是也。不知作者,盖几许经营,而始有书童之一人也。其描写西门淫荡,并及外宠,不必说矣。不知作者盖因一人之出门,而方写此书童也。何以言之?瓶儿与月娘始疏而终亲,金莲与月娘始亲而终疏。虽固因逐来昭、解来旺起衅,而未必至撒泼一番之甚也。夫竟至撒泼一番者,有玉箫不惜将月娘底里之言罄尽告之也。玉箫何以告之?曰有"三章约"在也。"三章"何以肯受?有书童一节故也。夫玉箫、书童不便突起炉灶,故写"藏壶构衅"于前也。然则遥遥写来,必欲其撒泼,何为也哉?必得如此,方于出

[①] 兰陵笑笑生.金瓶梅[M].济南:齐鲁书社,1991:420.

门时月娘毫无怜惜，一弃不顾，而金莲乃一败涂地也。谁谓《金瓶》内有一无谓之笔墨也哉？①

如果将前因后果梳理一下，便可以发现，潘金莲之所以"一败涂地"，死于武松刀下，乃是因为被月娘识破奸情后赶出了家门。月娘之所以对金莲如此不留情面，是因为潘金莲曾和她撒过泼，两人因而"始亲而终疏"。金莲之所以敢于向月娘撒泼，是因为她掌握了月娘的"底里之言"。她之所以能够掌握月娘的底细，是因为有玉箫暗中相告。玉箫之所以要向金莲告密，是因为玉箫有把柄掌握在金莲手中。这个把柄不是别的，正是玉箫与书童的奸情。因而玉箫与书童的奸情这一小的叙事序列包含于金莲与月娘矛盾冲突这一大的叙事序列之中，其逻辑性不言自明。

有时同一事件却牵涉矛盾双方的利害关系，这也是叙事的逻辑性之一，即西方叙事家所说的"左右并连式"。意谓同一事件对某一人物来说是有利的，但对另一人物来说则可能是不利的。而且这两方面的人物都是施动者，不能简单地将他们区分为主要人物或次要人物。② 遵循这种叙事逻辑，才可能将现实生活的复杂性、丰富性、多变性揭示出来。

《金瓶梅》的情节头绪如此纷繁，张竹坡凭借自己的聪明颖悟已在评点中约略理出了一些眉目，但仍难免琐碎杂乱之不足。只有运用当代叙事学理论对其评点进行再次梳理，"段"与"段"之间的逻辑关系才能昭昭然若黑白可辨，《金瓶梅》在情节"次结构"方面的基本特征也才能清晰地显示在人们面前。尽管张竹坡的上述评点没有运用"逻辑"这一术语，但却与当代叙事学的叙事逻辑理论不谋而合。这就表明，运用当代的理论去阐释、梳理古代评点家的评点不仅是必要的，而且是可行的。

（二）关于角色功能

关于人物的角色功能作用，也是当代叙事学理论关注的问题之一，如法国

---

① 兰陵笑笑生. 金瓶梅 [M]. 济南：齐鲁书社，1991：28.

② 克洛德·布雷蒙. 叙述可能之逻辑 [M] // 张寅德. 叙事学研究. 北京：中国社会科学出版社，1989：154-155.

叙述学家格雷玛斯便认为叙事作品中有六种角色,即主角与对象、支使者与承受者、助手与对头。① 这两两相对的六种角色强调的是人物在小说中的功能作用。张竹坡难能可贵之处就在于他发展了金圣叹、毛宗岗的叙事理论,提出了人物具有不同功能这一见解。就这一点来看,既与当代的角色功能理论有某些相通之处,又具有自身的显著特点。

张竹坡将《金瓶梅》中的人物分为六个层次,这六个层次可以比作一个圆心和五个同心圆。西门庆是圆心,潘金莲是最靠近西门庆的一个圆,李瓶儿、孟玉楼、庞春梅、吴月娘等是第二个同心圆,李娇儿、孙雪娥、宋惠莲、如意儿等是第三个同心圆,李桂姐、吴银儿、郑月儿等妓女是第四个同心圆,王六儿、贲四嫂、林太太等是第五个同心圆。这五个同心圆都由圆心西门庆辐射而来,且他们之间也有着种种关联。对此,张竹坡在《批评第一奇书金瓶梅读法》中论述得最为详尽。

关于西门庆处于全书的核心位置,他这样说道:"写金莲、瓶儿,乃实写西门之恶;写李娇儿,又虚写西门之恶。"② 写孙雪娥,也是为了让"其妻作娼","以报恶人"③。张竹坡从人物功能这一角度,得出了全书核心人物是西门庆这一结论,这与全书的实际情形完全一致。

再来看第一个"同心圆"潘金莲。张竹坡认为:"《金瓶》内正经写六个妇人,而其实止写得四个:月娘,玉楼,金莲,瓶儿是也。然月娘则以大纲故写之;玉楼虽写,则全以高才被屈,满肚牢骚,故又另出一机轴写之,然则以不得不写。写月娘,以不肯一样写;写玉楼,是全非正写也。其正写者,惟瓶儿、金莲。然而写瓶儿,又每以不言写之。夫以不言写之,是以不写处写之。以不写处写之,是其写处单在金莲也。单写金莲,宜乎金莲之恶冠于众人也。吁,

---

① 罗钢. 叙事学导论 [M]. 昆明:云南人民出版社,1994:101.
② 兰陵笑笑生. 金瓶梅 [M]. 济南:齐鲁书社,1991:29.
③ 兰陵笑笑生. 金瓶梅 [M]. 济南:齐鲁书社,1991:29.

文人之笔可惧哉!"① 六个妇人其实只写得四个,四个中"正写者"只有两个,两个中瓶儿"以不言写之",所以"写处单在金莲也"。这样一来,便突出了金莲之恶"冠于众人",因此金莲是最靠近西门庆的第一个同心圆,瓶儿、玉楼、月娘等只能处于第二个同心圆的位置。

第三个同心圆中的宋惠莲主要是为了烘托潘金莲与李瓶儿之间的冲突,张竹坡说道:"书内必写惠莲,所以深潘金莲之恶于无尽也,所以为后文妒瓶儿时,小试行道之端也。"② 宋惠莲刚刚受到西门庆的宠爱,便被潘金莲发现。其实是后来李瓶儿受宠、被潘金莲发现的预演。宋惠莲为讨好潘金莲,使尽各种方法,与后来李瓶儿讨好潘金莲如出一辙。潘金莲背后说孙雪娥坏话,以激怒宋惠莲,与潘金莲对吴月娘说李瓶儿坏话用心相同。宋惠莲之死,实潘金莲为之。在李瓶儿进门前写宋惠莲之死,是对李瓶儿发出的警告。但李瓶儿毫不觉悟,"且与金莲亲密之,宜乎其祸不旋踵,后车终覆也。此深著金莲之恶。吾故曰:其小试行道之端,盖作者为不知远害者写一样子,若只随手看去,便说西门庆又刮上一家人媳妇子矣。夫西门庆,杀夫夺妻取其财,庇杀主之奴,卖朝廷之法,岂必于此特特撰此一事以增其罪案哉?然则看官每为作者瞒过了也"③。可见宋惠莲的功能并非是为增加西门庆的"罪案",全在于预演金莲和瓶儿的冲突,"为不知远害者写一样子"。

如意儿与宋惠莲虽都处于第三个同心圆中,但她却是只为潘金莲而设:"后又写如意儿,何故哉?又作者明白奈何金莲,见其死惠莲、死瓶儿之均属无益也。何则?惠莲才死,金莲可一快。然而官哥生,瓶儿宠矣。及官哥死,瓶儿亦死,金莲又一大快。然而如意口脂,又从灵座生香,去掉一个,又来一个。金莲虽善固宠,巧于制人,于此能不技穷袖手,其奈之何?故作者写如意儿,

---

① 兰陵笑笑生.金瓶梅[M].济南:齐鲁书社,1991:28.

② 兰陵笑笑生.金瓶梅[M].济南:齐鲁书社,1991:30.

③ 兰陵笑笑生.金瓶梅[M].济南:齐鲁书社,1991:30.

全为金莲写,亦全为惠莲、瓶儿愤也。"① 如意儿的作用是专来"奈何金莲"的,虽然瓶儿、惠莲先后被她设计害死,但一个刚去,一个又来,金莲本事再大,也只能"技穷袖手"。

第四个同心圆中的桂姐、银儿、月儿等妓女,其作用既是为衬托西门庆无厌、粗鄙,又是为反衬金莲、瓶儿与娼家无异:"然则写桂姐、银儿、月儿诸妓,何哉?此则总写西门无厌,又见其为浮薄立品,市井为习。而于中写桂姐,特犯金莲;写银姐,特犯瓶儿;又见金、瓶二人,其气味声息,已全通娼家。虽未身为倚门之人,而淫心乱行,实臭味相投,彼倡妇犹步后尘矣。其写月儿,则另用香温玉软之笔,见西门一味粗鄙,虽章台春色,犹不能细心领略,故写月儿,又反衬西门也。"② 所谓"写桂姐,特犯金莲;写银姐,特犯瓶儿",是指李桂姐与吴银儿的言行与金莲、瓶儿相似,以此说明"金、瓶二人,其气味声息,已全通娼家"。

第五个同心圆中的王六儿、贲四嫂、林太太等又是另一种情形,张竹坡认为这"三人是三样写法,三种意思。写王六儿者,专为财能致色一着做出来"③。西门庆对王六儿是"借财图色",而王六儿对西门庆则是"借色求财"。所以西门庆死的当日,必从王六儿家来,最终是财色两空。"至于贲四嫂,却为玳安写。盖言西门止知贪婪无厌,不知其左右亲随且上行下效,已浸淫乎欺主之风,而'窃玉成婚',已伏线于此矣。若云陪写王六儿,犹是浅着。"④ 至于林太太,张竹坡认为是专为潘金莲而写。因为潘金莲自九岁时就被卖到王招宣府内,正是在招宣府里,潘金莲开始"描眉画眼,弄粉涂朱","做张做致,乔模乔样",成了一个淫荡女子。因此张竹坡说:"作者盖深恶金莲,而并恶及其

---

① 兰陵笑笑生.金瓶梅[M].济南:齐鲁书社,1991:30.
② 兰陵笑笑生.金瓶梅[M].济南:齐鲁书社,1991:31.
③ 兰陵笑笑生.金瓶梅[M].济南:齐鲁书社,1991:31.
④ 兰陵笑笑生.金瓶梅[M].济南:齐鲁书社,1991:31.

出身之处,故写林太太也。"① 王六儿、贲四嫂都为西门庆而写,林太太则为潘金莲而写,这种分析,显然是以人物的功能作用为根据的。

至于其他次要人物,也都对主要人物有着功能作用。如韩爱姐,张竹坡认为是书中"最没正经、没要紧的一人,却是最有结果的人"。为什么呢?他这样解释道:"一部中,诸妇人何可胜数,乃独以爱姐守志结何哉?作者盖有深意存于其间矣。言爱姐之母为娼,而爱姐自东京归,亦曾迎人献笑,乃一留心敬济,之死靡他,以视瓶儿之于子虚,春梅之于守备,二人固当愧死。若金莲之遇西门,亦可如爱姐之逢敬济,乃一之于琴童,再之于敬济,且下及王潮儿,何其比回心之娼妓亦不若哉?此所以将爱姐作结,以愧诸妇,且言爱姐以娼女回头,还堪守节,奈之何身居金屋而不改过悔非,一竟丧廉寡耻,于死路而不返哉?"② 这就是说,韩爱姐的功能乃在于愧金莲、瓶儿、春梅等三人,讥刺她们还不如曾经做过娼妓的爱姐。

除了《批评第一奇书金瓶梅读法》之外,在回评及夹批、眉批中,张竹坡还有许多这方面的论述。如关于孟玉楼的功能,在第十一回的回评中有这样一段话:"后文处处遇金莲悲愤气苦时,必写玉楼作衬。盖作者特特为金莲下针砭,写出一玉楼,且特特为如金莲者下针砭,始写一玉楼也。"③ 这就是说,玉楼在很大程度上是为金莲而写。

从功能角度而非从善恶角度来区分人物的主次轻重、把握人物之间的复杂关系,这是张竹坡对叙事理论的又一贡献。不难看出,张竹坡的这一人物功能理论与当代的角色功能理论既有相通之处,又有明显不同。张竹坡的理论不仅注意到了人物之间的对立,还注意到了人物之间的层次,这可以给当代叙事学理论以有益的启发。

(三) 关于修辞手法

修辞或修辞法,一般都理解为是语言学的一个组成部分,"是运用恰当的表

---

① 兰陵笑笑生. 金瓶梅 [M]. 济南:齐鲁书社,1991:32.
② 兰陵笑笑生. 金瓶梅 [M]. 济南:齐鲁书社,1991:26-27.
③ 兰陵笑笑生. 金瓶梅 [M]. 济南:齐鲁书社,1991:165-166.

达手段,为适应特定的情境,以提高语言表达效果的规律"。① 但在西方,修辞"更含有美学上的创造意义,是叙事的核心功能之一"。② 它主要指作者叙述技巧的选择以及文学阅读的效果。"辞格"便是叙事技巧的重要组成部分,因为一方面辞格的运作或机制与人类思维的操作机制相似,另一方面又与人对形而上或超越的意义的追求有关。③ 辞格可分为"措辞辞格"与"意念辞格","措辞辞格"又分为"辞式"与"辞转"。"辞式"即指人物或情节的组合、排列样式,如对仗、排比等;"辞转"则指语义的转变,如双关、比喻等。"意念辞格"与说话人的态度有关,如"反讽",所说话语的表面意思与实际意思并不相同甚至正好相反。金圣叹、毛宗岗对《水浒传》《三国志演义》叙事修辞的评点着重于人物描写及情节结构方面。张竹坡对《金瓶梅》叙事修辞的评点则更为全面,尤其是对《金瓶梅》"寓意"的分析更为深刻。先来看他对"辞式"的分析。

在《冷热金针》中他明确指出了《金瓶梅》贯穿叙事始终的"冷热"对仗的特点:"《金瓶》以'冷热'二字开讲,抑孰不知此二字为一部之金钥乎?"《金瓶梅》如何体现这一特征呢?张竹坡认为温秀才与韩伙计是明显的标志:"韩伙计于'加官'后即来,是热中之冷信。而温秀才自'磨镜'后方出,是冷字之先声。是知祸福倚伏,寒暑盗气,天道有然也。虽然,热与寒为匹,冷与温为匹,盖热者温之极,寒者冷之极也。故韩道国不出于冷局之后,而出热局之先,见热未极而冷已极。温秀才不来于热场之中,而来于冷局之首,见冷欲盛而热将尽也。噫嘻,一部言冷言热,何啻如花如火!而其点睛处乃以此二人,而数百年读者,亦不知其所以作韩、温二人之故。是作书者固难,而看书者尤难,岂不信哉!"④ 的确如此,若不是张竹坡及时点明,读者便会轻易地将

---

① 胡裕树. 现代汉语 [M]. 上海:上海教育出版社,1981:428.
② 浦安迪. 中国叙事学 [M]. 北京:北京大学出版社,1996:78.
③ 高辛勇. 修辞学与文学阅读 [M]. 北京:北京大学出版社,1997:65.
④ 兰陵笑笑生. 金瓶梅 [M]. 济南:齐鲁书社,1991:12.

韩、温二人的深刻寓意轻轻放过。

第三十回"蔡大师擅恩锡爵，西门庆生子加官"是西门庆最得意之时，可谓炙手可热。就像张竹坡在回评中所说："一部炎凉书，不写其热极，如何令其凉极？今看其'生子加官'一起写出，可谓热极矣。"①就在这"热极"后的几回里，韩伙计出场了。"韩"者，寒也。韩道国一出场，便预示西门庆将由"热"开始向"冷"转化，他与韩道国老婆王六儿的奸情最终果然成为他油尽灯枯的原因。第五十八回"潘金莲打狗伤人，孟玉楼周贫磨镜"完成了全书由"热"到"冷"的转变，这可以从紧接着便是"李瓶儿睹物哭官哥"看出。这一回开头便写西门庆"吃得酩酊大醉，走入后边孙雪娥房里来"②。这的确是少有的情形，所以张竹坡在回评中说道："此回将雪娥一点者何也？盖永福寺已修整，众人将去，而群芳未凋，必寒信将至。故雪娥一夜西风，而莲李杏梅皆有寒色矣。"③又在旁批中说道："凡入雪娥房中，必有冷局情事，故此一句乃一回的大关目，盖此回皆冷脉也，细玩方知。"④正是在这一回中，温秀才登场亮相了。"温"介于"冷""热"之间，也提示着气氛的由"热"开始降温。

张竹坡在《批评第一奇书金瓶梅读法》中还说道："《金瓶》是两半截书。上半截热，下半截冷；上半热中有冷，下半冷中有热。"⑤这又强调了"冷"与"热"的相互包容。如第一回"西门庆热结十兄弟，武二郎冷遇亲哥嫂"，张竹坡认为是"一回两股大文字，'热结''冷遇'也"。"看他写'热结'处，却用渐渐逼出"。"若'冷遇'，却是一撞撞着，乃是嫡亲兄弟。便见得一假一真，有安排不待安排处。"⑥再如第三十八回"王六儿棒槌打捣鬼，潘金莲雪夜弄琵

---

① 兰陵笑笑生. 金瓶梅［M］. 济南：齐鲁书社，1991：447.

② 兰陵笑笑生. 金瓶梅［M］. 济南：齐鲁书社，1991：847.

③ 兰陵笑笑生. 金瓶梅［M］. 济南：齐鲁书社，1991：846.

④ 兰陵笑笑生. 金瓶梅［M］. 济南：齐鲁书社，1991：847.

⑤ 兰陵笑笑生. 金瓶梅［M］. 济南：齐鲁书社，1991：47.

⑥ 兰陵笑笑生. 金瓶梅［M］. 济南：齐鲁书社，1991：4-5.

琶",张竹坡在回前评中说道:"此回入李智、黄三,总为西门庆死后冷处作衬。故先为热处多下趋附之人也。"① 在西门庆极热时,其周围李智、黄三一流趋炎附势之徒也最多;但当西门庆一死,这些小人便贪财忘义,落井下石,使西门庆家冷到极点。

"双关"是《金瓶梅》中运用最多的修辞方式之一,张竹坡的《〈金瓶梅〉寓意说》对此有专门的论述,也是他对小说叙事理论最突出的贡献之一。他认为《金瓶梅》中有名的人物不下百数,这些人物的姓名大多都运用了双关的辞式。如对李瓶儿、庞春梅两人名字的分析:

> 然则何以有瓶、梅哉?瓶因庆生也。盖云贪欲嗜恶,百骸枯尽,瓶之罄矣。特特撰出瓶儿,直令千古风流人同声一哭。因瓶生情,则花瓶而子虚姓花,银瓶而银姐名银。瓶与屏通,窥春必于隙底。屏号芙蓉,"玩赏芙蓉亭"盖为瓶儿插笋。而"私窥"一回卷首词内,必云"绣面芙蓉一笑开"。是因瓶假屏,又因瓶假芙蓉,浸淫以入于幻也。屏、风二字相连,则冯妈妈必随瓶儿,而当大理屏风,又点睛妙笔矣。……墙头物去,亲事杳然,瓶儿悔矣。故蒋文惠将闻悔而来也者。然瓶儿终非所据,必致逐散,故又号竹山。

> 至于梅,又因瓶而生。何则?瓶里梅花,春光无几。则瓶罄喻骨髓暗枯,瓶梅又喻衰朽在即。梅雪不相下,故春梅宠而雪娥辱,春梅正位而雪娥愈辱。月为梅花主人,故永福相逢,必云故主。而吴典恩之事,必用春梅襄事。冬梅为奇寒所迫,至春吐气,故"不垂别泪",乃作者一腔炎凉痛恨发于笔端。至周、舟同音,春梅归之,为载花舟。秀、臭同音,春梅遗臭载花舟且作粪舟。而周义乃野渡无人,中流荡漾,故永福寺里普净座前必用周义转世,为高留住儿,言须一篙留住,方登彼岸。②

人们都知道《金瓶梅》是以三位女主人公的名字命名,但李瓶儿、庞春梅

---

① 兰陵笑笑生. 金瓶梅 [M]. 济南:齐鲁书社,1991:569.

② 兰陵笑笑生. 金瓶梅 [M]. 济南:齐鲁书社,1991:13-14.

又有何含义？李瓶儿先嫁给花子虚，后又嫁给蒋竹山。花子虚姓"花"，与花瓶意相合。蒋竹山名文惠，张竹坡认为是"将闻悔而来也者"，因最终被逐散，"故又号竹山"。这些分析可谓煞费苦心，但也不能不承认确有一定的道理。然而说西门庆的"庆"字是"罄"之意，就有些牵强了。庞春梅虽不过是一奴婢，但其心气志向却非同一般，然而毕竟是"瓶里梅花"，故"衰朽在即"，张竹坡的分析颇有见地。庞春梅与孙雪娥势不两立，正与其名字的双关意义相一致。这些见解都能发人深省，启人心智。

张竹坡还指出了一些次要人物姓名的双关义，如车（扯）淡、管世（事）宽、游守（手）、郝（好）贤（闲），四人因爱管闲事，而招致一顿痛打等。这些都是随手拈来，涉笔成趣。张竹坡的分析实际上涉及了文人独立进行小说创作的某些规律，这对后来《红楼梦》《歧路灯》等小说都产生了极大的影响。

关于《金瓶梅》的比喻，张竹坡以敏锐的感受做出了许多精辟的分析。如在第七回的回评中说道："第问其必写玉楼一人何故？作者命名之意，非深思不能得也。"① 经过一番深思，张竹坡发现孟玉楼之名乃喻"玉楼人醉杏花天"之意，"玉楼"乃"杏花"之谓，春杏不屑与金瓶梅花争春，但到果子成熟时，其甜美则远胜梅酸。张竹坡大概也担心人们会认为他的这番分析是迂腐之论，所以又辩解道：

> 若云杏花喻玉楼是我强扭出来的，请问何以必用薛嫂说来？本在杨家，后嫁李家，而李衙内必令陶妈妈来说亲事也。试细思之，知予言非谬。然则后春而开者，何以必用杏也哉？杏者，幸也。幸其不终沦没于西门氏之手也。然则《金瓶梅》何言之？予又因玉楼而知其名《金瓶梅》者矣。盖言虽是一枝梅花，春光烂漫，却是金瓶内养之者。……于春光在金瓶梅花时，却有一待时之杏，甘心忍耐于不言之天。是固知时知命知天之人，一任炎凉世态，均不能动之。则又作者自己身份地步，色色古绝，而又教世

---

① 兰陵笑笑生. 金瓶梅 [M]. 济南：齐鲁书社，1991：108.

人处此炎凉之法也。有此一番见解,方做得此书出来,方有玉楼一个人出来。①

张竹坡对自己的这番见解是非常欣赏的,他说:"其前文批玉楼时,亦常再四深思作者之意,而不能见及此,到底隔膜一层。今探得此意,遂使一部中有名之人,其名姓,皆是作者眼前用意,明白晓畅,彼此贯通,不烦思索,而劝惩皆出也。"② 按照这一思路,他又分析了吴月娘、李娇儿、孙雪娥、庞春梅、李瓶儿、潘金莲、宋惠莲、秋菊、玉箫、桂姐、银儿、爱月、林太太及某些情节的比喻意义。他不无得意地说:"偶因玉楼一名,打透元关,遂势如破竹,触处皆通,不特作者精神俱出,即批者亦肺腑皆畅也。"③ 可以看出,张竹坡以解诗之法来解读《金瓶梅》,认为比兴手法不仅为诗歌所常用,小说中也同样可以使用。这实际上揭示出了中国古代小说的一个鲜明特征,值得引起重视。

在章回小说中大量运用叙事修辞手法,可以说起自《金瓶梅》,张竹坡以其敏锐的艺术感受力及时捕捉到了这一信息,但却未能使之系统化与理论化。运用当代叙事学的理论将其分类整理,便不难发现古代小说在这一方面所取得的成绩,并可以为当代提供有益的艺术经验。

---

① 兰陵笑笑生. 金瓶梅 [M]. 济南:齐鲁书社,1991:110.
② 兰陵笑笑生. 金瓶梅 [M]. 济南:齐鲁书社,1991:111-112.
③ 兰陵笑笑生. 金瓶梅 [M]. 济南:齐鲁书社,1991:114-115.

第七章 《金瓶梅》的艺术成就

作为小说家基本独立完成的、第一部以家庭生活为素材的长篇章回小说，《金瓶梅》在艺术上取得了突出成就，这主要表现在人物塑造、情节构成、讽刺手法及语言艺术等方面，下面分别做一分析。

一　人物塑造

《金瓶梅》的出场人物大大小小有四百余人，其中不乏有血有肉、性格鲜明、栩栩如生的人物形象，如西门庆、潘金莲、李瓶儿、庞春梅、吴月娘、宋惠莲、陈敬济、应伯爵、韩道国等。明代谢肇淛《金瓶梅跋》指出："譬之范工抟泥，妍媸老少，人鬼万殊，不徒肖其貌，且并其神传之。信稗官之上乘，炉锤之妙手也。"[1] 之所以能够取得这种艺术效果，是因为作者成功地运用了肖像描写、对话描写、细节描写、心理描写等手法。

（一）肖像描写

与《三国志演义》《水浒传》等小说相比，《金瓶梅》更为注重间接描写人

---

[1] 谢肇淛. 金瓶梅跋 [G] //黄霖. 金瓶梅资料汇编. 北京：中华书局，1987：4.

物的外貌特征。第二回"俏潘娘帘下勾情，老王婆茶坊说技"便以间接手法描写了西门庆、潘金莲两位主要人物的外貌：

  一日也是合当有事，却有一个人从帘子下走过来。自古没巧不成话，姻缘合当凑着。妇人正手里拿着叉竿放帘子，忽被一阵风将叉竿刮倒，妇人手擎不牢，不端不正却打在那人头上。妇人便慌忙陪笑，把眼看那人：也有二十五六年纪，生得十分浮浪。头上戴着缨子帽儿，金铃珑簪儿，金井玉栏杆圈儿；长腰才，身穿绿罗褶儿；脚下细结底陈桥鞋儿，清水布袜儿；手里摇着洒金川扇儿，越显出张生般庞儿，潘安的貌儿。可意的人儿，风风流流从帘子下丢与个眼色儿。这个人被叉竿打在头上，便立住了脚，待要发作时，回过脸来看，却不想是个美貌妖娆的妇人。但见他黑鬒鬒赛鸦鸰的鬓儿，翠弯弯的新月的眉儿，香喷喷樱桃口儿，直隆隆琼瑶鼻儿，粉浓浓红艳腮儿，娇滴滴银盆脸儿，轻袅袅花朵身儿，玉纤纤葱枝手儿，一捻捻杨柳腰儿，软浓浓粉白肚儿，窄星星尖翘脚儿，肉奶奶胸儿，白生生腿儿，更有一件紧揪揪、白鲜鲜、黑裀裀，正不知是甚么东西。观不尽这妇人容貌。且看他怎生打扮？但见：头上戴着黑油油头发鬏髻，一径里垫出香云，周围小簪儿齐插。斜戴一朵并头花，排草梳儿后押。难描画柳叶眉，衬着两朵桃花。玲珑坠儿最堪夸，露来酥玉胸无价。毛青布大袖衫儿，又短衬湘裙碾绢纱。通花汗巾儿，袖口儿边搭剌。香袋儿，身边低挂。抹胸儿，重重纽扣香喉下。往下看，尖翘翘金莲小脚，云头巧缉山鸦。鞋儿白绫高底，步香尘，偏衬登踏。红纱膝裤扣莺花，行坐处，风吹裙袴。口儿里常喷出异香兰麝，樱桃口笑脸生花。人见了魂飞魄丧，卖弄杀俏冤家。①

潘金莲眼中的西门庆是那么"浮浪""风流"，西门庆眼中的潘金莲又是那么"妖娆"淫荡。不仅描写了两人的外貌，而且揭示了两人不安分的内心。

第九回"西门庆偷娶潘金莲"再次从吴月娘的角度写潘金莲的外貌：

---

① 兰陵笑笑生. 金瓶梅[M]. 济南：齐鲁书社, 1991：53.

> 月娘在坐上仔细观看这妇人，年纪不上二十五六，生的这样标致。但见：眉似初春柳叶，常含着雨恨云愁；脸如三月桃花，暗带着风情月意。纤腰袅娜，拘束的燕懒莺慵；檀口轻盈，勾引得蜂狂蝶乱。玉貌妖娆花解语，芳容窈窕玉生香。吴月娘从头看到脚，风流往下跑；从脚看到头，风流往上流。论风流，如水晶盘内走明珠；语态度，似红杏枝头笼晓日。看了一回，口中不言，心内想道："小厮每来家，只说武大怎样一个老婆，不曾看见，不想果然生的标致，怪不的俺那强人爱他。"①

吴月娘从一个女人的角度来看潘金莲，更关注地是她的外貌对男人的吸引力，"拘束的燕懒莺慵""勾引得蜂狂蝶乱"，这正是潘金莲性格的主要特征，也是吴月娘的担忧所在。

紧接着，又从潘金莲眼中描写了吴月娘、李娇儿、孟玉楼、孙雪娥等人的外貌特点：

> 这妇人坐在旁边，不转睛把众人偷看。见吴月娘约三九年纪，生的面如银盆，眼如杏子，举止温柔，持重寡言。第二个李娇儿，乃院中唱的，生的肌肤丰肥，身体沉重，虽数名妓者之称，而风月多不及金莲也。第三个，就是新娶的孟玉楼，约三十年纪，生得貌若梨花，腰如杨柳，长挑身材，瓜子脸儿，稀稀多几点微麻，自是天然俏丽，惟裙下双弯与金莲无大小之分。第四个孙雪娥，乃房里出身，五短身材，轻盈体态，能造五鲜汤水，善舞翠盘之妙。这妇人一抹儿都看在心里。②

潘金莲初来西门庆家，"不转睛把众人偷看"，恰如其分地写出了潘金莲对西门庆妻妾的防备之心。仅仅一番打量，潘金莲已经对这几位未来的对手有了几分把握。吴月娘是正室娘子，且"生的面如银盆，眼如杏子，举止温柔，持重寡言"，自然要多加提防。李娇儿、孙雪娥虽然先她而来，但无论长相还是风月，显然都在自己之下，所以不必多虑。孟玉楼"生得貌若梨花，腰如杨柳，

---

① 兰陵笑笑生. 金瓶梅 [M]. 济南：齐鲁书社，1991：145-146.

② 兰陵笑笑生. 金瓶梅 [M]. 济南：齐鲁书社，1991：146.

长挑身材,瓜子脸儿,稀稀多几点微麻,自是天然俏丽,惟裙下双湾与金莲无大小之分",恐怕是一个劲敌。后来发现孟玉楼对她并无敌意,潘金莲便对她采取了笼络策略。

间接描写还有一种手法就是烘托,《金瓶梅》在这方面运用得也很成功。第八回"盼情郎佳人占鬼卦,烧夫灵和尚听淫声",写潘金莲从报恩寺里请了六个僧人,在家做水陆,超度武大。晚夕除灵时,以众和尚的癫狂举动烘托了潘金莲的风流美貌:"和尚请斋主拈香金字,证盟礼佛,妇人方才起来梳洗,乔素打扮,来到佛前参拜。众和尚见了武大这个老婆,一个个都迷了佛性禅心,关不住心猿意马,七颠八倒,酥成一块。但见:班首轻狂,念佛号不知颠倒;维摩昏乱,诵经言岂顾高低。烧香行者,推倒花瓶;秉烛头陀,误拿香盒。宣盟表白,大宋国错称做大唐国;忏罪阇黎,武大郎几念出武大娘。长老心忙,打鼓错拿徒弟手;沙弥情荡,磬槌敲破老僧头。从前苦行一时休,万个金刚降不住。"① 潘金莲竟然能够让出家僧人丑态百出,一方面可以见出其勾人魂魄的淫荡之态,另一方面也是对虚伪僧人的绝妙讽刺。

(二) 对话描写

通过人物对话刻画人物性格,是《金瓶梅》最为常用的表现手法。第十一回"潘金莲激打孙雪娥,西门庆梳笼李桂姐"中有一段多人对话,生动地刻画了庞春梅、孙雪娥、潘金莲及西门庆的个性:

> 西门庆遂叫过秋菊,分付他往厨下对雪娥说去。约有两顿饭时,妇人已是把桌儿放了,白不见拿来。急的西门庆只是暴跳。妇人见秋菊不来,使春梅:"你去后边瞧瞧,那奴才只顾生根长苗的,不见来。"春梅有几分不顺,使性子走到厨下。只见秋菊正在那里等着哩,便骂道:"贼奴才,娘要卸你那腿哩!说你怎的就不去了。爹等着吃了饼,要往庙上去。急的爹在前边暴跳,叫我采了你去哩!"这孙雪娥不听便罢,听了心中大怒,骂道:"怪小淫妇儿!'马回子拜节——来到的就是。'锅儿是铁打的,也等慢

---

① 兰陵笑笑生. 金瓶梅 [M]. 济南:齐鲁书社,1991:141.

慢儿的来,预备下熬的粥儿,又不吃,忽刺八新兴出来要烙饼做汤。那个是肚里蛔虫?"春梅不忿他,骂说道:"没的扯屁淡?主子不使了来,那个好来问你要?有与没,俺们到前边只说的一声儿,有那些声气的?"一只手拧着秋菊的耳朵,一直往前边来。雪娥道:"主子、奴才,常远是这等硬气,有时道着!"春梅道:"有时道没时道,没的把俺娘儿两个别变了罢!"于是气狠狠走来。妇人见他脸气得黄黄的,拉着秋菊进门,便问:"怎的来了?"春梅道:"你问他。我去时还在厨房里雌着,等他慢条厮礼儿才和面儿。我自不是,说了一句爹在前边等着,娘说你怎的就不去了,倒被那小院儿里的千奴才、万奴才骂了我恁一顿。说爹'马回子拜节——走到的就是',只像那个调唆了爹一般,预备了粥儿不吃,平白地生发起要甚饼和汤。只顾在厨房里骂人,不肯做哩。"妇人在旁便道:"我说别要使他去,人自恁和他合气。说俺娘儿两个霸拦你在这屋里,只当吃人骂将来。"

西门庆听了大怒,走到后边厨房里,不由分说,向雪娥踢了几脚,骂道:"贼歪剌骨!我使他来要饼,你如何骂他?你骂他'奴才',你如何不溺泡尿,把自己照照!"雪娥被西门庆踢骂了一顿,敢怒而不敢言。西门庆刚走到厨房门外,孙雪娥对着来昭妻一丈青说道:"你看,我今日晦气!早是你在旁听,我又没曾说甚么。他走将来凶神也一般,大吆小喝,把丫头采的去了,反对主子面前轻事重报,惹的走来平白地恁一场儿——我洗着眼儿看着,主子、奴才长远恁硬气着,只休要错了脚儿!"不想被西门庆听见了,复回来,又打了几拳,骂道:"贼奴才,淫妇!你还说不欺负他,亲耳朵听见你还骂他。"打的雪娥疼痛难忍,西门庆便往前边去了。①

从这段对话不难看出西门庆的暴躁霸道、潘金莲的惹是生非、庞春梅的强硬倔强及孙雪娥的欺软怕硬。

从第二十二回至第二十六回围绕着宋惠莲的一系列对话,西门庆的专横跋扈、潘金莲的泼辣狠毒、吴月娘的懦弱怨恨、孟玉楼的低调伪善以及宋惠莲的

---

① 兰陵笑笑生. 金瓶梅 [M]. 济南:齐鲁书社,1991:170-171.

幼稚轻信无不呼之欲出。第二十二回"惠莲儿偷期蒙爱"写西门庆与宋惠莲偷情，被潘金莲发现，潘金莲骂道：

>"贼没廉耻的货，你和奴才淫妇，大白日里，在这里端的干这勾当儿。刚才我打与淫妇两个耳刮子才好，不想他往外走了。原来你就是画童儿，他来寻你。你与我实说，和这淫妇偷了几遭？若不实说，等住回大姐姐来家，看我说不说！我若不把奴才淫妇脸打的胀猪，也不算。俺们闲的声唤在这里，你也来插上一把子。老娘眼里却放不过。"西门庆笑道："怪小淫妇儿，悄悄儿罢，休要嚷的人知道。我实对你说，如此这般，连今日才第一遭。"金莲道："一遭二遭，我不信。你既要这奴才淫妇——两个瞒神谎鬼弄剌子儿，我打听出来，休怪了我却和你们答话！"①

潘金莲最担心的就是自己失宠，宋惠莲的突然闯入使潘金莲又气又恨，她关心的是西门庆与宋惠莲"偷了几遭"，她气愤的是西门庆那么多妻妾"闲的声唤在这里"，宋惠莲偏偏又来"插上一把子"。以此刻画了潘金莲的泼辣和嫉妒。

第二十三回"赌棋枰瓶儿输钞，觑藏春潘氏潜踪"写西门庆与宋惠莲在藏雪坞淫乱，潘金莲前去偷听：

>又听够多时，只听老婆问西门庆说："你家第五的秋胡戏，你娶他来家多少时了？是女招的，是后婚儿来？"西门庆道："也是回头人儿。"妇人说："嗔道恁久惯牢成！原来也是个意中人儿，露水夫妻。"……到次日清早晨婆娘先起来，穿上衣裳，蓬着头走出来。见角门没插，吃了一惊，又摇门，摇了半日摇不开。走去见西门庆。西门庆隔壁叫迎春替他开了。因看见簪销着门，知是金莲的簪子，就知晚夕他听了出去。这妇人怀着鬼胎，走到前边，正开房门，只见平安从东净里出来，看见他只是笑。惠莲道："怪囚根子，谁和你呲那牙笑哩？"平安儿道："嫂子，俺们笑笑儿也嗔？"惠莲道："大清早晨，平白笑的是甚么？"平安道："我笑嫂子'三日没吃饭，眼前花'。我猜你昨日一夜不来家。"妇人听了此言，便把脸红了，骂

---

① 兰陵笑笑生. 金瓶梅 [M]. 济南：齐鲁书社，1991：342-343.

道:"贼提口拔舌见鬼的囚根子,我那一夜不在屋里睡?怎的不来家?"平安道:"我刚才还看见嫂子锁着门,怎的赖得过?"惠莲道:"我早起身,就往五娘屋里,只刚才出来。你这囚在那里来?"平安道:"我听见五娘教你腌螃蟹,说你会劈的好腿儿。嗔道五娘使你门首看着卖簸箕的,说你会咂得好舌头。"把妇人说的急了,拿起条门闩来,赶着平安儿,绕院子骂道:"贼汗邪囚根子,看我到明日对他说不说。不与你个功德,也不怕狂的有些褶儿也怎的?"那平安道:"耶哧,嫂子,将就着些儿罢。对谁说?我晓得你往高枝儿上去了。"那惠莲急起来,只赶着他打。不料玳安正在印子铺走出来,一把手将闩夺住了,说道:"嫂子,为甚么打他?"惠莲道:"你问那雌牙囚根子,口里白说六道的,把我的胳膊都气软了!"那平安得手,往外跑了。玳安推着他说:"嫂子,你少生气着恼,且往屋里梳头去罢。"妇人便向腰间荷包里取出三四分银子来,递与玳安道:"累你替我拿大碗,烫两个合汁来我吃,把汤盛在铫子里罢。"玳安道:"不打紧,等我去。"一手接了。连忙洗了脸,替他烫了合汁来。妇人让玳安吃了一碗,他也吃了一碗,方才梳了头,锁上门,先到后边月娘房里打了卯儿,然后来金莲房里。

金莲正临镜梳头。惠莲小意儿在旁,拿抿镜,掇洗手水,殷情侍奉。金莲正眼也不瞧他。惠莲道:"娘的睡鞋裹脚,我卷来收了去。"金莲道:"由他。你放着,叫丫头进来收。"便叫秋菊:"贼奴才,往那去了?"惠莲道:"秋菊扫地哩。春梅姐在那里梳头哩。"金莲道:"你别要管他,丢着罢,亦发等他们来收拾。歪蹄波脚的,没的沾污了嫂子的手。你去扶侍你爹,爹也得你怎个人儿扶侍他,才可他的心。俺们都是露水夫妻,再醮货儿。只嫂子是正名正顶轿子娶将来的,是他的正头老婆秋胡戏。"这妇人听了,正道着昨日晚夕他的真病,于是向前双膝跪下,说道:"娘是小的一个主儿,娘不高抬贵手,小的一时儿存站不的。当初不因娘宽恩,小的也不肯依随爹。就是后边大娘,无过只是个大纲儿。小的还是娘抬举多,莫不敢在娘面前欺心?随娘查访,小的但有一字欺心,到明日不逢好死,一个毛孔儿里生下一个疔疮。"金莲道:"不是这等说,我眼里放不下砂子的人。

汉子既要了你，俺们莫不争你？不许你在汉子跟前弄鬼，轻言轻语的。你说你把俺们蹦下去了，你要在中间踢跳。我的姐姐，对你说：把这样心儿且吐了些儿罢！"惠莲道："娘再访，小的并不敢欺心，到只怕昨日晚夕娘错听了。"金莲道："傻娘子，我闲的慌，听你怎的？我对你说了罢，十个老婆，买不住一个男子汉的心。你爹虽故家里有这几个老婆，或是外边诸人家的粉头，来家通不瞒我一些儿，一五一十就告我说。你大娘当时和他一个鼻子眼儿里出气，甚么事儿来家不告诉我！你比他差些儿！"说得老婆闭口无言，在房中立了一回，走出来了。刚到仪门夹道内，撞见西门庆，说道："你好人儿，原来昨日人对你说的话儿，你就告诉与人。今日教人下落了我怎一顿。我和你说的话儿，只放在你心里，放烂了才好。为甚么对人说？干净你这嘴头子，就是个走水的槽，有话到明日不告你说了。"西门庆道："甚么话？我并不知道。"那妇人瞅了一眼，往前边去了。①

这段文字写了宋惠莲先后与西门庆、平安儿、潘金莲的三段对话。第一段宋惠莲听西门庆说潘金莲"也是回头人儿"，便回答道："嗔道恁久惯牢成！原来也是个意中人儿，露水夫妻。"话音中透露着不屑与鄙视，表现了宋惠莲的傲气。接下来与平安儿的对话中，被平安儿揭穿了她与西门庆的淫乱之事，宋惠莲急红了脸，动手要打平安儿，表明宋惠莲尚存羞耻之心，不愿意让别人知道她与西门庆的苟且之事。最重要的是宋惠莲与潘金莲这对情敌之间的对话，生动形象地揭示了潘金莲的狡诈和宋惠莲的幼稚。

第二十五回"吴月娘春昼秋千，来旺儿醉中谤仙"，写潘金莲与孟玉楼商量如何对付宋惠莲：

> 玉楼便问金莲："真个他爹和这媳妇子有——"金莲道："你问那没廉耻的货，甚的好老婆，也不枉了教奴才这般挟制了。在人家使过了的奴才淫妇，当初在蔡通判家，和大婆作弊养汉，坏了事，才打发出来，嫁了蒋聪。岂止见过一个汉子儿？有一拿小米数儿，甚么事儿不知道！贼强人瞒

---

① 兰陵笑笑生. 金瓶梅 [M]. 济南：齐鲁书社，1991：357-359.

神吓鬼,使玉箫送缎子儿与他做袄儿穿。一冬里我要告诉你,没告诉你。那一日,大姐姐往乔大户家吃酒,咱每都不在前边下棋?只见丫头说他爹来家,咱每不散了?落后,我走到后边仪门首,见小玉立在穿廊下。我问他,小玉望着我摇手儿。我刚走到花园前,只见玉箫那狗肉在角门首站立,原来替他观风。我还不知,教我径往花园里走。玉箫拦着我,不教我进去,说爹在里面。教我骂了两句。我到疑影和他有些甚么查子帐,不想走到里面,他和媳妇子在山洞里干营生。媳妇子见我进去,把脸飞红的走出来了。他爹见了我,讪讪的,吃我骂了两句'没廉耻'。落后,媳妇子走到屋里,打旋磨跪着我,教我休对他娘说。落后正月里,他爹要把淫妇安托在我屋里过一夜儿,吃我和春梅折了两句。再几时容他傍个影儿?贼万杀的奴才!没的把我扯在里头。好娇态的奴才淫妇,我肯容他在那屋里头弄碜儿?就是我罢了,俺春梅那小肉儿,他也不肯容他。"玉楼道:"嗔道贼臭肉在那里坐着,见了俺每,意意似似,待起不起的,谁知原来背地有这本帐!论起来,他爹也不该要他。那里寻不出老婆来?教奴才在外边倡扬,甚么样子?"金莲道:"左右的皮靴儿没反正,你要奴才老婆,奴才暗地里偷你的小娘子,彼此换着做。贼小妇奴才,千也嘴头子嚼说人,万也嚼说,今日打了嘴,也不说的。"玉楼向金莲道:"这桩事,咱对他爹说好,不说好?大姐姐又不管。倘忽那厮真个安心,咱每不言语,他爹又不知道,一时遭了他手怎了?六姐你还该说说。"金莲道:"我若是饶了这奴才,除非是他合出我来。"①

潘金莲毫无顾忌,信口开河,是其泼辣个性的表现;孟玉楼则煽风点火,火上浇油,是其老谋深算、工于心计个性的体现。

第二十六回"来旺儿递解徐州,宋惠莲含羞自缢",写西门庆与吴月娘的对话:

> 到天明,西门庆写了柬帖,叫来兴儿做干证,揣着状子,押着来旺儿

---

① 兰陵笑笑生. 金瓶梅 [M]. 济南:齐鲁书社,1991:383-384.

往提刑院去,说某日酒醉,持刀黉夜杀害家主,又抵换银两等情。才待出门,只见吴月娘走到前厅,向西门庆再三将言劝解,说道:"奴才无礼,家中处分他便了,又要拉出去惊官动府做甚么?"西门庆听言,圆睁二目,喝道:"你妇人家,不晓道理!奴才安心要杀我,你倒还教饶他罢?"于是不听月娘之言,喝令左右把来旺儿押送提刑院去了。月娘当下羞赧而退,回到后边,向玉楼众人说道:"如今这屋里乱世为王,九尾狐狸精出世。不知听信了甚么人言语,平白把小厮弄出去了。你就赖他做贼,万物也要个着实才好,拿纸棺材糊人,成个道理?恁没道理,昏君行货!"宋惠莲跪在当面哭泣。月娘道:"孩儿,你起来,不消哭。你汉子恒数问不的他死罪。贼强人,他吃了迷魂汤了,俺们说话不中听,'老婆当军——充数儿罢了'。"玉楼向惠莲道:"你爹正在个气头上,待后慢慢的俺每再劝他。你安心回房去罢。"①

吴月娘好言相劝,西门庆却怒目圆睁,一方面刻画出了西门庆的专横霸道,根本不把吴月娘放在眼里;另一方面也显示了吴月娘的懦弱和怨恨。

《金瓶梅》中有时通过两位人物对话以表现第三人的个性,如第十一回"潘金莲激打孙雪娥,西门庆梳笼李桂姐"中,孙雪娥对吴月娘说道:"娘,你不知淫妇,说起来比养汉老婆还浪,一夜没汉子也成不的。背地干的那茧儿,人干不出,他干出来。当初在家把亲汉子用毒药摆死了,跟了来,如今把俺们也吃他活埋了。弄的汉子乌眼鸡一般,见了俺们便不待见。"② 寥寥数语,就把潘金莲水性杨花、狡诈狠毒的个性揭示了出来。

(三) 细节描写

细节描写是指抓住生活中的细微而又具体的典型情节,加以生动细致的描绘。成功的细节描写,对于塑造个性鲜明的人物形象至关重要,《金瓶梅》在这方面取得了突出成就。

---

① 兰陵笑笑生. 金瓶梅 [M]. 济南:齐鲁书社,1991:393-394.
② 兰陵笑笑生. 金瓶梅 [M]. 济南:齐鲁书社,1991:172.

第八回"盼情郎佳人占鬼卦,烧夫灵和尚听淫声"中,在害死武大后,西门庆忙于迎娶孟玉楼,把潘金莲忘在了脑后。潘金莲左等右等,总不见西门庆的人影,心中十分烦躁,小说写道:

> 身上只着薄纱短衫,坐在小杌上,盼不见西门庆来到,骂了几句"负心贼"。无情无绪,用纤手向脚上脱下两只红绣鞋儿来,试打一个相思卦。正是:逢人不敢高声语,暗卜金钱问远人。……
>
> 妇人打了一回相思卦,不觉困倦,就在床上盹睡着了。约一个时辰醒来,心中正没好气。迎儿问:"热了水,娘洗澡也不洗?"妇人就问:"角儿蒸熟了?拿来我看。"迎儿连忙拿到房中。妇人用纤手一数,原做下一扇笼三十个角儿,翻来复去只数得二十九个,便问那一个往那里去了?迎儿道:"我并没看见,只怕娘错数了。"妇人道:"我亲数了两遍,三十个角儿,要等你爹来吃。你如何偷吃了一个?好娇态淫妇奴才,你害馋痨馋痞,心里要想这个角儿吃!你大碗小碗味搗不下饭去,我做下孝顺你来?"便不由分说,把这小妮子跣剥去身上衣服,拿马鞭子打了二三十下,打的妮子杀猪也似叫。问着他:"你不承认,我定打你百数!"打的妮子急了,说道:"娘休打,是我害饿的慌,偷吃了一个。"①

通过用红绣鞋打相思卦、拿迎儿出气这些细节,刻画了潘金莲淫荡狠毒的个性特征。

第十八回"赂相府西门脱祸,见娇娘敬济销魂",写西门庆听到李瓶儿招赘了蒋竹山,心中十分窝火,怒气冲冲地回到家中:

> 刚下马进仪门,只见吴月娘、孟玉楼、潘金莲并西门大姐四个,在前厅天井内月下,跳马索儿耍子。见西门庆来家,月娘、玉楼、大姐三个,都往后走了。只有金莲不去,且扶着庭柱兜鞋,被西门庆带酒骂道:"淫妇们闲的声唤,平白跳甚么百索儿!"赶上金莲,踢了两脚。走到后边,也不往月娘房中去脱衣裳,走在西厢一间书房内,要了铺盖,那里宿歇。打丫

---

① 兰陵笑笑生. 金瓶梅 [M]. 济南:齐鲁书社, 1991: 132-133.

头,骂小厮,只是没好气。

众妇人同站在一处,都甚是着恐,不知是那缘故。吴月娘埋怨金莲:"你见他进门有酒了,两三步扠开一边便了,还只顾在跟前笑成一块,且提鞋儿。却教他蝗虫蚂蚱,一例都骂着。"玉楼道:"骂我们也罢,如何连大姐姐也骂起'淫妇'来了?没槽道的行货子!"金莲接过来道:"这一家子,只是我好欺负的。一般三个人在这里,只踢我一个儿,那个偏受用着甚么也怎的?"月娘就恼了,说道:"你头里何不叫他连我踢?不是你没偏受用,谁偏受用?恁的贼不识高低货!我到不言语,你只顾嘴头子哗哩嗻喇的!"金莲见月娘恼了,便把话儿来撖,说道:"姐姐,不是这等说。他不知那里,因着甚么头由儿,只拿我煞气。要便睁着眼望着俺叫,千也要打个臭死,万也要打个臭死。"月娘道:"谁教你只要嘲他来?他不打你,却打狗不成?"玉楼道:"大姐姐,且叫小厮来问他声,今日在谁家吃酒来?早晨好好出去,如何来家恁个腔儿!"不一时,把玳安叫到跟前,月娘骂道:"贼囚根子!你不实说,教大小厮来拷打你和平安儿,每人都是十板。"玳安道:"娘休打,待小的实说了罢。爹今日和应二叔们,都在院里吴家吃酒。散了,来在东街口上,撞遇冯妈妈,说花二娘等爹不去,嫁了大街住的蒋太医了。爹一路上恼的要不的。"月娘道:"信那没廉耻的歪淫妇,浪着嫁了汉子,来家拿人煞气。"玳安道:"二娘没嫁蒋太医,把他倒踏门招进去了。如今二娘与了他本钱,开了好不兴的生药铺。我来家告爹说,爹还不信。"孟玉楼道:"论起来,男子汉死了多少时儿?服也还未满,就嫁人,使不得的!"月娘道:"如今年程,论的甚么使的使不的。汉子孝服未满,浪着嫁人的才一个儿?淫妇成日和汉子酒里眠酒里卧的人,他原守的甚么贞节!"看官听说:月娘这一句话,一棒打着两个人:孟玉楼与潘金莲,都是孝服不曾满再醮人的,听了此言,未免各人怀着惭愧归房,不在话下。①

---

① 兰陵笑笑生. 金瓶梅[M]. 济南:齐鲁书社,1991:273-274.

这段文字有几处细节描写分别刻画了西门庆、潘金莲、吴月娘、孟玉楼等人的个性。吴月娘等人跳马索儿，并无不妥之处，西门庆却带酒呵斥，又踢了潘金莲两脚，打丫头，骂小厮，可以看出西门庆蛮横无理、飞扬跋扈的个性。吴月娘等人看见西门庆来家，都赶紧往后走了，因为她们三人都了解西门庆喝酒后的德行。唯独潘金莲"且扶着庭柱兜鞋"，并不回避。因为潘金莲自认为被西门庆宠爱，西门庆不会奈何于她，可见潘金莲的泼辣与自信。吴月娘不敢责备西门庆，却埋怨潘金莲，足以看出其懦弱的个性。孟玉楼则让吴月娘把小厮叫来问个究竟，不难看出孟玉楼不露声色、暗中拨弄是非的个性。

第二十一回"吴月娘扫雪烹茶，应伯爵替花邀酒"，西门庆、吴月娘两人和好之事，孟玉楼率先得知，一大早便来告诉潘金莲，潘金莲说道："早是与人家做大老婆，还不知怎样久惯牢成！一个烧夜香，只该默默祷祝，谁家一径倡扬？使汉子知道了，又没人劝，自家暗里又和汉子好了。硬到底才好，干净假撇清！"玉楼道："也不是假撇清，他有心也要和，只是不好说出来的。他说他是大老婆，不下气，到叫俺们做分上，怕俺们久后沾言沾语说他，敢说你两口子话差，也亏俺们说和。如今，你我休教他卖了乖儿去。你快梳了头过去，和李瓶儿说去。咱两个每人出五钱银子，叫李瓶儿拿出一两来——原为他的事起。今日安排一席酒，一者与他两个把一杯；二者，当家儿只当赏雪，耍戏一日，有何不可？"① 可见孟玉楼的乖巧和潘金莲的刻薄。

紧接着通过凑钱安排酒席这一细节，表现了李瓶儿、孙雪娥、李娇儿等人的性格特征。

> 李瓶儿道："随姐姐教我出多少，奴出便了。"金莲道："你将就只出一两儿罢。你秤出来，俺好往后边问李娇儿、孙雪娥要去。"这李瓶儿一面穿衣缠脚，叫迎春开箱子拿出银子。拿了一块，金莲上等子秤，重一两二钱五分。玉楼叫金莲伴着李瓶儿梳头："等我往后边问李娇儿和孙雪娥要银子去。"

---

① 兰陵笑笑生. 金瓶梅 [M]. 济南：齐鲁书社，1991：324.

金莲看着李瓶儿梳头洗面。约一个时辰,只见玉楼从后边来,说道:"我早知也不干这营生,大家的事,象白要他的。小淫妇说:'我是没时运的人,汉子再不进我房里来。我那讨银子?'求了半日,只拿出这根银簪子来,你秤秤重多少?"金莲取过等子来秤,只重三钱七分。因问:"李娇儿怎的?"玉楼道:"李娇儿初时只说没有,'虽是钱日逐打我手里使,都是扣数的,使多少交多少,那里有富余钱?'我说:'你当家,还说没钱,俺们那个是有的?六月日头没打你门前过也怎的?大家的事,你不出罢。'教我使性子走了出来。他慌了,使丫头叫我回去,才拿出这银子与我。没来由,教我惹气刺刺的。"金莲拿过李娇儿银子来秤了秤,只四钱八五。因骂道:"好个奸滑的淫妇,随问怎的绑着鬼,也不与人家足数,好歹短几分!"玉楼道:"只许他家拿黄杆等子秤人的。人问他要,只象打骨秃出来一般,不知教人骂了多少。"①

李瓶儿的阔绰大方、孙雪娥的牢骚满腹、李娇儿的小气乖戾都表现的活灵活现。

第二十二回"惠莲儿偷期蒙爱,春梅姐正色闲邪",通过一个小小的细节刻画了庞春梅自尊要强的个性。李娇儿的兄弟李铭教演琵琶,喝酒后把庞春梅的手拿起,略按重了些。被庞春梅一口一个"贼忘八"的骂了起来,骂走李铭还不罢休,又气狠狠直骂进后边来,对潘金莲等人说道:"他就倒运,着量二娘的兄弟。那怕他!二娘莫不挟仇,打我五棍儿?""至晚,西门庆来家,金莲一五一十告诉西门庆。西门庆分付来兴儿,'今后休放进李铭来走动'。自此断了路儿,不敢上门。"②

庞春梅自尊心如此要强,但在第八十二回"陈敬济弄一得双,潘金莲热心冷面"中,又完全丧失了自尊。此回中有这样一个细节,潘金莲和陈敬济正在楼上淫乱,被庞春梅撞见:

---

① 兰陵笑笑生. 金瓶梅[M]. 济南:齐鲁书社,1991:325.

② 兰陵笑笑生. 金瓶梅[M]. 济南:齐鲁书社,1991:346-347.

（潘金莲）忙叫春梅："我的好姐姐，你上来，我和你说话。"那春梅于是走上楼来。金莲道："我的好姐姐，你姐夫不是别人，我今叫你知道了罢。俺两个情孚意合，拆散不开。你千万休对人说，只放在你心里。"春梅便说："好娘，说那里话。奴伏侍娘这几年，岂不知娘心腹，肯对人说！"妇人道："你若肯遮盖俺们，趁你姐夫在这里，你也过来和你姐夫睡一睡，我方信你。你若不肯，只是不可怜见俺每了。"那春梅把脸羞的一红一白，只得依他。卸下湘裙，解开裤带仰在凳上，尽着这小伙儿受用。①

庞春梅不仅为潘金莲掩盖丑行，而且不顾廉耻，与潘金莲、陈敬济一起淫乱，沉瀣一气，完全丧失了自我，更谈不上维护自尊了。

（四）心理描写

《金瓶梅》通过心理描写塑造人物形象也极为成功，一是运用人物独白表现人物个性，二是通过言语行动显示人物内心，三是通过议论揭示人物心理。

通过内心独白，表现自己的内心感受，以此塑造人物形象，《金瓶梅》在这方面颇有可取之处。第一回"西门庆热结十弟兄，武二郎冷遇亲哥嫂"中，有一段潘金莲的内心独白：

　　说话中间，武大下楼买酒菜去了，丢下妇人，独自在楼上陪武松坐地。看了武松身材凛凛，相貌堂堂，又想他打死了那大虫，毕竟有千百斤气力，口中不说，心下思量道："一母所生的兄弟，怎生我家那身不满尺的丁树，三分似人，七分似鬼，奴那世里遭瘟，撞着他来？如今看起武松这般人物壮健，何不叫他搬来我家住？想这段姻缘却在这里了。"②

可见潘金莲不是一个逆来顺受的女子，她不甘心这样的命运，当她看到武松，心中暗生恋情，思忖"着实撩斗他一斗，不怕他不动情"。这段内心独白一方面表现了潘金莲对自己婚姻的不满；另一方面她对武松不符合伦理的爱恋，也表现了她的大胆与泼辣。

---

① 兰陵笑笑生. 金瓶梅 [M]. 济南：齐鲁书社，1991：1325.
② 兰陵笑笑生. 金瓶梅 [M]. 济南：齐鲁书社，1991：35.

第九十一回"孟玉楼爱嫁李衙内,李衙内怒打玉簪儿"中,有一段孟玉楼的内心独白,表现了孟玉楼对个人命运的考虑:

> 那日郊外,孟玉楼看见衙内生的一表人物,风流博浪,两家年甲多相仿佛,又会走马拈弓弄箭,彼此两情四目都有意,已在不言之表。但未知有妻子无妻子,口中不言,心内暗度:"男子汉已死,奴身边又无所出。虽故大娘有孩儿,到明日长大了,各肉儿各疼。闪的我树倒无阴,竹篮儿打水。"又见月娘自有了孝哥儿,心肠改变不似常时,"我不如往前进一步,寻上个叶落归根之处,还只顾傻傻的守些甚么?到没的担搁了奴的青春年少。"正在思慕之间,不想月娘进来说此话,正是清明郊外看见的那个人,心中又是欢喜,又是羞愧,口里虽说:"大娘休听人胡说,奴并没此话。"不觉把脸来飞红了。①

这段独白对于刻画孟玉楼的个性十分重要,孟玉楼平时不显山不露水,但自有个人的算计。西门庆一死,她想到了很多,一是自己没有生育,无依无靠;二是吴月娘有了孝哥儿,对自己不如从前;三是趁着自己年轻,还有人看中。孟玉楼绵里藏针、深不可测的个性充分体现了出来。

第二十一回"吴月娘扫雪烹茶,应伯爵替花邀酒",通过吴月娘星月之下,祝赞三光,祈佑西门庆早早回心这一内心独白,刻画了吴月娘的个性。"月娘整衣出来,向天井内满炉炷香,望空深深礼拜。祝道:'妾身吴氏,作配西门。奈因夫主留恋烟花,中年无子。妾等妻妾六人,俱无所出,缺少坟前拜扫之人。妾夙夜忧心,恐无所托。是以发心每夜于星月之下,祝赞三光,要祈佑儿夫早早回心,弃却繁华,齐心家事。不拘妾等六人之中,早见嗣息,以为终身之计,乃妾之素愿也。'"② 这段祝祷之词写出了吴月娘的两件心事,一是希望西门庆不再留恋烟花,齐心家事;二是盼望能够早有子嗣,以免坟前无扫拜之人。吴月娘无法劝止西门庆,只好借助拜祷三光表达愿望,表现了吴月娘无奈与软弱

---

① 兰陵笑笑生. 金瓶梅 [M]. 济南:齐鲁书社,1991:1437-1438.

② 兰陵笑笑生. 金瓶梅 [M]. 济南:齐鲁书社,1991:320.

的个性特征。

通过言语行动揭示人物的内心世界，是《金瓶梅》塑造人物个性特征的重要手法。第二十三回"赌棋枰瓶儿输钞，觑藏春潘氏潜踪"写西门庆与宋惠莲在藏雪坞淫乱，潘金莲偷听到了西门庆与宋惠莲背后议论自己的对话，"气得两只胳膊都软了，半日移脚不动"，说道："若教这奴才淫妇在里面，把俺们都吃他撑下去了！""待要那时就声张骂起来，又恐怕西门庆性子不好，逞了淫妇的脸。待要含忍了他，恐怕他明日不认。'罢罢！留下个记儿，使他知道，到明日我和他答话。'于是走到角门首，拔下头上一根银簪儿，把门倒销了，懊恨归房。"① 这段心理描写生动地表现了潘金莲嫉妒歹毒的个性特征。

第三十回"蔡太师擅恩锡爵，西门庆生子加官"通过言语行动表现了潘金莲的复杂心理。潘金莲最担心自己失宠，李瓶儿本来就是最有威胁的对手，又听到她有了身孕，不由得内心十分恼怒：

> 潘金莲见李瓶儿待养孩子，心中未免有几分气。在房里看了一回，把孟玉楼拉出来，两个站在西梢间檐柱儿底下那里歇凉，一处说话。说道："耶哮哮！紧着热刺刺的挤了一屋子的人，也不是养孩子，都看着下象胆哩。"良久，只见蔡老娘进门，望众人道："那位是主家奶奶？"李娇儿指着月娘道："这位大娘哩。"那蔡老娘倒身磕头。月娘道："姥姥，生受你。怎的这咱才来？请看这位娘子，敢待生养也？"蔡老娘向床前摸了摸李瓶儿身上，说道："是时候了。"问："大娘预备下绷接、草纸不曾？"月娘道："有。"便叫小玉："往我房中快取去！"

> 且说玉楼见老娘进门，便向金莲说："蔡老娘来了，咱不往屋里看看去？"那金莲一面不是一面，说道："你要看，你去。我是不看他。他是有孩子的姐姐，又有时运，人怎的不看他？头里我自不是，说了句话儿'只怕是八月里的'，教大姐姐白抢白相。我想起来，好没来由，倒恼了我这半日。"玉楼道："我也只说他是六月里孩子。"金莲道："这回连你也韶刀

---

① 兰陵笑笑生. 金瓶梅［M］. 济南：齐鲁书社，1991：358.

了！我和你怎算：他从去年八月来，又不是黄花女儿，当年怀，入门养。一个后婚老婆，汉子不知见过了多少，也一两个月才坐胎，就认作是咱家孩子？我说，差了。若是八月里孩儿，还有咱家些影儿；若是六月的，'踩小板凳儿糊险道神——还差着一帽头子哩'，'失迷了家乡，那里寻犊儿去'？"正说着，只见小玉抱着草纸、绷接并小褥子儿来。孟玉楼道："此是大姐姐自预备下他早晚用的，今日且借来应急儿。"金莲道："一个是大老婆，一个是小老婆，明日两个对养，十分养不出来，零碎出来也罢。俺每是买了个母鸡不下蛋，莫不吃了我不成！"又道："仰着合着，没的狗咬尿胞虚欢喜？"玉楼道："五姐是甚么话！"以后见他说话不防头脑，只低着头弄裙带子，并不作声应答他。少顷，只见孙雪娥听见李瓶儿养孩子，从后边慌慌张张走来观看，不防黑影里被台基险些不曾绊了一交。金莲看见，教玉楼："你看献勤的小妇奴才！你慢慢走，慌怎的？抢命哩？黑影子绊倒了，磕了牙也是钱！养下孩子来，明日赏你这小妇一个纱帽戴！"良久，只听房里"呱"的一声养下来了。蔡老娘道："对当家的老爹说，讨喜钱，分娩了一位哥儿。"吴月娘报与西门庆。西门庆慌忙洗手，天地祖先位下满炉降香，告许一百二十分清醮，要祈子母平安，临盆有庆，坐草无虞。这潘金莲听见生下孩子来了，合家欢喜，乱成一块，越发怒气，径自去到房里，自闭门户，向床上哭去了。①

李瓶儿生了儿子，西门庆、吴月娘等莫不欢喜，潘金莲却恶毒地咒骂孙雪娥，"越发怒气"，"自闭门户，向床上哭去了"。通过这些言行把潘金莲的内心彻底揭示出来，表现出了潘金莲嫉妒怨恨、肆无忌惮的个性。

三是通过作者议论，揭示人物心理，刻画人物性格，如第四十一回"二佳人愤深同气苦"对潘金莲内心的议论："看官听说：今日潘金莲在酒席上，见月娘与乔大户家做了亲，李瓶儿都披红簪花递酒，心中甚是气不愤，来家又被西

---

① 兰陵笑笑生.金瓶梅[M].济南：齐鲁书社，1991：456-457.

门庆骂了这两句,越发急了,走到月娘这边屋里哭去了。"① 通过议论,揭示了潘金莲嫉恨李瓶儿的心理,刻画了潘金莲的个性。

再如第五十九回"李瓶儿睹物哭官哥":"看官听说:潘金莲见李瓶儿有了官哥儿,西门庆百依百随,要一奉十,故行此阴谋之事,驯养此猫,必欲唬死其子,使李瓶儿宠衰,教西门庆复亲于己。就如昔日屠岸贾养神獒害赵盾丞相一般。"② 通过这段议论,揭露了潘金莲的险恶用心,刻画了潘金莲歹毒的个性。

又如第八十三回"秋菊含恨泄幽情"作者议论吴月娘的内心:

> 看官听说:虽是月娘不信秋菊说话,只恐金莲少女嫩妇没了汉子,日久一时心邪,着了道儿。恐传出去,被外人唇舌。又以爱女之故,不教大姐远出门,把李娇儿厢房挪与大姐住,教他两口儿搬进后边仪门里来。遇着傅伙计家去,方教敬济轮番在铺子里上宿。取衣物药材,俱同玳安儿出入。各处门户都上了锁钥,丫鬟妇女无事不许往外边去。凡事都严紧,这潘金莲与敬济两个热突突恩情都间阻了。③

这段议论通过揭示吴月娘对潘金莲的防备之心,刻画了吴月娘的谨慎和无奈。

二 情节构成

与《三国志演义》《水浒传》《西游记》相比,《金瓶梅》从复杂的现实生活出发,情节纵横交错,形成了一种辐射式结构。从全书来看,总的是写西门庆一家的兴衰,其中以西门庆为中心,形成一条主线,由此辐射到吴月娘、潘金莲、李瓶儿、庞春梅等,它们在一个家庭内矛盾纠葛、联成一体。这个家庭又与市井、商场、官府等相关联。从局部来看,如第十四回至第十九回,主干

---

① 兰陵笑笑生. 金瓶梅 [M]. 济南:齐鲁书社,1991:615-616.
② 兰陵笑笑生. 金瓶梅 [M]. 济南:齐鲁书社,1991:878-879.
③ 兰陵笑笑生. 金瓶梅 [M]. 济南:齐鲁书社,1991:1336-1337.

情节是写李瓶儿与西门庆偷情至娶嫁,但在这个故事纵向推进的过程中,横向穿插进许多既与主干情节相关而又可独立于外的人物和事件,如李瓶儿为潘金莲拜寿,吴月娘为瓶儿做生日,西门庆梳笼李桂姐,杨戬被参,陈洪充军,陈敬济带大姐来避祸,以及西门庆派来保去东京行贿等,各色人物和故事相互交叉,相互制约,像生活本身一样丰富多彩,十分自然,既千头万绪,又浑然一体。具体来说,《金瓶梅》在情节构成方面有以下三个突出特点:一是情节之间交错穿插,波澜起伏;二是由人物的矛盾冲突推动情节发展;三是借助某一具体事物构成故事情节。

(一)情节之间交错穿插,波澜起伏

家庭生活、妻妾争斗、朋友交往、青楼妓院、经商贸易、官场应酬等构成了《金瓶梅》的主要故事情节,这些情节之间交错穿插,既不呆板,又主次分明，使故事在变化流动起伏中向前推进。从第一回至第十回集中讲述西门庆偷娶潘金莲，就在西门庆与潘金莲打得火热时，突然出现了媒婆薛嫂儿向西门庆提亲，于是插入了第七回"薛媒婆说娶孟三儿，杨姑娘气骂张四舅"，孟玉楼先于潘金莲来到西门庆家，成为西门庆的第三房小妾。

从第十三回至第十九回集中讲述西门庆迎娶李瓶儿，就在西门庆与李瓶儿似漆如胶、难舍难分之时，西门庆的女儿西门大姐和女婿陈敬济突然来到西门庆家，原来是其亲家陈洪被朝廷追拿问罪。西门庆闻讯大吃一惊，"当下即忙打点金银宝玩，驮装停当，把家人来保、来旺叫到卧房中，悄悄分付，如此这般：'雇头口星夜上东京，打听消息。不消到你陈亲家老爹下处。但有不好声色，取巧打点停当，速来回报。'又与了他二人二十两银子。绝早五更雇脚夫起程，上东京去了"。① 李瓶儿左等右等，又托人前去打听，没有丝毫音信，竟然染病在身，饮食不进，卧床不起。这时蒋竹山乘虚而入，成为李瓶儿的招赘女婿。蒋竹山与李瓶儿的对答如下：

"苦哉，苦哉！娘子因何嫁他？学生常在他家看病，最知详细。此人专在县中包揽说事，广放私债，贩卖人口。家中丫头不算，大小五六个老婆，着紧打倘棍儿。稍不中意，就令媒人领出卖了。就是打老婆的班头，坑妇女的领袖。娘子早是对我说，不然进入他家，如飞蛾投火一般，坑你上不上，下不下，那时悔之晚矣。况近日他亲家那边，为事干连，在家躲避不出，房子盖的半落不合的，都丢下了。东京关下文书，坐落府县拿人。到明日他盖这房子，多是入官抄没的数儿。娘子没来由，嫁他做甚？"一篇话，把妇人说的闭口无言。况且许多东西丢在他家，寻思半晌，暗中跌脚："嗔怪道一替两替请着，他不来。他家中为事哩！"又见竹山语言活动，一团谦恭："奴明日若嫁得恁样个人也罢了，不知他有妻室没有？"因说道："既蒙先生指教，奴家感戴不浅，倘有甚相知人家，举保来说，奴无有个不依之理。"竹山乘机请问："不知要何等样人家？学生打听的实，好来这里

---

① 兰陵笑笑生.金瓶梅[M].济南：齐鲁书社，1991：261.

说。"妇人道:"人家到也不论大小,只要像先生这般人物的。"这蒋竹山不听便罢,听了此言,欢喜的满心痒,不知搔处。慌忙走下席来,双膝跪下,告道:"不瞒娘子说,学生内帏失助,中馈乏人。鳏居已久,子息全无。倘蒙娘子垂怜,肯结秦晋之缘,足称平生之愿。学生虽衔环结草,不敢有忘。"妇人笑笑,以手携之,说道:"且请起,未审先生鳏居几时?贵庚多少?既要做亲,须得要个保山来说,方成礼数。"竹山又跪下,哀告道:"学生行年二十九岁,正月二十七日卯时建生,不幸去年荆妻已故,家缘贫乏,实出寒微。今既蒙金诺之言,何用冰人之讲!"妇人笑道:"你既无钱,我这里有个妈妈姓冯,拉他做个媒证。也不消你行聘,择个吉日良时,招你进来,入门为赘。意下若何?"这蒋竹山连忙倒身下拜:"娘子就如同学生重生父母,再长爹娘。凤世有缘,三生大幸矣!"一面两个在房中各递了一杯交欢酒,已成其亲事。竹山饮至天晚回家。①

这段描写使李瓶儿改变主意、招赘蒋竹山显得合情合理,也使后来西门庆脱祸后殴打蒋竹山、冷落李瓶儿显得顺理成章。

从第二十二回至第二十六回主要讲述西门庆与仆妇宋惠莲之事,在这中间穿插了陈敬济与潘金莲的暧昧关系,第二十四回"敬济元夜戏娇姿,惠祥怒詈来旺妇"写道:

却说西门庆,席上见女婿陈敬济没酒,分付潘金莲去递一巡儿。这金莲连忙下来,满斟杯酒,笑嘻嘻递与敬济,说道:"姐夫,你爹分付好歹饮奴这杯酒儿。"敬济一壁接酒,一面把眼儿斜溜妇人,说:"五娘请尊便,等儿子慢慢吃!"妇人将身子把灯影着,左手执酒;刚待的敬济将手来接,右手向他手背只一捻,这敬济一面把眼瞧着众人,一面在下戏把金莲小脚儿踢了一下。妇人微笑,低声道:"怪油嘴,你丈人瞧着待怎么?"两个在暗地里调情顽耍,众人倒不曾看出来。不料宋惠莲这婆娘,在槅子外窗眼里,被他瞧了个不耐烦。口中不言,心下自忖:"寻常在俺们跟前,到且是

---

① 兰陵笑笑生.金瓶梅[M].济南:齐鲁书社,1991:264-266.

精细撇清,谁想暗地却和这小伙子勾搭。今日被我看出破绽,到明日再搜求我,自有话说。"①

由此开始了陈敬济与潘金莲的乱伦淫乱。

从第二十七回至第三十八回主要讲述西门庆的淫乱生活、生子加官、为男宠报仇、迎接蔡状元、包占王六儿等,中间穿插了"陈敬济徼幸得金莲""潘金莲怀妒惊儿""韩道国纵妇争锋",为接下来的情节做了铺垫。第三十二回"潘金莲怀妒惊儿"写道:

> 单表潘金莲自从李瓶儿生了孩子,见西门庆常在他房里宿歇,于是常怀嫉妒之心,每蓄不平之意。知西门庆前厅摆酒,在镜台前巧画双蛾,重扶蝉鬓,轻点朱唇,整衣出房。听见李瓶儿房中孩儿啼哭,便走入来问道:"他怎这般哭?"奶子如意儿道:"娘往后边去了。哥哥寻娘,这等哭。"那潘金莲笑嘻嘻的向前戏弄那孩儿,说道:"你这多少时初生的小人芽儿,就知道你妈妈。等我抱到后边寻你妈妈去!"奶子如意儿说道:"五娘休抱哥哥,只怕一时撒了尿在五娘身上。"金莲道:"怪臭肉,怕怎的!拿衬儿托着他,不妨事。"一面接过官哥来抱在怀里,一直往后去了。走到仪门首,一径把那孩儿举的高高的。不想吴月娘正在上房穿廊下,看着家人媳妇定添换菜碟儿,那潘金莲笑嘻嘻看孩子说道:"'大妈妈,你做什么哩?'你说:'小大官儿来寻俺妈妈来了。'"月娘忽抬头看见,说道:"五姐,你说的甚么话?早是他妈妈没在跟前,这咱晚平白抱出他来做甚么?举的恁高,只怕吓着他。他妈妈在屋里忙着手哩。"便叫道:"李大姐你出来,你家儿子寻你来了。"那李瓶儿慌走出来,看见金莲抱着,说道:"小大官儿好好儿在屋里,奶子抱着,平白寻我怎的?看溺了你五娘身上尿。"金莲道:"他在屋里,好不哭着寻你,我抱出他来走走。"这李瓶儿忙解开怀接过来。月娘引逗了一回,分付:"好好抱进房里去罢,休要唬着他!"李瓶儿到前边,便悄悄说奶子:"他哭,你慢慢哄着他,等我来,如何教五娘抱

---

① 兰陵笑笑生. 金瓶梅 [M]. 济南:齐鲁书社,1991:365.

到后边寻我?"如意儿道:"我说来,五娘再三要抱了去。"那李瓶儿慢慢看着他,喂了奶,就安顿他睡了。谁知睡下不多时,那孩子就有些睡梦中惊哭,半夜发寒潮热起来。奶子喂他奶,也不吃,只是哭。李瓶儿慌了。①

潘金莲故意使官哥儿受到惊吓,官哥儿因此病情逐渐加重,最终不幸夭折。

西门庆妻妾之间的明争暗斗构成了从第三十九回至第四十六回的主要情节,其间插入了应伯爵与李三、黄四谈香蜡生意之事。第四十五回"应伯爵劝当铜锣"写道:

> 原来应伯爵自从与西门庆作别,赶到黄四家。黄四又早伙中封下十两银子谢他:"大官人分付教俺过节去,口气只是捣那五百两银子文书的情。你我钱粮拿甚么支持?"应伯爵道:"你如今还得多少才够?"黄四道:"李三哥他不知道,只要靠着问那内臣借,一般也是五分行利。不如这里借着衙门中势力儿,就是上下使用也省些。如今我算再借出五十个银子来,把一千两合用,就是每月也好认利钱。"应伯爵听了低了低头儿,说道:"不打紧。假若我替你说成了,你伙计六人怎生谢我?"黄四道:"我对李三说,伙中再送五两银子与你。"伯爵道:"休说五两的话,要我手段,五两银子要不了你的,我只消一言,替你每巧一巧儿,就在里头了。今日俺房下往他家吃酒,我且不去。明日他请俺们晚夕赏灯,你两个明日绝早买四样好下饭,再着上一坛金华酒。不要叫唱的,他家里有李桂儿、吴银儿还没去哩!你院里叫上六个吹打的,等我领着送了去。他就要请你两个坐,我在旁边,只消一言半句,管情就替你说成了。找出五百两银子来,共捣一千两文书,一个月满破认他三十两银子,那里不去了,只当你包了个月老婆了。常言道:'秀才无假,漆无真。'进钱粮之时,香里头多放些木头,蜡里头多掺些柏油,那里查帐去?不图打鱼,只图混水,借着他这名声儿,才好行事。"于是计议已定。到次日,李三、黄四果然买了酒礼,伯爵领着

---

① 兰陵笑笑生. 金瓶梅 [M]. 济南:齐鲁书社,1991:488-489.

两个小厮,抬送到西门庆家来。①

在谈这宗生意之时,又插入了应伯爵劝西门庆收购屏风、铜锣铜鼓,情节起伏,毫不呆板。

从第四十七回开始,西门庆逐渐走向下坡路,先是贪赃枉法之事败露,紧接着李瓶儿染病在身,官哥儿不幸夭折,李瓶儿病重身亡,与林太太淫乱,最终贪欲丧命。其中第七十回"老太监引酌朝房,二提刑庭参太尉",插入西门庆升为正千户、进京参见太尉、见朝谢恩等,不过是西门庆的回光返照而已。

从第八十回至第八十八回写西门庆死后潘金莲的结局,中间穿插了韩道国、汤来保骗取钱财,吴月娘赶走庞春梅,普静师化度孝哥儿等情节。从第八十九回至第一百回以庞春梅与陈敬济的结局为主,中间穿插了来旺偷拐孙雪娥、孟玉楼嫁给李衙内、吴典恩负心被辱、韩道国一家之事。最后在吴月娘南柯一梦、普静法师度化众人之后,又交代了孝哥儿乃西门庆托生,用此天道循环之理警醒世人,实现创作的宗旨。

(二) 人物矛盾与情节发展

《金瓶梅》中人物之间的矛盾冲突主要表现在西门庆家庭内部,西门庆众妻妾之间、妻妾与仆妇丫鬟之间不断产生矛盾冲突。潘金莲可以说是矛盾冲突的焦点,她与吴月娘、李瓶儿、孙雪娥、李娇儿、宋惠莲等都有或大或小的矛盾冲突,这些矛盾冲突或集中在几回之内,或贯穿全书首尾,正是这些矛盾冲突推动了情节的发展。

潘金莲与吴月娘的矛盾冲突或明或暗,贯穿始终。第二十一回"吴月娘扫雪烹茶"两人的矛盾初步显露,听说吴月娘与西门庆和好,潘金莲气狠狠地说道:"早是与人家做大老婆,还不知怎样久惯牢成!一个烧夜香,只该默默祷祝,谁家一径倡扬,使汉子知道了。又没人劝,自家暗里又和汉子好了。硬到底才好,干净假撇清!"②

---

① 兰陵笑笑生. 金瓶梅 [M]. 济南:齐鲁书社,1991:658-659.

② 兰陵笑笑生. 金瓶梅 [M]. 济南:齐鲁书社,1991:324.

第二十六回"来旺儿递解徐州,宋惠莲含羞自缢",通过吴月娘劝解西门庆,透露了吴月娘对潘金莲的不满。吴月娘劝西门庆说:"奴才无礼,家中处分他便了。又要拉出去惊官动府做甚么?"西门庆听言,圆睁二目,喝道:"你妇人家,不晓道理!奴才安心要杀我,你倒还教饶他罢!"于是不听月娘之言,喝令左右把来旺儿押送提刑院去了。月娘当下羞赧而退,回到后边,向玉楼众人说道:"如今这屋里乱世为王,九尾狐狸精出世。不知听信了甚么人言语,平白把小厮弄出去了。你就赖他做贼,万物也要个着实才好,拿纸棺材糊人,成何道理?恁没道理,昏君行货!"① 吴月娘明知是潘金莲挑唆西门庆,气愤地骂潘金莲是"九尾狐狸精"。

第七十五回"因抱恙玉姐含酸,为护短金莲泼醋"两人的矛盾公开化,先是为了庞春梅骂申二姐,两人就言语不合:

> 月娘道:"他怎的不等我来就去?"大妗子隐瞒不住,把春梅骂他之事,说了一遍。

> 月娘就有几分恼,说道:"他不唱便罢了,这丫头恁惯的没张倒置的,平白骂他怎么的?怪不的俺家主子也没那正主了,奴才也没个规矩,成甚么道理!"望着金莲道:"你也管他管儿,惯的他通没些折儿。"金莲在旁笑着说:"也没见这个瞎曳磨的,风不摇,树不动。你走千家门,万家户,在人家无非只是唱。人叫你唱个儿,也不失了和气,谁教他拿班儿做势的,他不骂,嫌腥。"月娘道:"你到且是会说话儿的。都像这等,好人歹人都不吃他骂了去?也休要管他一管儿!"金莲道:"莫不为瞎淫妇打他几棍儿?"月娘听了他这句话,气的脸通红了,说道:"惯着他,明日把六邻亲戚都教他骂遍了罢。"②

接着潘金莲要叫西门庆到自己屋里去,吴月娘十分恼火:

> 金莲在那边屋里只顾坐的,要等西门庆一答儿往前边去,今日晚夕要

---

① 兰陵笑笑生. 金瓶梅 [M]. 济南:齐鲁书社,1991:393-394.
② 兰陵笑笑生. 金瓶梅 [M]. 济南:齐鲁书社,1991:1171-1172.

吃薛姑子符药，与他交媾，图壬子日好生子。见西门庆不动身，走来掀帘子儿叫他说："你不往前边去，我等不得你，我先去也。"西门庆道："我儿，你先走一步儿，我吃了这些酒就来。"那金莲一直往前去了。月娘道："我偏不要你去，我还和你说话哩。你两人合穿着一条裤子也怎的？强汗世界，巴巴走来我屋里，硬来叫你。没廉耻的货，只你是他的老婆，别人不是他的老婆？你叫！贼皮搭行货子，怪不的人说你。一视同仁，都是你的老婆，休要显出来便好。就吃他在前边把拦住了，从东京来，通影边儿不进后边歇一夜儿，叫人怎么不恼你？冷灶着一把儿，热灶着一把儿才好，通教他把拦住了。我便罢了，不和你一般见识，别人他肯让的过？口儿内虽故不言语，好杀他心儿里也有几分恼。今日孟三姐在应二嫂那里，通一日没吃甚么儿，不知掉了口冷气，只害心凄恶心。来家，应二嫂递了两钟酒，都吐了。你还不往屋里瞧他瞧去？"①

最后吴月娘和潘金莲公开吵闹起来：

金莲道："他不往我那屋里去，我莫不拿猪毛绳子套了他去不成！那个浪的慌了也怎的？"月娘道："你不浪的慌，他昨日在我屋里好好儿坐的，你怎的掀着帘子，硬入来叫他前边去，是怎么说？汉子顶天立地，吃辛受苦，犯了甚么罪来，你拿猪毛绳子套他？贱不识高低的货，俺每倒不言语了，你倒只顾赶人。一个皮袄儿，你悄悄就问汉子讨了，穿在身上，挂口儿也不来后边题一声儿。都是这等起来，俺每在这屋里放水鸭儿，就是孤老院里也有个甲头。一个使的丫头，和他猫鼠同眠，惯的有些折儿！不管好歹就骂人。说着你，嘴头子不伏个烧埋。"金莲道："是我的丫头也怎的？你每打不是！我也在这里，还多着个影儿哩。皮袄是我问他要来。莫不只为我要皮袄，开门来也拿了几件衣裳与人，那个你怎的就不说了？丫头便是我惯了他，是我浪了图汉子喜欢。像这等的却是谁浪？"吴月娘吃他这两句，触在心上，便紫涨了双腮，说道："这个是我浪了，随你怎的说。我当

---

① 兰陵笑笑生. 金瓶梅 [M]. 济南：齐鲁书社，1991：1172-1173.

初是女儿填房嫁他，不是趁来的老婆。那没廉耻趁汉子精便浪，俺每真材实料，不浪。"吴大妗子便在跟前拦说："三姑娘，你怎的，快休舒口。"饶劝着，那月娘口里话纷纷发出来，说道："你害杀了一个，只多我了。"孟玉楼道："耶哧，耶哧，大娘，你今日怎的这等恼的大发了，连累俺每，一棒打着好几个。也没见这六姐，你让大娘一句儿也罢了，只顾拌起嘴来了。"大妗子道："常言道：'打没好手，厮骂没好口。'不争你姊妹每嚷斗，俺每亲戚在这里住着也羞。姑娘，你不依我，想是嗔我在这里，叫轿子来我家去罢。"被李娇儿一面拉住大妗子，那潘金莲见月娘骂他这等言语，坐在地下就打滚撒泼。自家打几个嘴巴，头上鬏髻都撞落一边，放声大哭，叫起来，说道："我死了罢，要这命做什么，你家汉子说条念款说将来，我趁将你家来了！这也不难的勾当，等他来家，与了我休书，我去就是了。你赶人不得赶上。"月娘道："你看，……就是了，……泼脚子货，别人一句儿还没说出来，……你看他嘴头子，就相淮洪一般。他还打滚儿赖人，莫不等的汉子来家，把我别变了。你放恁个刁儿，那个怕你么？"金莲道："你是真材实料的，谁敢别变你？"月娘越发大怒，说道："我不真材实料，我敢在这家里养下汉来？"金莲道："你不养下汉，谁养下汉来？你就拿主儿来与我！"玉楼见两个拌的越发不好起来，一面拉金莲往前边去，说道："你恁怪剌剌的，大家都省口些罢了。只顾乱起来，左右是两句话，教三位师父笑话。你起来，我送你前边去罢。"那金莲只顾不肯起来，被玉楼和玉箫一齐拉起来，送他前边去了。①

两人争斗的结果，是吴月娘占了上风。西门庆死后不久，吴月娘以潘金莲和女婿陈敬济通奸为由，把潘金莲赶出了家门，从而使潘金莲死于武松刀下。

潘金莲与李瓶儿之间的矛盾冲突有一个发展过程，由于李瓶儿出手大方，对他人又没有恶意，所以开始时两人并无抵牾，一起下棋、饮酒、打秋千，相处甚欢。如第二十七回"李瓶儿私语翡翠轩，潘金莲醉闹葡萄架"便写道："只

---

① 兰陵笑笑生. 金瓶梅 [M]. 济南：齐鲁书社，1991：1180-1181.

见潘金莲和李瓶儿家常都是白银条纱衫儿，密合色纱挑线缕金拖泥裙子。李瓶儿是大红蕉布比甲，金莲是银红比甲。惟金莲不戴冠儿，拖着一窝子杭州撺翠云子网儿，露着四鬓，额上贴着三个翠面花儿，越显出粉面油头，朱唇皓齿。两个携着手儿，笑嘻嘻蓦地走来。"① 如此看来，两人似乎就是一对亲姐妹。但转眼之间，因为西门庆与李瓶儿亲近，潘金莲便对李瓶儿有了醋意，开始了与李瓶儿的争斗。尤其是李瓶儿生了官哥儿之后，这一矛盾迅速激化，潘金莲变着法儿折磨李瓶儿。害死官哥儿仍不罢休，直至将李瓶儿整死。

第三十二回"潘金莲怀妒惊儿"写道："潘金莲自从李瓶儿生了孩子，见西门庆常在他房里宿歇，于是常怀嫉妒之心，每蓄不平之意。"② 她从如意儿手中强行接过官哥儿来抱在怀里，又故意将孩子举得高高的，使官哥儿受了惊吓。因为害怕潘金莲报复，李瓶儿也不敢告诉西门庆真相，但官哥儿从此埋下了病根。第四十一回"两孩儿联姻共笑嬉，二佳人愤深同气苦"，写潘金莲因为对吴月娘与乔大户家结亲不满而发牢骚，被西门庆骂了几句，心中十分气恼，孟玉楼又来火上浇油：

> 只见孟玉楼也走到这边屋里来，见金莲哭泣，说道："你只顾恼怎的？随他说几句罢了。"金莲道："早是你在旁边听着，我说他什么歹话来？他说别家是房里养的，我说乔家是房外养的？也是房里生的。那个纸包儿包着，瞒得过人？贼不逢好死的强人，就睁着眼骂起我来。骂的人那绝情绝义。怎的没我说处？改变了心，教他明日现报在我的眼里！多大的孩子，一个怀抱的尿泡种子，平白扳亲家，有钱没处施展的，争破卧单——没的盖，狗咬尿胞——空欢喜！如今做湿亲家还好，到明日休要做了干亲家才难。吹杀灯挤眼儿　后来的事看不见。做亲时人家好，过三年五载为了的才一个儿！"玉楼道："如今人也贼了，不干这个营生。论起来也还早哩。才养的孩子，割甚么衫襟？无过只是图往来扳陪着耍子儿罢了。"金莲道：

---

① 兰陵笑笑生. 金瓶梅 [M]. 济南：齐鲁书社，1991：410.

② 兰陵笑笑生. 金瓶梅 [M]. 济南：齐鲁书社，1991：488.

"你便浪搌着图扳亲家耍子，平白教贼不合钮的强人骂我。"玉楼道："谁教你说话不着个头项儿就说出来？他不骂你骂狗？"金莲道："我不好说的，他不是房里，是大老婆？就是乔家孩子，是房里生的，还有乔老头子的些气儿。你家失迷家乡，还不知是谁家的种儿哩！"玉楼听了，一声儿没言语。坐了一回，金莲归房去了。①

潘金莲骂了半天还不解气，又对着秋菊指桑骂槐：

妇人把秋菊叫他顶着大块柱石，跪在院子里。跪的他梳了头，叫春梅扯了他裤子，拿大板子要打他。春梅道："好干净的奴才，叫我扯裤子，到没的污浊了我的手！"走到前边，旋叫了画童儿扯去秋菊的衣。妇人打着骂道："贼奴才淫妇，你从几时就恁大来？别人兴你，我却不兴你。姐姐你知我见的，将就脓着些儿罢了。平白撑着头儿，逞什么强？姐姐你休要倚着，我到明日洗着两个眼儿看着你哩！"一面骂着又打，打了又骂，打的秋菊杀猪也似叫。李瓶儿那边才起来，正看着奶子打发官哥儿睡着了，又吓醒了。明明白白听见金莲这边打丫鬟，骂的言语儿有因，一声儿不言语，吓的只把官哥儿耳朵握着。一面使绣春："去对你五娘说休打秋菊罢。哥儿才吃了些奶睡着了。"金莲听了，越发打的秋菊狠了，骂道："贼奴才，你身上打着一万把刀子，这等叫罢！我是恁性儿，你越叫，我越打。莫不为你拉断了路行人？人家打丫头，也来看着你。好姐姐对汉子说，把我别变了罢！"李瓶儿这边分明听见指骂的是他，把两只手气的冰冷，忍气吞声，敢怒而不敢言。早晨茶水也没吃，搂着官哥儿在炕上就睡着了。②

第四十三回"争宠爱金莲惹气，卖富贵吴月攀亲"，西门庆因与乔大户结亲，得了许多意外之财，兴冲冲地抱着四锭金镯儿去李瓶儿房内。潘金莲问他拿的什么，他也不回答，金莲见叫不回他来，心中就有几分羞讪，说道："什么罕稀货，忙的这等唬人子剌剌的！不与我瞧，罢，贼跌折腿的三寸货强盗，进

---

① 兰陵笑笑生. 金瓶梅［M］. 济南：齐鲁书社，1991：616-617.

② 兰陵笑笑生. 金瓶梅［M］. 济南：齐鲁书社，1991：618-619.

他门去,一齐的把那两条腿歪折了,才现报了我的眼。"①

最为凶狠的是,潘金莲设下毒计,一心要将官哥儿害死。第五十九回"李瓶儿睹物哭官哥"写道:

> 却说潘金莲房中养的一只白狮子猫儿,浑身纯白,只额儿上带龟背一道黑,名唤雪里送炭,又名雪狮子。又善会口衔汗巾子,拾扇儿。西门庆不在房中,妇人晚夕常抱他在被窝里睡,又不撒尿屎在衣服上,呼之即至,挥之即去,妇人常唤他是雪贼。每日不吃牛肝干鱼,只吃生肉,调养的十分肥壮,毛内可藏一鸡蛋。甚是爱惜他,终日在房里用红绢裹肉,令猫扑而挝食。这日也是合当有事,官哥儿心中不自在,连日吃刘婆子药,略觉好些。李瓶儿与他穿上红缎衫儿,安顿在外间炕上顽耍,迎春守着,奶子便在旁吃饭。不料这雪狮子正蹲在护炕上,看见官哥儿在炕上,穿着红衫儿一动动的顽耍,只当平日哄喂他肉食一般,猛然望下一跳,将官哥儿身上皆抓破了。只听那官哥儿"呱"的一声,倒咽了一口气,就不言语了,手脚俱风搐起来。慌的奶子丢下饭碗,搂抱在怀,只顾唾哕与他收惊。那猫还来赶着他要挝,被迎春打出外边去了。如意儿实承望孩子搐过一阵好了,谁想只顾常连,一阵不了一阵搐起来。忙使迎春后边请李瓶儿去,说:"哥儿不好了,风搐着哩,娘快去!"那李瓶儿不听便罢,听了,正是:惊损六叶连肝肺,唬坏三毛九孔心。连月娘慌的两步做一步,径扑到房中。见孩子搐的两只眼直往上吊,通不见黑眼睛珠儿,口中白沫流出,咿咿犹如小鸡叫,手足皆动。②

西门庆回家听到此事后,"不听便罢,听了此言,三尸暴跳,五脏气冲,怒从心上起,恶向胆边生,直走到潘金莲房中,不由分说,寻着雪狮子,提着脚走向穿廊,望石台基轮起来只一摔,只听响亮一声,脑浆迸万朵桃花,满口牙零嚙碎玉"。"潘金莲见他拿出猫去摔死了,坐在炕上风纹也不动。待西门庆出了门,

---

① 兰陵笑笑生.金瓶梅[M].济南:齐鲁书社,1991:636.

② 兰陵笑笑生.金瓶梅[M].济南:齐鲁书社,1991:877-878.

口里喃喃呐呐骂道：'贼作死的强盗，把人妆出去杀了，才是好汉！一个猫儿碍着你眯屎？亡神也似走的来摔死了。他到阴司里，明日还问你要命，你慌怎的？贼不逢好死变心的强盗！'"①

官哥儿夭折后，潘金莲仍不罢休，第六十回"李瓶儿病缠死孽"写道：

> 话说潘金莲见孩子没了，每日抖擞精神，百般称快，指着丫头骂道："贼淫妇！我只说你日头常晌午，却怎的今日也有错了的时节？你斑鸠跌了蛋——也嘴答谷了！春凳折了靠背儿——没的倚了！王婆子卖了磨——推不的了！老鸨子死了粉头——没指望了！却怎的也和我一般！"李瓶儿这边屋里分明听见，不敢声言，背地里只是掉泪。着了这暗气暗恼，又加之烦恼忧戚，渐渐精神恍乱，梦魂颠倒，每日茶饭都减少了。②

直到把李瓶儿折磨死，她才称心如意。

潘金莲刚刚来到西门庆家不久，便与孙雪娥产生了矛盾。第十一回"潘金莲激打孙雪娥"是两人矛盾的开始，"一日，金莲为些零碎事情不凑巧，骂了春梅几句。春梅没处出气，走往后边厨房下去，槌台拍凳，闹狠狠的模样。那孙雪娥看不过，假意戏他道：'怪行货子！想汉子，便别处去想，怎的在这里硬气？'春梅正在闷时，听了这句，不一时暴跳起来：'那个歪厮缠我哄汉子？'雪娥见他性不顺，只做不听得。"③ 庞春梅对潘金莲添油加醋，说了许多孙雪娥的坏话，潘金莲记在了心里，两人抓住机会激怒西门庆，狠狠打了孙雪娥一场。

> 这雪娥气愤不过，正走到月娘房里告诉此事。不妨金莲蓦然走来，立于窗下潜听。见雪娥在房里，对月娘、李娇儿说他怎的霸拦汉子，背地无所不为："娘，你还不知，淫妇说起来，比养汉老婆还浪，一夜没汉子也成不的。背地干的那茧儿，人干不出，他干出来。当初在家，把亲汉子用毒药摆死了，跟了来。如今把俺们也吃他活埋了。弄的汉子乌眼鸡一般，见

---

① 兰陵笑笑生. 金瓶梅 [M]. 济南：齐鲁书社，1991：879-880.

② 兰陵笑笑生. 金瓶梅 [M]. 济南：齐鲁书社，1991：890.

③ 兰陵笑笑生. 金瓶梅 [M]. 济南：齐鲁书社，1991：167.

了俺们便不待见。"月娘道:"也没见你,他前边使了丫头要饼,你好好打发与他去便了。平白又骂他怎的?"孙雪娥道:"我骂他秃也瞎也来?那顷,这丫头在娘房里,着紧不听手。俺没曾在灶上把刀背打他?娘尚且不言语。可可今日轮到他手里,便骄贵的这等了。"正说着,只见小玉走到说:"五娘在外边。"少顷,金莲进房,望着雪娥说道:"比如我当初摆死亲夫,你就不消叫汉子娶我来家,省得我霸拦着他,撑了你的窝儿。论起春梅,又不是我的丫头,你气不愤,还教他伏侍大娘就是了。省得你和他合气,把我扯在里头。那个好意死了汉子嫁人?如今也不难的勾当,等他来家,与我一纸休书,我去就是了。"月娘道:"我也不晓的你们底事。你们大家省言一句儿便了。"孙雪娥道:"娘,你看他嘴似淮洪也一般,随问谁也辩他不过。明在汉子根前戳舌儿,转过眼就不认了。依你说起来,除了娘,把俺们都撑了,只留着你罢!"那吴月娘坐着,由着他那两个你一句我一句,只不言语。后来见骂起来,雪娥道:"你骂我奴才?你便是真奴才!"险些儿不曾打起来。月娘看不上,使小玉把雪娥拉往后边去。这潘金莲一直归到前边,卸了浓妆,洗了脂粉,乌云散乱,花容不整,哭得两眼如桃,躺在床上。①

西门庆回来后,潘金莲"放声号哭起来,问西门庆要休书,如此这般告诉一遍","这西门庆不听便罢,听了时,三尸神暴跳,五脏气冲天。一阵风走到后边,采过雪娥头发来,尽力拿短棍打了几下"。潘金莲解了气,从此不再把孙雪娥放在眼里。第五十八回"潘金莲打狗伤人"写潘金莲挖苦孙雪娥:

> 正说话中间,只见四个唱的和西门大姐、小玉走来。大姐道:"原来你每都在这里,却教俺花园内寻你。"玉楼道:"花园内有人,咱们不好去的,瞧了瞧儿就来了。"李桂姐问洪四儿:"你每四个在后边做甚么,这半日才来?"洪四儿道:"俺每在后边四娘房里吃茶来。"潘金莲听了,望着玉楼、李瓶儿笑,问洪四儿:"谁对你说是四娘来?"董娇儿道:"他留俺每在房里

---

① 兰陵笑笑生. 金瓶梅 [M]. 济南:齐鲁书社,1991:172-173.

吃茶，他每问来：'还不曾与你老人家磕头，不知娘是几娘？'他便说：'我是你四娘哩。'"金莲道："没廉耻的小妇奴才，别人称你便好，谁家自己称是四娘来。这一家大小，谁兴你，谁数你，谁叫你是四娘？汉子在屋里睡了一夜儿，得了些颜色儿，就开起染房来了。若不是大娘房里有他大妗子，他二娘房里有桂姐，你房里有杨姑奶奶，李大姐有银姐在这里，我那屋里有他潘姥姥，且轮不到往你那屋里去哩！"玉楼道："你还没曾见哩，今日早晨起来，打发他爹往前边去了，在院子里呼张唤李的，便那等花哨起来。"金莲道："常言道：'奴才不可逞，小孩儿不宜哄。'"又问小玉："我听见你爹对你奶奶说，要替他寻丫头。说你爹昨日在他屋里，见他只顾收拾不了，因问他。那小淫妇就趁势儿对你爹说：'我终日不得个闲收拾屋里，只好晚夕来这屋里睡罢了。'你爹说：'不打紧，到明日对你娘说，寻一个丫头与你使便了。'真个有此话？"小玉道："我不晓的，敢是玉箫听见来？"金莲向桂姐道："你爹不是俺各房里有人，等闲不往他后边去。莫不俺每背地说他，本等他嘴头子不达时务，惯伤犯人，俺每急切不和他说话。"①

潘金莲、庞春梅与孙雪娥结了仇，孙雪娥吃了几次亏，极力寻找机会报复。第八十六回"雪娥唆打陈敬济"写吴月娘将庞春梅卖掉，又对潘金莲、陈敬济严加管束，陈敬济便不断寻衅闹事，将吴月娘气得昏死过去。孙雪娥报仇的机会终于来了："雪娥扶着月娘，待的众人散去，悄悄在房中对月娘说：'娘也不消生气，气的你有些好歹，越发不好了。这小厮因卖了春梅，不得与潘家那淫妇弄手脚，才发出话来。如今一不做，二不休，大姐已是嫁出女，如同卖出田一般，咱顾不得他这许多。常言养虾蟆得水蛊儿病，只顾教那小厮在家里做甚么！明日哄赚进后边，下老实打与他一顿，即时赶离门，叫他家去。然后叫将王妈妈子来，把那淫妇叫他领了去，变卖嫁人，如同狗屎臭尿，掠将出去，一

---

① 兰陵笑笑生. 金瓶梅 [M]. 济南：齐鲁书社，1991：854.

天事都没了。平空留着他在家里做甚么！到明日，没的把咱们也扯下水去了。'"① 吴月娘依照孙雪娥的计谋，痛打陈敬济一顿，然后将陈敬济、潘金莲赶出了家门。

孙雪娥自以为得意，但没有想到，当她要与来旺儿私奔时，被官府捉住变卖。"春梅听见，要买他来家上灶，要打他嘴，以报平昔之仇。对守备说：'雪娥善能上灶，会做的好茶饭汤水，买来家中伏侍。'这守备即差张胜、李安。拿帖儿对知县说。知县自恁要做分上，只要八两银子官价。交完银子，领到府中，先见了大奶奶并二奶奶孙氏，次后到房中来见春梅。春梅正在房里缕金床上，锦帐之中，才起来。手下丫鬟领雪娥见面。那雪娥见是春梅，不免低头进见。望上倒身下拜，磕了四个头。这春梅把眼睁一睁，唤将当直的家人媳妇上来：'与我把这贱人扯去了鬏髻，剥了上盖衣裳，打入厨下，与我烧火做饭。'这雪娥听了，暗暗叫苦。自古世间打墙板儿翻上下，扫米却做管仓人。既在他檐下，怎敢不低头？孙雪娥到此地步，只得摘了髻儿，换了艳服，满脸悲恸，往厨下去了。"②

潘金莲与李娇儿、宋惠莲之间的矛盾冲突大都集中在几回之内，不再赘述。《金瓶梅》围绕人物之间的矛盾展开生动的故事情节，后来许多世情小说都借鉴了这一艺术手法。

（三）借助某一事物构成故事情节

《金瓶梅》善于借助某一具体事物构成故事情节，推动情节发展。第二十八回"陈敬济侥幸得金莲，西门庆糊涂打铁棍"，围绕潘金莲的红绣鞋构成了四个递进的情节。首先，没有找到潘金莲的绣鞋，反而发现了宋惠莲的绣鞋：

> 这春梅又押着他，在花园山子底下，各处花池边，松墙下，寻了一遍，没有。他也慌了，被春梅两个耳刮子，就拉回来见妇人。秋菊道："还有那个雪洞里没寻哩。"春梅道："那藏春坞是爹的暖房儿，娘这一向又没到那

---

① 兰陵笑笑生. 金瓶梅[M]. 济南：齐鲁书社，1991：1371-1372.
② 兰陵笑笑生. 金瓶梅[M]. 济南：齐鲁书社，1991：1433.

里。我看寻不出来和你答话!"于是押着他到于藏春坞雪洞内。正面是张坐床,旁边香几上都寻到,没有。又向书箧内寻,春梅道:"这书箧内都是他的拜帖纸,娘的鞋怎的到这里?没的撮溜挓工夫儿!翻的他怎乱腾腾的,惹他看见又是一场儿,你这歪刺骨可死的成了!"良久,只见秋菊说道:"这不是娘的鞋?"在一个纸包内,裹着来些棒儿香与排草,取出来与春梅瞧:"可怎的有了,刚才就调唆打我!"春梅看见,果是一只大红平底鞋儿,说道:"是娘的,怎生得到这书箧内?好蹊跷的事!"于是走来见妇人。妇人问:"有了我的鞋,端的在那里?"春梅道:"在藏春坞,爹暖房书箧内寻出来,和些拜帖子纸、排草、安息香包在一处。"妇人拿在手内,取过他的那只来一比,都是大红四季花缎子白绫平底绣花鞋儿,绿提根儿,蓝口金儿。惟有鞋上锁线儿差些,一只是纱绿锁线,一只是翠蓝锁线,不仔细认不出来。妇人登在脚上试了试,寻出来这一只比旧鞋略紧些,方知是来旺儿媳妇子的鞋:"不知几时与了贼强人,不敢拿到屋里,悄悄藏放在那里。不想又被奴才翻将出来。"看了一回,说道:"这鞋不是我的。奴才,快与我跪着去!"分付春梅:"拿块石头与他顶着。"那秋菊哭起来,说道:"不是娘的鞋,是谁的鞋?我饶替娘寻出鞋来,还要打我;若是再寻不出来,不知还怎的打我哩!"妇人骂道:"贼奴才,休说嘴!"春梅一面撮了块大石头顶在他头上。妇人又另换了一双鞋穿在脚上,嫌房里热,分付春梅把妆台放在玩花楼上,梳头去了,不在话下。①

因为找潘金莲的绣鞋,反而找到了宋惠莲的绣鞋,补写了西门庆与宋惠莲在藏雪坞里不止一次的淫乱。

其次,潘金莲的这只绣鞋成为陈敬济与潘金莲勾搭的由头。小铁棍在花园里捡到了潘金莲的绣鞋,又被陈敬济哄了去。"这敬济把鞋褪在袖中,自己寻思:'我几次戏他,他口儿且是活,及到中间,又走滚了。不想天假其便,此鞋落在我手里。今日我着实撩逗他一番,不怕他不上帐儿。'"于是,他来到了潘

---

① 兰陵笑笑生. 金瓶梅 [M]. 济南:齐鲁书社, 1991:424.

金莲的屋内：

> 那敬济只是笑，不做声。妇人因问："姐夫，笑甚么？"敬济道："我笑你管情不见了些甚么儿？"妇人道："贼短命！我不见了，关你甚事？你怎的晓得？"敬济道："你看，我好心倒做了驴肝肺，你倒讪起我来。恁说，我去了。"抽身往楼下就走。被妇人一把手拉住，说道："怪短命，会张致的！来旺儿媳妇子死了，没了想头了，却怎么还认的老娘。"因问："你猜着我不见了甚么物件儿？"这敬济向袖中取出来，提着鞋拽靶儿，笑道："你看这个是谁的？"妇人道："好短命，原来是你偷拿了我的鞋去了！教我打着丫头，绕地里寻。"敬济道："你怎的到得我手里？"妇人道："我这屋里再有谁来？敢是你贼头鼠脑，偷了我这只鞋去了。"敬济道："你老人家不害羞。我这两日又不往你屋里来，我怎生偷你的？"妇人道："好贼短命，等我对你参说，你倒偷了我鞋，还说我不害羞。"敬济道："你只好拿参来唬我罢了。"妇人道："你好小胆儿，明知道和来旺儿媳妇子七个八个，你还调戏他，你几时有些忌惮儿的！既不是你偷了我的鞋，这鞋怎落在你手里？趁早实供出来，交还与我鞋，你还便宜。自古物见主，必索取。但道半个不字，教你死在我手里。"敬济道："你老人家是个女番子，且是倒会的放刁。这里无人，咱们好讲：你既要鞋，拿一件物事儿，我换与你，不然天雷也打不出去。"妇人道："好短命！我的鞋应当还我，教换甚物事儿与你？"敬济笑道："五娘，你拿你袖的那方汗巾儿赏与儿子，儿子与了你的鞋罢。"妇人道："我明日另寻一方好汗巾儿，这汗巾儿是你参成日眼里见过，不好与你的。"敬济道："我不。五娘就与我一百方也不算，我一心只要你老人家这方汗巾儿。"妇人笑道："好个牢成久惯的短命！我也没气力和你两个缠。"于是向袖中取出一方细撮穗白绫挑线莺莺烧夜香汗巾儿，上面连银三字儿都掠与他。
>
> 这陈敬济连忙接在手里，与他深深的唱个喏。妇人分付："好生藏着，休教大姐看见，他不是好嘴头子。"敬济道："我知道。"一面把鞋递与他，如此这般："是小铁棍儿昨日在花园里拾的，今早拿着问我换网巾圈儿要

子。"如此这般，告诉了一遍。妇人听了，粉面通红，说道："你看贼小奴才，把我这鞋弄的恁漆黑的！看我教他爹打他不打他。"敬济道："你弄杀我！打了他不打紧，敢就赖着我身上，是我说的。千万休要说罢。"妇人道："我饶了小奴才，除非饶了蝎子。"①

陈敬济以此勾引潘金莲，两人后来果然打得火热。

再次，西门庆听说是小铁棍捡了绣鞋，痛打小铁棍，惹怒了来昭、一丈青夫妇二人：

> 这金莲千不合万不合，把小铁棍儿拾鞋之事告诉一遍，说道："都是你这没才料的货平白干的勾当！教贼万杀的小奴才把我的鞋拾了，拿到外头，谁是没瞧见。被我知道，要将过来了。你不打与他两下，到明日惯了他。"西门庆就不问"谁告你说来"，一冲性子走到前边。那小猴儿不知，正在石台基顽耍，被西门庆揪住顶角，拳打脚踢，杀猪也似叫起来，方才住了手。这小猴子躺在地下，死了半日。慌得来昭两口子走来扶救，半日苏醒。见小厮鼻口流血，抱他到房里慢慢问他，方知为拾鞋之事惹起事来。这一丈青气忿忿的走到后边厨下，指东骂西，一顿海骂道："贼不逢好死的淫妇，忘八羔子！我的孩子和你有甚冤仇？他才十一二岁，晓的甚么？知道屎也在那块儿？平白地调唆打他恁一顿，打的鼻口中流血。假若死了，淫妇、忘八儿也不好！称不了你甚么愿！"厨房里骂了，到前边又骂，整骂了一二日还不定。因金莲在房中陪西门庆吃酒，还不知道。②

最后，潘金莲借着这只绣鞋发泄对宋惠莲的仇恨，同时以此驯服西门庆：

> 晚夕上床宿歇，西门庆见妇人脚上穿着两只绿绸子睡鞋，大红提根儿，因说道："啊呀，如何穿这个鞋在脚上？怪怪的不好看。"妇人道："我只一双红睡鞋，倒吃小奴才将一只弄油了，那里再讨第二双来？"西门庆道："我的儿，你到明日做一双儿穿在脚上。你不知，我达达一心欢喜穿红鞋

---

① 兰陵笑笑生. 金瓶梅［M］. 济南：齐鲁书社，1991：427-428.

② 兰陵笑笑生. 金瓶梅［M］. 济南：齐鲁书社，1991：429-430.

儿，看着心里爱。"妇人道："怪奴才！可可儿的来想起一件事来，我要说，又忘了。"因令春梅："你取那只鞋来与他瞧。""你认的这鞋是谁的鞋？"西门庆道："我不知是谁的鞋。"妇人道："你看他还打张鸡儿哩！瞒着我，黄猫黑尾，你干的好茧儿！来旺儿媳妇子的一只臭蹄子，宝上珠也一般，收藏在藏春坞雪洞儿里拜帖匣子内，搅着些字纸和香儿一处放着。甚么稀罕物件，也不当家化化的！怪不的那贼淫妇死了，堕阿鼻地狱！"又指着秋菊骂道："这奴才当我的鞋，又翻出来，教我打了几下。"分付春梅："趁早与我掠出去！"春梅把鞋掠在地下，看着秋菊说道："赏与你穿了罢！"那秋菊拾着鞋儿，说道："娘这个鞋，只好盛我一个脚指头儿罢了。"那妇人骂道："贼奴才，还教甚么屄娘哩，他是你家主子前世的娘！不然，怎的把他的鞋这等收藏的娇贵？到明日好传代！没廉耻的货！"秋菊拿着鞋就往外走，被妇人又叫回来，分付："取刀来，等我把淫妇剐作几截子，掠到毛司里去！叫贼淫妇阴山背后，永世不得超生！"因向西门庆道："你看着越心疼，我越发偏剁个样儿你瞧。"西门庆笑道："怪奴才，丢开手罢了。我那里有这个心！"妇人道："你没这个心，你就赌了誓。淫妇死的不知往那去了，你还留着他的鞋做甚么？早晚看着，好思想他。正经俺每和你恁一场，你也没恁个心儿，还要人和你一心一计哩！"西门庆笑道："罢了，怪小淫妇儿，偏有这些儿的！他就在时，也没曾在你跟前行差了礼法。"于是搂过粉项来就亲了个嘴，两个云雨做一处。①

潘金莲当着西门庆的面，借这只绣鞋发泄对宋惠莲的仇恨，让西门庆向她发誓，以此笼络住西门庆那颗不安分的心。张竹坡对此评论道："此回单状金莲之恶，故惟以'鞋'字播弄尽情。直至后三十回，以春梅纳鞋，足完'鞋'字神理。细数凡八十个'鞋'字，如一线穿去，却断断续续，遮遮掩掩。而瓶儿、玉楼、春梅身分中，莫不各有一'金莲'，以衬金莲之'金莲'，且衬惠莲之

---

① 兰陵笑笑生. 金瓶梅 [M]. 济南：齐鲁书社，1991：430-431.

'金莲',则金莲至此已烂漫不堪之甚矣。"①

第三十一回"琴童儿藏壶构衅,西门庆开宴为欢",借一把酒壶构成了潘金莲与李瓶儿渐生龃龉的情节。玉箫趁人不注意拿一壶酒和四个梨、一个柑子,送与书童儿吃。不想书童儿不在里面,他把壶放下就出来了。琴童儿看见后,把果子藏在袖里,将那一壶酒提到了李瓶儿房里,要送给迎春,迎春顺手把壶藏在里间桌子上了。酒席散后,果然为这把壶吵闹起来。

> 西门庆道:"慢慢寻就是了,平白嚷的是些甚么?"潘金莲道:"若是吃一遭酒,不见了一把,不嚷乱,你家是王十万!头醋不酸,到底儿薄。"看官听说:金莲此话,讥讽李瓶儿首先生孩子,满月就不见了壶,也是不吉利。西门庆明听见,只不做声。只见迎春送壶进来。玉箫便道:"这不是壶有了。"月娘问迎春:"这壶端的往那里来?"迎春悉把琴童从外边拿到我娘屋里收着,不知在那里来。月娘因问:"琴童儿那奴才,如今在那里?"玳安道:"他今日该狮子街房子里上宿去了。"金莲在旁不觉鼻子里笑了一声。西门庆便问:"你笑怎的?"金莲道:"琴童儿是他家人,放壶他屋里,想必要瞒昧这把壶的意思。要叫我,使小厮如今叫将那奴才来,老实打着,问他个下落。不然,头里就赖着他那两个,正是走杀金刚坐杀佛!"西门庆听了,心中大怒,睁眼看着金莲说道:"依着你恁说起来,莫不李大姐他爱这把壶?既有了,丢开手就是了,只管乱甚么!"那金莲把脸羞的飞红了,便道:"谁说姐姐手里没钱。"说毕,走过一边使性儿去了。②

潘金莲本想借机向李瓶儿发难,没想到碰了钉子。眼见西门庆如此偏向李瓶儿,潘金莲对李瓶儿更加怨恨了,从而构成了后来潘金莲怀嫉惊儿等情节。

第四十九回"请巡按屈体求荣,遇梵僧现身施药",西门庆向梵僧讨要春药:"西门庆叫左右拿过酒桌去,因问他求房术的药儿。梵僧道:'我有一枝药,乃老君炼就,王母传方。非人不度,非人不传,专度有缘。既是官人厚待于我,

---

① 兰陵笑笑生. 金瓶梅 [M]. 济南:齐鲁书社,1991:420-421.

② 兰陵笑笑生. 金瓶梅 [M]. 济南:齐鲁书社,1991:469-470.

我与你几丸罢．'于是向褡裢内取出葫芦来，倾出百十丸，分付：'每次只一粒，不可多了，用烧酒送下．'"此后这一梵僧药反复出现，充分揭示了西门庆毫无节制的淫乱生活。第七十九回"西门庆贪欲丧命"，西门庆先是与王六儿淫乱，回到家中，又与潘金莲继续淫乱。潘金莲打开葫芦一看，"只剩下三四丸药儿。这妇人取过烧酒壶来，斟了一盅酒，自己吃了一丸，还剩下三丸。恐怕力不效，千不合，万不合，拿烧酒都送到西门庆口内"①，最终使西门庆纵欲而亡。从叙事时间来看，仅仅数月，西门庆便将百十丸胡僧药用完，其荒淫程度可想而知。借助胡僧药这一事物，构成了西门庆贪色纵欲的一系列情节。

三　讽刺手法

讽刺是用比喻、夸张等手法对人或事进行揭露、批评、嘲笑的一种艺术手法。与《三国志演义》《水浒传》《西游记》等长篇小说相比，《金瓶梅》的讽刺手法运用得更为巧妙成熟，既有比较直白的讽刺，使人感到滑稽可笑；也有深藏不露的讽刺，让人感到含蓄幽默；还有似褒实贬的反讽，令人玩味深思。

（一）直白讽刺

《金瓶梅》可谓是一部讽刺小说，直白讽刺举目皆是，如第一回"西门庆热结十弟兄，武二郎冷遇亲哥嫂"便接连运用了直白讽刺手法。西门庆要与应伯爵等人结拜兄弟，为表诚意，议定每人都要出些份子。结果"止有应二的是一钱二分，八成银子，其余也有三分的，也有五分的，都是些红的、黄的，倒象金子一般"。以至于吴月娘气愤地说："咱家也曾没见这银子来，收他的也污个名，不如掠还他罢。"② 西门庆等人来到玉皇庙，吴道官陪着众人观看：

> 白赉光携着常峙节手儿，从左边看将过来，一到马元帅面前，见这元帅威风凛凛，相貌堂堂，面上画着三只眼睛，便叫常峙节道："哥，这却是

---

① 兰陵笑笑生. 金瓶梅 [M]. 济南：齐鲁书社，1991：1277.

② 兰陵笑笑生. 金瓶梅 [M]. 济南：齐鲁书社，1991：23.

怎的说？如今世界，开只眼闭只眼儿便好，还经得多出只眼睛看人破绽哩！"应伯爵听见，走过来道："呆兄弟，他多只眼儿看你倒不好么？"众人笑了。①

常峙节依照社会常理，认为应当"睁一只眼闭一只眼"，应伯爵却说多只眼儿看你更好，意为希望西门庆能够多多关照，讽刺了应伯爵的圆滑世故。当听说县里悬赏五十两银子捉拿景阳冈上的老虎时，"白赉光跳起来道：'咱今日结拜了，明日就去拿他，也得些银子使。'西门庆道：'你性命不值钱么？'白赉光笑道：'有了银子，要性命怎的！'众人齐笑起来。应伯爵道：'我再说个笑话你们听：一个人被虎衔了，他儿子要救他，拿刀去杀那虎。这人在虎口里叫道：儿子，你省可儿的砍，怕砍坏了虎皮。'说着众人哈哈大笑"②。辛辣地讽刺了应伯爵、白赉光等要钱不要命的德行。

西门庆结交的一伙帮闲兄弟在西门庆未死之时，天天跟着西门庆骗吃骗喝，一旦西门庆死去，他们便露出了真实面目。小说用直白的讽刺手法揭露了这些帮闲的丑陋无耻。第十二回"潘金莲私仆受辱，刘理星魇胜求财"，写西门庆与应伯爵、谢希大、祝实念、孙寡嘴、常峙节等酒肉朋友在妓院中鬼混，约半月不曾回家。潘金莲让玳安给西门庆捎去一个帖儿，被妓女李桂姐听到后，装模作样生气不理众人。为了让桂姐高兴，谢希大提议每人说个笑话儿，与桂姐下酒。

就该谢希大先说，因说道："有一个泥水匠，在院中墁地。老妈儿怠慢了他，他暗把阴沟内堵上块砖。落后天下雨，积的满院子都是水。老妈慌了，寻的他来，多与他酒饭，还秤了一钱银子，央他打水平。那泥水匠吃了酒饭，悄悄去阴沟内把那块砖拿出，那水登时出的罄尽。老妈便问作头：'此是那里的病？'泥水匠回道：'这病与你老人家的病一样，有钱便流，无钱不流。'"桂姐见把他家来伤了，便道："我也有个笑话，回奉列位。有

---

① 兰陵笑笑生. 金瓶梅［M］. 济南：齐鲁书社，1991：23.

② 兰陵笑笑生. 金瓶梅［M］. 济南：齐鲁书社，1991：24-25.

一孙真人,摆着筵席请人,却教座下老虎去请。那老虎把客人都路上一个个吃了。真人等至天晚,不见一客到。不一时老虎来,真人便问:'你请的客人,都那里去了?'老虎口吐人言:'告师父得知,我从来不晓得请人,只会白嚼人。'"当下把众人都伤了。①

作者借谢希大讲的笑话讽刺了妓院见钱眼开、唯利是图的本性,又借李桂姐讲的笑话讽刺了应伯爵等帮闲白吃白喝的丑陋嘴脸。接下来的讽刺更为辛辣:"应伯爵道:'可见的俺们只是白嚼,你家孤老就还不起个东道?'于是向头上拔下一根闹银耳斡儿来,重一钱;谢希大一对镀金网巾圈,秤了秤重九分半;祝实念袖中掏出一方旧汗巾儿,算二百文长钱;孙寡嘴腰间解下一条白布裙,当两壶半酒;常峙节无以为敬,问西门庆借了一钱银子。都递与桂卿,置办东道,请西门庆和桂姐。"② 西门庆结拜的这几位兄弟全都是身无分文,甚至将汗巾儿、白布裙作为份子钱。常峙节穷得连这些东西也没有,只好向西门庆借了一钱银子。

那桂卿将银钱都付与保儿,买了一钱猪肉,又宰了一只鸡,自家又陪些小菜儿,安排停当。大盘小碗拿上来,众人坐下,说了一声"动箸吃"时,说时迟,那时快,但见:

> 人人动嘴,个个低头。遮天映日,犹如蝗蚋一齐来;挤眼摄肩,好似饿牢才打出。这个抢风膀臂,如整年未见酒和肴;那个连三筷子,成岁不逢筵与席。一个汗流满面,却似与鸡骨秃有冤仇;一个油抹唇边,把猪毛皮连唾咽。吃片时,杯盘狼藉;啖顷刻,箸子纵横。这个称为食王元帅,那个号作净盘将军。酒壶番晒又重斟,盘馔已无还去探。正是:珍羞百味片时休,果然都送入五脏庙。

当下众人吃得个净光王佛。西门庆与桂姐吃不上两钟酒,拣了些菜蔬,又被这伙人吃去了。那日,把席上椅子坐折了两张,前边跟马的小厮,不

---

① 兰陵笑笑生. 金瓶梅 [M]. 济南:齐鲁书社,1991:183.

② 兰陵笑笑生. 金瓶梅 [M]. 济南:齐鲁书社,1991:183.

得上来掉嘴吃，把门前供养的土地翻倒来，便刺了一泡稠谷都的热屎。①

通过对应伯爵等人吃相的描写，讽刺了这群帮闲食客的无赖。这还不算，接下来更为可笑："临出门来，孙寡嘴把李家明间内供养的镀金铜佛，塞在裤腰里；应伯爵推逗桂姐亲嘴，把头上金琢针儿戏了。谢希大把西门庆川扇儿藏了。祝实念走到桂卿房里照面，溜了他一面水银镜子。常峙节借的西门庆一钱银子，竟是写在嫖账上了。原来这起人只伴着西门庆玩耍，好不快活。"② 这群帮闲又吃又喝，连偷带拿，不仅填饱了肚皮，还捞回了本钱，作者以直白夸张的讽刺揭露了他们的无赖与无耻。

第八十回"潘金莲售色赴东床，李娇儿盗财归丽院"写西门庆死后，应伯爵约会了谢希大、花子繇、祝实念、孙天化、常峙节、白赉光七人，商量祭奠西门庆之事：

> 伯爵先开口说："大官人没了，今一七光景。你我相交一场，当时也曾吃过他的，也曾用过他的，也曾使过他的，也曾借过他的。今日他死了，莫非推不知道？洒土也眯眯后人眼睛儿，他就到五阎王跟前也不饶你我。你我如今这等算计，你我各出一钱银子，七人共凑上七钱，办一桌祭礼，买一幅轴子，再求水先生作一篇祭文，抬了去，大官人灵前祭奠祭奠，少不的还讨了他七分银子一条孝绢来，这个好不好？"众人都道："哥说的是。"当下每人凑出银子来，交与伯爵，整备祭物停当，买了轴子，央水秀才做了祭文。这水秀才平昔知道应伯爵这起人，与西门庆乃小人之朋，于是暗含讥刺，作就一篇祭文。伯爵众人把祭祀抬到灵前摆下，陈敬济穿孝在旁还礼。伯爵为首，各人上了香，人人都粗俗，那里晓得其中滋味。浇了奠酒，只顾把祝文宣念。其文略曰：
>
> 维重和元年，岁戊戌，二月戊子期，越初三日庚寅，侍教生应伯爵、谢希大、花子繇、祝实念、孙天化、常峙节、白赉光，谨以清酌

---

① 兰陵笑笑生. 金瓶梅 [M]. 济南：齐鲁书社，1991：184.

② 兰陵笑笑生. 金瓶梅 [M]. 济南：齐鲁书社，1991：184.

庶馐之仪,致祭于故锦衣西门大官人之灵曰:维灵生前梗直,秉性坚刚;软的不怕,硬的不降。常济人以点水,恒助人以精光。囊箧颇厚,气概轩昂。逢药而举,遇阴伏降。锦裆队中居住,齐腰库里收藏。有八角而不用挠捆,逢虱虮而骚痒难当。受恩小子,常在胯下随帮。也曾在章台而宿柳,也曾在谢馆而猖狂。正宜撑头活脑,久战熬场,胡为罹一疾不起之殃?见今你便长伸着脚子去了,丢下小子辈,如班鸠跌脚,倚靠何方?难上他烟花之寨,难靠他八字红墙。再不得同席而偎软玉,再不得并马而傍温香。撒的人垂头落脚,闪的人牢温郎当。

今特奠兹白浊，次献寸筋。灵其不昧，来格来歆。尚享。①

这伙帮闲各出一钱银子还惦记着讨回七分银子一条孝绢来，一点儿也不吃亏。水秀才写的祭文既讽刺了西门庆，又嘲讽了这伙帮闲。可笑的是他们竟然听不出来，这一讽刺可谓入木三分。

(二) 含蓄讽刺

与直白讽刺相比，含而不露的讽刺更为冷峻深刻，更能揭示出人物性格的本质。第三十三回"陈敬济失钥罚唱，韩道国纵妇争锋"中，应伯爵向西门庆保举伙计韩道国，说他"说写算皆精，行止端正"。其人"五短身材，三十年纪，言谈滚滚，满面春风"。②但实际上他是个不守本分的人，"性本虚飘，言过其实，巧于词色，善于言谈。许人钱，如捉影捕风；骗人财，如探囊取物。自从西门庆家做了买卖，手里财帛从容，新做了几件虼蚤皮，在街上掇着肩膊儿就摇摆起来"③。特别具有讽刺意味的是他的老婆王六儿行为不端，与小叔子乱搞，被邻居逮个正着，他却还在那儿夸夸其谈：

> 单表那日，韩道国铺子里不该上宿，来家早，八月中旬天气，身上穿着一套儿轻纱软绢衣服，新盔的一顶帽儿，摇着扇儿，在街上阔行大步摇摆。但遇着人，或坐或立，口若悬河，滔滔不绝。就是一回，内中遇着他两个相熟的人，一个是开纸铺的张二哥，一个是开银铺的白四哥，慌作揖举手。张好问便道："韩老兄连日少见，闻得恭喜在西门大官府上，开宝铺做买卖，我等缺礼失贺，休怪休怪！"一面让他坐下。那韩道国坐在凳上，把脸儿扬着，手中摇着扇儿，说道："学生不才，仗赖列位余光，与我恩主西门大官人做伙计，三七分钱。掌巨万之财，督数处之铺，甚蒙敬重，比他人不同。"白汝晃道："闻老兄在他门下只做线铺生意。"韩道国笑道："二兄不知，线铺生意只是名目而已。他府上大小买卖，出入资本，那些儿

---

① 兰陵笑笑生. 金瓶梅 [M]. 济南：齐鲁书社，1991：1298-1299.

② 兰陵笑笑生. 金瓶梅 [M]. 济南：齐鲁书社，1991：494-495.

③ 兰陵笑笑生. 金瓶梅 [M]. 济南：齐鲁书社，1991：502.

不是学生算帐！言听计从，祸福共知，通没我一时儿也成不得。大官人每日衙门中来家摆饭，常请去陪侍，没我便吃不下饭去。俺两个在他小书房里，闲中吃果子说话儿，常坐半夜他方进后边去。昨日他家大夫人生日，房下坐轿子行人情，他夫人留饮至二更方回。彼此通家，再无忌惮。不可对兄说，就是背地他房中话儿，也常和学生计较。学生先一个行止端庄，立心不苟，与财主兴利除害，拯溺救焚。凡百财上分明，取之有道。就是傅自新也怕我几分。不是我自己夸奖，大官人正喜我这一件儿。"刚说在热闹处，忽见一人慌慌张张走向前叫道："韩大哥，你还在这里说什么，教我铺子里寻你不着。"拉到僻静处告他说："你家中如此这般，大嫂和二哥被街坊众人撮弄了，拴到铺里，明早要解县见官去。你还不早寻人情理会此事？"这韩道国听了，大惊失色。口中只咂嘴，下边顿足，就要趔趄走。被张好问叫道："韩老兄，你话还未尽，如何就去了？"这韩道国举手道："大官人有要紧事，寻我商议，不及奉陪。"慌忙而去。①

韩道国的妻子被西门庆玩弄，又把女儿送给了翟谦为妾，他不但不感到耻辱，反而引以为荣：

　　老婆如此这般，把西门庆勾搭之事，告诉一遍："自从你去了，来行走了三四遭，才使四两银子买了这个丫头。但来一遭，带一二两银子来。第二的不知高低，气不愤走来这里放水。被他撞见了，拿到衙门里，打了个臭死，至今再不敢来了。大官人见不方便，许了要替我每大街上买一所房子，叫咱搬到那里住去。"韩国道："嗔道他头里不受这银子，叫我拿回来休要花了，原来就是这些话了。"妇人道："这不是有了五十两银子，他到明日，一定与咱多添几两银子，看所好房儿。也是我输了身一场，且落他些好供给穿戴。"韩道国道："等我明日往铺子里去了，他若来时，你只推我不知道，休要怠慢了他，凡事奉承他些儿。如今好容易赚钱，怎么赶的这个道路！"老婆笑道："贼强人，倒路死的！你到会吃自在饭儿，你还不

---

① 兰陵笑笑生. 金瓶梅 [M]. 济南：齐鲁书社，1991：504-505.

知老娘怎样受苦哩!"两个又笑了一回,打发他吃了晚饭,夫妻收拾歇下。到天明,韩道国宅里讨了钥匙,开铺子去了,与了老冯一两银子谢他。俱不必细说。①

通过韩道国以出卖女儿和妻子获取钱财,却丝毫没有羞耻感,尖锐地讽刺了韩道国之流,也是对当时颓败世风的无情揭露。

第五十六回"西门庆捐金助朋友,常峙节得钞傲妻儿"中,常峙节家生活拮据,食不果腹,其妻骂声不断。当常峙节从西门庆那儿借来银子后,其妻态度立即改变,前倨后恭,可笑之极:

常峙节作谢起身,袖着银子欢喜走到家来。刚刚进门,只见浑家闹吵吵嚷将出来,骂道:"梧桐叶落——满身光棍的行货子!出去一日,把老婆饿在家里,尚兀自千欢万喜到家来,可不害羞哩。房子没的住,受别人许多酸呕气,只教老婆耳朵里受用!"那常二只是不开口,任老婆骂的完了,轻轻把袖里银子摸将出来,放在桌儿上,打开瞧着道:"孔方兄,孔方兄!我瞧你光闪闪、响当当无价之宝,满身通麻了,恨没口水咽你下去。你早些来时,不受这淫妇几场气了。"那妇人明明看见包里十二三两银子一堆,喜的抢近前来,就想要在老公手里夺去。常二道:"你生平会骂汉子,见了银子,就来亲近哩!我明日把银子买些衣服穿,自去别处过活,再不和你鬼混了。"那妇人陪着笑脸道:"我的哥!端的此是那里来的这些银子?"常二也不做声。妇人又问道:"我的哥,难道你便怨了我?我也只是要你成家。今番有了银子,和你商量停当,买房子安身,却不好?倒恁地乔张致!我做老婆的,不曾有失花儿,凭你怨我,也是枉了。"常二也不开口。那妇人只顾饶舌,又见常二不揪不采,自家也有几分惭愧,禁不得掉下泪来。常二看了,叹口气道:"妇人家,不耕不织,把老公恁地泼骂!"那妇人一发掉下泪来。两个人都闭着口,又没个人劝解,闷闷的坐着。常二寻思道:"妇人家也是难做。受了辛苦埋怨人,也怪他不的。我今日有了银子,不采

---

① 兰陵笑笑生. 金瓶梅 [M]. 济南:齐鲁书社,1991:575-576.

他，人就道我薄情。便大官人知道，也须断我不是。"就对那妇人笑道："我自要你，谁怪你来！只你时常聒噪，我只得忍着出门去了，却谁怨你来？我明白和你说：这银子原是早上耐你不的，特地请了应二哥，在酒店里吃了三杯，一同往大官人宅里等候。恰好大官人正在家，没曾去吃酒，亏了应二哥许多婉转，才得这些银子到手。还许我寻下房子，兑银与我成交哩。这十二两，是先教我盘搅过日子的。"那妇人道："原来正是大官人与你的，如今不要花费开了，寻件衣服过冬，省的耐冷。"常二道："我正要和你商量，十二两纹银，买几件衣服，办几件家活在家里。等有了新房子，搬进去也好看些。只是感不尽大官人恁好情，后日搬了房子，也索请他坐坐是。"妇人道："且到那时再作理会。"正是：惟有感恩并积恨，万年千载不生尘。

常二与妇人说了一回，妇人道："你吃饭来没有？"常二道："也是大官人屋里吃来的。你没曾吃饭，就拿银子买了米来。"妇人道："仔细拴着银子，我等你，就来。"常二取栲栳望街上买了米，栲栳上又放着一块羊肉，拿进门来。妇人迎门接住道："这块羊肉又买他做甚？"常二笑道："刚才说了许多辛苦，不争这一些羊肉，就牛也该宰几个请你。"妇人笑指着常二骂道："狠心的贼，今日便怀恨在心，看你怎的奈何了我！"常二道："只怕有一日，叫我一万声亲哥饶我小淫妇罢，我也只不饶你哩。试试手段看！"那妇人听说，笑的往井边打水去了。当下妇人做了饭，切了一碗羊肉，摆在桌儿上，便叫："哥吃饭。"常二道："我才吃的饭，不要吃了。你饿的慌，自吃些罢。"那妇人便一个自吃了。收了家活，打发常二去买衣服。常二袖着银子，一直奔到大街上来。看了几家，都不中意。只买了一件青杭绢女袄、一条绿绸裙子、一件月白云绸衫儿、一件红绫袄子、一件白绸裙儿，共五件。自家也对身买了一件鹅黄绫袄子、一件丁香色绸直身，又买几件布草衣服。共用去六两五钱银子。打做一包，背到家中，叫妇人打开看看。妇人看了，便问："多少银子买的？"常二道："六两五钱银子。"妇人道："虽没便宜，却值这些银子。"一面收拾箱笼放好，明日去买家活。当日妇人欢天喜地过了一日，埋怨的话都掉在东洋大海里去了，不在话下。①
常峙节夫妇是典型的小市民，没有固定的经济来源，残酷的社会现实使他们将金钱看得高于一切，作者以含蓄的讽刺手法显现了他们的无奈与辛酸。

《金瓶梅》开卷伊始，作者便告诫世人："单道世上人，营营逐逐，急急巴巴，跳不出七情六欲关头，打不破酒色财气圈子。到头来同归于尽，着甚要紧。"② 西门庆在世时，欲壑难填，家中妻妾，家外青楼，为所欲为，荒淫无度。但他一旦死去，妻妾星散，各奔东西。孟玉楼有心机，当机立断，跟着一个衙内走了。潘金莲被逐出发卖，死在武松之手。最具讽刺意味的是李娇儿，西门庆刚断气，她趁着家里乱哄哄，偷了吴月娘房中的五锭银子，后来，又偷了些细软，回行院去了，以图再嫁富户。李桂卿、李桂姐这样对李娇儿说："妈说，你摸量你手中没甚细软东西，不消只顾在他家了。你又没儿女，守甚么？教你一场嚷乱，登开了罢。昨日应二哥来说，如今大街坊张二官府，要破五百两金银，娶你做二房娘子，当家理纪。你那里便图出身，你在这里守到老死，也不怎。你我院中人家，弃旧迎新为本，趋炎附势为强，不可错过了时光。"③ 对此，作者议论道：

> 看官听说：院中唱的，以卖俏为活计，将脂粉作生涯；早辰张风流，晚夕李浪子；前门进老子，后门接儿子；弃旧怜新，见钱眼开，自然之理。饶君千般贴恋，万种牢笼，还锁不住他心猿意马。不是活时偷食抹嘴，就是死后嚷闹离门。不拘几时，还吃旧锅粥去了。④

这一番话深刻揭示了行院女子"弃旧迎新、趋炎附势"的无耻行径，也暗中讽刺了西门庆贪恋女色的可笑与可悲。

（三）反讽

所谓"反讽"，即正话反说，或反话正说，具有极强的讽刺效果。单纯从字

---

① 兰陵笑笑生. 金瓶梅 [M]. 济南：齐鲁书社，1991：828-831.

② 兰陵笑笑生. 金瓶梅 [M]. 济南：齐鲁书社，1991：11.

③ 兰陵笑笑生. 金瓶梅 [M]. 济南：齐鲁书社，1991：1304.

④ 兰陵笑笑生. 金瓶梅 [M]. 济南：齐鲁书社，1991：1305.

面上不能了解其真正要表达的意义,因为其原本的意义正与字面上所能理解的意义相反,通常需要从上下文及语境来了解其用意。鲁迅先生说《金瓶梅》"幽伏而含讥"正是此意。

《金瓶梅》运用反讽手法十分成功,这首先表现在吴月娘这一人物身上。吴月娘是一个性格十分复杂又极其微妙的人物形象,张竹坡说她是"奸险好人"①,认为作者"纯以隐笔":"《金瓶》写月娘,人人谓西门氏亏此一人内助。不知作者写月娘之罪,纯以隐笔,而人不知也。何则?良人者,妻之所仰望而终身者也。若其夫千金买妾为宗嗣计,而月娘百依百顺,此诚《关雎》之雅,千古贤妇人也。若西门庆杀人之夫,劫人之妻,此真盗贼之行也。其夫为盗贼之行,而其妻不涕泣而告之,乃依违其间,视为路人,休戚不相关,而且自以好好先生为贤,其为心尚可问哉!至其于陈敬济,则作者已大书特书,月娘引贼入室之罪可胜言哉!至后识破奸情,不知所为分处之计,乃白日关门,便为处此已毕。后之逐敬济,送大姐,请春梅,皆随风弄柁,毫无成见;而听尼宣卷,胡乱烧香,全非妇女所宜。而后知'不甚读书'四字,误尽西门一生,且误尽月娘一生也。何则?使西门守礼,便能以礼刑其妻;今止为西门不读书,所以月娘虽有为善之资,而亦流于不知大礼,即其家常举动,全无举案之风,而徒多眉眼之处。盖写月娘,为一知学好而不知礼之妇人也。夫知学好矣,而不知礼,犹足遗害无穷,使敬济之恶归罪于己,况不学好者乎!然则敬济之罪,月娘成之,月娘之罪,西门庆刑于之过也。"②

张竹坡的这一评论揭示了《金瓶梅》巧妙运用反讽手法所取得的艺术效果。小说第一回写道:"却说这月娘秉性贤能,夫主面上百依百随。"③ 吴月娘要做一位"好人",对西门庆百依百顺。当西门庆在外眠花宿柳,累日不归时,吴月娘为了使西门庆能够"弃却繁华,齐心家事","每月吃斋三次,逢七拜斗,焚

---

① 兰陵笑笑生. 金瓶梅 [M]. 济南:齐鲁书社,1991:35.
② 兰陵笑笑生. 金瓶梅 [M]. 济南:齐鲁书社,1991:32-33.
③ 兰陵笑笑生. 金瓶梅 [M]. 济南:齐鲁书社,1991:15.

香保佑夫主早早回心"①。这一举止虽然使西门庆有所感动,但并未达到目的,西门庆依然我行我素,毫无收敛。当西门庆做出荒唐之事时,她虽然也加以规劝,但并未产生任何效果。如第二十六回"来旺儿递解徐州,宋惠莲含羞自缢",西门庆要将来旺儿押解到官府,她说道:"奴才无礼,家中处分他便了。又要拉出去惊官动府做甚么?"西门庆听言,圆睁二目,喝道:"你妇人家,不晓道理!奴才安心要杀我,你倒还教饶他罢?"于是不听月娘之言,喝令左右把来旺儿押送提刑院去了。月娘当下羞报而退,回到后边,向玉楼众人说道:"如今这屋里乱世为王,九尾狐狸精出世。不知听信了甚么人言语,平白把小厮弄出去了。你就赖他做贼,万物也要个着实才好,拿纸棺材糊人,成何道理?恁没道理昏君行货!"②

显然,吴月娘对西门庆的恶行只能听之任之,西门庆勾栏嫖妓、奸耍他人妻女、蓄养外室、偷弄侍童使女,吴月娘只是佯作不知,甚至提供便利。如第三十二回"李桂姐趋炎认女,潘金莲怀妒惊儿"中,李桂姐拜吴月娘做干娘,其目的不言自明。吴月娘反而"满心欢喜"③。西门庆陆续置李娇儿、孟玉楼、孙雪娥、潘金莲、李瓶儿为妾,吴月娘亦极力维持。因此,西门庆赞她:"俺吴家的这个拙荆,他倒是好性儿哩。不然,手下怎生容得这些人?"④ 西门庆的赞扬恰好说明了吴月娘的放任失职。

张竹坡说吴月娘对陈敬济是"引狼入室",此话并非虚谈。且看第十八回"赂相府西门脱祸,见娇娘敬济销魂"的描写:

> 月娘因陈敬济一向管工辛苦,不曾安排一顿饭儿酬劳他。向孟玉楼、李娇儿说:"待要管,又说我多揽事;我待欲不管,又看不上。人家的孩儿在你家,每日起早睡晚,辛辛苦苦,替你家打勤劳儿,那个兴心知慰他一

---

① 兰陵笑笑生. 金瓶梅 [M]. 济南:齐鲁书社,1991:320.

② 兰陵笑笑生. 金瓶梅 [M]. 济南:齐鲁书社,1991:393.

③ 兰陵笑笑生. 金瓶梅 [M]. 济南:齐鲁书社,1991:480.

④ 兰陵笑笑生. 金瓶梅 [M]. 济南:齐鲁书社,1991:243.

知慰儿也怎的?"玉楼道:"姐姐,你是个当家的人,你不上心谁上心?"月娘于是分付厨下,安排了一桌酒肴点心,午间请陈敬济进来吃一顿饭。这陈敬济撇了工程教贲四看管,径到后边参见月娘,作揖毕,旁边坐下。小玉拿茶来吃了,安放桌儿,拿蔬菜按酒上来。月娘道:"姐夫,每日管工辛苦,要请姐夫进来坐坐,白不得个闲。今日你爹不在家,无事,治了一杯水酒,权与姐夫酬劳。"敬济道:"儿子蒙爹娘抬举,有甚劳苦,这等费心!"月娘陪着他吃了一回酒。月娘使小玉:"请大姑娘来这里坐。"小玉道:"大姑娘使着手,就来。"少顷,只听房中抹得牌响。敬济便问:"谁人抹牌?"月娘道:"是大姐与玉箫丫头弄牌。"敬济道:"你看没分晓,娘这里呼唤不来,且在房中抹牌。"不一时,大姐掀帘子出来,与他女婿对面坐下,一同饮酒。月娘便问大姐:"陈姐夫也会看牌不会?"大姐道:"他也知道些香臭儿。"月娘只知敬济是志诚的女婿,却不道这小伙子儿诗词歌赋,双陆象棋,拆牌道字,无所不通,无所不晓。

月娘便道:"既是姐夫会看牌,何不进去咱同看一看?"敬济道:"娘和大姐看罢,儿子却不当。"月娘道:"姐夫至亲间,却怕怎的。"一面进入房中,只见孟玉楼正在床上铺茜红毡看牌,见敬济进来,抽身就要走。月娘道:"姐夫又不是别人,见个礼儿罢。"向敬济道:"这是你三娘哩。"那敬济慌忙躬身作揖,玉楼还了万福。当下玉楼、大姐三人同抹,敬济在旁边观看。抹了一回,大姐输了下来,敬济上来又抹。……只见潘金莲掀帘子走进来,银丝鬏髻上戴着一头鲜花儿,笑嘻嘻道:"我说是谁,原来是陈姐夫在这里!"慌的陈敬济扭颈回头。猛然一见,不觉心荡目摇,精魂已失。正是:五百年冤家相遇,三十年恩爱一旦遭逢。月娘道:"此是五娘,姐夫也只见个长礼儿罢。"敬济忙向前深深作揖,金莲一面还了万福。月娘便道:"五姐,你来看,小雏儿倒把老鸦子来赢了。"这金莲近前,一手扶着床护炕儿,一只手拈着白纱团扇儿,在旁替月娘指点道:"大姐姐,这牌不是这等出了,把双三搭过来,却不是天不同和牌?还赢了陈姐夫和三姐姐。"众人正抹牌在热闹处,只见玳安抱进毡包来,说:"爹来家了。"月娘连忙撏掇小玉,送姐夫从角门出去了。①

吴月娘这位"好人"十分关心女婿陈敬济,对其丝毫没有防备之心,结果为陈敬济与潘金莲勾搭成奸提供了方便,深刻讽刺了吴月娘的愚蠢痴呆。

吴月娘念经拜佛,似乎格外虔诚,但实际上有她自己的心计,第五十三回"潘金莲惊散幽欢,吴月娘拜求子息"写道:

> 且表吴月娘次日起身,正是二十三壬子日,梳洗毕,就教小玉摆着香桌,上边放着宝炉,烧起名香,又放上《白衣观音经》一卷。月娘向西皈依礼拜,拈香毕,将经展开,念一遍,拜一拜,念了二十四遍,拜了二十四拜,圆满。然后箱内取出丸药,放在桌上,又拜了四拜,祷告道:"我吴氏上靠皇天,下赖薛师父、王师父这药,仰祈保佑早生子嗣。"告毕,小玉烫的热酒,倾在盏内。月娘接过酒盏,一手取药调匀,西向跪倒,先将丸药咽下,又取末药也服了,喉咙内微觉有些腥气。月娘闭着气一口呷下。又拜了四拜。当下不出房,只在房里坐的。②

原来吴月娘的念经拜佛并非要多做善事,而是为了自己早得子嗣。吴月娘还有其奸险的一面,第六十二回"潘道士法遣黄巾士,西门庆大哭李瓶儿"写西门庆与吴月娘商议李瓶儿的后事。月娘道:"李大姐,我看他有些沉重,你须早早与他看一副材板儿,省得到临时马捉老鼠——又乱不出好板来。"西门庆道:"今日花大哥也是这般说。适才我略与他题了题儿,他分付休要使多了钱,将就抬副熟板儿罢。你偌多人口,往后还要过日子。倒把我伤心了这一会。我说亦发等请潘道士来看了,看板去罢。"月娘道:"你看没分晓,一个人形也脱了,关口都锁住,勺水也不进,还指望好?咱一壁打鼓,一壁磨旗。幸的他好了,把棺材就舍与人,也不值甚么。"③ 表面上吴月娘是关心李瓶儿的后事,但明眼人不难看出她是巴不得李瓶儿早早咽气。因此当西门庆痛哭李瓶儿时,她

---

① 兰陵笑笑生.金瓶梅[M].济南:齐鲁书社,1991:275-277.

② 兰陵笑笑生.金瓶梅[M].济南:齐鲁书社,1991:792.

③ 兰陵笑笑生.金瓶梅[M].济南:齐鲁书社,1991:930-931.

的真实内心就显露了出来:

> 月娘见西门庆磕伏在他身上,挓脸儿那等哭,只叫:"天杀了我西门庆了!姐姐你在我家三年光景,一日好日子没过,都是我坑陷了你了!"月娘听了,心中就有些不耐烦了,说道:"你看韶刀!哭两声儿丢开手罢了。一个死人身上,也没个忌讳,就脸挓着脸儿哭,倘或口里恶气扑着你是的。他没过好日子,谁过好日子来?各人寿数到了,谁留的住他!那个不打这条路儿来?"①
>
> ……
>
> 西门庆熬了一夜没睡的人,前后又乱了一五更,心中又着了悲恸,神思恍乱,只是没好气,骂丫头,踢小厮,守着李瓶儿尸首,由不的放声哭叫。那玳安在旁,亦哭的言不的语不的。吴月娘正和李娇儿、孟玉楼、潘金莲在帐子后打伙儿分孝,与各房里丫头并家人媳妇,看见西门庆哑着喉咙只顾哭,问他,茶也不吃,只顾没好气。月娘便道:"你看怎劳叨!死也死了,你没的哭的他活!只顾扯长绊儿哭起来了。三两夜没睡,头也没梳,脸也没洗,乱了怎五更,黄汤辣水还没尝着,就是铁人也禁不的。把头梳了,出来吃些甚么,还有个主张。好小身子,一时摔倒了,却怎样儿的!"玉楼道:"原来他还没梳头洗脸哩?"月娘道:"洗了脸倒好。我头里使小厮请他后边洗脸,他把小厮踢进来,谁再问他来!"金莲道:"你还没见,头里我倒好意,说他已死了,你怎般起来,把骨秃肉儿也没了。你在屋里吃些甚么儿,出去再乱也不迟。他倒把眼睛红了的,骂我狗攮的淫妇,管你甚么事!我如今整日不教狗攮,却教谁攮哩?怎不合理的行货子。只说人和他合气。"月娘道:"热突突死了,怎么不疼?你就疼也还放在心里,那里就这般显出来。人也死了,不管那有恶气,没恶气,就口挓着口那等叫唤,不知甚么张致。他可可儿来三年没过一日好日子,镇日教他挑水挨磨

---

① 兰陵笑笑生. 金瓶梅 [M]. 济南: 齐鲁书社, 1991: 942.

来?"孟玉楼道："李大姐倒也罢了，倒吃他爹恁三等九格的。"①

这番对话充分表明了吴月娘与潘金莲、孟玉楼对李瓶儿的态度毫无二致，表面上是关心西门庆，但骨子里充满了对李瓶儿的嫉妒与仇视。这些反讽极好地揭露了吴月娘的本性。

第四十九回"请巡按屈体求荣，遇胡僧现身施药"中，对蔡御史也运用了反讽手法。蔡御史名蕴，是权奸蔡京的干儿子。在他中状元之初，西门庆已经很热情地招待过一回，并赠送了大批礼物。蔡蕴点了两淮巡盐后又来到西门庆府上，西门庆以更高的规格设宴招待，并找来两个歌妓伺候。席间西门庆直言不讳地请蔡御史为自己做私盐生意开方便之门，蔡御史一口答应，这时，西门庆送给蔡御史一个意外的惊喜：

只见两个唱的，盛妆打扮，立于阶下，向前插烛也似磕了四个头。但见：

绰约容颜金缕衣，香尘不动下阶墀。

时来水溅罗裙湿，好似巫山行雨归。

蔡御史看见，欲进不能，欲退不舍。便说道："四泉，你如何这等爱厚？恐使不得。"西门庆笑道："与昔日东山之游，又何异乎？"蔡御史道："恐我不如安石之才，而君有王右军之高致矣。"于是月下与二妓携手，恍若刘阮之入天台。因进入轩内，见文物依然，因索纸笔，就欲留题相赠。西门庆即令书童连忙将端溪砚研的墨浓浓的，拂下锦笺。这蔡御史终是状元之才，拈笔在手，文不加点，字走龙蛇，灯下一挥而就，作诗一首。诗曰：

不到君家半载余，轩中文物尚依稀。

雨过书童开药圃，风回仙子步花台。

饮将醉处钟何急，诗到成时漏更催。

---

① 兰陵笑笑生. 金瓶梅 [M]. 济南：齐鲁书社，1991：945-946.

　　　　此去又添新怅望，不知何日是重来。①

　　明明是俗不可耐的官商勾结，但却附庸风雅，比拟古人，令人感到可笑之极。

　　再如第五十六回"西门庆捐金助朋友，常峙节得钞傲妻儿"，应伯爵向西门庆推荐水秀才：

　　　　伯爵道："姓水，他才学果然无比，哥若用他时，管情书束诗词，一件件增上哥的光辉。人看了时，都道西门大官人怎地才学哩！"西门庆道："你都是吊慌，我却不信。你记的他些书束儿，念来我听。看好时，我就请他来家，拨间房子住下。只一口儿也好看承的。"伯爵道："曾记得他捎书来，要我替他寻个主儿。这一封书，略记的几句，念与哥听：

　　　　　　〔黄莺儿〕书寄应哥前，别来思，不待言。满门儿托赖都康健。舍字在边，傍立着官，有时一定求方便。羡如椽，往来言疏，落笔起云烟。

　　　　西门庆听毕，便大笑将起来，道："他既要你替他寻个好主子，却怎的不捎书来，到写一只曲儿来？又做的不好。可知他才学荒疏，人品散荡哩。"伯爵道："这到不要作准他。只为他与我是三世之交，自小同上学堂。先生曾道：'应家学生子和水学生子一般的聪明伶俐，后来一定长进。'落后做文字，一样同做，再没些妒忌，极好兄弟。故此不拘形迹，便随意写个曲儿。况且那只曲儿，也倒做的有趣。"西门庆道："别的罢了，只第五句是甚么说话？"伯爵道："哥不知道，这正是拆白道字，尤人所难。'舍'字在边，旁立着'官'字，不是个'馆'字？若有馆时，千万要举荐。因此说：'有时定要求方便。'哥，你看他词里，有一个字儿是闲话么？只这几句，稳稳把心窝里事，都写在纸上，可不好哩！"西门庆被伯爵说的他怎地好处，便没的说了。只得对伯爵道："到不知他人品如何？"伯爵道："他人品比才学又高。前年他在一个李侍郎府里坐馆，那李家有几十个丫头，

---

① 兰陵笑笑生.金瓶梅［M］.济南：齐鲁书社，1991：722.

一个个都是美貌俊俏的。又有几个伏侍的小厮，也一个个都标致龙阳的。那水秀才连住了四五年，再不起一些邪念。后来不想被几个坏事的丫头小厮，见他似圣人一般，反去日夜括他。那水秀才又极好慈悲的人，便口软勾搭上了。因此，被主人逐出门来，哄动街坊，人人都说他无行。其实，水秀才原是坐怀不乱的。若哥请他来家，凭你许多丫头、小厮，同眠同宿，你看水秀才乱么？再不乱的。"西门庆笑骂道："你这狗才，单管说慌吊皮鬼混人。前月敝同僚夏龙溪请的先生倪桂岩，曾说他有个姓温的秀才。且待他来时再处。"①

明明水秀才是才学荒疏、人品低劣，但应伯爵却说他"才学无比""极好慈悲"，正可谓"无一贬词，而情伪毕露矣"②。

四 语言艺术

《金瓶梅》运用纯熟的白话口语，无论是叙述、描写，还是议论、对话，都十分细致、生动传神。最早为《金瓶梅》作序的欣欣子便称赞《金瓶梅》"语句新奇，脍炙人口"，多用"市井之常谈，闺房之碎语"③。这些特点具体表现在细腻周密的白话叙述、鲜活传神的口语对话、活泼俏皮的俗语运用等几个方面，以下分别举例做一分析。

（一）细腻周密的白话叙述

《金瓶梅》的叙述语言纯用地道的白话，细腻而又周密，使人有如临其境、如闻其声的感受。如第十三回"李瓶姐墙头密约，迎春儿隙底私窥"写西门庆与李瓶儿偷情：

自此西门庆就安心设计，图谋这妇人，屡屡安下应伯爵、谢希大这伙

---

① 兰陵笑笑生. 金瓶梅 [M]. 济南：齐鲁书社，1991：832-833.

② 鲁迅. 中国小说史略 [M]. 北京：东方出版社，1996：142.

③ 欣欣子. 金瓶梅词话序 [M] //兰陵笑笑生. 金瓶梅词话. 香港：太平书局，1982：4-8.

人，把子虚挂住在院里，饮酒过夜。他便脱身来家，一径在门首站立。这妇人亦常领着两个丫鬟在门首。西门庆看见了，便扬声咳嗽，一回走过东来又往西去，或在对门站立，把眼不住望门里睃盼。妇人影身在门里，见他来便闪进里面，见他过去了，又探头去瞧。两个眼意心期，已在不言之表。一日，西门庆正站在门首，忽见小丫鬟绣春来请。西门庆故意问道："姐姐请我做甚么？你参在家里不在？"绣春道："俺爹不在家，娘请西门爹问句话儿。"这西门庆得不的一声，连忙走过来，到客位内坐下。良久，妇人出来，道了万福，便道："前日多承官人厚意，奴铭刻于心，知感不尽。他从昨日出去，一连两日不来家了，不知官人曾会见他来不曾？"西门庆道："他昨日同三四个在郑家吃酒，我偶然有些小事，就来了。今日我不曾得进去，不知他还在那里没在。若是我在那里，恐怕嫂子忧心，有个不催促哥早早来家的？"妇人道："正是这般说。奴吃杀他不听人说、在外边眠花卧柳，不顾家事的亏。"西门庆道："论起哥来，仁义上也好，只是有这一件儿。"说着，小丫鬟拿茶来吃了。西门庆恐子虚来家，不敢久恋，就要告归。妇人又千叮万嘱，央西门庆："不拘到那里，好歹劝他早来家，奴一定恩有重报，决不敢忘官人！"西门庆道："嫂子没的说，我与哥是那样相交！"说毕，西门庆家去了。①

西门庆一心要勾搭李瓶儿，李瓶儿也对西门庆颇有好感，两人可谓一拍即合，但作者并没有简单化处理，而是惟妙惟肖地叙述了其勾搭过程。西门庆首先暗中安排应伯爵等把花子虚留在妓院里饮酒过夜，然后他故意在李瓶儿家门口走来走去。李瓶儿看见西门庆走来，就躲闪到门里，见西门庆过去了，又探头来瞧。"两个眼意心期"，张竹坡认为此"四字奇绝"②。这时，李瓶儿果然主动来请西门庆，请他规劝花子虚，西门庆达到了目的。这段叙述确如张竹坡所

---

① 兰陵笑笑生. 金瓶梅［M］. 济南：齐鲁书社，1991：202.
② 兰陵笑笑生. 金瓶梅［M］. 济南：齐鲁书社，1991：202.

说"正是入神出化之笔写出来者"①。

过了不久，西门庆与李瓶儿便勾搭在了一起：

> 当日，众人饮酒到掌灯之后，西门庆忽下席来外边解手。不防李瓶儿正在遮槅子边站立偷觑，两个撞了个满怀，西门庆回避不及。妇人走到西角门首，暗暗使绣春黑影里走到西门庆跟前，低声说道："俺娘使我对西门爹说，少吃酒，早早回家。晚夕，娘如此这般，要和西门爹说话哩。"西门庆听了，欢喜不尽。小解回来，到席上连酒也不吃，唱的左右弹唱递酒，只是装醉不吃。看看到一更时分，那李瓶儿不住走来帘外，见西门庆坐在上面，只推做打盹。那应伯爵、谢希大，如同钉在椅子上，白不起身。熬的祝实念、孙寡嘴也去了，他两个还不动。把个李瓶儿急的要不的。西门庆已是走出来，被花子虚再不放，说道："今日小弟没敬心，哥怎的白不肯坐？"西门庆道："我本醉了，吃不去。"于是故意东倒西歪，教两个扶归家去了。应伯爵道："他今日不知怎的，白不肯吃酒，吃了不多酒就醉了。既是东家费心，难为两个姐儿在此，拿大钟来，咱每再周四五十轮，散了罢。"李瓶儿在帘外听见，骂"涎脸的囚根子"不绝。暗暗使小厮天喜儿请下花子虚来，分付说："你既要与这伙人吃，趁早与我院里吃去。休要在家里聒噪我。半夜三更，熬油费火，我那里耐烦！"花子虚道："这咱晚我就和他们院里去，也是来家不成，你休再麻犯我。"妇人道："你去，我不麻犯便了。"这花子虚得不的这一声，走来对众人说："我们往院里去。"应伯爵道："真个？休哄我。你去问声嫂子来，咱好起身。"子虚道："房下刚才已是说了，教我明日来家。"谢希大道："可是来，自吃应花子这等唠叨。哥刚才已是讨了老脚来，咱去的也放心。"于是连两个唱的，都一齐起身进院。此时已是二更天气，天福儿、天喜儿跟花子虚等三人，从新又到后巷吴银儿家去吃酒，不题。②

---

① 兰陵笑笑生. 金瓶梅 [M]. 济南：齐鲁书社，1991：202.

② 兰陵笑笑生. 金瓶梅 [M]. 济南：齐鲁书社，1991：204-205.

西门庆为了与李瓶儿成其好事,佯装酒醉。李瓶儿看到应伯爵、谢希大还要继续赖着不走,破例赶着花子虚去妓院玩乐。特别是应伯爵对西门庆反常表现的怀疑,这些都十分逼真,与现实生活场景毫无二致。

西门庆生前勾搭了潘金莲、李瓶儿等有妇之夫,当他死后,其妾又被他人勾搭而去,如第九十回"来旺偷拐孙雪娥,雪娥受辱守备府",用细腻生动的语言讲述了来旺儿勾搭孙雪娥的过程。首先是两人意外重逢:

> 却说那日,孙雪娥与西门大姐在家,午后时分无事,都出大门首站立。也是天假其便,不想一个摇惊闺的过来——那时卖脂粉、花翠生活,磨镜子,都摇惊闺。大姐说:"我镜子昏了。"使平安儿:"叫住那人,与我磨磨镜子。"那人放下担儿,说道:"我不会磨镜子,我只卖些金银生活,首饰花翠。"站立在门前,只顾眼上眼下看着雪娥。雪娥便道:"那汉子,你不会磨镜子,去罢,只顾看我怎的!"那人说:"雪姑娘,大姑娘,不认的我了?"大姐道:"眼熟,急忙想不起来。"那人道:"我是爹手里出去的来旺儿。"雪娥便道:"你这几年在那里来?出落得恁胖了。"来旺儿道:"我离了爹门,回原籍徐州,家里闲着没营生,投跟了个老爹上京来做官。不想到半路里,他老爷儿死了,丁忧家去了。我便投在城内顾银铺,学会了些银行手艺,各样生活。这两日行市迟,顾银铺叫我挑副担儿,出来街上发卖些零碎。看见娘每在门首,不敢来相认,恐怕楚门瞭户的。今日不是你老人家叫住,还不敢相认。"雪娥道:"原来是你。教我只顾认了半日,白想不起。既是旧儿女,怕怎的?"因问:"你担儿里卖的是甚么生活?挑进里面,等俺每看一看。"那来旺儿一面把担儿挑入里边院子里来。打开箱子,用篦儿托出几件首饰来:金银镶嵌不等,打造得十分奇巧。大姐与雪娥看了一回,问来旺儿:"你还有花翠,拿出来。"这孙雪娥便留了他一对翠凤,一对柳穿金鱼儿。大姐便称出银子来与他。雪娥两件生活,欠他一两二钱银子,约下他:"明日早来取罢。今日你大娘不在家,和你三娘和哥

儿都往坟上与你爹烧纸去了。"①

来旺儿认出了孙雪娥，"只顾眼上眼下看着雪娥"。但孙雪娥开始没有认出来旺儿，是因为来旺儿"出落得恁胖了"。合情合理，毫无破绽。接着，来旺儿讲述了他这些年的经历，与前文遥相呼应。孙雪娥此时已经有了想法，所以故意欠来旺儿一两二钱银子，让他明日来取。第二天，来旺儿果然如期而至：

却说来旺，次日依旧挑将生活担儿，来到西门庆门首，与来昭唱喏，说："昨日雪姑娘留下我些生活，许下今日教我来取银子，就见见大娘。"来昭道："你且去着，改日来。昨日大娘来家，哥儿不好，叫医婆、太医看下药，整乱了一夜，好不心焦，今日才好些，那得工夫称银子与你。"正说着，只见月娘、玉楼、雪娥送出刘婆子，来到大门首，看见来旺儿。那来旺儿扒在地下，与月娘、玉楼磕了两个头。月娘道："几时不见你，就不来这里走走。"来旺儿悉将前事说了一遍，"要来不好来的。"月娘道："旧儿女人家怕怎的！你爹又没了。当初只因潘家那淫妇，一头放火，一头放水，架的舌，把个好媳妇儿生生逼勒的吊死了，将有作没，把你垫发了去。今日天也不容，他往那去了！"来旺儿道："也说不的，只是娘心里明白就是了。"说了回话，月娘问他："卖的是甚样生活？拿出来瞧。"拣了他几件首饰，该还他三两二钱银子，都用等子称了与他。叫他进入仪门里面，分付小玉取一壶酒来，又是一盘点心，叫他吃。那雪娥在厨下一力撺掇，又热了一大碗肉出来与他。吃的酒饭饱了，磕头出门。月娘、玉楼众人归到后边去。雪娥独自悄悄和他说话："你常常来走着，怕怎的！奴有话叫来昭嫂子对你说。我明日晚夕，在此仪门里紫墙儿跟前耳房内等你。"两个递了眼色，这来旺儿就知其意，说："这仪门晚夕关不关？"雪娥道："如此这般，你来先到来昭屋里，等到晚夕，踩着梯凳，越过墙，顺着遮墙，我这边接你下来。咱二人会合一回，还有细话与你说。"这来旺儿得了此话，正是欢

---

① 兰陵笑笑生.金瓶梅[M].济南：齐鲁书社，1991：1424-1425.

从额起,喜向腮生,作辞雪娥,挑担儿出门。①

来旺儿向孙雪娥要银子,却引出吴月娘买首饰,又让他吃的酒足饭饱。孙雪娥为了让来旺儿能够再来,又没给来旺儿银子。第二天来旺儿果然以要银子为由再次来到西门庆门口,并与来昭夫妇商量妥当,此后,来旺儿与孙雪娥便勾搭在一处,直至盗财拐人逃跑被抓。这段叙述语言细腻周密,充分显示了《金瓶梅》白话叙述语言的高超功力。

(二)鲜活传神的口语对话

《金瓶梅》的人物对话在全书中占的比例极大,甚至可以说全书几乎是由人物对话组成。这些对话熟练地运用了当时的口语,鲜活传神,既与人物的地位身份相符合,又能够表现出每一人物的个性特征。

应伯爵是一个善于言谈的帮闲,第一回"西门庆热结十弟兄,武二郎冷遇亲哥嫂",他一出场就显示了其言谈话语的巧妙圆滑。西门庆说既然要结拜兄弟,每个人都要尽些情分,多少凑些份子。应伯爵连忙道:"哥说的是。婆儿烧香当不的老子念佛,各自要尽各自的心。只是俺众人们,老鼠尾巴生疮儿——有脓也不多。"② 一番话说得西门庆也笑了。他每次来西门庆家,西门庆都要招待他吃喝,所以谐音为"硬白嚼"。有时,他明明是饿着肚子来西门庆家,西门庆也并无请他吃饭的意思,但他却能够巧妙地应对:

> 却说光阴过隙,又早是十月初十外了。一日,西门庆正使小厮请太医,诊视卓二姐病症,刚走到厅上,只见应伯爵笑嘻嘻走将进来。西门庆与他作了揖,让他坐了。伯爵道:"哥,嫂子病体如何?"西门庆道:"多分有些不起解,不知怎的好。"因问:"你们前日多咱时分才散?"伯爵道:"承吴道官再二苦留,散时也有二更多天气。咱醉的要不的,倒是哥早早来家的便益些。"西门庆因问道:"你吃了饭不曾?"伯爵不好说不曾吃,因说道:"哥,你试猜。"西门庆道:"你敢是吃了?"伯爵掩口道:"这等猜不着。"

---

① 兰陵笑笑生.金瓶梅[M].济南:齐鲁书社,1991:1427-1428.

② 兰陵笑笑生.金瓶梅[M].济南:齐鲁书社,1991:18-19.

西门庆笑道："怪狗才，不吃便说不曾吃，有这等张致的？"一面叫小厮："看饭来，咱与二叔吃。"伯爵笑道："不然咱也吃了来了，咱听得一件稀罕的事儿，来与哥说，要同哥去瞧瞧。"①

应伯爵来西门庆家吃喝成了习惯，偏偏这次西门庆因为忙着诊视卓二姐的病症，所以没有心情招待应伯爵，只是虚让一句。应伯爵既不好说吃过了，也不好说没有吃，反而让西门庆猜。西门庆本来没有留他吃饭的意思，但也不好直接说他吃了，所以用模棱两可的"你敢是吃了"应对，没想到应伯爵回答的更为巧妙："这等猜不着。"引得西门庆笑道："怪狗才，不吃便说不曾吃，有这等张致的？"但应伯爵话题又一转，说是因为听到了一件稀罕事，才没有顾得上吃饭，为了不耽误事，还是到酒楼去吧。既让西门庆请了客，又没有失掉了脸面。

再如第十六回"西门庆择吉佳期，应伯爵追欢喜庆"，西门庆已与李瓶儿约好晚夕见面，但中午要给应伯爵过生日。吃到日西时分，玳安拿马来接，西门庆想走，又怕众人阻拦，便与了他个眼色，就往下走。被应伯爵叫住问道："贼狗骨头儿，你过来。实说，若不实说，我把你小耳朵拧过一边来。你应爹一年有几个生日？恁日头半天里就拿马来，端的谁使你来？或者是你家中那娘使了你来？或者是里边十八子那里？你若不说，过一百年也不对你爹说，替你这小狗秃儿娶老婆。"②应伯爵看见西门庆要走，不直接问西门庆，而是问玳安。不明说是李瓶儿，而是说"里边十八子那里"，用以指李。虽然没有问出根由，但他却已经紧紧盯住了西门庆与玳安。西门庆与玳安说的悄悄话，被应伯爵全都偷听了去：

这玳安正往外走，不想应伯爵在过道内听，猛可叫了一声，把玳安吓了一跳。伯爵骂道："贼小骨头儿，你不对我说，我怎的也听见了？原来你爹儿们干的好茧儿！"西门庆道："怪狗才，休要倡扬。"伯爵道："你央我

---

① 兰陵笑笑生. 金瓶梅 [M]. 济南：齐鲁书社，1991：28.

② 兰陵笑笑生. 金瓶梅 [M]. 济南：齐鲁书社，1991：250.

央儿，我不说便了。"于是走到席上，如此这般，对众人说了一回。把西门庆拉着说道："哥，你可成个人！有这等事，就挂口不对兄弟们说声儿？就是花大有些话说，哥只分付俺们一声，等俺们和他说，不怕他不依。他若敢道个不字，俺们就与他结下个大疙瘩！端的不知哥这亲事成了不曾？哥一一告诉俺们，比来相交朋友做甚么？哥若有使令去处，兄弟情愿火里火去，水里水去。弟兄们这等待你，哥还只顾瞒着不说。"①

应伯爵为了讨好西门庆，极力献殷勤，说得比蜜还甜。但仔细玩味，应伯爵只是嘴上功夫而已。例如他说如果花子虚的大哥不同意，"俺们就与他结下个大疙瘩"。"结下个大疙瘩"能够起何作用？再说此事也犯不上"火里火去，水里水去"。

应伯爵有时言过其实，却反而带有了几分讥讽意味。当李瓶儿被正式娶到西门庆家做五妾之后，"应伯爵、谢希大这伙人，见李瓶儿出来上拜，恨不的生出几个口来夸奖奉承，说道：'我这嫂子，端的寰中少有，盖世无双。休说德性温良，举止沉重；自有这一表人物，普天之下也寻不出来。那里有哥这样大福？俺每日得见嫂子一面，明日死也得好处。'"② 这番话极尽阿谀奉承之能事，表面上是夸奖李瓶儿，实际上是吹捧西门庆有福气，难怪西门庆特别愿意与应伯爵交往。

《金瓶梅》写女性人物对话，其语言完全符合女性特征。潘金莲的伶牙利口、李瓶儿的低调忍让、孟玉楼的含而不露、吴月娘的木讷迟钝、庞春梅的大胆泼辣等都十分传神地表现了出来。如第二十回"傻帮闲趋奉闹华筵，痴子弟争锋毁花院"写西门庆故意怠慢李瓶儿，潘金莲、孟玉楼、庞春梅在外偷听：

> 金莲同玉楼两个，扒门缝儿往里张觑，只见房中掌着灯烛，里边说话，都听不见。金莲道："俺到不如春梅贼小肉儿，他倒听的伶俐。"那春梅在窗下潜听了一回，又走过来。金莲悄问他房中怎的动静，春梅便隔门告诉

---

① 兰陵笑笑生. 金瓶梅 [M]. 济南：齐鲁书社，1991：250-252.

② 兰陵笑笑生. 金瓶梅 [M]. 济南：齐鲁书社，1991：311-312.

与二人说:"俺爹怎的教他脱衣裳跪着,他不脱。爹恼了,抽了他几马鞭子。"金莲问道:"打了他,他脱了不曾?"春梅道:"他见爹恼了,才慌了,就脱了衣裳,跪在地平上。爹如今问他话哩。"玉楼恐怕西门庆听见,便道:"五姐,咱过那边去罢。"拉金莲来西角门首。此时是八月二十头,月色才上来。两个站立在黑头里,一处说话,等着春梅出来,问他话。潘金莲向玉楼道:"我的姐姐,只说好食果子,一心只要来这里。头儿没过动,下马威早讨了这几下在身上。俺这个好不顺脸的货儿,你若顺顺儿,他倒罢了。属扭孤儿糖的,你扭扭儿也是钱,不扭也是钱。想着先前,吃小妇奴才压枉造舌,我陪下十二分小心,还吃他奈何得我那等哭哩。姐姐,你来了几时,还不知他性格哩。"①

潘金莲抓住时机,借题发挥,特别是最后一句"姐姐,你来了几时,还不知他性格哩"。表面上是关心孟玉楼,实际上是对孟玉楼发出了警告。

二人正说话之间,只听开的角门响。春梅出来,一直径往后边走,不防他娘站在黑影处叫他,问道:"小肉儿,那去?"春梅笑着只顾走。金莲道:"怪小肉儿,你过来,我问你话。慌走怎的?"那春梅方才立住了脚,方说:"他哭着对俺爹说了许多话。爹喜欢,抱起他来,令他穿上衣裳,教我放了桌儿,如今往后边取酒去。"金莲听了,向玉楼说道:"贼没廉耻的货!头里那等雷声大雨点小,打哩乱哩。及到其间,也不怎么的。我猜也没的想,管情取了酒来,教他递。贼小肉儿,没他房里丫头?你替他取酒去!到后边,又叫雪娥那小妇奴才屄声浪颡,我又听不上。"春梅道:"爹使我,管我事!"于是笑嘻嘻去了。金莲道:"俺这小肉儿,正经使着他,死了一般懒待动旦。若干猫儿头差事,钻头觅缝干办了要去,去的那快!放着他的两个丫头,你替他走!管你腿事?卖萝葡的跟着盐担子走——好个闲嘈心的小肉儿!"玉楼道:"可不怎的!俺大丫头兰香,我正使他做活儿,他便有要没紧的。爹使他,行鬼头儿,听人的话儿说,你看他走的那

---

① 兰陵笑笑生.金瓶梅[M].济南:齐鲁书社,1991:302.

快!"正说着,只见玉箫自后边蓦地走来,便道:"三娘还在这里?我来接你来了。"玉楼道:"怪狗肉,唬我一跳!"因问:"你娘知道你来不曾?"玉箫道:"我打发娘睡下这一日了,我来前边瞧瞧,刚才看见春梅后边要酒果去了。"因问:"俺参到他屋里,怎样个动静儿?"金莲接过来,伸着手道:"进他屋里去,齐头故事。"玉箫又问玉楼,玉楼便一一对他说。玉箫道:"三娘,真个教他脱了衣裳跪着,打了他五马鞭子来?"玉楼道:"你参因他不跪,才打他。"玉箫道:"带着衣服打来,去了衣裳打来?亏他那莹白的皮肉儿上,怎么挨得?"玉楼笑道:"怪小狗肉儿,你倒替古人耽忧!"正说着,只见春梅拿着酒,小玉拿着方盒,径往李瓶儿那边去。金莲道:"贼小肉儿,不知怎的,听见干恁勾当儿,云端里老鼠——天生的耗。"分付:"快送了来,教他家丫头伺候去。你不要管他!我要使你哩。"那春梅笑嘻嘻同小玉进去了。①

潘金莲唯恐事情闹得不大,听说西门庆与李瓶儿和好,她十分失望,反复阻止庞春梅伺候西门庆、李瓶儿。孟玉楼则顺水推舟、见风使舵,不痛不痒地附和几句。

再如第五十一回"打猫儿金莲品玉,斗叶子敬济输金":

话说潘金莲见西门庆拿了淫器包儿,与李瓶儿歇了,足恼了一夜没睡,怀恨在心。到第二日,打听西门庆往衙门里去了,老早走到后边,对月娘说:"李瓶儿背地好不说姐姐哩!说姐姐会那等虔婆势,乔坐衙,别人生日,又要来管。'你汉子吃醉了进我屋里来,我又不曾在前边,平白对着人羞我,望着我丢脸儿。交我恼了,走到前边,把他参赶到后边来。落后他怎的也不往后边,还到我房里来了。我两个黑夜说了一夜梯己话儿,只有心肠五脏没曾倒与我罢了。'"这月娘听了,如何不恼!因向大妗子、孟玉楼说:"你们昨日都在跟前看着,我又没曾说他甚么。小厮交灯笼进来,我只问了一声:'你参怎的不进来?'小厮倒说:'往六娘屋里去了。'我便

---

① 兰陵笑笑生. 金瓶梅 [M]. 济南:齐鲁书社,1991:302-304.

说：'你二娘这里等着，怎没槽道，却不进来！'论起来也不伤他，怎的说我虔婆势，乔坐衙？我还把他当好人看成。原来知人知面不知心，那里看人去？干净是个绵里针、肉里刺的货，还不知背地在汉子跟前架甚么舌儿哩！怪道他昨日决烈的就往前走了。傻姐姐，那怕汉子成日在你屋里不出门，不想我这心动一动儿。一个汉子丢与你们，随你们去，守寡的不过。想着一娶来之时，贼强人和我门里门外不相逢，那等怎的过来？"大妗子在旁劝道："姑娘罢么，看孩儿的分上罢。自古宰相肚里好行船。当家人是个恶水缸儿，好的也放在心里，歹的也放在心里。"月娘道："不拘几时，我也要对这两句话。等我问他，我怎么虔婆势，乔做衙？"金莲慌的没口子说道："姐姐宽恕他罢。常言'大人不责小人过'，那个小人没罪过？他在背地挑唆汉子，俺们这几个谁没吃他排说过？我和他紧隔着壁儿，要与他一般见识起来，倒了不成。行动只倚着孩儿降人，他还说的好话儿哩！说他的孩儿到明日长大了，有恩报恩，有仇报仇，俺们都是饿死的数儿。你还不知道哩！"吴大妗子道："我的奶奶，那里有此话说？"月娘一声儿也没言语。①

潘金莲虽然口齿伶俐，谎话说的煞有其事，但稍有心机的人便不难听出她在搬弄是非。所以吴大妗子道："我的奶奶，那里有此话说？"然而吴月娘偏偏就信以为真，把李瓶儿狠狠骂了一通。潘金莲自以为得计，但没想到西门大姐出来打抱不平：

常言："路见不平，也有向灯向火。"不想西门大姐平日与李瓶儿最好。常没针线鞋面，李瓶儿不拘好绫罗缎帛就与他，好汗巾手帕两三方，背地与大姐，银钱不消说。当日听了此话，如何不告诉他。李瓶儿正在屋里，与孩子做端午戴的绒线符牌，及各色纱小粽子，并解毒艾虎儿。只见大姐走来，李瓶儿让他坐，又交迎春："拿茶与你大姑娘吃。"大姐道："头里请你吃茶，你怎的不来？"李瓶儿道："打发他爹出门，我赶早凉与孩子做这

---

① 兰陵笑笑生. 金瓶梅 [M]. 济南：齐鲁书社，1991：747-748.

戴的碎生活儿来。"大姐道:"有桩事儿,我也不是舌头,敢来告你说:你没曾恼着五娘?他对着俺娘如此这般说了你一篇是非。说你说俺娘虔婆势,乔做衙。如今俺娘要和你对话哩。你别要说我对你说,交他怪我。你须预备些话儿打发他。"这李瓶儿不听便罢,听了此言,手中拿着那针儿通拿不起来,两只胳膊都软了,半日说不出话来,对着大姐吊眼泪,说道:"大姑娘,我那里有个字儿?昨晚我在后边,听见小厮说他爹往我这边来了,我就来到前边,催他往后边去了。再谁说一句话儿来!你娘恁觑我一场,莫不我恁不识好歹,敢说这个话?设使我就说,对着谁说来?也有个下落。"大姐道:"他听见俺娘说不拘几时要对这话,他也就慌了。要是我,你两个当面锣、对面鼓的对不是!"李瓶儿道:"我对的过他那嘴头子?只凭天罢了。他左右昼夜算计的,只是俺娘儿两个,到明日,终久吃他算计了一个去才是了当。"说毕哭了。大姐坐着,劝了一回,只见小玉来请六娘、大姑娘吃饭。李瓶儿丢下针指,同大姐到后边,也不曾吃饭,回来房中,倒在床上就睡着了。①

李瓶儿的一番话充分表明了她的无奈与无助。随后西门大姐对吴月娘说了李瓶儿的表白,吴月娘又完全改变了主意:

> 大姐在后边对月娘说:"才五娘说的话,我问六娘来。他好不赌身罚咒,望着我哭,说娘这般看顾他,他肯说此话!"吴大妗子道:"我就不信。李大姐好个人儿,他怎肯说这等话!"月娘道:"想必两个有些小节不足,哄不动汉子,走来后边,没的拿我垫舌根。我这里还多着个影儿哩!"大妗子道:"大姑娘,今后你也别要亏了人。不是我背地说,潘五姐一百个不及他。为人心地儿又好,来了咱家恁二三年,要一些歪样儿也没有。"②

吴月娘似乎一直蒙在鼓里,看不出潘金莲对李瓶儿的嫉妒与仇视,反而说"两个有些小节不足",足以见出吴月娘的有眼无珠、不辨良莠。

---

① 兰陵笑笑生. 金瓶梅[M]. 济南:齐鲁书社,1991:749-750.

② 兰陵笑笑生. 金瓶梅[M]. 济南:齐鲁书社,1991:750.

不仅主要人物的对话鲜活生动,次要人物同样如此,如第二十四回"敬济元夜戏娇姿,惠祥怒詈来旺妇"写宋惠莲、惠祥两个人吵架:

> 正顽着,只见平安走来,叫:"玉箫姐,前边荆老爹来,使我进来要茶哩。"那玉箫也不理他,且和小玉厮打顽耍。那平安儿只顾催逼说:"人坐下这一日了。"宋惠莲道:"怪囚根子,爹要茶,问厨房里上灶的要去,如何只在俺这里缠?俺这后边只是预备爹娘房里用的茶,不管你外边的帐。"那平安儿走到厨房下。那日该来保妻惠祥,惠祥道:"怪囚,我这里使着手做饭,你问后边要两钟茶出去就是了,巴巴来问我要茶!"平安道:"我到后头来,后边不打发茶。惠莲嫂子说,该是上灶的首尾。"惠祥便骂道:"贼淫妇,他认定了他是爹娘房里人,俺天生是上灶的来?我这里又做大家伙里饭,又替大妗子炒素菜,几只手?论起就倒倒茶儿去也罢了,巴巴坐名儿来寻上灶的。'上灶的'是你叫的?误了茶也罢,我偏不打发上去。"①

宋惠莲依仗与西门庆的特殊关系,自觉高人一等,动辄摆出半个主人的架子。惠祥则不把她放在眼里,"他认定了他是爹娘房里人,俺天生是上灶的来"?一句话点到了问题的要害。由于两人推来推去,耽误了客人喝茶,惠祥因此受到了惩罚,于是她更加恼怒:

> 这惠祥在厨下忍气不过,刚等的西门庆出去了,气狠狠走来后边,寻着惠莲,指着大骂:"贼淫妇,趁了你的心了!罢了,你天生的就是有时运的爹娘房里人,俺们是上灶的老婆来。巴巴使小厮坐名问上灶要茶,'上灶的'是你叫的?你识我见的,'促织不吃癞蛤蟆肉——都是一锹土上人'。你恒数不是爹的小老婆就罢了。就是爹的小老婆,我也不怕你!"惠莲道:"你好没要紧,你顿的茶不好,爹嫌你,管我甚事?你如何拿人撒气?"惠祥听了,越发恼了,骂道:"贼淫妇,你刚才调唆打我几棍儿好来,怎的不教打我?你在蔡家养的汉数不了,来这里还弄鬼哩!"惠莲道:"我养汉你看见来?没的扯臊淡哩!嫂子,你也不是甚么清净姑姑儿!"惠祥道:"我

---

① 兰陵笑笑生. 金瓶梅 [M]. 济南:齐鲁书社,1991:371-372.

怎不是清净姑姑儿？跷起脚儿来，比你这淫妇好些儿！你汉子有一拿小米数儿。你在外边，那个不吃你嘲过？你背地干的那营生儿，只说人不知道。你把娘们还放不到心上，何况以下的人！"惠莲道："我背地里说甚么来？怎的放不到心上？随你压我，我不怕你！"惠祥道："有人与你做主儿，你可知不怕哩！"两个正拌嘴，被小玉请的月娘来，把两个都喝开了："贼臭肉们，不干那营生去，都拌的是些甚么？教你主子听见，又是一场儿。头里不曾打的成，等住回却打的成了！"惠祥道："若打我一下儿，我不把淫妇口里肠勾了也不算！我拚着这命摈兑了你，也不差厮甚么。咱大家都离了这门罢！"说着往前去了。①

宋惠莲、惠祥两人同为仆妇，正如惠祥所说"促织不吃癞蛤蟆肉——都是一锹土上人"。但彼此互不相让，惠祥恼怒之下揭了宋惠莲的老底，宋惠莲也反唇相讥。吵骂本来是极为低俗之事，难得作者用如此生动传神的语言写出。

(三) 活泼俏皮的俗语运用

《金瓶梅》大量吸取了市民中流行的方言、行话、俚语、谚语、歇后语等，正如张竹坡所说是"一篇市井的文字"②。张竹坡在《第一奇书金瓶梅趣谈》中列举了六七十条歇后语、谚语、俚语，实际上书中还远不止这些。善于将这些活泼俏皮的俗语运用到人物对话之中，是《金瓶梅》语言的一大特色，潘金莲在这方面最为突出。

第三十回"蔡太师擅恩锡爵，西门庆生子加官"中，潘金莲对孟玉楼说道："这回连你也韶刀了！我和你怎算：他从去年八月来，又不是黄花女儿，当年怀，入门养。一个婚后老婆，汉子不知见过了多少，也一两个月才坐胎，就认作是咱家孩子？我说，差了。若是八月里孩儿，还有咱家些影儿；若是六月的，'踩小板凳儿糊险神道——还差着一帽头子哩'，'失迷了家乡，那里寻犊儿去'？"正说着，只见小玉抱着草纸、绷接并小褥子儿来。孟玉楼道："此是大姐

---

① 兰陵笑笑生. 金瓶梅 [M]. 济南：齐鲁书社，1991：373.

② 兰陵笑笑生. 金瓶梅 [M]. 济南：齐鲁书社，1991：45.

姐自预备下他早晚用的,今日且借来应急儿。"金莲道:"一个是大老婆,一个是小老婆,明日两个对养,十分养不出来,零碎出来也罢。俺每是买了个母鸡不下蛋,莫不吃了我不成!"又道:"仰着合着,没的狗咬尿胞虚欢喜?"① "险道神"是出殡时用纸扎的开路神,身材十分高大,"踩小板凳儿糊险神道——还差着一帽头子哩""失迷了家乡,那里寻犊儿去"都是说李瓶儿怀的孩子不是西门庆的。"买了个母鸡不下蛋"这一俚语是指女子不能生育。"狗咬尿胞虚欢喜"这一俚语是对李瓶儿的诅咒,意为李瓶儿生不出孩子,大家空欢喜一场而已。

第四十一回"两孩儿联姻共笑嬉,二佳人愤深同气苦"中,西门庆说张家的孩子"是房里生的",潘金莲在旁接过来道:"嫌人家是房里养的,谁家是房外养的?就是乔家这孩子,也是房里生的。正是'险道神撞着寿星老儿——你也休说我长,我也休嫌你短'。"西门庆听了此言,心中大怒,骂道:"贼淫妇,还不过去!人这里说话,也插嘴插舌的。有你甚么说处!"金莲把脸羞得通红了,抽身走出来,说道:"谁说这里有我说处?可知我没说处哩!"② "险道神"身材高大而面目狰狞,"寿星老"则身材矮小而慈眉善目。潘金莲以此歇后语暗中嘲讽官哥儿与张家孩子彼此相同,都非正室夫人所生,谁也别嫌弃谁。

潘金莲接着又对孟玉楼哭诉道:"早是你在旁边听着,我说他什么歹话来?他说别家是房里养的,我说乔家是房外养的?也是房里生的。那个纸包儿包着,瞒得过人?贼不逢好死的强人,就睁着眼骂起我来。骂的人那绝情绝义。怎的没我说处?改变了心,叫他明日现报在我的眼里!多大的孩子,一个怀抱的尿泡种子,平白扳亲家,有钱没处施展的,'争破卧单——没的盖','狗咬尿胞——空欢喜'!如今做湿亲家还好,到明日休要做了干亲家才难。'吹杀灯挤眼儿——后来的事看不见'。做亲时人家好,过三年五载方了的才一个儿!"③ 潘

---

① 兰陵笑笑生. 金瓶梅 [M]. 济南:齐鲁书社,1991:456-457.
② 兰陵笑笑生. 金瓶梅 [M]. 济南:齐鲁书社,1991:615.
③ 兰陵笑笑生. 金瓶梅 [M]. 济南:齐鲁书社,1991:616.

金莲接连使用了三个歇后语："争破卧单——没的盖"是说过于张扬，便会把家产折腾净光；"狗咬尿胞——空欢喜"是说官哥儿早晚夭折，只是空欢喜一场；"吹杀灯挤眼儿——后来的事看不见"是说后事难以预料。这一系列歇后语既俏皮又刻薄，后来果然一一应验。

官哥儿夭折后，潘金莲仍不罢休，第六十回"李瓶儿病缠死孽，西门庆官作生涯"写道：

> 话说潘金莲见孩子没了，每日抖擞精神，百般称快，指着丫头骂道："贼淫妇！我只说你日头常晌午，却怎的今日也有错了的时节？你斑鸠跌了蛋——也嘴答谷了！春凳折了靠背儿——没的椅了！王婆子卖了磨——推不的了！老鸨子死了粉头——没指望了！却怎的也和我一般！"①

"斑鸠跌了蛋——也嘴答谷了""春凳折了靠背儿——没的椅了""王婆子卖了磨——推不的了""老鸨子死了粉头——没指望了"，这四条歇后语表达的意思相近，但又有细微区别。"斑鸠跌了蛋——也嘴答谷了"是失望了，"春凳折了靠背儿——没的倚了"是没依靠了，"王婆子卖了磨——推不的了"是没有可卖弄的了，"老鸨子死了粉头——没指望了"是没有希望了。作者让潘金莲出口便是一套套歇后语，充分表现出了潘金莲的伶牙俐齿。

或许受到了潘金莲的影响，庞春梅也学会了许多歇后语，如第二十八回"陈敬济徼幸得金莲，西门庆糊涂打铁棍"写庞春梅与秋菊去花园寻找潘金莲的绣鞋，结果没有找到，春梅骂道："奴才，'你媒人婆迷了路儿——没的说了'，'王妈妈卖了磨——推不的了'。"② 此处"王妈妈卖了磨——推不的了"，是再也无法推诿之意。与潘金莲所说"王婆子卖了磨——推不的了"略有不同。

宋惠莲的口才与潘金莲相比也毫不逊色，第二十六回"来旺儿递解徐州，宋惠莲含羞自缢"，宋惠莲本来希望西门庆能够放过来旺，没想到西门庆欺骗了她。她埋怨西门庆道："你是个人？你原说教他去，怎么转了靶子，又教别人

---

① 兰陵笑笑生. 金瓶梅 [M]. 济南：齐鲁书社，1991：890.

② 兰陵笑笑生. 金瓶梅 [M]. 济南：齐鲁书社，1991：422.

去？你干净是个'球子心肠——滚上滚下','灯草拐棒儿——原拄不定'。把你到明日盖个庙儿,立起个旗杆来,就是个谎神爷！我再不信你说话了。我那等和你说了一场,就没些情分儿！"① 得知西门庆将来旺送进衙门后,宋惠莲指责西门庆道:"你原来就是个弄人的刽子手！把人活埋惯了,害死人还看出殡的！"② "球子心肠——滚上滚下"是形容变化无常,没有主见;"灯草拐棒儿——原拄不定"是说用灯草当拐棒儿,意为不可靠;"盖个庙儿,立起个旗杆来,就是个谎神爷"是说装神弄鬼,谎话连篇;"害死人还看出殡的"是说明明做了坏事,还佯装无辜。宋惠莲用这一连串的歇后语、俚语指责西门庆,发泄了内心的愤懑。

《金瓶梅》中许多人物都可以随口说出歇后语,如第一回吴月娘讽刺西门庆与应伯爵等人结拜兄弟时说:"若要你去靠人,提傀儡儿上戏场——还少一口气儿哩！"③ 形容应伯爵等人只不过是些傀儡,根本无法指望。第四回郓哥说王婆"马蹄刀木杓切菜——水泄不漏"。④ 形容王婆好处独吞,不容别人沾光。第七回媒婆薛嫂说孟玉楼的娘舅张四不能做主:"山核桃——差着一槅儿哩。"⑤ 形容张四不是至亲,不能干涉孟玉楼的婚事。第三十四回"献芳樽内室乞恩,受私贿后庭说事",应伯爵受他人委托,前来央求西门庆的书童说情。书童说道:"既是应二爹分付,教他再拿五两来,待小的替他说,还不知爹肯不肯。昨日吴大舅亲自来和爹说了,爹不依。小的'虼蚤脸儿——好大面皮'！实对二爹说,小的这银子,不独自一个使,还破些钞儿,转达知俺生哥的六娘,绕个弯儿替他说,才了他此事。"⑥ "虼蚤脸儿——好大面皮"是说自己面子有限,还要求

---

① 兰陵笑笑生.金瓶梅[M].济南:齐鲁书社,1991:390.
② 兰陵笑笑生.金瓶梅[M].济南:齐鲁书社,1991:400.
③ 兰陵笑笑生.金瓶梅[M].济南:齐鲁书社,1991:17.
④ 兰陵笑笑生.金瓶梅[M].济南:齐鲁书社,1991:85.
⑤ 兰陵笑笑生.金瓶梅[M].济南:齐鲁书社,1991:117.
⑥ 兰陵笑笑生.金瓶梅[M].济南:齐鲁书社,1991:515.

李瓶儿说情才可。第五十六回"西门庆捐金助朋友，常峙节得钞傲妻儿"中，常峙节从西门庆那儿借了银子，刚刚进门，只见浑家闹吵吵嚷将出来，骂道："'梧桐叶落——满身光棍的行货子'！出去一日，把老婆饿在家里，尚兀自千欢万喜到家来，可不害羞哩！房子没的住，受别人许多酸呕气，只教老婆耳朵里受用！"①"梧桐叶落——满身光棍的行货子"，是骂常峙节穷得一无所有，形象而又逼真。值得肯定的是，这些歇后语活泼生动，运用得当，十分巧妙地传达出了人物的内心。

除了歇后语，在谚语、俚语方面，《金瓶梅》也运用得十分成功。如第一回潘金莲对武松说："常言道：'人无刚强，安身不长'，奴家平生性快，看不上那三打不回头，四打和身转的。"②潘金莲用一系列谚语、俚语贬低武大，讨好武松。武松觉察出了潘金莲不是安分守己之人，临别时说道："嫂嫂是个精细的人，不必要武松多说。我的哥哥为人质朴，全靠嫂嫂做主。常言'表壮不如里壮'，嫂嫂把得家定，我哥哥烦恼做甚么？岂不闻古人云'篱牢犬不入'。"那妇人听了这句话，一点红从耳边起，须臾紫涨了面皮，指着武大骂道："你这个混沌东西。有甚言语在别处说来？欺负老娘！我是个不带头巾的男子汉，叮叮当当响的婆娘！拳头上也立得人，胳膊上走得马，不是那腲脓血搠不出来鳖！老娘自从嫁了武大，真个蚂蚁不敢入屋里来，甚么篱笆不牢，犬儿钻得入来？你休胡言乱语，一句句都要下落！丢下一块瓦砖儿，一个个也要着地！"③"表壮不如里壮""篱牢犬不入"是谚语，武松用以劝告潘金莲，自己管好自己，不要让外人乘虚而入。"拳头上也立得人，胳膊上走得马""不是那腲脓血搠不出来鳖"是俚语，潘金莲用以表白自己敢作敢当，正气十足。

第七回"薛媒婆说娶孟三儿，杨姑娘气骂张四舅"中，媒婆薛嫂为了捞取好处，鼓动其如簧之舌，极力撮合西门庆与孟玉楼的婚事。当听到孟玉楼比西

---

① 兰陵笑笑生. 金瓶梅 [M]. 济南：齐鲁书社，1991：828.

② 兰陵笑笑生. 金瓶梅 [M]. 济南：齐鲁书社，1991：35.

③ 兰陵笑笑生. 金瓶梅 [M]. 济南：齐鲁书社，1991：49-50.

门庆年长两岁时,她赶忙说道:"妻大两,黄金日日长;妻大三,黄金积如山。"① 用这一谚语表明女方大于男方并无不妥。孟玉楼丈夫的母舅张四要阻拦这门婚事,说西门庆家里有正室娘子,还有三四个老婆。孟玉楼回答说:"自古船多不碍路。"② 以此谚语表明自己愿做西门庆的侧室。张四为此与孟玉楼丈夫的姑姑杨姑娘争执起来,张四说杨姑娘:"你好公平心儿!凤凰无宝处不落。"这句谚语道出了杨姑娘的贪财本质。杨姑娘登时怒起,紫涨了面皮,指定张四大骂。张四道:"我虽是异姓,两个外甥是我姐姐养的,你这老咬虫,女生外向,怎一头放火,又一头放水?"③ "一头放火,又一头放水"这一俚语揭穿了杨姑娘自相矛盾、不合情理的行为。

《金瓶梅》中有些隐语或许是只有特定人群才能听懂,今天看来则颇为费解。如第三十二回"李桂姐趋炎认女,潘金莲怀妒惊儿",李桂姐、吴银儿、郑爱香儿、韩金钏儿、韩银钏儿等妓女来到吴月娘处,她们交谈时有许多隐语,大概在青楼妓院比较流行。祝实念陪着张二官到丽春院,要请韩爱月儿。韩爱月儿已被他人梳弄了,不出来见他,郑爱香儿说急的祝实念"只象告水灾的"。所谓"告水灾"是灾难临头,形容迫不及待的样子。李桂姐道:"好合的刘九儿,把他当个孤老,甚么行货子,可不砢碜杀我罢了。他为了事出来,逢人至人说了来,嗔我不看他。妈说:'你只在俺家,俺倒买些甚么看看你,不打紧。你和别人家打热,俺傻的不匀了。'真是'硝子石望着南儿——丁口心'!"说着都一齐笑了。月娘坐在炕上听着他说,道:"你每说了这一日,我不懂,不知说的是那家话?"④ "硝子石望着南儿——丁口心",应当是一句妓院里的隐语,这些妓女们都非常明白,所以一起笑了。唯独吴月娘听不懂,因此问"不知说的是那家话"?接下来是西门庆请众人坐席饮酒,几位妓女演唱小曲助兴:

---

① 兰陵笑笑生. 金瓶梅 [M]. 济南:齐鲁书社,1991:122.

② 兰陵笑笑生. 金瓶梅 [M]. 济南:齐鲁书社,1991:124.

③ 兰陵笑笑生. 金瓶梅 [M]. 济南:齐鲁书社,1991:127.

④ 兰陵笑笑生. 金瓶梅 [M]. 济南:齐鲁书社,1991:482-483.

应伯爵就在席上开言说道:"东家,也不消教他每唱了,翻来吊过去,左右只是这两套狗挞门的,谁待听!你教大官儿拿三个座儿来,教他与列位递酒,倒还强似唱。"西门庆道:"且教他孝顺众尊亲两套词儿着。你这狗才,就这等摇席破座的。"郑爱香儿道:"应花子,你门背后放花儿——等不到晚了!"伯爵亲自走下席来骂道:"怪小淫妇儿,什么晚不晚?你娘那屄!"教玳安:"过来,你替他把刑法多拿了。"一手拉着一个,都拉到席上,教他递酒。郑爱香儿道:"怪行货子,拉的人手脚儿不着地。"伯爵道:"我实和你说,小淫妇儿,时光有限了,不久青刀马过,递了酒罢,我等不的了。"谢希大便问:"怎么是青刀马?"伯爵道:"寒鸦儿过了,就是青刀马。"众人都笑了。①

"门背后放花儿——等不到晚了"是一歇后语,所谓"花儿"即烟火,天黑燃放效果才好。天还没黑,就去门背后比较黑的地方去燃放,形容太着急。应伯爵回答说"时光有限了,不久青刀马过,递了酒罢,我等不的了"。谢希大不明白什么是"青刀马",应伯爵说:"寒鸦儿过了,就是青刀马。"众人都笑了。听了"寒鸦儿过了",大伙就明白了"青刀马"的含义,这应当是隐晦的切口俚语。

在酒席上,应伯爵与李桂姐等人斗嘴,李桂姐道:"香姐,你替我骂这花子两句。"郑爱香儿道:"不要理这望江南、巴山虎儿、汗东山、斜纹布。"伯爵道:"你这小淫妇,道你调子曰儿骂我,我没的说,只是一味白鬼,把你妈那裤带子也扯断了。由他到明日不与你个功德,你也不怕不把将军为神道。"桂姐道:"咱休惹他,哥儿拿出急来了。"郑爱香儿笑道:"这应二花子,今日鬼酉上车儿 推丑,东瓜花儿——丑的没时了。他原来是个王姑来子。"② "望江南、巴山虎儿、汗东山、斜纹布",张竹坡解释说每句第一个字可合成"王八汗邪"

---

① 兰陵笑笑生. 金瓶梅 [M]. 济南:齐鲁书社,1991:483-484.

② 兰陵笑笑生. 金瓶梅 [M]. 济南:齐鲁书社,1991:487-488.

四字，是"婊子行市语也"。① "调子曰儿骂我"是说郑爱香儿骂的有学问，就如同"子曰诗云"一般。"鬼酉上车儿——推丑"，"鬼酉"合在一起是"醜（丑）"字，"上车儿"被推着走，谐音"忒丑"。"东瓜花儿——丑的没时了"，形容应伯爵像冬瓜花瓣，又单薄又皱皱巴巴。"王姑来子"即怪癖之意。这些隐语与小说中的人物身份及所处环境相一致，取得了很好的艺术效果。

---

① 兰陵笑笑生. 金瓶梅 [M]. 济南：齐鲁书社，1991：487.

第八章 《金瓶梅》的方言之争

关于《金瓶梅》所使用的方言是研究者们长期争论不休的一个问题。最早提及这一问题者可以追溯到明代的沈德符，他在《万历野获编》中说原本缺少五十三至五十七回，由一位陋儒补写，不仅"肤浅鄙俚，时作吴语"，而且"前后血脉，亦绝不贯串"。① 他虽然没有正面说除了这五回之外所用的方言，但言外之意显然是说全书用的不是"吴语"。后来张竹坡在第六十七回评点中首次提到了"山东声口"。这处原文是："西门庆道：'老先儿倒猜得着，他娘子镇日着皮子缠着哩。'"② 张竹坡为什么说这句话是"山东声口"？有的研究者认为张竹坡是彭城（今江苏徐州）人，兰陵笑笑生视徐州为鲁地，张竹坡也将笑笑生视为同乡，所以说是"山东声口"。但若认真思考，恐怕问题不在于此。西门庆在小说中是"山东省东平府清河县"人③，理应使用山东方言，这句话中的"镇日""着皮子缠着"便是地道的山东方言，与张竹坡生活的徐州一带方言有所不同，所以张竹坡在评点中才会特别指出是"山东声口"。

---

① 沈德符. 万历野获编 [M]. 北京：中华书局，1959：652.

② 兰陵笑笑生. 金瓶梅 [M]. 济南：齐鲁书社，1987：1014.

③ 兰陵笑笑生. 金瓶梅 [M]. 济南：齐鲁书社，1987：14.

一 《金瓶梅》方言的复杂性

20世纪上半叶许多学者都一致认为《金瓶梅》使用的方言是山东方言。1919年在《金瓶梅词话》尚未发现之前,曾任南方大学教授的张焘在《古今小说评林》中就曾说道:"《金瓶梅》虽是白话体,但其中十九是明朝山东人俗话。""统观《金瓶梅》全部……至其措辞,则全是山东土话。"① 当《金瓶梅词话》发现之后,先是郑振铎先生于1933年在《谈〈金瓶梅词话〉》一文中说,"书中有许多山东土话,南方人不大懂得的,崇祯本也都已易以浅显的国语"。"我们只要读《金瓶梅》一过,便知其必出于山东人之手。那末许多的山东土白,决不是江南人所得措手于其间的。"② 紧接着吴晗先生、鲁迅先生以及胡适先生也都力主此说。20世纪50年代之后,大多数研究者依然主张"山东方言说",如中国社科院文学研究所编写的《中国文学史》就说道:"作者十分熟练地运用山东方言。"③ 有趣的是,即使那些表示不同意见的也首先肯定《金瓶梅》用的是山东话。如1940年姚灵犀在《瓶外卮言》④ 中说,小说讲述的是山东的事,当然应当用当地的土语。由于京城是四方杂处之地,在京城做官的人都会说北方话,山东离京城非常之近,又是水陆必经之路,南方人擅长北方话的很多。再者,《金瓶梅》中的方言,南方人也全懂,所以很难说作者是北方人还是南方人。实际上姚灵犀并未否认《金瓶梅》使用的语言是山东话,只不过是说南方人也有可能是作者而已。

进入20世纪80年代后,开始出现了不同观点。1982年朱星在《〈金瓶梅》

---

① 冥飞. 古今小说评林 [G] //黄霖. 金瓶梅资料汇编. 北京:中华书局,1987:358-359.
② 郑振铎. 谈《金瓶梅词话》[J]. 文学,1933,1(1).
③ 中国社科院文学研究所. 中国文学史 [M]. 北京:人民文学出版社,1963:949.
④ 姚灵犀. 瓶外卮言 [M]. 天津:天津古籍书店,1989:41-42.

的词汇、语汇札记》①中指出,《金瓶梅》基本上是用北方官话写的,因为故事发生在山东清河县,所以对话中有些山东方言,但不全是。西门庆与官场人来往,对话用文言,只有家中妇女,尤其在骂人时,用些山东话,但也不是太多。因此所谓山东方言一说太笼统,山东有一百多个县,方言很复杂,纯山东方言词汇并不多。1984年黄霖先生在《〈金瓶梅〉作者屠隆考续》②一文中也认为,《金瓶梅词话》的语言相当驳杂,其方言俚语并不限于山东一方,几乎遍及中原冀鲁豫以及苏皖之北,甚而晋陕等地,都有相似的语言与音声,中间又时夹吴越之语。次年张惠英女士在《〈金瓶梅〉用的是山东话吗?》③一文中认为,《金瓶梅》的语言是在北方话的基础上,吸收了其他方言,其中吴方言特别是浙江吴语显得比较集中。后来又发表文章指出,在用具、饮食及一般用语中比较集中反映有杭州一带的方俗用语。VOV的重叠式只在吴语中保存,因此作者应为南方人。

针对上述观点,许多研究者撰文表示了不同意见。著名学者吴晓铃先生认为《金瓶梅》用的是黄河以南、淮河以北的原山东省以济南为中心的方言即山东的标准语。有的研究者将方言范围进一步缩小,比如张远芬先生认为运用了大量的原山东峄县方言;张士魁先生认为有大量的徐州、枣庄间的方言;赵炯先生认为是兰陵一带的方言;许志强先生认为既有鲁南方言;也有原淄川方言;张清吉先生认为用的是山东东南的诸城方言等。

褚半农先生认为,《金瓶梅》一书,虽然以清河为故事的发生地,由于作者的丰富阅历,其方言并非一地之方言,其地理背景也并非一地之地理背景,其历史事件也并非一时之历史事件,而是吸纳了多地的语言成分,采用了多地的环境素材,借鉴了多人的传说故事,夹杂着许多虚构的内容,融汇到一部作品中,形成了独具特点的文学作品,这是一点。另一点,此书在传抄和刊印过程

---

① 朱星.《金瓶梅》的词汇、语汇札记 [J]. 河北大学学报, 1982 (1).

② 黄霖.《金瓶梅》作者屠隆考续 [J]. 复旦学报, 1984 (4).

③ 张惠英.《金瓶梅》用的是山东话吗? [J]. 中国语文, 1985 (4).

中，经过后人的删节、增补、改编、润色、修饰，已掺杂进诸多的成分。所以我们如果将书中的描写去套某一地的方言，某一地的风物，某一人的史实，认定是某一地的故事，是不客观的。

马永胜、姚力芸在《〈金瓶梅词话〉方言新证》① 一文中指出，《金瓶梅》中有雁北方言土语出现，认为各地的方言会发生相互吸收、相互补充、相互融合的变化。如明代永乐年间就曾从山西大量向外移民，这些移民不可避免地会将自己的方言带向各地，最终与各地方言融合。另一方面，方言土语在某一地区又有着特别旺盛的生命力，某一地区的方言土语，其他地区的人有可能听不懂。当然，也不可否认，更多的方言词汇出现于比较广泛的地域。

孟昭连先生指出："除上述几种主要说法，其后还陆续滋生出了山西方言说、河北方言说、河南方言说、江淮次方言说、东北方言说、徽州方言说，乃至远至陕西、兰州、内蒙西部、福建、湖南平江、江西临川、云南、伍家沟等。"然后他分析了产生这种分歧的原因：

> 如此，则形成古代小说研究中一种很奇特的现象，这也是很多人感到迷惑的地方，即为什么有那么多的人到《金瓶梅》中来"认亲"呢？原因看起来也很简单，因为大家都从《金瓶梅》中发现了自己非常熟悉的词汇。比如张远芬先生就举出大滑答子货、咭溜格剌儿、涎缠、戳无路儿、迷溜摸乱、啻啻磕磕、茧儿、捆混、格地地、猎古调儿等600多个词语，则是峄县人都懂的。吴语说则举"掇、杌子、床、事物、黄汤、挺觉、花黎胡哨、小后生、劳碌、事体、小顽、吃（茶、酒）、家火、呆登登、馋劳痞、鸭、不三不四、阴山背后、洋奶、合穿裤、做夜作"等。但问题也出在这里，被研究认为是某方言的这些词汇，其实有一部分在他方言中也存在。张惠英在《〈金瓶梅〉用的是山东话吗？》一文中指出有些日常用语，虽然山东话里常用，但河南、河北话里也有，所以这些只能算是北方话通语。她的结论是："《金瓶梅》的语言是在北方话的基础上，吸收了其他方言，

---

① 马永胜，姚力芸.《金瓶梅词话》方言新证 [J]. 山西大学学报，1994（4）.

其中，吴方言特别是浙江吴语显得比较集中。我们不妨称之为南北混合的官话。"①

造成《金瓶梅》方言研究众说纷纭、自说自话的根本原因，在于很多研究者并不明白何谓方言，从而把古代官话中的一些共用词汇当成了某地方言。汉语各地方言之间的差异主要表现在语音上而不是词汇上。比如吴方言与北方话，尤其是同属北方方言的山东话、河北话、天津话、北京话等，它们在词汇和语法上都大同小异，所不同的主要是语音。山东人学普通话，并没有多少新的词汇要学，一般来说主要在声调上作相应的变化，如"我们"在山东话里是第二声和第一声（wo2men1），只要变成第三声和第二声（wo3men2）就行了。所以，判断方言的主要根据应该是语音，而非词汇。令人遗憾的是，大部分所谓《金瓶梅》方言"研究者"都不明此理，功夫恰恰都用在词汇的搜集与解释上，只要发现一个"面熟"的词汇，不论"口音"对不对，就毫不客气地归入自己的方言内，将之视作自己的"研究发现"。显然，这是很荒唐的，当然也是非科学的，这也是造成同一个词，有人说是山东话，有人说是河北话，还有人说是吴语的混乱局面的根本原因。比如"一抹儿"这个词汇，在山东、山西、河北、北京、天津等地口语中都存在，而且含义也大同小异，但读音并不相同，当我们在《金瓶梅》中发现它的时候，我们有什么根据把它说成是山东话、河北话或者山西话呢？虽然在字面上我们似乎"认识"它，但它的声调是北京话的两个阴平呢，还是山东话的两个上声呢？这无从判断，所以也就无法确定它到底是哪一种方言。②

笔者非常赞同孟昭连先生的见解，语音是辨别方言的主要依据，而词汇及语法则是辨别方言的参考。以下从语音、词汇及语法几个方面稍加论证。

---

① 张惠英.《金瓶梅》用的是山东话吗 [J]. 中国语文, 1985 (4).

② 孟昭连.《金瓶梅》语言三题 [C]//王平. 金瓶梅与五莲：第九届（五莲）国际《金瓶梅》学术研讨会论文集. 北京：中国文史出版社, 2013: 453.

二　《金瓶梅》的语音、词汇与语法系统

(一) 语音系统

相比较而言，语音虽然也会发生变化，但比起词汇来，变化要少得多、慢得多，有的甚至几百年来没有发生过变化。不少语音现象文献中还有记载、说明，这为我们的研究、辨别提供了方便。

关于《金瓶梅》的语音问题，许多研究者都发表了很有价值的观点，尤其是张鸿魁先生的《金瓶梅语音研究》一书成就更为突出。该书《语音特点分析》一章详细归纳了《金瓶梅》中入声韵尾的消失、浊音声母的清化、入声字调的分派、儿音节和儿化韵等，最终得出了《金瓶梅》符合北方方言的结论。[①]由于张鸿魁先生的这部专著篇幅较长，这里不可能全部引用，因此仅以马静的《从方言背景看〈金瓶梅〉的作者》[②] 一文所引例子做些说明。

首先看一下入声字的归类。在北方方言中，古入声字分别归入阴、阳、上、去四声中，但各地出入较大。在胶辽官话中，全浊声母归阳平，次浊声母归去声，清声母归上声。在冀鲁官话中，全浊声母归阳平，次浊声母归去声，清声母归阴平。在中原官话中，全浊声母归阳平，次浊声母和清声母全归阴平。显然，在三种北方官话中，全浊声母都归属阳平，没有什么不同。次浊声母在胶辽官话和冀鲁官话中相同，都归属去声，而在中原官话中则归属阴平。清声母在冀鲁官话和中原官话中相同，都归属阴平，而在胶辽官话中则归属上声。根据这一规律来分析《金瓶梅》中的入声字就可以发现，全浊声母字如学、鹤、席、伏、服全部都读阳平；次浊声母字如灭、肉、物、落等都读去声；清声母字如八、泼、忒、乙等都读阴平，只有一个"甲"字是例外，读上声。由于次

[①] 张鸿魁. 金瓶梅语音研究 [M]. 济南：齐鲁书社，1996：157-261.

[②] 马静. 从方言背景看《金瓶梅》的作者 [C] //王平，李志刚，张延兴. 金瓶梅文化研究第三辑. 北京：华艺出版社，2000：244.

浊声母字读去声,这就排除了中原官话的可能。又由于清声母字大都读阴平,这就排除了胶辽官话的可能。于是,最大的可能就是冀鲁官话,而这一官话所包括的地区是济南、临清一带。

再看 z、c、s 与 zh、ch、sh 即卷舌与不卷舌的读音。在普通话中,声母为卷舌音 zh、ch、sh 的字,胶辽官话有两种不同的读法,一种是卷舌的,一种是舌叶音,但在《金瓶梅》中却是同音的。如从=重,"从新又护起他家来了"。喳=扎,"五娘使你门首看着栓簸箕的,说你会喳的好舌头"。搽=擦,"妇人用帕搽之"。寺=事,"常言道:男僧寺对着女僧寺,没事也有事"。只=自,"人自知道一个兄弟做了都头,怎的养活了哥嫂"。穿=揎,"白驹过隙,明揎梭"。死=使,"海棠使气白赖又灌了半钟酒"。这也说明,《金瓶梅》的语音不是胶辽官话。

其他值得注意的语音现象还有不少,如呵=哈=喝,"吃了半个点心,呵了两口汤";"几句话说的西门庆反呵呵笑了";"自来也不曾呵俺们一呵"。第一句中的"呵"应为"喝",第二句中的"呵"应为"哈",第三句中的"呵"才是"呵斥"的"呵",但在小说中却可以通用。再如造=做,"或吃酒吃饭,造甚汤水,俱经雪娥手中整理";"武二叫过买,造两份饭菜"。则=做,"娘子没来由,嫁他则甚?""题那淫妇儿则甚?"对=得,"这妇人对了西门庆此话","对叫过画童儿送到他往韩道国家去"。第一句中的"对了"是"得到"的意思,第二句中的"对"应是"得",即"必须"的意思。这些语音现象也可以说明《金瓶梅》中的语音更接近于冀鲁官话。

(二) 词汇系统

前面已经说到,《金瓶梅》的词汇系统非常庞杂,造成这种现象的原因可以从主观和客观两个方面去寻找。从主观方面来说,作者可能是一位走南闯北、熟悉各地方言词汇的作家。但这种可能性极小,因为一位作家在写作过程中,除非出于小说创作的需要,才有可能夹杂各种方言词汇。不然的话,尽管他掌握了各地许多的方言词,也没有必要忽而北方,忽而南方。从客观方面来说,这与小说作者或写定者生活的地域有着密切关系。一般来讲,只有交通便利之处，才有可能出现这种词汇交融现象，而运河山东临清一带正好符合这一要求。明代临清一带的语言特点尤其是词汇特点正是南北方言、官话、俗语、行业语融会贯通的运河语言词汇特点。

元末明初之际的连年战争给临清造成了极大的破坏，洪武年间的几次移民及卫、所制度，使当地居民的籍贯相当复杂。明代永乐年间大运河全线贯通，南北物产交流，商贾旅客往来不绝，临清迅速成为运河中段重要城市。当时临清的衙门既有中央派出机关如钞关、皇庄、卫所等，又有地方衙署如州署、学馆、递铺等，还有宦官设立的各种机构如砖场等。而来自山西、安徽、浙江等地的商贾更是云集于此，还有运河上的船户、寺庙中的僧侣及茶楼酒肆中的卖艺者，这一切造成了临清居民成分的复杂，他们所使用的语言词汇当然也就会复杂起来。

马永胜、姚力芸在《〈金瓶梅词话〉方言新证》[①] 一文中曾经指出，《金瓶梅》中有雁北方言土语出现，并举了三个例子。其中两个例子见于第三十二回：李桂姐说"真是硝子石望着南儿丁口心"，李桂姐说完，大家"都一起笑了"。同一回应伯爵说"寒鸦儿过了，就是青刀马"，"众人都笑了"。大家"都一起笑了"，"众人都笑了"，说明当时大家都明白这两句话的含义，但是今天许多地区的人却很难理解。马、姚两位指出，讲雁北方言的人感到并不难理解，因为这是在雁北方言基础上用了藏头法和谐音法。第一句话的含义是"笑死俺的"，第二句话的含义是"含咽过去，就是挺倒摸"，指的是两个调情动作。第三个例子见于第七十六回，应伯爵骂李桂姐和郑爱月："我把你两个女又十撇，鸦胡石影子布儿朵朵云儿了口恶心。"马、姚两位认为，这是用拆字法、谐音法和藏头法凑成的一句话，"女又十撇"是"奴才"的拆字，"鸦胡"是"夜壶"的谐音，"石影子布儿，朵朵云儿，了口恶心"藏头"石朵了"，谐音是"拾掇了"。整句话的意思是"我把你这两个奴才夜壶拾掇了"。而这也只有用雁北方言才能解释通。

马、姚两位对造成这种现象的原因做了分析，认为各地的方言会发生相互

---

① 马永胜，姚力芸.《金瓶梅词话》方言新证 [J]. 山西大学学报，1994（4）.

吸收、相互补充、相互融合的变化。如明代永乐年间就曾从山西大量向外移民，这些移民不可避免地会将自己的方言带向各地，最终与各地方言融合。另一方面，方言土语在某一地区又有着特别旺盛的生命力，某一地区的方言土语，其他地区的人有可能听不懂。这一分析非常中肯，但也正好说明，《金瓶梅》的作者或写定者必定生活在一个各地方言融会贯通的地区，而临清正是这样的一个地区。

魏子云先生在《〈金瓶梅词话〉的作者》① 一文中指出，不仅第五十三回至五十七回有吴语，其他各回中也有不少，如"痨痞""阴山背后""合穿扶""做夜作"等。有人还曾指出，小说中经常出现"物事""酒郎"等。黄霖先生又进而补充了许多，如"小顽""家火""呆登登"等，"达达"一词并非纯山东话，吴语中也有。以上这些例词实际也正说明了《金瓶梅》词汇的兼容性，而这种兼容性只有交通比较发达、居民成分比较复杂的地区才可能具备。

(三) 语法系统

从语法系统来看《金瓶梅》作者或写定者的生活地域，也是研究者们运用的方法之一。如张惠英女士1992年根据现有的北方方言资料中未见有"VOV"结构的报道，便认为北方话、闽语、粤语都没有这种"看他看""管他一管"的说法，南京、徐州等苏北地区也没有这个说法。因此，这种重叠式大概来自江淮话或吴语，现在只有吴语还保存与此相近的形式。这就是说，《金瓶梅》的作者或写定者很可能是吴语方言区的人。② 但这种观点很快便受到了质疑，1998年罗福腾先生在方言调查的基础上，证明"VOV"结构存在于鲁中地区。又与用山东方言写成的《醒世姻缘传》和《聊斋俚曲》做了比较，得出结论说，自明清时代至今，山东方言一直存在"VOV"结构。这就是说，这一词序结构并不仅仅局限于某一地区，当然也不能推翻作者或写定者生活在山东的说法。③

---

① 魏子云.《金瓶梅词话》的作者 [J]. 吉林大学学报, 1991 (6).

② 张惠英. 金瓶梅俚俗难词解 [M]. 北京: 社会科学文献出版社, 1992.

③ 罗福腾. 从《金瓶梅词话》"VOV"结构看方言特征对版本鉴别的作用 [C]//山东省金瓶梅文化委员会. 金瓶梅文化研究: 第二辑. 北京: 中国文联出版社, 1999: 227.

朱德熙先生1985年撰文讨论了汉语方言里的两种反复问句，认为北方地区多使用"你去不去"即"VP不VP"结构。南方方言多使用"你可去"即"可VP"结构。一种方言里一般只有其中的一种说法。用这两种结构来验证《金瓶梅词话》中的情况，结果发现第五十三回至五十七回中的反复问句只用"可VP"结构，而其他各回基本只用"VP不VP"结构。这就是说，这五回文字系由南方人写成，除此之外系由北方人写成。[①]

《金瓶梅词话》中还有许多语法现象，在山东话中经常出现。如"着"虽用来表示动作的进行或状态的持续，但也可以用来结句："我且不吃饭，见了娘，往屋里洗洗脸着。"意思是洗完脸再去见娘。再如"来"可表示已经过去："你那里吃饭来没有？"意思是你在那里吃过饭没有。"来"还可以加强肯定语气或疑问语气："我来叫画童来。"意思是我来不为其他事，只是为叫画童。"你与他说些什么来？"意思是你都和他说了些什么。"来"还可以表示祈使语气："咱到后边去来。"意思是请到后边去。再如比较句式："一天热起一天。"意思是一天比一天热。使动句用"乞"或"吃"："早晚乞那厮暗算。"意思是被那厮暗算。"淫妇出去吃人杀了，没的禁拿我出气。"意思是被人杀了。而"使"则表示花费、使用、用："后来怕使钱，只挨着。"意思是怕花费钱，不去看病，只是挨一天算一天。"昨日在那里使牛耕地来？"意思是"在哪里用牛耕地来？"当然，上述这些语法现象也可能出现在山东之外的某些地区，或其他地区的人们也能够明白。这也正好说明《金瓶梅》中语言的包容性和兼容性。

三 《金瓶梅》南北方言例谈

（一）山东方言

关于山东方言又有峄城说、临清说、五莲说等不同观点。张传生先生提出了"五莲方言说"，并从文本内证及五莲方言外证等多方面做了细致论述。张传

[①] 朱德熙. 汉语方言里的两种反复问句 [J]. 中国语文, 1985 (1).

生先生指出："五莲方言语音，有一些特别的地方，同普通话、标准语存在较大的差异，在声韵母搭配方面的差异，主要表现在五个方面：一是声母中，普通话有舌面前音 jb（基）、tb（欺）、ə（希）；五莲方言中，由于该套音分为尖音、团音，且长期未合，致使张、姜、江、蒋、章不分，一律读成 tʃaŋ。强、敞、长、厂读成 tʃ'aŋ'，香、商、上、尚读音分不开，读为 ʃaŋ。二是五莲方言语音尖音部分仍沿用过去的读法，成为舌尖前音 ts、ts'、s 或读为舌面前音 t，将、妻、心分别读为 tsaŋ、tsi、sin 或读为 tiaŋ、t、i。五莲方言无 z（日）这个声母，有关 z 为声母的字音分别以 i（日、肉、柔、容、荣）、y（软、阮、苑、润、袁）、I（扔、仍、锐）代替。个别字的声母读成 s，如"瑞"读音同（睡或税）。三是有的地方将舌尖前音 ts、ts'、s 读成齿间音（舌在上下齿之间发音）tθ、tθ'、θ，如咱、刺、三等。把舌尖中音 t、t'、n 读成舌前音 t、t'、n，如丁、听、女等，将唇齿音 v 作声母的，与 ən 相拼，成为"ven"如闻等。四是在普通话中，ŋ 本来不充当声母，但在五莲零声母开口呼的某些字音，却以 ŋ 为声母，如 ɑi（爱）、ɑo（熬）、ou（欧）、ɑn（安）、ən（恩）、ɑŋ（昂）等的前面都加了一个声母 ŋ。五是在韵母方面，五莲方言语音与普通话语音比较，最大特点是将圆唇音 o 读成扁口音 ə，如玻（bo）、坡（p'o）、摸（mo）、佛（fo）分别读成 bə、p'ə、mə、fə，受此影响，复韵母 oŋ 全被 əŋ 代替。出现了东、登相同，肉、油同音，铜、藤不分，公、更不辨的特殊语言现象。"① 根据这些语音方面的特点去分析《金瓶梅》中的谐音现象，理应具有更强的说服力。比如在第三十三回介绍韩道国其人时说"也不是守本分的人，姓韩，名道国，字希尧"，"街上人见他是般说谎，顺口叫他做韩道国"。"他兄弟韩二，名二捣鬼"，可见此处"道国"应作"捣鬼"。张传生先生指出："据鲁东南五莲方言，'韩'与'还'在很多词中同音为 han，'道'与'捣'同音为 dao；'国'与'鬼'在当今有些老年人还读为 gui。"又引明隆庆进士张位《问奇集》一书，其中记录"齐鲁"地区入声字音一段，有"国读诡"一条。《韵略汇通》中

---

① 张传生.《金瓶梅》五莲方言研究 [M]. 待刊稿.

"鬼""诡"同音。可见明朝中叶山东地区确将"道国"读为"捣鬼"。

张传生先生对《金瓶梅》中出现的五莲方言词汇也做了深入研究。例如第二回西门庆道:"干事卖馏馏的李三娘子儿?"关于"馏馏",曾有学者做出不同的解释,张传生先生指出:"'馏馏'是五莲山区的一种特制的面食。当出嫁闺女,生了第一个小孩,第一次回娘家时,姥姥为了这小外甥好养,在回家时,用鸡蛋和面,做成两只小孩鞋底状的饼子,两头宽,中间窄,用树叶一类的新鲜干净的东西包好,放在锅底灰中烧。待这馏馏烧熟后,用红绒线捆成一对,放在小孩的脖子上,图吉利,求好养。这种用灰烧制的食物叫作'打狗馏馏',预示着孩子好养,长命百岁。这种馏馏也可以用锅烙,是一种食物。"① 这的确带有鲜明的地方特点,如果这一解释能够成立,那么其意义也就不言自明。

(二) 冀鲁方言

许超先生认为:"《金瓶梅》一书所用的方言土白,乃是以冀东南鲁西北运河之滨清河方言为基础的多元化方言土白。"他在《〈金瓶梅〉方言辨释(一)》一文中列举了许多例子,现引两例如下:

苦丁子咸

第九十四回,庞春梅从被西门庆玩弄的奴婢一跃成为周守备夫人,并低价买得西门庆遗妾孙雪娥作奴仆打入厨下,百般挑剔,恶意报复当年在西门庆大宅门内积累的恼恨,喝令孙雪娥下厨做鸡尖汤,寻找借口发难:我买将你来服侍我,你不愤气,教你做口子汤,不是精淡,就是苦丁子咸。

苦丁子咸,是苦? 是咸?

有者说:"极咸。苦丁子,疑为一种极苦的植物名,用以代极苦之味。"②

有者说:"即苦咸。'丁子'系语缀,'苦丁子'修饰'咸'的程度,

---

① 张传生.《金瓶梅》典型五莲方言例析 [C]//王平. 金瓶梅与五莲:第九届(五莲)国际《金瓶梅》学术研讨会论文集. 北京:中国文史出版社,2013:460.

② 王利器. 金瓶梅词典 [M]. 长春:吉林文史出版社,1988:202.

犹言太咸,而非指苦味。今鲁南、苏北都说'苦咸'。"①

有者说:"此语中有一'子'字,看来,自是作者的惯用语态也。"②

有者说:"'苦丁子咸',是'苦了子咸'的误刻……鲁南、苏北并无'苦丁子咸'的说法。"③

有者说:"'苦丁子咸',应为'苦不子咸',咸得发苦。"

笔者是土生土长的清河县旧城关乡人,对"苦丁子咸"有最直接的亲身体验,故提出这个土词儿与诸家探讨。首先说"丁"不应改为"了"或"不";苦咸,是味儿,不是植物;"子"是"苦丁子"实词,不是"语态也";鲁南、苏北并无"苦丁子咸",清河县却有此说法。

书中的精淡,方言词,精,副词性,"很、最、非常"义。精淡,指没有一点咸味。苦丁子,即芒硝结晶体的俗名,味极苦,掺和在盐里不论多少均有苦味,俗谓"苦丁子咸"。

清河县旧志载:"城西北地多斥卤,不产五谷,乡民煮硝盐瞻朝夕。"旧时,初春和晚秋,古城西、北郊碱土如霜,飞扬似雾,清代宋祖昱曾有诗曰:"似絮似盐飘匝地,非梅非雪散连天。人居城郭由来久,掘井如何不及泉。"地面碱土飞扬,地下无淡水可食用,苦了历代居民(详见《"一担甜水"》解)。乡民则收敛碱土,水滤、熬煮、日晒成盐,俗谓"硝盐"。这种土法儿生产的硝盐,颗粒细小,洁白如霜,但盐中含杂大量的芒硝结晶体,呈杆状,细长,透明,俗曰"硝丁子"或"硝莛子",味极苦,须从原盐中筛拣出去,方可食用。但细小硝丁子碎屑依然混杂于盐中,故不论用之多少皆有苦味,如稍过量则苦不堪言,俗谓"苦丁子烂咸"。20世纪60年代前,清河(含南宫、枣强、故城诸县)百姓皆食用土法生产的硝盐,世代饱尝"苦丁子咸"的滋味。笔者童年时代,就是吃硝盐长大的,

---

① 李申.金瓶梅方言俗语汇释[M].北京:北京师范学院出版社,1992:357.

② 魏子云.金瓶梅词话注释[M].郑州:中州古籍出版社,1987:654.

③ 鲍延毅.《金瓶梅》语词溯源[M].北京:华夏出版社,1996:59.

现在一说"硝盐"犹苦在口。新中国成立后，海盐（乡民曰"大盐"）、精盐取代了硝盐，方彻底结束食用硝盐的苦日子。土词"苦丁子咸"源于清河一带区域，但愿通过上述介绍，回答了多种不确切的注释。

学

"学"字读什么音？是不是觉得不该发问？其实不然，有些普通话里字或词儿，在清河方言土白里就变了音调，甚至变得找不到可代替的字或词儿，土味儿很呛人。譬如："你多咱来的？""夜来横杭科里。"（"你什么时候来？""昨天晚上。""科里"，语尾词，表示语气，无实际意义。）再如：德，读 dai（得）；责，读 zhai（窄）；泽，读 zhai（宅）；策，读 chai（钗）；隔，读 jie（劫）；鹤，读 hao（毫）；褥，读 yu（玉）；软和，读 yuanhu（远乎）；染色，读 yanshai（烟晒）；我，读 e（俄）；棉，读 niang（娘）；学，读 xiao（淆）……（拙作《浓浓乡音——清河土话串编》一书，收录清河方言土白千余条目）。特别是这个"学"字，推广普通话些许年来，除学校、机关和重要场合读 xue（穴）外，乡村日常用语依然是土白"学"xiao（淆）。早年推广普通话时，有个小学教师教学生拼音，领读：xue 学，上学 xiao（淆儿）的学；mian 棉，niang 娘花的娘；ce 策，政策 chai（钗）的策。这虽是笑话，但说明清河方言土白的根深蒂固，一旦约定俗成了若干年代，改正起来很不容易。

这个"学"字的土读音，不仅仅时下清河依然流行民间，而早在 400 多年的《金瓶梅》一书中，已经堂而皇之地登上大雅之堂。第六十回西门庆的绸缎铺开张营业，宴请帮闲及伙计们庆贺，酒间弹唱行令，纵情畅饮。依次轮流到伙计韩道国行酒令。行酒令的要求是：第一句"天上飞禽"，第二句"地上果名"，第三句"骨牌名称"，第四句"一官名"。四句必须贯串，押韵律遇点照席饮酒。韩道国即席唱第一首酒令：

天上飞来一只鹤，落在园中吃鲜桃。

却被孤红拿住了，将去献与一提学。

……

请注意，这首酒令的韵脚，完全采用的方言土白：鹤 hao、桃 tao、了 liao、学 xiao，是押的"摇条辙"韵脚，合辙押韵，完全符合酒令规则。如果用普通话标准语音去唱这首酒令，则成为鹤 he、桃 tao、了 liao、学 xue，根本不押韵。须知，唱酒令不押韵，当吃罚酒的。所以韩道国用当时清河土白唱这首酒令，在韵脚上无任何挑别。第六十一回，伙计韩道国夫妇为了进一步拉拢、勾搭西门庆，二人商定请西门庆吃酒，叫了个卖唱的申二姐，酒间唱了支名为《锁南枝》的曲子。她唱道：初相会，可意娇，月貌花容风尘中最少。瘦腰肢一捻堪描，俏心肠百事难学。恨只恨和他相逢不早，常则原席上樽前，浅斟低唱相偎抱。一觑一个真，一看一个饱。虽然是半霎欢娱，权且将闷减少怨消。

这首曲子中的娇、少、描、学、早、抱、饱、消，押的是"摇条辙"韵辙。其中"学"字的读音是土白 xiao（淆），否则读 xue（穴），就破坏了这枝曲牌的韵脚。400 多年前，用方言土白唱酒令，且是原汁原味的实录记音，这在同时代的著作中，乃极为罕见的。①

许超先生所举两例，从音韵学角度证明了《金瓶梅》中有冀鲁方言出现，具有很强的说服力。然而是否全书"所用的方言土白，乃是以冀东南鲁西北运河之滨清河方言为基础"，还需要再行斟酌。

(三) 吴语方言

孟昭连先生指出："比较早提出《金瓶梅》所用语言为吴语者为清末陈蝶仙，他在《樽边录》中谓：'《金瓶梅》及《隔帘花影》等书有呼"达达"字样。"达达"二字，不知所出，友人尝举以问余。余笑曰：此二字盖越谚，今犹习闻之。越人笑骂，尝有"妈同我达达"之语，是其"达达"之意，即犹"云云"之谓也。'到了四十年代，姚灵犀在他的《瓶外卮言》中也对山东说提出怀疑，他说：'……兹有质疑之处，全书用山东方言，认为北人所作，实不尽

---

① 许超.《金瓶梅》方言辨释（一）[C] // 王平. 金瓶梅与五莲：第九届（五莲）国际《金瓶梅》学术研讨会论文集. 北京：中国文史出版社，2013：470-474.

然。既叙述山东事，当然用当地土语。京师为四方杂处之地，仕官于京者多能作北方语，山东密迩京师，又水陆必经之路，南人擅北方语者所在多有。《金瓶》之俗语，亦南人所能通晓。为南人所作抑为北人，此可疑者一。'进入八十年代，朱星先生重提王世贞作《金瓶梅》的旧说，为了支持自己的论点，也涉及书中的方言问题，认为山东方言说并不准确。他同时还举出一些词语如达达、鸟、忒、倘忽、一答里等，认为这些都是'吴方言'。"①

褚半农先生《〈金瓶梅词话〉中的吴音字》② 一文从语音角度分析《金瓶梅词话》文本，发现书中有多组吴音字，因为它们是同音，作者经常把它们混用。这些特殊的语言现象，在官话里是不可能出现的。兹列举数例如下：

1."黄、王"不分：

王经，是西门庆相好王六儿的兄弟。第七十一回中这个名字共出现了8次。在万历本中，前3次作者把他写成"黄经"，后面全部写成"王经"，两个"黄（王）经"实际是同一个人：

> （西门庆）解衣就寝。黄经、玳安打发脱了靴袜，合了灯烛，自往下边暖炕被褥歇去了。……欲待要呼王经进来陪他睡，忽然听得窗外有妇人语声甚低。（第七十一回）

例句中的"黄经"名字在此回中是第3次出现，之前两个也都写作"黄经"，接下来作者就把他写作"王经"了。从"黄经"转写为"王经"，中间仅相隔一百来个字，而且下面出现这个人名时，作者又一律写作"王经"，一共5次。在作者的读音里，"黄""王"是同音的，"黄经"就是"王经"，或者说"王经"就是"黄经"，故不分"黄、王"，写来非常顺手。

《金瓶梅词话》中出现的"黄、王"不分的吴地语音现象，在明朝其

---

① 孟昭连.《金瓶梅》语言三题［C］//王平.金瓶梅与五莲：第九届（五莲）国际《金瓶梅》学术研讨会论文集. 北京：中国文史出版社，2013：452-453.

② 褚半农.《金瓶梅词话》中的吴音字［C］//王平.金瓶梅与五莲：第九届（五莲）国际《金瓶梅》学术研讨会论文集. 北京：中国文史出版社，2013：477-480.

他著作中已有记载，而且就是吴地作者的著作。如在京城做过官的陆容，是江苏太仓人（《金瓶梅》作者候选人之一的王世贞也是太仓人），他在《菽园杂记》卷四中就这样记载："如吴语黄王不分，北人每笑之。"① 从小讲吴语的笔者至今把这两个发音不同的字读成同一个音，一开口就"黄、王"不分。如非要分清，那就得借助于拼音。这可能就是常说的"一方水土养一方人"、乡音难改的缘故吧。

2."多、都"不分：

（1）空中半雨半雪下来，落在衣服上，多化了。（第三十八回）

（2）这封五十两，你多拿了使去，省的我又拆开他。（第六十七回）

例（1）的"多化了"，应为"都化了"，例（2）的"多拿了使去"，实为"都拿了使去"。《词话》中"多、都"不分的语音现象可以说是随处可见。有把"多"作"都"用的，如"（西门庆）一面与妇人多起来，穿上衣服"（第八回），"说了一回，各人多睡了"（第四十回）。也有把"都"作"多"用的，如"月娘道：'你爹来家都大回了？'"（第二十三回）"（张胜）又问：'你今年都大年纪？'经济道：'廿四岁了。'"（第九十四回）

多，应念 duō；都，应念 dōu。在吴语中，这两个字都念 [tu53] 音，与官话有较大差别，明朝时是这样，到清朝时还是这样。清初苏州人褚人获著《坚瓠集》一书，因其多明代资料向被学者看重，此书里也有关于"多、都"不分的记载，用的就是苏州人的例子："苏人语曰：'徒多为人所憎恶耳。'吴语'多'为'都'，'徒多'云'屠都'也。"② 再如清光绪乙未年（1895年）石印本《金台全传》第31回一段文字中有这样的句子："……决不是鬼魂出现呀，莫非是个穿窬辈来欺侮我孤儿寡妇，便满身发

---

① 陆容.菽园杂记 [M].北京：中华书局，1985：41.

② 褚人获.坚瓠集 [M] //上海古籍出版社.清代笔记小说大观（二）.上海：上海古籍出版社，2007：1437.

抖，那花针多拿不来了。"其中"多拿不来了"中的"多"，应是"都"字，此书中也是"多、都"不分。①

3. "何、胡""河、湖"不分。

这4个字的读音可分 he 和 hu 两组，互相之间相差极大，在官话中是无论如何不会用错的，但在《金瓶梅词话》中却被混用了。且看下面例句：

(1) 这厮何说！你岂不认的他是县中皂隶，想必别有缘故。(第十回)

(2) 你和何秀在船上等着纳税。(第八十一回)

(3) 来保打发胡秀房里睡去不题。(第八十一回)

例(1)中的"何说"应为"胡说"；例(2)、例(3)的"何秀"和"胡秀"是同一个人，《金瓶梅词话》梅节排印本已统一为"胡秀"。其实，早在第六回中就出现一个何九，他是个"验尸"的仵作，原是小说《水浒传》中的人物。到这回时，武大已被害死，从王婆他们商议去请何九为武大"验尸"、西门庆半路拦住他请吃酒，一直到"验尸"完毕，全过程中他的名字共出现 19 次，连第六回的回目中也写作为"何九"，但其中 1 次却写成了"胡九"，这就是此回正文开始第一句话第 8 个字。作者一上来就把"何九"写成了"胡九"，原文是"却说西门庆便对胡九说去了"。

从把"何九"写成"胡九"，到"胡说"写成"何说"，最后把"胡秀"写成"何秀"，在《金瓶梅词话》作者的读音里，"何""胡"是同音的。从他把"何"写成"胡"来看，又可得知"何"音 hu 而不读 he，这同吴语的读音完全一致。

《金瓶梅词话》还有"河、湖"不分的语音现象。第三回中，西门庆道："便得一片橘皮吃，切莫忘了洞庭河。"到第四回中，又出现这两句话，西门庆道："但得一片橘皮吃，且莫忘了洞庭湖。"

很明显，把"洞庭湖"写成"洞庭河"是错的，作者又一次将 he 音

---

① 佚名. 金台全传 [M] // 《古本小说集成》编委会. 古本小说集成. 上海：上海古籍出版社，1994：260.

和 hu 音搞混了。"河"和"湖"的发音相差太大了,在官话中怎么也不会发生混淆的。它们在吴语中却是同音,也都发 hu [ɦu24] 音,这就是用错字的原因。

从上面分析可得出结论,在《金瓶梅词话》中,何、胡、河、湖这 4 个字同音,都发 hu [ɦu24] 音,所以作者根据自己的读音,不时把它们混用。这正是吴语语音的特点,它们至今仍是同音字。清上海县《法华乡志》(即今上海市长宁区范围)记述嘉庆年间一事中就有"何、河同音"的记载,原句是:"一日,何小之女指棍,曰此余家也。询其父名,曰何小。回禀邑令,大悟曰:何,与河同音;挤于两岸,因河小也。"① 清吴语小说《商界现形记》中也有记载:"人可何改做口天吴,或是古月胡。"② 从这些记载可知道,在吴地,何、河、吴、胡这四个字一直是同音字,都发 hu [ɦu24] 音。明朝时是这样,清朝时是这样,直到今天仍是这样。

4.《金瓶梅词话》中还有"水、四"不分的语音现象。如第四回是"两道水鬓描画的长长的",可在第十一、二十八回里却两次写作"四鬓"。其实"四鬓"就是"水鬓"。"水、四"在吴语中音 [sɿ44],两者读音不分又是吴语语音的特点,这在吴地地方志中居然也有记载,如民国初期《嘉定疁东志》(嘉定县明朝时属太仓州,清朝时属苏州府,1958 年划归上海)卷四"方言":"水,读若四",③ 又同《词话》中的语音现象完全一致。

张传生、许超、褚半农几位先生着重从语音方面分析《金瓶梅》的方言现象,尽管他们的观点并不一致,但其结论都具有一定的学术价值,充分说明了《金瓶梅》方言的复杂性。

---

① 王钟原撰,胡人凤续辑. 法华乡志 [M] //上海市地方志办公室. 上海乡镇旧志丛书. 上海:上海社会科学院出版社,2006:348.

② 天赘生. 商界现形记 [M]. 上海:上海古籍出版社,1991:93.

③ 吕舜祥,武蝦纯. 嘉定疁东志 [M] //上海市地方志办公室. 上海乡镇旧志丛书. 上海:上海社会科学院出版社,2004:71.

第九章 《金瓶梅》的传播与影响

《金瓶梅》问世之初，以抄本的形式在有限的文人群体中流传。刊行之后，虽然扩大了传播范围，但由于其中的淫秽描写而被视为"诲淫"之书，始终未能形成大规模的传播，甚至还曾屡遭禁毁。尽管如此，其多方面的价值依然受到人们的重视，早在明清之际就与《三国志演义》《水浒传》《西游记》并称为明代"四大奇书"。其传播与接受中的价值取向、传播者、传播内容、传播受众、传播效果、20世纪的传播媒介、海外传播及其影响等问题都值得认真研究。

一 传播与接受中的价值取向

一部文学作品的价值是在其传播与接受过程中实现的，其价值取向则多元并存，因人而异。《金瓶梅》传播与接受的价值取向亦复如是，如词话本卷首廿公作的跋语虽然十分简短，却指出了《金瓶梅》三方面的价值：一、"有所刺"

的功利价值，二、"曲尽人间丑态"的认识价值，三、"处处埋伏因果"的劝惩价值。①《满文本金瓶梅序》说道："历观编撰古词者，或劝善惩恶，以归祸福；或快志逞才，以著诗文；或明理言性，以喻他物；或好正恶邪，以辨忠奸。"②这种多元的价值取向贯穿于其问世以来的四百余年间。大体说来，明清两代对《金瓶梅》的伦理教化价值较为看重，20世纪则更为重视其社会认识价值和审美艺术价值。至于其负面价值，历来都存在着歧义，相比较而言，20世纪的诠释者则表现得更为客观理智。本节拟对《金瓶梅》传播与接受的价值取向进行归纳总结并初步分析其产生的原因，以期更好地把握和实现《金瓶梅》的多重价值，并避免其价值取向的扭曲。

（一）伦理教化价值

就我们今天所掌握的资料来看，对《金瓶梅》最早做出价值判断的当为袁宏道。他在万历二十四年（1596）致董其昌的信中说道："《金瓶梅》从何得来？伏枕略观，云霞满纸，胜于枚生《七发》多矣。"③ 枚乘是汉代著名辞赋家，在其代表作《七发》中，吴客指出楚太子"久耽安乐，日夜无极"，"纵耳目之欲，恣支体之安"，因而患病在身。只有请博闻强识的君子来启发诱导，改变其贪图安乐的情志，才可能痊愈。袁宏道认为《金瓶梅》告诉了人们相同的道理，而且更为重要深刻，于是才有"胜于枚生《七发》多矣"的赞叹。袁宏道对《金瓶梅》教化价值的肯定与其文学观相一致，是明末特定社会思潮的表现。

强调《金瓶梅》的价值在于以轮回报应达到劝惩的教化目的，词话本欣欣子序最具代表性。从《金瓶梅》的情节结构来看，西门庆、潘金莲、李瓶儿、庞春梅等男女主人公皆因放纵欲望，终于败亡，这大概也是小说作者的初衷。

---

① 廿公. 金瓶梅词话跋 [M]//兰陵笑笑生. 金瓶梅词话. 香港：太平书局，1982：15-16.

② 佚名. 满文本金瓶梅序 [G]//黄霖. 金瓶梅资料汇编. 北京：中华书局，1987：5.

③ 袁宏道. 与董思白书 [G]//黄霖. 金瓶梅资料汇编. 北京：中华书局，1987：227.

欣欣子或许担心读者不能体会作者的良苦用心,而专注于淫乱的描写,所以在序中反复说道:

> 无非明人伦,戒淫奔,分淑慝,化善恶,知盛衰消长之机,取报应轮回之事,如在目前,始终如脉络贯通,如万系迎风而不乱也,使观者庶几可以一哂而忘忧也。……既其乐矣,然乐极必悲生。……至于淫人妻子,妻子淫人,祸因恶积,福缘善庆,种种皆不出循环之机,故天有春夏秋冬,人有悲欢离合,莫怪其然也。合天时者,远则子孙悠久,近则安享终身;逆天时者,身名罹丧,祸不旋踵。①

在欣欣子看来,以轮回报应实现教化目的,这是《金瓶梅》最为重要的价值。那么如何看待小说中"语涉俚俗,气含脂粉"的淫秽描写呢?欣欣子以为"富与贵,人之所慕也,鲜有不至于淫者。哀与怨,人之所恶也,鲜有不至于伤者。"显然对"乐而不淫,哀而不伤"的传统诗教提出了不同见解。他指出,《金瓶梅》"虽市井之常谈,闺房之碎语",但"使三尺童子闻之,如饫天浆而拔鲸牙,洞洞然易晓。虽不比古之集理趣,文墨绰有可观"。这也就是他在序言中所说的"一哂而忘忧",这实际上在不经意中道出了《金瓶梅》寓教于乐的价值。

与其同时的"东吴弄珠客"为《金瓶梅》作序的第一句话就是:"《金瓶梅》,秽书也。"然后他又指出:"然作者亦自有意,盖为世戒,非为世劝也。"所谓"为世戒,非为世劝",即此书是以西门庆、潘金莲等人为反面人物来告诫世人,而并非让世人以其为效法榜样。所以他说:"读《金瓶梅》而生怜悯心者,菩萨也;生畏惧心者,君子也;生欢喜心者,小人也;生效法心者,乃禽兽耳。"② 因此这位"东吴弄珠客"所强调的依然是《金瓶梅》的劝惩价值。

---

① 欣欣子.金瓶梅词话序[M]//兰陵笑笑生.金瓶梅词话.香港:太平书局,1982:4-13.

② 东吴弄珠客.金瓶梅词话序[M]//兰陵笑笑生.金瓶梅词话.香港:太平书局,1982:17-18.

清康熙年间紫髯狂客与欣欣子的见解十分一致,他在《豆棚闲话总评》中说:"趣如《西门传》而不善读之,乃误风流而为淫。其间警戒世人处,或在反面,或在夹缝,或极快,或极艳,而悲伤零落,寓乎其间,世人一时不解者也。"①

同为康熙年间的《满文本金瓶梅序》的作者主要以报应轮回观念来肯定《金瓶梅》的劝惩价值:"其于修身齐家、裨益于国之事一无所有。至西门庆以计力药杀武大,犹为武大之妻潘金莲以春药而死,潘金莲以药毒二夫,又被武松白刃碎尸。如西门庆通奸于各人之妻,其妇婢于伊在时即被其婿与家僮玷污。吴月娘背其夫,宠其婿使入内室,奸淫西门庆之婢,不特为乱于内室……西门庆虑遂谋中,逞一时之巧,其势及至省垣,而死后尸未及寒,窃者窃,离者离,亡者亡,诈者诈,出者出,无不如灯消火灭之烬也。其附炎趋势之徒,亦皆陆续无不如花残木落之败也。其报应轻重之称,犹戥秤毫无高低之差池焉。"② 由此可见,清康熙年间《金瓶梅》流传甚广,以至于满族统治者也十分重视此书,他们所看重的正是《金瓶梅》的劝惩价值。

近代的许多论者也注意到了《金瓶梅》的教化价值。四桥居士在《续金瓶梅序》中指出:"《金瓶梅》一书,虽系空言,但观西门平生所为,淫荡无节,蛮横已极,宜乎及身即受惨变,乃享厚福以终?至其报复,亦不过妻散财亡,家门零落而止,似乎天道悠远,所报不足以蔽其辜,此《隔帘花影》四十八卷所以继正续两编而作也。"③ 这实际上是说《金瓶梅》的报应轮回还不够充分。

20世纪以来,人们更多看重的是《金瓶梅》的"讽世"价值。如梦生在1914年《雅言》第一卷第七期《小说丛话》中说:

> 《金瓶梅》乃一最佳最美之小说,以其笔墨写下等社会、下等人物,无一不酷似故。若以《金瓶梅》为不正经,则大误。《金瓶梅》乃一惩劝

---

① 紫髯狂客.豆棚闲话总评[G]//黄霖.金瓶梅资料汇编.北京:中华书局,1987:264.
② 佚名.满文本金瓶梅序[G]//黄霖.金瓶梅资料汇编.北京:中华书局,1987:5-6.
③ 四桥居士.续金瓶梅序[G]//黄霖.金瓶梅资料汇编.北京:中华书局,1987:17.

世人、针砭恶俗之书。若以《金瓶梅》为导淫，则大误。……《金瓶梅》开卷以酒色财气作起，下却分四段以冷热分疏财色二字，而以酒气穿插其中，文字又工整，又疏宕，提纲挈领，为一书之发脉处，真是绝奇绝妙章法。写"财"之势力处，足令读者伤心；写"色"之利害处，足令读者猛省；写看破财色一段，痛极快极，真乃作者一片婆心婆口。读《金瓶梅》者，宜先书万遍，读万遍，方足以尽惩劝，方不走入迷途。①

1936年上海新文化书社再版本《古本金瓶梅》前有观海道人所撰序言，落款时间为大明嘉靖三十七年，显系伪托。他也再三强调了《金瓶梅》的劝惩价值："子不观乎书中所纪之人乎？某人者，邪淫昏妄，其受祸终必不免，甚且殃及妻孥子女焉。某人者，温恭笃行，其获福终亦可期，甚且泽及亲邻族党焉。此报施之说，因果昭昭，固尝详举于书中也。至于前之所以举其炽盛繁华者，正所以显其后之凄凉寥寂也；前之所以详其势焰熏天者，正所以证其后之衰败不堪也。一善一恶，一盛一衰，后事前因，历历不爽，此正所以警惕乎恶者，奖励乎善者也。"②

也有的论者从显与隐的辩证关系入手，肯定《金瓶梅》的教化价值。如西湖钓叟《续金瓶梅序》认为："《金瓶梅》旧本，言情之书也。情至则流易于败检而荡性。今人观其显不知其隐，见其放不知其止，喜其夸不知其所刺。……《西游》阐心而证道于魔，《水浒》戒侠而崇义于盗，《金瓶梅》惩淫乱而炫情于色，此皆显言之，夸言之，放言之，而其旨则在以隐，以刺，以止之间。惟不知者曰怪，曰暴，曰淫，以为非圣而畔道焉。"③ 这位论者同样是肯定《金瓶梅》的伦理教化价值，但能够顾及小说的实际描写，提醒读者要透过表面内容把握住其实质。

1996年笔者发表《〈红楼梦〉〈金瓶梅〉色空观念之比较》一文，指出了

---

① 梦生. 小说丛话 [G] //黄霖. 金瓶梅资料汇编. 北京：中华书局，1987：337.

② 观海道人. 古本金瓶梅序 [G] //黄霖. 金瓶梅资料汇编. 北京：中华书局，1987：12.

③ 西湖钓叟. 续金瓶梅序 [G] //黄霖. 金瓶梅资料汇编. 北京：中华书局，1987：14.

《金瓶梅》的"讽世"价值：

> 西门庆家的由盛转衰至为简单明了，这便是作为一家之主的西门庆"贪欲丧命"。西门庆一死，一个有万贯家财、数十口人的官商之家，顷刻间支离破碎，人财两空，真可谓"盛由一人，败由一人"。西门庆家的由盛转衰，向人们传递了这样一个信息，即"财色"诱人亦害人。正如张竹坡评语所说："此回总结'财色'二字利害，故'二八佳人'一诗，放于西门泄精之时，而积财积善之言，放于西门一死之时。西门临死嘱敬济之言，写尽痴人，而许多账本，总示人以财不中用，死了带不去也。"因此，西门庆家由盛转衰的原因是十分显明的，其中寓示的道理也是非常确定的，是人们可以理解和把握的，在某种意义上说，也是人们可以防止的。这也正是作者向世人进的箴言。①

21世纪初张锦池先生发表《论〈金瓶梅〉的结构方式与思想层面》一文，也同样强调了这一价值："《金瓶梅》写故事的由来和结局，是以'悌'起、以'孝'结，反映了作者用以'讽世'的主要思想武器是'仁'和'天理'，属小说的哲理层面。"② 指出了《金瓶梅》"讽世"的依据是儒家的伦理道德观念，这可以视为伦理教化价值的延伸。

2002年陈东有先生发表《〈金瓶梅词话〉道德说教中的哲学命题》一文，从哲学高度论述了《金瓶梅》的劝惩主旨："《金瓶梅词话》不是一部哲学著作，但其道德说教以中国哲学的传统命题作为自己的基础。《金瓶梅词话》的道德说教是通俗的、大众的，也是落后的、消极的，但道德说教思想基础中的哲学命题作为一种经历了长时期积累的文化思考，对人类的文明进程仍不失其重要的启迪价值。"③

---

① 王平.《红楼梦》《金瓶梅》色空观念之比较［J］.红楼梦学刊，1996（2）.

② 张锦池.论《金瓶梅》的结构方式与思想层面［J］.求是学刊，2001（1）.

③ 陈东有.《金瓶梅词话》道德说教中的哲学命题［C］//中国金瓶梅学会金瓶梅研究：第七辑.北京：知识出版社，2002：105.

与《三国志演义》《水浒传》《西游记》有大量戏剧改编不同,《金瓶梅》改编为戏曲的数量较少。刊刻于乾隆乙卯年(1795)由画舫中人改编的《奇酸记》传奇共四折,每折六出,共二十四出。第一折《梵僧现世修灵药》,包括《灵药现身》《西门贾毒》《子虚饯配》《玉楼酸赏》《卖奸买毒》《降神修药》等六出。最后一折《禅师下山超孽业》包括《普静寻徒》《琵琶变调》《孟舟感故》《祭金杀敬》《爹儿双变》《孝成酸释》等六出。从这些出目不难看出,其用意主要是惩戒淫乱。① 郑小白改编的《金瓶梅传奇》分为上下两卷,共三十四出。该剧将《水浒传》和《金瓶梅》的有关内容糅为一体,以西门庆和潘金莲为主人公,目的也在于劝戒淫乱。② 由《金瓶梅》改编的子弟书有《得钞傲妻》《哭官哥》《不垂别泪》《春梅游旧家池馆》《永福寺》《挑帘定计》《葡萄架》《续钞借银》等名目。③ 从这些名目可以看出,改编者似乎更为注重表现世态炎凉。

(二)社会认识价值

词话本《金瓶梅》廿公所作跋语,虽不过寥寥数语,却以"曲尽人间丑态"六字概括了《金瓶梅》的社会认识价值。谢肇淛的《金瓶梅跋》则对其社会认识价值分析得比较全面:"其中朝野之政务,官私之晋接,闺闼之嫫语,市里之猥谈,与夫势交利合之态,心输背笑之局,桑中濮上之期,尊罍枕席之语,驵侩机械意智,粉黛之自媚争妍,狎客之从谀逢迎,奴怡之稽唇淬语,穷极境象,駴意快心。譬之范工抟泥,妍媸老少,人鬼万殊,不徒肖其貌,且并其神传之。信稗官之上乘,炉锤之妙手也。"④ 这段话从几个方面形象地概括了《金瓶梅》对社会各个方面的反映,强调了《金瓶梅》的认识价值。首先,《金瓶

---

① 画舫中人. 奇酸记 [G] //黄霖. 金瓶梅资料汇编. 北京:中华书局,1987:367-374.

② 郑小白. 金瓶梅传奇 [G] //黄霖. 金瓶梅资料汇编. 北京:中华书局,1987:375-376.

③ 中国曲协辽宁分会. 子弟书选 [G] //黄霖. 金瓶梅资料汇编. 北京:中华书局,1987:37-403.

④ 谢肇淛. 金瓶梅跋 [G] //黄霖. 金瓶梅资料汇编. 北京:中华书局,1987:3.

梅》表现的社会生活面十分广阔，上至朝廷政务，下至市井猥谈，均有细致描写。其次，对各个社会阶层的精神面貌刻画得惟妙惟肖。他特别声明："有嗤余海淫者，余不敢知。"

清初谢颐在《批评第一奇书金瓶梅叙》中充分肯定了张竹坡对《金瓶梅》认识价值的挖掘：

> 故悬鉴燃犀，遂使雪月风花、瓶罄筐梳、陈茎落叶诸精灵等物，妆娇逞态，以欺世于数百年间，一旦潜形无地，蜂蝶留名，杏梅争色，竹坡其碧眼胡乎！向弄珠客教人生怜悯畏惧心，今后看官睹西门庆等各色幻物，弄影行间，能不怜悯，能不畏惧乎！其视金莲，当作弊屣观矣。①

康熙年间的《满文本金瓶梅序》的作者认为《金瓶梅》对社会各色人物均有逼真描写，他说："自常人之夫妇，以及僧道尼番、医巫星相、卜术乐人、歌妓杂耍之徒，自买卖以及水陆诸物，自服用器皿以及谑浪笑谈，于僻隅琐屑毫无遗漏，其周详备全，如亲身眼前熟视历经之彰也。"②

进入20世纪以来，评论者更为重视《金瓶梅》的社会认识价值。平子在1904年《新小说》第八号《小说丛话》中论道：

> 《金瓶梅》一书，作者抱无穷冤抑，无限深痛，而又处黑暗之时代，无可与言，无从发泄，不得已藉小说以鸣之。其描写当时之社会情状，略见一斑。然与《水浒传》不同：《水浒》多正笔，《金瓶》多侧笔；《水浒》多明写，《金瓶》多暗刺；《水浒》多快语，《金瓶》多痛语；《水浒》明白畅快，《金瓶》隐抑凄恻；《水浒》抱奇愤，《金瓶》抱奇冤。处境不同，故下笔亦不同。③

天僇生1907年在《月月小说》第二卷《中国三大家小说论赞》中说：

---

① 谢颐. 批评第一奇书金瓶梅叙 [G] // 黄霖. 金瓶梅资料汇编. 北京：中华书局，1987：1.

② 佚名. 满文本金瓶梅序 [G] // 黄霖. 金瓶梅资料汇编. 北京：中华书局，1987：6.

③ 狄葆贤. 小说丛话 [G] // 黄霖. 金瓶梅资料汇编. 北京：中华书局，1987：303.

> 时则若王氏之《金瓶梅》。元美生长华阀，抱奇才，不可一世，乃因与杨仲芳结纳之故，致为严嵩所忌，戮及其亲，深极哀痛，无所发其愤。彼以为中国之人物、之社会，皆至污极贱，贪鄙淫秽，靡所不至其极，于是而作是书。盖其心目中，固无一人能少有价值者。彼其记西门庆，则言富人之淫恶也；记潘金莲，则伤女界之秽乱也；记花子虚、李瓶儿，则悲友道之衰微也；记宋惠莲，则哀谗佞之为祸也；记蔡太师，则痛仕途黑暗，贿赂公行也。嗟乎！嗟乎！天下有过人之才人，遭际浊世，把弥天之怨，不得不流而为厌世主义，又从而摹绘之，使并世之恶德，不能少自讳匿者，是则王氏著书之苦心也。轻薄小儿，以其善写淫媟也宝之，而此书遂为老师宿儒所垢病，亦不察之甚矣。①

认定王世贞是《金瓶梅》的作者固然有待商榷，但对《金瓶梅》社会认识价值的论述却是深刻稳妥的。

废物（即王文濡）1915年在《香艳杂志》第九期《小说谈》中特别强调了《金瓶梅》对下层社会的认识价值：

> 《金瓶梅》何以为才子之作，以其所描写为下等社会情事也。中上两等社会，吾人固习见而习闻之。执笔状之，则连篇累牍，势不难举，身所接构，心所蕴蓄，目所见，耳所闻，一一如数家珍。况我国下等社会，情事尤为复杂，描写更难着笔。西人小说家，如司各脱、迭更司辈，其著作脍炙人口者亦以此。元美为有明一代作家，文字古奥，直追秦汉，何以降心为此？即曰有所为而为，惩淫可也，导淫诲淫不可也。②

陈独秀、胡适、钱玄同等五四新文化运动的代表性人物，对古代文学的价值基本持一种否定态度，且不时表现出一种矛盾和过激的心态。1917年他们就包括《金瓶梅》在内的古代小说的价值问题曾展开过讨论。钱玄同在《与陈独

---

① 王钟麒.中国三大家小说论赞[G]//黄霖.金瓶梅资料汇编.北京：中华书局，1987：319.

② 王文濡.小说谈.废物赘语[G]//黄霖.金瓶梅资料汇编.北京：中华书局，1987：326-327.

秀书》中说："我以为元明以来的词曲小说，在《中国文学史》里面，必须要详细讲明，并且不可轻视。要认作当时极有价值的文学才是。"① 在《寄胡适之先生》中说："《金瓶梅》一书，断不可与一切专谈淫猥之书同日而语。此书为一种骄奢淫佚、不知礼仪廉耻之腐败社会写照。观其书中所叙之人，无论官绅男女，面子上是老爷、太太、小姐，而一开口，一动作，无一非极下作极无耻之语言之行事，正是今之积蓄不义钱财而专事打扑克、逛窑子、讨小老婆者之真相。"②

陈独秀在《答钱玄同》中回答说："中国小说，有两大毛病：第一是描写淫态，过于显露；第二是过贪冗长。(《金瓶梅》《红楼梦》细细说那饮食衣服装饰摆设，实在讨厌。) 这也是'名山著述的思想'的余毒。"③ 但他此前在《答胡适》中曾说："足下及玄同先生盛称《水浒》《红楼》等为古今说部第一，而均不及《金瓶梅》，何耶？此书描写恶社会，真如禹鼎铸奸，无微不至，《红楼梦》全脱胎于《金瓶梅》，而文章情健自然，远不及也。乃以其描写淫态而弃之耶？则《水浒》《红楼》又焉能免？"④ 在陈独秀看来，《金瓶梅》的价值甚至要超过《水浒传》和《红楼梦》，原因即在于《金瓶梅》对社会的描写无微不至。

胡适不同意钱玄同的观点，他在《答钱玄同》中说："先生与独秀先生所论《金瓶梅》诸语，我殊不敢赞成。我以为今日中国人所谓男女情爱，尚全是兽性的肉欲。今日一面正宜力排《金瓶梅》一类之书，一面积极译著高尚的言情之作，五十年后，或稍有转移风气之希望。此种书即以文学的眼光观之，亦殊无价值。何则？文学之一要素，在于'美感'。请问先生读《金瓶梅》，作何美

---

① 钱玄同. 与陈独秀书 [G] //黄霖. 金瓶梅资料汇编. 北京：中华书局，1987：345.
② 钱玄同. 寄胡适之先生 [G] //黄霖. 金瓶梅资料汇编. 北京：中华书局，1987：345-346.
③ 陈独秀. 答钱玄同 [G] //黄霖. 金瓶梅资料汇编. 北京：中华书局，1987：342.
④ 陈独秀. 答胡适 [G] //黄霖. 金瓶梅资料汇编. 北京：中华书局，1987：342.

感?"① 钱玄同在同期《新青年》回答说:"至于前书论《金瓶梅》诸语,我亦自知大有流弊,所以后来又写了一封信给独秀先生,说'从青年良好读物上面着想,实在可以说,中国小说没有一部好的,没有一部该读的',这就是我自己取消前说的证据。且我以为不但《金瓶梅》流弊甚大,就是《红楼》《水浒》亦非青年所宜读。"② 钱玄同对《金瓶梅》价值所表现出的矛盾态度,是五四时期全盘否定传统文学激进思潮的产物,对后来的学术界造成了一定影响。

与他们三位相比,鲁迅先生的意见显然更为中肯稳妥,他在《中国小说史略》中说:"作者之于世情,盖诚极洞达,凡所形容,或条畅,或曲折,或刻露而尽相,或幽伏而含讥,或一时并写两面,使之相形,变幻之情,随在显见,同时说部,无以上之。""故就文辞与意象以观《金瓶梅》,则不外描写世情,尽其情伪,又缘衰世,万事不纲,爰发苦言,每极峻急,然亦时涉隐曲,猥黩者多。"③ 鲁迅先生能够不为一时的政治功利所左右,因此其学术思想更为严谨和公允,能够经得起历史的检验。

1933 年 7 月,郑振铎在《文学》第 1 期刊文,认为《金瓶梅》是一部"很伟大的写实小说","反映的是一个真实的中国的社会",高度赞扬了《金瓶梅》杰出的现实主义成就。他说:"在《金瓶梅》里所反映的是一个真实的中国的社会。这社会到了现在,似还不曾成为过去。要在文学里看出中国社会的潜伏的黑暗面来,《金瓶梅》是一部最可靠的研究资料。""《金瓶梅》的社会是并不曾僵死的;《金瓶梅》的人物们是至今还活跃于人间的,《金瓶梅》的时代,是至今还顽强的生存着。""然而这书是三百五六十年前的著作!到底是中国社会演化得太迟钝呢?还是《金瓶梅》的作者的描写,太把这个民族性刻画得入骨三分,洗涤不去?"④

---

① 胡适. 答钱玄同 [G] //黄霖. 金瓶梅资料汇编. 北京:中华书局,1987:345.

② 钱玄同. 答胡适之 [G] //黄霖. 金瓶梅资料汇编. 北京:中华书局,1987:348.

③ 鲁迅. 中国小说史略 [M]. 北京:东方出版社,1996:142,144.

④ 郑振铎. 谈《金瓶梅词话》[J]. 文学,1933 (1).

1933 年，吴晗在《文学季刊》创刊号发表《〈金瓶梅〉的著作时代及其社会背景》一文，认为《金瓶梅》是一部杰出的现实主义小说，"它抓住社会的一角，以批判的笔法，暴露当时新兴的官僚势力的商人阶级的丑恶生活"，"告诉了我们当时封建阶级的丑恶面貌，和这个阶级的必然的没落"。西门庆由一个破落户而为土豪、乡绅，最后成为一个官僚，其发展过程，揭示了"他所代表他所属的那个新兴阶级，利用政治的和经济的势力，加紧地剥削着无告的农民"，成为整个社会的毒瘤和吸血鬼。①

1936 年，阿丁在《天地人半月刊》发表《〈金瓶梅〉之意识及技巧》一文，认为："《金瓶梅》的中心思想，在于讽世，在于暴露资产阶级的丑态。它描写上至朝廷下至奴婢的腐败；它描写人情的险恶，世态的炎凉；它描写富贵是人之所好，美色是人之所爱。它描写嫉妒，它描写愤恨，它描写谄佞，它描写刁滑，总之是把整个的现实社会，为之露骨的摄出。""是一部大胆的、写实的、平凡的、琐屑的家庭小说，社会小说，人情小说"，"是更深刻更现实的代言者"。②

1980 年，孙逊先生在《论〈金瓶梅〉的思想意义》一文中认为，《金瓶梅》是"一部暴露晚明社会黑暗的书"。它如一面镜子，"忠实反映了这一特定的时代；并以其全部的艺术力量，深刻暴露了这个时代、这个社会的种种黑暗与丑行"。其对社会矛盾的暴露与揭示，主要有"土地问题"以及"封建政治的黑暗与腐朽"。而伴随而来的，则是"社会风气的浸薄颓败"。小说便是通过这些真实生活场景的展示，让"我们不仅看到了这个社会、这个阶级的极端丑恶和腐朽，而且看到了它们除去灭亡，不会有也不配再有更好的命运"！此外，对于《金瓶梅》通过叙述平常的家庭生活，从而展示不平常的社会意义，以及《金瓶梅》"描写世情，尽其情伪"的特点，作者也都进行了一系列的阐释与评价。总

---

① 吴晗.《金瓶梅》的著作时代及其社会背景 [J]. 文学季刊，1933（创刊号）.

② 阿丁.《金瓶梅》之意识及技巧 [G] //周钧韬. 金瓶梅资料续编：1919—1949. 北京：北京大学出版社，1991：169-170.

之,在作者看来,"《金瓶梅》是一部具有深刻思想内容的现实主义文学巨著。它以真实的笔触,广阔地展示了它所属的那个时代的风貌,深刻而全面地暴露了晚明社会的黑暗与罪恶"。①

1983年,章培恒在《论〈金瓶梅词话〉》一文中指出,《金瓶梅》"对社会现实作了清醒的、富于时代特征的描绘","在我国小说史上是一部里程碑性质的作品,因为它显示出现实主义在我国小说创作中的进一步发展,标志着我国小说史的一个新阶段的开始"。小说通过对西门庆这个作恶多端却能步步高升的恶霸的描述,深刻揭示了"当时统治集团从上到下都烂透了"的社会现实。②

1991年王启忠先生出版《〈金瓶梅〉价值论》一书,认为《金瓶梅》对封建政治肌体做了整体性的解剖,他指出:"与以前的长篇小说相比,《金瓶梅》对封建社会政治的描写,已超越了忠与奸、正与邪、有道与无道、爱国与卖国的道德理念表面层次,深入到封建政治肌体的里层,进行整体性的解剖和实质性的批评,描绘出封建社会后期晚明时代的主旨风貌,揭示出由于商铺经济发展和异端思想崛起的双向促发,封建政治肌体的蜕变腐化、官僚阶层的世俗化、组织机构运行机制效能的软化、内部调解力失灵的普遍化,在客观上预示了封建制度必然衰亡的历史发展趋势,因而具有宝贵的认识价值。"③

2008年黄霖先生在其《金瓶梅讲演录》一书中,认为《金瓶梅》是"一部反腐败的经典","《金瓶梅》写明代的历史,不但写了统治集团的贪婪与腐败,写了社会的矛盾与对立,同时将触角广泛地伸向了社会各个阶层和各种各样的阴暗面,使我们嗅到了整个社会的腐烂气息。"④

以上诠释可以说是20世纪对《金瓶梅》的主流价值取向。

---

① 孙逊.论《金瓶梅》的思想意义[J].上海师范学院学报,1980(3).

② 章培恒.论《金瓶梅词话》[M]//盛源,北婴.名家解读金瓶梅.济南:山东人民出版社,1998:168.

③ 王启忠.《金瓶梅》价值论[M].上海:上海文艺出版社,1991:116-117.

④ 黄霖.金瓶梅讲演录[M].桂林:广西师范大学出版社,2008:121.

(三) 审美艺术价值

最早对《金瓶梅》的审美艺术价值做出全面论述的是张竹坡,他在《竹坡闲话》《金瓶梅寓意说》《第一奇书金瓶梅读法》以及回评中对《金瓶梅》的悲剧价值、叙事结构、人物刻画、反讽手法等都做了细致分析。他说:"《金瓶梅》,何为而有此书也哉?曰:此仁人志士、孝子悌弟不得于时,上不能问诸天,下不能告诸人,悲愤呜唈,而作秽言以泄其愤也。虽然,上既不可问诸天,下不能告诸人,悲愤呜唈,而作秽言以泄其愤也。"① 在众人对《金瓶梅》一书的作者纷纷揣测之时,张竹坡却能跳出这一思维定式,从文学发生学和审美的角度对《金瓶梅》的创作主旨做出概括。他认为《金瓶梅》与司马迁创作《史记》有相同之处:"《金瓶梅》到底有一种愤懑的气象。然则《金瓶梅》断断是龙门再世。"② 这就从审美意识上肯定《金瓶梅》一书充满了悲剧意蕴,从而揭示了《金瓶梅》的审美价值。

在《批评第一奇书金瓶梅读法》中,张竹坡从多个方面充分挖掘和总结了《金瓶梅》的艺术价值。关于《金瓶梅》的叙事结构,他说:"《金瓶》有板定大章法,如金莲有事生气,必用玉楼在旁,百遍皆然,一丝不易,是其章法老处。他如西门至人家饮酒,临出门时,必用一人,或一官来拜,留坐,此又是生子加官后数十回大章法。《金瓶梅》一百回到底俱是两对章法。合其目,为二百件事。然有一回,前后两事,中用一语过节。又有前后两事,暗中一笋过下。"③"读《金瓶》须看其入笋处。如玉皇庙讲笑话,插入打虎。请子虚,即插入后院紧邻。"④"《金瓶》每于极忙时,偏夹入他事入内。如正未娶金莲,先插娶孟玉楼;娶孟玉楼时,即夹叙嫁大姐。生子时,即夹叙吴典恩借债。官哥临危时,乃有谢希大借银。瓶儿死时,乃入玉箫受约。择日出殡,乃有请六黄

---

① 兰陵笑笑生. 金瓶梅 [M]. 济南:齐鲁书社,1991:8.
② 兰陵笑笑生. 金瓶梅 [M]. 济南:齐鲁书社,1991:45.
③ 兰陵笑笑生. 金瓶梅 [M]. 济南:齐鲁书社,1991:26.
④ 兰陵笑笑生. 金瓶梅 [M]. 济南:齐鲁书社,1991:27.

太尉等事。皆于百忙中，故作消闲之笔，非才富一石者何以能之？"①

关于《金瓶梅》的人物刻画，他说："《金瓶》内正经写六个妇人，而其实止写得四个：月娘，玉楼，金莲，瓶儿是也。然月娘则以大纲故写之。玉楼虽写，则全以高才被屈，满肚牢骚，故又另出一机轴写之。然则以不得不写，写月娘，以不肯一样写；写玉楼，是全非正写也。其正写者，惟瓶儿、金莲。然而写瓶儿，又每以不言写之。夫以不言写之，是以不写处写之。以不写处写之，是其写处单在金莲也。单写金莲，宜乎金莲之恶冠于众人也。"② 关于《金瓶梅》的反讽手法，他说："又月娘好佛，内便隐三个姑子，许多阴谋诡计，教唆他烧夜香、吃药安胎，无所不为，则写好佛，又写月娘之隐恶也，不可不知。"③

清代学者刘廷玑是一位极有艺术鉴赏能力的学者，他对《金瓶梅》的人物描写和结构技巧等艺术价值格外赞赏，说道："文心细如牛毛茧丝，凡写一人，始终口吻酷肖底，掩卷读之，但道数语，便能默会为何人。结构铺张，针线缜密，一字不露，又岂寻常笔墨可到者。"④

20世纪初是《金瓶梅》的审美艺术价值被充分挖掘的时期，许多评论者如平子、曼殊、黄人、姚锡钧等将《金瓶梅》与《红楼梦》《水浒传》《西厢记》做了比较，由于他们充分认识到了《金瓶梅》的审美艺术价值，其见解就比较客观公允。平子在1904年《新小说》第八号《小说丛话》中论道："其中短简小曲，往往隽韵绝伦，有非宋词、元曲所能及者，又可以徵当时小人女子之情状，人心思想之程度，真正一社会小说，不得以淫书目之。"⑤ 他在《小说新语》中说："或谓《金瓶》有何佳处，而亦与《水浒》《红楼》并列？不知《金

---

① 兰陵笑笑生. 金瓶梅 [M]. 济南：齐鲁书社，1991：38.
② 兰陵笑笑生. 金瓶梅 [M]. 济南：齐鲁书社，1991：28.
③ 兰陵笑笑生. 金瓶梅 [M]. 济南：齐鲁书社，1991：34.
④ 刘廷玑. 在园杂志 [G] //黄霖. 金瓶梅资料汇编. 北京：中华书局，1987：253.
⑤ 狄葆贤. 小说丛话 [G] //黄霖. 金瓶梅资料汇编. 北京：中华书局，1987：303.

瓶》一书,不妙在用意,而妙在语句。吾谓《西厢》者,乃文字小说,《水浒》《红楼》,乃文字兼语言之小说;至《金瓶》则纯乎语言之小说,文字积习,荡除净尽,读其文者,如见其人,如聆其语,不知此时为看小说,几疑身入其中矣。此其故,则在每句中无丝毫文字痕迹也。"①

曼殊(近人多认为是梁启超之弟梁启勋,而非苏曼殊)也持相同观点,他在《小说丛话》中说:"吾见小说中,其回目之最佳者,莫如《金瓶梅》。""《金瓶梅》之声价,当不下于《水浒》《红楼》,此论小说者所评为淫书之祖宗者也。余昔读之,尽数卷,犹觉毫无趣味,心窃惑之。后乃改其法,认为一种社会之书以读之,始知盛名之下,必无虚也。……至于《金瓶梅》,吾固不能谓为非淫书,然其奥妙,绝非在写淫之笔。盖此书的是描写下等妇人之行动也。虽装束模仿上流,其下等如故也;供给拟于贵族,其下等如故也。若作者之宗旨在于写淫,又何必取此粗贱之材料哉?论者谓《红楼梦》全脱胎于《金瓶梅》,乃《金瓶梅》之倒影云,当是的论。若其回目与题词,真佳绝矣。"②

黄人在《小说小话》中说:"语云:'神龙见首不见尾。'龙非无尾,一使人见,则失其神矣。此作文之秘诀也。我国小说名家能通此旨者,如《水浒记》,如《石头记》,如《金瓶梅》,如《儒林外史》,如《儿女英雄传》,皆不完全,非残缺也,残缺其章回,正以完全其精神也。""《金瓶梅》主人翁之人格,可谓极下矣,而其书历今数百年,辄令人叹赏不置。此中消息,惟熟于盲、腐二史者心知之,固不能为赋六合,叹三恨者之徒言也。"③

姚锡钧(号鹓雏)在1916年《春声》第一集《稗乘谈隽》中说道:"《金瓶梅》如急湍峻岭,殊少回旋;《石头记》如万壑争鸣,千岩竞秀。《金瓶梅》如布帛粟食,仅资饱暖;《石头记》如琼裾玉佩,仪态万方。""词家北宋得美成,南宋得梦窗,而白石峙其中。以我所见,说部中《水浒》《金瓶梅》《石头

---

① 狄葆贤. 小说新语 [G] //黄霖. 金瓶梅资料汇编. 北京:中华书局,1987:304.

② 曼殊. 小说丛话 [G] //黄霖. 金瓶梅资料汇编. 北京:中华书局,1987:305.

③ 黄人. 小说小话 [G] //黄霖. 金瓶梅资料汇编. 北京:中华书局,1987:312.

记》殆亦相似。《水浒传》大刀阔斧,气象万千,为之初祖。《金瓶》一变而为细笔,状闾阎市井难状之形,故为隽上。《石头记》则直为工笔矣。然细迹之,盖无一不自《金瓶》一书脱胎换骨而来。""《石头》多词曲,《金瓶》多小曲;《石头记》绘阀阅大家,《金瓶梅》写市井编户;各有所当也。然《石头记》词曲,恰未臻上乘。"①

1936年,阿丁《〈金瓶梅〉之意识及技巧》一文对《金瓶梅》的结构笔法做了恰切的评价。阿丁认为《金瓶梅》最大的特点,是"平淡中见神奇"。《金瓶梅》所写,多为家庭琐事,大众实相,内容平淡无奇,亦不为一般人所关注;但正是"材料愈现实愈平浅,而能在平淡中曲曲传出各人的心情,社会的世相来,这就是不可及处,也就是《金瓶梅》的出色之处"。因而,"《金瓶梅》唯一的特长,即是在平凡处透不平凡,琐屑处见不琐屑"。"全书有结构,有埋伏线,'千岩竞秀,万壑争流'。但结局仍是有一条总脉,归到一处"。在这种结构推进中,"全书人物,一一轻便带出","但其重要者,又一一为之依次归宿,理络分明,所以其结构是得以称颂的"。比如描写整个社会的腐败,"有一线的安排:上至徽、钦二帝,蔡太师、朱太尉……,中以西门庆为主角,西门庆的家庭为中心,下至奴婢贩夫走卒"。如此则整个一条主线贯于其中,各色人等杂陈缀于其上,经络分明而又穿针引线融为一体,蔚为大观,共同服务于作者揭腐惩弊的主题需要。②

1962年,任访秋《略论金瓶梅中的人物形象及其艺术成就》一文认为:《金瓶梅》中"作者最着力的,还是反面人物的刻画",而塑造的那些正面人物,"只不过是作为反面人物的衬托才出现的"。"西门庆是一个封建时代末期,由流氓市侩,逐步发展成奸商,而兼官僚、豪绅、恶霸的典型人物"。作者认为,在整部小说里,自始至终写了西门庆如何的狠毒,但却没有写他如何的悭

---

① 姚锡钧. 稗乘谈隽 [G] //黄霖. 金瓶梅资料汇编. 北京:中华书局,1987:333.

② 阿丁.《金瓶梅》之意识及技巧 [G] //周钧韬. 金瓶梅资料续编:1919—1949. 北京:北京大学出版社,1991:170-173.

吝,因为西门庆不是一个封建地主出身,而是一个市侩商人出身。同时又好结交一些地痞流氓,来供他驱使。"倘若他是一个视财如命,别人沾不上他一点光的话,那群帮闲像应伯爵、常峙节之流,也就根本不会终天来趣奉他了。"而且,西门庆的钱也不是白抛的,"他是刁徒,是市侩,花一个钱就要赚十个钱",因而,其财富亦一天天累积起来。全书结构"是以书中的主要人物和故事在发展中出现的主要矛盾作中心,分出阶段,依次安排,而各个情节,也就是这些矛盾斗争在发展中的具体表现"。《金瓶梅》的人物塑造"一个个都是有血有肉,活生生的人,不是影子,不是概念化的东西"。

《金瓶梅》之所以能够取得这样巨大的成就,"主要原因是在塑造人物上符合于现实主义创作方法的规律"。同时,作者还归纳了《金瓶梅》刻画人物的方法:首先是对人物出身做比较扼要的介绍,其次是通过语言表现人物性格,再次是善于通过生活上的细节来突出人物特点,最后是经常通过别人的评论说明人物特点。在表现社会生活上,作者认为《金瓶梅》特别擅长采用对比与讽刺的手法。比如对比,则更容易突出事物的矛盾。《金瓶梅》中最常用的几种对比手法:首先是苦乐对比,其次是贫富对比,再次是贞廉奸贪两种不同考语的对比,以及盛衰的对比和立场的对比等。通过这些对比,可以揭示社会之矛盾对立,人情之冷暖变化等,从而达到"入木三分"的表达效果。① 这篇文章较为全面地概括了《金瓶梅》的审美艺术价值。

王启忠先生认为:"《金瓶梅》在古代小说形象演化的道路上,是由类型化向个性化转折的标志,呈现出多样、流变的形态。""就小说艺术本体而言,《金瓶梅》在'写实'上有着艺术升华的水准和历史超越性的意义。""《金瓶梅》在小说由文言到白话的变革中,具有举足轻重的地位。"② 2010年霍现俊先生出版《金瓶梅艺术论要》一书,从独创性构思、人物设置、语言寓意、网状结构

---

① 任访秋. 略论金瓶梅中的人物形象及其艺术成就 [J]. 开封师范学院学报, 1962 (2).
② 王启忠.《金瓶梅》价值论 [M]. 上海: 上海文艺出版社, 1991: 214-243.

等多个方面分析了《金瓶梅》的审美艺术价值。①

（四）关于负面价值问题

对《金瓶梅》负面价值的认定，主要集中在其露骨的淫秽描写上。就现有资料来看，最早对此表示关注的是董其昌、袁中道等人，他们认为此书"诲淫"。袁中道在《游居柿录》中记录了董其昌对《金瓶梅》两种截然相反的态度，董其昌既曾说："近有一小说名《金瓶梅》，极佳。"又曾"言及此书曰：'决当焚之。'"袁中道的态度则很直接："此书诲淫，有名教之思者，何必务为新奇，以惊愚而蠹俗乎？"② 稍后沈德符在《万历野获编》中说："此等书（指《金瓶梅》）必遂有人板行，但一刻则家传户到，坏人心术。"③ 出于这方面的考虑，他拒绝了冯梦龙刊行的建议。薛冈在《天爵堂笔余》中也说："此虽有为之作，天地间岂容有此一种秽书！当急投秦火。"④ 董其昌、袁中道、沈德符等与袁宏道为同时代人，甚至生活在同一社会环境之中，他们所读的应是同一部《金瓶梅》，但对《金瓶梅》的价值取向却形同水火。这说明他们的文学观与道德观有一定差别。相比而言，袁宏道更看重《金瓶梅》的教化价值，在他看来，《金瓶梅》的正面价值要大于其负面价值。

清代许多论者对《金瓶梅》的负面影响更是耿耿于怀，甚至编造了不少耸人听闻的传说以告诫世人。申涵光在《荆园小语》中说："世传做《水浒传》者三世哑。近世淫秽之书如《金瓶梅》等，丧心败德，果报当不止此。每怪友辈极赞此书，谓其摹画人情，有似《史记》，果尔，何不直读《史记》，反悦其似耶？至家有幼学者，尤不可不慎。"⑤ 其中最有代表性的当属笠舫的《文昌帝君论禁淫书天律证注》。他在注释中说《金瓶梅》的作者因为写了这部书而遭报

---

① 霍现俊. 金瓶梅艺术论要 [M]. 天津：天津古籍出版社，2010.

② 袁中道. 游居柿录 [G] //黄霖. 金瓶梅资料汇编. 北京：中华书局，1987：229.

③ 沈德符. 万历野获编 [G] //黄霖. 金瓶梅资料汇编. 北京：中华书局，1987：230.

④ 薛冈. 天爵堂笔余 [G] //黄霖. 金瓶梅资料汇编. 北京：中华书局，1987：235.

⑤ 申涵光. 荆园小语 [G] //黄霖. 金瓶梅资料汇编. 北京：中华书局，1987：250.

应,后流为丐死。①

20世纪初,有些论者延续了清人的观点,1919年5月上海民权出版部初版的《古今小说评林》中对《金瓶梅》给予了严厉批评。曾任南方大学教授的张焘(号冥飞)说:"《金瓶梅》一书,丑秽不可言状。其命意,其布局,其措词,毫无可取,而世人乃目为'四大奇书'之一,此可见世上并够得上看小说书之人而亦无之也。可哀也已!"又说:"《金瓶梅》以前,未有淫书,作者诚足为作淫书者之始祖矣。但其他之淫书,其所写之若男若女,无论如何污秽龌龊,决不至如西门庆、潘金莲之甚。盖奸夫、淫妇之罪恶,亦自有轻重之分。即如《水浒》中潘巧云之于海阇黎,贾氏之于李固,犹为彼善于此者,一则尚无谋杀杨雄之心,一则谋杀卢俊义而未成也。今作者偏有取于罪恶重大之西门庆与潘金莲,苟非作者淫凶之性,与之俱化,亦必作者惟恐世人之不淫凶,而必欲牵率之以同归于恶兽之类。是即作者耻独为恶兽之意志乎。""统观《金瓶梅》全部,直是毫无意识。其布局之支离牵强,又无章法可言。至其措词,则全是山东土话,可厌已极。""《金瓶梅》之可厌处,最以其出死力写西门庆、潘金莲,其好恶实拂人之性。"②

《民权报》的编辑蒋子胜(字箸超)说:"《金瓶梅》则淫书之尤者耳。《飞燕外传》《游仙窟》,虽语涉秽亵,犹带三分斯文气。至《金瓶梅》则如痴汉游街,赤条条一丝不挂矣。试问此种淫媟事,即能写的几百套、几千套,套套不雷同,吾总以为无生动气也。而右之者谓为意主惩戒。信是言也,则不妨弑父以教人孝,杀妻以教人义,名教何在?"③ 上述两位论者将注意力完全放在了《金瓶梅》的负面价值上,这种评价显然有过激之嫌了。

有的评论者则能够以客观理性的态度对待这一问题。著名小说家吴趼人在

---

① 笠舫.文昌帝君论禁淫书天律证注[G]//黄霖.金瓶梅资料汇编.北京:中华书局,1987:293-298.

② 张焘.古今小说评林[G]//黄霖.金瓶梅资料汇编.北京:中华书局,1987:358-360.

③ 蒋子胜.古今小说评林[G]//黄霖.金瓶梅资料汇编.北京:中华书局,1987:361.

1906年《月月小说》第一卷发表的《杂说》中说:"《金瓶梅》《肉蒲团》,此皆著名之淫书也,然其实皆惩淫之作,此非著作者之自负如此,即善读者亦能知此意,固非余一人之私言也。顾世人每每指为淫书,官府且从而禁之,亦可见善读者之难其人矣。"① 吴趼人身为小说家,十分明白不能仅仅从表面上来理解小说的创作心理和创作动机,而应当从更深的层面把握小说家的良苦用心。

  20世纪后期,人们对于这一问题的态度有了明显变化,1989年,刘辉先生发表《〈金瓶梅〉的历史命运与现实评价——之一:非淫书辩》,对《金瓶梅》艳情描写做了一个系统的梳理与总结,再次重申《金瓶梅》的非淫书观。刘辉考察了历代对《金瓶梅》艳情描写的评价,《如意君传》对《金瓶梅》的影响以及两者之间的根本区别,认为虽然"《金瓶梅》继后承袭,而《金瓶梅》毕竟不是《如意君传》的翻版,起码不像《如意君传》那样,充塞满纸,专意于此","无论怎么说,历来把《金瓶梅》视为'古今第一淫书''淫书之首',这个观点是根本不能成立的"。《金瓶梅》是否淫书,"还必须和它同时代出现的淫书相比较,才能辨明"。"《金瓶梅》和《肉蒲团》绝然不同。它给人们展示的,乃是一幅明代后期丰富的社会生活风俗画卷,上至皇帝、权贵、大吏,下至篾片、地痞、娼妓,朝野政务,人情世态,尽收其内,说它是有明一代之一百科全书,毫不夸张";而淫书则"著意所写,专在性交",两者显然不可同日而语。刘辉认为仅以量的不同,"作为衡量或判断它是不是一部淫书的标准,恐有失偏颇",因而"关键还在于质的显著差异"。比如《金瓶梅》中的性描写,"除了韵文部分的意在渲染,可以全部删除之外,都与刻画人物性格密不可分,李瓶儿之温顺,潘金莲之狡诈,王六儿之贪财,宋惠莲之'占高枝',无一不在性生活的描写中,鲜明地展现出她们的这一性格特色"。"评论任何一部文艺作品,都不可脱离开这特定时代。"因而,从这个角度来考虑,"《金瓶梅》中的性描写,从大胆肯定人的性欲出发,进一步肯定人的生存价值,带有浓厚的人文主义色彩,标志了一个时代的觉醒"。所以综上来看,《金瓶梅》决然不是一

---

① 吴趼人.杂说[G]//黄霖.金瓶梅资料汇编.北京:中华书局,1987:322.

部淫书。①

1993年，张国星先生发表《性·人物·审美——〈金瓶梅〉谈片》，重点谈到了对《金瓶梅》性描写问题的看法。作者认为："《金瓶梅》中的性描写，是笑笑生刻画人物性格心理、构架人物命运、完成其艺术目的的重要之笔，反映着作家的文化——艺术观念，是小说不可阉割的有机成分。""审美不是美，更不等于美感；人类的性爱'并非不洁'，而小说形象却能让你看了反感，这恰恰说明了它审美功能的价值实现。"而且，"作家选择性甚至是淫乱作为审美观照的角度，并以此展示更广阔的社会、人生世界，无疑是不能非议的"。②

黄霖先生在《金瓶梅讲演录》中设专章论述了《金瓶梅》性描写问题，认为："《金瓶梅》写性的基色调，不是为了写性而写性，也不是为了宣淫或牟利。它写性，是与写人、写社会联系在一起的，或者说，它是通过写性来写人、写社会的，与'著意所写，专在性交，又越常情，如有狂疾'者是很不相同的。""归根结底，就是要求我们阅读、研究《金瓶梅》的人，首先自己要有一种健全的性心理，要保持一种正确的态度，要有一种'怜悯心''畏惧心'，而不是'生欢喜心''生效法心'，这样，即使书中有的描写有点出格下流，也不会'人自淫'了。"③ 将性描写视为作品不可分割的组成部分，并强调正确的阅读心态，这一价值取向势必取代以往的狭隘偏见，从而占据诠释中的主导地位。

二 传播者、传播内容、传播受众与传播效果

传播学理论认为，任何信息，包括文学作品，只有经过传播，被受众接受

---

① 刘辉.《金瓶梅》的历史命运与现实评价：之一：非淫书辩 [M]//盛源，北婴.名家解读金瓶梅.济南：山东人民出版社，1998：114-119.

② 张国星.性·人物·审美：《金瓶梅》谈片 [M]//张国星.中国古代小说中的性描写.天津：百花文艺出版社，1993：271-273.

③ 黄霖.金瓶梅讲演录 [M].桂林：广西师范大学出版社，2008：152，164.

之后，才算是最后实现了信息的价值。如果没有传播和接受这两个环节，就不能完整地、动态地理解一部作品的真实存在。所以我们要考察一部文学作品的价值，就必须从作品的创作伊始追踪至读者的接受反响。在传播过程中分析研究作品价值实现的影响因素，然后在这个基础上回归文本与还原文本，才能完成真正意义上对古典文学作品的全面认识与综合把握。

传播过程包括五大要素：传播者、传播内容、传播途径、传播受众和传播效果。《金瓶梅》在明清时期的传播方式主要是抄写与刻印，进入20世纪之后，情况发生了变化，本节将重点考察20世纪《金瓶梅》的传播者、传播内容、传播受众与传播效果，挖掘这几大因素各自的特性以及相互之间的关系作用。

（一）传播者

传播者处于传播链条上的第一环节，是所有传播活动的发起人，也是传播内容的发出者。因此，传播者不仅决定着传播活动的存在与发展，而且决定着传播内容的质量与数量、流量与流向，从而在更深层次上决定着文本对人类社会的作用与影响。

传播者的概念范畴相对繁杂，因为在现代社会中，传播者既可以是个人，也可以是群体。现代传播学理论将传播者进行层级结构分析，形成了小、中、大三个分析层次：第一，个人层面的传播者；第二，组织层面的传播者；第三，社会层面的传播者。以下从这三个层面分析入手，对20世纪《金瓶梅》的传播历程做一考察。

首先是个人层面的传播者，这是一种微观的分析，在这一层面，传播者主要包括研究者、改编者。研究者是个人层面传播的主力，在《金瓶梅》屡次遭受禁毁和限制发行的时候，研究者却可以享受阅读与接触的特权。《金瓶梅》的研究者在传播学意义上具有以下几个特征：一是理性化。由于具有较高的学术理论和知识素养，研究者们在进行传播时会对作品进行独到的分析与研讨，将含义模糊、取向多维的作品内涵赋予学术规范和理性色彩。《金瓶梅》的作者、版本、成书、美学价值、思想内涵与文学发展史上的地位，以及经济、政治、文化、哲学、民俗、宗教、语言、饮食文化、服饰文化等诸多方面，都经过研

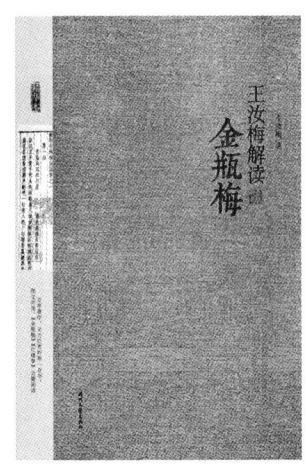

究者卓有成效的探索而都有专著和论文问世。"据初步统计，20世纪80和90年代共发表《金瓶梅》研究论文和有关文章900余篇，与《水浒传》相埒，超过《三国志演义》，特别是1988年至1993年发表文章数量超过《水浒》和《三国》的总和。在这期间出版的专门著述也有数十部，在中国古代小说中仅次于《红楼梦》研究著作的数量"①。二是动态化。研究者随着新的资料文献的发现而不断更新修正自己的观点，如1932年，文有堂太原分号河北申县书商张修德在山西介休收购了一部明万历丁巳刻本《新刻金瓶梅词话》，词话本的发现正值扬俗抑雅的文学运动，因此一些研究者便更新了研究视角，转换了研究思维，施蛰存就称"旧本未尝不好，只是与《词话》一比，便觉得处处都是粗枝大叶，抵不过《词话》之雕镂入骨也……若再翻看旧本《金瓶梅》，便觉得有点像雾里看花了。何也？鄙俚之处，改得文雅；拖沓之处，改得简净，反而把好处改掉了也"。② 再如20世纪80年代，嘉庆五年（1800）重修的《彭城张氏族谱》

---

① 李时人.二十世纪《金瓶梅》研究的回顾："中国古代小说研究史"之三［J］.零陵师范高等专科学校学报，2000（4）.

② 施蛰存.金瓶梅词话跋［G］//朱一玄.金瓶梅资料汇编.天津：南开大学出版社，1985：173.

在原铜山县汉王镇被发现,它为重新认识、研究张竹坡提供了合理的依据和有力的佐证。1987年吴敢所著《金瓶梅评点家张竹坡年谱》由辽宁人民出版社出版,填补了这片研究空白。尽管研究者具有敏锐的洞察力和强烈的责任感,但《金瓶梅》仍有许多问题未形成共识,如作者、版本、成书年代及美学和文学内涵等,这都有待《金瓶梅》的传播者进行灵活而开放的动态研究。

改编者主要包括作家、剧作家、导演、演员等,他们的任务是对作品进行再加工创作,或借题发挥,或反弹琵琶。但作为传播者而言,他们也具有双重特征:一是个性化。改编者在传播过程中必然对作品文本进行艺术加工,在尊重作品原貌的基础上,充分发挥自身的潜能和创造力,使之既具有了社会时代气息,又带有了个人感性色彩。《金瓶梅》中的潘金莲形象及相关故事情节一直就是改编的热点,从1927年欧阳予倩先生创作戏剧《潘金莲》起,为之"翻案"的现代改编作品层出不穷。素有"文妖"之称的香港才女李碧华,根据《金瓶梅》创作的小说《潘金莲之前世今生》独具一格、别出心裁,并亲自编剧,再将小说结尾部分进行了修改,由罗卓瑶导演搬上银幕。影片讲述当初潘金莲来到地府转世,为讨回武松对她的情债,将孟婆递给她的第三杯茶摔在地上后投胎。潘金莲转世为一个孤儿单玉莲,从小就隐约记得前世的遭遇,而张大户、武大郎、武松、西门庆、吴月娘、李瓶儿、庞春梅、李桂姐也都转世。剧本在原作与改编中相互转化,反复用《金瓶梅》的故事情节来投射单玉莲的人生命运。但最终的故事结局却彰显了改编者的独到之处,由武松转世的武龙杀死了单玉莲的情夫西门,并向她求爱,单玉莲不知所措,无意中用车将武龙撞死。片末,单玉莲抱着武龙尸首坐在高速行驶的汽车内,撞向大树,车毁人亡。这个结局表达了改编者对情的执着追求,更多的是融入个人对原著的理解和对人生的思考,揭示出了现代人复杂丰富的心灵世界。二是复杂化。由于不同的改编者具有各异的改编水平和文化素质,在改编者中不可避免地存在着良莠不齐的现象,有优秀作家的天才创作,也有水平一般的写手的照抄摹写,还有低劣改编者借机传播黄色信息并牟取暴利,比如互联网上的传播,偏重于低级娱乐、色情描写和粗俗言语,已将原著改得面目全非,使《金瓶梅》的传播难见其真正的艺术价值和社会意义。

个人层面的传播者具有相当的自由，但缺乏组织性，其本身有时实际上又是受众对象，在传播角色的扮演过程中转换不定。虽然他们以其本身的自由灵活性、机动性，对于《金瓶梅》的传播产生了重大影响，但这仅仅限于微观的层面，多表现为个人的行为。

组织层面的传播者为中观层面，较之个人传播者而言，是一个扩大了的研究范畴，出版机构、研究机构属于这一层面的传播者，他们也各自具有自身的特性。《金瓶梅》的研究者具有群体广泛性，有高校教授、资深学者，也有科研机构和出版界的专家，还有一般知识分子和各级机关的公务员以及企业管理人员。这个群体的广泛性是由《金瓶梅》独特的社会价值和文学史地位所决定的，因为《金瓶梅》提供的多侧面、多角度、多方位研究途径，为研究群体展开了一个无比广阔的研究空间。但长期以来由于研究者的群众性及其所在研究地域的广泛性，导致《金瓶梅》的传播研究缺乏组织的规范和整体的统筹，研究成果主要靠专门研究人员的个人努力取得，而且还容易出现重复研究和个人误读等现象，群体研究的实力无法得到真正体现，也难以形成统一的学科。

20世纪80年代以来，在老一辈学者的带领下，许多高等院校和科研机构及不少地区都逐渐形成了研究《金瓶梅》的机构群体，并且机构之间相互交流沟通，开始出现了《金瓶梅》的研究热潮。"1982年6月，香港著名学者魏子云所著《金瓶梅审探》一书由台湾商务印书馆出版，董庆萱在为此书所作的序中称继'红学'之后，'金学'也逐渐热闹起来。"[①] 此后，"金学"之称遂广泛流行开来并被学界所认可和接受，"金学"同人也齐心协力开始筹划召开全国性的学术会议，1985年和1986年在江苏徐州召开了第一届和第二届全国《金瓶梅》学术讨论会、1988年在江苏扬州召开了第三届全国《金瓶梅》学术讨论会，经过这三次全国性的学术会议的成功组织和召开，大陆的《金瓶梅》研究群体逐步统一了思想认识，确立了成立学术研究机构和国际合作的发展战略。

---

① 梅新林，葛永海.《金瓶梅》研究百年回顾[J].文学评论，2003（1）.

1989年在江苏徐州召开了第一届国际《金瓶梅》学术讨论会,同时以刘辉、吴敢、王汝梅、黄霖、周钧韬、张远芬、卜键及巨涛等为骨干的中国《金瓶梅》学会成立。从此形成了大陆与台湾,还有香港的研究同盟,也开始出现了国际学者阶段性会晤交流的崭新局面。此后,中国《金瓶梅》学会(连同有其酝酿筹备阶段)和中国《金瓶梅》研究会(筹),已经成功举办了19次大型学术会议,其中全国会议7次(1985年6月在徐州,1986年10月在徐州,1988年11月在扬州,1990年10月在临清,1991年8月在长春,1993年9月在鄄县,2007年5月在枣庄),国际会议13次(1989年6月在徐州,1992年6月枣庄,1997年7月在大同,2000年10月在五莲,2005年9月在开封,2008年7月在临清,2010年8月在清河,2012年8月在台北,2013年5月在五莲,2014年11月在兰陵,2015年8月在徐州,2016年10月在广州,2017年11月在大理)。另外还有7次重要的专题会议:2002年5月9日在临沂召开的"《金瓶梅》邮票选题论证会"、2009年3月31日在黄山召开的"《金瓶梅》与徽文化座谈会"、2010年1月22日在北京召开的"《综合学术本金瓶梅》出版选题座谈会"、2010年4月29日在黄岩召开的"第八届国际《金瓶梅》学术讨论会筹备会"、2011年9月7日在台儿庄召开的"《金瓶梅》文化研究座谈会"、2014年6月14日在峄城召开的"电视连续剧《笑笑生传奇》剧本论证会"、2015年10月22日在长春举办的"金瓶梅文化高端论坛与版本文献展览"等。这些研究机构和学术团体的"金学"成果和交流活动,有力地促进了"金学"研究的全面拓展和高度繁荣。此外,中国《金瓶梅》学会与国外的许多科研机构和专家学者建立了长期的联系,不断地进行其他形式的学术交流,对《金瓶梅》研究也产生了巨大影响。

吴敢先生在回顾20世纪《金瓶梅》研究时对《金瓶梅》学术研讨会有这样的评价:"用定期召开会议的方式,对'金学'进行阶段性总结和启导,是一种行之有效地推进学术的方式。中国金瓶梅学会责无旁贷地担起了这一历史的重任。这一阶段几乎每年都出版有10部以上的'金学'专著,1990年—1992年每年出版的'金学'专著竟有20部之多。这一阶段每年发表的论文也都在一百篇左右。此间累计出版'金学'专著约为 120 部，发表'金学'论文一千余篇。中国金瓶梅学会的会员已有 200 余人，全国发表有《金瓶梅》研究成果的研究者约为 500 人之众。"①《金瓶梅》研究机构充分体现了作为传播者的组织层面的主观能动性和团体协作性，与出版机构的传播组织化一样，属于一种传播的集体行为，在这种行为之上，还存在着更为广阔的社会制度与时代背景等宏观因素。

直接影响到《金瓶梅》传播的主要社会因素是文化政策和公众舆论。官方介入《金瓶梅》的传播，一直就是《金瓶梅》传播的一个重要特征，20 世纪之前，《金瓶梅》被目为"诲淫之作"而"久干例禁"，尤其是清乾隆、嘉庆以降，《金瓶梅》的版本在书坊间刊刻极为隐秘，而当局为了防止其流布，采取了一系列软硬兼施的文化政策，如杖责流徙造作刻印者，严加治罪禁查不力的官员，以成本价收购坊间所藏的书版刻本，或者号召书坊经营者自行销毁。

进入 20 世纪以后，政府对待《金瓶梅》的文化政策有所改变，更加鲜明地体现出了时代的特点。首先就是控制性。国家政府通过规定大众传播体制，制定有关法律、法规和政策，来保障传播活动为国家制度、意识形态以及各种国家目标的实现而服务。由于书中的性描写内容对社会容易造成不良影响，所以《金瓶梅》一直属于历届政府限制和禁止的范围。可是政府的控制行为却往往受限于国家社会的特殊状况而转向，在 20 世纪 30 年代，民族矛盾开始激化并逐步成为社会主要矛盾时，上海曾经印刷出版了三个版本的《金瓶梅词话》，均被出版商做了删节，不过当时的执政者和租界当局都没有对它的出版给予明令禁止。删节本恰逢时机出现在某种程度上符合了政府的传播要求和政策规定，因此 20 世纪执政者的控制导致《金瓶梅》传播形式的流变和演进，体现出了传播的扩大与时代的进步。

二是权威性。20 世纪 50 年代之后，《金瓶梅》同样遭到禁止，只有极少数从事研究的学者和国家高级干部才允许阅读，传播范围极小。但在 1957 年，作

---

① 吴敢. 20 世纪《金瓶梅》研究的回顾与思考 [J]. 徐州师范大学学报，2001 (2).

为党和国家领导人的毛泽东说:"《金瓶梅》可供参考,就是书中污辱妇女的情节不好,各省委书记可以看看。"在决策层的权威论断指导下,后又经中宣部、文化部等部门的同意,《金瓶梅》获得了内部范围的发行和传播。以人民文学出版社的副牌"文学古籍刊行社"的名义,按 1933 年 10 月北京古佚小说刊印会集资影印的《新刻金瓶梅词话》重新影印了 2000 部,"发行对象是各省省委书记、副书记,以及同一级别的各部正副部长以及专门研究人员,所有购书者均登记在册,并且编了号码"①。这种官方的权威性,对于《金瓶梅》的传播做了内部传播的规定。

最后是政治性。不同政府传播文化的最终目的是服务其统治或领导的阶级的利益,因此传播过程中的政治性往往表现得最为明显。1959 年 12 月至 1960 年 2 月,毛泽东在读苏联《政治经济学教科书》的一次谈话中,将《金瓶梅》与《东周列国志》加以对比,他说,后者"只写了上层建筑方面复杂尖锐的斗争,缺点是没有写当时的经济基础"。② 在 1961 年 12 月 20 日中央政治局常委会和各大军区第一书记会议上,他又说:"你们看过《金瓶梅》没有?我推荐你们都看一看,这本书写了明朝的真正的历史。暴露了封建政治,暴露了统治和被压迫的矛盾,也有一部分写得很仔细。"③《金瓶梅》正是因此得到了认可,由于当时社会的意识形态倾向性,《金瓶梅》被作为服务建构和生产国家意识形态的读本得到了内部范围传播。虽然《金瓶梅》在这一时期发行量极小,我们不能因此而认为《金瓶梅》就停止了传播——事实上,得到政府的许可评价和授权发行,对《金瓶梅》传播来说虽然不是量的增加,但却是一种质的提升。

(二)传播内容

传播者解答了"什么人在传播"的问题,传播内容则解答"传播什么"的

---

① 何香久.《金瓶梅》传播史话:一部奇书在全世界的奇遇 [M]. 北京:中国文联出版公司,1998:238.

② 孟进厚,陈昌. 论毛泽东对《金瓶梅词话》的评价 [J]. 华中师范大学学报,1997(6).

③ 陈晋. 毛泽东读书笔记解析 [M]. 广州:广东人民出版社,1996:1417.

问题，但由于传播者构成的复杂情况，传播者对于传播内容的介入和主导呈现出了多样化，可以是理性的也可以是感性的，可以是理智的也可以是情感的，可以是有意识的也可以是潜意识的，可以是道德的也可以是哲学的等。基于上述问题，对于《金瓶梅》传播内容的分析，便不能单单从静态的、固定的文本内容出发，因为传播内容相对于文本内容更为复杂，信息量更大，动态性更强，层次性更分明。

1. 潜隐于文本之下的文化密码

文本内容是《金瓶梅》传播的重中之重，但文本内容之下还潜隐着《金瓶梅》自身独具的文化密码，经过研究者为主力的传播者反复研读文本而不断开掘出了丰富的传播内容。

第一，作者之谜。同其他中国古代小说名著相比，《金瓶梅》的作者为谁，最为扑朔迷离。因为从《金瓶梅》以抄本的形式流传起，有关作者的信息便具有不确定性。但四百年来，人们之所以执着不懈地探索它的作者，是因为要研究一部里程碑式的文学巨著，却不明其作者，则不免影响对作品认识的全面性与深刻性。于是，作者研究成为"金学"研究中最具学术含量的诱人沃土，也成为百年"金学"论争的第一热点，因为其少有的难度而被人称为"金学"中的"哥德巴赫猜想"。海内外众多研究者投身其中，虽然尚无定论，但成果不菲，国内外发表的研究《金瓶梅》作者论文179篇，探讨出具有可能性的作者近60人，几乎涉及从明代嘉靖中叶至万历三十年半个多世纪的主要文人。[①] 有关研究内容占据了"金学"史之半壁江山，自然成为《金瓶梅》传播的一个比重极大的内容。

回顾《金瓶梅》作者研究的历史，我们可以清晰地把握解析这一文化密码的艰辛过程。在20世纪之前，学界依据清康熙十二年（1673）宋起凤所作《稗说》，盛行明代嘉靖年间学者王世贞作《金瓶梅》之说。在传播的同时，传奇色彩日益浓郁，论述创作意图也五花八门（诸如"复仇说""伪画致祸说""苦孝

---

① 许建平.《金瓶梅》作者研究八十年 [J]. 河北学刊，2004（1）.

说"等)。20世纪初,蒋瑞藻的《小说考证》仍主"王世贞说"。否定"王世贞说"较早且影响较大的是鲁迅。鲁迅在1924年出版的《中国小说史略》中谈到作者时指出:"作者不知何人,沈德符云是嘉靖间大名士,世因以拟太仓王世贞,或云其门人。由此复生谰言。"后来在《明清小说两大主潮》中又说:"这不过是一种推测之辞,不足信据。"但鲁迅本人也未拿出有力的证据加以论证,说服力不大。到1933年,吴晗在《〈金瓶梅〉的著作时代及其社会背景》一文中,以极其严谨的考证,对"王世贞说"予以否定。可是半个世纪后,1979年朱星发表《〈金瓶梅〉的作者究竟是谁》等文和《金瓶梅考证》一书,列举十点理由重申了"王世贞说",而后周钧韬对其加以补充和发挥,重新在"金学"界掀起了波澜,"金学"研究的复兴正是从这次对作者的再次探觅破解工作开始的。随着研究的深入,研究者的视野呈现多元兼容的状态,研究成果也层出不穷,吴敢先生在《20世纪金瓶梅研究史长编》中提纲挈领加以总结,主要有徐朔方、吴晓铃、赵景深、杜维沫、卜键以及日本日下翠等人提出的"李开先说",张远芬、郑庆山等人提出的"贾三近说",黄霖、郑闰、李燃青、吕钰及台湾魏子云、杜松柏等人提出的"屠隆说",鲁歌、马征等人提出的"王穉登说"等,次要者还有李先芳、田艺蘅、丘志充、薛应旗、赵南星、冯惟敏、谢榛、徐渭、汤显祖、冯梦龙、沈德符、丁惟宁等人选,包括只知字号,未坐实某人的已达到57人。

不仅作者身份成为传播内容,连带研究方法也被卷入传播的链条成为重要的一环。陈大康在《明代小说史》中归纳为10种方法:(1)取交集法,(2)诗文印证法,(3)署名推断法,(4)排斥法,(5)综合逼近法,(6)联想法,(7)猜想法,(8)破译法,(9)索隐法,(10)顺昌逆亡法。① 研究成果与研究方法成为传播层面的重要内容,但文献资料十分有限,而且缺乏确凿内证,因此难以证明作者的姓名、籍贯、生平,只能推测代替实证,所以终无结论,陷入了以资料证资料、往复循环的怪圈,耗费了大量研究者的心血。吴小如先

---

① 陈大康. 明代小说史 [M]. 上海:上海文艺出版社,2000:477-484.

生就指出:"试看,屈原的生卒年,施耐庵其人的有无,以及笑笑生究竟是谁,恐怕终将成为学术界长期争议和辩论的课题,从而不得不存疑阙殆。所以我一向主张,在一部作品的作者问题无法彻底解决的情况下,我们应该把气力用在作品的研究分析上,而不宜只是在那些一时无法得出结论的牛角尖里兜圈子。对于《金瓶梅》,亦当作如是观。"① 所以,20世纪的《金瓶梅》作者之谜的探索在传播学层面经历了沉寂后繁荣而后逐步消歇的动态过程。

第二,成书问题,这也是《金瓶梅》研究中迄今无结论、悬而未决的文化密码。成书问题主要包括两个方面的内容,一是成书年代,二是成书方式。同作者之谜的探索一样,这两个问题主要是在研究者与研究机构的层面上展开,也有部分民间的文学爱好者加入。

对于成书年代的研究主要有"嘉靖说""万历说"两种意见。主张"嘉靖说"的研究者主要依据一是明人笔记的确切记载,二是作品文本的许多内证如佛道二教的活动、海盐腔与[山坡羊]等小令的流行,太监、皇庄、女番子、金华酒、书帕等均为嘉靖朝事。主要的研究者有龙传仕、朱星、周钧韬、日下翠、刘辉、卜键、陈诏、郑培凯、李忠明、王尧、盛鸿郎、杨国玉等。随着《金瓶梅》词话本的发现,"万历说"在20世纪30年代后来居上,当时郑振铎先生发表《谈〈金瓶梅词话〉》、吴晗先生发表《〈金瓶梅〉的著作时代及其社会背景》,这两篇文章先后呼应,成为一时之定论。1957年赵景深也随之附议,研究阵营开始壮大,主要有黄霖、马泰来、鲁歌、马征、李洪政、许建平、魏子云、梅节等。此外,调和"嘉靖说"和"万历说"的折中观点也堪称鼎足而三。主要以张鸿勋的《试谈〈金瓶梅〉的作者、时代、取材》、杜维沫的《谈谈〈金瓶梅词话〉的成书及其他》、徐扶明的《金瓶梅写作时代初探》、潘承玉《金瓶梅新证》等研究论著作为代表。似乎调和折中的方式与两大论派的论争对《金瓶梅》研究和传播而言是一个相对稳定的存在方式,在对成书方式问题的分

---

① 吴小如. 我对《金瓶梅》及其研究的几点看法[C]//徐朔方,刘辉. 金瓶梅论集. 北京:人民文学出版社,1986.

析上也是复制了这一模式。先有"个人创作说"流传数百年而一度成为定论，但1954年8月29日，潘开沛在《光明日报》上发表了《〈金瓶梅〉的产生和作者》一文，认为《金瓶梅》是在同一时间或不同时间里由许多艺人集体创作而成，遂有"集体累积说"问世，随即就引发了不同意见。徐梦湘于次年4月17日在《光明日报》上发表《关于〈金瓶梅〉的作者》一文予以反驳，坚持"个人创作说"，认为《金瓶梅》完全是有计划的个人创作。此后，随着新时期《金瓶梅》研究的深入，研究者纷纷加入这两大学术阵营进行争鸣与探讨，开始出现了对《金瓶梅》过渡性作品的折中定位，周钧韬、霍现俊、陈大康等人都持此观点。

综上所述，作为成书问题的分析，由于与作者之谜同样从属于创作环节，虽然依赖于作品，但却是存在于作品文本之外的传播内容，于是作者之谜难求定论，成书问题聚讼纷纭，这些潜隐在文本之下的文化密码激励着解析者们观点的碰撞和思想的交锋，从而不断丰富着《金瓶梅》的传播内容。

2. 凸现在文本之中的情色特征

《金瓶梅》文本中字里行间所流露的性爱意识构成了小说的叙述动力，在全书80万字的内容中，有近二万字写了赤裸裸的性行为，这些极不雅驯的内容使小说获得了"淫书"的恶谥，在明清时代便被口诛笔伐，屡遭毁禁。显然，性描写已经成为《金瓶梅》文本传播中引人注目的特征，成为一个无法回避的话题。所以将文本中性描写内容纳入传播学视角进行分析，能够提供一个全新的、客观的解答。

首先，《金瓶梅》自问世以来就存在着性描写内容，手抄本时代沈德符即说它"坏人心术"，李日华也说此书是"市诨之极秽者"；董其昌甚至说"决当焚之"。文学艺术是社会现实的反映，必须从明代社会现实去找淫秽描写的成因。随着商品经济的迅速发展，明中叶起，城市日益繁荣，追求物质财富、正视人的欲望、解脱情爱羁绊，渐成社会思潮，《金瓶梅》自然会打上明末社会风气的印痕。所以鲁迅先生指出："又缘衰世，万事不纲，爱发苦言，每极峻急，然亦时涉隐曲，猥黩者多。后或略其他文，专注此点。因予恶谥，谓之'淫书'，而在当时，实亦时尚。"① 在这种社会背景下出现的《金瓶梅》，消除了小说人物概念化、偶像化的弊病，充分展示了人物丰富多彩的个性和当时社会生活的方方面面。《金瓶梅》作为古典小说的优秀作品，其艺术成就也使文本得到了广泛的传播。在传播过程中，文本中的性描写的传播是不可避免的，同时由于性描写的负面影响而被禁止传播也难以避免。

从传播学角度来看，性描写内容是《金瓶梅》的天然缺陷，但这种缺陷又是传播中不可忽视的组成部分，既是《金瓶梅》传播的阻力同时也是动因。比如在《金瓶梅》研究中，作为研究热点的性描写问题同时也成了传播内容。一方观点主张《金瓶梅》中的性描写是内在的、有机的、不可或缺的。早期对《金瓶梅》性描写予以一定积极评价，多从其史料价值出发。20世纪中叶之后，才逐渐转入更为深入的研究，一是性描写作为《金瓶梅》的叙述视角之于体现小说主题的意义，二是性描写作为《金瓶梅》的叙述动力之于推进故事情节和人物性格发展的意义。与以上意见相左的另一方则认为《金瓶梅》中的性描写是外在的、附加的，至少是过度的，因此将其删除也无伤全局。虽然他们也并不全盘否认《金瓶梅》性描写的价值，但认为这些性描写没有节制、过于泛滥，于社会于读者有害无益。徐朔方在《论〈金瓶梅〉的性描写》一文中这样写道："不是闪闪发光的东西都是金子。性描写并不必然等同于个性解放，正如同杂乱的性关系并不必然就是封建婚姻制度的叛逆。"② 对比这两种观点，前者多在史料价值、叙事功能方面立论，后者则多从社会教化、审美品格方面阐发。应该承认，对《金瓶梅》性描写的价值评判具有一定的复杂性，但如何对性描写进行恰当的处理，的确对文学创作有一定的指导意义。虽然性描写作为《金瓶梅》的一个重要组成部分是无法抹去的事实，且已渗透至作品的形象、叙事与主题之中，与小说几乎无法分离，但又不是不可删削的。作者的矛盾心态在于一方面以色劝惩，另一方面又玩味于色，致使性描写失于节制、过多过滥，

---

① 鲁迅. 中国小说史略 [M]. 北京：东方出版社，1996：144-145.

② 徐朔方. 论《金瓶梅》的性描写 [J]. 浙江学刊，1994 (3).

对于一般读者会产生负面影响。在不伤害题旨、形象、叙事的前提下,删削一些也无妨。蔡国梁在《金瓶梅考证与研究》中指出:"古典作家、古典文学作品的思想就是这么精华与糟粕杂糅在一起的,一时不易分辨清楚,认识自然也就大相径庭了。不过,我们切不要把脏水与孩子一起泼掉,我们把烂疤挖掉,这只苹果大部分还是可以吃的。"①

现实传播实践环节也证明了部分删节方式的有效性。因为经过分析,"所谓《金瓶梅》的性描写,在叙述上实际可以分为四种情况,一是关系的一般叙述,二是直接性行为(如性交过程)的描摹,三是对性欲、性行为的渲染(大部分采用铺陈扬厉的韵文),四是对性、性心理、性意识的提示和强调"②。第二种情况对读者有着很大的腐蚀和蛊惑,负面影响最大,应该被删除,但是其他三种情况则需要酌情处理,毕竟,"描绘性特征实际上是更高一级的文化层次。以性行为内容的动态艺术倒是便于人们理解,而以性特征为内容的凝态形象则更有利于人们审美心灵的体验,审美理想的驰骋,启迪读者的丰富想象,净化人们性的审美的情趣"③。对比人民文学出版社和齐鲁书社前后出版的两种《金瓶梅》删节本,便不难得出以上结论。

1985 年人民文学出版社出版了戴鸿森先生校点的《金瓶梅词话》的删节本。此删节本删去 19161 字,所删字数从"量"上看相当惊人,其中有许多不是非删不可,存在着删节扩大化的倾向,导致了文本信息的过度丢失。如描写潘金莲夏夜帐中点烛捉蚊的情节,也被一并删除了。这段删文如下:

> 西门庆因起早送行,着了辛苦,吃了几杯酒就醉了。倒下头鼾睡如雷,齁齁不醒。那时正值七月二十头天气,夜间有些余热。这潘金莲怎生睡得

---

① 蔡国梁. 金瓶梅考证与研究 [M]. 西安: 陕西人民出版社, 1984: 17.
② 李时人. 论《金瓶梅》的性描写 [M] // 张国星. 中国古代小说中的性描写. 天津: 百花文艺出版社, 1993: 217.
③ 曾庆瑞. 揭开人性的另一层面纱 [M] // 曾庆瑞, 赵遐秋. 竹林小说论. 北京: 中国传媒大学出版社, 2007.

着，忽听碧纱帐内一派蚊雷，不免赤着身子起来，执看烛满帐照蚊，照一个烧一个。回首见西门庆仰卧枕上，睡得正浓，摇之不醒。

潘金莲赤身捉蚊是一种自然状态，而且有助于刻画人物性格心理，并推动情节的进一步发展，这些文字便没有必要删除。类似的情况在戴鸿森校本中还有很多，显然19161字是扩大了的删除数字，所以其后齐鲁书社出版的"第一奇书本"的删节本，删去了10385字，几乎减半。因为性描写并非全部都是过度描写，过度的是淫秽的性描写。所以什么是淫秽的、什么是雅洁的性描写，便需要进行适度的区分。

通过个例分析应进一步认识到，在《金瓶梅》的思想价值和艺术成就被日益重视的今日，问题的关键恐怕不在于以量化分析说明性描写内容的各种情况，纠缠于性描写多少的是与非，这对全面认识和传播《金瓶梅》并无多大的裨益。性描写是《金瓶梅》的重要标志之一，文本中存在的情色特征实际上是无法通过字数的删汰而消磨掉的，它是《金瓶梅》文本中的烙印，也是《金瓶梅》传播的重要内容。我们需要做的，是通过理性分析、客观评述来正视这一内容，而不是群情汹汹、攘臂怒斥讨伐这一内容。《金瓶梅》既具有情色特征，也具有多层次的文化研究价值。在科学昌明、人文繁盛的今天，应该从文化学、美学、叙事学和自然科学中的性学的角度多方面地审视《金瓶梅》。

3. 由文本升华出的精神元素

抛却文本内容中的性描写部分，《金瓶梅》具备了一部优秀小说作品的全部条件，对《金瓶梅》在中国文学史上的地位做出划时代评价的郑振铎先生，谈到《金瓶梅》的意义时说："如果除净了一切的秽亵的章节，她仍不失为一部第一流的小说，其伟大似更过于《水浒》，《西游》《三国》更不足和她相提并论。"[①] 其文本内容中所表现出来的精湛绝伦的写实艺术和独树一帜的创作思维，营造了复杂而伟大的主题，作品对人类、人性、生命悲剧的深层思考与对

---

① 郑振铎. 谈《金瓶梅词话》[G]//方铭. 金瓶梅资料汇录. 合肥：黄山书社，1986：248.

社会、历史、民族命运的反复探索，超越文本而外化为深刻的社会批判精神与浓郁的哲学思辨色彩，这些精神层面上的存在，成为文本的主要传播内容。

作为个体的人，作品中体现出来的个人地位的上升、感性欲望的张扬以及人生旅途的宿命感，经过传播过程直指受众的心灵深处。《金瓶梅》所产生的那个时代虽已成为历史，但它所表现出的种种社会现象是并不曾僵死的，至今还依然存在。那个时代孕育出来的人物灵魂，从文本中跳跃出来在受众的口耳之间与心灵之间依然延续着自己的生命，"我们的生活中，原不缺少西门庆、蔡太师、应伯爵、李瓶儿、庞春梅、潘金莲。他们鲜衣亮衫地活跃在中国的土地上，出没于香港与纽约的豪华酒店，我曾经亲眼见到过他们"[1]。《金瓶梅》张扬了个人层面的人生体验与深刻体认，成为传播内容中极具分量的精神元素。这样一部独树一帜、不同凡响的作品，在集体层面凝聚了民族的深层心理与社会的真实记录，具备了严肃的现实品格和认真的历史真实感。作品中儒释道的文化内涵演绎出了丰富奇异的思想意蕴，成为我们民族审视自身发展历程的文化瑰宝。对于社会演进与时代发展的全方位的客观记录，提供了解析社会历史的文化标本，在传播过程中凸现出了重要的认识价值。

（三）传播受众

接受美学认为，每个读者都可以根据自己的主观条件和兴趣爱好，选择、感受、体验、解释、理解某一文学作品。由于读者的主观条件不同，其鉴赏动机、鉴赏需求和鉴赏结果就不同。从这一理论出发，必须对20世纪《金瓶梅》的受众进行主体类属分析，进而把握受众的特点。

首先，《金瓶梅》在传播者层面的三层分布，直接导致受众也随之分类，即个人受众、集体受众和社会受众。对于个人受众，鲁迅先生说过："看人生是因作者而不同，看作品又因读者而不同。"[2] 亦即每个读者都有自己的期待视野，

---

[1] 田晓菲. 秋水堂论金瓶梅 [M]. 天津：天津人民出版社，2003：13.

[2] 鲁迅. 俄文译本《阿Q正传》序及著者自叙传略 [M] //鲁迅全集：第7卷. 北京：人民文学出版社，1981：82.

各人都可以根据自己的期待视野对某一作品做出评价，20世纪的《金瓶梅》的个人受众便体现出这样的自在性。在现代社会语境下，他们的自主自由的态度和对话参与意识，渗透进了对《金瓶梅》的接受行为方式，表现出强烈的个性感和独立感。《金瓶梅》中的人物形形色色，众说纷纭，这就是个性分明的个人受众施力的缘故。可是对于集体受众而言，则明显地体现出归属性，受众虽然不是作为固定的群体而存在，但在接受行为进行时，受众总是自觉不自觉地将自己划归到某一特定的接受群体之中。

传播内容上的输出也产生了受众的分层，有普通接受者，有特殊接受者。普通接受者往往受到其自身大众化的文化背景和教育水平影响，只能接受《金瓶梅》的表面文本信息而不能深入开掘，而且其中一部分人还出于猎奇心理将自己的注意力大都集中于传播内容中的性描写环节，流露出感性媚俗的价值取向。而特殊接受者大都是研究者身份，无论是知识文化水平和道德伦理修养都明显高于普通接受者，因此可以全面的接受传播内容，进而探讨其中的艺术模式、文化内涵和时代主题等深层次的问题，具有浓厚的理性思辨气息。

不同的传播媒介也产生不同的受众。这个分类操作比较直观，比如对应印刷出版媒介的受众是读者，对应舞台戏曲、影视媒介的是观众，对应网络传播媒介的是网民。对于《金瓶梅》而言，这三类受众也各自具备自身的特点，读者和网民更多的是主动接受，而观众则是被动接受；读者和观众接受的信息可信度高、价值量大，网民虽然接受的信息量大，但却具有复杂化和多元化，需要进行适当的选择；读者接受的是文字信息，观众接受的是影音图像，而网民则是接受的整合前两者的多媒体信息和超文本信息。

通过20世纪《金瓶梅》传播受众的不同分类，我们可以发现受众外现出来的各自不同的特点，但若深入探讨内质性的因素，就必须进入受众心理需求层面的分析。传播学考察受众心理，主要从共性心理、个性心理、顺向心理、逆向心理四个方面研究，在20世纪《金瓶梅》的传播过程中，这四个方面都有比重不同的体现，但起到最大驱力作用的就是逆向心理。多少年来，"淫书""奇书"的冠名使《金瓶梅》被当作怪书和禁书的说法深入人心，可就是这个原因在受众群体和个体中出现了一种"逆向心理",越是官方禁止的,就越是具有特殊的诱惑性和吸引力。一方面,这种心理造就了传播需求市场,形成《金瓶梅》传播的一大驱动力,产生了积极的促进作用,但另一方面也具有相当消极的阻碍作用。受众的这种在感情方面的逆向思维和反向理解的心理意识,使《金瓶梅》的传播信息往往受到扭曲和变形,并产生消极的作用。例如网络传播中,《金瓶梅》的性描写情节被异化为色情信息,并且经过反复的衍生和大量的复制,导致不良内容的传播泛滥,造成大范围的信息污染。表面上看,《金瓶梅》在进行更大范围的传播,但实际上却是有效信息的严重丢失,最终结果是传播途径的受阻和传播范围的缩小。

综上所述,受众是信息传播的目的地,受众的需要是传播发展的原动力,是传播过程得以存在的前提和条件。受众同时又是传播效果的显示器,只有符合了受众需要的传播活动才能最终实现传播者的意图,才能取得良好的传播效果。

(四)传播效果

传播效果是传播学研究的最后一个环节,也是传播学研究的旨归。传播效果既是传播学研究的重点,又是人类传播活动的目的。人类传播是有目的的,无论是人际传播,还是组织传播、大众传播或者其他形式的媒介传播,人们都是为了实现一定的目标,《金瓶梅》的传播也不例外。

20世纪《金瓶梅》的传播效果呈现出层级性特点,这种传播效果的层级性主要体现在知晓度、理解度和赞同度上。在第一层级上,20世纪日新月异的大众传播带来的显著效果便是传播客体无限扩大的知晓度,"大众媒介在编织社会联系中是一种不断更新的载体,从社会性走向个人化,传播辐射的无限扩大是分享传播权力的竞争结果"[1]。《金瓶梅》的阅读行为虽然经过屡遭封禁而被严格限制,但大众出于这种分享传播权力的知晓行为却势不可挡。1992年,何香久通过制作《金瓶梅读者函访表》进行了一番传播效果调查,在接受调查的

---

[1] 陈卫星. 传播的观念[M]. 北京:人民出版社,2004:445.

2073 人中，对《金瓶梅》的知晓度如下：仅仅听说过这么一部书的 426 人，从传媒的介绍中知道该书或知道些大体故事梗概的 1264 人，从未知道该书的 392 人。对该书有初步知识的读者，占被调查对象的 62.5%。完全不知道该书的读者则为 1.5% 弱。① 由此可见，受众对于《金瓶梅》的感知程度相当高，在这一层面具有良好的传播效果。

第二层级是对《金瓶梅》传播的理解度，主要包括对传播信息内容思路的清楚状况，对传播内容的主旨、本意、特色的把握程度，对传播内容及其所含系列概念与相似内容所含相似概念系列的区别度或混淆度等。在这个层面上对传播效果的考察，主要针对受众对于《金瓶梅》传播信息的接受比重考察。还是以何香久的调查表为例，在 621 名读者中，共有 614 名读者读到了各种删节本，占读者总数的 99%，但只有 7 名读者读到了全本，占读者总数的 1% 左右。所以，只有比重很少的一部分《金瓶梅》的受众能够了解全面的传播内容，大部分受众所接受的信息是不完整的。在这一层面，传播效果由于理解度的高低而出现了一道"分水岭"。但在"分水岭"两侧，受众的接受却因为传播内容的不同而具有一定的差异性和混乱性。

第三层级以赞同度为传播效果，主要体现在：受众对传播内容的认同度，传播内容对受众需要的满足度，受众对传播观点的依据的真实性、权威性的信任度，受众对传播内容合理性的肯定或否定程度，受众对传播内容的喜爱或厌恶程度等。《金瓶梅》在寻求赞同度的传播效果时总会遭遇否定的回答，导致《金瓶梅》在传播上坎坷受阻，即使到达受众环节，也因为这种否定性的思维方式导致受众不能正确认识传播内容，所以传播效果十分有限。1993 年春天，广州《现代人报》一版发表了曹思彬老人的《唉！我没有读过〈金瓶梅〉》一文，他希望《金瓶梅》与《红楼梦》同样摆在书店里出售，而不是禁书。此文被许多报刊文摘转载，中国人民大学报刊复印资料选印，《新华文摘》转载，在

---

① 何香久.《金瓶梅》传播史话：一部奇书在全世界的奇遇 [M]. 北京：中国文联出版公司，1998：264.

国内外反响热烈。从此，人民文学出版社重印的《金瓶梅词话》就由"内部发行"转为公开进入市场，各地新华书店相继上架出售。可以说，这篇文章标志着《金瓶梅》传播效果在赞同度层面上走向自由和开放。

在面向21世纪的古典文学的传播道路上，随着时代和社会的前进而出现了新的传播环境：现代思潮与后现代思潮杂糅并处、西方文化与东方文化相互斗争又相互融合、精英文化与大众文化你来我往、高雅艺术和通俗艺术此消彼长，在这样复杂的生存状态下，如何借鉴20世纪的传播经验，总结传播规律，实现古典文学的良性传播效果，成为亟待解决的重要课题。新的时代环境提出了新的发展命题，古典文学不可避免地要与现代接轨，要向世界开放，要被打上商业化的烙印，要被贴上人文性的标签。而《金瓶梅》无论是其成功有效的传播，还是失败受阻的传播，它所彰显出来独立鲜明的传播特性，必然成为古典文学能否达到成功传播效果的"晴雨表"和"试金石"。在传播学意义上，《金瓶梅》依然散发着独具一格的文学魅力，凸现着与时俱进的社会价值，永远根植于历史的坐标原点而成为一块古典文学中的无法磨灭的里程碑。

三　20世纪的传播媒介及海外传播

20世纪《金瓶梅》的传播媒介经历着一个不断丰富、不断进步的过程，除了书籍传播形式外，还有话剧、京剧、地方戏曲等舞台形式，有子弟书、俗文等民间说唱形式，有电影、电视剧等影像传媒方式，有电脑网络等新兴的高科技传播方式，还有绘画、雕塑、饮食等传播方式。这些传播形式彼此呼应、共同作用，相互交织，形成交叉网状的复杂传播样式，使受众更为有效地接受《金瓶梅》的各种传播内容。

（一）印刷出版

印刷技术标志着人类掌握了复制文字信息的技术原理，同时也意味着产生了对信息进行批量生产的传播观念。进入20世纪，现代印刷出版成为信息传递的最基本的渠道，较之人工誊写与书坊刊刻的传播方式，文字信息进入了机械化和规模化的高效生产时代。传播内容在被大量复制的同时,其印刷的样式也得到了改进与丰富,古典文学作品出现了排印本、影印本、校点本、译注本、标点本、评论本等各异的样式。但对于《金瓶梅》而言,由于其自身的特点,导致其传播方式在遵循现代传播模式的基础上被附加了其他的出版样式,因此也具有了其他作品不具备的印刷出版特点。参照20世纪《金瓶梅》的主要印刷版本,可以分析一下其在传播媒介上的特点所在。

1. 以《真本金瓶梅》《古本金瓶梅》为代表的伪本《金瓶梅》

1916年5月,存宝斋出版了《绘图真本金瓶梅》铅印本,一百回,精装两册。卷首有同治三年蒋敦艮的序和乾隆五十九年王昙的《金瓶梅考证》,两篇文章一唱一和,均声称《真本金瓶梅》是《金瓶梅》的原本。而实际上这个"真本"的原本是张竹坡评本的《第一奇书》,除了第二、三、四回为重新撰写外,其他情节都同于《第一奇书》。它在维持原书的主要篇幅和线索的基础上,将所有的污秽描写删削净尽。不仅删除,还要改写;不仅改写,还要增补。此外,《真本金瓶梅》还将书中的山东方言全部改为比较通俗流行的白话语言。在动了如此大的"手术"之后,删改者不肯承认删改,偏要以正宗自居,所以改头换面称之为"真本",实为一部彻头彻尾的"伪作"。

1926年上海卿云图书公司又排印出版《古本金瓶梅》,一百回,平装四册。"前言"声称"从藏书家蒋剑人后人以重价得此抄本",并且在出版后登报申明此书"内容雅洁,绝无淫秽文字",用"穆安素大律师"名义"依法尽保护之责"。但实际上《古本金瓶梅》只是《真本金瓶梅》的易名重印而已,两书本质上没有任何的区别,都是伪书。然而这两部书一再被重印和翻印,如上海三友书局、香港文光书局出版的《古本金瓶梅》,台北启明书店出版的《绘图古本金瓶梅》,香港广智书局、台湾高雄大众书局排印出版的《真本金瓶梅》,台湾文友书局出版的《警世奇书金瓶梅》等,流传甚广。《金瓶梅》的伪作同样也属于传播范畴,而且是20世纪早期《金瓶梅》传播的重要形式。伪作的产生与当时的传播环境有着密切关系,从传播媒介上看是依托现代出版技术的兴起而诞生的时代产物,在传播目的上契合了政府传播规范,迎合了受众的心理需求。

但它在传播内容上改变了故事原貌，歪曲了部分情节，不能真正全面地体现出《金瓶梅》的价值和意义。虽然得到了大范围的传播，但既不是成功的删节本，也不是成功的改编本。在《金瓶梅》研究不断深入的今天，《金瓶梅》的伪作已经失去了价值和意义。

2. 基于文献资料整理的影印本。这种利用现代传播媒介恢复《金瓶梅》原貌的出版方式缘自 1932 年山西介休《新刻金瓶梅词话》的发现。词话本原刻本后被北京图书馆收购，1933 年 3 月，古佚小说刊行会采用部分学者集资的方式以此为底本影印了 104 部，并配以通州王氏所藏《金瓶梅》崇祯刻本图像，合为完本。北京古佚小说刊行会影印本的问世，使不同于存世的其他《金瓶梅》版本的词话本刻本内容得以流传，促进了《金瓶梅》在 20 世纪 30 年代的出版热和研究热，形成了相互促进的良性循环和欣欣向荣的传播局面，所以该本具有较高的传播地位。由于印量较少，存世不多，同时也具有很高的文物价值。1957 年，文学古籍刊行社又据该影印本重印 2000 部，线装本，两函二十一册，200 幅插图合为一册。出版说明中称，本书影印的目的是供古典小说研究者参考。该书为内部发行，发行对象是各省省委书记、副书记，同一级别的各部正副部长以及专门研究人员。不仅词话本出版了影印本，绣像本也出于文献资料整理的目的得到影印，北京大学出版社于 1988 年 8 月出版了北京大学图书馆善本丛书本，其中便有据北大图书馆藏本影印的《新刻绣像批评金瓶梅》，四函三十六册，每回插图两幅，全书共二百幅。该书发行对象为副教授以上的研究人员，每一位购书者均编号登记。上述影印本的出版，除却一定的政治性目的外，基本上都是出于文献整理的出版目的，对"金学"的不断深入和发展壮大起到了提供原始性资料的基础作用。由于影印本保持了古典原貌，学术性较强，所以受众面较小，加之发行量十分有限，传播范围也就比较狭窄。

3. 逐步开放的整理本。1935 年 5 月至 1936 年 4 月，郑振铎校点《金瓶梅词话》，分刊于其主编《世界文库》第一至十二册（上海生活书店出版）。此校点本以王孝慈藏崇祯本校勘，有详细校记。删去淫秽描写内容，并注明字数。但因《世界文库》停刊，只刊出三十三回。虽然此本不完整，但其为适应现代读者阅读习惯而尝试的新式出版方法，开创了《金瓶梅》删节本的大众普及之路。此后，1935年10月，施蛰存校点的《金瓶梅词话》，正文五册一百回，各册附插图八页，由上海杂志公司以"中国文学珍本丛书第一集第七种"之名印行出版。全书分段、标点（句号、引号、冒号），改正一些明显错字，删去淫秽描写内容，注明字数。同时，上海中央书店使用此校点本的纸型印作襟霞阁"国学珍本文库"第一集《金瓶梅词话》，正文五册一百回，独特之处在于附图一册，另刊有《金瓶梅删文补遗》一小册。施蛰存先生的本子点校精良、水平较高，因此在三四十年代被多次翻印，是流传较广的词话本普及本。但由于战乱频仍，导致文化出版事业停滞，《金瓶梅》的传播普及也受到了影响。

20世纪50年代之后，由于种种原因一度导致了《金瓶梅》普及本出版的空白。20世纪八九十年代，随着改革开放政策的深入落实，《金瓶梅》整理本的出版传播开始出现了新一轮热潮。1985年5月，人民文学出版社出版了戴鸿森校点的《金瓶梅词话》删节本，两册一百回，选用崇祯本35幅插图，分别插入正文中相关处，印量10000册。此本是出版社第一个《金瓶梅》整理本，《校点说明》中说："我们的愿望是试图提供这样一个《金瓶梅词话》的整理本：既方便于一般文艺工作者、古典文学爱好者的浏览、借鉴，也可供研究工作者的取资，基本上不致有失真之憾。"本书除依据崇祯本、第一奇书本、容与堂本《水浒传》外，还据《盛事新声》《词林摘艳》《雍熙乐府》及明本戏曲进行校点，因此具有相当的严谨性。1995年8月，岳麓书社出版了白维国、卜键校注的《金瓶梅词话校注》，全四册，一函，无插图，印量3000套。该本底本用日本大安株式会社影印本，参校崇祯本、《水浒传》及近人校本。删除了底本中与情节发展关系不大的部分直接描写性行为的文字，但是涉及性器与性行为的一般性叙述及暗示性文字（包括韵文）不删，以免情节支离，文字破碎。能够深刻反映人物性格的文字也没有删除，删节处均注明了字数。此本最大的特点是注释详明，对原书中涉及的典章故事、职官称谓、释道方术、风俗游艺、建筑陈设、服饰器具、饮食医药、方言俗语，以及诗、词、曲、赋、偈语等，均加注释，帮助读者了解《金瓶梅》，具有很强的工具性。

除了词话本系统外，崇祯本和第一奇书本这两个评注版本系统也得到了整理出版。1987年齐鲁书社出版了王汝梅、李昭恂、于凤树校点的《张竹坡批评第一奇书金瓶梅》，全二册，印量10000套。以张竹坡批评《金瓶梅》第一奇书清康熙间刊本为底本，参校绣像崇祯本（包括翻刻本）与第一奇书的九种版本。对于原书中淫秽部分，酌情删除，注明所删字数，全书合计删除10385字。该本的最大特点是在删节处理上较之戴鸿森校本更为合理，保留文本信息较多，发行量也大。另一第一奇书本的整理本是1994年10月吉林大学出版社出版的王汝梅校注的《皋鹤堂批评第一奇书金瓶梅》，印量3000册，全二册一百回，每回有校记、注释。该本以吉林大学图书馆藏张评覆刻本为底本，参校张评初刻本。1991年8月，浙江古籍出版社出版了张兵、顾越点校，黄霖审定的《新刻绣像批评金瓶梅》，收录在《李渔全集》第十二、十三、十四卷中，印量3500套。底本为日本内阁文库藏《新镌绣像批评原本金瓶梅》，参校上海图书馆藏本和北大图书馆藏本等诸本，二百幅插图，有删节，但未注明字数。崇祯本整理本的印刷出版中最引人注目的是《金瓶梅》崇祯本会校足本的出版，1989年6月，齐鲁书社出版了王汝梅会校的《新刻绣像批评金瓶梅》，该本是根据国家新闻出版署文件批准，为适应学术研究需要而出版的。这是崇祯本问世以来第一次出版排印本，一字不删，二百幅插图按照原版印制。

20世纪《金瓶梅》的整理本印刷传播经历了三四十年代和八九十年代两次热潮，整体上呈现出逐步开放的特点，同时也表现出了《金瓶梅》不断面向大众传播、满足受众需求的倾向。

4. 香港、台湾地区的印刷出版。《金瓶梅》在香港和台湾地区的具体出版情况可见胡文彬《金瓶梅书录》。港台地区出版的《金瓶梅》，整体上看版本相对比较芜杂，精校的版本较少，甚至伪本还有一定的市场。值得称道的有两个本子，一是刘本栋校点的《金瓶梅》，台北三民书局"中国古典名著"本，1980年3月印行。无插图。该本全书分段、标点，删除秽语，但未注明字数，书后附简单释词。最大特点是据崇祯本、竹坡本甚至《古本金瓶梅》来改正《金瓶梅词话》中的一些错误。此外该本还统一了一些字词，用现在流行的字词取代了至今已不流行的书中的一些早期白话词语。经过此番整理,《金瓶梅》词话本的可读性得到了充分提高,传播范围也得到了广泛拓展。"如果说,《金瓶梅词话》过去的读者只限于文史研究者和较高文化读者,刘本则将之推广到广大的居中等文化程度的读者。所以,直到今天,刘本仍是海外华语区拥有最多读者、比较易得的《金瓶梅词话》文本。"① 一是梅节校订的《梦梅馆定本金瓶梅词话》,香港梦梅馆1999年出版。梅节先生从20世纪80年代中期开始校勘、整理《金瓶梅词话》,参考明清和近人版本数十种,书籍440种,20年间三易其稿,相继出版了"全校本""重校本""三校定本"三个本子,该本就是"三校定本"。此本改正原本错误上万处,完善充实了版本内容,恢复了鲜活流畅的《金瓶梅》词话本的风貌。该本成为《金瓶梅》版本系统中一个有独立地位和特殊价值的本子,在学术界和读书界广为传播。

5. 评论集与资料汇编。1940年8月天津书局出版了姚灵犀的《瓶外卮言》,平装,一册,260页。这是第一部专门研究《金瓶梅》的著作,它填补了《金瓶梅》没有专著研究的空白,同时也开始了《金瓶梅》评论集的出版。关于资料汇编有1985年12月北京大学出版社出版的侯忠义、王汝梅编《金瓶梅资料汇编》,1985年10月南开大学出版社出版的朱一玄编《金瓶梅资料汇编》,1986年9月黄山书社出版的方铭编《金瓶梅资料汇录》,1987年中华书局出版的黄霖编《金瓶梅资料汇编》,1987年台北天一出版社出版的魏子云编《金瓶梅研究资料汇编》,1991年1月北京大学出版社出版的周钧韬编《金瓶梅资料续编:1919—1949》等。关于作者成书考证主要有1980年10月百花文艺出版社出版的朱星的《金瓶梅考证》,1984年齐鲁书社出版的张远芬的《金瓶梅新证》,1984年陕西人民出版社出版的蔡国梁的《金瓶梅考证与研究》,1986年辽宁人民出版社出版的刘辉的《金瓶梅成书与版本研究》,1989年辽宁人民出版社出版的黄霖的《金瓶梅考论》等。关于作品文本分析和理论批评,主要有1989年北京师范大学出版社出版的石昌渝主编的《金瓶梅鉴赏辞典》,1990年

---

① 梅节.《金瓶梅词话》校读记[M]. 北京:北京图书馆出版社,2004:13.

上海古籍出版社出版的上海市红楼梦学会、上海师范大学文学研究所编的《金瓶梅鉴赏辞典》，1990年吉林大学出版社出版的王汝梅的《金瓶梅探索》，1991年上海文艺出版社出版的王启忠的《〈金瓶梅〉价值论》，1996年学林出版社出版的田秉锷的《〈金瓶梅〉人性论》等。研究论文集主要有1986年人民文学出版社出版的徐朔方、刘辉编的《金瓶梅论集》，1987年上海古籍出版社出版的徐朔方编选校阅、沈亨寿等翻译的《金瓶梅西方论文集》，1990年起江苏古籍出版社、知识出版社等出版的中国金瓶梅学会编纂的十一辑《金瓶梅研究》等。与《金瓶梅》文本传播相比，其评论在传播上具有明显的特点：一是学术理性色彩浓厚，多注重研究领域的广泛开掘，拓宽了受众的接受面；二是出版相对自由，随着研究的深入其发行数量持续累增，成为与《金瓶梅》有关书籍出版的主体，在其自身文本出版受阻受限时推动了《金瓶梅》在20世纪的传播。

《金瓶梅》印刷出版的曲折坎坷形成了《金瓶梅》出版的怪现象，比如伪本的一度盛行、研究意义上的出版物占据传播内容的主体、盗版现象的猖獗等。从某种意义上来说，这些都是《金瓶梅》艺术魅力的不自觉播散和传播潜力的涌动。

（二）戏剧传播

清代《金瓶梅》就被改编成戏剧曲艺，如清代郑小白创作的三十四出传奇《金瓶梅》，如根据《金瓶梅》部分章节改编的四折二十四出杂剧《奇酸记》，都是篇幅较长、内容曲折、关目紧凑的成功剧作。此外，现存的篇幅较短的弹词和子弟书主要有《富贵图》《不垂别泪》《得钞傲妻》《续钞借银》《永福寺》《春梅游旧家池馆》《戏叔》《挑帘裁衣》《开吊杀嫂》《潘金莲晒衣》《潘金莲拾麦子》《金莲调叔》《武松杀嫂》《武大郎上坟》《潘氏金莲》《潘氏挑帘》《常峙节》等，俗曲主要有《葡萄架》《挑帘定计》《升官图》《哭官哥儿》《王婆说计》等。传统曲目的主要特点是选择冲突比较激烈的情节改编创作，主要围绕潘金莲这一人物形象展开，多侧重民间气息的生活场景，语言朴实、曲调流畅，具有鲜明的传统风格和民族特色。

进入20世纪以来，以话剧为代表的现代戏剧开始兴起，作品主题、情节设计、表现手法等都有所改进，涌现出了一批优秀的剧作。同样，对于《金瓶梅》的戏剧曲艺改编也在继承传统的基础上不断进行着新的尝试，如1926年6月，《沉钟》杂志第六号刊载了杨晦编剧的一幕剧《磨镜》。以潘金莲作为戏剧主角、获得演出成功的作品是1927年欧阳予倩创作的京剧《潘金莲》，后又改为三幕话剧，剧本1928年在《新月》月刊第一卷第四期发表。1928年田汉领导南国社进行小剧场戏剧的演出时，欧阳予倩的《潘金莲》又由话剧临时改为歌剧参演，此处歌剧即是话剧加唱的意思，这一改编，平添了许多声色，加上剧中做翻案文章的"潘金莲主义"以及欧阳予倩（饰演潘金莲）和周信芳（饰演武松）的高超演技，一时广为传颂。欧阳予倩对于《金瓶梅》进行的多种戏剧改编，进一步丰富了文本内容的传播方式，其对潘金莲的"翻案"处理，更是改变了文本中的作品主题，引起范围广泛的讨论，取得了巨大的传播效果。

　　同样对潘金莲这一人物形象大做戏剧"翻案"文章的，是1985年四川自贡川剧团剧作家魏明伦创作的荒诞川剧《潘金莲——一个女人和四个男人的故事》。通过这两部戏剧的比较，可以看出20世纪舞台戏剧传播媒介的特点。

　　首先是顺应时代思想潮流的改编创作动机。欧阳予倩先生谈及创作动机时说："我当时受了五四运动反封建、解放个性、破除迷信思想的影响，就写了这样一出为潘金莲翻案的戏。"① 当时的欧阳予倩是在五四新文化运动的影响下，以反抗封建压迫为主导思想，以个性解放的观念为潘金莲的行为进行"辩护"，张扬了一种对抗社会的叛逆之美。魏明伦虽然同样也写出了潘金莲由沉沦走向堕落的过程，但却实事求是地分析了导致她堕落的社会根源和客观因素，重点剖析了她个人命运的悲剧性。魏明伦的改编所契合的时代主题是"文革"之后的探索思潮，这是在戏剧参与社会变革所带来的兴奋过去之后，戏剧文学和戏剧表演艺术力求革新的必然结果。所以舞台艺术也开始具有了更强的探索性和表现力，其最大的特点是重在表现人的灵魂、人的内心世界的复杂性和丰富性。②

---

① 欧阳予倩. 欧阳予倩选集 [M]. 北京：人民文学出版社，1959：183.

② 陈思和. 中国当代文学史教程 [M]. 上海：复旦大学出版社，1999：267.

其次是戏剧冲突的细腻刻画造就的传播质感,我们可以用两部戏剧中冲突最为激烈的武松杀嫂的情节来进行对比。在欧阳予倩的剧作中,当武松要杀潘金莲时,她说道:"死是人人有的,与其寸寸节节被人折磨死,倒不如犯一个罪,闯一个祸,就死也死一个痛快!能死在心爱的人手里,就死,也心甘情愿。"而在魏明伦的剧作中,潘金莲主动扯开领口,对着惶惶退后的武松说:"我能死在你手中,也算不幸中的大幸了。"这两段潘金莲临死之前的道白,虽然表现意图各不相同,一是直面死亡的宣泄,一是面对宿命的悲哀,但都将武松与潘金莲的情感冲突刻画得淋漓尽致,而且淡化《金瓶梅》原作中恐怖的杀戮镜头,使观众更容易得到共鸣,因此使作品更加富有传播的质感。

再次是人物形象的重新定位带来的戏剧角色的传播符号化。在欧阳予倩创作的剧中,张大户代表封建专制统治的严肃权威,而武松则代表严酷无情的封建礼法,武大郎代表压抑妇女的封建夫权,而西门庆代表封建贵族的黑暗势力。相对于这四个角色,潘金莲则是一个被侮辱和被损害的值得同情的对象。在魏明伦创作的剧中,潘金莲则是一个美丽纯真的女子,另外四个角色是佛面兽心的张大户、丑面欺心的武大郎、冷面铁心的武松、粉面狼心的西门庆。两者对比,前者中的人物形象进行了抽象规定,将人物形象定位成社会制度的代言人,后者则突出反映人物鲜明的个性,并挖掘人物内心世界,定位于人性发展的逻辑原型。从传播学的意义上看,人物形象的重新定位超越了戏剧角色本身的作用,而成为《金瓶梅》传播的人物符号,受众在接受剧本的同时,便会自觉认识形象化和符号化的剧中角色。

最后是舞台艺术的独特表现引发的传播轰动效应。舞台艺术的戏剧性和直观性表现手法对观众具有巨大的冲击力和感染力,观众可以更加感性地接受戏剧情节并置身其中。经过戏剧改编,尤其是戏剧冲突的渲染,潘金莲追求自由、渴望爱情但却最终丧命的悲剧性情节,具有强烈的震撼力。对于欧阳予倩的《潘金莲》,田汉在《申报》撰文说:"唯独对此剧倾倒。"而对欧阳予倩的其他作品大都有所保留的徐悲鸿在给欧阳予倩的信中说:"翻数百年之陈案,揭美人之隐衷;

入情入理,壮快淋漓,不愧杰作。"① 打破时空、生死、古今界限的荒诞川剧《潘金莲》,更是一石激起千层浪,引发了巨大反响,《人民日报》《新观察》《文汇报》《中国青年报》《文艺报》等刊物纷纷发表文章评论,一时间"满城争说《潘金莲》",其冲击的范围远远超越了戏剧界,在整个社会文化生活中引起了强烈回声。

受到魏明伦改编创作戏剧《金瓶梅》的影响,20 世纪 80 年代中期,中国的戏剧舞台上,相继出现了一批《金瓶梅》戏,如:吉林省京剧团的八场京剧《金瓶梅》,江苏省梆子剧团的七场江苏梆子戏《李瓶儿》,河南省豫剧三团的无场次豫剧《金瓶梅》,上海市越剧团的越剧《西门庆与来旺妇》等。随着印刷出版逐步开放的脚步,20 世纪《金瓶梅》舞台戏剧媒介传播也得到了一定程度上的繁荣。

2015 年根据《金瓶梅》改编的中国当代芭蕾舞剧《莲》,作为香港艺术节特邀创作作品推出,在第十一届中国深圳文博会艺术节上再次上演,引起了媒体的高度关注。该剧创作手法新颖而不拘泥于传统,中国美学元素的应用包罗了世界的当代文化精髓。此前,编剧王媛媛曾改编过古典文学作品《山海经》《牡丹亭》和《金瓶梅》。在改编时,王媛媛并不担心舞蹈创作,更注重对文字内容的理解和从中提炼出的意境是否有偏颇,舞剧所呈现出来的舞蹈动作与人物状态,还有音乐、视觉,在她的观念支撑下,犹如一场酣畅淋漓的狂欢,节奏紧致有力,妖娆性感。有人认为该剧呈现了东方极致唯美绮情,超越了文化禁锢。借肢体语言述说了男女间曲折微妙的情爱关系,被喻为"最性感的中国当代舞剧"。当然,也有人提出了不同意见,认为该剧未能真正把握《金瓶梅》的创作主旨,编剧对《金瓶梅》的理解并不全面。

(三) 影视传播

将《金瓶梅》改编成影视作品是一项难度颇大的艺术改编创作,难度不仅仅在于是否具有成功的艺术表现力,而且还在于是否具有大众传播的政府许可。

---

① 郭富民. 插图中国话剧史 [M]. 济南:济南出版社,2003:104.

20世纪中国大陆没有将《金瓶梅》搬上银幕,因为在中国的文化语境中,根据中国古典文学作品改编的电视剧是国家行为、市场力量和知识分子参与的一种共享资源,其中的国家行为占据着主导因素。电视连续剧《红楼梦》于1987年5月在中央电视台和香港亚洲电视台同时播出,最高收视率超过70%,明代"四大奇书"的其余三部都陆续被改编为电视剧——《西游记》(1988)、《三国演义》(1994)、《水浒传》(1998)。"四大古典名著改编的显著成就,不仅对广大观众,特别是对青少年观众进行了一次又一次地普及和弘扬中华民族传统文化的教育,掀起了阅读这些名著的热潮,并且向世界人民介绍了中国灿烂的文化遗产,增进了东西方国家的了解和文化交流,在中国电视剧发展史上写下了光辉的篇章。"① 可是对于《金瓶梅》而言,虽然也属于古典名著的行列,但由于其最易为人诟病的性描写内容,以及果报思想的作品主题,显然有违上述的政府传播意图和影视出版政策,所以在大陆影视界一直属于禁区。

不过,香港地区却为《金瓶梅》电影改编提供了相对自由的空间。例如20世纪70年代中期起,香港导演李翰祥用了十几年的时间,先后编导了《金瓶双艳》《惠莲》《武松》《金瓶风月》《少女潘金莲》等影片,形成了独特的《金瓶梅》系列影视作品。《金瓶双艳》更是因为开创"风月片"的新潮而成为李翰祥导演风月影片的代表作。在香港,"风月片"作为一种非主流文化始终存在着,"风月片"这个概念似乎有意用来区分它与一般色情片的区别,其题材多取自中国文人雅士的勾栏文化与凡夫俗子的青楼奇遇。《金瓶双艳》也不例外,影片将《金瓶梅》故事化繁为简,集中描写西门庆如何勾搭上潘金莲和李瓶儿,以及整个西门大宅因妻妾争风吃醋而不得安宁,直到西门庆纵欲而亡。整部影片剪切顺畅,情节紧凑,结局寓意深刻,使观众在嬉笑之余,也能体会到原作的警世之意。影片中的一组镜头充分表现了李瓶儿的丈夫花子虚对于妓女的性虐待行为,但观众可能不会感觉这些色情描写的粗俗,因为李翰祥将花子虚改编成为一个性无能者,其性虐待行为正是人物性格和心理的表现,同时也反衬

---

① 张大勤. 辉映历史激励当代:国产电视剧发展概观 [J]. 中国广播电视学刊,1999 (8).

出李瓶儿生活的不幸,为她和西门庆偷情找到了借口。上述类似的镜头正体现出了李翰祥风月片的特色,在雅与俗之间寻找发挥才能的空间,把雅向俗靠拢,俗向雅提升,既要活色生香,又要避免低俗下流。

李翰祥对于自己《金瓶梅》系列影片中最满意的是1982年导演完成的《武松》。剧本根据《金瓶梅》原作的主要情节改编而成,但为了故事的完整而进行了一些合理化的增添,比如为刻画武松兄弟的深厚情意而增加了武植、武松患难与共的经历,为摆脱《水浒传》中的超人气息而充分表现武松凡人色彩,作品还特意将武松刻画为失败的英雄形象。影片的主要内容是潘金莲因丈夫矮小丑陋,无法满足她的性欲,于是暗恋魁伟强壮的武松。武松为了兄弟情谊,不为所动,但武松内心深处情欲与理智的矛盾冲突也得到了充分的体现。在这种情况下,潘金莲无法抗拒西门庆的进攻,杀死了武植,同西门庆结合,最终死在了为兄长报仇的武松手里。影片中潘金莲死在自己最心爱的武松手里时,那种既痛苦又满足的表情非常具有震撼力。香港影星汪萍饰演潘金莲,风骚狐媚,恰到好处;狄龙饰演武松,不怒而威,浩气凛然。此片获台湾金马奖最佳女主角、最佳男配角奖及最佳服装设计奖三项大奖,公映后引起了强烈反响。

《金瓶梅》中的性描写始终是影视作品改编的最大难题,但商业化的影视运作却使之迎刃而解。"1988年11月10日开始,香港电影实行了三级制,所谓'三级制',是把在香港上映的电影分成三类,第一级是老少咸宜的,第二级是儿童不宜观看的,第三级是只准十八岁以上的人士观看。"[1] 因此,由香港协和影视出品,赖水清导演,杨思敏、单立文、叶仙儿、蔡美优主演的三级电视连续剧《新金瓶梅》便着力于性爱场面的刻画,收到了巨大的商业效益。影片为吸引受众一味追求情色细节,片尾竟出现了潘金莲与武松的激情戏,可以说是对文本原作进行的胡编乱造。虽然作品由于商业的推广而实现了广泛的传播,但在传播内容上与原作相去甚远,失去了真正的传播价值。

由上可见,专注于"性"会导致《金瓶梅》的影视改编偏离原作;但如果

---

[1] 中国电影家协会. 中国电影年鉴:1988 [M]. 北京:中国电影出版社,1991:460.

将"性"完全抛弃，也未必一定成功。日本导演若松孝二于1968年拍摄的《金瓶梅》在这方面有可圈可点之处。其一，《金瓶梅》本是一部没有爱情的小说，改编时让潘金莲和武松演绎出一段爱情，是既出乎意外又合乎情理的看点。其二，戏中性爱场景不是很多，镜头也较为干净，更多的性爱镜头主要集中在人物的面部反映，从而衬托出内心世界的挣扎和痛苦。但是此剧的改编也有其缺陷，如杜撰出西门庆管家，出人意料地让春梅加入到梁山好汉行列之中等。

综上所述，可以看出20世纪《金瓶梅》的影视传播的基本特征：第一，传播地域上的断裂性鲜明；第二，传播过程中文本信息与价值的大量流失，由于影视改编的商业性目的，其改编创作为了迎合受众的低级感官需求而过于泛滥，夸大了部分情节，远离了真实的文本。因此一方面原作品缺乏时代性和不符合影视表现的信息被删除，另一方面作品的主题和价值也在改编过程中变形；第三，传播效应上的广泛性和复杂性，影视传播是融汇现代科学技术和其他多种艺术的产物，相比印刷出版和舞台戏剧传播样式具有更大的自由性、直观性和便利性，使《金瓶梅》得到了有声有色的广泛传播，但由于改编的影视作品良莠不齐，造成了接受上的迥然各异的传播效应。

（四）文化传播

《金瓶梅》是一部生活百科全书，具有历史文化价值。20世纪以来，许多研究者进行了与之相关的多方面开掘，如冯沅君通过钩稽《金瓶梅》中的戏曲史料探讨古代戏剧文化的风貌，阿英研究小说中所表现的灯市风俗，蔡国梁着重探讨磨镜、画裱、银作、雕漆、织造等明代技艺和圆社、卜筮、相面等明代习俗，李昭恂重点研究游艺活动等。而对《金瓶梅》中丰富文化内涵的深入分析研究必然导致文化传播的出现和繁荣，美术、音乐、雕塑、民俗、科技等构成了《金瓶梅》多元的文化传播媒介，下面主要分析一下20世纪的绘画和饮食文化对《金瓶梅》传播的影响。

绘画方面的传播，主要是借助美术的表现手法，对文本内容进行艺术的选择加工和再现，通过图像媒介完成传播。图像媒介首选是连环画，中国的连环画历史悠久，源远流长，在世界美术史上堪称一绝。从资料上看，湖南长沙马王堆一号汉墓漆棺上的连环画《土伯吃蛇》和《羊骑鹤》，大概是现知最早的连环画雏形。最早定名为"连环图画"的出版物，是1925年上海世界书局出版的一图一文形式的五部长篇连环图《三国志》《水浒》《西游记》《封神榜》《岳传》。连环画的简捷、凝练恰恰吻合时尚的需求，既能概括出文学作品的脉络、要旨，又有画家用"画语"勾勒的既成形象。1934年2月鲁少飞主编的《时代漫画》创刊，曹涵美编创的连环画《金瓶梅》登台亮相，每期一幅。由于《金瓶梅》中有性事描写，很多画家对此心存畏忌，但曹涵美大胆地以艺术家的审美眼光成功地演绎了这部文学作品，经过严谨的构思、认真的创作再现出一个个性格鲜明、栩栩如生的各色人物。风格独特，别树一帜，令人注目。1937年8月抗日战争爆发，刊物全部停止，所以曹涵美只画到第39幅为止（出过第一集的单行本）。上海沦陷期间，曹涵美的《金瓶梅》又在《新中国报》连载，后由报社出版单行本十册。1942年上海国民新闻图书印刷公司出版《金瓶梅全图》五百幅，每幅之下均配以小说中的摘录文字。当时的发行广告写道"文固奇书，画也佳作，上图下文，珠联璧合"，"无《金瓶梅》原文不能显曹画之能，无曹画也不能穷《金瓶梅》之妙"。出版后，美术界为之轰动。《金瓶梅全图》绘画风格别具一格，它于传统的单线白描笔法中融入了日本浮士绘、西方立体派艺术，并综合了图案、木刻等绘画技法，既写实又写意，特别是融入了浓烈的漫画意识，使整部作品更显生动。可以说，《金瓶梅全图》的艺术性是我国20世纪三四十年代连环画创作最高水平的代表作之一，同时也极大地促进了《金瓶梅》的传播。

以图像为媒介还有单纯的绘画形式，清人创作的二百幅《皕美图》插图一直穿插在各种出版物中，成为图像媒介的主力。1992年，青年画家吴以徐创作的《金瓶梅百图》由香港香江出版有限公司出版，打破了《皕美图》近乎垄断性的传播。该画册以铜版纸精印，装帧设计华美考究。《金瓶梅百图》选取了《金瓶梅》一百回中的一百个中心情节，采用山东木版年画的方式、平视而独立的构图画面、稚拙而夸张的造型形象、大胆而鲜艳的着色，充满了传统的民族风情与探索的艺术气息。《金瓶梅百图》与《皕美图》相比，摆脱了古代小说出版插图的绘画格局，突破了单纯情节再现的功能，改变了作品附属物的地位。更多地融入了现代人对人生和艺术的全新认识和理解，显示出独立而完整的图像艺术空间，具有宏大的文化气度和丰厚的传播价值。

对《金瓶梅》饮食文化的挖掘和实践也是20世纪传播的一个重要渠道。饮食文化内容丰富，包含六门主要学科，即烹调学、食品制造学、食疗学、饮食民俗学、饮食文艺学、饮食资源学，此外，还有饮食品名、装潢和饮食方式学等。《金瓶梅》对饮食文化内容的全面反映，塑造了丰富多彩的饮食文化风尚形态。

"饮食是人类生活中最基本也是最重要的内容，作为折射与反映社会生活的文学作品，自然也会有许多关于饮食的描写。《金瓶梅》如实地描绘出了毫无节制的食欲狂求，广泛揭示出了饮食与权力、财色的密切关系，真实地反映出了饮食礼仪规范的牢固约束力。"① 如《金瓶梅》第二十一回在西门庆的一次家宴上，"惟孙雪娥跪着接酒，其余都平叙姊妹之情"，说明此时孙雪娥到了名为妾实为仆的地步。此外，饮食的宴会还是一种娱乐性的活动，反映出丰富多彩的文化趣味。在宴饮时，往往有音乐、戏曲相伴，有开宴的祝词、有行酒令等文化内容的节目，通过这些饮食方式透露出了更多的世风民俗特点。作为一部"饮食男女"的世情之书，饮食文化成分体现出审美思想、等级意识、伦理观念、风俗习尚，从中还映现出时代的风尚与个人的趣味。可见，对于文本社会文化信息的传播上，饮食文化成为《金瓶梅》传播的重要载体。

具体到饮食生活部分，其篇幅之浩繁，描摹之精湛、丰富和细腻程度，足堪与《红楼梦》相媲美。因此对于食品制作、筵饮礼仪的开发实践既有现实价值，同时也颇具难度。1987年起，王宝玉便开始潜心研究《金瓶梅》的饮食文化，他将《金瓶梅》中所有的菜肴、小吃、面点以及酒类饮品进行分类整理，然后通过查阅相关资料和反复实践，重新编订了制作工艺，成功开发了以"鲜、怪、绝、全"四大特色取胜的"金瓶梅菜系"，并且总结形成系统完整的理论，

---

① 王平.《金瓶梅》饮食描写的时代特征 [M]//赵建民，李志刚.《金瓶梅》酒食文化研究. 济南：山东文化音像出版社，1998：1.

向第二届国际《金瓶梅》研讨会提交了《金瓶梅菜系研究》论文。王宝玉对于《金瓶梅》饮食文化的研究和实践，带动了《金瓶梅》饮食文化传播的热潮，"明金宴"便是其中的优秀代表。明，即明朝；金，即《金瓶梅》。根据古典名著《金瓶梅》一书关于饮食宴饮的记载创制的一整套宴饮菜点，共有菜点100多款，"内容有'家常小吃宴''四季滋补宴''梵僧斋素''明金宴全席'等6个系列。制作精美，品味独特，滋补而无药味。其程序安排、宴饮风格以及酒茶的配备，反映了明中晚期商贾大户的饮食风貌，是中晚明市井美食的再现"①。实践环节的饮食文化传播由于其生活化、世俗化的特点，因而更具有传播效率，使《金瓶梅》从文人学者的案头走向了寻常百姓的餐桌，极大地拓展了《金瓶梅》的传播范围。

总之，文化传播作为20世纪《金瓶梅》传播的重要媒介，兼顾了研究与实践的双重环节，通过多元的文化门类开掘了更加丰富的传播内容和更加快捷的传播途径，使《金瓶梅》越来越开放化、外向性地展示在世人面前。但多元化的文化传播在脱离文本信息时也产生了一定的歧义性，在信息传播迅猛发展的今天，势必也对《金瓶梅》的传播造成一定的负面影响。

（五）网络传播

网络传播是20世纪下半叶才开始兴起的新式传播媒介，是以数字化、多媒体和通信技术支持的网络作为物质载体，传递、交流和利用信息，从而达到其社会传播目的。网络传播技术提高了人类处理和传播信息的能力，与网络出现之前的信息传播技术相比较，网络传播具有四大优势：一是速度快，以光速传播；二是质量高，复制件与原件在质量上没有任何区别；三是成本低，在大多数情况下只需要付出时间，而不需要任何资金的投入；四是范围广，不受时间和地域的限制。网络传播的这些优势使其得到了更高的传播自由度，相对于其他古典名著，《金瓶梅》在网络传播中信息量更大，更新频率更快，传播范围更

---

① 李志刚. "明金宴"研究与实践：《金瓶梅》宴饮挖掘与经营［M］//赵建民，李志刚.《金瓶梅》酒食文化研究. 济南：山东文化音像出版社，1998：171.

广,传播样式也比较复杂,主要有以下几种方式:

1. 电子版书籍。大约有20多家网站载录,阅读方式各异,有的采用在线阅读,有的需要下载阅读,有的设置了会员权限。版本系统不一,有词话本,也有绣像本。文字录入校对水平也有差异,有的经过认真校对,有的则是敷衍了事。虽然相对于印刷出版媒介而言,电子版书籍还存在权威性和责任心的不足,但其依托网络产生了巨大传播力度。

2. 改编的衍生信息。所谓衍生信息,是指以母本为基础,根据当下受众的审美需求而在主题思想、故事情节、人物形象以及媒介形式和传播手段等方面进行改编或重新设计的信息。《金瓶梅》网络衍生信息主要是色情内容改编,即变相地将原著中的性描写内容放大,以此吸引受众。比如成人书库网中的《金瓶梅新话》,便是截取《金瓶梅》潘金莲与琴童私通后被西门庆拷打的一段情节,重新润色,增添了许多刺激感官的色情和暴力描写,格调低下、庸俗不堪。还有一种是搞笑改编,采用戏说、无厘头、荒诞派等手法对故事人物、语言、情节等进行后现代风格的改编,几乎运用流行文化的所有因素对其进行了全方位的包装。如《新金瓶梅》便以Q版爆笑的形式讲述了潘金莲嫁给武大郎之前的逸事。身家千万的暴发户武大郎对寄人篱下的小保姆潘金莲一见钟情,致使小保姆潘金莲与小学徒西门庆青梅竹马、两小无猜的纯真爱情,在金钱与欲望面前受到了严峻的考验。可见,搞笑改编与原著相比已经面目全非、不伦不类了。

3. 网络游戏。主要是《金瓶梅之偷情宝鉴》等成人游戏,是根据《金瓶梅》故事情节和人物特点设计制作而成,基本攻略是游戏玩家扮演生性风流的西门庆,根据不同的情况必须要用一些或光明或下作的手段把诸多美女逐一娶进家门。这种多变性使得游戏变得更加具有不明确性和模糊性,游戏玩家在游戏之中拥有更多的自由和选择,而游戏中采用的多媒体影像资料也随时随地给予游戏玩家新鲜的感受。

4. 相关文化信息。主要有动态化的文化新闻,比如拍摄《金瓶梅》电视剧的新闻评论,最新的出版信息简介,召开学术会议的新闻报道等。还有文学常识性的相关介绍，如中国诗词网上就录有《中国古代小说百科》中沈天佑对《金瓶梅》的介绍，黄金书屋等网站还上载了复旦大学出版社出版的《中国文学史》中关于《金瓶梅》的章节。此外研究成果的选登也属于这个传播范畴，如中国学术期刊网、学术平台网上收录的历年"金学"研究著作，建立起规范科学、易于检索的中文数据库，这成为学术活动网络传播的重要平台。

网络传播是人类有史以来增长最快的传播手段。网络传播融合了大众传播（单向）和人际传播（双向）的信息传播特征，在总体上形成一种散布型网状传播结构，《金瓶梅》在这种传播结构中可以整合多种其他传播形式，文字、图片、音像等媒介都可以自由地配套使用，在传播方式上加速了信息的流动，在接受方式上方便了受众，极大地提升了传播的效率。

但网络是个极其广阔也极其自由的空间。其传播方式是完全开放的，传统的传播方式，诸如上文论述的印刷出版、舞台戏曲、影视等都需要特定的物质条件，有着固定的地点和活动空间，而且受到一定的法律和规则的制约，具有公开性和可管理性。但网络传播则完全不同，它可以是群体也可以是个体，可以是公开合法的存在，也可以是隐蔽的游动式的存在。这种完全开放式、自由式的传播，在一定程度上给《金瓶梅》的传播也带来了负面效应，尤其是网络传播中对于《金瓶梅》文本信息的改编，由于强调了"眼球效应"而出现了一些变异的现象，这对《金瓶梅》文本传播带来了不规范化的消极影响，导致其文学价值的扭曲甚至丧失。还有一些不法分子借助网络上的自由性、虚拟性空间，散播淫秽文化产品来牟取暴利，在某种程度上消解了《金瓶梅》的社会认同度，使本来逐步走向开放的《金瓶梅》传播，再次陷入公众舆论和道德批判的困境。

（六）海外传播

《金瓶梅》从刊刻伊始就开始了海外传播，日本现存的《新刻金瓶梅词话》明刻本及相关资料说明了《金瓶梅》17世纪便传入了日本，然后在19世纪中期传入西方国家。但《金瓶梅》在国外的传播出现了与国内不尽相同的境遇，现在的外文译本有英、法、德、意、拉丁、瑞典、芬兰、俄、匈牙利、捷、南斯拉夫、日、朝、越、蒙等文种，保守的估计，发行量也远远地超过了国内的印刷出版量。以下通过传播地理的东西方文化区分,简述《金瓶梅》的海外传播情况。

1.《金瓶梅》在东方

东方国家由于在地缘与中国邻近,文化上深受中国影响,具有相似的文化心理构成和社会风尚民俗,所以相对西方而言更早也更容易接受《金瓶梅》。

《金瓶梅》主要通过海路运输的方式传入日本,据日本大庭休教授的《江户时代唐船携来书研究》,从1715年至1855年,《金瓶梅》的各种版本传入日本达21部之多。但与风靡日本的其他中国古典名著相比,《金瓶梅》却由于自身的"秽书"之名一直被束之高阁,世人难得一见。江户时代这些传入日本的《金瓶梅》汉语文本促使日本知识分子萌发了翻译冲动,当时大阪的冈南闲乔就进行了部分翻译的尝试,形成了两册译文,以手抄本形式流传。日本江户时代唯一的《金瓶梅》译本是荷塘一圭以第一奇书本为底本的译本,该本抄录汉语原著,用日文字母断句,并且加以注音、释义。在江户时代晚期,通俗小说家曲亭马琴改编创作了《新编金瓶梅》,将书中的主要人物换成了日本名字,如把武松换成了大原武松,把武大郎换成了大原武大郎,把西门庆换成了西门屋启十郎。但改编者为了迎合受众所使用的这种传播技巧却没有取得成功,因为当时日本读者对于《金瓶梅》"秽书"的恶名避而远之,多以手抄本形式传播,因此传播范围十分有限。

1882年,松村操翻译的《原本译解金瓶梅》由鬼屋诚分册刊行,这是日本最早的《金瓶梅》正式译文,但仅仅翻译了原著的前九回,内容十分单薄。1923年,井上红梅翻译的七十九回的节译本《金瓶梅》由上海日本堂书店出版,虽然内容得到了丰富,但误译现象较多,可读性较差。1925年,夏金畏、山田政合译的《全译金瓶梅》由光林堂出版,这是《金瓶梅》的第一个日文全译本。第二次世界大战之后,日本文学发生了巨大的转型,"私小说""肉体文学"流行,《金瓶梅》也得到了公开发行,主要的版本有:(1)1948年尾坂德司翻译的《全译金瓶梅》,东京东西出版社出版。(2)1948年小野忍、千田九一合译的《金瓶梅》,东京东方书局出版。(3)1949年林房雄翻译的《金瓶梅》，东京文艺俱乐部出版。（4）1951年，小野忍、千田九一合译《全译金瓶梅》，东京三笠书房出版。（5）1956年，小野忍、千田九一合译《全译金瓶梅》，东京河出书房出版。（6）1958年，富士正晴翻译的节译本《金瓶梅》，东京创元社出版。（7）1959年，小野忍、千田九一合译《全译金瓶梅》，东京平凡社出版。（8）1966年，世界翻译研究会翻译《金瓶梅》，浪速书房出版。（9）1966年，上田学而翻译的《金瓶梅》，东京人物往来社出版。（10）1971年，冈本隆三翻译的《完译金瓶梅》，东京讲谈社出版。（11）1973—1974年，小野忍、千田九一合译《金瓶梅》，东京岩波书店出版。（12）1972年，驹田信二翻译的《驹田信二之金瓶梅》，东京二见书房出版。（13）1973—1974年，村上知行翻译的《金瓶梅》，东京角川书店出版。

出版发行的热潮，也促进了日本《金瓶梅》研究的不断深入，日本涌现出了一批"金学"专家，如鸟居久靖、长泽规矩也、小野忍、泽田瑞穗、荒木猛、铃木阳一、上村幸次、日下翠、上野惠司、大内田三郎、寺村政男、阿部泰记、池本义男等，研究成果卓著，形成了一个强势的传播群体。

与《金瓶梅》在日本传播的情况类似，《金瓶梅》也是大约刚一出现便被介绍到朝鲜半岛，其后不断有人提及。自20世纪50年代起韩国多种译本相继出版，1990年内外出版社出版了改编本《小说金瓶梅》，朴秀镇的《完译金瓶梅》，1991—1993年由汉城青年社出版。近20年来，陆续有李相翊、安重源、康泰权、金总坤、崔溶澈、金宰民、赵美媛、李无尽等人，或发表论文，或作为硕士、博士论文，对《金瓶梅》进行了全面而深入的研究。

与日、韩不同，同为中国近邻的越南，则接受《金瓶梅》的时间较晚，1969年，昭阳出版社出版越南文译本，1989年，河内社会科学出版社对其进行再版，定价颇高。但越南文译本的底本是《古本金瓶梅》，并没有专家学者进行辨伪勘真，可以说，《金瓶梅》在越南的传播是受到了相当大的局限的。

2. 金瓶梅在西方

《金瓶梅》早在1853年就由巴赞将其第一回译为法文，题为《武松与金莲的故事》，刊载于巴黎出版的《现代中国》一书，这是《金瓶梅》最早传入西方的一个译本。此后，1879 年，还有乔治·加布伦茨翻译的《金瓶梅片断》，刊载于法国巴黎出版的《东方和美洲杂志》，译文是根据满文译本译出的。还有冯·埃·察赫译的《金瓶梅的几首诗》（载 1932—1933 年 3—8 月号合订本《德国卫报》），吴益泰译的《金瓶梅片断》（刊于 1933 年巴黎出版的《中国小说概论》），蔡珠和蔡·温伯格译的《金瓶梅第一回》，它由美国阿普尔顿—世纪出版社 1956 年出版，另外还有德国出版的《小说》，刊有 H. 鲁德斯贝格翻译的《西门庆之艳遇》，翻译的是《金瓶梅》的第十三回。由片段的译介进一步发展为全书的缩写，比较著名的是乔治·苏里埃·德·莫昂的《金莲》，全一册，294 页，这是一个法文缩写本，依据的底本是第一奇书本，1912 年在巴黎出版，不久就被转译为英语。

当片断与简要的缩写本仍然满足不了欧洲的读者时，于是较长的节译本则应运而生。首先是奥托尔·基巴特翻译的《金瓶梅》，这是一个德文译本，原分三卷，1928 年出版第一卷（1—10 回），1932 年出版第二卷（10—23 回），第三卷只见预告，未见出版，中断的原因是因为希特勒上台，下令焚书，"于是这部书就被这个疯子于 1933 年连同所有值得保存的文学作品统统付之一炬"①。基巴特兄弟的较全的节译本《黄金的瓶里插的梅花》全书五卷，另附注释一卷，1967 年在瑞士苏黎世出版。根据汉学家艾金布勒的评论，基巴特兄弟的译本，往往过多地把诗词译成散文或译成韵文以适应实际上修辞的需要，因而使对话缺乏感情，在许多方面丧失了原作的精神，不尽如人意。

弗朗茨·库恩所译的《金瓶梅：西门庆与他的六妻妾之艳史》，全一册，共四十九章，920 页，1930 年在德国莱比锡出版，出版后再版过多次，雷威安在《金瓶梅》法译本《导言》中，介绍这个译本在欧洲的传播情况时说："这是一个莫大的成功，欧洲各种语言的译本都曾受惠于它。法译本是译自 1949 年版的德文本的，比英文本晚了十年，曾受到书刊检察当局的注意。在纳粹德国，

---

① 艾金布勒.《金瓶梅》法文全译本前言 [C] // 徐朔方编，沈亨寿，等译. 金瓶梅西方论文集. 上海：上海古籍出版社，1987：287.

1933年，基巴特兄弟译的德文全译本的最初两个分册开始轰动一时，弗朗茨·库恩的译本只好等到1938年才与它平分秋色，译者库恩在他七十大寿之际才获得德国宣传与民族建设部长的开禁命令。"① 库恩这个节译本，曾被转译为欧洲几种译文：在法国，有让·皮埃尔·鲍莱译为法文的《金瓶梅：西门与其六妻妾奇情史》，1949年在巴黎出版；1962年还出版了由约瑟夫·马丹鲍尔与赫尔曼海斯合译的《金瓶梅》。此外在瑞典，由埃尔塞与哈甘·若莱特合译的《金瓶梅：西门与其六妻妾奇情史》，出版于1950年。芬兰、匈牙利、捷克、南斯拉夫等均有出版。贝纳·米奥尔译为英文，共四十九章，863页，1939年由伦敦纳翰·莱恩出版社出版，1940年又由纽约普特南父子公司出版，1960年、1962年又由美国纽约卡普里科恩图书公司再版。

《金瓶梅》在苏联的节译本并非转译自库恩的德文译本，而是由精通汉语的马努辛，据《新刻绣像金瓶梅》直接节译为两卷本，共940页，1977年由莫斯科文学出版社出版。

随着时间的推移和东西方文化的交流，西方学者对中国文化的了解也越来越深化。对《金瓶梅》全译本的要求，日益迫切。最早的英文译本由克莱门特·艾杰顿翻译的，全书一百回，共四卷，1939年由伦敦芳特莱基出版社出版。法国雷威安在《〈金瓶梅〉法译本导言》中说："多亏艾杰顿，他得到当时在伦敦东方语言学校授课的中国小说家老舍的帮助译出了下续的部分。这个英译本的篇幅约当德文删节本的两倍到三倍；各节中填满了似通非通的拉丁词语，似乎专供天主教徒阅读用。艾杰顿所提供的这个本子，虽非全译，但在叙事方面也已近乎全译。诗词部分一般略去不译，中文原作的粗糙之处也都加以润饰。总之，删节之处，估计也有全书初稿的四分之一：删削过多，或删削得还不够，都是为了和库恩本的'极不确切'的翻译作风竞争。此书译成多种语言，各语

---

① 雷威安.《金瓶梅》法译本导言［C］//徐朔方编，沈亨寿，等译.金瓶梅西方论文集.上海：上海古籍出版社，1987：268.

种的版本又经多次修订，印数已超过二十万册。"① 还有一本最重要的西方语言的全译《金瓶梅》，是法国雷威安教授的法文全译本，于1985年作为"七叶丛书"之一翻译出版。这个译本是西方《金瓶梅》翻译的一个结晶。无论从翻译的准确性方面，还是就研究的深度与广度方面而论，都是具有里程碑意义的作品。全书将一百回分为十卷，每一卷标上一个题目以概括十回的内容。这十卷的题目分别是：(1)《金莲》，(2)《瓶儿》，(3)《惠莲》，(4)《王六儿》，(5)《渎职》，(6)《少爷之死》，(7)《枕边的幻想》，(8)《西门庆暴亡》，(9)《善有善终，恶有恶报》，(10)《土崩瓦解》，还有他为全书写的导言，着重论述了《金瓶梅》在中国文学史上的地位，并对《金瓶梅》在欧洲翻译出版和各方评论的情况，做了概要的介绍。

东西方的文化传统虽然不尽相通，道德与价值观念也有一定的差异，但对待《金瓶梅》的评价上，并非如同国人想象的那般开明自由，也有其逐步发展的过程。据雷威安《〈金瓶梅〉法译本导言》说，19世纪初《北京传教团备忘录》以告示的形式对一些罪孽行为加以禁止，告示中就提及《金瓶梅》，但这部书是作为"中国道德沦丧也向世界其他国家那样严重"之生动例证提出来的，因而《金瓶梅》也作为"淫书"被教会加以禁止。1933年，德国基巴特兄弟翻译的《金瓶梅》，还有库恩的德文译本《金瓶梅》也都曾经遭到希特勒政府的官方禁止。而在法国，让·皮埃尔·鲍莱所译的两卷本《金瓶梅》出版后，很受读者的欢迎，1949年出版，1953年出版修改版，但是法国官方担心西门庆的生活方式会给法国社会带来不良影响，因而下令查禁该书，直到1979年才将禁令取消。由此可见西方对待《金瓶梅》的态度也经历了一个漫长的发展变化过程。

西方读者接受《金瓶梅》的原因比较复杂：其中比较重要的原因首先在于受众的心理层面，自文艺复兴以来，中世纪的禁欲主义在西方被破除的比较彻

---

① 雷威安.《金瓶梅》法译本导言 [C] //徐朔方编，沈亨寿，等译. 金瓶梅西方论文集. 上海：上海古籍出版社，1987：269.

底，受众对于男女两性关系不如东方的读者看得更为神秘。再者从传播文本来看，《金瓶梅》是用古代白话写出的通俗小说，这比用古代文言写出的诗词更能令国外的读者所欣赏。而《金瓶梅》艺术的写实主义手法，书中的社会风俗的描绘，人物心理的细腻刻画，也使它较能适合具有现代小说欣赏传统的西方读者的口味，从而得到广泛的传播。

四 《金瓶梅》的影响

《金瓶梅》是中国古代第一部基本上由小说家独立完成的长篇小说，在中国小说史上具有重要地位。自其问世以来，尽管屡遭禁毁，但依然在社会上产生了广泛影响，尤其对明清世情小说的创作更是有着直接影响。从小说题材内容来看，此前长篇小说的题材或取材于历史，或取材于神话，《金瓶梅》则以家庭婚姻日常生活为题材。从创作主旨来看，此前《三国志演义》《水浒传》《西游记》等长篇小说，以颂扬圣君贤相、英雄豪杰为主，《金瓶梅》则以暴露黑暗、劝善惩恶为主。从人物形象来看，此前小说多为帝王将相、英雄豪杰、神仙鬼怪，《金瓶梅》则描写了现实生活中的普通人物。从情节结构来看，此前长篇小说以叙述故事为主，多采用史传体或编年体，《金瓶梅》则以讲述人物命运为主，采用了辐射式的结构。从表现手法来看，《金瓶梅》进一步丰富了《三国志演义》《水浒传》《西游记》等成功经验，更加注重细节描写，讽刺手法更加纯熟。以上几个方面既是《金瓶梅》对中国古代小说的贡献，同时它又对明清小说的创作产生了显著影响。

（一）对题材内容的影响

《金瓶梅》问世之后，在社会上产生了巨大影响。它为世情小说的创作奠定了坚实的基础，在小说创作领域迅速掀起了一个世情小说创作的高潮，这首先表现在一批《金瓶梅》续书的出现上。《玉娇李》是《金瓶梅》最早的续书，可惜早已失传。再一部续书是明末清初山东诸城人丁耀亢的《续金瓶梅》。这部续书紧接前书，西门庆转世为东京富户沈通之子，名金哥，在金兵入侵后沦为乞丐。李瓶儿转世为东京袁指挥之女，名常姐，成了李师师院中的一名乐妓，被翟员外收为外室。她爱上了花子虚托生的郑玉卿，并随之私奔。不料郑玉卿将她卖给了扬州盐商苗青。最后，遭苗妻虐待而自缢身亡。潘金莲转世为山东黎指挥之女，名金桂，虽然貌美善淫，却嫁给了陈敬济托生的山西守备之子废物刘瘸子。她的淫乱之心难以满足，气愤之下变为石女，只得进大觉寺削发为尼。春梅转世为东京孔千户之女，名梅玉，因贪慕荣华富贵而嫁给了金将之子金哈木为妾。受到孙雪娥托生的正妻的百般折磨，她实在无法忍受，梦中惊觉，遂出家为尼。金兵进犯山东，天下大乱。吴月娘带着儿子孝哥四处逃难，路上被金兵抢劫一空，与孝哥失散。孝哥后皈依佛门，与月娘团圆。月娘也削发为尼，母子二人双双善终，修成正果。此书实际上是借续书之名来讥刺清朝，以抒亡国之痛。所以遭到了禁毁，丁耀亢还因此被逮入狱。康熙年间，有人在《续金瓶梅》的基础上略作修改，删去了讥讽清廷的内容，改变了人物的名字，易名为《隔帘花影》刊出，很快也遭到了禁毁。民国初年，孙静庵又将《续金瓶梅》重新删改，保留了对清廷的讽刺和不满，改书名为《金屋梦》出版。其他续书还有《三续金瓶梅》《新金瓶梅》等，水平都较低劣。

《金瓶梅》以家庭婚姻等现实生活为题材的创作思路，在明清两代形成了三种创作类型：一是主要写家庭婚姻，如《醒世姻缘传》《林兰香》《红楼梦》《歧路灯》等；二是集中写男女爱情，如《玉娇梨》《平山冷燕》《好逑传》《儿女英雄传》等才子佳人小说；三是专写两性淫乱，如《浪史》《闲情别传》《绣榻野史》等艳情小说。其中成就最高的当属《醒世姻缘传》《林兰香》《红楼梦》《歧路灯》等世情小说。

《醒世姻缘传》是受到《金瓶梅》影响、地位比较重要的一部以家庭婚姻为题材的小说。小说成书于清顺治年间，虽假托明代正统至成化年间，却完全取材于当世，讲述了一个冤仇相报的两世姻缘故事。前二十二回为"前世姻缘"，写山东武城县乡宦晁思孝之子晁源娶计氏为妻，但他生性放荡，又娶妓女珍哥为妾。两人出去打猎，射杀一只仙狐，种下孽因。在珍哥的挑唆下，晁源越来越嫌弃计氏，并纵妾虐妻。珍哥诬陷计氏私通和尚，将计氏逼得自缢而亡。

晁源因奸被杀后转入"今世姻缘"。晁源转生为绣江县明水镇秀才狄希陈，仙狐托生为薛素姐，计氏转生为童寄姐，珍哥转生为贫家女珍珠。尽管薛素姐对狄希陈没有丝毫感情，甚至见面就感到憎恨厌恶，但双方家长还是促成了两人的婚姻。就在新婚前夕，素姐梦见自己被神人换了恶心，原来温顺的性格变得异常暴戾，千方百计虐待狄希陈。狄希陈为躲避素姐，来到北京，娶童寄姐为妾，又受到童寄姐的虐待。珍珠因家庭贫穷，被卖于童寄姐做婢女，结果被童寄姐摧残致死。前世冤仇，今生相报。最后经高僧点明因果，狄希陈梦入神界，持诵一万卷《金刚经》，终于"福至祸消，冤除恨解"。

《醒世姻缘传》继承了《金瓶梅》的写实精神，在讲述两世姻缘故事的同时，尖锐地鞭挞了日益败坏的社会风气，生动形象地描述了当时的世态人情，诸如官场污浊、吏治腐败、科举舞弊、乡村凋零、民众愚昧等交织成一幅丰富驳杂的社会风情画卷。晁思孝本是一个靠教书养家糊口的秀才，因为行贿买到肥缺，三年便捞取十多万两银子，这样的赃官罢职时还要"脱靴遗爱"。晁源依靠其父的权势，横行乡里，对佃户的妻子任意蹂躏，逼死计氏后买通官府便可逍遥法外。珍哥被关在死囚牢中，因使了银子便可以在狱中修建别院，养尊处优。狱吏公然在狱中与珍哥奸宿，放火烧死另一女囚，将珍哥换出做妾。狄希陈纳监买官，三四年贪污五千两银子。严列星是一个"更稀奇更作恶"的秀才，丧尽天良地奸污了胞弟之妻，逼得弟媳上吊自杀后，他还不放过，又去盗坟墓中的衣裳首饰。还有一个秀才汪为露，身为塾师，却逼迫弟子们交束修、纳谢礼，比官府还狠毒。晁夫人的丈夫、儿子先后死去，她无依无靠，以族长晁思才为首的一群无赖便企图谋夺她家财产。但晁思孝的侍妾春莺生了一子，情景就发生了变化。当孩子满月时，晁思才前来祝贺，"那嘴就像蜜钵一般"。16年之后，光棍魏三又忽然说那孩子是他当年卖给晁家的，晁思才等人又蠢蠢欲动，世道人心的贪婪险恶于此可见一斑。邓蒲风自吹是江右高人，善于"飞星演禽"，他为狄希陈算命骗取了一笔钱财便溜之乎也。另外，尼姑道婆装神弄鬼诈骗钱物，兄弟之间互相残害，朋友之间背信弃义，农村沉重的租税，连年不断的灾荒，小说也都有较具体的描写。

《林兰香》大约成书于康熙年间，故事发生于明代洪熙元年（1425）至嘉靖八年（1529）之间。其命名即受《金瓶梅》的影响，以书中三位女主人公的名字作为书名。家庭婚姻、妻妾关系是其主要内容，泗国公后裔耿朗聘御史燕玉之女梦卿为妻，将要举行婚礼时，燕玉受到诬陷而被流放。燕梦卿自愿入宫为婢以赎父罪，耿朗乃娶林御史之女云屏为妻。稍后，燕玉得以辨明冤情，梦卿亦从宫中放出，仍嫁耿朗，甘为侧室。另有任香儿、宣爱娘、平彩云等三位女子，因遭遇不幸，也先后嫁给了耿朗。随后众妻妾之间渐生罅隙，燕梦卿常常规劝耿朗，耿朗甚感不悦。任香儿乘机中伤，遂使耿朗与燕梦卿反目。燕梦卿抑郁寡欢，饮恨而殁。耿朗染病在身，不久亦离开人世。燕梦卿留一幼子耿顺，由侍妾春畹抚养成人，后为国立功，袭泗国公爵位，耿家中兴。耿顺思念母亲，缅怀母亲德行，于家中修建一楼，珍藏母亲遗物。不料突遭大火，将楼房遗物全部烧尽，耿家遗事遂湮没不传。

《红楼梦》与《金瓶梅》的题材相近，也是以家庭婚姻为主。但《红楼梦》中的贾府与西门庆的家庭有着天壤之别，荣宁二府上上下下、老老少少加起来不下数百口。《红楼梦》和《金瓶梅》一样，也写了家庭的兴衰过程，由此表现复杂的社会现实生活。《金瓶梅》写西门庆亦官亦商，家庭逐渐兴旺，由于西门庆贪色纵欲而亡，其家庭也随之败落。《红楼梦》对贾家的兴盛，着墨不多，重点写贾府败落的过程。其表现出来的贵族家庭气势，不过是回光返照而已。

《歧路灯》大约成书于乾隆年间，故事发生于明嘉靖年间，以家庭兴衰为主要内容。开封府贡生谭忠弼有一独子名绍闻，他为人谨慎，教子严格。但他去世后，绍闻被母亲溺爱，又受到坏人的引诱，遂一步步走向堕落，以至于倾家荡产，受尽煎熬。后在他人的劝谏扶持下，绍闻幡然悔悟，改过自新，与儿子一起取得功名，重振家业。与《金瓶梅》一样，《歧路灯》通过家庭盛衰深刻地揭露了社会的黑暗和官场的腐败。其可贵之处在于揭示了封建世家"一代不如一代"的必然趋势，这与西门庆因一人纵欲而败家相比，显然要深刻得多。《歧路灯》的故事发生地主要在开封，小说以大量笔墨展现了开封这个古老都市的风情世态。小说主人公谭绍闻先后来到亳州、济宁等地，以此为契机又描写了这些城市的社会风俗。这与《金瓶梅》借陈敬济描写临清等地十分相近。

才子佳人小说主要在写男女风情上受到了《金瓶梅》的影响,小说中的男主人公都是风流倜傥的才俊之士,一定要择取才貌双全的佳人为偶。女主人公有才有貌,甚至胆识过人,非才子不嫁。于是依才选婿,几经周折,终成眷属。尽管男女是自主择婚,但双方家长并不反对,甚至鼎力相助。以才、貌作为择婚条件,取代门当户对的传统婚姻观。这些都出于作者的美好幻想,离现实生活相距甚远,存在公式化、雷同化的倾向。艳情小说则只是抓住了《金瓶梅》的淫秽描写,一味在性事上渲染,去掉这些描写,便一无可取,只能说是对《金瓶梅》的歪曲和贬低。

(二) 对创作主旨的影响

《金瓶梅》劝善惩恶、暴露黑暗的创作主旨对明清小说也产生了显著影响,关于《醒世姻缘传》劝惩的创作主旨,东岭学道人在题词中做了很好的阐释:

> 大凡稗官野史之书,有裨风化者,方可刊播将来,以昭鉴戒。此书传自武林,取正白下,多善善恶恶之谈。乍视之似有支离烦杂之病,细观之前后钩锁,彼此照应,无非劝人为善,禁人为恶。闲言冗语,都是筋脉,所云天衣无缝,诚无忝焉。或云:"闲者节之,冗者汰之,可以通俗。"余笑曰:"嘻!画虎不成,画蛇添足,皆非恰当。无多言!无多言!"原书本名"恶姻缘",盖谓人前世既已造业,反世必有果报;既生恶心,便成恶境,生生世世,业报相因,无非从一念中流出。若无解释,将何底止,其实可悲可悯。能于一念之恶禁之于其初,便是圣贤作用,英雄手段,此正要人豁然醒悟。若以此供笑谈,资狂僻,罪过愈深,其恶直至于披毛戴角,不醒故也。余愿世人从此开悟,遂使恶念不生,众善奉行,故其为书有裨风化,将何穷乎?因书凡例之后,劝将来君子开卷便醒,乃名之曰《醒世姻缘传》。其中有评数则,系葛受之笔,极得此书肯綮,然不知葛君何人也。恐没其姓名,并识之。①

---

① 西周生. 醒世姻缘传 [M]. 济南:齐鲁书社,1993:2.

暴露社会黑暗现实是《醒世姻缘传》的又一主旨，针对世风日下、人心不古的现实，作者可谓深恶痛绝，小说中不止一次地予以鞭挞。第二十六回"作孽众生填恶贯，轻狂物类凿良心"写道：

> 那有势力的人家广布了鹰犬，专一四散开去钻头觅缝，打听那家有了败子，先把那败子引到家内，与他假做相知，叫他瞒了父兄，指定了产业，扣住了月分，几十分行利的数目，借些银子与他。到了临期，本利还不上来，又把那利银作了本钱，利上加利。譬如一百两的本，不消十个月，累算起来就是五百两。当初那一百两的本又没有净银子与你，带准折、带保钱、带成色，带家人抽头，极好有七十两上手。若是这一个败子只有一个势豪算计，也还好叫他专心酬应，却又有许多大户，就如地下有了一个死鸡死鸭，无数的鸱鹰在上面旋绕的一般。这是以强欺弱，硬拿威势去降人的。
>
> 又有那一等，不是败子，家里或是有所精致书房，或是有甚亭榭花园，或是有好庄院地土，那人又不肯卖，这人又要垂涎他的，只得与他结了儿女婚姻，就中取事。取得来便罢，取不来便纠合了外人发他阴事。家鬼弄那家神，钧他一个罄净！若是有饭吃的人家，只有一个女儿，没有儿子的，也不与他论甚么辈数，也不与他论甚么高低，必定硬要把儿子与他做了女婿，好图骗他的家私。甚至于丈人也还有子，只是那舅子有些脓包，丈人死了，把丈人的家事抬个丝毫不剩，连那舅子的媳妇都明明白白的夺来做了妾的。得做就做，得为就为，不管甚么是同类，也不晓得甚么叫是至亲！①

与《金瓶梅》相比，《醒世姻缘传》的创作主旨具有一定的理想色彩，如第二十二回"晁宜人分田睦族，徐大尹悬扁旌贤"，第二十三回"绣江县无儆薄俗，明水镇有古淳风"，第二十四回"善气世回芳淑景，好人天报太平时"，连续用三回的篇幅描写了以往社会的良好风气，以衬托当下的污浊不堪，并寄托

---

① 西周生. 醒世姻缘传［M］. 济南：齐鲁书社，1993：196.

了作者对理想社会风气的憧憬。

《林兰香》的创作主旨与《金瓶梅》十分接近,《金瓶梅》通过西门庆及其家庭的盛衰说明人生如同一场梦幻,表现了对现实的绝望,《林兰香》也是如此。小说不仅描写了贵族家庭盛衰起伏的整个过程,而且剖析了其败落的原因,乃在于贵族后代的贪图享受,不思进取。这一弊端又难以解决,所谓"人无百年不散之局,盛必有衰,天地不能偏其栽培,祖宗亦不能庇其子孙也"。《林兰香》对男女之情较《金瓶梅》有所不同,既给予了充分肯定,又赞美了女子的才能,不仅耿朗的五位妻妾"灵心巧性,出口成章",即使是那些侍婢,也颇富才情。但这些女子又都难以逃脱悲剧的命运,从而表现了作者对现实的清醒认识。

《歧路灯》作者李海观的小说观念比较保守,他认为《金瓶梅》是诲淫之书,他在《歧路灯》第五十八回中说:"草了一回又一回,矫揉何敢效《瓶梅》。"① 但其创作《歧路灯》的主旨又显然受到了《金瓶梅》的影响,他在《歧路灯自序》中说:

> 古有四大奇书之目,曰盲左,曰屈骚,曰漆庄,曰腐迁。迨于后世,则坊佣袭四大奇书之名,而以《三国》《水浒》《西游》《金瓶梅》冒之。呜呼!果奇也乎哉?《三国志》者,即陈承祚之书而演为稗官者也。承祚以蜀而仕于魏,而所当之时,固帝魏寇蜀之日也。寿本左袒于刘,而不得不尊夫曹,其言不无闪灼于其间。再传而为演义,徒便于市儿之览,则愈失本来面目矣!即如孔明,三国时第一人也,曰澹泊,曰宁静,是固具圣学本领者。《出师表》曰:"先帝知臣谨慎,故临终托臣以大事。"此即临事而惧之心传也。而演义则曰:"附耳低言,如此如此。"不几成儿戏场耶?亡友郑城郭武德曰:幼学不可阅坊间《三国志》,一为所涸,则再读承祚之书,鱼目与珠无别矣!淮南宋江三十六人,肆暴行虐,张叔夜擒获之,而稗说加以"替天行道"字样,乡曲间无识恶少,仿而行之,今之顺刀手等

---

① 李海观. 歧路灯 [M]. 郑州:中州书画社,1980:544.

会是也。流毒草野，酿祸国家，然则三世皆哑之孽报，岂足以蔽其"教猱升木"之余辜也哉？若夫《金瓶梅》一书，诲淫之书也，亡友张揖东曰：此不过道其事之所曾经，与其意之所欲试者耳。而三家村冬烘学究，动曰此《左》、《国》、史迁之文也。余谓不通《左》《史》，何能读此？既通《左》《史》，何必读此？况老子云，童子无知而脧举。此不过驱幼学于天札，而速之以《蒿里歌》耳！至于《西游》，乃取陈玄奘西域取经一事，幻而张之耳。玄奘，河南偃师人，当隋大业年间，随估客而西。迨归，当唐太宗时。僧腊五十六，葬于偃师之白鹿原。安所得捷如猿猱、痴若豚豕之徒，而消魔扫障耶？惑世诬民，佛法所以肇于汉而沸于唐也。余尝谓唐人小说、元人院本为后世风俗大蛊。偶阅阙里孔云亭《桃花扇》、丰润董恒岩《芝龛记》，以及近今周韵亭之《悯烈记》，喟然曰："吾固谓填词家当有是也。借科诨排场间写出忠孝节烈，而善者自卓千古，丑者难保一身；使人读之为轩然笑，为潸然泪，即樵夫牧子，厨妇爨婢，皆感动之不容已。以视王实甫《西厢》、阮圆海《燕子笺》等出，皆桑濮也，讵可暂注目哉！"因仿此意为撰《歧路灯》一册，田父所乐观，闺阁所愿闻。子朱子曰："善者可以感发人之善心，恶者可以惩创人之逸志。"友人常谓于彝常伦类间，煞有发明。盖阅三十岁以逮于今而始成书。前半笔意绵密；中以身车海内，辍笔者二十年；后半笔意不逮前茅，识者谅我桑榆可也。空中楼阁，毫无依傍，至于姓氏，或于海内贤达偶尔雷同，绝非影射。若谓有心含沙，自应堕入拔舌地狱。①

李海观不唯视《金瓶梅》为诲淫之书，对其他三部奇书也甚为不满，其用意十分明确，即抬高《歧路灯》的地位。说明作者曾经认真读过"四大奇书"并有所借鉴，"借科诨排场间写出忠孝节烈，而善者自卓千古，丑者难保一身"。读者因此受到感动，从而达到其创作目的。

(三) 对人物形象的影响

《金瓶梅》在艺术上的突出成就是塑造了许多栩栩如生的人物形象，为后世

---

① 李海观. 歧路灯 [M]. 济南：齐鲁书社，1998：1-2.

小说创作提供了艺术经验。《醒世姻缘传》《林兰香》《红楼梦》《歧路灯》等都继承发展了《金瓶梅》，善于描摹各类人物，举凡官员、乡绅、儒士、僧道、尼姑、媒婆、江湖医生、市侩商人、农村无赖无不穷形尽相。尤其是西门庆这一人物形象，《醒世姻缘传》中的晁源，《红楼梦》中的贾琏、贾珍、薛蟠，《歧路灯》中的谭绍闻、盛希侨等或多或少都带有其影子。晁源的父亲是知州，晁源倚了父亲的势，捐了个监生，在武城县广交各类狐朋狗友，眠花宿柳，欺男霸女，强买强卖，后来通过两个戏子，还勾搭上了当朝权阉王振。贾珍、贾琏、薛蟠等人是地地道道的纨绔子弟，他们或勾引有夫之妇，"不管腥的臭的，都往屋里拉"；或与儿媳搞暧昧关系；或聚赌嫖娟，无所不为。

相比之下，《歧路灯》的主人公谭绍闻的形象则发生了由好变坏再转好的变化。少年时期的谭绍闻在父亲谭孝移的严格教育下，品貌超俗，才华出众。但他却是一个心智不坚，禁不住诱惑的人，从第十三回开始，就渐渐走上了堕落之路。在一帮狐朋狗友的诱导之下，他学会了赌博、狎妓、淫婢、养戏班、打秋风、铸私钱、鬻坟树等荒唐至极之事，结果债台高筑，家败人亡。第十五回"盛希侨过市遇好友，王隆吉夜饮订盟期"写谭绍闻结识纨绔子弟、花花公子盛希侨："只见一个公子，年纪不上二十岁，人物丰满明净，骑着一匹骏马，鞍辔新鲜。跟着三四个人，俱骑着马；两三个步走的，驾着两只鹰，牵着两只细狗。满街尘土，一轰出东门去。到了春盛号铺门，公子勒住马，问道：'铺里有好鞭子没有？'王隆吉道：'红毛通藤的有几条，未必中意。'公子道：'拿来我看。'隆吉叫小伙计递与马上，公子道：'虽不好，也还罢了。要多少钱？'隆吉道：'情愿奉送。若讲钱时，误了贵干，我也就不卖。'公子道：'我原忙，回来奉价罢。'把旧鞭子丢在地下，跟人拾了。自己拿新鞭子，把马臀上加了一下，主仆七八个，一轰儿去了。到了未牌时分，一轰儿又进了城。人是满面蒙尘，马是遍体生津，鹰坦着翅，狗吐着舌头，跟的人棍上挑着几个兔子。"[①] 盛府上养戏子，藏妓女，耍赌盆，什么都有。就是这样一个不务正业、只知吃喝玩乐的纨

---

① 李海观. 歧路灯 [M]. 济南：齐鲁书社，1998：92-93.

绔子弟，成了谭绍闻的好友。在盛希侨的诱惑下，"竟把平日眼中不曾见过的见了，平日不曾弄过的弄了，平日心中不曾想到的也会想了"。① 自此之后，他酗酒赌博，狎妮宿娼，慢慢步入了堕落的歧途。

应伯爵是《金瓶梅》中塑造非常成功的帮闲人物形象，他插科打诨，趋炎附势，令人感到十分滑稽可笑。其后的许多小说中都可以寻找到他的影子，《歧路灯》中的夏逢若尤为典型。夏逢若绰号"兔儿丝"，"他父亲也曾做过江南微员，好弄几个钱儿。那钱上的来历，未免与那阴骘两个字些须翻个脸儿。原指望宦囊充足，为子孙立个基业，子孙好享用。谁知道这钱来之太易，去之也不难。到了他令郎夏逢若手内，嗜饮善啖，纵酒宿娼，不上三五年，已到'鲜矣'的地位。但夏逢若生的聪明，言词便捷，想头奇巧，专一在这大门楼里边，衙门里边串通走动。赚了钱时，养活萱堂、荆室"。② 这一出身和为人处世，与应伯爵极其相似。为了与盛希侨、谭绍闻、王隆吉等人交往，以便从他们身上捞取钱财，他使出浑身解数，引得谭绍闻"上钩""下水"，直至倾家荡产。最为可气的是夏逢若引诱谭绍闻铸造私钱，第七十五回"谭绍闻倒运烧丹灶，夏逢若秘商铸私钱"写道：

> 到了夏逢若家，绍闻面上无色，口内无言。坐下，夏逢若道："前日我有一事与你商量，双庆、蔡湘抵死的不容我见你，谁知你上了这个天来大当。如今也不知出那门去了，此时保管六十里外。自己一拳打了牙，各人自己咽下罢。我前日原与你商量一宗事，若容我进去，管定蹬开他，咱倒有一桩事儿做做。"绍闻道："那日送银子来，偏偏你没在家。若是你在家，那有这事。"夏逢若道："正是哩。我如今把前日的话，想说与你，你那气咽咽的，我也不敢说。"绍闻道："说了无妨。想是我前生少欠他的。你说，只管说。"夏逢若附耳说了两个字道："铸钱。"绍闻道："罢，罢，罢，我再也不敢了。"夏逢若道："贤弟，你看你那样儿，你等我说完了再不依。

---

① 李海观. 歧路灯 [M]. 济南：齐鲁书社，1998：110.

② 李海观. 歧路灯 [M]. 济南：齐鲁书社，1998：114.

总之有我便不妨碍。"绍闻道："我要回去。中用不中用，毕竟四外里寻寻。"夏逢若道："我送你去。到那的看看。"一同出门，从耿家大坑回来。

逢若一面走着说道："我把话对你说，你到家细想。原是一个官钱局匠人，如今担着风匣、铁砧子做小炉匠。他会铸钱，与我商量，寻个主户，深宅大院，做这宗生意。我想唯盛大哥家中可行，可惜他上浙江去。你近日光景不好，又遭这个拐骗，惟有此一着，可以补虚。我给你一个钱样子你先瞧瞧，你心下酌夺。"撩衣向顺袋中，取出五个钱一树儿，递与谭绍闻。绍闻接手袖了，说道："你不送我罢，我到家再想。"逢若道："仔细收拾，万不可令人见，不是要的。"两人在双旗杆庙前分手，那绍闻飞也似由卢家巷而回。①

过了几天，夏逢若带着小炉匠来到谭绍闻家，谭绍闻让仆人双庆说自己不在家。"那知楼高声远，已透到夏鼎耳朵内。双庆出来到客厅，方欲开言，夏鼎道：'楼上叫你说他没在家，是也不是？'双庆道：'好尖耳朵！'夏鼎道：'不是我耳朵尖，是你大叔天生贵人，声音洪亮。快出来罢，你就说立等着说话。你家也没有可拐的东西，还怕甚么呢？'"经不住夏逢若纠缠，谭绍闻只好出来相见。

夏鼎道："贤弟呀，你前日把两个破军星圈到家里，惟恐人知。今日正经增福财神到了，你却又推出去。你今日没一个钱，你会怕。等盛大哥回来，还了你银子，到那时再怕，怕的也有个道理。你跟我上账房来。"到了账房，铜匠正在那里端相墙垣高低，门户曲折。见了绍闻，为了礼儿。夏鼎道："此人姓何，名儿叫许人。你要做甚么铜器，碗、盏、碟、匙，都会做的奇巧。"绍闻道："旧的已坏，新的又做不起。"铜匠道："旧日的用不得，正好销毁。放在家里没用，毁了却有用。我渴了，取杯茶吃。"绍闻即叫双庆取茶。铜匠见无人在前，说："此处可挖炉，这边可以开洞。锁住前门，正好动手。"绍闻道："这话我俱明白。但我听说铜烟厉害，不能遮藏。

---

① 李海观. 歧路灯 [M]. 济南：齐鲁书社，1998：455-456.

兼且铜臭薰人，恐四邻不依，闹出事体来。我万万不敢。"夏鼎道："铜臭是至香的，四邻都占光彩，倒不好么？何老哥，你把新钱取出，叫谭贤弟看看。"何铜匠果然取出二百钱来，绍闻看见轮廓完好，字画分明，心里有些动火。铜匠道："相公不必害怕。我不过占住这一所房院，出锁入锁，每日在街上赶集做生意。到晚回来，你有铜，我便与你铸，算我的房租。每夜不过百文，又不开大炉，怕甚呢？夏哥说，还有一处大乡宦宅子，但此时主人不在家。等回来时，只用二位举荐，大做一番：办铜的办铜，买铅的买铅，贩钱的贩钱，那时才大发财源哩。如今不过做小敲打儿，够相公买菜而已。"①

谭绍闻本是一个毫无主见的人，听了夏逢若的花言巧语，便有些动心。幸亏家人阻拦，才避免了一场牢狱之灾。

《金瓶梅》中的女性形象如潘金莲、李瓶儿在许多小说中也有明显影响，如《红楼梦》中的尤二姐与尤三姐，他们两人是亲姊妹，但一个胆小怕事，毫无主见；一个胆大刚烈，异常自信。尤二姐被王熙凤设计一步步逼向死路，与李瓶儿之死颇有异曲同工之感。

（四）对表现手法的影响

《金瓶梅》的讽刺手法为后世小说所继承，如《醒世姻缘传》第十八回"富家显宦倒提亲，上舍官人双出殡"，通过晁源为其父办理丧事，辛辣地讥讽了这位孝子。为了显示自己的荣耀，他非要画士把其父的遗像穿上蟒袍玉带，画士不肯，他说："你不必管像与不像，你只画一个白白胖胖，齐齐整整，焌黑的三花长须便是。我们只图好看，那要他像！"② 人们看到这幅不伦不类的遗像时，还以为是到了城隍庙中见到了城隍爷。再如第四十一回"陈哥思妓哭亡师，魏氏出丧作新妇"，狄希陈与许多弟子一起为塾师汪为露送殡，别人都是干号，唯独宗光伯和他哭得十分悲痛，众人问其原因，原来宗光伯是因汪为露多次连

---

① 李海观. 歧路灯 [M]. 济南：齐鲁书社，1998：458-459.

② 西周生. 醒世姻缘传 [M]. 济南：齐鲁书社，1993：138.

累于自己，现在总算离世，感到庆幸而哭。狄希陈却因感谢汪为露五年不曾让他背一句书，又因思念情妇而哭。更可笑的是，汪为露的继室魏氏竟然在坟上就改嫁了侯小槐，使出殡的丧事变成了婚嫁的喜事。第五十六回"狄员外纳妾代庖，薛素姐殴夫生气"写素姐去三官庙看打醮，她不管众人的阻拦，"打扮的甚是风流"，"夹在那些柴头棒仗的老婆队里，坐着春凳，靠着条桌，吃着麻花、馓枝、卷煎馍馍，喝着那川芎茶，掏着那没影子的话……引惹的那人就似蚁羊一般。他旁若无人，直到后响，又跟了那伙婆娘，前边导引了无数的和尚道士，鼓铍喧天，往湖里看灯，约有二更天气，一直竟回娘家"。① 通过这些描写，讽刺了晁源、狄希陈及薛素姐的丑陋。

《儒林外史》的讽刺艺术也受到了《金瓶梅》的影响，这主要表现在寓庄于谐和冷峻客观两个方面。周进和范进两位文人饱尝八股取士制度之苦，一是见到考场的号板便一头撞了过去，一是听到中举的消息后忽然发疯。看起来十分可笑，但在这可笑的背后却隐含着深深的悲哀。再如王玉辉劝女殉夫后大笑不止，在这笑声里充满着血泪的控诉。在运用讽刺手法时，作者不动声色，冷静自然，"无一贬词，而情伪毕露"。如严贡生明明是一个狡诈无赖之徒，却偏偏要大肆吹嘘自己多么率真。正在对客人吹得天花乱坠时，一个小厮进来说："早上关的那口猪，那人来讨了，在家里吵哩。"当面戳穿了他的真实面目。这与《金瓶梅》中韩道国正在吹得天花乱坠时，突然听到其妻王六儿和弟弟二捣鬼因通奸被人抓住，慌忙而走有异曲同工之妙。作者在讽刺时注意把握分寸，对不同人物的讽刺力度和方式都有所不同。对那些深受八股取士制度毒害的周进、范进、马二先生等人既讽刺了他们的可笑，也表示了一定的同情。对欺压乡里、虚伪贪婪的严贡生、王德、王仁等则给予了无情的嘲讽。还有像匡超人、荀玫、牛浦郎等年轻人，在功名利禄的引诱下一步步走向堕落，作者对他们的讽刺与惋惜兼而有之，更侧重于"秉持公心，指摘时弊"，揭示出其堕落的社会文化原因。

---

① 西周生. 醒世姻缘传 [M]. 济南：齐鲁书社，1993：431.

《金瓶梅》对人物的心理描写也直接影响了后来的小说，《红楼梦》在这方面尤为突出，或通过语言行动显示内心，或径直以内心独白表现心理活动，从而使人物形象更为生动可感。如宝玉挨打一节，宝玉、贾政、王夫人、贾母、宝钗、黛玉、王熙凤、袭人等都通过各自不同的语言行动，显示了各自不同的内心。宝玉在遭到一番痛打后，见到黛玉仍表示"就便为这些人死了，也是情愿的"，表现了他绝不屈服的叛逆性格。王夫人见宝玉被打得死去活来，不由得伤心大哭起来，但她哭的是贾珠。宝钗与黛玉先后前来探望，两人的语言和行动分别表现了她们的真实内心和不同性格。宝钗见宝玉浑身是伤，点头叹道："早听人一句话，也不至今日。别说老太太、太太心疼，就是我们看着，心里也疼……""刚说了半句又忙咽住，自悔说的话急了，不觉的就红了脸，低下头来。"接着又为哥哥薛蟠极力辩解。黛玉来探望时两眼哭得像桃一般，见了宝玉只说了一句："你可都改了吧……"便再也说不出话来。两人虽然都爱宝玉，但其中的差别由此不难看出。

　　另外，《金瓶梅》的语言尤其是方言的成功运用，对《醒世姻缘传》《歧路灯》《海上花列传》等小说也都有显著影响，兹不赘述。

主要征引文献

一、小说作品

兰陵笑笑生. 金瓶梅词话［M］. 香港：太平书局，1982.

兰陵笑笑生. 金瓶梅［M］. 济南：齐鲁书社，1991.

施耐庵. 水浒传［M］. 济南：山东文艺出版社，1995.

罗贯中. 三国志演义［M］. 济南：山东文艺出版社，1991.

冯梦龙. 醒世恒言［M］. 济南：齐鲁书社，1993.

西周生. 醒世姻缘传［M］. 济南：齐鲁书社，1993.

丁耀亢，等. 金瓶梅续书三种［M］. 济南：齐鲁书社，1988.

任笃行辑校. 全校会注集评聊斋志异［M］. 济南：齐鲁书社，2000.

曹雪芹，高鹗. 红楼梦［M］. 济南：山东文艺出版社，1993.

李海观. 歧路灯［M］. 郑州：中州书画社，1980.

李海观. 歧路灯［M］. 济南：齐鲁书社，1998.

文康. 儿女英雄传［M］. 济南：齐鲁书社，1990.

天赘生. 商界现形记［M］. 上海：上海古籍出版社，1991.

上海古籍出版社. 清代笔记小说大观［M］. 上海：上海古籍出版社，2007.

《古本小说集成》编委会. 古本小说集成［M］. 上海：上海古籍出版社，1994.

二、古代典籍

吴树平，等. 十三经全文标点本［M］. 北京：燕山出版社，1991.

孔颖达. 毛诗正义［M］. 北京：中华书局，1957.

司马迁. 史记［M］. 上海：上海古籍出版社，1997.

班固. 汉书［M］. 北京：中华书局，1962.

范晔. 后汉书［M］. 北京：中华书局，1965.

魏征. 隋书［M］. 北京：中华书局，2000.

欧阳询，等. 艺文类聚［M］. 上海：上海古籍出版社，1999.

刘知几撰，浦起龙释. 史通通释［M］. 上海：上海古籍出版社，1978.

杜佑. 通典［M］. 北京：中华书局，1988.

司马光. 书仪［M］. 北京：中华书局，1985.

王溥. 唐会要［M］. 北京：中华书局，1955.

孟元老. 东京梦华录：外四种［M］. 北京：文化艺术出版社，1998.

明神宗万历实录［M］. 台北："中央研究院"历史语言研究所，1965.

胡应麟. 少室山房笔丛［M］. 上海：上海书店出版社，2001.

何心隐. 何心隐集［M］. 北京：中华书局，1960.

李贽. 藏书［M］. 北京：中华书局，1974.

李贽. 焚书［M］. 北京：中华书局，1975.

谢肇淛. 五杂俎［M］. 上海：上海书店出版社，2001.

黄宗羲. 明儒学案［M］. 北京：中华书局，1985.

李增坡，张清吉. 丁耀亢全集［M］. 郑州：中州古籍出版社，1999.

陈梦雷，等. 古今图书集成［M］. 台北：鼎文书局，1977.

王先谦. 荀子集解［M］. 北京：中华书局，1988.

彭定求. 全唐诗［M］. 北京：中华书局，1960.

张瀚. 松窗梦语［M］. 上海：上海古籍出版社，1986.

陆容. 菽园杂记［M］. 北京：中华书局，1985.

姚灵犀. 瓶外卮言［M］. 天津：天津古籍书店，1989.

《续修四库全书》编委会. 续修四库全书［M］. 上海：上海古籍出版社，2013.

三、资料汇编

侯忠义. 中国文言小说参考资料［G］. 北京：北京大学出版社，1985.

方铭. 金瓶梅资料汇录［G］. 合肥：黄山书社，1986.

黄霖. 金瓶梅资料汇编［G］. 北京：中华书局，1987.

朱一玄. 明清小说资料选编［G］. 济南：齐鲁书社，1990.

周钧韬. 金瓶梅资料续编：1919—1949［G］. 北京：北京大学出版社，1991.

四、"金学"论著

张远芬. 金瓶梅新证［M］. 济南：齐鲁书社，1984.

蔡国梁. 金瓶梅考证与研究［M］. 西安：陕西人民出版社，1984.

徐朔方，刘辉. 金瓶梅论集［C］. 北京：人民文学出版社，1986.

魏子云. 金瓶梅词话注释［M］. 郑州：中州古籍出版社，1987.

王利器. 金瓶梅词典［M］. 长春：吉林文史出版社，1988.

刘辉，杜维沫. 金瓶梅研究集［C］. 济南：齐鲁书社，1988.

卜键. 金瓶梅作者李开先考［M］. 兰州：甘肃人民出版社，1988.

黄霖. 金瓶梅考论［M］. 沈阳：辽宁人民出版社，1989.

王启忠.《金瓶梅》价值论［M］. 上海：上海文艺出版社，1991.

李申. 金瓶梅方言俗语汇释［M］. 北京：北京师范学院出版社，1992.

郑闰. 金瓶梅和屠隆［M］. 上海：学林出版社，1994.

张鸿魁. 金瓶梅语音研究［M］. 济南：齐鲁书社，1996.

鲍延毅. 金瓶梅语词溯源［M］. 北京：华夏出版社，1996.

盛源，北婴. 名家解读金瓶梅［M］. 济南：山东人民出版社，1998.

何香久.《金瓶梅》传播史话：一部奇书在全世界的奇遇［M］. 北京：中国文联出版公司，1998.

赵建民，李志刚.《金瓶梅》酒食文化研究［M］. 济南：山东文化音像出版社，1998.

山东省金瓶梅文化委员会. 金瓶梅文化研究：第二辑［C］. 北京：中国文联出版社，1999.

许建平. 金学考论［M］. 石家庄：河北教育出版社，1999.

潘承玉. 金瓶梅新证［M］. 合肥：黄山书社，1999.

王平，李志刚，张延兴. 金瓶梅文化研究：第三辑［C］. 北京：华艺出版社，2000.

张清吉.《金瓶梅》奥秘探索［M］. 郑州：中州古籍出版社，2000.

霍现俊.《金瓶梅》发微［M］. 北京：中国社会科学出版社，2002.

田晓菲. 秋水堂论金瓶梅［M］. 天津：天津人民出版社，2003.

石钟扬. 致命的狂欢：石钟扬说《金瓶梅》：品读潘金莲与西门庆［M］. 西安：陕西人民出版社，2006.

黄霖. 金瓶梅讲演录［M］. 桂林：广西师范大学出版社，2008.

马鲁奎.《金瓶梅》与运河名城临清［M］. 香港：天马图书有限公司，2008.

周钧韬. 周钧韬金瓶梅研究文集［M］. 长春：吉林人民出版社，2010.

霍现俊. 金瓶梅艺术论要［M］. 天津：天津古籍出版社，2010.

王平.《金瓶梅》与五莲［C］：第九届（五莲）国际《金瓶梅》学术研讨会论文集. 北京：中国文史出版社，2013.

吴敢. 金瓶梅研究史［M］. 郑州：中州古籍出版社，2015.

王汝梅. 金瓶梅版本史［M］. 济南：齐鲁书社，2015.

五、其他论著

欧阳予倩. 欧阳予倩选集［M］. 北京：人民文学出版社，1959.

中国社会科学院文学研究所. 中国文学史［M］. 北京：人民文学出版社，1963.

鲁迅. 鲁迅全集［M］. 人民文学出版社，1981.

胡裕树. 现代汉语［M］. 上海：上海教育出版社，1981.

傅崇兰. 中国运河城市发展史［M］. 成都：四川人民出版社，1985.

张寅德. 叙事学研究［M］. 北京：中国社会科学出版社，1989.

中国电影家协会. 中国电影年鉴：1988［M］. 北京：中国电影出版社，1991.

张国星. 中国古代小说中的性描写［M］. 天津：百花文艺出版社，1993.

耿云志. 胡适遗稿及秘藏书信［M］. 合肥：黄山书社，1994.

罗钢. 叙事学导论［M］. 昆明：云南人民出版社，1994.

陈晋. 毛泽东读书笔记解析［M］. 广州：广东人民出版社，1996.

浦安迪. 中国叙事学［M］. 北京：北京大学出版社，1996.

高辛勇. 修辞学与文学阅读［M］. 北京：北京大学出版社，1997.

陈思和. 中国当代文学史教程［M］. 上海：复旦大学出版社，1999.

冈田武彦. 王阳明与明末儒学［M］. 上海：上海古籍出版社，2000.

陈大康. 明代小说史［M］. 上海：上海文艺出版社，2000.

安作璋. 中国运河文化史［M］. 济南：山东教育出版社，2001.

临清市人民政府. 临清州志［M］. 济南：山东地图出版社，2001.

郭富民. 插图中国话剧史［M］. 济南：济南出版社，2003.

陈卫星. 传播的观念［M］. 北京：人民出版社，2004.

上海市地方志办公室. 上海乡镇旧志丛书［M］. 上海：上海社会科学院出版社，2006.

曾庆瑞，赵遐秋. 竹林小说论［M］. 北京：中国传媒大学出版社，2007.

后 记

笔者自20世纪末涉足"金学"领域,至今虽已有二十余年,但与许多金学大家相比,感觉自己仍然是个初入门者。这二十余年中,笔者也曾发表过一些论著,如2004年笔者曾写过一本同名的小册子,作为"齐鲁历史文化丛书"的一种,由山东文艺出版社出版。2015年台湾学生书局出版《金学丛书》第二辑,蒙诸位师友不弃,将笔者十几篇拙文编为《王平〈金瓶梅〉研究精选集》,忝列为该丛书之一。但与此相比,笔者感到收获更大的是,通过"金学"拜识了很多志同道合的良师益友。他们谦和谨让、开诚坦荡、不计名利、奖掖后进等品行,给我留下了深刻印象。尽管学术观点或许有所不同,但绝没有彼此攻击甚或相互诋毁。笔者十分珍惜这样一种氛围,尤其在当下追求功利的社会环境之下,更感难能可贵。正是这样一个学术圈子,鞭策笔者在"金学"领域不断耕耘,并渐有所获。

笔者与中州古籍出版社的马达副总编和张弦生学长是"金学"圈内的老友,我们曾多次在"金学"会议上晤谈。去年两位好友告知笔者,他们拟出版一套古典名著释读丛书,希望笔者能够撰写其中的《兰陵笑笑生与〈金瓶梅〉》。笔者深感力不从心,这并非谦辞。因为依照该丛书体例,要求使读者对诸如作者、成书时间、版本、时代特征、创作主旨、文化内涵、人物形象、叙事特点、艺术成就、地域方言、传播影响等"金学"基本问题,都要有一基本了解。但所谓术业有专攻,笔者学疏才浅,很难对上述问题都有深入研究。但两位的盛情又难以推却,便只能借鉴"金学"圈内各位师友的研究成果,竭力为之了。尤其要特别感谢王汝梅、黄霖、吴敢、褚半农、张鸿魁、张传生、许超几位先生，还有我的学生张明远、刘玉林，拙作中的许多内容采用了他们几位的研究成果，这是必须要加以说明的。又因为以前曾出版过同名的小册子，故而本拙作以增订本形式出版。

最后，要再次感谢马达副总编和弦生学长，他们为包括拙作在内的这套丛书付出了大量心血。弦生学长作为本书责任编辑，提出了许多富有建设性的意见和建议。相信这套丛书一定能够发挥其应有的功效，也希望诸位"金学"方家和广大古典小说爱好者对拙作提出批评指正。

王 平

2017 年 12 月

图书在版编目(CIP)数据

兰陵笑笑生与《金瓶梅》/ 王平著. — 郑州：中州古籍出版社，2018.9
ISBN 978-7-5348-8026-1

Ⅰ.①兰… Ⅱ.①王… Ⅲ.①《金瓶梅》-文学研究 Ⅳ.①I207.419

中国版本图书馆 CIP 数据核字(2018)第 220092 号

出版社：中州古籍出版社
　　　　(地址：郑州市经五路 66 号　　邮政编码：450002)
发行单位：新华书店
承印单位：郑州市毛庄印刷厂
开本：710mm×1000mm　　1/16　　印张：28
字数：430 千字　　　　　　　　　　印数：1—3 000 册
版次：2018 年 9 月第 1 版　　　　　印次：2018 年 9 月第 1 次印刷

定价：49.00 元
本书如有印装质量问题，由承印厂负责调换。